Johannes Traub · Aschenmessias

Johannes Traub

Aschenmessias

Roman

Weimarer Schiller-Presse
FRANKFURT A.M. MÜNCHEN LONDON NEW YORK

*Das Programm des Verlages widmet sich
– in Erinnerung an die
Zusammenarbeit Heinrich Heines
und Annette von Droste-Hülshoffs
mit der Herausgeberin Elise von Hohenhausen –
der Literatur neuer Autoren.
Das Lektorat nimmt daher Manuskripte an,
um deren Einsendung das gebildete Publikum
gebeten wird.*

©2010 FRANKFURTER LITERATURVERLAG FRANKFURT AM MAIN
Ein Unternehmen der Holding
FRANKFURTER VERLAGSGRUPPE
AKTIENGESELLSCHAFT AUGUST VON GOETHE
In der Straße des Goethehauses/Großer Hirschgraben 15
D-60311 Frankfurt a/M
Tel. 069-40-894-0 ✽ Fax 069-40-894-194
email: lektorat@frankfurter-literaturverlag.de

Medien- und Buchverlage
DR. VON HÄNSEL-HOHENHAUSEN
seit 1987

Websites der Verlagshäuser der Frankfurter Verlagsgruppe:

www.frankfurter-verlagsgruppe.de
www.frankfurter-literaturverlag.de
www.frankfurter-taschenbuchverlag.de
www.august-goethe-literaturverlag.de
www.fouque-literaturverlag.de
www.weimarer-schiller-presse.de
www.deutsche-hochschulschriften.de
www.deutsche-bibliothek-der-wissenschaften.de
www.haensel-hohenhausen.de

Bibliografische Information der Deutschen Nationalbibliothek
Die Deutsche Nationalbibliothek verzeichnet diese Publikation in der Deutschen
Nationalbibliografie; detaillierte bibliografische Daten sind im Internet
über http://dnb.d-nb.de abrufbar.

Lektorat: Dorit Grabow-Ax
Satz und Gestaltung: Michael Fröhlich
ISBN 978-3-8372-0694-4

Die Autoren des Verlags unterstützen den Bund Deutscher Schriftsteller e.V.,
der gemeinnützig neue Autoren bei der Verlagssuche berät.
Wenn Sie sich als Leser an dieser Förderung beteiligen möchten, überweisen Sie bitte
einen – auch gern geringen – Beitrag an die Volksbank Dreieich, Kto. 7305192, BLZ 505 922 00,
mit dem Stichwort „Literatur fördern". Die Autoren und der Verlag danken Ihnen dafür!

Dieses Werk und alle seine Teile sind urheberrechtlich geschützt.
Nachdruck, Speicherung, Sendung und Vervielfältigung in jeder Form,
insbesondere Kopieren, Digitalisieren, Smoothing Komprimierung, Konvertierung in andere Formate,
Farbverfremdung sowie Bearbeitung und Übertragung des Werkes oder von Teilen desselben in andere Medien
und Speicher sind ohne vorgehende schriftliche Zustimmung des Verlags unzulässig und werden auch strafrechtlich verfolgt.

Gedruckt auf säurefreiem, alterungsbeständigem Papier,
hergestellt aus chlorfrei gebleichtem Zellstoff (TcF-Norm)

Printed in Germany

Gewidmet ist dieses Buch meiner Familie und meinen Freunden, allen voran Ümit, dessen Freundschaft noch größer ist als meine Phantasie.

Inhalt

Prolog 9
Kapitel 1: Auf dem Weg zur Arbeit 12
Kapitel 2: Taaron und die Burg 21
Kapitel 3: Unerwartete Umstände 47
Kapitel 4: Rot 88
Kapitel 5: Blau 147
Kapitel 6: Die Wiedergeburt des schwarzen Messias 198
Kapitel 7: Der Aner-Damm 241
Kapitel 8: Von Flammen, Wasser und vom Sterben 274
Kapitel 9: Nord-Kworl 357
Kapitel 10: Belagerungszustand 421
Kapitel 11: Monatsende 497

Prolog

Der alte Mann lächelte wissend und erhob den rechten Zeigefinger: „Glaub mir, Taaron, irgendwann wird das alte Magierblut unserer Familie wieder ... ähmm ..."
Der junge Taaron nickte verständnisvoll und drückte den Arm des Großvaters sanft zurück auf die Armlehne seines alten Stuhles aus von Rissen durchzogenem Holz.
„Ja, Großvater", antwortete er beschwichtigend, als ob er zu einem phantasierenden Kind sprechen würde, stand auf und griff nach einem fettigen Holzteller, den er auf dem einzigen Tisch im Haus, welches nur aus einem Raum bestand, abgestellt hatte. Ihm entfuhr ein Seufzer als er die ärmlichen paar Karottenscheiben darin erblickte.
Nicht mal einen Löffel besaßen er und sein wirrer Großvater noch.
Der Alte griff nach der Schüssel und murmelte ein paar Worte, wie erbärmlich es ihm doch in diesem Rattenloch ging. Taaron schnappte sich dagegen die letzten paar Geldmünzen und verließ das Haus, um zur Arbeit zu gehen.

Drei Tage vorher, weit entfernt im Süden, gingen drei Schattengestalten einen Weg entlang. Es war finster und in der Ferne hörte man Getöse einer großen Schlacht.
Die erste Gestalt war nicht von großem Wuchs und schaute sich immer wieder nervös um. Die zweite dagegen war ein wahrer Riese, der eine dritte, humpelnde Gestalt von mittelgroßer Statur stützte. Der Weg ging von der offenen Straße in Waldland über, was die Nacht noch dunkler machte und geisterhafte Schatten auf den mondbeschienen Boden zeichnete.
Das Wesen in der Mitte keuchte und strauchelte daraufhin. Die kleine Gruppe hielt an und wartete bis das von Flüchen und Schmerzensschreien durchzogene Husten vorbei war.

Doch soweit kam es nicht. Ein plötzlicher Stoß durchlief den verletzten Körper und die Gestalt sank mit einem Pfeil im Genick zu Boden.
Im Gebüsch am Wegesrand raschelte es, der feige Schütze floh. Doch das kleine der verbliebenen Wesen setzte ihm nach. Mit gezückten Messern jagten beide, Schütze und Verfolger, durch den Wald, bis der Fliehende sich in einem Haufen Herbstblätter auflöste. Ein Zauber.
Die Gestalt, immer noch in Schatten gehüllt, spuckte aus und knurrte mit einer kratzigen, bösartigen Stimme verächtlich: „Elfenpack!"
Es drehte sich um die eigene Achse und warf, mehr aus Wut als aus Ahnung, ein Messer in den Zwischenraum der beiden Äste eines sich gabelnden Baumes. Jemand schrie auf und eine Gestalt mit langen, glatten, braunen Haaren ging von dem Messer getroffen zu Boden. Das Wesen, welches geworfen hatte, war schnell herbei, aber der am Boden liegende Elf stand unter Stöhnen auf, schnippte mit dem Finger und verschwand knarrend in der Erde, wo das Wurzelwerk ihn förmlich aufsog. Noch ein Zauber.

Lediglich das Wurfmesser blieb auf der, silberhell vom Mond beschienenen, kleinen Lichtung zurück, das Blut an der Klinge schimmernd wie ein langer Rubin. Die zurückgebliebene Gestalt zögerte nicht, in das Licht zu treten. Hätte der junge Mensch Taaron – wäre er da gewesen – das Gesicht dieses Wesens gesehen, hätte er womöglich panisch die Flucht ergriffen. Es besaß gemeinhin die Statur eines Menschen, nur das Gesicht war grundlegend verschieden. Es hatte rote Augen, die geformt waren wie zwei mit der Klinge nach unten zeigende Säbel. Der Mund war der gleiche wie der eines Menschen, nur die Eckzähne waren spitzer und etwas länger, wie bei einem Raubtier. Das Wesen hatte keine Haare, sondern Stacheln von der Dicke eines Kuhhornes, lang bis zur Hüfte. Sie waren nicht starr, sondern ein bißchen beweglich und

schwangen frei wie die Haare eines Menschen, nur etwas fester und zum Ende hin spitz. Die Farbe war unbestimmbar, sie schien sich der Umgebung anzupassen und war doch individuell.
Das rotäugige Ungeheuer trottete zu seinem riesenhaften Kumpanen zurück, der immer noch den Toten bewachte.
„Hab' ihn erwischt, der wird im Leben keine Bogensehne mehr spannen können. Falls seine Kraft überhaupt ausreicht, um zurück in seine Heimat zu gelangen."
Der Riese, ebenfalls solch' ein Unwesen wie der andere, steckte seine Axt weg. Er trug eine eiserne Maske, die eine grauenhafte Fratze zeigte und sein Gesicht bis auf die vergitterten Augen verdeckte.
„Das ist kein Trost", die Maske dämpfte seine Stimme. „Sharp Claw ist tot, der General wird wütend sein."
Die kleinere der beiden beugte sich über den Gefallenen und zog den Pfeil aus dessen Genick, wobei es ekelhaft knackte, keiner der beiden jedoch gerührt schien. Er hielt sich die blutige Pfeilspitze an die Nase und roch daran.
„Feiglinge ... Der Pfeil war auch noch vergiftet."
Wütend warf er das Geschoss an den Wegesrand.
Der Große hob beschwichtigend die Arme: „Frost, wir sollten seine Rüstung hier lassen, ohne sie können wir ihn leichter nach Hause tragen."
Der Kleine, der Frost hieß, rieb sich das Kinn, wobei seine roten Augen diebisch funkelten: „Wahrscheinlich hast du recht, Ironhead, wir binden ihn auf deinen Rücken und sehen zu, daß wir nach Aschfeld kommen."
„Warum immer auf meinen Rücken?" beschwerte sich Ironhead dümmlich, woraufhin Frost genervt seufzte: „Weil du weit und breit der größte Red-Eye bist."
Die Rüstung ihres so feige ermordeten Mitstreiters wurde einfach an den Wegesrand geworfen, wo sie scheppernd die Böschung hinabkullerte. Ironhead ließ sich den leblosen, blutigen Körper auf den Rücken binden und sie setzten ihren Weg schnell fort.

Kapitel 1:
Auf dem Weg zur Arbeit

Das Haus, welches Taaron und sein Großvater bewohnten, lag außerhalb der ersten Stadtmauer von Anaronun, der Hauptstadt Altmenschlands. Die Stadtmauer befand sich in Sichtweite des Hauses, also nicht weit entfernt. Zumindest auf der Landkarte nicht, doch die Distanz zwischen den armen Leuten vor den Mauern und den Reichen dahinter, betrug Welten.
Der junge Mann mit den dunkelblonden, schulterlangen Haaren lief einen dreckigen, stinkenden Waldweg entlang, auf dem er jeden Tag ging, um die Hauptstraße, die zum Tor führte, zu erreichen. Seine Hose war verschmutzt und von einer gnädigen Schneiderin, die er aus dem Palast kannte, schon mehrmals geflickt worden. Leider benutzte sie dabei immer alle möglichen Stoffreste, die gerade zur Hand waren. Ein Teil seiner Hose war blau, dann folgte ein grüner Flecken, ein Stückchen mit Blumenmuster und ab und zu sogar noch die ursprüngliche, dreckbraune Färbung. Sein Wams war etwas neuer und noch nicht völlig kaputt, doch es zeigte die Armut des Trägers mit jeder Naht und jedem schlechten Stich. Im Palast zog er sich immer um, denn dort erhielt er eine schöne Dienerkluft, in Gold und Rot, den Farben Altmenschlands. Seine Schuhe waren noch zu gebrauchen; er war nicht völlig unwichtig, also wurde ihm ein Paar geschenkt, als er die Arbeit im Palast antrat. Zweige kitzelten sein Gesicht und er hob den Kopf. Eine helle Sonne schien durch die Blätter, Vögel zwitscherten in den Wipfeln.
Als Taaron die Hauptstraße erreichte, die zum Stadttor führte, traf er einen alten Freund, er war Krieger und hatte schon viele Schlachten geschlagen.
„Sorios, wohin gehst du?"
Sorios drehte sich um und lächelte Taaron an:

„Taaron, alter Freund, ich bin auf dem Weg zum König, er hat alle Krieger aus der Umgebung einberufen."
Der Krieger trug die Freizeitkleidung eines edlen Mannes, ein eng geschnittenes Wams mit der Flagge Altmenschlands, mehreren aufgenähten Abzeichen und ein Schwert am Gürtel über seiner grauen Hose, die an der Innenseite der Schenkel mit Leder verstärkt war, damit man damit reiten konnte. Sein Gesicht war gutaussehend zu nennen, doch eine große Narbe neben seinem Kinn störte das Gesamtbild wie eine Spinne, die auf einer wunderschönen Blüte sitzt. Die Narbe trug er schon lange und man munkelte, er wäre damit geboren worden, doch diese Art von Verletzung erhielt man nur durch eine Schlacht.
Taaron und Sorios gingen gemeinsam die Hauptstraße entlang, auf der allerlei Volk unterwegs war. Zwei Händler beschimpften sich von ihren Karren aus, eine Gruppe Reiter mit dem Wappen Altmenschlands auf dem Schild, einer roten Waage auf goldenem Grund, ritten vorbei, eine Sänfte mit blauen Vorhängen wankte, von unsicheren Trägern gehalten, in dem Meer aus Menschen, die alle in die Stadt strebten.
Sorios blieb plötzlich stehen, worüber sich ein Reiter hinter ihm lautstark beschwerte.
„Taaron, ich sage dir: Geh heute nicht zur Arbeit in den Palast."
Er schaute sich verschwörerisch um: „Es liegt etwas in der Luft ... Ein Freund von mir, er ist Bauer und lebt weit weg von hier, hat mir über einen Verwandten berichten lassen, der Feind habe sich in Bewegung gesetzt."
Taaron riß die Augen auf,
„Ich wußte, daß von diesen Menschen aus dem Süden Gefahr ausgeht! Werden sie eine Armee ihrer tödlichen Krieger schikken?"
Sorios fuchtelte genervt mit den Armen.

„Nein, Taaron. Ich spreche von den glutäugigen Unwesen, die hinter dem grauen Gebirge leben. Sie kommen zu Hunderten über vergessene Wege aus ihrem Land, Aschfeld."
Die kalte Hand der Angst packte Taarons Herz mit eisernem Griff. Sorios hätte ihm ebensogut erzählen können, der schwarze Mann aus den Geistergeschichten lebe wirklich und würde ihn holen. Diese tiefsitzende Furcht vor dem Unbekannten, die normalerweise nur Kinder empfanden.
Er schluckte um seinen trocken gewordenen Hals anzufeuchten,
„Dann ist die Geschichte aus Teeijang also wahr?"
Vor wenigen Tagen wußte ein reisender Musikant in einer Kneipe zu berichten, daß Ungeheuer mit scharfen Klingen und blutroten Augen die Stadt Teeijang angezündet hatten. Wie durch ein Wunder blieben alle Frauen und Kinder unversehrt, aber alle Männer waren bestialisch ermordet worden.
Eine starkes Battaillon Reiter aus Altmenschland hatte die Wesen letztendlich besiegt, aber die, die zurückkamen, hatten vor Angst völlig den Verstand verloren und waren nicht einmal imstande ihre Frauen wieder zu erkennen.

„Ja, die Schlacht um Teeijang hat stattgefunden und nun ist eine neue Armee auf dem Weg nach Norden, zu uns."
Taarons Körper verkrampfte sich, sein Magen rebellierte.
„W- Wann kommt der Feind an?" brachte er stotternd heraus.
Sorios kam einen Schritt näher und senkte die Stimme zu einem Flüstern:
„Man sagt, sie hätten bereits vor drei Tagen den namenlosen See passiert. Die Armee muß also genau zur gleichen Zeit losmarschiert sein wie die, die Teeijang angegriffen hat."
Der namenlose See befand sich südwestlich von Altmenschlands Grenze. Mit einem Pferd konnte man den See von Anaronun aus innerhalb eines Tagesritts erreichen.

Die Frage war nun, wie schnell die Dämonen aus Aschfeld sich fortbewegten. Ritten sie auch auf Pferden? Waren alle ihre Soldaten zu Fuß unterwegs?
Sorios war ins Grübeln gekommen: „Ich glaube, der Feind bewegt sich zu Fuß fort, sonst wäre er schon da."
„Wie beruhigend ...", sagte Taaron sarkastisch. Doch er konnte nicht auf Sorios Rat hören, er und sein Großvater brauchten die paar Taler, die er im Palast verdiente, dringend. Die Stellung nur wegen eines Verdachtes zu riskieren, würde er sich nie verzeihen.
„Ich brauche das Geld, Sorios, außerdem würde mein Großvater eine überstürzte Flucht wohl kaum überleben." Als er den Satz beendet hatte, wurde ihm etwas klar und ein eiskalter Schauer lief ihm über den Rücken. „Ich, ich bin gefangen in dieser Stadt."
Sie nahmen den Fußmarsch wieder auf und wechselten kein Wort mehr, bis sie die Stadtmauer beinahe erreicht hatten. Dort zog Sorios Taaron beiseite und redete mit erhobenem Zeigefinger dringlich auf ihn ein:
„Mein Freund, ich habe das Gefühl, daß du zu mehr geboren bist, als zum Fegen des Ballsaals. Schau dich an! Tapfer, groß gewachsen und mutig. Außerdem hast du ein gutes Herz, heutzutage gibt es Menschen, die sich nicht wie selbstverständlich um den verwirrten Großvater kümmern und die verdienen weit mehr als du."
Taaron wurde verlegen, doch Sorios hatte recht und sprach weiter: „Irgendwann wird sich etwas in deinem Leben verändern, Taaron. Ob du es willst oder nicht. Vielleicht verlierst du deine Arbeit, oder, Gott bewahre, dein Großvater stirbt."

Taaron schwieg ratlos. Da standen sie nun beide und wußten nichts zu sagen. Taaron durchbrach letztendlich die peinliche Stille mit einem Räuspern.

„Sorios, ich gehe jetzt zum Palast, sonst verliere ich meine Arbeit wirklich!"
Taaron verschwand und der Krieger Sorios blieb noch einen Moment stehen. Schließlich faßte er sich unter den Haarschopf, um zu kontrollieren, ob sein Leben schenkendes Schmuckstück noch an Ort und Stelle war, dann ging er auf das Wachhäuschen im Bogen des Stadttores zu, um sich zu melden.

Taaron haßte das Stadtviertel hinter dem ersten Wall, denn es war das Gerbergebiet, wo alle Lederwaren aus Altmenschland hergestellt wurden. Um die Tierhäute zu verarbeiten, brauchten die Gerbermeister Urin. Viel davon.
Es stank, kurz gesagt, zum Himmel und die Menschen hielten sich Tücher vor die Nase, um besser atmen zu können.
Die gesamte Hauptstadt war rund angelegt, jeder folgende Mauerring war also enger als der vorherige, das Gerberviertel war also das größte Viertel da es zwischen dem ersten und zweiten Wall lag. Taaron passierte den zweiten Wall und sofort wurde die Luft besser, wenn auch nur wenig, denn Anaronun war eine alte Stadt, die gebaut wurde, als Abwasserkanäle noch nicht geschätzt waren. Die Elfen dagegen, die das Land westlich Altmenschlands bewohnten, bauten Städte mit Abwasserkanälen, Springbrunnen und künstlichen Flüssen, die in goldenen Flußbetten durch die Stadt flossen. Taaron hätte gern einmal eine Elfenstadt oder überhaupt einen Elfen gesehen, doch wie so viele kannte er nur die Geschichten der betrunkenen Reisenden in den Kneipen. In seiner Lieblingsspelunke „Zum Schwert" wußte einer zu erzählen, daß die Elfen Städte und Schlösser so naturverbunden bauten, daß sie von selbst wuchsen und kein Arbeiter einen Finger krumm machen mußte. Dies war natürlich Unfug, aber die Elfen benutzten einen Baustil, der eine filigrane Leichtigkeit aufwies und die Menschen schlichtweg zum Staunen brachte.

Nachdem er das reine Wohnviertel hinter dem zweiten Wall durchquert hatte und einem wütenden Ochsentreiber ausgewichen war, erzählte ihm ein rhythmisches Hämmern, daß er im dritten Wallring angekommen war, der Schmiedestadt. Waren die Schmiede heute beschäftigter als gestern?
Lehrlinge rannten durch die Straßen und trugen dabei Lanzen, Schwerter, noch unbearbeitete Eisenstücke oder schon ganz fertige Rüstungen umher. Funken flogen aus den Werkstätten in denen schwitzende Männer glühendes Eisen bearbeiteten oder Schwerter an rotierenden Schleifsteinen schärften. Ab und zu hoben sie die Schwerter und warfen einen prüfenden Blick darauf.

Taaron war unbewußt stehen geblieben, jemand klopfte ihm auf die Schulter.

„Was sehe ich? Mein Lieblingsbauer beobachtet die Stadtbewohner?"
Taaron drehte sich um und erblickte einen Arbeitskollegen. Sein Name war Osaon, er stammte aus einem guten Geschlecht von Rittern, welches dem König treu ergeben war. Er hatte ungefähr die Körpergröße Taarons, trug jedoch viel wertvollere Kleidung, man konnte fast vergessen, daß er ebenfalls nur ein Hofdiener war, so lief er herum. Sein Gesicht hätte eine Frau für schön halten können, würden die emotionslosen Knopfaugen nicht an den dummen Blick einer Ratte erinnern. Was ihn jedoch so unangenehm machte, war die Tatsache, daß er keine Gelegenheit ausließ, Taaron daran zu erinnern, daß er es niemals zu etwas bringen würde. Er vergaß dabei auch nicht zu betonen, daß er selbst, der großartige Osaon, irgendwann ein Ritter sein würde.
„Was ist los Taaron? Willst du bei den Schmieden in die Lehre gehen? Schau dir dieses Dreckspack an, höher als ein Geselle wird keiner aufsteigen."

Taaron hätte ihn am liebsten erwürgt. „Jeder einzelne dieser Burschen hat an einem Tag mehr ehrliche Arbeit erledigt als du in deinem gesamten Leben", gab er grinsend zurück, woraufhin Osaon wütend die Faust erhob:
„Du willst mich herausfordern, Bauernflegel?"
Taaron streckte die Brust heraus und machte sich breit:
„Und wenn es so wäre?"

Ein Schmiedelehrling, der bis jetzt, über die beiden Streithähne lachend, an einer Fassade gelehnt hatte, beugte den Oberkörper in das Fenster neben sich und pfiff durch zwei Finger laut hinein. Kurz darauf kamen ein Dutzend Lehrburschen aus dem Haus gestürmt und jubelten über die bevorstehende Prügelei.
Taaron und Osaon blickten sich noch immer starr in die Augen und rührten sich nicht. Erst als das Publikum sich um sie scharte, wurde Osaon nervös und blickte die dreckigen, armen Menschen ängstlich an, was diese wiederum bemerkten und daraufhin Taaron anfeuerten.
„Hau den Drecksack um!" brüllte einer, der noch seinen Schmiedehammer in der Hand hielt. „Schau wie er in seinen Seidenkleidern zittert!" rief ein anderer.

Osaon fing sich dennoch und zeigte auf Taaron:
„Wir sehen uns heute noch, mein Bauer ..."
Dann trollte er sich, woraufhin die Lehrburschen ihn auslachten und Beleidigungen brüllten.

Ein paar Minuten später erreichte Taaron den vierten Wall, der die Wohnhäuser der kleinen Gewerbe umgab, also Schneider, Bäcker, Buchbinder, ein paar zwielichtige Ärzte und die Handwerksgilden. Je weiter er in die Stadt vordrang, desto sauberer wurden die Wege und desto größer die Häuser. Ein Symbol für den Wohlstand, der von Stadtgebiet zu Stadtgebiet anstieg.

Der fünfte Wall führte ihn in das Wohngebiet der Wohlhabenden, die Häuser waren aus Holz gezimmert und zweistöckig angelegt. Die Straße wurde nun breiter und mündete schließlich in einen großen Marktplatz auf dem die Händler von außerhalb der Stadt ihre Waren anboten. Es wurde viel geschrien und gedrängelt, Taaron hatte aber mittlerweile Übung im Durchqueren des Platzes.

Der sechste Wall hatte blaugefärbte Zinnen und war hoch wie ein Turm. Auf jeder zehnten Zinne prangte ein Holzschild mit dem Wappen Altmenschlands, dahinter war eine Plattform mit Katapult an der Mauer befestigt. Taaron bewunderte die Idee, Belagerungswaffen gegen die eventuellen Belagerer selbst einzusetzen.

Hinter dem sechsten Wall präsentierten sich die Häuser der Reichen. Doppelt so hoch wie jene der Wohlhabenden und mit Vorsprüngen aus den Außenwänden, die sie „Balkone" nannten. Die Häuser waren komplett aus Stein und voller Schnörkel und kleiner Details. Es herrschte größtenteils die Farbe Rot vor, jeder Reiche wollte den Stolz auf sein Land präsentieren, was natürlich Unfug war. Unter Reichen galt es fast schon als Sport, ein noch kräftigeres Rot zu verwenden als der liebe Nachbar. Neben der Straße verliefen Abflüsse, die den Dreck in die ärmeren Viertel spülten. In diesem Gebiet war am Morgen noch wenig los, ein paar Mägde waren auf dem Weg zur Arbeit und Knechte sattelten Pferde für ihre Herren. Taaron hätte sich nicht zuletzt wegen der Mägde gerne länger im Viertel der Reichen aufgehalten, aber da es in der Stadtmitte lag, war es eben auch das kleinste Gebiet, man hatte es schnell durchquert.

Taaron bog in eine Seitenstraße ein, die direkt zu seinem Arbeitsplatz führte. Wäre er geradeaus weitergegangen, wäre er am Portal des Palastes angekommen. Die Straße, die er nahm, führte lediglich zum Dienstboteneingang. Es war nur eine unscheinbare Holztür in der Mauer des Palastes. Taaron klopfte dreimal daran. Eine Wache öffnete ihm die Tür von innen und begrüßte ihn mit einem mürrischen Nicken.

Der große Königspalast besaß einen eigenen Wall, den siebten, welcher den sechsten um ein paar Meter überragte. Um ihn im Notfall besser verteidigen zu können, gab es einen Tunnel zwischen den zwei Wällen, um die Soldaten nicht durch die panische Bevölkerung, die sich vor den Toren sammeln würde, laufen zu lassen.

Der Palast selbst hatte diese Bezeichnung kaum verdient, er bestand lediglich aus einem quadratischen Riesenbergfried in der Mitte einer mächtigen Burg. Das einzig königliche am Domizil des Königs war der goldene Thronsaal mit den Statuen der vorherigen Könige. Der Rest der Festung erinnerte eher an ein Fort oder eine Kaserne. Dem amtierenden König Dooaron war dies vollkommen recht, denn er war ein Kriegsfürst und wollte sich als eiserner Eroberer verstanden wissen. Es gibt zwar schlimmere Arten von Königen, das Problem bestand nur darin, daß die einzigen Eroberungen des Königs weiblicher Natur waren. Nun gut, auch darüber konnte das Volk hinwegsehen, wäre Dooaron wenigstens ein guter Politiker gewesen. Er hatte schon vor mehreren Jahren die Leitung seines Hofes an den Hofmeister übergeben. Einem strengen, aber fähigen Mann.

Weit unten begann Taaron seinen Arbeitstag: die Reste des königlichen Frühstücks mußten beseitigt werden. Eigentlich eine leichte Aufgabe, hätten die Teller und Trinkgefäße nicht aus diamantbesetztem Kristallglas bestanden.

Kapitel 2:
Taaron und die Burg

„Nein! Nicht noch einen Teller!" rief der alte Hofmeister als Taaron den dritten Teller fallen ließ. „Das war der Dritte! Geh, du ungeschickter Tölpel und feg den Boden!"
Taaron beschränkte sich auf ein beleidigtes Knurren, ging in die Abstellkammer, griff sich einen Reisigbesen und fegte den gewaltigen Ballsaal allein. Wütend ließ er den Besen über den empfindlichen Boden schleifen, bis jemand seinen Namen rief.
„Was gibt es?" rief Taaron zurück, ohne sich umzudrehen.
„Ach nichts, ich wollte dich nur darauf hinweisen, daß der Hofmeister sich überlegt, dich zu entlassen, mein Bauer ..."
Taaron umklammerte den Besen instinktiv fester. Das hatte ihm noch gefehlt, Osaon hatte von seinem Mißgeschick erfahren.
„Nun denn ...", hob Osaon an. „Ich bin heute wieder für meine großartigen Dienste gelobt worden, denn ich –"
Ein peitschenartiger Knall unterbrach Osaons Ausführungen, Taaron hatte ihm den Besenstiel aus Buchenholz an die Schläfe geschmettert. Jetzt lag er auf dem Boden des Saals und wimmerte wie ein getretener Hund. „Was tust du da? Du weißt, daß ich der bessere bin!"
Noch ein Schlag beendete auch diese Wortsalve.
„Wofür war der nun? Du kranker Sonderling, du!"
Der dritte gab ihm den Rest. Taaron war der Besenstiel plötzlich sehr sympathisch. Das einzige, was ihn aufregte, war, daß er Osaons Blut nachher vom Boden würde aufwischen müssen. Aber dafür gab es sicherlich auch den passenden Besen.
Eine Wache, die soeben hereingekommen war, packte Taaron unsanft am Arm,

„Was sollte das denn? Du Vollidiot, wenn seine Familie davon erfährt, baumelst du bald im Rhythmus des Windes auf dem Marktplatz."
Taarons Herz blieb einen Moment stehen.
Die Wache schien ihn zu mögen und suchte anscheinend nach einem Ausweg aus dieser Misere, was dann aber von einem völlig verängstigten Bogenschützen, den sie von der Mauer aus hörten, übernommen wurde.
„Alles in die Festung! Sie kommen!"
Der Wächter ließ Taarons Arm los und wollte sich entfernen, doch Taaron hielt ihn auf.
„Was soll ich tun? Ich will nicht einfach ausharren und abwarten!"
„Bring Osaon in den Sammelraum für Frauen und Kinder, danach gehst du in die Waffenkammer und läßt dich ausstatten. Wir treffen uns auf dem siebten Wall."
Taaron hob den schweren Osaon auf und versuchte, ihn mehr oder weniger unverletzt die enge Wendeltreppe in die Katakomben hinunterzubugsieren. Die engen, dunklen Sammelräume für die Zivilbevölkerung waren noch beinahe leer, nur ein paar Frauen saßen in der Ecke und zitterten vor Angst. Taaron lehnte Osaon mit dem Rücken gegen eine Wand und rannte so schnell es ging wieder herauf. Die Waffenkammer befand sich in der Nähe des Thronsaals, damit der König jederzeit vor ausländischen Gästen mit seinen Waffen prahlen konnte. Im Gegensatz zu den überlebenswichtigen Sammelräumen war sie hoch, hell erleuchtet, voller nützlicher Dinge wie Nahrungspaketen und Wasserflaschen. Außerdem waren viel mehr Menschen darin, die alle Waffen haben wollten. Ein Gardist des Königs rief den jungen Taaron zu sich und gab ihm ein Schild und ein Schwert.
„Komm, Junge, mach dich auf zur Palastmauer, dort können wir Grünschnäbel wie dich vielleicht gebrauchen."

Taaron lief ihm hinterher bis sie die gewaltige Brüstung Anaronuns erreicht hatten. Dort bot sich ihm ein schrecklicher Anblick: Die friedlichen Felder um die Stadt waren angefüllt mit garstigen Kreaturen mit langen Krummsäbeln und scharfen Krallen. Sie brüllten so laut, daß die Erde bebte. Taaron konnte nur ahnen, was sie waren, woher sie kamen. Jene, die hinter dem namenlosen Gebirge wohnten, die Dämonen aus dem Land, in dem es Asche regnete. Ihr Name war verboten, ebenso wie die Vermutung ihrer Existenz. Taaron hatte Angst, der Schweiß rann ihm kalt den Rücken herunter und sein Hals war trocken. Der schwarze Mann aus den Geistergeschichten war gekommen und stand an seinem Bett.

Grauenhaft lange Minuten vergingen bis sich endlich etwas tat. Dafür aber richtig: Die ganze schwarze Schar stürmte gleichzeitig auf die erste Mauer los und versuchte, sie mit Leitern und Belagerungstürmen zu erstürmen, doch die Bogenschützen auf der Mauer feuerten alle gemeinsam eine Salve Pfeile ab, die sich in die Feinde bohrte und viele tötete. Doch die anderen sprangen einfach über ihre gefallenen Kameraden hinweg und stürmten weiter auf die Mauer zu.
Taaron hatte Angst.
Das einzige, das ihn beruhigte, war die Tatsache, daß er auf dem siebten Wall stand, mit etwas Glück erreichten die Feinde ihn nicht einmal. Wenn doch, gehörte er zu den letzten Verteidigern und würde einer Übermacht gegenüberstehen ...

Ein pfeifendes Geräusch ertönte und wurde immer lauter. Bevor Taaron erkannte, was es war, ging der Krieger neben ihm mit einem schwarzen Pfeil in der Brust zu Boden. In seiner Angst zog Taaron sein Schwert, eine sinnlose Aktion, der Feind war gerade auf dem ersten Wall.

„Oh, ihr Götter! Seid uns gnädig", murmelte ein alternder Krieger neben Taaron.
„Sie haben den ersten Wall genommen."
Über die Mauer sprangen scharenweise Feinde, die ganzen Menschen auf der ersten Mauer waren ausgelöscht worden und nun mußte sich die zweite Mauer verteidigen. Die Männer waren tapfer, aber gegen eine Übermacht aus wütenden Ungeheuern konnten sie nichts ausrichten. Die dritte war etwas beständiger, was wahrscheinlich auch daran lag, daß die Biester allmählich müde wurden. Doch auch sie fiel unter hohen Verlusten der Angreifer. Dann herrschte Stille. Die Vierte Mauer wurde nicht angegriffen, es sah aus, als ob die Angreifer eine Pause einlegten. Die tapferen Männer konnten die Schreie der Bevölkerung hören, als die Feinde durch die Stadt schwärmten, in Häuser einbrachen und sicherlich alles Leben dort auslöschten. Plötzlich erhoben sich Rauchsäulen vor der Mauer, bösartiges Gebrüll verhöhnte die schockierten, machtlosen Männer, die auf ihrem Posten zum Warten verdammt waren. Knirschend und knisternd fiel ein hoher Getreidespeicher in sich zusammen, kratzige Stimmen riefen in einer wilden Sprache durcheinander. Taaron hörte eine Frau hysterisch aufschreien, einen Mann der um sein Leben bettelte und das Klirren von Eisen. Doch es gab keine weiteren Kampfhandlungen gegen den Wall, der Feind ließ sich Zeit und überdachte wohl seinen dunklen Plan.
Als die Kommandanten dies auch erkannt hatten, begannen sie, Befehle zu brüllen. „Sammelt euch, Männer, zeigt keine Furcht, denn euer Feind wird auch keine zeigen!"
Der Gardist, der Taaron in der Waffenkammer ausgerüstet hatte, rief den Soldaten auf dem sechsten Wall, direkt vor ihnen, zu: „Hey ihr! Kommt herüber zu uns, wir werden den Dämonen einen Streich spielen den sie nicht vergessen werden!"
Die Männer gehorchten und öffneten den geheimen Tunnel auf der Mauer, um zu ihnen zu kommen. Als sie eintrafen wurde es

sehr viel enger, aber auch sicherer. Jemand klopfte Taaron auf die Schulter,
„Was habe ich gesagt, Junge? Etwas wird sich grundlegend verändern."
Taaron erkannte Sorios wieder, er gehörte zu der Besatzung des sechsten Walls. „Du hattest wohl recht, mein Freund. Ich schätze, ich bin jetzt auch ein Krieger." Sorios wollte etwas darauf erwidern, doch ein Schrei unterbrach ihn.
„Habt acht!"
Taaron sah den vierten und fünften Wall binnen Minuten fallen, die Feinde beschossen die Menschen nun mit Pfeilen von unten, wogegen man sich schlecht wehren konnte, wenn man schon gegen jene kämpfte die mithilfe von Leitern oben angekommen waren. Doch der Trick des Gardisten sollte funktionieren: Als Wall sechs nur so von Feinden wimmelte, die sich über die nicht vorhandene Gegenwehr wunderten, feuerten die Schützen von Wall sieben ihre Pfeile auf sie ab, was sie tödlich traf. Einige fanden leider den ungeschützten Eingang zum geheimen Tunnel und verschwanden darin. Sie würden bald hier sein.
Taarons Herz schlug ihm bis zum Hals, seine Hände schwitzten und er klammerte sich an sinnlose Hoffnungen.
Schreie hallten von der Seite wieder: *Sie* waren da.
Taaron konnte aufgrund der vielen Menschen nicht sehen, wie weit sie in seine Richtung vorgedrungen waren, also blickte er in den Himmel. Wie lange stand er hier schon? Es mußte schon viel Zeit vergangen sein, denn die Sonne ging schon unter und tauchte die Stadt in Abendrot.
Plötzlich knallte es eisern neben ihm, ein Soldat ging zu Boden, was die Sicht auf den Kampf freigab: Überall auf der breiten Mauer fochten Menschen gegen Feinde. Das Unwesen, das den Krieger vor Taaron erledigt hatte, blickte ihn wie ein leichtes Opfer an. Rot leuchtende Säbelaugen, ein Schweif aus Stachelhaaren, der sich dem Abendrot anzupassen schien und

ein blutiger Krummsäbel in der krallenförmigen Hand. Der Feind hob den Säbel und schlug von oben auf Taaron ein, doch jemand schubste ihn weg, Sorios rettete ihn und zahlte dafür mit dem Leben, er wurde einfach in der Mitte durchtrennt. Mit einem verärgerten Knurren zog das Wesen seine Klinge aus Sorios Körper und stach wieder auf Taaron ein, der jedoch, mehr aus Instinkt als aus Kampfesmut, seinen Schild anhob und die Klinge daran abprallen ließ. Sein Arm schmerzte zwar, aber dem Feind ging es schlimmer, der Eisenschild hatte seinen Krummsäbel zum vibrieren gebracht und er zitterte nun am ganzen Körper. Eine Gelegenheit die Taaron nutzte, um sein Schwert in den Bauch seines Gegners zu rammen. Die Klinge drang so tief ein, daß das Wesen sich vorn überbeugte und die Gesichter der beiden sich sehr nahe kamen. In den blutroten Augen stand purer Haß und vor allem, Verwunderung über den plötzlichen Mut des jungen Taaron.

Blade Viper war zufrieden. Seine Truppen würden Anaronun niederbrennen und alle Soldaten des Feindes töten. Natürlich würden wie von Zauberhand alle unbewaffneten Bürger sowie Frauen und Kinder am Leben bleiben.
Einer der jungen, übereifrigen Kommandanten, dessen Namen Blade sich nie merken konnte, trat mit einer schneidigen Bewegung neben ihn. Leider riß er Blade dadurch aus seinen Überlegungen.
„Was gibt es?" fragte der Armeekommandant mürrisch.
Der Jungkommandant räusperte sich: „Armeeführer Blade Viper! Wir haben eine ärmliche Siedlung des Feindes entdeckt, nicht weit entfernt von hier." Blade lächelte gütig: „Des Feindes? Wahrscheinlich eher unschuldige Bauern. Der Feind versteckt sich direkt vor uns, hinter sieben Wällen, jeder einzelne fünf Meter dick und zehn Meter hoch." Der junge Soldat blickte beschämt zu Boden: „Ihr habt recht, verzeiht mir, Armeeführer."

Blade lachte und klopfte dem Beschämten auf die Schulter. „Du solltest mir verzeihen! Komm, ich sehe mir die Siedlung an …"

Sie liefen durch die verbliebenen Truppen und die Belagerungszelte bis sie von der Hauptstraße in einen Feldweg abbogen, der zu einer Mitleid erregenden Ansammlung von Hütten und Holzunterständen führte. Sie hatten keine Fenster und die Türen waren aus sperrigem alten Holz. Blades Verdacht hatte sich bestätigt, hier wohnten keine Feinde, sondern die Ärmsten der Armen unter den Menschen. Ein paar Soldaten warteten bereits auf sie und nahmen sofort Haltung an, als sie Blade erblickten.
„Hier gibt es nichts zu holen, Männer, aber schaut euch in den Hütten um, vielleicht haben sie Tücher und anderes Verbandszeug für die Sanitäter."

Die Soldaten schwärmten aus und traten wahllos Türen ein, woraufhin die Bewohner hysterisch aufschrien und um Gnade flehten.
Blade selbst genoß es, sich unter die einfachen Soldaten zu mischen und betrat selbst ein Haus. Es befand sich nur ein einsamer alter Mann darin, der gerade versuchte, eine auf dem einzigen Tisch im Haus stehende Wasserschüssel zu erreichen. Unglücklicherweise konnte er sich nicht aus seinem Lehnstuhl erheben. Auch hatte er Blade noch nicht bemerkt, offensichtlich war er beinahe taub: Daß die Tür aus der Angel gesprengt wurde, hätte er hören müssen. Blade ging zu dem Tisch und hob dem alten Mann die Trinkschüssel an den Mund, welche er dankbar leer trank. Seine Augen fixierten während des Trinkens nur die Hand im schwarzen Handschuh, die ihm die Schüssel hielt. Nachdem er abgesetzt hatte, murmelte er: „Danke Taa …" Er hielt inne, als er das Gesicht seines Gönners erblickte.

Blutrote Säbelaugen mit schwarzen Pupillen. Stachelhaare bis zum unteren Rücken. Zweifellos einer derer, die das schwarze Land hinter dem grauen Gebirge bewohnten.
Ein Red-Eye.
Plötzlich betrat noch ein weiterer jener Rasse die Hütte und brüllte etwas in ihrer rauhen, harten Sprache, die viele Rs und Ks enthielt. Der alte Mann verstand nur das Wort, das in allen Sprachen der Welt gleich klingt, das Wort für „Elfen".

Blade war vollkommen fassungslos!
„Was hast du gesagt?"
Der junge Kommandant wiederholte vollkommen von Angst erfüllt:
„Elfen! Tausende von ihnen feuern Pfeile in die Stadt und auf unsere Leute! Alle unsere Bogenschützen sind innerhalb der Stadt. Unsere Schwertkämpfer sind auf freiem Feld vollkommen wehrlos! Es sind einfach zu viele!"
Blade fluchte laut.
„Ruf alle Red-Eye, die mit uns hierher gekommen sind, zusammen. Wir ziehen uns zurück."

Es ertönte ein surrendes Geräusch, als ob Tausende von Bienen gleichzeitig auf Pollensuche gingen, der Himmel flimmerte plötzlich wie durch einen Nadelwald. Mit einem Aufschrei aus tausend Kehlen hagelten Pfeile auf die Burg und die Kämpfenden nieder. Wie durch ein Wunder wurden nur die angreifenden Ungeheuer von ihnen durchbohrt und gingen scheppernd zu Boden.
„Die Elfen aus Acharon! Wir sind gerettet!"
Rief ein blutbeschmutzter Krieger neben Taaron und reckte sein Schwert triumphierend in die Höhe, daß es im Licht der untergehenden Sonne schimmerte.
Die Überlebenden Feinde flohen kreischend und fluchend, wurden aber schon während der Jagd durch die Gassen erschlagen

oder von den Elfen, die ihnen vor den Toren einen Hinterhalt stellten, niedergestreckt. Anaronun hatte den Sturm überstanden und standgehalten. Und dies feierte es wie eine Wiedergeburt.

Während Bier in den Kneipen förmlich aus dem Fenster geschüttet wurde und die Betrunkenen sich auf der Straße in die Arme fielen, wohnte Taaron dem schnell organisierten Begräbnis der hochrangigen Gefallenen bei, unter ihnen der entzwei geteilte Körper Sorios, von dem ein Leuchten auszugehen schien. Der Priester, der stark nach Bier und Schnaps stank, predigte nicht, nein, was er von sich gab, war eher eine Hetzrede.
„So lasset die Dreschflegel der Gerechtigkeit hernieder fahren! Auf daß sie die Spreu der Feinde vom reinen Weizen unserer Brüder trennen! Der Feind aus dem aschebedeckten Land erstarkt wieder während wir hier reden!"
Taaron wunderte sich, der einzige, der redete, war der Priester.
„Und laßt sie kommen! Die Barbaren mit den Augen voll der Glut der Hölle! Laßt sie kommen! Die Ungeheuer und Drachen aus der Finsternis! Solange wir an die Götter glauben und an das Schwert, werden sie nicht siegen!"
Während der Priester beschwörend die Arme hob und die 32 Götter der Menschheit anrief, schlich eine alte Frau, eher schon eine Greisin, an den Sarg Sorios und legte die Hand auf ihn. Obwohl ärmlich gekleidet, ging von ihr mehr Priesterliches aus, als von einem Dutzend besoffener Priester. Sie bewegte die Lippen lautlos und schloß andächtig konzentriert die Augen.

Nach der, mehr oder weniger, würdevollen Zeremonie, begab sich Taaron aus der steinernen Krypta unter dem Palast und lief allein im dunkeln nach Hause, hoffend, daß seinem Großvater nichts zugestoßen war. Im Reichenviertel liefen nur wenige Menschen umher, die meisten waren Mägde und Knechte, die Essen und Getränke durch die Gegend schleppten, da ihre Herren natürlich beschlossen hatten, spontan eine eigene kleine Siegesfeier abzuhalten.

Als er an einer Gasse zwischen zwei Häusern vorbeilief, wurde er plötzlich kräftig am Kragen gepackt und in die Dunkelheit gezogen. Er wollte sich wehren, da er dachte, ein Betrunkener habe vor, ihn zu verprügeln. Als er aber in zwei blutrote Augen blickte, schwand sein Mut.

Eine Hand mit einem Griff wie der einer Bärenpranke hielt ihm den Mund zu.

„Wenn du versprichst zu schweigen, versprechen wir dir im Gegenzug, daß du nicht als Leiche in dieser Gasse endest", sprach eine rauhe, kratzige Stimme, die einen seltsamen Akzent besaß, sie rollte das R.

Taaron nickte eifrig, sofern es der eiserne Griff des Rotäugigen erlaubte.

Die Augen in der Dunkelheit wandten sich kurz ab, nickten ebenfalls, woraufhin mehrere Augenpaare in der Dunkelheit erschienen.

Die Hand verschwand vor Taarons Mund und er schnappte gierig nach Luft.

„Was – Was wollt ihr?" keuchte er atemlos.

„Überleben", mischte sich eine etwas höhere, weniger kratzende Stimme von der Seite her mit ein, „und nicht enden wie unsere Brüder auf dem Feld, oder dort auf der Straße." „W – Was seid ihr?"

„Wir", sprach die erste Stimme wieder, „sind Red-Eye aus Aschfeld."

„Und was wollt ihr von mir?" „Daß du uns aus der Stadt führst."
Taaron wies in die Richtung des Tores: „Da lang, ihr müßt ein paar Mauerringe durchqueren, dann seid ihr auf der Ebene vor der Stadt."

Die Red-Eye stöhnten genervt auf, die hellere Stimme tönte ironisch:
„Gut gemacht, Spear, von tausend Menschen, die hier herumlaufen, hast du uns den närrischsten gebracht."
„Hach!" Der Angesprochene, dessen Augen immer noch direkt in die Taarons blickten, – War es plötzlich kälter geworden? – wehrte sich knurrend: „Wenigstens ist er nicht besoffen, wie die vorherigen drei."
Tiefes Durchatmen, dann sprach er mit einem nach Verbranntem stinkenden Mundgeruch weiter, aber so, als ob er mit einem dummen Kind sprach, langsam, jedes Wort betonend:
„Wir wissen, daß dort der Ausgang ist. Aber wenn wir auf der Straße gesehen werden, werden wir massakriert. *Du*", er betonte es, „sollst uns zeigen, wie wir ungesehen aus diesem Höllenloch herauskommen."

Taaron erhob sich mühsam, wobei Spear ihm die Hand auf die Schulter legte, zum Zeichen, daß er ein Auge auf ihn habe. Der verängstigte Mensch führte die Red-Eye, die ihn hoffentlich nicht als einen gegnerischen Kämpfer ausmachten, in eine Gasse, von der er wußte, daß sie einen Zugang zu einem geheimen Gang unter der Stadt enthielt. Es war derselbe Tunnel, den die Krieger heute Nachmittag während der Schlacht genutzt hatten, um von einem Wall zum anderen zu gelangen. Diese vier Red-Eye mochten wohl nicht bei den vordersten Angreifern gewesen sein, sonst wüßten sie davon. Der Tunnel, in den er sie führte, zog sich unter der gesamten Stadt hindurch und nur ein in ärmlichen Verhältnissen aufgewachsener Junge wie Taaron wußte, daß es ihn hier vorne noch gab, denn als Kind mit Neigung zum Stehlen, war es immer von Vorteil, verschwinden zu können. Als er mit ihnen die steile, enge Wendeltreppe, deren Wände glitschig waren und tropften, hinablief, hörte er die Ungeheuer mit den im dunkeln leuchtenden Augen leise in ihrer Sprache murmeln und konnte sich denken, daß sie mißtrauisch waren. Nach mehreren Minuten des Gehens durch den langen Tunnel, von dessen Decke es tropfte wie in einer Höhle, erreichten sie eine weitere Wendeltreppe. Taaron winkte sie nach oben und teilte ihnen leise mit, daß der Ausgang hinter einem Schuppen lag, in dem sie sich weiterhin verstecken konnten.

„Dies", er wies auf das Tor, wobei er durch die morschen Balken des Schuppen, in dem sie nun saßen, zeigte, „ist der einzige Weg hinaus, ehrlich." Der Anführer, der Kerl namens Spear, knurrte unzufrieden.
„Hrmmm … Ich glaube ihm soweit", er wandte sich an seine Mitstreiter, drei Red-Eye, einer davon, der Besitzer der etwas freundlicheren Stimme von vorhin, „daß dies wirklich der einzige Ausgang ist, weil, hätte es einen anderen gegeben, wären wir durch den eingedrungen und hätten keine Schlacht riskiert."
Einer der Red-Eye, die bis jetzt noch nicht gesprochen hatten, meldete sich zu Wort: „Mag sein, das löst aber nicht das Problem, daß wir hier nicht herauskommen. Seht, der Morgen graut, die Nacht geht vorüber und die Dunkelheit weicht. Und unsere Versteckmöglichkeiten mit ihr. Ich sage jetzt oder nie! Auf die nächste Nacht zu warten ist riskant, irgendwann wird einer diesen Schuppen betreten und uns finden."
„Ich stimme ihm zu", verkündete der bis jetzt schweigende, freundlichere.
Spear nickte widerwillig.
„Was sind eure Vorschläge?"
Nun ging eine aufgeregte Unterhaltung los, die Red-Eye stritten miteinander, wie sie die wenigen Meter zum Tor unbemerkt zurücklegen wollten, sogar von einem Strohkarren in dem sie sich verbergen wollten, war die Rede. Taaron schluckte und kauerte sich in seine Ecke. Wenn sie keine Einigung erzielten, was dann? Würden sie ihm etwas antun? Bestimmt, denn wenn sie ihn lau-

fen ließen, würde er sie verraten, der Tod war eine feste Größe in Taarons Gedankenwelt geworden. Auch an seinen Großvater dachte er wieder. Sicherlich hatten schon die Kundschafter der Red-Eye die ärmliche Siedlung in dem Weiler vor der Stadt ausgemacht und zerstört. Oder komplett links liegen lassen. Wahrscheinlich traf eher das Zweite zu, aber dies änderte nichts an dem Umstand, daß Großvater seit beinahe zwei Tagen nichts von ihm gehört hatte und sicherlich Durst und Hunger litt.
„Ich muß hier weg ...", murmelte Taaron leise, doch nicht leise genug, Spear griff ihm grob an den Hals. „Du kommst hier schon früh genug weg, aber erst, wenn wir weit genug von der Stadt entfernt sind. Wir haben eine Entscheidung gefällt: Ich binde dich und die drei anderen in Säcke, lade euch auf diesen Karren dort an der Wand und tue so, als ob ich einer der vielen Leichensammler wäre, die die Gefallenen der Schlacht fortbringen."
Auf eine ekelhafte Art und Weise fand Taaron die Idee gut, auch wenn sie die Tatsache beinhaltete, daß er gefesselt entführt wurde.
„Gib deinen Mantel her ...", knurrte der dritte der Red-Eye unfreundlich. „Spear wird ihn anziehen und die Kapuze überstülpen. Er hat sogar eine ähnliche Größe."

Taaron wurde also wie ein Pfund Kartoffeln in einen Sack gesteckt, verschnürt und unsanft auf einen Karren, der widerwärtig nach Pisse stank, geworfen. Der Karren mußte einem der Gerber gehören, die Urin zur Herstellung von Leder brauchten. Taaron lag unten, versteht sich, denn die Red-Eye wollten ihm nicht die Chance geben, aufzustehen und Aufmerksamkeit zu erregen, also legten sie sich, auch in Säcke verschnürt, auf ihn.
Der Anführer, der nun Taarons Mantel trug und sich die Kapuze über das rotäugige Gesicht zog, hob den Karren an den Stangen an und schob seine „Gefallenen" in Richtung des Haupttores.

Dabei ging er absichtlich unordentlich vor und achtete darauf, auch ja kein Schlagloch auszulassen, da er schließlich den mißgelaunten, gebeugten Aufräumer nach der Schlacht mimte.
Die Wachen am Tor ließen ihn anstandslos passieren, da sie sich stritten, wer bei den gestrigen Kämpfen mehr Red-Eye erschlagen hatte. Über Taaron fluchte eine kratzige Stimme: „Habt ihr gehört? Geflohen auf ihre Mauern wie die Hasen, aber hinterher ein großes Mundwerk ..."
Spear fuhr über einen großen Stein, daß die Ladung arg durchgeschüttelt wurde und ihr eigenes großes Mundwerk hielt.
Es wurde doch noch einmal eng, als die anderen Leichensammler, die vor der Stadt ein Massengrab aushoben, ihren vermeintlichen Kollegen dazu bewegen wollten, ihnen zu helfen, doch er lief einfach schweigend in Richtung des kleinen Weilers, in dem Taaron und sein Großvater lebten. Dies geschah unbewußt, Spear wußte natürlich nicht, daß er auf Taarons Heim zuhielt. Taaron wußte es ja nicht einmal selbst, er war zu beschäftigt damit, sich anzustrengen, den Brechreiz zu unterdrücken.
Als sie bei den verwaisten Hütten ankamen, stellte Spear den Wagen ab und klopfte gegen dessen Holzplanken. „Ihr könnt herauskommen, die Luft ist rein."
Mit erleichtertem Aufatmen stiegen die „Toten" aus dem Karren und wunderten sich aufgrund ihrer seltsamen Umgebung.
„Wir sind zu nahe an der Stadt", beschwerte sich der Mißmutige, der Taaron um seinen Mantel erleichtert hatte und Spear übergab. „Ich kann ja noch den Gestank riechen und sogar noch die Mauer sehen. Wir müssen hier schleunigst weg. Was sagst du, Poison?"
Endlich erfuhr Taaron den Namen des freundlicheren Red-Eye, der antwortete: „Recht hast du, aber hier ist es ungefährlicher, auf die Nacht zu warten. Im Schutze der Dunkelheit fliehen wir aus diesem verfluchten Land."

Taaron räusperte sich schüchtern: „Ähm, wie es der Zufall so will, lebe ich hier." Er wies auf seine Hütte, aus der schrecklicherweise kein Kerzenlicht schimmerte. „Ich bleibe hier und werde nach meinem Großvater sehen. Laßt mich gehen, ich verspreche, euch nicht zu verraten."
Poison knurrte. „*Hier* lebst du? Naja, wenn du die Wahrheit sagst, werden wir nun dein Heim mit unserer Anwesenheit beehren."
Die Red-Eye lachten grimmig und schoben Taaron in Richtung seiner Hütte. Zu seinem Schrecken bemerkte er, daß die Tür eingetreten war und befürchtete das Schlimmste. Als er und die Red-Eye den Raum betraten, fanden sie Taarons Großvater in seinem Stuhl sitzend. Er war wach und schien Taaron sogar zu bemerken.
„Ohh ... Junge, du bist zurück. Ja. Soll ich dir etwas erzählen? Als du weg warst, habe ich den Teufel kennengelernt ...", der Alte atmete tief durch, „und ich muß sagen, er ist nicht so böse wie die Priester ihn beschreiben ... hmhm."
„Laßt ihn reden", teilte Taaron den Red-Eye mit. „Er ist alt und spricht wirres Zeug."
„Er trägt eine Rüstung von Silber und eine Schlange windet sich um seinen Brustpanzer."
„Seht ihr?" sagte Taaron und hoffte, die Red-Eye würden den plappernden Alten nicht als Grund für einen Mord nehmen. Doch die vier Unwesen reagierten völlig unerwartet: Spear trat hinter den Stuhl des Großvaters, der die Red-Eye noch nicht bemerkt hatte, warf seinem Begleiter Taarons Mantel zu und fragte laut: „Was trug dieser Teufel sonst noch?"
Taarons Großvater atmete wieder tief durch. „Er trug Beinschienen von feinstem schwarzen Leder, wie ich es noch nie gesehen habe ..."
„Nein, nein, ...", unterbrach Spear ungeduldig. „Sein Brustpanzer. Was war sonst noch darauf zu sehen?" „Oh ... Ein großes Schwert mit einem Griff wie eine Drachenschuppe, das von ei-

nem Armbrustbolzen gekreuzt wurde. Ja. Oder vielleicht war es auch ein Pfeil."
Die Red-Eye blickten sich gegenseitig an.
„Blade. Er hat es wohl geschafft zu entkommen", vermutete Poison murmelnd. „Vielleicht auch nicht", warf ein anderer Red-Eye ein. „Die Elfen könnten auch erst nach Blades Rückkehr zur Armee hier eingetroffen sein."
Die Gruppe schwieg und setzte sich an den Tisch, wo Großvater sie endlich erblickte. „Oh, sieh an! Noch mehr von dieser Sorte. Glaubt nicht, ich weiß nicht, wer ihr seid."
Spear grinste wie ein Jäger mit Aussicht auf Beute, lehnte sich nach vorne und blickte dem Alten direkt in die Augen, daß Taaron glaubte, dessen Herz würde stehenbleiben, doch Großvater blickte unbeeindruckt zurück.
„Ja. Ihr seid Red-Eye, die glutäugigen Schlächter, denen nach Blut dürstet wie andren nach Wasser. Ich habe viele von euch gesehen, damals vor siebzig Jahren. Viele erschlagen habe ich", Taaron riß die Augen auf und wollte dem Senilen Einhalt gebieten, doch eine eiskalte Hand legte sich auf seine Schulter. „Laß ihn sprechen", knurrte Poison ihn von der Seite an.
„Wir hatten das Torhaus eingenommen", fuhr Großvater fort. „Ein Verräter unter euch hatte es uns geöffnet. Als wir die Stadt betraten, mordeten und plünderten wir bis zur Erschöpfung, viele von euch starben, auch Frauen und Kinder. Ihr wißt von welcher Stadt ich spreche?" Fragte er herausfordernd, was Taaron mit wachsendem Entsetzen zur Kenntnis nahm.
Spear nickte langsam: „Das weiß ich. Aber ich will nichts mehr davon hören, diese Schlacht ist geschlagen, Wunden vernäht."
„Doch nie verheilt", flüsterte Poison abwesend.

Die Red-Eye verbrachten den Tag bei Taaron und seinem Großvater in der Hütte, indem immer einer von ihnen Wache hielt, was es unmöglich machte, zu fliehen und die Wache zu alarmieren. Ruhe fand Taaron keine, er hätte sich eher in ein Grab zum Schlafen gelegt, als unter diesen mordlustigen Ungeheuern. Großvater schien die Anwesenheit der Red-Eye nicht zu kümmern, er schnarchte in seinem Lehnstuhl.

Als die Nacht hereinbrach, kam Bewegung in sie. „Wir gehen, aber du kommst mit, mindestens bis wir weit genug weg sind von der Stadt und Reitertruppen uns nicht mehr gefährlich werden können", sagte Spear und tippte Taaron mit dem Zeigefinger auf die Brust. „Wir wollen ja nicht, daß du zur Stadtwache rennst, sobald wir eine halbe Meile entfernt sind, nicht wahr?" Er kicherte und schob Taaron zwischen sich und den Kerl, der ihn um seinen Mantel erleichtert hatte.

Die Nacht war unangenehm kühl und das Mondlicht zauberte geisterhafte Schatten an die in der Nähe sichtbare Stadtmauer. Beinahe ohne ein Geräusch von sich zu geben, schlichen die Red-Eye in die Deckung des kleinen Weilers, der die Siedlung umgab.

Poison wandte sich an Taaron: „Wenn du uns einen Weg ungesehen über die Felder zeigst, bist du vor den ersten Sonnenstrahlen zu Hause." Taaron nickte aufgeregt, denn ihm kam eine hinterhältige Idee, wie er die Red-Eye loswerden konnte oder zumindest beschäftigen wollte, um die Stadtwache zu alarmieren. Er führte sie durch den Weiler nach Osten, wo die Bäume in eine Auenlandschaft übergingen: Bei Sonnenlicht ein idyllischer, wunderschöner Ort, aber gleichzeitig gefährlich, wenn man nicht wußte, wo man lang laufen durfte. Taaron hatte hier ganze Sommer verbracht und wußte von einem Flecken, an dem schon viele Unvorsichtige ihr Leben ließen.

Immer wieder hinter Jasmin und Holunderbüschen Deckung suchend, führte er sie durch die Dunkelheit, darauf achtend, auch ja den falschen Weg zu nehmen. Die Red-Eye liefen direkt hinter ihm und waren bereit, sofort zuzustechen, wenn ihnen etwas merkwürdig vorkommen sollte, doch Taaron war ein guter Schauspieler und führte sie, zielstrebig und sicher wie ein Bergführer, ins Verderben. Das Verderben war hier eine uralte Pflanze, die auf den ersten Blick wie ein vom Blitz in der Mitte zerteilter, toter Baum aussah, aber verweilte man nur kurz in seiner Nähe, zeigte sich, daß in dieser Pflanze mehr Leben steckte als vermutet.

Dieses Gewächs stand auf einer kleinen Lichtung, auf der nicht einmal Gras wuchs, so sehr strahlte die Pflanze etwas unbewußt Böses aus.

Als er und die Red-Eye besagte Lichtung erreichten, blieb Taaron unvermittelt stehen, drehte sich um und sprach: „Diese Lichtung ist die einzige Schwachstelle auf dem Weg, sie ist leider groß genug um den Wachen auf den höheren Türmen aufzufallen. Ich weiß es, denn ich bin schon ein paar Mal von hier verscheucht worden, wir befinden uns im königlichen Jagdgebiet."

„Dann rennen wir gemeinsam darüber", entschied Spear schnell und winkte die Red-Eye heran, daß sie sich neben ihm aufstellten. „Auf drei! Eins ..., zwei ..., *drei!*" Er hätte es nicht besser sagen können, denn just in dem Moment, in dem die Gruppe losrannte, kam Bewegung in die vermeintlich toten Äste des vom Blitz zerteilten Baumes. Bewegung war noch schwach ausgedrückt, besser gesagt, flogen die Äste, aus denen peitschende Lianen sprossen, förmlich heran und griffen nach den Rennenden.

Einer der Red-Eye wurde an den Knöcheln gepackt und im hohen Bogen durch die Luft geschleudert, so daß er schließlich schreiend in der Dunkelheit verschwand, Spear hatte in Windeseile seinen Säbel gezogen und schlug damit um sich wie ein Berserker, Poison war nicht zu sehen, der Manteldieb hatte große Mühe sich gegen die Äste zu wehren, die seine Arme gepackt hatten und ihn in Richtung des Baumes zogen, dessen augenscheinliche Bruchstelle eines Blitzeinschlags zu einem klaffendem Maul geworden war.

Taaron hatte auf den Sprintbefehl Spears gar nicht erst reagiert und war am Anfang der Lichtung stehen geblieben, wo er nun genüßlich beobachtete, wie die Red-Eye mit der Pflanze, die übrigens Uranus-Wandererfalle genannt wurde, rangen. Zwar sah er nicht viel, die Dunkelheit vernebelte ihm die Sicht, aber die Flüche in der knurrigen Red-Eye Sprache ließen auf einiges schließen. Als ihm gerade wieder einfiel, daß er wegrennen wollte, sprang ihn ein Körper mit lautem Fauchen aus dem Schatten an und drückte ihn erbarmungslos zu Boden.
„Nicht sooo, nein, nein ...", hörte er Spear keuchend flüstern. „Diese Pflanze ist kein Gegner für Red-Eye."
Taaron wollte den auf ihm Liegenden wegstemmen und fliehen, doch Spear war schwer, also nahm er alle Kraft zusammen, die er aufbringen konnte und schrie während er drückte: „Weg von mir!"
Ein gleißendes Licht erhellte die Nacht und mit einem Mal war der Red-Eye nicht mehr auf Taaron.
„Was zur...?" hörte er Poison in der Nähe sagen, bevor er aufstand. Plötzlich krachte es eisern im Gebüsch hinter der Lichtung und ein lästerlicher Fluch ertönte, Spear war gelandet und hart aufgekommen. „Packt ihn, ich will ihn in Tinwatuk haben! Tjerain, kioruyy!"
Doch Taaron war schon wieder auf dem Weg zum Weiler, was die wütenden Red-Eye nicht daran hinderte, ihm nachzujagen. Äste peitschten ihm ins Gesicht und Wurzeln ließen ihn stolpern. Er fiel schließlich auf einen aus dem Boden ragenden Stein, der ihm die Rippen mit einem dumpfen poltern prellte. „Aaah! Scheiße!" rief er, was er sofort bereute, schwere Stiefel kamen neben seinem am Boden liegenden, gekrümmten Körper zum stehen.
„Jetzt hast du unsere Geduld überstrapaziert ...", hörte er Poison knurren,
Dann wurde ihm schwarz vor Augen.

Kälte. Nasse Kälte und Atemnot.
Jemand zog seinen Kopf an den Haaren aus dem eiskalten Wasser.
Taaron prustete und keuchte.
„Na, haben wir gut geschlafen?" hörte er Spear hinter ihm höhnen. „Du warst ein ganz schöner Ballast auf dem Weg hierher."
Taaron schnappte immer noch nach Luft, als ihm einfiel in wessen Gesellschaft er sich befand. „Wo sind wir?"
„An den Ufern des namenlosen Sees", antwortete Poison an einem kleinen Lagerfeuer in der Nähe sitzend, „dem größten Binnenmeer dieser Länder.
Offiziell Territorium Altmenschlands, aber hier lebt nichts, auf diesem kargem Fels."
„Warum habt ihr mich mitgenommen? Ihr hättet mich liegenlassen können", Taaron drehte sich weg vom Wasser und bemerkte, daß seine Hände gefesselt waren, „hier kenne ich mich nicht aus."
Die Red-Eye, auf rohem Fleisch kauend, lachten widerlich: „Wegen deiner Landeskenntnisse bist du nicht hier. Wir glauben schlicht und einfach, du bist wertvoll."
Die Rippen schmerzten ihn und er legte sich auf den Rücken. „Ihr habt mich verbunden, vielen Dank."
Die Gruppe schonte ihren Gefangenen nicht weiter, im Gegenteil, sie hatten anscheinend vor, den Weg in ihr Heimatland im Gewaltmarsch zurückzulegen.
Von den Ufern des namenlosen Sees aus marschierten sie nach Osten, auf direktem Weg in den sich mit Vogelgezwitscher ankündigenden Sommer.
Taaron lief in der Mitte, zwischen Spear, der vorne lief und den anderen hinter ihm. Nach einem Tagesmarsch wurde das Land weniger steinig und karg, sie betraten eine Taiga, die sich wie ein Grenzgürtel zwischen den Menschenländern und dem Land der Red-Eye, Aschfeld genannt, erstreckte. Büsche wuchsen hier

hüfthoch und erstreckten sich wie ein Meer bis an den dunkelroten Horizont.
Spear blieb plötzlich stehen, so daß Taaron gegen seinen Rückenpanzer knallte und auf den verdorrten staubigen Boden fiel. „Habt ihr das Rascheln auch gehört?" fragte der Anführer seine kleine Truppe. Poison, die Nachhut bildend, knurrte verächtlich: „Du hörst das Rascheln von vertrockneten Ästen und das Zischeln von Eidechsen, oh furchtloser Krieger ..."
Spear überhörte die Beleidigung in Poisons Satz und lauschte weiter angestrengt in die ebene Landschaft.
Dies würde allerdings nicht viel bringen, denn Taaron, immer noch am Boden liegend, konnte durch die weniger struppigen Ästchen in Bodennähe schauen. Und er sah etwas. Besser gesagt: viel, denn in ein paar Metern Entfernung huschten Wesen durch das Buschwerk, die klein genug waren, um von oben nicht gesehen zu werden.
„Ich, ähm, sehe etwas", meldete er sich schüchtern zu Wort. „Es sind kleine Wesen, die um uns herumrennen."
Spear blickte mit gerunzelter Stirn auf ihn herab und zeigte dann auf den Boden. Der Red-Eye hinter Taaron bückte sich und schaute unter die Büsche.
Er sog scharf und erschrocken die Luft ein: „Tornaks! Eine ganze Horde!"
Die Red-Eye zogen ihre Klingen gerade im richtigen Moment, denn nach dem Ruf schnellten kleine, echsenähnliche Wesen aus den Büschen hervor.
Taaron erinnerte sich an den langweiligen Schulunterricht, der in seiner Kindheit vom König für die Armen eingeführt wurde. Der stark angetrunkene Lehrer, ein fetter Priester natürlich, hatte ihnen von den Tornaks erzählt:
„Hört mir zu, ihr kleinen stinkenden Bastar ...", er rülpste, „wie auch immer, ein Tornak ist eine Mißgeburt von Tier, ein Wesen, das die Körpergröße von dir hier", er zeigte auf ein klei-

nes Kind in der ersten Reihe, das kaum über eine Tischplatte sehen konnte, „hat und einen Kopf wie eine Schlange. Seine Haut ist aus Schuppen, ebenfalls schlangengleich. Soweit, so gut. Das Gefährliche an ihnen sind weder Giftzähne oder die Rudel, in denen sie gerne auftreten, sondern ihre Tentakel auf dem Rücken, vier an der Zahl." Der Priester nahm einen Schluck aus seiner Weinflasche und streckte dabei aus Versehen drei anstatt vier Finger in die Höhe, um den Kindern die Anzahl der gefährlichen Tentakel zu zeigen. „Sie sind bis zu zwei Meter lang und haben gefährliche, von der Natur, oder vielleicht auch vom Teufel, geschaffene, scharfe Klingen an ihren Enden. Wenn ihr so einem Biest begegnet, rennt, oder betet zu Gott, egal welchem, weil beides ist sinnlos in so einem Fall."
Diese Erinnerung schoß Taaron durch den Kopf als er auf dem Boden lag und die Red-Eye nur als hauende und stechende Schatten über ihm zu erkennen waren.
Einer der Tornaks ging mit einem großen Loch in der Brust direkt neben Taaron zu Boden, so daß er direkt in die Schlangenaugen, im Todeskampf verkrampft, sehen konnte. Er sah sein eigenes Spiegelbild darin und erkannte die Gelegenheit. Mit einem Satz war er auf den Beinen und versuchte zu fliehen, doch ein anderer Tornak tauchte, auf zwei seiner ekelhaften Tentakel gestützt, wie ein Raubfisch aus der rauhen See, aus dem trockenen Gras auf. Dieses Exemplar war weitaus lebendiger und züngelte verschlagen.
Als der Mensch seine Ambitionen zur Flucht bereits begraben wollte, packte ihn der plötzlich neben ihm erschienene Spear an den gebundenen Handgelenken und durchtrennte sie mit einer einzigen Handbewegung, ohne daß auch nur eine Klinge oder ein Schwert in der Nähe gewesen wäre, was Taaron später erst auffiel und ihn erschrocken zurückließ. Spear knurrte ihm zu: „Fliehen kannst du hier nicht, deine ins Gras getrampelten Spuren finden wir noch Stunden hinterher, außerdem kannst du dich in dieser

Einöde nirgends verstecken. Kämpfe, dann kannst du den Rest des Weges ohne Fesseln und Ketten zurücklegen."

Taaron wollte antworten, doch der Tornak mochte wohl keine Diskussion anhören und unterbrach die beiden, indem er mit lautem Zischeln auf den Menschen zusprang. Dieser wehrte sich erbittert und versuchte, den kurzen, dünnen Hals des Wesens zu packen, doch eines der beiden Tentakel, die der Tornak nicht benutzte, um über der Grasspitze zu stehen, fegte seine Arme beiseite und peitschte ihn mächtig mit dem anderen in die Seite. Abermals ging Taaron zu Boden und atmete trockenen Staub ein. Als er nach vorne blickte, sah er die Klingen am Ende der Tentakel, die der Tornak kräftig in den Boden rammen mußte, um Halt zu finden, was ihn arg verlangsamte. Da kam Taaron eine Idee, er schaufelte etwas Sand in die hohle Faust, sprang auf und schleuderte dem Gegner die trockene Ladung in die Echsenäuglein.

Er schrie auf und griff sich mit den Stummelfingern in das Schlangengesicht, eine Gelegenheit die Taaron nutzte, um ihm an den Hals zu springen und ihn zu erwürgen.

Die Stachelhaare der Red-Eye wehten raschelnd durch die Luft und Klingen blitzten auf. Spear knurrte beinahe lüstern, als ihm ein Schwall Tornakblut in den Mund spritzte: „Ohh, ja, kommt nur her, ich reiß euch die Fangarme nacheinander aus, so daß ihr euch selbst beim Verbluten zusehen könnt ..."

Poison kämpfte mit schnellen, katzenartigen Bewegungen und gab, im Gegensatz zu den anderen, keinen Laut von sich, außer aufgeregtem Schnaufen und dem Durchatmen nach dem Fall des Gegners. Taaron hatte den Tornak vollständig erwürgt und sah sich nach einem neuen Gegner um, doch einer der Entführer erledigte gerade das letzte Exemplar, welches versucht hatte zu fliehen, als es ihm dämmerte wie schlecht es um es selbst und seine Rudelmitglieder stand.

„Sieh an, sieh an", knurrte Spear siegestrunken. „Der Mensch hat etwas getötet." Einer der anderen lachte verhalten und wischte seinen blutigen Säbel mit ausgerissenem Gras sauber. Spear verbeugte sich spöttisch: „Ich halte mein Versprechen, Taaron aus Anaronun, Schlächter der Tornaks."
Nun lachten alle auf, doch Taaron blieb ungerührt und reihte sich zwischen den Red-Eye ein, der Gewaltmarsch setzte fort.

Einen und einen halben Tag brauchten sie bis die Landschaft von trockener, unfreundlicher Steppe in Heideland überging. Dieses Land bildete eine gewaltige zentrale Kreuzung zwischen drei Ländern: Aschfeld, dem schwarzen, aschebedeckten Land der Red-Eye, dem blühenden Altmenschland, Taarons Heimat und dem gebirgigen Wakharami, dem Land, das von den Einwanderern aus dem Süden beschlagnahmt wurde, nachdem sie aus ihrer alten Heimat unter mysteriösen Umständen, über die sie schwiegen, vertrieben worden waren. Diese Menschen galten zwar als Räuber und Diebe, doch Leute, die mit ihnen verkehrten, lobten ihre Gastfreundschaft und ihre pagodenartigen Bauten als herausragend und selten. Taarons Gedanken schweiften überallhin, Hauptsache weg von seinen grimmigen Entführern und dem Leid, welches ihm die Sorgen um seinen alleingelassenen Großvater bescherten. So flog seine Seele über das gewaltige Anaronun, wo er sich so tapfer gehalten hatte in seiner ersten Schlacht und entführt wurde, weiter nördlich an die unbewohnten Ufer des grauen Sees, wo nur Efeu an den Ruinen alter Städte von Leben zeugte. Dann westlich, über den grauen See, in das Kleiffgebirge, wo Kobolde hausten und mit großen Schiffen ihre Heimat, über dem Meer, mit Waren versorgten. Sein Geist überflog die Nadelwand des Kleiffgebirges nach Süden und sah einen Ozean aus Bäumen unter sich an dessen Ausläufer branden. Dieser Wald bedeckte über Hunderte Meilen von Nord nach Süd die Landschaft, bis er von einem Fluß, dem Kei-Ana, aus westlicher Richtung durchbrochen wurde. Auf einer Insel inmitten des Waldes, innerhalb des Flusses, stand Acharon, die Hauptstadt des Elfenlandes, wo Bäume zu Häusern wurden, Äste zu Zimmern und Mutter Natur die Baumeisterin war. Acharons Schloß befand sich auf der Hires-Ana, der Insel im Weststrom. Seine Fläche aber breitete sich meilenweit kreisförmig aus, unsichtbar für den von oben Blickenden, da ein Elfenhaus nicht von einem Baum zu unterscheiden ist. Die Landschaft veränderte sich im Süden wieder, wurde zu Ackerland, Taaron konnte die Narben, die die Ernte in den Boden gerissen hatte, sehen. Doch riechen konnte er auch etwas, Blut und Qualm. Dies war das Bauernland, ein ehemals friedliches Land ohne Könige und Armeen, das von einem Rat aus gewählten Bauern regiert wurde. Die Beschlüsse dieses Rates waren jedoch vor Gericht anfechtbar, weswegen in diesem Land Uneinigkeit herrschte und die Hälfte der Bauern rebellierte. Gehöfte brannten regelmäßig nieder, konkurrierende Familien ermordeten sich gegenseitig in Blutfehden. Taarons Gedanken, flugs weitergereist, erreichten, auf gleicher Höhe, doch weiter westlich, das Land der Einwanderer, über das er so wenig wußte. Noch ein letzter Flug über Nahwettern, oder im Volksmund Neumenschland genannt, dem zweiten großen Land der freien Menschheit. Offiziell waren Nahwettern und Altmenschland verbündet, doch wie überall bestand eine Art von „Stammtischfeindseligkeit", die einen hielten die anderen für faule Idioten, oder Kriegstreiber, die sich selbst in Schwierigkeiten brachten, nur um dann nach Hilfe zu rufen. Die Hauptstadt Nahwetterns, Schilden genannt, erreichte nicht ganz die Größe Anaronuns, doch eine erhöhte Lage, eine unwegsame Hügelkette im Rücken und ein Trümmerfeld vor den Stadttoren, machten es für Feinde schwer zu belagern. Was einen Feind vor Schilden noch schlottern ließ, war der gegenüber, am anderen Ende des Trümmerfeldes liegende Aner-Damm. Ein Damm, der als Wasserversorger Schildens und nebenbei als enorme, berghohe Festung, diente. Nach wenigen Momenten, die in Wirklichkeit Tagesmärsche bedeuten würden, erreichte sein wieder ostwärts gereister Geist die Heimat. Anaronun, in der Mitte einer Welt, die wie ein Springer am Abgrund stand und Luft holte. Nur die sichere Landung war ungewiß. Vielleicht landete diese Welt bald in einem Trümmerhaufen, anstatt in dem reinen Wasser des Kei-Ana, dem großen Weststrom, der das Land von Ost nach West durchfloß und dessen Quelle heute in einem schwarzen verhaßten Land lag. Aschfeld. Wie ein schwarzer Ozean am Himmel breitete sich eine Wolkendecke über das Land hinter dem Gebirge, welches keinen Namen in der Menschensprache erhalten hatte. Dieses Gebirge bildete eine beinahe unüberwindbare Grenze zwischen Aschfeld und dem Rest der Welt. Was hinter dem unbekannten Gebirge lag, wußte kaum ein Mensch, nur jene, die dahinter waren. Doch an die erinnerte sich niemand, da sie nie zurückkamen. Wanderer jedoch wußten von Donnergrollen aus dem Innern der finsteren Berge zu berichten, von Grollen, das immer an zwei Tagen hintereinander ertönte, dann ab und zu für Monate nicht mehr.

Kapitel 3:
Unerwartete Umstände

Während Taarons Martyrium fortschritt und ihn näher und näher an das Land der Red-Eye, Aschfeld, führte, war in Anaronun viel passiert und unter anderem ein Wunder geschehen.

„Du willst einem Bauernlümmel hinterherjagen? Einem unbedeutenden Kammerdiener?" hatte der Kommandant der dezimierten Königsgarde den völlig heilen und bei sich stehenden Sorios gefragt, als dieser bereits wenige Stunden nach Taarons Verschwinden aufgebrochen war und nach den zurückgebliebenen Elfenkriegern fragte, die er mitnehmen wollte.
„Die Wache auf der Mauer hat einen seltsamen Lichtblitz gesehen, in der ersten Nacht nach der Schlacht und die Zauberkundigen unter den Elfen sagten, sie spürten etwas Seltsames, in eben dieser Nacht", hatte Sorios geantwortet und die Stadt in Richtung des Lagers der Elfen verlassen.
Sie waren schnell marschiert und hatten die Fährte der Red-Eye ausfindig gemacht.
„Fünf Personen sind bis hierhin gegangen", berichtete einer der Elfen und zeigte auf den kleinen Weiler vor der Stadt, sein Finger schweifte über die Landschaft, bis in die grüne Ebene. „Doch ab hier sehe ich nur noch vier Spuren."
Sorios verzog den Mundwinkel und blickte nervös in den Weiler.
„Irgendwelche Leichen in der Nähe?"
„Nein", antwortete der Elf, „aber deutliche Kampfspuren in der Nähe einer Wandererfalle. Nur ein Red-Eye kann so blind und gefühllos sein, daß er diesen Ort mit Absicht betritt. Die böse Aura dort kann sogar eine Feldmaus spüren."
„Ich verstehe nur, daß wir der Spur folgen sollten", hatte Sorios geantwortet. „Eine Hoffnung besteht."

Das Erschütternde an dieser Aussage war, daß der Elf nicht darauf antwortete.
Dies war nun eine Woche her. Sorios und zehn tapfere Elfenkrieger hatten die Lagerstätte der Entführer am namenlosen See erreicht und suchten nach Beweisen, daß sie einen Gefangenen dabeihatten.
Der Elfenkommandant kniete und untersuchte den aufgewühlten Boden.
„Hier saßen vier Personen um ein kleines Lagerfeuer, dort, in der Nähe dieses großen Felsens am Ufer befand sich noch jemand, könnten aber auch nur Spuren von einem der vier um das Feuer sein, vielleicht holte jemand Wasser oder entleerte seine Blase in den See."
„Ich glaube wir jagen ein paar desertierten Red-Eye nach, im schlimmsten Falle sogar nur ein paar Landstreichern, die vor Anaronun geflohen sind als die Schlacht entbrannte", sagte ein junger Elfenkrieger, der sich bemühte, das Vorurteil, seine Rasse sei arrogant und hochnäsig, zu bekräftigen.
Sorios hörte nicht auf diese Einwände: „Es waren fünf. Und wir folgen ihrer Spur."
Der Elfenkommandant namens Hatiran, nickte: „Sieh, Freund, ab hier bewegten sich unsere Gesuchten im Gänsemarsch, dies macht es schwer ihre Zahl zu erraten, aber zeigt vielleicht auch, daß sie diese verbergen wollten."
Hatiran war im Recht, die Spuren führten von hier an geradlinig nach Osten in Richtung Aschfeld und die Gejagten waren in einer Reihe gegangen, nicht nebeneinander wie vorher.
„Gehen wir weiter, wir haben keine Zeit zu verlieren, die ebene Taiga kann ein flinker Mann in einer halben Woche durchqueren", entschied Sorios und folgte der gut ausgetretenen Spur durch die felsige Küstenlandschaft.
„Noch ein Indiz!" bemerkte Hatiran in der zweiten Reihe vergnügt. „Landstreicher geben immer darauf acht, abseits der einfachsten Wege zu gehen und hinterlassen kaum Spuren, selbst im hohen

Gras. Diese Bande hier lief unbedacht stampfend, beinahe tölpelhaft selbstsicher. Als ob dies ihr Land wäre. Diese Arroganz und Respektlosigkeit findet sich nur bei den Bewohnern Aschfelds oder bei Kobolden."
Sorios nickte nur beiläufig, er hatte dies ebenfalls schon bemerkt, wer diese Spuren hinterlassen hatte, war unvorsichtig und, was ihm am meisten Kopfzerbrechen bereitete: furchtlos.
Während sie dahinmarschierten fragte der arrogante Elf:
„Freundschaft in allen Ehren, Sorios, aber warum ist dieser Taaron so wichtig?"
Sorios Blick blieb starr nach vorne geheftet: „Wie du weißt wurde ich nur durch ein Schmuckstück einer alten Schamanin gerettet und konnte die kalte Gruft verlassen. Noch in der Nacht meiner Auferstehung besuchte ich sie im Schmiedeviertel, um ihr meinen Dank auszusprechen. Ich blieb die Nacht bei ihr, um am nächsten morgen zum König zu gehen, doch soweit kam es nicht. Sie schrie plötzlich auf, als sei ihr eine Klinge in den Leib gefahren und klammerte sich an mich. Kurz nachdem sie das Bewußtsein wiedererlangt hatte, versuchte sie, mir zu erklären, was geschehen war, konnte aber keine Worte finden, außer, daß die ‚Luft erschüttert wurde' und so etwas nur vorkommt, wenn eine Macht entfesselt wird, die lange unterdrückt war und beschlossen hat, sich wieder in die Geschehnisse auf der Erdenscheibe einzumischen. Später erfuhr ich, daß eure Magier im Elfenlager etwas Ähnliches, wenn auch weniger intensiv, verspürt hatten."
Der Elf wollte etwas Verächtliches antworten, doch Hatiran kam ihm zuvor:
„Das stimmt, unser Kommandant hat erwähnt, so etwas hätte er das letzte Mal verspürt als Acharon, unsere geliebte Inselstadt im ewigen Strom des Kei-Ana sich von selbst in einem wahren Freudenschrei der Natur um mehrere Baumkronen erweiterte und dem Volk der Elfen mehr Lebensraum spendete. Nur war dies ein Beben in der Luft gewesen, so wie das Zittern vor einem Kuß oder die Freude auf ein großes Fest. Doch dies, was vor Anaronun passierte, mochte

wohl eher ein Paukenschlag in einer dunklen Höhle gewesen sein, der lange nachhallt und Mark und Bein erschüttert."
„Vielleicht Red-Eye-Magie?" warf einer der Soldaten von weiter hinten ein, doch Hatiran schüttelte energisch den Kopf, wobei sein langes, glattes Elfenhaar schöne Wirbel und Kreise in die Luft zeichnete: „Nein, Daleran, die Magie der Red-Eye ist aufs Primitivste beschränkt, vermuten wir, sie bezieht sich nur auf Angriffszauber und Verteidigungsbanne. Außerdem müßte selbst eines dieser rotäugigen Biester weise genug sein, um eine derart mächtige Verwünschung, wie wir sie verspürt haben, nicht auf der Flucht oder in der Nähe des wachsamen Feindes auszusprechen."
Der Arrogante meldete sich wieder zu Wort: „Und was, wenn wir einem der seltenen Menschenmagier auf die Schliche gekommen sind? Die Vergangenheit hat ja gezeigt, daß diese nicht immer zur Fahne halten ..."
Hatiran drehte sich um und blickte ihn streng an: „Nelas, die Menschen sind ein gutes, treues Volk, verurteile nicht den einzelnen, dies würde auch ein Mensch nicht tun. Doch dein Verhalten und Gehabe ist eine wahre Zielscheibe für die Bierseligen an den Stammtischen, die uns als hochnäsig und kleinkariert betrachten."
Nelas schwieg und senkte den Kopf. Sorios Kopf aber war völlig Gedankenleer. Der Elf hatte ihn auf eine grauenhafte Möglichkeit aufmerksam gemacht. Er vertrieb diesen Gedanken aber schnell wieder und betrachtete die mit jedem Schritt näherkommende Taiga, die in trockenem Gras zu ersaufen schien. „Seht", sagte er, „die Spuren sind hier deutlich zu sehen, unsere Gesuchten haben den kürzesten Weg nach Aschfeld gewählt."

Die Gesuchten hatten die Taiga bekanntermaßen schon hinter sich gelassen und rasteten in der kleinen Heidelandschaft, die sich, als grüner Ausläufer des Landes, welches die Einwanderer bewohnten, zwischen die trockene Taiga und das namenlose Gebirge, die Grenze zu Aschfeld, schmiegte. Im Osten zogen Wolken auf, wie immer

über Aschfeld. Im Westen schien die Sonne, sich wie eine Trotzburg erhebend gegen das Dunkel, welches weit hinter den Bergen saß.
„Morgen erreichen wir den verbotenen Weg, den Eingang zu Aschfeld, dem gelobten Land", informierte Poison leise den sitzenden Taaron mit seiner fremdartigen Stimme und den gerollten Rs und überbetonten Ks. „Du wirst verstehen, daß du von dort an wieder gefesselt marschieren mußt."
Der Red-Eye blickte Taaron mit hochgezogenen Augenbrauen an, was seinem rotäugigen Gesicht einen komischen Zug verlieh. „Ich verstehe", antwortete Taaron knapp, woraufhin Poison jäh auflachte. „Du bist wohl zornig? Wo ist die Angst hin? Du mußt nämlich keine haben. Schmerzen will dir niemand zufügen, auch nicht, wenn wir dich an die entsprechenden Stellen in Aschfeld abgegeben haben." Taaron musterte Poison: „Und warum nicht?" Poison verzog nachdenklich den Mundwinkel: „Hmm, wir vermuten, daß du interessant bist. Und unsere Vorgesetzten mögen interessante Sachen." Nun lachte Taaron, diese Antwort wirkte irgendwie zurechtgelegt. „Interessant, ja? Das seid ihr auch für mich. Hast du einen Nachnamen?" Poison schnurrte wie ein zufriedener Löwe: „Aaahhh, du bist also doch ein Wesen aus Fleisch und Blut? Ja, ich habe einen Nachnamen. Greenbites. Ich bin Poison Greenbites. Und du?" Taaron zuckte mit den Schultern: „Bauern und Diener haben keine Nachnamen. Ich bin Taaron von Anaronun, wenn du so willst."
„Ich verstehe."
Taaron blickte Poison in die Augen, dann erhaschte er einen Blick in Spears, der gerade vom Holzholen zurückkam.
„Warum sind deine Augen anders als die von Spear und den anderen Kerlen? Du scheinst Pupillen wie eine Katze zu haben, während die der anderen aussehen wie nach unten zeigende Schwertspitzen?"
Spear knallte sein gesammeltes Holz unsanft auf den Boden und trat näher heran, was Poison das Antworten abschnitt. Der Anführer kniete sich zwischen Taaron und seinen Gesprächspartner und sah Taaron gehässig grinsend an: „Weil dieser Red-Eye hier", er wies mit

dem Daumen über seine Schulter auf Poison, „verdammt noch mal das einzige Weibsbild im Aschfelder Militär ist und aussieht wie eine tote Herde Klingenspringer!"

Spear wurde plötzlich am Kragen gepackt und umgedreht, Poisons Gesicht hatte sich grundlegend verändert: Ihre Katzenpupillen waren verschwunden, die Augen nur noch ein Meer aus glühender Kohle, die Lippen geöffnet, was den Blick auf ihr Gebiß freigab. Dort, wo bei den Menschen die Eckzähne saßen, hatten die Red-Eye lange Reißzähne. Mit einer Stimme, die einem wilden Ochsen Angst gemacht hätte, sprach sie zu Spear: „Noch ein Wort von dir und ich trenne dir das ab, was dich von mir unterscheidet." Sprach es und zog einen Dolch, den sie gefährlich nahe ans Spears Genitalbereich hielt. Als Spear Ambitionen zeigte, doch noch ein Wort zu sagen, ging einer der anderen dazwischen und zog ihn mit an das Lagerfeuer.

Taaron wollte seine Männlichkeit nicht aufs Spiel setzen und schwieg, doch Poison, die sich nach einem Schluck aus ihrer Wasserflasche beruhigt und ihre Pupillen zurückhatte, fragte ihn weiter aus, als ob nichts geschehen wäre: „Wie alt bist du, Taaron von Anaronun?"

Der Mensch schluckte und antwortete nervös: „Ich weiß nicht genau, mein Großvater sagt mir schon seit drei Sommern ich wäre dreiundzwanzig, aber ich bin mir nicht sicher, ob er nicht schon mein ganzes Leben lang behauptet hat, ich wäre dreiundzwanzig ..."

Poison lachte aus tiefstem Herzen schallend auf, doch es hörte sich nicht hämisch, nur aufrichtig belustigt an. „Dies ist das Lustigste, was ich seit langem gehört habe ... Haha ..." Taaron war die Situation dennoch unangenehm und stellte selbst eine Frage: „Und du? Wie alt bist du?"

Poisons Lachen erstarb nur langsam und es dauerte, bis sie, immer noch keuchend, antwortete: „Ich bin siebenundneunzig Jahre alt und, im Gegensatz zu dir, weiß ich das genau!" Sie lachte wieder los und amüsierte sich über ihren eigenen blöden Witz.

Taaron verstand die Welt zwar seit einiger Zeit nicht mehr, aber dies verwunderte ihn dennoch. „Du bist siebenundneunzig Jahre alt? Aber, naja, wie soll ich sagen ...?"
„Wir werden um einiges älter als ihr Menschen. Wir sind Red-Eye." Es klang wie einstudiert. „Wie alt werdet ihr?" wollte Taaron noch wissen, bevor Spear, der bereits das Feuer austrat, zum Aufbruch blies. „Ein gewöhnlicher Red-Eye wird gut dreihundert Jahre alt. Es gibt aber Magier, die sind über fünfhundert und noch ganz beweglich."
Poison entfernte sich ohne ein weiteres Wort und ließ den verblüfften Taaron zurück.
Den letzten Teil des Weges schafften sie in der Nacht. Sie stolperten immer wieder über Wurzeln und junge Bäume, wobei sie fluchten wie in der Schlacht. Spear ließ seine müde Truppe auch wissen, daß er grünes Gras und wuchernde Pflanzen ebenso hasse wie die dreckigen Elfen, die ihnen den Sieg in Anaronun gestohlen hatten. Taaron hatte keine Zeit, sich über solche Nebensachen Gedanken zu machen, die Red-Eye hatten ihr Ziel erreicht, sie befanden sich vor den Toren Aschfelds.
„Dies ist der verbotene Weg", informierte ihn Poison flüsternd, als sie vor einem Haufen großer Felsbrocken und Geröll zum Stehen kamen. „Der geheime und einzige Eingang nach Aschfeld im Umkreis von Hunderten von Meilen. Wenn man es auf anderen Pfaden erreichen will, muß man diesem Gebirge bis in die trockene Wüste des Südens folgen, wo es sich verliert und als Steinchen in den Dünen Süd-Aschfelds vergeht."
Taaron interessierte diese erdkundliche Belehrung wenig, er fragte sich vielmehr, wo an dieser kargen Stelle im Gestein, die genauso aussah wie tausend Stellen zuvor, der Eingang sein sollte.
„Bindet ihn wieder", befahl Spear und warf Poison ein Seilstück zu, ohne sie anzuschauen, offensichtlich war er immer noch beleidigt.
Poison zuckte die Schultern: „Ich habe dich gewarnt, Taaron, streck deine Hände aus. Ich will dir nicht wehtun."

Taaron gehorchte ohne Widerstand, er wollte nicht im Fokus Poisons stehen, wenn sie wieder wütend wurde wie am Abend zuvor. Sie legte ihm behutsam Fesseln an und ging dabei weitaus humaner vor als Spear, sorgte aber dafür, daß sie wirklich fest saßen.
„Wir sollten ihn bewußtlos schlagen", empfahl der unsympathische Red-Eye mit Taarons Mantel auf den Schultern. „Wenn er den Eingang und seinen Mechanismus oder noch schlimmer, das Losungswort ausplaudert, kann es Ärger geben."
Spear schien diesem Vorschlag nicht abgeneigt, wahrscheinlich nicht aus den genannten Gründen, sondern vielmehr, um Poison zu ärgern, die sich vor Taaron stellte.
„Nein, Spear, wenn du ihn schlägst, bringst du ihn noch um, oder er trägt lange Zeit", weiter kam sie nicht, ein Pfeil schoß aus dem Dickicht und durchbohrte Taarons gestohlenen Mantel sowie dessen Träger mit einem ekelhaften, schmatzenden Geräusch. Spear entging einem auf ihn abgefeuerten Projektil nur knapp, die Tatsache, daß er gerade in Bewegung war und auf Taaron zulief, hatte ihn gerettet. Ein dritter Pfeil traf den vierten Red-Eye tödlich, welcher in die Büsche kippte. Auf Poison war anscheinend überhaupt keiner abgefeuert worden. Spear und Poison reagierten sofort und zogen ihre Säbel. „Was soll das?!" brüllte Spear ungläubig, wobei er den Kopf mit den raschelnden Stachelhaaren hin und her warf, um die Heckenschützen ausfindig zu machen.
Poison atmete tief durch: „Schlagen wir uns in die Büsche, sonst sterben wir auch noch, wenige Meilen von zu Hause entfernt!"
Spear brüllte sein Einverständnis heraus, daß Taarons Magen sich umdrehte. Dieser Schrei war eher einer Wildkatze zuzuordnen als einem Zweibeiner. Poison drehte sich um und verschwand, den angeflogen kommenden Pfeilen aus dem Weg gehend, in der Flora. Spear folgte ihr auf dem Fuße, doch bevor er ganz verschwand, wandte er sich an Taaron, der immer noch gefesselt und reglos dastand: „Du wirst diese Reise nicht überleben." Er zog

ein Wurfmesser und warf einen nervösen Blick in die Richtung aus der die Pfeile abgeschossen wurden. „Falls doch", er knurrte finster, „sehen wir uns wieder." Das Wurfmesser sauste heran und bohrte sich in Taarons Schulter. Wäre er nicht ausgewichen, hätte es sein Herz getroffen. Die Welt wurde schwarz und das letzte, was er wahrnahm, war das hinterhältige Lachen Spears, das leiser wurde und Stimmen aus einer anderen Richtung, sie klangen besorgt und riefen immer wieder seinen Namen.

Hatiran war als erster bei dem zu Boden gegangenen Taaron. Er hielt seinen Oberkörper aufrecht und betrachtete das Messer, das aus seiner Schulter ragte. „Es ist bis auf das Blatt durchgedrungen, aber anscheinend hat es keine lebenswichtigen Adern verletzt."
Sorios blickte mit gezücktem Schwert umher, die Red-Eye waren noch immer in der Nähe, der verbotene Weg lag direkt vor ihnen, immer konnte eine ganze Armee aus ihm auftauchen und die Handvoll Soldaten überraschen.
„Können wir ihn wegbringen", wollte er wissen, „ohne daß er uns sofort verstirbt?"
„Ja, aber vorsichtig. Daleran, hilf mir!" Der Soldat war sofort herbei und griff Taaron an den Füßen. Sie hoben ihn hoch und trugen ihn einige hundert Meter weg zu dem Platz, an dem sie die kleine Gruppe Red-Eye durch Zufall ausgemacht hatten. Er lag etwas erhöht und bot eine sichere Aussicht im Falle eines Angriffs. Nelas hatte sich drei der anderen genommen und durchkämmte die Umgebung, in der Hoffnung die Red-Eye aufzuspüren.
Sorios kniete sich neben Taaron und Hatiran auf den Boden. Der Mensch war ohnmächtig und bewegte sich nicht. „Können wir die Klinge herausziehen?" wollte er an Hatiran gewandt wissen. Dieser schüttelte den Kopf: „Nein, sie ist nicht vergiftet und nicht rostig und durch das Herausziehen könnten wir den großen

Schaden erst anrichten, falls wir überstürzt vorgehen und doch noch Adern verletzen, die vom Herzen kommen."

Taaron wurde, nachdem Nelas und die anderen ohne Erfolg von der Suche zurückkamen, auf eine schnell gebaute Trage gelegt und in Richtung Westen davongetragen. Er erlangte das Bewußtsein auch nach Tagen nicht.

„Ich glaube, wir können die Klinge nun herausziehen", mutmaßte Hatiran, als sie an derselben Stelle an der Küste des Namenlosen Sees rasteten wie wenige Tage zuvor.

„Bist du dir sicher?" fragte Sorios nervös und setzte sich auf einen Felsen.

„Seltsamerweise ja", sprach Hatiran rätselhaft und schaute Sorios vielsagend an. „Die Wunde ist zwar nicht verheilt, aber der Blutverlust läßt nach und zu allem Überfluß habe ich so ein seltsames Gefühl, als ob dieser Körper nur darauf warte, von diesem Messer befreit zu werden." Sorios runzelte die Stirn: „Natürlich wartet er darauf, es gehört ja nicht dorthin." „Nein, nein", antwortete der Elfenkommandant ungeduldig, „nicht auf diese Weise, mir scheint es so, als ob etwas nur darauf warte, ach ... Wie soll ich dies nur ausdrücken?" Er ersparte Sorios die nächste Frage und zog die Klinge, schnell und reibungslos, dabei scheinbar völlig nebensächlich, aus Taarons Schulter. Sorios sprang erschrocken auf, erwartete man doch so eine Leichtsinnigkeit als letztes von einem weisen Elfen, doch seine Furcht war unbegründet, es floß kein Blut, nur ein klaffender, trockener Riß blieb in der Haut zurück. „Was bei allen Göttern?" fragte er völlig perplex. „Keine Entzündung, kein Blut, kein Eiter?" Hatiran schaute ihn ahnungslos an: „Anscheinend nicht."

Sie verbrachten die Nacht an der steinigen Küste, immer wachsam nach Osten blickend, immer einen Angriff erwartend durch rachegetriebene Red-Eye. Doch niemand verfolgte sie oder schien sich für die Truppe am Wegesrand zu interessieren.

So konnten sie am nächsten Morgen in aller Ruhe das weitere Vorgehen beratschlagen. Hatiran saß im Schneidersitz am Lagerfeuer: „Du verstehst, Sorios, daß unsere Magier und unser König sehr an dieser einzigartigen Erscheinung interessiert sein werden", er blickte den in der Nähe auf seiner Bahre schlummernden Taaron an, „und außerdem sind, für eventuelle Spätfolgen, die medizinischen Möglichkeiten in Acharon viel besser." Sorios nickte stumm. „Sieh, Freund", sagte Nelas plötzlich sehr respektvoll, „wenn er geheilt ist und unsere Magier den Grund für seine speziellen Fähigkeiten oder die Lufterschütterung vor Anaronun herausgefunden haben, kommt er putzmunter nach Hause zurück." Dieses schwachbrüstige Argument erinnerte Sorios an Taarons Großvater zu Hause und die Tatsache, daß niemand von ihm wußte, hoffentlich war der alte Mann noch nicht verhungert. „Nehmt ihn", entschied er, „aber pflegt ihn gut und gebt ihn uns sobald als möglich zurück."

Die Gefährten trennten sich an den Ufern des großen Sees, der den Mittelpunkt der den Menschen, Elfen und Red-Eye, bekannten Welt bildete. Sein klares Wasser spiegelte den blauen Himmel wieder, Fische schwammen in Ufernähe als Sorios gedankenverloren am Wasser stand. Wie leichtsinnig, dachte er sich, wäre ich ein Fischer, hätte ich hier fette Beute gemacht. Die schuppigen Gesellen schienen ihn direkt anzustarren, als warteten sie auf Futter. „Wie diese Fische wartet die Welt geduldig auf etwas Großes, etwas, daß sie in ungeahnte Höhen hebt oder in ihren Grundfesten erschüttert. Ist dies aber klug?"
Die Elfen waren gerade dabei, afzubrechen, doch Hatiran wollte sich noch persönlich von seinem menschlichen Freund verabschieden: „Ist es klug zu warten, willst du wissen." Er hatte ihn aus Versehen belauscht. „Nein, es ist immer weiser, sich vorzubereiten auf das Kommende, doch wenn man nicht weiß, was kommt, ist es schwer, passende Vorbereitungen zu treffen."

Sorios schwieg lange. Hatiran befürchtete schon, er habe ihn beleidigt, doch der Mensch lächelte bald in sich hinein: „Leb wohl, Hatiran und kümmere dich um Taaron."

Der Duft von frisch gemähtem Gras, das Gefühl des ersten warmen Sommerwindes auf der Haut. Taaron lag in einem Bett, das aus einem riesigen Blatt zu bestehen schien. Seine Decke war ein Tuch, so dünn wie ein Haar, doch es wärmte ihn wundervoll. Von seinem Zimmer sah er nur die Decke, die so kunstvoll bemalt war, daß man den Eindruck hatte, man schaue durch ein herbstfarbenes Blätterdach nach oben in den Himmel. Oder lag er wirklich unter einem Blätterdach? Unmöglich, es genau zu sagen. Dies war ihm auch beinahe gleichgültig, was ihn interessierte, war seine Schulter. Leider lag die Wunde unter einem dicken Verband aus nach Kräutern duftenden Tüchern verborgen. Er fluchte leise auf und atmete tief durch. Plötzlich kam ihm ein grauenhafter Gedanke, hatte Spears Messer seine Wirkung erzielt und dies war das Paradies? Er setzte sich auf und fühlte einen stumpfen Schmerz in der Schulter. Nein, dies war der Beweis, wenn er wirklich im Paradies sein sollte, würde er keine Schmerzen spüren. Ein lauer Windhauch ging durch den Raum, dessen Wände aus verflochtenen Zweigen bestehen zu schienen und dessen Boden ein Meer aus Herbstlaub in allen Farben war. Eine Elfe, die schönste Frau, die Taaron bis dorthin gesehen hatte, war durch eine Tür eingetreten, die aus beweglichem Moos war und sich von selbst wieder schloß, indem es einfach mit bahnbrechender Geschwindigkeit zuwuchs.
Die Elfe durchschritt den Raum und lächelte dabei still auf den sitzenden Taaron herab, der soeben mit Erschrecken festgestellt hatte, daß er, außer dem Verband an der Schulter, nichts am Körper trug.
„Sei nicht beschämt", sagte sie mit einer Stimme wie fließender Honig, eine wahre Wohltat nach dem rauhen Gekrächze der Red-

Eye. „Ich bin Salie, deine Heilerin. Ich habe dich gepflegt seit du vorgestern angekommen bist. Die Reise war schnell und voller Strapazen, doch du bist auf dem besten Weg der Besserung."
Taaron schaute sie ungläubig an: „Welche Reise, wo bin ich?"
Salie lächelte wie eine Menschenfrau es in tausend Sommertagen nicht könnte: „Die Reise hierher, nach Acharon, im großen Wald, auf der Insel Hires-Ana, dem starken Fels im Strom der Zeit. Du wurdest verwundet, jene, die weit weg von hier, im schwarzen Land leben, haben dich so zugerichtet, in einem Akt feiger Rache, als sie einsahen, daß sie in der Unterzahl waren und geflohen sind." Taaron wußte dies, seine Erinnerung war noch schauerlich präsent, doch er wollte die Elfe nicht unterbrechen.
„Ja, ich erinnere mich. Warum wurde ich von euch gerettet, was hat das Volk der Elfen von meinem Leben?" Salie schüttelte sanft den Kopf: „Nicht wir, sondern Sorios hat dich gerettet, unsere Kämpfer haben ihm dabei geholfen, weil sie wußten, daß du ihm am Herzen lagst. Und außerdem hast du", sie stockte plötzlich und richtete sich wieder auf, „und außerdem mußt du dich noch ausruhen", schloß sie etwas streng und zog die dünne, herrlich warme Decke über Taaron.

„Und? Was hast du zu berichten?"
Salie seufzte: „Seine Wunde heilt unnatürlich schnell, selbst für einen Menschen, die einerlei hart im Nehmen sind. Und er kann sich augenscheinlich an alles erinnern, was ebenfalls seltsam ist, normalerweise neigt seine Rasse, oder besser gesagt; ihr Verstand, dazu, schockierende, grauenhafte Dinge auszublenden oder zu verdrängen. Entweder, er ist ein Ausnahmefall, oder er ist etwas Besonderes. Ich will keine Vermutungen anstellen."
„Mußt du auch nicht, pflege ihn solange es nötig ist und berichte uns von ihm, auch die unwichtigsten Details."

„Laßt es mich so zusammenfassen: Ein Trupp Red-Eye, allesamt Anwärter auf Gardistenposten, haben vor einer Handvoll Elfen die Flucht ergriffen und die eventuell wertvolle Beute, präzisiert, den Menschen Taaron, laufen lassen?" Der dicke Red-Eye auf dem Thron blickte Poison Greenbites, Spear Claw und seinen General mit kaum unterdrückter Wut an, was sein Gesicht rot färbte und ihm die unangenehmen Charaktereigenschaften eines Vulkans zuschrieb. Auch sein Armeekommandant, Blade Viper, war zugegen, aber mit diesem hatte er ein anderes Hühnchen zu rupfen. Wie konnte dieser Idiot es wagen, vor einer Elfenarmee zu flüchten und das schon auf die Knie gegangene Anaronun preiszugeben?

Poison räusperte sich: „Wenn Ihr mir gestattet zu sprechen, Majestät", sie blickte kurz auf, woraufhin der Dicke auf dem Thron eine beiläufige Handbewegung machte. „Wir haben unser eigenes Leben höher eingeschätzt als das eines Menschen, der nur vielleicht wichtig sein könnte. Wie Ihr selbst gesagt habt, mein König, war dies nur eventuell anzunehmen."

Der König seufzte auf, als hätte er ein ungehorsames Kind vor sich: „General Dark, das nennt ihr eure Kommandostruktur? Ein Haufen Ausreden." „Mein Herr", ließ sich die Stimme des weiter hinten stehenden Generals vernehmen, „ich bin überzeugt, daß Poison und Spear ihr bestes gaben, den Fang zu beschützen, doch ein sinnloser Tod der beiden würde unserer Sache noch viel weiter schaden als ein verlorener Gefangener."

„Ha!" ließ der König sich vernehmen. „Ich sage euch, was unsere Sache gefährdet: Ein Weib, das sich für einen Krieger hält", er blickte auf Poison herab, „ein Krieger, der versucht die Lücke zu füllen, die der Tod seines Vetters hinterlassen hat, dazu aber nicht imstande ist." Dies ging an Spear. Er erhob sich, wobei er den großen Thron nach hinten schob, ohne dies zu wollen. „Ein Armeeführer der Tausende Krieger dem Verderben preisgibt und nur an die eigene Haut denkt, anstatt mit seinen Männern zu

sterben", Blade blickte zu Boden. „Und zu guter Letzt", er schaute dem um einige Köpfe größeren General in die Augen, „ein General, der in seiner Geisteskrankheit versucht, alle Teile des Militärs in seine Krallen zu bekommen und dabei seinen eigenen König geflissentlich übergeht. *Dies* ist, was unserer Sache schadet! Geht!" Er setzte sich wieder auf seinen Thron, der unter dessen Gewicht stöhnte: „Ich will euch nicht mehr sehen."
Die Vier verließen den im dunkeln liegenden Thronsaal und der König atmete tief durch, er wollte es sich nicht eingestehen, doch er fürchtete sich vor seinen Getreuen.
Mit einem Fingerschnippen rief er nach einem Diener: „Ein Tuch für meine Stirn und sagt diesen Narren von Kriegern, ich will, daß dieser Taaron gefunden wird."

Taaron hatte versucht zu klatschen, was ihm auch gelang, wenn auch nur mit der Lautstärke eines zu Boden fallenden Wassertropfens. Salie beobachtete ihn dabei mit vorsichtigem Stolz. „Es tut kaum noch weh", sagte er glücklich und schaute die Elfe an, die zurücklachte: „Wie wahr, ich bin froh, daß meine Kur so gut bei dir anschlägt."
Taaron befand sich nun seit zwei Wochen in Acharon und von der tiefen Wunde war nur eine dünne Narbe geblieben, die aber noch schmerzte, wenn er sich zu schnell bewegte oder den Arm unglücklich anhob. Sein Gemach hatte er noch nicht verlassen dürfen und die Langeweile drückte ihn beinahe nieder. Ein anderes Problem war die Zeit zum Nachdenken, er brauchte dringend Ablenkung, denn immer, wenn Salie ihn verließ, kam die Erinnerung an seine Entführung zurück, die eiskalte Hand Spears, die ihn in die Seitengasse in Anaronun zog, sein nach Verbranntem stinkender Atem, der Tornak, der mit Mordlust auf ihn zustapfte, Poisons Gesicht, das sich so radikal in der Wut verändert hatte. Diese Erinnerungen quälten ihn in der Nacht und am Tage ebenso.

„Er wird zu schnell gesund, ich bin mir nun vollkommen sicher, daß etwas an ihm anders ist."
„Und was vermutest du?"
„Ich dachte, ich soll keine Vermutungen anstellen?"
„Ich bitte dich darum, Salie."
„Ich vermute, daß er ein Abgedunkelter ist, er weiß nichts davon, daß er anders ist, oder er behält es gut für sich."
„Er muß etwas wissen, schließlich muß es ihn gewundert haben, daß die Red-Eye ihn entführt haben, einen Diener."
„Es ist noch etwas, Herr."
„Sprich."
„Er hat Alpträume, die ganze Nacht schreit er wie im Wahn und ich glaube, man muß ihm erlauben, sein Krankenzimmer zu verlassen."

Taaron nahm dies mit großer Freude auf: „Wirklich? Danke Salie."
Sie lächelte auf ihn herab, als sie seinen Verband abnahm, um die Wunde zu betrachten. „Danke nicht mir, danke König Garan, es geschah auf seinen Befehl hin. Du bist nun kein Patient mehr, sondern ein Gast in Acharon."
Nachdem ein neuer Verband angelegt war, verließ Taaron sein Zimmer und fand sich in einem runden Gang wieder, rechts und links noch Dutzende gleiche Zimmer. Er befand sich also in einem Hospital. Der Gang, der aus Laub am Boden und verflochtenen Ästen als Wand bestand, führte ihn einmal kreisförmig um den dicken Stamm eines gewaltigen Baumes herum, bis er wieder vor seinem eigenen Zimmer zu stehen kam. Die Sonne brach sich in den Dutzenden Ästchen der Wand und tauchte die Welt in ein streifiges Licht.
Salie hatte lächelnd auf ihn gewartet: „Wenn du diese Ebene verlassen möchtest, mußt du es nur wollen." Nach dieser rätselhaften Aussage schloß sie kurz konzentriert die Augen, woraufhin

die Äste sich an einer Stelle hinter ihnen lichteten und den Blick auf das Unglaublichste freigaben, was Taaron jemals gesehen hatte: Die Stadt Acharon war ein Komplex aus runden Häusern, die sich alle wie Ringe um die Äste und Stämme eines gewaltigen Baumes flochten. Verbunden waren sie durch Brücken, die aus weißem Holz gefertigt waren und wie Perlenketten zwischen den Ästen hingen oder wie das vom Morgentau glitzernde Netz einer Spinne. Der Krankentrakt befand sich in mittlerer Höhe, auf einem etwas nach außen sprießenden Ast. Soweit sein Auge reichte, erstreckte sich der große Wald, der nie anders hieß, von Norden nach Süden. Unter ihm brandete der Kei-Ana-Fluß mit aller Gewalt an die Insel inmitten seiner Fluten, doch die Hauptstadt der Elfen gab niemals nach, so daß der mächtige Fluß um sie herumfloß und dem Wald leben schenkte.
Salie zeigte über die Brücke direkt vor Taarons Nase: „Hier geht es zum Markthaus, dort wirst du viele Leute treffen, oder einfach nur einen Spaziergang zwischen den Ständen machen können."
Taaron nahm diesen Vorschlag mit einem Lächeln zur Kenntnis und betrat vorsichtig die Brücke. Salie hinter ihm lachte glockenhell auf: „Keine Angst, Taaron, genau wie der Fluß einen Bogen um unsere Stadt macht, so weht der Wind um sie herum, hier ist seit dreitausend Jahren niemand heruntergefallen."
Taaron drehte sich grinsend zu ihr um: „Mir macht der Wind keine Angst, sondern eher, daß du hinter mir läufst ..." Sie spielte die empörte Dame und stemmte die Arme in die Hüften: „Herr Mensch! Ich habe euch doch wohl kaum gesund gepflegt, nur um euch dann die Brücke hinunterzuschubsen!"
Die beiden lachten und gingen geradeaus, ohne einen Blick nach unten zu werfen, über die Brücke. Das Haus, das sie erreichten, schmiegte sich um den Stamm in der Mitte, der am höchsten nach oben sproß und die Krone in luftiger Höhe bildete. Es war riesig; um es einfach zu umrunden, wie Taaron vorhin den Krankentrakt, würde man hier auch ohne fleißigen Marktbetrieb

Stunden brauchen. Taaron hatte einen ähnlichen Markt wie in Anaronun erwartet, einen, bei dem sich Käufer und Verkäufer zankten, wie gut ihre Ware war, Kinder zwischen den interessierten Menschen umhersprangen und Geldbeutel aufschnitten, um den Inhalt gekonnt zu fangen, Vieh hindurch getrieben wurde, auf dem Weg zum Metzgerstand und allerlei Taschenspieler, die versuchten mit Leichtgläubigen ein Geschäft zu machen. Aber der Markt in Acharon war anders, er war still. Die interessierten Kunden verhandelten ruhig mit dem freundlichen Marktsteher, es duftete nach Kräutern und gebratenem Fleisch.
„Wie ungewöhnlich", murmelte er Salie zu. „Bei mir zu Hause wären die Passanten dem Verkäufer schon lange an die Kehle gegangen, bei dem Preis für Schmiedewaren, hier wird in aller Stille verhandelt und sogar geflachst."
Sie lächelte: „Hier wird der Frieden gelebt, nicht gemacht wie in den Menschenländern. Ein jeder Elfe verurteilt den anderen nicht, vielleicht sind die Messer dieses Schmiedes den hohen Preis wert?"
„Vielleicht will er auch nur etwas dazuverdienen?" spottete Taaron gespielt, woraufhin Salie lachte. Sie durchstreiften den Markt, wobei Salie immer direkt hinter Taaron lief, als ob sie sichergehen wollte, daß er nicht verlorenging. Vor einem Stand mit Schmuckstücken trafen sie auf einen Elf, den Salie offensichtlich kannte: „Hatiran, welche Überraschung! Erinnerst du dich an Taaron?" Der angesprochene Elf nickte freundlich und verbeugte sich vor Salie, wobei seine glänzende Rüstung im Sonnenlicht schimmerte: „Natürlich, ich bin dem jungen Mann schließlich tagelang hinterhergejagt. Ich freue mich zu sehen, daß es Euch besser geht." Taaron wurde rot, dieser Elf hatte ihn also hierher gebracht. „Ich bin Euch sehr dankbar, ohne Eure Hilfe hätte ich mein Leben verloren."Hatiran gab sich bescheiden: „Ihr müßt Euch für nichts bedanken, wenn unser gemeinsamer Freund Sorios mich bittet, ihm zu helfen, sage ich nicht nein."

Salie brachte Taaron nach dem Gespräch mit Hatiran zurück auf sein Zimmer. „Es ist so schön hier in Acharon. Ich wünschte, Anaronun wäre nur halb so schön, dann müßte ich nicht jeden Tag ums Überleben kämpfen wie ein Straßenköter." Salie ging nicht darauf ein, sondern setzte ihn in sein blattförmiges Bett. „Jetzt, nachdem du beinahe wieder hergestellt bist, wird ein Magier von uns kommen und ein paar Nachforschungen anstellen, keine Angst, es wird nicht wehtun und es dauert nicht lange."
Taaron fühlte sich unangenehm. „Ist dies nötig? Sobald ich gesund bin, gehe ich nach Hause, ihr müßt Euch nicht lange mit mir belasten." Nun lächelte Salie wieder: „Nein, es geht nicht um deine Wunde, nur ein paar Nachforschungen."

„Halb verweste Tornaks." Der Red-Eye knurrte angewidert und stocherte mit seinem Säbel in dem Körper herum. „Hier hat der Kampf stattgefunden, von dem Spear berichtet hat." Der Sprecher war ein kleiner Red-Eye, dessen Stachelhaare auf dem Haupt steil nach oben abstanden, die im Nacken fielen wie bei allen Red-Eye auf den Rücken. Einen Säbel hatte er in der Hand, den Zwilling dazu trug er noch am Gürtel. „Warum müssen wir immer nach den vermißten Leuten des Generals suchen? Ich meine, damals vor Teejjang, da konnten wir nichts dafür, hätte dieser Bastard von Elf nicht im Hinterhalt gelauert und Sharp Claw erschossen. Das Bogenschießen habe ich ihm ausgetrieben, mein Messer hat sein Rückenmark verletzt, würde mich wundern, wenn er überhaupt noch einen Stein anheben kann. Hörst du mir eigentlich zu Ironhead? Ironhead!"
Der Gefährte des Kleinen war ein Riese von Red-Eye, genannt Ironhead, wegen seiner eisernen Maske auf dem Kopf. Sie zeigte eine schreckliche Fratze und war am Hinterkopf mit einem Schlüsselloch versehen. Seine Stachelhaare ragten als

Pferdeschwanz zusammengebunden aus einer Öffnung über dem Schlüsselloch. Ironhead nutzte eine Streitaxt von der Größe eines kleinen Baumes als Waffe, die er auf den Rücken geschnallt hatte. „Ich hab' dich schon gehört, Frost", antwortete er mit gedämpfter Stimme aus seiner Maske. „Ich glaub', hier hab' ich was."
Frost kam näher und sah Ironhead auf etwas am Boden zeigen. „Was soll das sein? Ein Stück Leder? Kann auch ein abgetrenntes Stück Haut von denen da sein." Er wies auf die toten Tornaks in der Nähe. „Nein, schau doch genauer hin!" Frost seufzte und sah genauer hin. Dort lag ein Stück Seil auf dem Boden. „Guuuut, Ironhead, du hast ein Seil gefunden", sagte er sarkastisch, doch Ironhead bestand auf der Wichtigkeit seines Fundes: „Denk doch nach", sagte er aufgeregt, wobei Frost beinahe gelacht hätte, Ironhead war zwar nicht klug, aber ein starker Kämpfer und immer da, wenn man ihn brauchte. Daß er den weitaus intelligenteren Frost aufforderte nachzudenken, hatte etwas Urkomisches. „Sieh doch, Frost, warum sollte ein Red-Eye während des Kampfes ein Seil aus der Tasche ziehen? Wohl nicht um eines dieser Tiere zu fangen! Nein, ich wette, hier hat sich ein Gefangener befreit und wollte davonlaufen!" Frost rieb sich in stummer Verzweiflung die Augenlieder. Ironhead mochte auf etwas gestoßen sein, doch er vergaß wie immer den Rahmen der Ereignisse. „Ironhead, ich sehe ein, daß du recht haben könntest, aber Spear hat uns doch erzählt, daß sie auf der Hinreise von den Tornaks überfallen wurden, auf der Rückreise hatten die Elfen den Gefangenen und die hatten keinen Grund, ihn anzubinden." Ironhead dachte nach und kam schließlich zu einer Erkenntnis: „Dann müssen wir nur diesen Schleifspuren, die von einer Krankentrage hinterlassen wurden, folgen." Frost war völlig platt.

In Acharon wurde Taarons Verband endlich abgenommen, seine treue Heilerin Salie ging wie immer mit äußerster Vorsicht vor. „Nachdem der Verband ab ist, wird ein Magier zu dir kommen, ein kluger Mann namens Garis, er ist oberster Meister des Zauberordens in Acharon sowie der Bruder des Königs. Du mußt keine Angst haben, er wird dir nicht wehtun und bald wieder fort sein."

Taaron fühlte sich trotzdem Unwohl, was die Elfen wohl erreichen wollten, indem sie ihn untersuchten? Salie verließ schließlich sein Zimmer und er sah, wie sie jemanden, der schon vor der Tür zu warten schien, hereinwinkte.

Ein sehr alt und müde aussehender Elf betrat den Raum, dessen Luft sofort dicker und schwerer zu werden schien. Der Elf trug die unscheinbare Kleidung in den natürlichen Farben Braun und Grün, wie sie die meisten unter ihnen trugen. Doch man sah den edlen Schnitt der Stoffe und die feine Arbeit des Schneiders in jeder Naht.

Er setzte sich völlig unaufgefordert, doch nicht aufdringlich, neben Taaron auf das Bett. „Ich bin Garis, ein bescheidener Magier in den großen Wäldern. Und du mußt Taaron sein. Ich freue mich, daß du wieder gesund bist." Seine Stimme war rauchig, beinahe unverständlich. „Ich wurde gut versorgt", sagte Taaron schüchtern und versuchte, die Augen des Alten unter dessen langen, silbernen Haaren ausfindig zu machen. Garis atmete tief durch. Dann wandte er sich direkt an Taaron: „Ich möchte keine Zeit verschwenden und sofort meinen Versuch beginnen, wenn es dich nicht stört. Du willst bestimmt wissen, worum es geht. Nun ja, schwer zu sagen, ich versuche es so: Es gibt eine Methode in die Vergangenheit zu blicken, wie sie es kein magisches Ritual vermag, es ist der Seelenspiegel. Ich sehe dein fragendes Gesicht und will es dir näher erklären." Tiefes Luftholen. „Indem ich dir meine beiden Zeigefinger an die Schläfen lege, kann ich in deine Vergangenheit sehen und nicht nur in deine eigene, sondern auch in die deiner Vorväter, denn die Augen sind der Spiegel der Seele und sie erinnern sich an alles, was sie jemals widergespie-

gelt haben und die Bilder werden von Generation zu Generation weitergegeben." Er erhob die Hände, doch Taaron fragte schnell dazwischen: „Was erhofft ihr Euch davon?" Garis Hände blieben in der Luft stehen: „Wissen, Taaron, nur Wissen."
Die Finger des Elfen berührten Taarons Kopf und sofort brach ein Feuerwerk aus Gedanken und Erinnerungen los, von den jüngsten Ereignissen auf dem Markt, bis zu dem Moment als Spear in der Nähe des verbotenen Weges vor ihm saß und mit nach hinten weisenden Daumen über Poison lästerte. Die Erinnerung blieb plötzlich stehen und Spears rotäugiges Gesicht verharrte vor Taarons geistigem Auge. Garis sprach plötzlich, was Taaron laut und deutlich hörte: „Oh, du hast Glück, daß du noch lebst, Taaron, denn dieser finstere Geselle hier ist Spear Claw, ein Mörder und Schlächter der übelsten Sorte, selbst für Red-Eye. Er ist bekannt und die Anführer der anderen Völker fürchten ihn, denn er hat seinen geliebten Vetter Sharp Claw durch ein Attentat verloren. Diese Schande versucht er durch möglichst viel vergossenes Blut wieder gutzumachen." Plötzlich ging das Rasen der Erinnerungen weiter und die Bilder und Eindrücke entfernten sich immer mehr vom hier und heute, bis schließlich die allererste bewußte Erinnerung Taarons erschien, die Hände seines damals noch jüngeren Großvaters, die ihn, das schreiende Kind, vom Boden aufhoben und trösteten. „Mit diesem wunderschönen Bild endet die Spanne deiner Erinnerung, Taaron. Mach dich nun für etwas bereit."
Sein Kopf wurde in den Nacken geworfen und tausend Nadeln schienen sich in sein Gehirn zu stechen, mit Übelkeit erregender Geschwindigkeit liefen unbekannte, seltsame Bilder vor Taarons geistigem Auge ab, die zu schnell waren, um sie als einzelne wahrnehmen zu können. Dies geschah mehrere Minuten lang und die Bilder wurden immer schneller und schneller, bis schließlich alles in einem grellen Lichtblitz aufging.

Taaron stand auf einer Wiese bei Nacht, vor ihm nichts als weite, endlose Ebene. Und ein Haus, mit kleinem Garten, von einer ähnlichen Bauart wie seine Hütte vor Anaronun. Garis erschien plötzlich neben ihm. „Was ist passiert?" fragte Taaron den Magier. „Ich habe es geschafft, deine Erinnerungen in eine begehbare Ebene zu projizieren. Dabei habe ich besonders auf magische Strömungen im Fluß der Zeit geachtet und hier", er wies auf das Haus, „kann man die Magie beinahe schon mit Händen fassen." Garis hatte recht, Taaron fühlte sich bedrückt, als ob etwas auf seinem Brustkorb saß und nicht herunterging. „Aber das ist keine Erinnerung von mir, ich war nie an so einem Ort." Der Alte nickte: „Du nicht, aber einer deiner Vorfahren anscheinend. Wenn wir jemanden sehen, so wird dies nur einseitig geschehen, wir sehen uns etwas an, das bereits passiert ist und können das Geschehene nicht ändern, wir sind unsichtbare Zuschauer." Taaron schnaufte: „Ich weiß immer noch nicht, was das soll, warum wird das mit mir gemacht?" „Weil der König und ich eine Vermutung haben, die wir schon mehrmals an verschiedenen Menschen erprobt haben, jedes Mal erfolglos. Sieh!" Ein Mensch kam aus der Hütte und schloß die Tür sorgfältig hinter sich ab. Es war zu dunkel, um mehr erkennen zu können, doch es mußte ein Mann sein mit ärmlicher Kleidung. Er entfernte sich vom Haus und ging in das offene Feld hinaus. Garis folgte ihm, Taaron mitziehend. Der Mann blieb schließlich irgendwo mitten auf der Wiese stehen und streckte den Rücken gerade durch, zog den Bauch ein und streckte die Brust raus. „Was tut der da?" fragte Taaron verwundert, doch Garis schien von dem Geschehen völlig in Bann gezogen. Der Unbekannte hob die Arme wie Flügel und stieß einen so unnatürlich rauhen, bösartigen Schrei aus, daß es Taaron schauderte.

Plötzlich bebte der Boden und Flammen schossen direkt vor dem Schreihals aus der Erde. Garis riß die Augen auf. „Oh, mein Gott, ich habe es gefunden!"

Taaron war von den Ereignissen völlig überfordert und hielt den Mund. Der Mann vor ihnen trat seelenruhig, aber immer noch mit steifer Haltung, in die Flammen, doch schien er überhaupt keine Schmerzen zu fühlen. Schließlich war er verschwunden, plötzlich unsichtbar geworden. „Wo ist er hin?" wollte Taaron mit zitternder Stimme wissen. „In der Hölle", antwortete Garis. „Ein Ort, an den wir ihm nicht folgen werden, obwohl wir es könnten." „Gott sei Dank …", gab Taaron zu bemerken.
Sie warteten eine geschlagene Stunde bis der Höllengänger zurückkam und das Feuertor mit einer Handbewegung verschloß. „Da ist er", sagte Garis aufgeregt und setzte sich auf. „Komm, wir folgen ihm!" Der Elf schien völlig aufgelöst zu sein. Taaron gehorchte ihm nur widerwillig.
Wie erwartet, ging der Kerl, der, seit er aus der Hölle zurück war, humpelte und irgendetwas in einem kleinen Täschchen bei sich trug, zurück zu seinem Haus. Aber anstatt die Tür aufzuschließen wandte er sich in den kleinen Garten neben dem Eingang. „Was tut er da?" murmelte Taaron frustriert. „Ist er etwa zur Hölle gefahren, um Saatgut zu holen?" „Genau das vermute ich", flüsterte Garis schockiert, woraufhin Taaron die Hoffnung auf Klarheit begrub.
Tatsächlich grub der Mann Samen in die Erde, sorgfältig wie die Gartenmeister des Königs. Er vergrub mehrere Dutzend kleiner, schwarzer Kugeln in der Erde vor seinem Haus, bis schließlich der Morgen graute und die Sonne über weit entfernte Berggipfel blinzelte. „Wo sind wir hier eigentlich genau?" Taaron startete mit dieser Frage einen letzten Versuch zur Wissensgewinnung. Garis löste seinen Blick endlich von dem Geschehen, da der Mann nach getaner Arbeit im Haus verschwand. „Wir sind in Aschfeld, vor vielen tausend Jahren, damals noch ein unbewohntes Paradies. Die Menschheit lebte geschlossen in Anaronun, welches damals noch Nachtsprung hieß und die Elfen scheuten sich aus dem Wald zu kommen und Kontakt aufzunehmen

zu diesen fremden Wesen, die die Landschaft kultivierten und Wälder niederbrannten, wenn sie mehr Weideland brauchten", ein leichter Vorwurf war in Garis Stimme zu hören, „und die Kobolde hatten noch keinen Fuß auf diesen Kontinent gesetzt. Was wir hier beobachten ist ein Verstoßener, ein Mensch, der aus der strengen Gemeinschaft Nachtsprungs hinausgejagt wurde, wohl wegen seiner Zauberei. Er hat die Pforte zur Hölle geöffnet und eine Waffe aus dem Arsenal des Teufels gestohlen, die selbst dieser nicht einzusetzen vermochte. Doch dieser Mensch hat es in seiner blinden Wut getan." „Was für eine Waffe?" fragte Taaron interessiert, war er doch endlich erhört worden. „Was ist so schrecklich, daß selbst der Teufel davor zurückschreckt?"
Garis seufzte: „Kennst du irgendwelche Gärtner? Wenn ja, dann wirst du wissen, worüber sie am meisten fluchen: Neophyten, eingeschleppte, fremde Flora, die die heimische überwuchert und erstickt. Pflanzen aus der Fremde, die unsere heimischen verdrängen und ausrotten." Taaron blickte den Elfen mit gerunzelter Stirn an. „Du willst sagen, die Waffe ist ein Pflanze?" „Oh nein, ich habe diesen Vergleich nur verwendet, um dir klarzumachen, mit welcher Art von Waffe wir es hier zu tun haben, nämlich dem Eindringen einer neuen Spezies in unsere Welt; daß sie als Samen kommen, ist purer Zufall, der Teufel hätte sie auch in Vogeleier stecken können. Nur zum besseren Verständnis: Wir erleben die Geburtsstunde einer Rasse, deren Anwesenheit die Götter aller Völker ängstigt und den Teufel in die Hölle zurückgedrängt hat, wo er nackt und bloß, nur mit seinem Gewissen beladen, dasitzt und trauert. Dies ist der Geburtstag der Red-Eye, dem grausamen Kriegsvolk aus Aschfeld. Sie sind weder aus dem Süden eingewandert, noch über das Meer im Osten gesegelt, sie wurden hier erschaffen."
Taarons Schädel brummte. Die Red-Eye sind nicht von Anfang an auf der Welt gewesen, wie alle anderen Völker, sondern von einem Menschen erschaffen worden? Einem Menschen, der sich

an den anderen rächen wollte, da sie ihn ausgeschlossen hatten aus der sicheren Gemeinschaft?
„Also werden die Red-Eye aus diesen Samen schlüpfen?" fragte Taaron mit bleichem Gesicht. „Ja und zwar heute Nacht", antwortete Garis gespannt. „Wir werden warten, denn es ist nicht überliefert, was sie mit ihrem Schöpfer anstellen werden, sobald sie aus der Erde sind."
Garis und Taaron setzten sich auf das Gras und lauschten den ersten Vögeln, die zwitschernd den neuen Morgen begrüßten. Kaum zu glauben, daß sie sich in Aschfeld befanden, so schön grün und lebendig war es hier. Aber auch weit und einsam. Die Sonne schaffte es schließlich auch über die höchsten Gipfel und stieg am Firmament empor. Sie schien in vollem Licht auf das kleine Haus, mitten in der grünen Landschaft und erweckte den Eindruck eines Idylls. Daß hier die Finsternis in den Wehen lag und eine Rasse, so bösartig und durchtrieben wie sie nie zuvor existierte, gebären würde, war kaum zu glauben. Aber unabwendbar, denn in der heutigen Zeit waren die Red-Eye, zu Taarons Leidwesen, sehr real. „Kannst du uns nicht, ach, wie soll ich es ausdrücken", Taaron wedelte mit der Hand wie ein Paddel auf dem trockenen, „nun ja, vorspringen lassen, die Zeit abkürzen, sonst sitzen wir den ganzen Tag hier und sehen dem Gras beim Wachsen zu." Garis schüttelte den Kopf: „Nein, Taaron, ich würde den richtigen Zeitpunkt mit Sicherheit verfehlen, du hast gesehen, daß ich für Tausende Jahre nur wenige Minuten gebraucht habe, unmöglich, daß ich es schaffe, einen einzigen Tag vorzuspringen, schon nach einer Sekunde wären wir hundert Jahre in der, von hier aus gesehenen, Zukunft und sicherlich an einem völlig belanglosen Ort." Taaron verstand und fügte sich in die Warterei.
Der Tag zog sich dahin und wurde immer wieder unterbrochen von dem Menschen, der die Samen vergraben hatte, denn immer wenn er die Hütte verließ sprangen Taaron und Garis auf

und hoffte auf etwas Großes, aber außer, daß er ins Gras pißte, den Garten mit den Samen kontrollierte oder einfach nur seinen Verband mit der geheimnisvollen Wunde, die er seit seinem Raubzug zur Hölle trug, wechselte, geschah nichts.
„Was glaubst du ist ihm widerfahren," begann Taaron ein Gespräch, „daß er so blutet?" Garis zuckte desinteressiert mit den Schultern: „Ich will gar nicht wissen, an wie vielen Dingen man sich in der Hölle verletzen kann. Womöglich hat ihn ein Dämon attackiert als er die Samen stahl." „Womöglich." Wiederholte Taaron und legte sich ins Gras, in den Himmel starrend. „Wie können die Red-Eye heute noch bestehen, wenn ihr Schöpfer sicherlich bereits tot ist?" fragte er in die Wolken, woraufhin er Garis seufzen hörte. „Deswegen sind wir hier, zumindest teilweise, denn wir glauben, die Red-Eye sind zum Gehorchen geboren und ihrem Erschaffer untergeordnet. Es muß entweder ein, sagen wir, Konstruktionsfehler von Seiten des Teufels vorliegen, oder etwas muß passiert sein, daß sie dazu gebracht hat, sich von diesem Kerl abzuwenden und ich vermute, die Wunde spielt dabei eine Rolle." Taaron setzte sich auf: „Die Wunde an seinem Schenkel?"
„Genau, ich weiß aus alten Quellen, daß Dämonenblut Wahnsinn verursacht. Wenn wir also beispielsweise davon ausgehen, der Mann hier", er wies auf das Haus, „hat sich mit einem Dämon angelegt und den Kampf gewonnen, dabei aber diese Verletzung davongetragen, in die das Blut des Dämons gesickert ist, so könnte dies der Grund sein für die Freiheit der Red-Eye. Im Grunde genommen, hättest du sonst mit deinem Ansatz recht, denn der Tod des Schöpfers hätte die Kopflosigkeit der Red-Eye zur Folge, an der sie eingehen sollten."
Der Tag verging schleichend langsam und erst in der Abenddämmerung begann Taaron wieder zu sprechen: „Du hast heute mittag erwähnt, daß wir nur teilweise hier sind, um heraus-

zufinden, warum die Red-Eye heute noch in der Welt herumspuken. Woraus besteht der andere Teil?"
„Aus dir."
„Aus mir? Wie meinst du das?" Taaron runzelte die Stirn. Der Elf neigte den Kopf, wobei sein Haar auf das Gesicht fiel. „Ist dir noch kein Licht aufgegangen? Habe ich dir nicht gesagt, daß wir in der Vergangenheit deiner Familie graben?" Es brauchte eine Weile bis es bei Taaron durchsickerte, dann stand er plötzlich auf und zeigte schockiert auf das Haus. „Willst du mir sagen, einer meiner Vorfahren hat die Red-Eye erschaffen? Willst du mir sagen, daß *dies*", er wies durch die Wände des Hauses auf den sich im Innern befindenden Mann, „einer meiner Großväter ist?" Garis nickte stumm. Taaron steigerte sich in eine Hysterie. „Ich habe nichts mit diesem Mann gemein! Ich bin kein Magier und erst recht nicht böse! Ich will doch keinen ..." Garis unterbrach ihn jäh: „Sicher? Ich weiß von unserem Freund Sorios, daß du oft trinkst, dich mit anderen Menschen prügelst und dein Geld beim Spiel verlierst." Taaron brüllte mit vor Wut tränenden Augen auf: *„Ich bin kein Mörder!"* Garis erhob sich: „Dies habe ich nicht gesagt, ich spüre nur, die für Menschen nicht untypische Wut in dir. Du mußt die Schuld dennoch nicht auf dich nehmen, du kannst tatsächlich nichts für die Vergangenheit." Taaron fand den Elfen plötzlich nicht mehr freundlich, wie konnte dieser arrogante Idiot nur entscheiden, was gut ist und was nicht? Warum nahm er sich heraus Taaron schuldig oder unschuldig zu sprechen?
Die Nacht brach herein und mit ihr kam Bewegung in die Vergangenheit. Dies kündigte der Vorfahr Taarons an, indem er andächtig, aber immer noch humpelnd, in seinen Garten schritt und die Arme hob. „Es beginnt", sagte Garis aufgeregt und trat an den Zaun, gefolgt von Taaron. Mit tiefen, hörbaren Atemzügen vollführte der Mensch mehrere ungewöhnliche Bewegungen und sprach schließlich in einem sehr altertümlich klingenden Dialekt der Menschensprache: „Schwarz, die Erd' aus der ihr

stammt, schwarz, die Zukunft, in die ihr marschiert, schwarz wie der Nachthimmel unter dem geboren der Menschheit ew'ger Feind!"

In einem grauenhaften Moment, der an morbider Szenerie kaum zu überbieten war, schoß eine krallenartige Hand aus der Erde und tastete umher, als wäre der Boden die rettende Küste für einen Ertrinkenden. Dies geschah Dutzende Male, um das gesamte Haus herum, es waren anscheinend mehr Samen vergraben gewesen als die beiden schockierten Zuschauer gedacht hatten. Nach und nach zogen die nackten Red-Eye sich an die Oberfläche und schnupperten zum ersten Mal die Luft der Welt. Ihre Augen leuchteten im dunkeln auf, als sie, langsam und tapsig wie kleine Kinder, auf den Mann der sie gerufen hatte, zugingen. Dieser erhob stolz die Hände zum Zeichen, sie sollten sich um ihn scharen, was sie auch taten. „Ihr seid meine Diener, jetzt und immerdar. Wenn ich euch befehlige, so folgt ihr, wenn ich strafe, akzeptiert ihr!"

Plötzlich tat sich ein Riß im Boden auf und Flammen schossen daraus, eine Stimme, so tief, daß sie die Brust zum Beben brachte, sprach: „Narr. Du hast gestohlen, was mein war, du hast das Verderben mit Absicht in die Welt gebracht und hast mich zum Feind. Als wäre dies noch nicht genug, hast du dir selbst das ewige Leben angezaubert, um für alle Zeit zu herrschen. Du willst gottgleich sein, Mensch. Dies gönne ich dir Tausende Male mehr als meine Hölle. Hättest du deine Wut kontrolliert und nicht blind gebraucht, so wärst du jetzt mächtig, denn denke nach, warum ist diese Waffe nicht von mir benutzt worden, um die Welt zu unterjochen? Diese Frage wird dir bald beantwortet." Die Flammen erloschen, doch der Riß im Boden blieb zurück und etwas Schwarzes floß aus ihm hervor. Zäh und ekelhaft stinkend umspülte es Taarons Füße. Er faßte hinein und zerrieb etwas davon zwischen den Fingerspitzen. „Öl, genau solches, wie es in

den Lampen ist." Garis nickte beiläufig: „Ja, aber sei still, es geht weiter."
Der Vorfahr war wie eine Statue stehengeblieben, immer noch in beschwörender Pose. Sein Gesicht rührte sich nicht und in seinen Augen stand Furcht. Die Red-Eye indes blickten sich neugierig gegenseitig an und schienen gefallen an ihrer Überzahl zu finden. „Wer bist du?" fragte einer in der vordersten Reihe, woraufhin der Mann wieder zu rufen begann: „Ihr seid meine Diener, ihr gehorcht mir!" Plötzlich lachten die Red-Eye knurrend auf: „Nein, wir sind nicht die Diener der Menschen. Du wirst uns dienen." Sie stürzten sich auf ihn und warfen ihn nieder. Taaron rechnete schon mit einem Blutbad, doch sie fesselten und knebelten ihn nur mit seiner eigenen Jacke. „Du bist unsterblich, Magier", knurrte ein anderer Red-Eye boshaft. „Du wirst ewig als unser Gefangener leben." Die Rotäugigen brüllten auf wie mehrere Rudel Löwen und erhoben die Fäuste, wobei die Iris ihrer Augen vollkommen im Rot versank und verglühte.
Taaron saß wieder in seinem Bett in Acharon.

„Das habe ich befürchtet, Ironhead", Frost wies auf den Wald vor ihnen, der sich bis in den Horizont erstreckte. „Die Elfen haben ihn, es ist unmöglich dort hineinzukommen ohne massakriert zu werden." Die beiden Red-Eye waren den Spuren Taarons und seiner Retter bis an die Grenze des großen Waldes gefolgt, der Heimat der Elfen. Nun standen sie auf einem Hügel, von dem aus sie den Saum des gewaltigen Forstes sehen konnten und ergingen sich in Flüchen und Verwünschungen. „Blöde Elfen", blubberte es stumpf aus Ironheads häßlicher Maske. „Warum retten die einen Menschen, der nichts als ein Diener ist?" Frost rieb sich verärgert das Kinn: „Womöglich aus demselben Grund, aus dem der General und der König ihn ebenfalls haben wollen. Oder es läuft wie immer: Wir wollen etwas, schlicht und einfach, weil die anderen Völker es auch wollen und krallen es ihnen vor

der Nase weg." „Aber das geht jetzt nicht mehr", informierte ihn Ironhead beleidigt wie ein kleines Kind. „Diese grünen, langhaarigen Idioten geben ihn bestimmt nicht her." Der kleine Frost beäugte seinen großen Freund resigniert: „Nein, bestimmt nicht, Ironhead. Wenn, dann müßten wir ihn uns holen und dann werden wir schneller erledigt als eine Wespe im Bienenstock. Dieser Wald ist undurchdringlich und wimmelt von Elfenkriegern."
„Wenn es nur einen Weg gäbe, in ihre Stadt zu kommen, ohne durch den Wald gehen zu müssen", Ironhead sagte es so dahin, „dann hätten wir ihn bestimmt. Aber außer dem Fluß kommt da nichts rein und wieder raus."
Der schwerfällige, primitive Ironhead hatte Frost zum zweiten Mal auf eine Idee gebracht: „Ich weiß nicht, wie du das machst, Großer, aber deine Eisenbirne brütet Pläne aus, auf deren Bosheit der General neidisch wäre."

Taaron hatte gewiß andere Probleme, als die beiden Red-Eye, viele Meilen weit weg. Denn als er erwachte, standen mehrere Elfen um sein Bett, die hereingekommen sein mußten als er und Garis auf Reisen in seinen Erinnerungen waren. Einer von ihnen mußte der König Garan persönlich sein, denn die Ähnlichkeit zu seinem Bruder Garis war unverkennbar, ebenso wie seine Kleidung, die das Wort „Majestät" förmlich aus allen Stoffen und Schnitten schrie. Neben ihm stand Salie, seine Heilerin, wie immer ihr bezauberndes Lächeln auf den Lippen. Der dritte im Bunde war der Hauptmann Hatiran, dessen schöne Rüstung neben der des vierten Elfen neben ihm verblaßte, es war ein Elf von mittelgroßer Statur, seine Haare waren lang und braun, aber nicht so wie das Haar der anderen Elfen, es war dunkler und daher leicht düster. Es stand im Gegensatz zu seiner schimmernden Rüstung, die unter einer blattgrünen Tunika hervorblinkte. Seine Augen waren leicht gesenkt, als ob ihn jemand verärgert hätte und er lächelte

nur leicht, als Garis, der sogleich vom Bett aufgestanden war, ihn mit dem Namen Anron begrüßte.
„Ist er es?" fragte der König knapp. „Ja, wir haben den Erben des schwarzen Magiers gefunden." Sagte Garis etwas bedrückt, wobei er Taaron ansah. König Garan atmete erleichtert aus: „Endlich. Jahrhunderte haben wir gesucht, endlich haben wir den legitimen Nachfahren gefunden." Salie senkte traurig den Blick: „Was wird mit ihm geschehen?"
Der Elf namens Anron antwortete schnell: „Wir werden sehen, vielleicht hat er zu viel Böses in sich und ist anfällig für Wut und Zorn. Wenn nicht, dann schulen wir ihn. Er soll der mächtigste Magier der Menschen werden, einer, der die Tore zur Hölle öffnen kann und den Teufel fragen, wie man den Red-Eye erfolgreich zu Leibe rückt." Taaron verstand überhaupt nichts mehr, er, ein Magier? „Bei allem Respekt, Anron", mischte sich Hatiran ein, „er muß sich erst einmal erholen, es liegt gewiß eine große Last auf ihm. Und davon abgesehen, ist es nicht so, daß die Red-Eye unbesiegbar wären, wir haben ihnen, zusammen mit den Menschen, eine empfindliche Niederlage vor Anaronun beigebracht." „Und genau darin", sprach der König nachdenklich, „sehe ich unsere größte Gefahr. Solange wir zusammenstehen, sind die Red-Eye machtlos, aber sollten sie es schaffen, die Völker nacheinander zu schlagen, sind wir verloren. Oder, noch schlimmer, wenn sie es schaffen sollten, einen Keil zwischen die Menschen beider Länder und die Elfen zu treiben." Der auf dem Bett sitzende Taaron wußte nicht genau, worüber sie sprachen und warum er der Erbe des schwarzen Magiers sein sollte, doch die Wichtigkeit dieses Gespräches ließ ihn hellhörig werden. „Er hat noch einen Großvater", sagte Hatiran an den König gewandt: „Sorios kümmert sich um ihn, aber wir vermuten die Magie ist nicht in ihm, sondern nur in diesem Jüngling. Wahrlich erstaunlich, Jahrtausende lang schläft die Kraft in einer unbedeutenden Familie und plötzlich erwacht sie in einem wahren Donnerschlag.

Ich frage mich, warum." Garis schaute Taaron an und in seinem Blick lag Sorge: „Ich mich auch, Hauptmann. Aber die Antwort ist ebenso simpel wie enttäuschend: Jemand muß gewollt haben, daß es passiert und zwar jemand Mächtiges."
„Inwiefern? Wer könnte dies bewerkstelligen?" Anron wirkte wenig begeistert.
„Entweder eine Gottheit, die das Dahinsiechen auf dieser Welt nicht mehr mitansehen konnte oder ein lebendes Wesen hier auf der Erde. Fragt nicht wer, denn dieser Jemand mußte schon lange gewußt haben, daß Taaron zur Familie des Magiers gehört und ihn bewußt ausgesucht haben. Ich muß sehr lange meditieren, über die Dinge, die ich vorhin sah und die Dinge, die ich nur vermuten kann." Der König nickte zum Zeichen, daß Garis gehen durfte und seufzte: „Welch' schwarzer Tag, wir haben den Erben, die Antworten auf unsere Fragen und dabei noch mehr Rätsel aufgedeckt. Laßt uns meinem weisen Bruder folgen und ruhen, Taaron muß ebenfalls schlafen, ich sehe es in seinem Gesicht." Die Elfen gingen, nur Anron blieb zurück und flüsterte dem vorbeiwandelnden König etwas zu, woraufhin dieser nickte. Schließlich waren er und Taaron allein im Krankenzimmer. Der Elf setze sich auf einen Stuhl und blickte ihm in die Augen: „Weißt du wer ich bin?" „Du bist Anron, soviel habe ich verstanden." Der Elf lächelte. „Ja, das ist mein Name, da du ihn so unbedarft nutzt, gehe ich davon aus, du kennst mich nicht. Ich bin einst der größte Krieger der Elfen gewesen, bis die Red-Eye mich vor wenigen Jahren verwundet haben. Wie du sicherlich verstehen kannst, bin ich deswegen kein Freund dieser Wesen. Sie haben mich so verletzt, daß ich noch weiterlebe, aber nie mehr die Arme durchstrecken können werde." Taaron verstand, ein Elf der keinen Bogen mehr spannen konnte, war gebrochen wie ein blühender Zweig. „Also, ich möchte dir nur folgendes sagen: Hier in Acharon geben wir dir die Chance, alles zu erlernen und zu studieren, was du willst, doch versprich uns nur eines:

Lerne genug von der Magie in dir, um die Red-Eye zu besiegen. Du bist eine blaße Hoffnung in unseren Herzen, wir wissen selbst noch nicht, was du bewirken wirst, doch jeder der mit dir spricht, fühlt, daß Großes von dir ausgeht. Dies hast du selbst wohl noch nie bemerkt?" „Nein", bekam Taaron verlegen heraus, denn Anron hatte ihn an das Gespräch mit Sorios am Tag des Angriffs auf Anaronun erinnert, an dem schließlich *sehr* Großes passiert war. „Wie auch immer, dir steht frei, in Acharon und dem Wald zu wandeln, doch ich rate dir, ihn nicht zu verlassen, denn gewiß sind die Red-Eye hinter dir her. Studiere die Magie mit Garis, lerne zu kämpfen mit mir und du wirst uns in die Zukunft führen wie ein Lichtstrahl, der durch die Äste eines vertrockneten Baumes schimmert."

Anron hatte nicht zuviel versprochen, Taaron lief im großen Wald umher und sog die reine Luft ein. Die letzten Tage hatten viel verändert, auch ihn selbst. Die Elfen hatten hohe Erwartungen von einem Palastdiener eines fernen Landes. Wie sollte er nur eine Kraft benutzen, die ihm selbst verborgen war? Das einzige auf das er sich freute, waren die Kampfübungen mit Anron und Hatiran, der sich spontan dazu bereiterklärt hatte, den wichtigen Anron zu vertreten, falls dieser eine wichtige Unterredung mit dem König oder Garis führte. Doch dies änderte nichts an der Tatsache, daß er das Gefühl hatte, die Elfen in naher Zukunft enttäuschen zu müssen. Der Wald spendete ihm einen gewissen Trost, da seine uralte Macht und die Weisheit vieler Jahrtausende sein Herz stärkten. „Ein Baum müßte man sein", flüsterte er und strich sanft über die glatte Rinde einer Buche, „dann würden sie nichts erwarten als zu wachsen und Schatten zu spenden." Sein Blick wanderte in Richtung des großen Flusses, der so breit war, daß das andere Ufer nur als dünne Linie auszumachen war. „Oder Wasser und nur die Felder bewässern und Boote in ferne Gestade tragen."

„All dies kannst du sein", sagte der plötzlich wie aus dem nichts aufgetauchte Garis. „Du gibst uns Hoffnung, wie ein Baum Schatten spendet, auf deinem Boot werden wir in die Zukunft fahren. Das einzige was du fürchten mußt, ist die Dunkelheit, denn sie wohnt in jedem Herzen und kann dich auf den falschen Weg führen. Fürchte niemals dich selbst, denn du kannst nicht versagen, wir wissen genau, daß du die Macht hast, auch wenn du sie selbst nicht sehen kannst." Garis trug die Kleidung eines der Elfenherren wenn sie auf die Pirsch gingen, eng geschnitten und in natürlichen Farben, ohne abstehende Röcke oder lange Schleppen, um sich nicht im Wald zu verheddern. „Und wenn sich meine Macht als eine andere herausstellt? Wenn ich eine andere Macht besitze, die ihr nicht erwartet?"
Garis lächelte: „Wir erwarten keine bestimmte Macht, jeder Magier verfügt über spezielle Kräfte, die ihm eigen sind, du darfst nicht denken, wir erwarten von dir, daß du eine Feuersbrunst aus deinen Augen feuern kannst, um unsere Feinde zu vernichten, wir erwarten etwas, mit dem keiner rechnet und uns den Weg zeigt zu siegen." Als er einen vertrockneten Baumstamm in Richtung Acharon auf dem Fluß vorbei treiben sah, fügte er hinzu: „Oder zumindest zu überleben. Sieh, früher wäre nie ein Baum ausgerissen worden, auch nicht der kleinste, doch die drohende Dunkelheit ängstigt die ganze Welt und zwingt sie auf die Knie, bevor die Red-Eye auch nur auftauchen." Taaron war erstaunt: „Du glaubst, die Furcht vor den Red-Eye hat diesen Baum ausgerissen? Obwohl sich ihr Land weit weg befindet?" Garis schüttelte daraufhin den Kopf: „Nicht die banale Furcht vor den Red-Eye und ihren Schwertern, sondern die Angst vor den Strömen der Geschichte, denn falls dieser Wald vergeht, stirbt die Welt mit ihm." Taarons Körper war plötzlich vollkommen angespannt und er ballte die Hände zu Fäusten. „Und ist die Geschichte auch daran Schuld, daß sich der Baum schneller als die Strömung des Flusses und dazu noch auf uns zu bewegt?" Garis riß die Augen

auf und in dem glatten, doch uralten Elfengesicht stand grenzenloses Erstaunen: „Wie? Das kann ich mir nicht erklären, warum …" Doch Garis erhielt eine Antwort und zwar eine deutliche, denn sobald das vermeintliche Treibholz in Ufernähe kam, wurde es angehoben und ein riesiges Wesen, welches eine ekelhafte eiserne Maske trug, stand bis zur Hüfte im Wasser, obwohl es an dieser Stelle noch mannshoch war. Unter den vergitterten Sehschlitzen der Maske, die irgendeinen Dämon darstellte, glühten zwei rote Augen wie Feuer. Ein anderes Ungeheuer stand erhobenen Hauptes auf dem meterhoch angehobenen Stamm, es trug keine Maske, aber zwei lange, dünne Schwerter, zu einem X vor der Brust gefaltet.

Die Red-Eye hatten den großen Wald betreten und sogleich einen Glückstreffer gelandet. Ironhead stand, den ausgerissenen Baumstamm wie eine Hantel nach oben stemmend im Wasser und Frost darauf, wie ein erfolgreicher Jäger die Beute stellend. „Wahrlich ein großer Tag für Aschfeld", warf er den völlig überforderten Herren am Flußufer entgegen. „Der verschwundene Mensch und sein Betreuer, ein arroganter Elf wie er im Buche steht, auf dem Präsentierteller." Mensch und Elf ergriffen sofort die Flucht, woraufhin Ironhead, vorher noch aufgrund seines hellen Geistes gelobt, bewies, warum er Frost als Kompagnon brauchte, denn in einem Moment der völligen geistigen Isolation von der Umwelt reagierte der Maskenkrieger schnell und warf den Flüchtenden etwas nach. Und zwar den Baumstamm, auf dem Frost stand. Wie einen Speer drehte er das mindestens zehn Meter lange Stück Holz in nur einer Hand und warf es gekonnt daneben, denn das Geschoß flog über Garis und Taaron hinweg und überschlug sich mehrmals, als es auf den Boden traf. Doch der kleinere Red-Eye war nicht mehr darauf. Taaron drehte sich um und schaute, ob er vielleicht ins Wasser gefallen war, doch außer dem Riesen, der nun langsam auf das Ufer zuwatete, war nichts zu sehen. Ein Schrei von Garis brachte Taaron dazu, sich

wieder nach vorne zu wenden, der mit den zwei Schwertern Kämpfende war schon während des Fluges abgesprungen und stellte die beiden mit ausgestreckten Waffen vor sich. Nun kam auch der Große näher, sie waren eingekeilt.
„Keine Angst, in unserem Wald wurde noch kein Elf umgebracht", informierte Garis Taaron flüsternd, doch Frost hatte zugehört. „Was uns nicht davon abhalten wird, euch zu entführen. Wenn wir euch töten wollten, wärt ihr schon längst bei unserem Gott Jataro und er würde eure Seelen in die ewige Verdammnis werfen." Der große Red-Eye mit der grausigen Maske winkte seinem Freund wie ein großes Kind zu: „Aber Frost, wir können nicht beide mitnehmen, wir sind doch nur zu zweit!"
Garis leuchteten die Augen bei dieser Information und Frost schlug sich mit wutverzerrtem Gesicht an die Stirn: „Ironhead, ich glaube, dein Gehirn bekommt zu wenig Luft unter der Maske …"
So wie Garis vorhin plötzlich neben Taaron aufgetaucht war, so tauchte Hatiran neben Frost auf. Taaron wurde später erklärt, wie die Elfen dies bewerkstelligten: Solange natürliche, magische Strömungen in der Erde zu finden waren, konnten Elfen diese nutzen, um sehr schnell von einem Ort zum anderen zu reisen. Da diese Ströme aber oft nur in unberührter Natur, also im Wald, zu finden waren, wurde diese Art der Fortbewegung immer seltener und in Gruppen konnten die Elfen schon seit vielen Jahren nicht mehr durch die Erde reisen. Hatirans silbernes Schwert legte sich beinahe sanft auf die Kehle des überraschten Frosts. „Du hast einen Fehler gemacht, Rotauge, du bist alleine in den Elfenwald gekommen, um Unheil zu stiften. Dies kann ich nicht dulden."
Er wollte zustechen, doch der nie im Krieg gewesene Garis machte einen verhängnisvollen Fehler. „Hatiran! Der Kerl ist nicht allein, da ist noch ein anderer!" Hatiran hatte seinen Artgenossen nicht angeschaut, doch sein Ausruf hatte ihn verwirrt, er dachte, der zweite Red-Eye stünde hinter ihm, also drehte er sich blitz-

schnell um. Natürlich fand er, außer einem schönen Ausblick auf den im Nebel verhangenen Wald, nichts. Frost lachte garstig auf und hieb auf Hatiran ein, doch dieser konnte den Angriff auf seinen Rücken geschickt parieren. Er drehte sich um die eigene Achse, wobei er Frosts Klinge klirrend an seiner entlang gleiten ließ. Frost zog sich aber zurück, bevor ihm das Schwert aus der Hand gedreht wurde und streckte daraufhin beide Schwerter, wie ein Skorpion in Lauerstellung, nach vorne. Hatiran nahm ebenfalls eine Kampfstellung ein, doch dabei schrie er erbost in Garis Richtung: „Was sollte das denn? Wo ist der andere Red-Eye?" Taaron zeigte mit dem Finger hinter sich und wandte sich um. „Da ist ..." Der Große mit der eisernen Maske war verschwunden. „Er ist weg, er muß irgendwo zwischen den Bäumen sein!" Hatiran atmete tief durch: „Ganz toll, versucht zu fliehen, ich halte zumindest diesen hier auf."

Taaron und Garis nahmen die Beine in die Hand während Frost und Hatiran sich gegenübertraten.
„Du bist Frost Icener, habe ich recht?"
Der etwas kleingewachsene Red-Eye nickte grinsend: „Genau, aber dich kenne ich nicht." Eine Beleidigung für den Hauptmann Hatiran, doch er überging dies, er war erfahren genug, um sich nicht von einem Red-Eye provozieren zu lassen. „Mein Name ist Hatiran, aber du mußt dir meinen Namen nicht merken, lieber mein Gesicht, denn es ist das Letzte, das du sehen wirst, Frost."
Der Angesprochene grinste weiter hämisch: „Das mache ich, denn deines ist das erste Elfengesicht, das ich seit langem sehe, sonst bekommen die Red-Eye nur eure feigen Ärsche zu sehen, wenn ihr wieder vor uns flieht." Hatirans Augen verengten sich zu Schlitzen, doch Frost sprach weiter: „Wenn ich so zurückdenke, ist das letzte Elfengesicht, das ich gesehen habe, das von Anron, wie er mit meinem Messer im Rücken darum bettelte,

daß ich ihn im Boden verschwinden lasse und ihm das Leben schenke, was ich dann auch tat. Ich töte keine Feiglinge."
„*Du*! Du warst das", rief Hatiran ihm ins Gesicht. „Du hast Anron vor Teeijang verletzt!"
„Genau", Frost lachte genüßlich auf als er die Erinnerung, beinahe sichtbar, Revue passieren ließ. „Er hat Sharp Claw getötet, mit einem Pfeil ins Genick. Eine feige Methode." „Und ihm ein Messer in den Rücken zu werfen ist besser?" Der Elfenhauptmann rang um Fassung, was Frost gnadenlos ausnutzte. „Nein, ist es nicht, aber hätte er sich gestellt, würde es in seinem Herzen stecken. Doch ich verstehe ihn, wenn ich ein Elf wäre und mich zwischen einem Stich ins Herz und einem in das nicht vorhandene Rückgrat entscheiden müßte, so würde ich auch das Rückgrat wählen." „Was bezweckst du mit diesem Gespräch? Willst du mich mit deinen Provokationen zum Angriff zwingen?"
„Nein", Frost ließ ruhig die Schwerter sinken, wandte sich mit plötzlichem Desinteresse von Hatiran ab. Er drehte ihm den Rücken zu, ging gemessenen Schrittes davon und rief über die Schulter: „Ich will dich nicht zum Angriff zwingen, ich lenke dich nur ab."
Bevor Hatiran verstand, rollte sein Kopf, abgetrennt von Ironheads riesiger Axt, auf den Boden.
Taaron und Garis hatten es nicht mehr weit, die Brücke zur Hauptstadt lag nur wenige hundert Meter entfernt, doch Senken, Baumstümpfe oder undurchdringliches Buschwerk machten die Hetze zu einem an den Kräften zehrenden Hürdenlauf. Der alte Garis hatte während des Laufens mehrmals versucht, im Boden zu verschwinden, doch immer erfolglos. Taaron hätte sich auch schwer gewundert, wenn es geklappt hätte, denn Magie brauchte Konzentration. Als sie die Brücke erreichten und ihre dreckigen Stiefel laut auf den glänzenden Holzplanken aufschlugen, kamen mehrere Elfenwächter aus dem großen goldenen Tor, dem einzigen Gebäude in Acharon, welches aus Stein bestand und nicht

über der Erde am großen Baum gebaut war. Es war der einzige Landzugang zu einer, die gesamte Insel umfassenden Mauer, in deren Sicherheit sich die beiden Geflohenen begaben. Der andere Zugang war ein Kai an der östlichen Spitze, an dem die schlanken, reich verzierten Boote der Elfen ankerten. „Was ist geschehen?" fragte einer der Wächter am Tor, als er den völlig außer Atem befindlichen Bruder des Königs sah. „Red-Eye, oben am Fluß, dort wo die Jünglinge ihre Bogenschießübungen im Frühjahr abhalten, Hatiran bekämpft sie alleine!"
Die Wächter entfernten sich geschwind und verließen die Stadt mit gezückten Waffen. Taaron lehnte seinen Oberkörper schnaufend auf die Knie. „Hoffentlich war es kein Fehler, daß wir weggerannt sind, Garis." Der Elf richtete sich seufzend auf. „Nein, nein, du hast keinen Fehler gemacht. Wenn du in die Hände der Red-Eye fällst, wären wir womöglich alle verloren. Aber ich hätte bleiben müssen." Er blickte reumütig zu Boden.
„Es war nicht deine Schuld, Elf, er hätte nicht gegen zwei übermächtige Gegner antreten sollen", sprach eine garstige Stimme vom Kai her. Zu Taarons Schrecken standen dort Frost und Ironhead, hinter ihnen, am schmalen Bootssteg, trieb der Baumstamm von vorhin, die beiden waren tatsächlich dreist genug gewesen, denselben faulen Trick noch einmal zu benutzen, um unerkannt nach Acharon vorzustoßen. „Er hat einfach den Kopf verloren und ist gefallen." Frost lachte wie ein Teufel und Ironhead zog etwas mit langen, seidigen Haaren aus seinem Hüftbeutel und präsentierte es den beiden Überraschten aufs neue. Der große Red-Eye hielt das Haupt Hatirans an den Haaren in die Luft, das zarte Elfengesicht in einem Ausdruck purer Verwunderung erstarrt. In den vielen Häusern über ihren Köpfen schrie jemand auf und bald waren Hunderte Elfen auf den Brücken zwischen den Bäumen versammelt und starrten nach unten. Wie hatten zwei einsame Red-Eye es geschafft, bis in das Herz des großen Waldes vorzudringen? Die Bürger riefen

natürlich nach den Wachen, doch die meisten befanden sich zu Hause und waren genauso verwundert, oder befanden sich im Haupthaus, in der Nähe des Königs.

„Was tun wir Frost? Beide töten?" fragte Ironhead abschätzend, als wolle er wissen, ob er zwei Stück Brot zerteilen solle. Doch Frost knurrte und schüttelte den Kopf: „Nein, nur den alten Waldbewohner, den Menschen nehmen wir mit." Ironhead nickte zustimmend und ging mit erhobener Axt auf Garis los. Ein Aufschrei der Zuschauer von oben begleitete ihn dabei, doch Garis wußte sich zu wehren: Auf eine seltsame Handbewegung hin, schoß eine Wurzel aus dem Boden, die am Ende verknotet war wie eine geballte Faust und er verpaßte dem Ungetüm mit der Axt einen rechten Haken, daß seine Maske wie eine Glocke tönte. Ironhead stolperte benommen nach hinten und brüllte dabei wie ein gesamtes Rudel Tiger, was die Elfenkinder über ihnen ängstigte und zum Weinen brachte. Die Wurzel wand sich schlangengleich in ihre Ausgangsstellung zurück und wartete auf die nächste Gelegenheit zuzuschlagen. Diese bot sich aber nicht, denn die davongeeilten Torwächter kamen soeben wieder in den Innenhof und hatten die Red-Eye bemerkt. Frost wandte sich zur Flucht, Ironhead der sich stöhnend den Kopf hielt, hinter sich her rufend. Er hatte nicht vor, von diesen grünen, weibischen Baumfreunden besiegt zu werden. Wie der Wind sprangen sie wieder auf den Kai und ließen sich unter ihrem Baumstamm in Richtung Westen treiben, auf die Küste zu.

Kapitel 4:
Rot

Anron schien den Schmerz über den Verlust Hatirans nicht mit den restlichen Bewohnern des großen Waldes zu teilen. Sein Blick hatte sich kurz verfinstert, als er die Neuigkeit erfuhr, und er beschränkte sich auf die Aussage, sein Mitgefühl sei bei der Familie des gefallenen Hauptmannes. Während die Elfen ein hohes Klagelied in den Baumwipfel anstimmten, welches dem Menschen Taaron beinahe die Tränen in die Augen trieb, begann der dunkelhaarige, bittere Kommandant schon wieder mit den Leibesübungen.

„Du hast am eigenen Leib erfahren, wozu die Red-Eye fähig sind", Anron umkreiste Taaron wie ein Raubtier, das seine Beute stellt. „Ich kann dir zeigen wie du dich gegen sie wehren kannst, auch wenn sie wieder mit solchen Ungetümen wie vor drei Tagen kommen." Anrons Holzstock schoß von rechts heran und Taaron konnte sich gerade noch ducken, um nicht ohnmächtig geschlagen zu werden. Doch leider fiel ihm dabei sein eigener Stock aus der Hand. Eine einzelne, engelsgleiche Stimme stach aus dem Chor der Trauernden heraus und ließ die Bewohner des Waldes andächtig seufzen. Dies war die erste Kampfesübung mit Anron, dem großen Elfenkrieger, der leider nicht mehr sehr gut kämpfen konnte, aber um Taaron umher zu scheuchen, schien es allemal zu reichen. „Na, wie ich sehe, müssen wir deine Reaktion nicht trainieren, sehr gut, aber laß den Stock niemals fallen, wenn du während der Schlacht deine Waffe verlierst, wirst du sie gleich zweimal nicht mehr aufheben können. Einmal, weil dein Gegner nicht zögert dies auszunutzen, zweimal weil du dann wahrscheinlich einen sperrigen Brustpanzer trägst, der es unmöglich macht, den Oberkörper zu beugen." Taaron antwortete nicht, er hoffte nur, daß Anron das Wort „Schlacht" gemeinhin ausgesprochen

hatte und nicht ernstlich auf ihn bezogen. Anron schlug mit seinem Stock von oben herab zu, doch Taaron hatte dies rechtzeitig kommen sehen und hielt seinen dagegen, er prallte ab und der Elf zog sich zurück. Er nickte anerkennend: „Nicht schlecht, nun zeige ich dir, welche Angriffe es gibt."
Die folgenden Stunden übten er und sein Schüler verschiedene Angriffe von allen Seiten und allen Richtungen, bis Taaron die Puste ausging. Der Stock schien in den letzten zehn Minuten schwer wie ein Stein geworden zu sein und Anron immer schneller, als Taaron keuchend abwinkte: „Anron, ich bin müde, lassen wir es gut sein für heute?" Doch Anron lachte: „Tut mir leid, noch ein paar Minuten mußt du durchhalten."

Während Anron und Taaron, sichtlich erschöpft, unten im Innenhof den Kampf übten, setzte sich Garis an den Tisch in seinem großen Haus, sehr weit oben im Baum. Er besaß das größte Haus, nach den wichtigen Einrichtungen wie der Kaserne, dem Hospital und natürlich dem Thronsaal, wo sein Bruder Garan regierte. Normalerweise bereitete ihm sein Heim Freude, da er Jahre voller Mühe aufgewandt hatte, um es nach seinen Vorstellungen einzurichten und besonders, um die Erlaubnis zu bekommen, noch höher zu bauen als sein Bruder. Das durchschlagende Argument bei diesem Streit war die Tatsache, daß er Stille brauchte, um seine Magie korrekt und gewinnbringend einzusetzen. Der Lärm weiter unten machte ihn nervös. Heute aber war kein normaler Tag, er erfreute sich nicht wie sonst an seinen schönen Möbeln oder den seltenen Pflanzen, deren Samen er eigenhändig in den verschiedensten Winkeln der Erde gesammelt hatte, denn heute hatte er die Mitteilung bekommen, daß das Land der Einwanderer, also das Land, das am nächsten östlich des großen Waldes lag, von den Red-Eye besiegt worden war. Wie man hörte, sollte sich die Hauptstadt Teejjang kampflos ergeben haben, nachdem die Armee der Feinde vor den Toren stand und ein Unterhändler eine Abmachung getroffen hatte. Nun grenzte das Reich der Red-Eye an das der Elfen. Welche Schande! Doch zum Glück lagen zwischen dem Anfang des großen Waldes und Teeijang Hunderte Meilen. Selbst wenn die Elfen und Red-Eye nun Nachbarn waren, sehen würden sie sich nicht. Ebenso wenig wie ein Elf jemals einen der seltsamen Einwanderer zu sehen bekommen hatte, denn außer ein paar vereinzelten fahrenden Händlern hatte keiner von ihnen jemals Kontakt zu dem Waldvolk aufgenommen. Garis rieb sich das Kinn und tippte schweigend auf eine vor ihm ausgebreitete Landkarte, hier, im äußersten Westen, lag der große Wald als, selbst auf der Karte, gigantisch wirkende grüne Fläche. Östlich davon das gerade eroberte Einwandererland, auf dessen, als Punkt eingezeichneter Hauptstadt nun das Red-Eye Symbol prangte. Südlich der beiden Länder und doch irgendwie zwischen ihnen, lag das aufständische Bauernland, wie ein halbwegs zur Seite geschobenes Hindernis. Über dieses Land hatte Garis lange nachgedacht und mehrere Reisen dorthin unternommen. Denn die Bauern dort waren freie Menschen, vielleicht freier als alle anderen Völker, doch diese Freiheit neideten sie sich untereinander und begannen, sich gegenseitig zu meucheln, was bis heute nicht aufgehört hatte. Ständig brannte es südöstlich des großen Waldes und der Wind trug nicht selten Schreie zu den Elfenohren. Lange hatten die Elfen versucht zu vermitteln, doch immer erfolglos. Nun war Garis froh über die kampfeswütigen Menschen dort, denn er war sich sicher, genau wie er, saß ein Red-Eye Kommandant gerade vor der Landkarte und fragte sich, was mit diesem nutzlosen, aber rebellischen Land zu tun war, welches so ungünstig den Weg zum großen Wald versperrte. Ein sachtes Klopfen an der Tür riß Garis aus seinen Gedanken. Nachdem er fragte, wer da sei, steckte Taaron den Kopf durch den Türspalt: „Verzeiht, Garis, Anron hielt mich auf, er ist sehr auf eine ausführliche Ausbildung bedacht." Der alte Elf lachte: „Er will nur dein Bestes, Taaron, setz dich, wir werden erst einmal zur Ruhe kommen, dann können wir das spirituelle Training beginnen."

Der Schmerz über den Verlust des Hauptmanns Hatiran hielt den Wald drei Monate lang fest umklammert. Die Bäume raschelten nicht mehr, wenn ein Elf über ihre knorrige, alte Rinde strich, der Fluß plätscherte nicht mehr glücklich über das steinige Ufer Acharons und der König ließ die große Halle verdunkeln. Einige der Waldbewohner riefen nach einem Denkmal für Hatiran, doch dies wehrte er ab, erst wenn der Mensch Taaron die Mühe um seine Person wert war, sollte sein Retter, Hatiran, geehrt werden, auch wenn dies Jahre dauern würde. Taaron empfand dies als zusätzlichen Druck, denn sein magisches Können ließ zu wünschen übrig oder besser gesagt, ließ sich nicht blicken, woran er langsam verzweifelte. Garis schien dies nicht zu stören, er hatte mehr Vertrauen in den Menschen als er selbst. Was Taaron zufrieden stellte, waren dagegen seine Fortschritte im Kampf. Schon öfters war es ihm gelungen, Anron zu parieren oder sogar zu kontern. Einmal, als Taaron einen hinterhältigen Angriff des Elfen von unten erwiderte und zwar, indem er seinen Stock wie einen Besen über den Boden fegen ließ, um ihn dann über dem Kopf herumzuwirbeln, woraus er einen schnellen Angriff über auf den Kopf seines Gegners startete, lachte Anron: „Du machst immer bessere Kombinationen und du hast mittlerweile ein Auge auf meine Bewegungen geworfen. Gut, sehr gut, ich glaube wir können eine neue Lektion beginnen."
Er winkte zwei der Elfensoldaten, die immer als Zuschauer erschienen, wenn sie gerade keinen Wachdienst hatten, zu: „Ihr beiden, gebt uns eure Helme!" Mit einem Schulterzucken zogen die Elfen ihre Helme ab und warfen sie Taaron und Anron zu. Es waren schöne Helme, solche wie sie die Elfen im Kampf trugen, denn tagsüber schimmerten sie eindrucksvoll in gold, des Nachts spiegelten sie das Mondlicht wieder wie ein stiller

Bergsee. Taaron setzte seinen auf, er saß perfekt und schien überhaupt nichts zu wiegen. Auch Anron hatte den gleichen Helm auf dem Haupt und zwinkerte ihm zu: „Keine Angst, wir werden uns nicht verletzen, die Helme tragen wir nur der Sicherheit wegen." Nachdem er ausgesprochen hatte, griff er Taaron mit der Kopie seiner Attacke von vorhin an, welche Taaron wieder konterte und Anron zurückspringen mußte, um nicht getroffen zu werden. Normalerweise oblag es Anron anzugreifen und Taaron verteidigte sich stets, doch der Mensch wollte den Elfen überraschen und ging selbst zum Angriff über. Es hätte nicht schlechter laufen können: Schon bevor Taaron ausholte, verriet seine Körperhaltung dem Elfen alles, was er wissen mußte und er schlug zu, direkt auf Taarons schönen schimmernden Helm. Der Mensch ging benommen zu Boden, die beiden Soldaten kicherten leise, auch sie hatten die Attacke kommen sehen. Noch bevor Anron zur Stelle war, um Taaron aufzuhelfen, sprang dieser auf, brüllte einen Kriegsschrei aus und griff wieder mit neuem Elan an. Doch Anron ließ seinen Stock fallen und riß erschrocken die Augen auf: „Was ist denn mit dir passiert?" Er blickte nach rechts zu den Soldaten und dann wieder in Taarons Gesicht: „Warum siehst du aus wie Locys?" Taaron schüttelte verwirrt den Kopf, wobei lange Haare aus seinem Helm fielen und nach seinen Bewegungen tanzten. Die Soldaten standen völlig schockiert da und einer und zwar der, von dem Taaron seinen Helm zugeworfen bekommen hatte, rieb sich die Augen. Anron kam näher und faßte Taaron ins Gesicht: „Verdammt, wie geht das zu? Wie hast du das gemacht?" „Was gemacht?" fragte Taaron ahnungslos ob der seltsamen Situation. „Ist etwas mit meinem Gesicht passiert?" Der Elf, den Anron vorhin Locys genannt hatte, rief: „Ja, du siehst aus wie ich bei allen Göttern! Hör auf damit!" Wieder schüttelte der Mensch den Kopf im Unglauben: „Ich habe nichts gemacht, wie sollte ich es bewerkstelligen, daß ich von einem Moment auf den anderen so aussehe wie du?" Anron machte ein nachdenkliches

Gesicht. „Das sollte sich Garis ansehen, vielleicht haben wir gerade deine magische Kraft entdeckt."

Der arme Garis, voller Freude über die Begebenheit, wurde leider enttäuscht: Auf dem Weg zu seinem hochgelegenen Haus hatte sich Taarons Gesicht plötzlich zurückverwandelt und war wieder zu dem eines verschwitzten Menschen im frühen Mannesalter geworden. Doch der alte Elf war trotzdem nicht aus der Stimmung zu bringen: „Der gute Anron hat Recht, wir haben deine Magie entfesselt und zwar nicht durch meine Meditation, sondern ganz klassisch durch einen Schlag auf den trotzigen Kopf, welch' Kuriosität!" Taaron war weniger begeistert, wenn dies bedeutete, daß er jedes Mal um einen kräftigen Hieb fragen mußte, um seine Kraft einzusetzen, sagte er sich einen frühen Tod voraus. „Verzeiht, Garis, aber der Vorfall gerade eben war doch etwas seltsam." Anron blickte den Magier an: „Er sagt, er wisse nicht, wie er es gemacht habe und warum sollte er sich in einer Notsituation in einen Elfen verwandeln können, dazu noch in den Faulenzer Locys?" Garis winkte glücklich ab: „Ach, Anron, ihr seid pragmatisch." Ohne das beleidigte Gesicht des Kriegers zu würdigen, sprang Garis im Raum hin und her wie ein Kobold in der Paarungszeit: „Seht Ihr dieses Potenzial nicht? Er hat sich nur in den vermaledeiten Locys verwandelt, weil dies so nahe lag: Eine Situation, in der Taaron sich im Stress befand, das Suchen nach einem Ausweg aus dieser Situation, die Tatsache, daß er der einzige Mensch in Acharon ist, sein magisches Gewissen muß die Verwandlung in einen Elfen als sicheren Weg zur Überlebenssicherung angeschaut haben." Anron runzelte die Stirn: „Bei allem Respekt, ich habe noch nie von einem magischen Gewissen gehört." Garis sammelte sich wieder und kehrte zu den beiden zurück: „Das habe ich auch nur in Ermangelung eines besseren Ausdrucks gesagt, Ihr könnt es Intuition nennen, wenn Ihr so wollt. Die beste Tarnung ist nun

einmal das vollständige Kopieren eines anderen. Denkt nach, wenn Locys in diesem Moment nicht in der Nähe gewesen wäre, und Ihr hättet Taaron noch niemals zuvor gesehen, dann wärt Ihr auf den Schwindel hereingefallen." „Was nicht erklärt, wie er es gemacht hat", versetzte Anron, die Erklärung akzeptierend, aber immer noch skeptisch. Garis atmete durch und zuckte dann die Schultern: „Vielleicht passiert es automatisch, wie Ihr sagtet, trug er den Helm von Locys, wahrscheinlich reicht dies seiner Magie, sich ein Bild des eigentlichen Trägers zu machen."
Taaron verstand die Brisanz dieser Situation, seine Magie hatte sich gezeigt und zwar genau dann, als er sie gebraucht hatte. „Garis", versetzte er schüchtern, „damals vor Anaronun, habe ich Spear mit einem unglaublichen Knall und einem Lichtblitz von mir geschleudert, dies steht aber jetzt im Widerspruch zu unserer Theorie, daß meine Magie mir zur Tarnung verhilft."
Der Elf nickte: „Durchaus, ich vermute auch nicht, daß deine Magie nur zur Tarnung zu gebrauchen ist, Taaron, vielmehr sehe ich eine Art, nennen wir es, defensive Magie, die dir in Situationen der Not oder in der Bedrängnis hilft. Zu schade, daß du sie nicht kontrollieren kannst. Und vermutlich auch nie können wirst", er sah Taarons trauriges Gesicht. „Verzeih, aber das Magierblut muß sich tatsächlich in den Generationen verloren haben, doch ich sehe großes Potenzial in dir, denn so wie ich die Dinge auslege, bist du beinahe unsterblich, immer, wenn du Hilfe benötigst, wirst du sie aus dir selbst erhalten." Anron fuhr dazwischen: „Garis, wollt ihr sagen, daß ihm plötzlich Flügel wachsen, wenn ich ihn hier aus eurem Fenster werfe und er wie ein Vögelchen zu uns zurückfliegt?" Der Magier verdrehte genervt die Augen: „Nein, Herr Anron, aber es könnte durchaus sein, daß er wie durch Zufall eurem Griff entweicht und Ihr derjenige seid, dem plötzlich Flügel ein nützlich' Ding wären." Anron hob die Augenbrauen aufgrund dieser Provokation, doch Garis ließ sich nicht einschüchtern: „Wenn wir sein Talent nutzen wollen,

so bringt ihm den Kampf bei und der Rest wird folgen, ich glaube, die Samen unserer Hoffnungen sind auf fruchtbaren Boden gefallen."

Zwar zogen jeden Tag aufs neue Wolken über der Hauptstadt Aschfelds auf, doch heute braute sich etwas zusammen. Etwas Großes. General Dark schaute in den schwarzen Himmel und sinnierte über den Verbleib seiner Agenten Frost und Ironhead. Der General stand auf dem Balkon seines Turmzimmers, wenige Dutzend Meter unter dem Thronsaal, wo der fette, dumme, schwache König Deep Axe regierte und sich in dem Reichtum, den ihm seine getreuen Soldaten eingebracht hatten, suhlte. Der General haßte seinen Herrscher, er haßte, was er tat, er verachtete jedes Wort, das aus dem schmalzigen, lüsternen Maul des Blaublütigen troff. Erst vor wenigen Wochen hatten die Schlitzaugen vor Teeijang kampflos kapituliert und das vor einem jungen, unerfahrenen Armeekommandanten, der zufällig eine Schwachstelle in dem hervorragendem Verteidigungssystem des zuvor gefallenen Aaijang entdeckt hatte. Ohne ein Wort des Lobes kam der Befehl vom König, die Stellung zu halten und dabei möglichst viel Steuergeld für Aschfeld herauszupressen. Dieser junge Kommandant gehörte zu der geheimen Organisation des Generals, die es seit mittlerweile einem Jahrzehnt schaffte, Aschfeld politisch und militärisch aufrechtzuerhalten. Dies bewerkstelligte er nur durch genaue Verwendung seiner eingeschworenen Anhänger, die allesamt große Aufgaben im Staatsapparat des schwarzen Landes innehatten. Und dieser fette Bastardsohn des großen Königs Blood Axe hatte sich nur durch eine Intrige an die Macht gebracht und seine Geschwister, die eigentlichen Thronfolger, ermordet, was aber nie bewiesen wurde. Was des Generals ungestümen Zorn noch mehr anfachte, war die Tatsache, daß Deep Axe alle Erfolge seiner Untertanen nur sich und seiner Führungskraft zuschrieb.

Der Red-Eye senkte den Blick nach unten, weg vom trostlosen Himmel, doch er bereute es schnell, dort unten, beinahe eine Meile unter ihm, denn so hoch war die Hauptstadt Aschfelds, stand die Stein gewordene Flamme seines Hasses, eine meterhohe Statue des Königs, in siegreicher Position, natürlich ohne Bezug zur Realität. Der übergewichtige König hatte sich wie einen schlanken, schnellen, Bogenschützen, der gerade einen Pfeil aus einem vollen Köcher zog, darstellen lassen.

Das einzige, was dem General half, sich zu konzentrieren, war, die Augen zu schließen und seinen Faden von vorhin wieder aufzunehmen. Frost und Ironhead, zwei seiner besten Agenten, hatten sich nicht zurückgemeldet, doch er vertraute den beiden, sie hatten ihn noch nie enttäuscht. Womöglich waren sie der Spur des entflohenen Menschen bis an den Horizont gefolgt oder verspäteten sich einfach auf dem Rückweg. Diese Verzögerung war trotzdem ärgerlich, denn der König würde sie als weiteren Grund für eine seiner sinnlosen, schlecht geführten, generell luftleeren Standpauken nutzen. Doch die Tatsache, daß der König nichts von der Geheimorganisation des Generals wußte, ließ ihn lächeln. Alle gehörten dazu, vom Schatzmeister, über den hohen Armeekommandanten Blade Viper, über den Kammerdiener des Königs, alle waren sie dem General hörig. Doch ein Geschehnis in der jüngeren Vergangenheit hatte den General und seine gesamte Organisation zurückgeworfen: Der unerwartete Tod Sharp Claws, eines berühmten Kriegers der Red-Eye, der viele Schlachten für Aschfeld gewonnen hatte und bei allen hoch angesehen war. Dieser Red-Eye war so etwas wie ein Volksheld gewesen, ein Idol, zu dem ein Kind aufschauen konnte und über das die Alten sich erzählten, er wäre ein Krieger wie damals als sie noch jung waren. Als er starb, bebte das Gemäuer vor den Jammerschreien des roten Volkes bis nach oben in den Thronsaal. Auch Sharp Claw war ein Mitglied in General Darks Gruppe gewesen, ein Trumpf sozusagen, denn

hätte er den König kritisiert, so hätten es alle getan, hätte er geschwiegen, so wären alle still geblieben. Der General erfreute sich an seinen Gedanken von Auflehnung und klammerte sich an die letzte Hoffnung, bestehend aus Frost und Ironhead. Der General hatte einen sehr weisen Red-Eye konsultiert, einen alten Magier namens Raeken, und was dieser ihm erzählt hatte, ließ ihn vor Freude erzittern. Doch es war nur ein Funken Hoffnung, etwa so groß wie ein Tropfen Wasser im Ozean. Vielleicht verschwendete er seine Zeit mit diesem Menschen, den sie jagten. Vielleicht auch nicht. Was dafür sprach, war die Tatsache, daß die Elfen ihm zumindest so viel Wichtigkeit beimaßen, daß sie ihn in einer verzweifelten Mission vor dem verbotenen Weg retteten. Wieder starrte Dark in den Himmel. Verhöhnte das Firmament ihn mit den schwarzen Wolken, oder war es seine Hoffnungslosigkeit, die ihn Gespenster sehen ließ?
Die weite Ebene Aschfelds vor sich, brütete er weiter. Hoch im Norden, wo das graue Gebirge sich in viele gefährliche Schluchten stürzte, war der Himmel in das gewohnte Aschfelder Grau getaucht, im Westen, in der Nähe des verbotenen Weges, schien die Sonne auf die Berggipfel des anderen Gebirges, dem die freien Völker versäumt hatten, einen Namen zu geben. Die Red-Eye hatten ihnen dies abgenommen und ihm den schlichten Namen „Kwan Tinwaturaja" gegeben, sicherlich ein Zungenbrecher, wie alle Red-Eye Namen, doch es bedeutete schlicht übersetzt: „Höhen der Verzweiflung". Theatralisch, doch so liebten die Bewohner Aschfelds ihre Umwelt, groß, bombastisch, Furcht einflößend. Im Süden verlor sich das Land in der weiten, tödlichen Wüste, die Sturmland genannt wurde, in allen Sprachen. Dort hausten gewaltige Skorpione, groß wie Häuser und Echsen, auf denen ein Palast Platz hätte. Im Osten, also im Rücken des Generals, dessen Balkon nach Westen ausgerichtet war, lag eine Hügelkette, wie ein kleiner Bruder des grauen Gebirges. Oder wie das verscharrte Rückgrat eines toten Giganten. Nach dieser

Hügelkette kam das Land Ost-Aschfeld an der schwarzen Küste, dem einzigen bekannten Zugang zum Meer neben der Küste im Westen, an der die Elfen und Bauern hausten. Die Augen und Gedanken des Generals waren natürlich nach Westen gerichtet, wo eine neue Welt geschmiedet werden würde, nur wer sie schmieden würde, war noch nicht entschieden. Wie auch die hohen Elfen verspürte auch, der keineswegs einfältige Red-Eye, Dark, wie ein Sog an seinem Gesicht vorbeiflog, als ob die Gegenwart Luft holte, für einen Sprung ins Wasser. Nur ob sie schwimmen konnte, wußten weder Mensch, noch Elf, noch Red-Eye genau zu sagen.

Seit der Unterredung mit Garis, bei der Anron in seinem Stolz beleidigt worden war, hatte das tägliche Kämpfen mit ihm eine Spur an Härte zugenommen. Taaron hielt sich aber immer wacker und ab und zu gelang es ihm, den wütenden Anron zurückzustoßen. Verständlicherweise wurden nun keine Helme mehr ausgegeben, auch nicht aus der Reserve, wer wußte schließlich, ob nicht vielleicht der König Garan diese einmal getragen hatte. Die Zeit, in der Taaron vorher bei Garis und seinen Meditationslektionen verbracht hatte, waren ihm nun freigestellt, solange er die Stadt nicht ohne Begleitung verließ. Doch genau dies hatte er vor, und zwar durch die Nutzung seiner magischen Fähigkeiten. Dem etwas verwunderten Schneider in dem Markthaus kaufte er die Kleidung vom Körper weg, nahm sie mit in das Hospital, wo er sich häuslich eingerichtet hatte, und zog sich dort um. Als er in den schlichten braunen Arbeitsklamotten eines Schneiders dastand, mußte er lachen. Es war so dreist, sein Vorhaben. Doch nun begann der schwierige Teil des Unternehmens: Er mußte es schaffen, sich in den Schneider zu verwandeln. Er spannte alle Muskeln seines Körpers an, doch außer einem verkrampften Stöhnen entlockte es ihm nichts. Der nächste Versuch beschränkte sich auf tiefes Luftholen und Konzentration, wie Garis es ihn gelehrt hatte. Wieder keine Veränderung, die gleichen wunden Hände, dasselbe, zu lang gewordene Haar, dieselbe Nase im Gesicht. Er versuchte sich an den Moment zu erinnern, als er sich in den Elfenkrieger verwandelte. Was war ihm durch den Kopf geschossen, als Anron ihn zu Boden geworfen hatte? Nichts, außer dem Versuch eine Lösung zu finden. Es war nur ein Gedanke gewesen: Was nun? Es mußte eine Formel geben, wie er seinen Gemütszustand von jenem Moment wieder herstellen konnte! Langsam schälte sich ein Wort aus seinen Gedanken heraus, ein Wort, welches so gar nicht in das Acharon passen wollte, das er kannte: Angst. Taaron sammelte sich, er dachte an den Moment zurück, in dem er von Spear gepackt wurde, der Moment, ohne den dies alles nicht passiert wäre, an die gemeinen Red-Eye, die ihn zwangen, sich tot zu stellen und in den Karren voller Pisse zu steigen, nur damit sie wie die Hasen fliehen konnten.

Er hatte sich in den Schneidermeister verwandelt, er hatte den seligen Moment sofort gespürt, die Kleider paßten plötzlich besser, die Haare kitzelten ihn beim Wachsen am Kopf, seine Augen nahmen die Natur noch schöner und vollendeter wahr. Nun mußte er sich um das zweite Problem kümmern: Die Maskerade aufrechtzuerhalten. Das letzte Mal hatte die Tarnung schon nach Minuten nachgelassen, was sicher daran lag, daß er sich nicht verwandeln wollte. Zur Sicherheit verweilte der Mensch mit dem Konterfei eines Elfen eine Weile in seinem Haus. Doch er blieb ein Elf.

Die Waldbewohner hatten ihn immer angeschaut, sogar mit dem Finger auf ihn gezeigt, wenn er als Mensch an ihnen vorbeiging, doch nun scherten sie sich nicht um ihn, schienen den an seiner Tracht erkennbaren Schneider sogar zu meiden. Verständlich, die Elfen liebten alle lebenden Geschöpfe, aber ein Schneider verarbeitete nun mal tierische Materialien wie Leder und Sehnen. Im großen Wald war er ebenso unbeliebt wie der Jägersmann, den man in Taarons eigentlicher Heimat den kühnsten aller Männer, außer dem Krieger natürlich, nannte. Das Tor zu verlassen, war keine schwere Übung, die Wachen standen zwar stramm auf Posten, doch scherten sich nicht um den spazierengehenden Elf. Geschafft! Er hatte die Stadt hinter sich gelassen, doch wohin er nun wollte, wußte er nicht, Hauptsache weg von der Verpflichtung, in einen Krieg ziehen zu müssen, in der er eine Rolle spielen sollte, die seinen Geist bei weitem überforderte. Vorsorglich hatte er einen kleinen Laib Brot mitgenommen, der große Wald trug seinen Namen nicht umsonst. Er folgte den gut sichtbaren Wegen, die immer Richtung Osten führten, aber keine Wegweiser hatten. Na ja, es mußte auch so gehen.

„Sie haben ihn, General, und sie verteidigen ihn mit ihren Magiern", Frost nickte sich selbst zu, während er berichtete. Er und Ironhead waren heute morgen eingetroffen, kaum zu glauben, daß sie innerhalb dreier Monate die halbe bekannte Welt durchwandert waren. „Aber wir sahen uns, obwohl wir in die Festung der Elfen eingedrungen waren, unterlegen, es waren zu viele und sie benutzten Magie. Ironhead kann dies bezeugen, eine rabiate Wurzelknolle hat ihm die Maske zerdeppert." Der General wollte abwinken, er glaubte Frost auch so, doch Ironhead wollte nicht schweigen: „Ja, der Ast aus dem Boden war hart wie ein Stein und hat mich umgeschlagen!" Dark lächelte, es war belustigend zu hören wie der imposante Ironhead, der sogar größer als der stattliche General war, von einer Amok laufenden Pflanze niedergestreckt wurde.
Doch die Situation war nicht zum Lachen, die Elfen würden den Menschen wohl kaum einfach wieder ziehen lassen, wenn sie glaubten, die Red-Eye hätten das Interesse an ihm verloren. Frost glaubte, die Gedanken seines Anführers zu erraten: „Acharon muß in Flammen aufgehen, nicht wahr?" Er faßte sich an die Schwertgriffe und grinste diabolisch. Dark winkte ab: „Nein, wir haben nicht die Mittel um die Elfen auf ihrem eigenen Grund

und Boden zu attackieren. Wir können nur unser Netz um den Wald herum aufspannen und geduldig wie eine Spinne warten. Wenn wir in den Wald eindrängen, so hätten die Elfen uns in der Tasche, zwischen den Bäumen sind sie flink wie Rehe. Der einzige Weg, eine Elfenarmee zu besiegen, ist, ihre Bogenschützen auszuschalten, und dann die schwächlichen Fußsoldaten zu massakrieren. Im Wald unmöglich, sie würden aus den Bäumen feuern, aus dem Boden kriechen und überall um uns herum auftauchen." Er lachte: „Außerdem kann ich nicht riskieren, daß mehr unserer Krieger von durchgedrehter Fauna überwältigt werden."

Eigentlich hatten die Red-Eye es gar nicht mehr nötig, auf Taaron zu warten, er hatte den Wald bereits verlassen. Er war einem der größeren Pfade gefolgt und schließlich im Bauernland angekommen, wo sich die Weizenfelder bis in den Horizont ausbreiteten. Nach einem weiteren Tagesmarsch erreichte er einen Hof. Ein Hund bellte ihn an, aufgeregte Gänse flatterten ihm vor den Füßen herum als er auf die Holztür am Eingang zuging. Der Hof war eine Ansammlung von Baracken, die größte unter ihnen zweifellos die Scheune. Er hielt dennoch auf das Gebäude zu, welches er für ein Wohnhaus hielt.
Bevor er auch nur anklopfen konnte, wurde die Tür ruckartig geöffnet und ein kleiner, bärtiger Mensch mit einer Mistgabel bedrohte ihn: „Verschwind', Räuber, hier gibt's nichts für dich und deine G'sellen!" Die Mistgabel zuckte vor Taarons Augen und wurde sogleich wieder abgesenkt. „Ein Elf!" rief der kleine, sehr nach Kühen stinkende Mann. „Sieh einer an, verzeiht mir die Grobheit, aber böse Leut' sind unterwegs!" Taaron winkte galant wie ein hochnäsiger Elf ab: „Ich verurteile Euch nicht, Bauer, doch bitte ich Euch um etwas Brot und anderen Proviant." Der Kerl mit der Mistgabel zuckte die Schultern: „Nee, Herr, ich hab' doch gesagt, die Bösen haben alles mitgenommen. Nur ein bisschen Selbstgebranntes hätt' ich da. Also Schnaps, wenn ihr

versteht, aber ich fürchte der macht nich' viel her als Proviant, der verkürzt eure Reise eher noch." Plötzlich wurde der Bauer wieder mißtrauisch, die Mistgabel wieder in beide Hände nehmend, fragte er: „Warum geht ein Elf allein, ohne Proviant auf Wanderschaft? Haben die Euch verstoßen?" Er wies auf den weit am Horizont liegenden Saum des Waldes. Taaron schüttelte langsam den Kopf: „Mitnichten, ich bin Schneidergeselle und reise nun, um meine Lehre zu beenden. Erst wenn ich in vielen Städten, von vielen Meistern gelernt habe, darf ich zurückkehren." „Aaah", er schien zu verstehen, „wie ein Zimmermann, ja, die kenn' ich! Sagt's doch gleich Schneidersjung', dann wären wir schon lange beim Essen."

Wie sich herausstellte, hatte der kleine Bauer eine noch kleinere Ehefrau, die er als Rosa vorstellte und sich selbst mit Harbas. Harbas saß sogleich zu Tisch und trug seiner Frau auf, Essen zu machen. Als Taaron sich dazusetzte, öffnete der Bauer eine Flasche seines Selbstgebrannten. „Ihr werdet doch sicherlich die Nacht hier verbringen, Herr?" „Natürlich", sagte Taaron etwas zu schnell, denn ein Schluck Destillat kam ihm gerade recht und er starrte durstig auf die Steingutflasche. „Was nehmt ihr, um zu destillieren?" Harbas streckte stolz den Rücken durch: „Mein eigenes Korn, so etwas Reines gibt es selten." Plötzlich trübte sich sein Blick. „Doch ich wünschte mir, ich hätte weniger gemacht, die Ernte war schlecht und heutzutage muß man auch noch damit rechnen, daß die Banditen die Hälfte rauben. Ach", sagte er verdrießlich, „früher war's besser, Schneider, oh ja, da haben wir alles behalten und so viel Korn gemacht, wie wir nur saufen konnten, doch heute schlagen sich die, die gestern noch einen auf die gute Zeit getrunken haben, gegenseitig die Schädel ein." Taaron nickte, er wußte natürlich von den Zuständen im Bauernland. „Ihr sprecht wahr, Harbas. Die Welt verroht und wir schauen zu." Harbas nickte. Ob er den schlechten Versuch der

Elfenphilosophie bemerkt hatte? Seinem Blick nach nicht. „Ihr spracht vorhin von den bösen Leuten, die Euch alles genommen hatten? Oder war dies nur ein Vorwand, um einen möglichen Banditen wegzuscheuchen?" Der Bauer schenkte Taaron endlich ein: „Nee, Herr Elf, das stimmt echt! Ich will gar nicht zurückdenken, bah, plötzlich schlägt die Tür auf und ein Teufel stampft herein, sein Gesicht wie eine Fratze und kräftig wie zehn Bären. Auch einen Kleinen hatte er dabei, der hat gesagt, sie wollen unser Essen. Ich hab's gegeben und sie haben noch viel mehr mitgenommen als sie tragen konnten, die Hälfte liegt jetzt im Dreck, wo der große Teufel ausgerutscht ist und es verloren hat." Taaron war der Becher in der verkrampften Hand beinahe geplatzt, der Bauer hatte gerade eine Beschreibung der beiden Red-Eye abgegeben, die versucht hatten, ihn zu töten! „Sagt, Harbas, wie lange ist dies schreckliche Ereignis her?" „Ach, Herr Elf, schon Monate! Die Bestände haben sich ja jetzt erholt und ein paar der Gänse, die sie gestohlen hatten, haben sogar zum Hof zurückgefunden. Doch bis vor ein paar Wochen lebten wir wirklich von der Hand in den Mund. Wärt ihr früher gekommen, hätte ich Euch wohl tatsächlich wieder wegschicken müssen." Der heimliche Mensch Taaron nickte wieder betroffen: „Wie kann ich Euch nur danken für die freundliche Aufnahme in Euer Heim?" Harbas winkte, schon etwas betrunken, ab: „Ach was, Schneider, wir freuen uns, einem Elfen zu helfen!" Rosa brachte gebratene Gans und Bratkartoffeln auf den Tisch, auf die sich Harbas und Taaron stürzten.

Taaron, immer noch in Elfentracht, verbrachte die Nacht auf dem Boden des kleinen Wohnhauses des Bauernpaares Harbas und Rosa. Am nächsten Morgen ging er früh vor die Tür und sah sich um. Weit im Westen, noch unsichtbar und vom Morgennebel verhüllt, lag der große Wald, wo seine Abwesenheit sicherlich schon aufgefallen war. An das Wohnhaus angeschlossen, war der

Gänsestall, hinter dem bereits die drei Morgen Land begannen, die Harbas im Schweiße seines Angesichts bewirtschaftete. Über dieses Land ging er nun, ohne sich von den noch immer schlummernden Bauern zu verabschieden. Er wollte nicht, daß sie wußten, in welche Richtung er sich entfernt hatte. Doch er ging dieses Mal nicht unvorbereitet, er trug einen Beutel mit Proviant und Trinkwasser mit sich, welchen er sich noch am Abend gepackt hatte. Ohne irgendeine Orientierung ging er weiter ostwärts und hoffte, wieder auf so gute Menschen zu stoßen wie Harbas und seine Frau. Die Landschaft veränderte sich nicht, als er die Felder verlassen hatte, es folgten nur noch mehr brachliegende oder verbrannte Äcker, ab und zu die verkohlten Überreste eines Gehöfts. Der Nebel verzog sich gegen Mittag, als er sich an den Wegesrand setzte und einen Schluck aus seinem Trinkschlauch nahm. Würden die Elfen ihn suchen? Wahrscheinlich, denn er war der Hoffnungsträger dieser Welt. Ein bitteres Lächeln spielte um seine feuchten Lippen, ein Hoffnungsträger der am Wegesrand saß und hoffte, daß niemand auftauchte, dem er aus Versehen noch Hoffnungen machen würde. „Wie poetisch", lobte er sich selbst sarkastisch und erhob sich ächzend. Taaron nahm den ungewissen Weg in die Ferne wieder auf.

Dort saß sie, die „General-Dark-Organisation", an einem runden Tisch, im Büro des Generals selbst. Der König war auf einer seiner Ausflüge, die nur dazu dienten, dem Volk zu zeigen, daß es ihn noch gab. Diese Ausflüge waren eine gute Gelegenheit für die Red-Eye, um sich um den General zu versammeln und unverhohlen Pläne zu schmieden.
General Dark, zum Vornamen Sword, saß ruhig an seinem Platz und wartete mit den anderen auf den letzten Teilnehmer, der sich verspätet hatte. Im Uhrzeigersinn folgten die anderen Mitglieder. Einmal gab es da den kaltblütigen Frost Icener, in Ost-Kworl geboren, früh in den Militärdienst eingetreten und aufgrund seiner

taktischen sowie bösartigen Kriegskunst schnell aufgestiegen. Der General wurde auf ihn aufmerksam, als Frost, nur mit einer Handvoll Red-Eye, darunter Ironhead, gemeinsam mehrere Horden wilder Menschen vernichteten, die immer wieder die wichtigen Nachschubwege Aschfelds angriffen. Ironhead fehlte bei dieser Besprechung, er gehörte zwar zum inneren Kreis der Organisation, doch nicht zu den Drahtziehern. Neben Frost saß Spear Claw, der zur Zeit erfolgreichste einzeln agierende Krieger der Red-Eye. Er hatte sich das verworrene Militärsystem Aschfelds zunutze gemacht, welches es erlaubte, als eine Art „Held" alleine, nur dem General unterstellt, dafür aber ohne Truppe im Rücken, oder als normaler Soldat, der sich die militärischen Abzeichen auf reguläre Weise verdienen konnte und mit fortschreitender Erfahrung eine Truppe erhielt, zu kämpfen. Spear war ein Einzelkämpfer und zwar ein talentierter, wenn er auch immer im Schatten seines Vetters Sharp gestanden hatte, der noch grandioser war. Spear wuchs in der Hauptstadt Aschfelds auf, in einer bürgerlichen Familie, die er zu Anfang nur ungern für den Kriegsdienst verließ. Aber später hatte sich diese Ansicht radikal verändert, wählte er doch bei seinem Beginn nur aus Protest den schwierigeren Weg des Einzelkämpfers, war er heute vollauf zufrieden damit, daß es keine Regeln gab und er seiner Wut über den Verlust Sharps in den groteskesten Blutbädern Ausdruck verleihen konnte. Auf ihn folgte Poison, die einzige Frau, die nicht an der Heimatfront gegen den Feind kämpfte, sondern mit gezücktem Schwert vorausging. Ähnlich wie Spear wuchs sie in der Hauptstadt auf, doch ihr fehlte die Mutter, denn diese war bei der Geburt ihrer kleinen Schwester Jala gestorben. Ihr Vater war Schmied, der eine Kunst beherrschte, die auf der ganzen Welt einzigartig war, dem Schmieden einer Waffe, die alles Bekannte in den Schatten stellte: dem Morjatock, einer Waffe, deren Wirkung niemand erklären konnte, ohne das Wort „Verschmelzung" zu benutzen. Doch das Schmieden dieser Schwerter war gefährlich und schwer, denn bei dem Vorgang des Eingießens des heißen Stahls in die grobe Gußform wurden Geister beschworen und Blut in die Glut gespritzt. Poison war als Schmiedin sehr talentiert gewesen, doch weigerte sich strikt, nach vielen Jahren der Lehrzeit, zu lernen, wie man die Morjatocks herstellte. Sie verließ die Schmiede mit einem Arsenal selbst geschmiedeter, langer, dünner Schwerter, die sie im Militär weit brachten. Natürlich als Einzelkämpferin. Der nächste im Bunde war ein dürrer, immer müde aussehender Red-Eye namens Nightfly Wing. Seiner zerbrechlichen Gestalt sah man die gewaltige Kraft in den Muskeln nicht an, ebensowenig das politische Geschick. Er war außer dem General der, vom Standpunkt der Ränge aus gesehen, Wichtigste im Raum, denn er war der Stadtschützer. Jede Red-Eye-Stadt besaß einen davon. Der Stadtschützer war Oberbefehlshaber der Wachen, Vertreter der Stadt vor Gästen und so etwas wie die oberste Anlaufstelle für Beschwerden, die die Metropole betrafen, wie Straßenausbesserungen, Steuern, ja, er durfte sogar Gericht halten und Urteile in Streitigkeiten fällen. Die Rolle des Stadtschützers war aber hinfällig, sobald sich der General oder der König in der Stadt befanden. Da dies hier in der Hauptstadt ständig der Fall war, war der Posten so etwas wie die Vertretung der Vertretung des Königs. Was auch die ständige Genervtheit Nightflys erklärte. Er war in West-Kworl aufgewachsen, der Stadt, die sich am nächsten an den Ländern des Feindes befand. Dort wurde er schon als Kind in die Kriegsmaschine eingespannt, in seiner Jugend unterstand ihm schon ein ganzer Mauerabschnitt, den er bei Belagerungen immer erfolgreich halten konnte, wenn auch nur durch böse Tricks wie kochendes Pech vor der Mauer, welches seine Männer mit Brandgeschossen anzündeten, sobald Menschen dort standen, oder die von ihm erfundenen, nun in der ganzen Welt benutzten, langen Lanzen mit der Aushöhlung an der Spitze, mit denen man Sturmleitern leicht fortstemmen konnte. Sein Erfolg hatte ihn hierher, in die Hände des Generals, geführt. Neben Nightfly war ein Platz leer, dort saß Sharp Claw immer. Da er aber bekanntermaßen nicht mehr unter den Lebenden weilte, hatte der General den in der Stadt verweilenden Blade Viper eingeladen. Theoretisch sollte dieser sowieso zum inneren Kreis gehören, doch da er Armeekommandant war und deswegen ständig fern der Heimat, hatte dies keinen Sinn ergeben. Durch die schreckliche Niederlage vor Anaronun hatte er aber seine Armee verloren und war gezwungen, auf eine neue Aufgabe des Königs zu warten.

Doch bis jetzt warteten sie noch auf ihn. „Um was geht es denn, verdammt?" fragte Nightfly mürrisch, als habe er besseres zu tun, worauf Spear sofort einstieg: „Warum so eilig, Nightfly? Mußt du zwei zankende Weiber beruhigen?" Er warf einen hämischen Seitenblick auf Poison, die die Katzenaugen verdrehte. „Nein, Spear", antwortete Nightfly drohend, „habe ich nicht, und selbst wenn es zankende Weiber in meiner Stadt gäbe, dann wären sie sicherlich leichter zu beruhigen als du, wenn kein Bier in der Nähe ist." Poison kicherte und hielt sich die Hand vor den Mund, Spear knurrte beleidigt in sich hinein. Neben dem General rührte sich Frost: „Mich interessiert auch, um was es geht, es sind schließlich große Dinge passiert, auf die wir reagieren müssen, General." Der Angesprochene nickte nur beiläufig und machte eine kleine Handbewegung, die sie zur Ruhe mahnte. Nach wenigen Minuten traf Blade schließlich ein: „Verzeiht, ich war schon Jahre nicht mehr zu Hause. Und daß wir uns im Keller des Hauptturmes treffen, habe ich auch nicht gedacht." Es lag ein leichter Vorwurf in Blades Stimme, zurecht, die Organisation hatte genug wohlhabende Anhänger, die eine Versammlung in ihren Häusern hätten vorbereiten können, doch der General bestand auf größte Geheimhaltung. Als Blade sich respektvoll auf Sharp Claws Platz gesetzt hatte, begann der General.

„Es sind seltsame, beunruhigende Dinge passiert in den letzten Monaten. Sicher weiß es noch nicht jeder hier, es wurde durch

reinen Zufall ein Mensch gefunden, der über bemerkenswerte Kräfte verfügt. Die aus der Stadt des Feindes geflohenen Spear und Poison hatten ihn zuerst als Geisel mitgenommen und später seine Kräfte bemerkt, woraufhin sie ihn hierher bringen wollten. Doch der Feind, in Gestalt von Sorios, den hier alle kennen, rettete seinen Mitmenschen kurz vor dem Eingang in unser Land. Wie mir später die von mir nachgeschickten Frost und Ironhead berichteten, befindet dieser Mensch sich nun in Acharon, außerhalb unserer Reichweite." Nightfly runzelte die Stirn: „Was ist an diesem Kerl so wichtig? Es gibt mehrere Menschenmagier, vielleicht sind wir auf einen gestoßen, der einfach nicht von seinem Talent wußte. Was wollt Ihr uns sagen?" Dark lächelte: „Ich habe die Sache am Anfang auch wie eine Lappalie behandelt, doch Raeken, unser aller Lieblingsmagier, hat mich von seltsamen Erschütterungen in der Luft unterrichtet, die nur entstehen, wenn sich eine große Macht an die Oberfläche unserer Welt bohrt. Ich vermute, sie wurde durch diesen Menschen verursacht, als er bei einem dilettantischen Fluchtversuch mit Spear rang und ihn plötzlich von sich schleuderte wie einen Stein, obwohl er am Boden lag und sich nicht wehren konnte." „Ich verstehe unser Interesse an diesem Menschen immer noch nicht", sagte Blade halblaut, der General nickte nur: „Es ist so, daß Raeken vermutet, der Erbe des Erschaffers ist auf den Plan getreten."
Sofort brach lautes Geschrei im Raum los, die Red-Eye waren aufgesprungen und redeten wie wild umher oder blickten den General einfach nur fassungslos an. Spear war die Kinnlade heruntergeklappt, Blade war zu Tode erschrocken sitzen geblieben, während die anderen bereits umherliefen und durcheinander diskutierten. Es dauerte eine Weile bis der entspannte, besonnene General Ruhe in die Runde brachte.
„Wenn er recht behält, was ich vermute, dann verfügt der Feind nun über eine Waffe, mit der er uns vernichten kann, die aber noch Jahrzehnte der Übung braucht, um effektiv eingesetzt wer-

den zu können. Unsere Chance besteht nun darin, den Erben zu erwischen und zu vernichten. Unsere Überlegenheit in allen Bereichen des Militärs sowie der Wirtschaft wird uns dabei zugutekommen."
„Was wollt Ihr uns damit sagen? Sollen wir abwarten?" fragte Poison aufgeregt. „Ja", erwiderte der General schlicht. „Noch etwas anderes", Blade meldete sich zu Wort. „Ich wußte nicht, daß der Erschaffer Kinder hatte?" „Nach eigener Aussage hat er die auch nicht", antwortete Dark, „aber sicherlich Verwandte oder einen Bruder. Ich weiß nicht, ob ich ihm glauben kann, aber wahrscheinlich sagt er die Wahrheit." Nightfly knurrte lüstern: „Zu Schade, daß wir ihn nicht mehr fragen können." „Oh, da irrst du dich", versetzte er amüsiert. „Raeken hat ihn gefragt und er glaubt ihm auch." Betretene Stille. „Wollt ihr etwa sagen, daß ...", stotterte Frost, zum ersten Mal sichtlich überrascht, „... daß er noch lebt? Ich habe schon in der Schule mitbekommen, daß er sich selbst unsterblich gemacht hat, doch ich dachte, unsere Vorfahren hätten ihn sicherlich getötet!"
Es freute ihren Anführer ungemein, daß er die sonst so kaltblütige, abgeklärte Truppe überrumpelt hatte: „Nein, er lebt noch und zwar im Gefängnis von Raeken, oben über Nord-Kworl, im Gebirge."

Das Bauernland hatte Taaron ohne Zwischenfälle im nördlichen Teil durchquert, die Gewalttaten mußten sich wohl südlich, in der Mitte des Weidelandes abspielen. Nun befand er sich an der Grenze zum Land der Einwanderer, das Land, in dem sich tapfere Menschen gegen die drohende Gefahr der Red-Eye zur Wehr setzten. Daß dieses Land bereits vor einem Monat kapituliert hatte, wußte er nicht. Die Wege waren gut gepflastert und immer wieder, durch am Rande gebaute kleine Schreine mit fremdartigen Gottheiten verziert. Welch' Vergnügen, hier zu gehen, dachte er sich. Nach einem halben Tagesmarsch stieß er auf einen Wegweiser. Oben waren seltsame Schriftzeichen eingraviert, die mit noch seltsameren Schriftzeichen überzeichnet wurden. Darunter hing dasselbe Schild in der Menschensprache. „3 Harjuto bis Teeijang, 8 Harjuto bis Aaijang", las er laut vor und fragte sich, wie groß wohl die Längeneinheit „Harjuto" war. Hoffentlich nicht allzu weit, denn sein Proviantbeutel wurde zusehends leichter. Ohne länger Zeit zu verschwenden, lief er weiter, vielleicht bedeuteten Harjutos schlicht und einfach Meilen oder Tagesmärsche? Er machte sich keine Gedanken darüber, auch nicht über die Schriftzeichen auf dem oberen Wegweiser. Mußte wohl irgendein Schmierfink verkratzt haben. Er konnte ja nicht ahnen, daß die Schriftzeichen, mit der die Symbolschrift der Einwanderer übermalt worden war, Red-Eye Symbole waren. Und ihre Bedeutung wußte er auch nicht: „Kraitares, Kolonie Aschfelds". Die Invasoren hatten das Land umbenannt in Kraitares, dem Wort für Kerker in ihrer Sprache, die sich eigentlich nur aus der besonders schlampigen Aussprache eines ausgestorbenen Menschendialekts zusammensetzte. Die Straße führte ihn in östlicher Richtung auf Teeijang zu und die Landschaft war von Kirschbäumen gezeichnet, die ihre weißen Blütenblätter wie Schnee auf den Weg fallen ließen. Überall roch es verführerisch nach Früchten. Zum ersten Mal freute sich Taaron ein bisschen, wenn er auch nicht genau wußte, auf was. Ein paar Wegstunden später traf er auf einen Karren, der von einem Ochsen gezogen wurde. Auf dem Karren saß ein schlitzäugiger Mann, der, als er den immer noch als Elfen verkleideten Taaron sah, glücklich lächelte: „Oh, welch' Freude ein freies Geschöpf in den Tagen der Dunkelheit zu sehen!" Er breitete die Arme priesterlich aus und erhob sich von der kleinen Bank seines Karrens: „Ein Elf aus dem großen Wald!" Taaron freute sich mit leichtem Mißtrauen über diese Begrüßung. „Auch ich grüße Euch, Händler, wohin führt Euch Euer Weg?" Der Händler brachte seinen Ochsen mit schnalzender Zunge zum Stehen und stieg tölpelhaft ab: „Oh,

Herr Elf, ich fliehe vor den Rotaugen, sie haben sich alle Waren genommen und so manches Geschäft ruiniert. Doch ich werde mein Glück einfach weiter nach Westen verschieben und woanders weiterleben." Ein sehr seltsames Gefühl beschlich Taaron: „Sagt, warum flieht Ihr, der Feind steht doch weit vor Aaijang?" „Oh nein, Herr Elf", die Schlitzaugen weiteten sich und ein langer schwarzer Zopf rutschte dem kleinen Herren aus dem blauen Seidenhemd. „Sie haben unser Land genommen und, den Göttern sei Dank, kein Blutbad angerichtet, doch die Reichen, die Händler und die Krieger mußten fortgehen, da sie die einzigen sind, die nichts erwirtschaften, die Bauern dagegen durften sofort auf ihre Felder zurück und arbeiten. Ja, hört, Herr Elf, dieses Gesindel ist sogar noch glücklich über die Invasion, da sie nun mehr von ihrem Weizen und Reis selbst behalten dürfen als vorher!" Der Elf wankte, die Red-Eye hatten dieses Land eingenommen? „Oh, welch' Schande, guter Herr, ich sehe Euer Leid." Der kleine Mann nickte und blickte traurig zu Boden: „Ja, doch das ist mein Schicksal. Ich muß weiter, falls man mich sucht." Ohne Umschweife kletterte er auf seinen Karren zurück und trieb den Ochsen wieder an. Die Kirschblüten hatten plötzlich an Reinheit verloren, dieses ganze Land hatte für Taaron plötzlich etwas von einer wunderschönen, aber giftigen Blume. Wenn er zu Nahe kam, würde er sich zwangsläufig stechen und sterben. Doch er konnte nicht zurück, nicht, nachdem er schon Tage weg war. Sein Weg führte durch dieses Land. Er schlug sich in die Büsche und trank einen Schluck aus seinem Wasservorrat. Wenn er ungesehen bleiben wollte, mußte er von nun an viel vorsichtiger sein.

Wie weit ein Harjuto war, fand er bald heraus, es handelte sich um eine schlichte Zeitangabe. Nämlich Tage. Da er sich aber stets am Wegesrand, oder sogar in den Büschen fortbewegte, verlängerte sich seine Reisezeit um einen zusätzlichen. Schließlich stand er beinahe erschöpft vor den Toren von Teeijang. Die Stadt war kreisförmig angelegt wie Anaronun, aber sehr viel kleiner, da in ihr nur die Reichen oder Adeligen wohnen durften. Die Bauern und Handwerker hatten gefälligst außerhalb der Stadt zu siedeln. Doch wenn er der Erzählung des armen Händlers glauben schenken wollte, dann hatten die Red-Eye die Reichen und Adligen vertrieben. Er fragte sich, ob die Stadt wohl leer stünde. Er konnte nur ein paar spitze Pagodendächer über die Mauer ragen sehen. Die Mauer selbst war ebenfalls wunderlich, sie hatte kleine Fenster, in drei Reihen übereinander, sie mußte innen hohl sein. Genial, dachte er sich, so konnte man dreimal so viele Bogenschützen auf ihr postieren und die Unteren waren sogar vor den Feinden geschützt, wie man es hinter einer Mauer nur sein konnte. Doch dies warf eine erschreckende Frage auf: Wenn die Mauern in Aaijang gleich sein sollten, wie hatten die Red-Eye es geschafft, sie zu stürmen und auch noch so erfolgreich, daß Teejang im Angesicht eines ähnlichen Schicksals kapituliert hatte? Plötzlich erschien ein Red-Eye auf der Mauer. Er trug eine Armbrust auf den Rücken geschnallt und schien seine Runde zu gehen. Das erste Mal, daß Taaron wieder einen Red-Eye sah, und er drückte sich instinktiv tiefer ins Gras. Doch der Armbrustschütze schien sich nicht für die Welt außerhalb der Stadt zu interessieren und schlenderte gemütlich weiter. Der nervöse Mensch wollte sich fortschleichen, doch etwas Neues erregte seine Aufmerksamkeit: Eine schwarze Kutsche, die von vier echsenähnlichen Ungeheuern gezogen wurde, rauschte auf das Tor der Stadt zu. Die Zugtiere sahen aus wie halb aufrecht gehende Eidechsen mit muskulösen Beinen und kurzen Krallenhänden. Ihre Augen funkelten Gelb und die Mäuler, gewiß voll scharfer Zähne, waren mit Zaumzeug verschlossen. Ins Innere der Kutsche konnte er nicht sehen, doch der Kutscher war ein Red-Eye, der einen langen, schwarzen Mantel trug und wie ein Dämon keifte, um seine Tiere anzutreiben. Sicher wurde hier ein hoher Kommandant in das frisch eroberte Gebiet gebracht.

Taaron konnte es nicht wissen, aber wer hier nach Teeijang gefahren wurde, war niemand Geringeres als Blade Viper, der die Aufgabe des Generals, ein sicheres Netz aus Truppen um die Grenze zum großen Wald aufzubauen, ausführen würde. Der erfolgreiche, junge Kommandant, der mit einem genialen, aber simplen Einfall die Mauern von Aaijang überwunden hatte, würde ihm dabei gerne helfen. Während Taaron sich in die Felder zurückzog, begrüßte dieser den hochrangigen Gast in Teeijang: „Blade Viper, ich heiße Euch willkommen in meiner Stadt, womit kann ich Euch dienen?" Blade gab ihm einen Kriegerhandschlag: „Ihr könnt mir sagen, wie ihr heißt, mein Junge." „Verzeiht", beschämtes Kopfeinziehen. „Mein Name ist Knocker Bloodfist, meines Zeichens Kommandant über das eroberte Gebiet Kraitares." Blade lächelte, der junge Kommandant mit dem seltsamen Halstuch, welches er bis über die Nase zog, was ihn wie einen Banditen aussehen ließ, wirkte tatkräftig und bereit. Daß er zur Organisation des Generals gehörte, wußte Blade und freute sich darüber, daß Knocker dies scheinbar ebenfalls wußte. Wenn die beiden ordentlich zusammenarbeiteten, würde kein Reh aus diesem Wald entkommen können.

Die Nacht war unangenehm kühl, was Taaron vom Schlafen abhielt und ihn neidische Seitenblicke nach Teeijang werfen ließ, wo viele warme Feuer brannten. Leider hatten sich die Besatzer um diese Feuer versammelt und rieben sich die Hände. Ohne weiter nachzudenken, stand er auf und lief weiter ostwärts, dann würde ihm wenigstens warm werden. Als der Morgen graute, war Teeijang nur noch als Streifen zu erkennen, und Taaron kehrte auf die Straße zurück, eine Wohltat, nach dem Marschieren durch das unebene Feld. Wie lange war es bis nach Aaijang gewesen? 8 Harjuto, meinte er sich zu erinnern. Dies galt aber ab dem Wegweiser und 4 waren es auf Schleichwegen von dort nach Teeijang gewesen. Er rechnete wieder damit, daß er einen Tag länger brauchen würde, also noch 6 Tagesmärsche, spätestens am dritten Tag würde ihm der Proviant ausgehen.

Blade und Knocker hatten spontan beschlossen, mehrere hundert Aussichtstürme in Sichtweite des Waldes aufzubauen, so daß sie alles im Blick hatten, was dort geschah. Doch leider war dies nicht die Ideallösung, hoch im Norden grenzte der Wald an das Land der Kobolde, wo die Red-Eye nicht vertreten waren, und im Süden befand sich das Bauernland, von dem keiner so recht wußte, wie man damit umging. Knocker war dafür, die Bauern zu korrumpieren und ihnen geregelte Lebensverhältnisse zu versprechen. Keineswegs tapfer, würden sie sich dann schon fügen und die Red-Eye dulden, auch wenn sie damit ihre Freiheit, zu meucheln, wen sie wollten, aufgeben würden. Und ehe sie sich versähen, befänden sie sich im Griff Aschfelds. Blade gefiel diese Lösung gut, doch um sie durchzuführen, sollte es eine Art „Bauernoberhaupt" geben, mit dem man verhandeln könne, doch dies gab es nicht, jeder war dort sein eigener Herr, der Preis der Freiheit. Also würden die Red-Eye mit jedem Tölpel, der sich Landbesitzer schimpfte, verhandeln müssen, ob sie ihre Wachtürme bauen dürften, ohne daß diese in Flammen aufgingen. Die Lösung kam schließlich vom Armeekommandanten Blade und sie war einfach. Die Red-Eye schickten Boten an alle Bauern, deren Besitz an den großen Wald grenzte und versprachen ihnen große Belohnungen, wenn sie ihnen alles mitteilten, was am Saum des Elfenlandes passierte, oder einzelne Elfen, präzise; Menschen in Begleitung von wichtig erscheinenden Elfen dingfest machten und an Aschfeld auslieferten. Diese Lösung sollte sich in den folgenden Monaten bewähren. Doch das Problem mit dem Norden war noch nicht gelöst, die Kobolde ließen sich generell nicht blicken und für Kopfgelder und Belohnungen waren sie nicht zu begeistern, da sie ein zusammenhängendes

Königreich bildeten und keine anarchistische Anhäufung von faulen Lümmeln.

Die Tatsache, daß die Red-Eye die wohlhabenden Einwohner aus Teeijang vertrieben hatten, half Taaron über seine Knappheit an Lebensmitteln hinweg: Abseits der Straßen, aber immer in Sichtweite, kampierten ganze ehemalige Viertel der kleinen, schlitzäugigen Menschen und halfen sich gegenseitig in der Not. Als Taaron zufällig auf eins dieser Lager traf, wurde er zunächst mißtrauisch, aufgrund seiner Identität als Elf aber schnell herzlich empfangen und durfte sich an das warme Feuer in der Mitte der kleinen Gemeinde setzen. Auch hier nahmen sie ihm die Geschichte mit dem fahrenden Schneiderlehrling ab und fragten ihn über Acharon aus, wobei Taaron immer wieder Vermutungen und Gerüchte vorgesetzt bekam, die er aus seiner Heimat kannte, denn sie wollten wissen, ob die Elfen tatsächlich Blätter benutzten, um darauf in die Baumkronen zu schweben oder ob sie ihre Stadt wirklich auf einem gewaltigen Baum gebaut hatten. Einige der Dinge mußte er verneinen, andere bestätigte er gerne und erzählte ihnen mehr über die hohen Häuser, die Brücken und den Duft des warmen Holzes. Diese Menschen schienen die Strapazen ihrer Vertreibung hinzunehmen wie Felsen, die man bearbeitete, denn als Taaron fragte, warum sie so glücklich scherzten, antwortete ein alter Mann: „Wißt wohl, Schneider, daß wir in unserer Heimat eine Minderheit waren und gejagt und verfolgt, zum Nomadenleben gezwungen. Was wir hier erschaffen haben, war der erste, plumpe Versuch einer seßhaften Zivilisation", er unterbrach sich selbst, um Luft zu holen, „doch es hat nicht sollen sein, es ist unser Schicksal, die Straße zu befahren und umherzuziehen." Taaron wollte nicht wissen, wie atemberaubend die Städte in ihrer alten Heimat gewesen sein mußten, wenn der alte Mann mit dem Bart wie ein Barsch die wunderschönen Pagoden und die geniale Mauer „einen plumpen Versuch" nannte. Als die Nacht hereinbrach, legten sie sich schlafen, und Taaron lag zum ersten Mal seit Wochen wieder unter einer Decke. Seine Sorge um das Überleben hatte sich verflüchtigt und mit ihr das schlechte Gefühl des Verrates. Als der Morgen graute, wachte er ausgeruht auf und bemerkte, daß die Frauen in ihren langen Gewändern schon früher aufgestanden waren, um das Frühstück für die gesamte Gruppe zu bereiten. Er nahm ein köstliches Mahl zu sich, welches mit so fremdartigen Gewürzen angereichert war, daß es ihm die Sprache verschlug. Als Getränk wurde ein wohlschmeckendes Gebräu aus heißem Wasser und getrockneten Kräutern gereicht, das seine Lebensgeister weckte wie ein Bad im kalten Fluß. Er fragte eine der Frauen wie dieses Getränk hieß, doch sie antwortete nicht, sondern blickte ihren Mann nur hilfesuchend an, der Taaron anlächelte: „Fremder, bei uns spricht die Frau nicht mit dem Gast, sie hilft nur im Haushalt und läßt die Männer reden, es ist sogar eine Beleidigung, wenn der Gast die Frau anspricht, doch du wußtest dies nicht. Ich verzeihe dir und kann dir sagen, daß dieses Getränk in Eurer Sprache keinen Namen hat und das Wort in unserer wäre sinnlos zu benutzen. Du mußt nur wissen, daß es aus getrockneten Kräutern und heißem Wasser besteht. Nenne es, wie du willst, denn du bist der erste Elf der es trinkt." Taaron lachte: „Nun, dann nenne ich es einfach hervorragend." Er benutzte das Elfische Wort für hervorragend und sah, daß es bei dem Mann auf Zustimmung stieß: „Hervorragend'", er sprach es vollkommen falsch aus, „das klingt gut. Mein Name ist Hai-Jari, ich war Krieger und habe in Aaijang gekämpft bis es fiel." Taaron stellte sich ebenfalls vor und benutzte seinen wirklichen Namen, da er sich in der Schnelle keinen falschen zurechtlegen konnte: „Taaron aus Acharon, Schneiderlehrling." Der Krieger lächelte, er trug ebenfalls einen langen Schnurrbart wie ein Barsch: „Es ist mir eine Ehre. Wo wandert ihr nun hin?" Er zuckte die Schultern: „Anaronun ist mein nächstes Ziel", log er frei heraus, „dort werde ich bei einem menschlichen Schneider dazulernen." Hai-Jari war sichtlich erfreut: „Ah, Anaronun", wieder sprach er ein Wort falsch aus, „das kenne ich, die Reiter aus Altmenschland haben uns bei der ersten Belagerung Aaijangs sehr geholfen, wie ihr wißt fiel es erst bei der zweiten Belagerung." Er sprach sehr stolz darüber, offensichtlich hatte er Anteil am guten Ausgang der Schlacht gehabt. „Die Männer aus diesem Land haben gekämpft wie die Teufel und die Rotaugen vertrieben. Ich selbst habe Seite an Seite mit einem ihrer Kommandanten gestanden, sein Name war Sorios und er erschlug Hunderte, ich habe es selbst gesehen. Es wäre uns beinahe gelungen, bis zu den Kommandanten der Feinde vorzudringen, doch der Anführer floh in den Wald, wo ihn eine Eskorte seiner Leute aufgriff, da er schwer durch einen Streich Sorios verletzt war. Unser einziger Elf im Bunde verfolgte sie. Mit Erfolg, wie ihr sicher wißt, doch wir haben mit Erschrecken gehört, daß er selbst verwundet wurde und zwar so unglücklich, daß er keinen Bogen mehr spannen konnte." Er sagte es mit ehrlicher Trauer, woraufhin Taaron antwortete: „Ihr sprecht von Anron, ja, das ist wahr, er wurde verletzt." Hai-Jari schüttelte traurig den Kopf: „Wie schrecklich, er war so tapfer gewesen, uns in der Schlacht zu helfen, gewiß nur wegen seines Freundes Sorios." Taaron freute sich über die vielen Informationen und verneigte sich, wie er es jetzt schon mehrmals bei diesen Leuten gesehen hatte, respektvoll: „Verzeiht mir, ich würde gern noch mehr reden, doch mein Beruf drängt mich zur Eile." „Ich verstehe und hoffe, Euch wiederzusehen, Schneider." Hai-Jari verbeugte sich ebenfalls und entließ Taaron aus der Gemeinschaft, die ihn so wohlwollend aufgenommen hatte mit einem letzten Rat: „Bleibt abseits der Straße, denn in zwei Tagen erreicht Ihr Aaijang und dort sind noch viele der Feinde stationiert." Taaron bedankte sich und ging weiter neben der Straße, immer bereit, sich zu verstecken.

Der stolze Hai-Jari sollte recht behalten, binnen zwei Tagen erreichte er die Ruinen von Aaijang, einer Stadt, die nur noch aus

Trümmern bestand, auf denen Red-Eye herumliefen und sich lauthals stritten oder unterhielten. Diesen Ort der Niederlage der Menschheit wollte er schnell hinter sich lassen und verschwand in einem angrenzenden Wald und wartete auf die Nacht.

Silberhell schien der Mond in den Wald und zauberte tanzende Geister auf den Boden, wo sich Blätter im Wind bewegten. Taaron strich durch die Büsche am Wegesrand und achtete darauf, möglichst gut mit der Dunkelheit zu verschmelzen. Dies gelang ihm mehrere hundert Meter sehr gut, bis er über etwas stolperte, das sich daraufhin scheppernd bewegte. Ihm war fast das Herz stehen geblieben, denn er befürchtete, über einen schlafenden Red-Eye gefallen zu sein, doch dem war nicht so, was ihm auch schnell klar wurde: Warum sollte ein Red-Eye im Wald, am Wegesrand, seelenruhig schlafen? Doch sein erster Eindruck war nicht vollkommen falsch, was dort lag, war die Rüstung eines Red-Eye, zwar vom Straßenstaub bedeckt, doch intakt. Er verlor kurz die Angst und schleppte das Fundstück auf die mondbeschienene Straße. Ein Brustpanzer mit vielen Gravuren, ein Helm, der die Form eines Skorpions mit aufgestelltem Schwanz hatte und ein Waffenrock, gefüttert mit schwerem Eisengeflecht, wie ein Kettenhemd für die Beine. Er schürzte die Lippen, seine Neugier war größer als die Angst und er streifte auf offener Straße die Elfenkleider ab und konzentrierte sich darauf, wieder wie er selbst auszusehen, wobei er stets daran dachte, daß er nun kein Elf mehr sein wolle. Dies funktionierte tadellos, plötzlich stand der Mensch Taaron in Unterhosen da. Ohne zu zögern, beinahe schon lüstern vor Neugier, streifte er sich die Red-Eye-Ausrüstung über. Sie war ihm viel zu groß, doch dies würde sich ändern. Konzentration. Stille, kein Tier wagte es den Menschen zu stören, in seiner Prozedur. Doch sein Körper veränderte sich nicht und die Rüstung blieb weit und kalt. Taaron dachte fieberhaft nach, warum konnte er sich nicht in einen Red-Eye verwandeln? Als er sich in den Schneider verwandelte, hatte er bloß ein starkes Gefühl, nämlich die Angst vor den Red-Eye heraufbeschwören müssen. Dies war eine Herausforderung sondergleichen. Ihm kam eine Idee: Wenn er ein anderes Gefühl nutzte? Schließlich machte es wohl keinen Sinn, wenn man sich in etwas verwandeln wollte und seine persönliche Angst davor gebrauchte, um dies zu erreichen. Er dachte nach, welches Gefühl er wohl brauchte, um sich in einen Red-Eye zu verwandeln, bis es ihm wie Schuppen von den Augen fiel: Wut! Sofort tauchte das arrogante Gesicht seines ehemaligen Kollegen Osaon vor seinem geistigen Auge auf und die Genugtuung, daß er ihn im großen Saal Anaronuns verprügelt und niemals die Strafe dafür empfangen hatte. Ein Kratzen im Rücken riß ihn aus seiner Konzentration, etwas Langes, Spitzes war ihm in den Kragen gerutscht und schürfte seine Haut auf, sofort dachte er voller Ekel an eine Schlange und wand sich schreiend, wobei ihm ein ganzer Schwarm Schlangen ins Gesicht schlug. Noch verängstigter warf er sich auf den Boden und rollte sich hin und her, bis er nichts mehr spürte.

Wie war das denn passiert? Gab es hier fliegende Schlangen, die einen wie die Furien aus dem Himmel anfielen? Nein, denn die Schlangen, die er bekämpft hatte waren die langen Stachelhaare eines Red-Eye und sein Schreien hatte alle Tiere in der Nähe verscheucht, da er sich angehört hatte wie ein tollwütiger Puma. All dies realisierte er, als er aufstand und die Stachelhaare an seinem Gesicht vorbei, über seine Schultern auf den perfekt sitzenden Brustpanzer fielen.

Hoch in den Bergen von Aschfeld, weit über Nord-Kworl, der nördlichsten Stadt des schwarzen Landes, flog der alte Magier Raeken vom Stuhl, die Luft schien zu beben, wie ein Tisch, wenn man gegen die Beine trat. Sofort stürmte sein Adjutant herein und half seinem Meister auf: „Was ist geschehen, Meister?" Raeken mußte sich erst einmal sammeln, er war unnatürlich alt geworden, wobei ihm die Magie half, doch seine Knochen waren spröde wie Zweige. „Hol mir den General, ich weiß jetzt, mit welcher Art von Magie wir es zu tun haben!" Immer noch besorgt, verließ sein Schüler den Raum und machte sich auf zu den Stallungen, wo er einen berittenen Boten losschickte. Der alte Red-Eye setzte sich wieder und dachte nach. Die unbekannte Macht hatte sich wieder offenbart und zwar mit unglaublicher Kraft. Der Mensch mußte gerade etwas getan haben, was sein Schicksal verändern würde. Langsam erhob er sich wieder und suchte jemanden auf, den er schon seit Jahren nicht mehr konsultiert hatte.

Ungläubig starrte er seine Hände an, sie hatten die Form von normalen Händen, doch von der Handfläche gingen fünf schwarzgraue Linien in die Finger aus. Die Haut über diesen Linien war seltsam, irgendwie zu weich oder dünn. Taaron konnte nicht sagen, warum, aber die seltsamen Male schienen seine Bewegung nicht einzuschränken. Die Stachelhaare lagen sanft und wärmend um seinen Nacken, seine großen, roten Augen umfaßten ein riesiges Blickfeld, er sah viel mehr wie zu seiner Zeit als Mensch, und seine Nase trug ihm viele fremdartige Gerüche zu, auch einige bekannte. Der Wald duftete nach Blüten und Holz, an seinen Elfenkleidern erschnupperte er den Geruch des schmackhaften Getränks, das er bei den Elfen eingenommen hatte, obwohl dies schon Tage zurücklag. Er setzte seinen Weg fort, nun auf der Straße, sicher voranschreitend, da er in einem Gebiet, das von Red-Eye kontrolliert wurde, als einer von Ihnen nichts zu befürchten hatte. Seinen Proviantbeutel schnallte er um wie vorher und lief in nordöstlicher Richtung auf Altmenschland zu, dabei passierte er zwar den Eingang zum verbotenen Weg, doch dies machte ihm, so perfekt getarnt, nichts aus.

Am nächsten Morgen kam ihm eine flüchtige Familie entgegen, wieder ein Ochsenkarren. Der Vater machte zuerst hektische Bewegungen, woraufhin sich seine Kinder und die Frau in das Innere des Planwagens zurückzogen. Der Mann selbst blieb auf der Bank sitzen und blickte Taaron stolz, aber ängstlich in die roten Augen: „Ich habe nur meine Familie aus den Wäldern, wo sie sich versteckt haben, abgeholt, ich suche mir schon eine neue Bleibe. Ihr müßt uns nichts nehmen." Taaron nickte: „Fahrt weiter und steht den unseren nicht im Wege!" Wies er sie barsch an, woraufhin er an dem Karren vorbeiging und gegen das Holz schlug, woraufhin die Insassen ängstlich nach Luft schnappten. Als der Wagen außer Sichtweite war, kam ihm ein schlechtes Gewissen, er hätte den Kindern keine Angst machen sollen, dies wurde von seiner finsteren Erscheinung schon vollauf erledigt. Etwas bekümmert, aber stolz auf die Echtheit seiner Tarnung, marschierte er weiter an die Grenze der Prärie, die das Gebirge, hinter dem Aschfeld begann, und die Menschenländer trennte.

Der General war durch die Einöde Nord-Aschfelds geritten, um dem Gesuch Raekens nachzukommen, der, wie es sich angehört hatte, etwas Wichtiges aufgedeckt hatte. Nun befand er sich in dem Gefängnis auf dem kalten Bergpaß, welchen die Red-Eye vor 700 Jahren einfach erstürmt und ausgebaut hatten. Davor gehörte es einem Orden von menschlichen Spirituellen, die glaubten, die totale Abgeschiedenheit von der Außenwelt, würde sie davon abhalten zu sündigen und somit vor der Hölle bewahren. Dark interessierte nicht, ob ihre Theorie stimmte, aber tot waren sie jetzt auf jeden Fall. Der eigentlich als Kloster angelegte Komplex war unter der Führung Aschfelds zu einem brutalen Gefängnis für kriminelle Red-Eye geworden, diente den Magiern der Red-Eye, den sogenannten Kajin-Mönchen, aber immer noch als Tempel. Die Mönche hatten auch bereitwillig die Führung über das angeschlossene Gefängnis übernommen, diente es doch zu Anfang nur für einen einzigen Insassen als ewiges Grab. Der Meister über dieses Klostergefängnis, welches den schwierigen Namen „Kajiniritai" trug, war der Obermönch Raeken, der weiseste und älteste Red-Eye der Welt. Zwar war er nur durch Magie so alt geworden, doch auch diese half ihm nicht über die Schwächen des Alters hinweg, er war senil, launisch und neigte zu Unaufmerksamkeit. Dies bemerkte der General einmal aufs neue, als er Raekens rundes Zimmer betrat. Der Alte bemerkte ihn erst gar nicht. Ein leises Räuspern erregte dann doch seine Aufmerksamkeit, was Dark schnell bereute: „Verdammt, Sword, ihr habt mich zu Tode erschrocken, aber ich bin froh, Euch so schnell hier zu sehen." Der Ankömmling nickte freundlich und Raeken fuhr fort: „Ich möchte keine Umschweife machen und direkt sagen, was passiert ist. Die Luft hat wieder gebebt, heftiger als je zuvor. Und dies hat mir die Möglichkeit gegeben, die Quelle für ein paar Sckunden zu studieren. Es ist eine hoch entwickelte Form der Sekundärmagie." Er blickte den General an, als ob er ihm gerade den größten Traum erfüllt habe, doch er blickte nur stumpf zurück: „Raeken, ich bin kein Zauberer, Ihr müßt mich aufklären über eure Quelle und Sekundärmagie." Der Obermönch verdrehte die Augen: „Verdammt, General, die Quelle ist der Kerl bei den Elfen, nur, daß die Energie viel zu stark war, als daß sie von Acharon ausgesendet wurde, er ist irgendwo zwischen uns und den Elfen! Und Sekundärmagie bedeutet, er kann seine Magie nur zu bestimmten Zwecken einsetzen, also ein Gebrauchszauberer, in manchen Situationen ist er genauso hilflos wie jeder andere. Oder, noch genauer gesagt, er kann dies hier nicht", er schnippte mit dem Finger und plötzlich stand er neben dem General, ohne sich von seinem Stuhl erhoben zu haben. „Es sei denn, er ist genau auf dies, nämlich die Teleportation, spezialisiert. Was ich bezweifle, denn die Sekundärmagie ist beschränkt, kommt zum Beispiel vor, wenn ein Magier mit einem

nicht magischen Weib ein Kind zeugt. Und das allerbeste an der ganzen Sache ist: Es gibt nur wenige Formen der Sekundärmagie, die Betroffenen können nur bestimmte Dinge vollbringen, die feststehen. Ich sehe euer fragendes Gesicht, General, also rede ich weiter: Es gibt eine Liste der Sekundärmagien, die wir einsehen können, unser Subjekt beherrscht eine davon, nur sehr ausgeprägt und stark." Er hörte endlich auf zu quacksalbern und händigte dem General, der ihn immer noch ansah, die Liste aus: „Raeken, ist euch klar, daß Ihr auch einen Brief hättet schreiben können, anstatt mich hierher zu hetzen? Ihr hättet die Liste auch beifügen können."
Er sah nun endlich die Liste ein, und was er sah, verwunderte ihn. Dort standen mehrere abenteuerlich klingende Dinge wie:

    Unsichtbarkeit für begrenzte Zeit
    Fähigkeit, mit Verstorbenen zu kommunizieren
    Fähigkeit, unter Wasser zu atmen
    Levitation, oder Schweben für kurze Zeit
    Fähigkeit, mit Tieren zu sprechen
    Talent für Medizin und Heilkraft
    Mimikry, oder Tarnung durch Kopieren
    Resistenz gegen Feuer und Verletzungen aller Art
    Immunität gegen Gifte
    Regenmacher, oder die Fähigkeit Wasser herbeizuführen

Dark runzelte die Stirn: „Einige der Fähigkeiten sind geradezu lächerlich und Ihr sagt, unser Gesuchter beherrscht nur eine davon?" Raeken nickte: „Ja, und ich hoffe, daß es nicht die Resistenz gegen Verletzungen ist, dies würde ihn zu einem mächtigen Kämpfer machen." Der General lächelte: „Oder, wenn wir Glück haben, dann kann er mit unseren Reitechsen tratschen, oder Trolle mit Witzen belustigen", wieder starrte er auf die Liste, „oder er kann sich verwandeln und wird zu einem unauffälligen hohlen Baumstamm, wenn meine Leute ihn finden. Ich sehe, es war doch nicht umsonst, daß ich gekommen bin, bitte laßt Kopien der Liste anfertigen, und ich verteile sie an meine Leute, damit sie gewappnet sind." Raeken nahm die Liste, woraufhin Dark gehen wollte, doch der Magier überraschte ihn: „Warte, Sword, ich will nur", er kreiste mit der Hand über der Liste, schnippte mit dem Finger, und plötzlich hielt er einen ganzen Stapel Kopien in der Hand, er sagte lächelnd: „Hier, das ist echte Magie, Primärmagie."

Ihm wehte warmer Wind entgegen, ein Wind, der glühend heiß, direkt aus der Wüste Sturmland kam, über dem Gebirge abkühlte, aber immer noch genug Wärme enthielt, um die Prärie in angenehme Temperaturen zu tauchen. Hinter ihm lag das Land der freundlichen Einwanderer, die von den Red-Eye besiegt wurden und sich ihnen ergeben hatten. Kniehohes Gras streichelte den Waffenrock des Red-Eye am Wegesrand und jeder Schritt raschelte wie ein Sprung in den Heuhaufen. Taaron hatte sich eine Route nach Hause überlegt, die ihn zuerst zum Ausgangspunkt seiner Rettung führen würde, dann wieder westlich durch die Prärie, zur Küste des namenlosen Sees, wo er die Elfenkleider wieder anziehen und sich zurückverwandeln wollte, und dann zurück nach Anaronun.
Die offene Landschaft, die im Osten von der Gewalt des Gebirges von Aschfeld bedroht wurde, machte ihn nervös. Über den Gipfeln lagen Wolken, und nicht selten hörte er des Nachts markerschütternde Schreie von unbekannten Tierarten, die dort hausten. Ihn grauste vor diesem Land, er hatte genug über die Ungeheuer, die dort außer den Red-Eye noch lebten, gehört. Es gab die Klingenspringer, Verwandte der Tornaks, aber viel größer und gefährlicher. Was sie unterschied, waren die Tentakel, die nur bei den Tornaks auftraten, die Klingenspringer hatten dafür lange Arme und Beine, an deren Enden messerscharfe Krallen saßen,

die nicht selten die Länge von Schwertern erreichten. Auch vor Nachtschmetterlingen fürchtete er sich. So groß wie Adler, aber still wie ein Lufthauch flogen sie heran, getarnt durch ihre Flügel, deren Muster das Sternenlicht widerspiegelten, stachen sie mit ihrem Stachel zu und entführten die Beute in ihr Nest. Was dort passierte, wußte niemand. Das gefährlichste Tier der Welt, außer Drachen, war die Aschfelder Todesechse, ein mannshohes Tier, etwa so gebaut wie die Zugtiere der schwarzen Kutsche, die er vor Teeijang gesehen hatte, doch viel gefährlicher. Die Aschfelder Todesechse war äußerst aggressiv und konnte Gift spucken, auch noch auf viele Meter zielgenau in das Gesicht des Opfers. Das Gift führte zur sofortigen Erblindung, machte den Körper aber auch resistent gegen Blutverlust. Eigentlich weniger schlimm, doch durch diese Eigenschaft des Giftes blieb das Opfer auch noch am Leben, wenn die Echse ihm bereits viel Fleisch vom Leib gefressen hatte und blieb somit frisch. Dagegen erschienen die Tornaks, denen er mit seinen Entführern begegnet war, wie Anfänger. Doch die Prärie beherbergte wenige dieser Kreaturen, nur Tornaks traten gelegentlich auf, Klingenspringer schienen das Land nördlich von Aschfeld zu bevorzugen, Nachtschmetterlinge liebten es wärmer, also wurde Sturmland von ihnen geplagt und die Aschfelder Todesechse trug ihren Namen nur, weil sie Aschfeld nie verließ und die Dunkelheit dort schätzte.
Taaron fluchte, der Weg, dem er gefolgt war, drohte ganz zu verschwinden, oder ihn in einer schrägen Linie immer näher an das verdammte Gebirge heranzuführen.

Taarons Reise verlief reibungslos, ja, er war sogar etwas enttäuscht, daß er niemanden mehr traf, er hätte gerne noch einmal den bösartigen Red-Eye gespielt. Er behielt die Tarnung aufrecht, auch als er genau dort Rast machte, wo er von den Elfen gerettet worden war, wenige Minuten vor dem verbotenen Weg, der sich damals nicht geöffnet hatte und nur eine Wand aus Fels geblieben war. Es hatte beinahe eine Woche gedauert, hierher zu kommen. Doch die Landschaft war ihm immer gnädig gewesen, und jeden Abend schickte ihm die rote Sonne ihren Gruß. Erinnerungen an jene Zeit seiner Entführung, hatte er nur wenig, nur Poisons wutverzerrtes Gesicht und wie sie Spear am Kragen hielt. Ihm war bis zu jenem Zeitpunkt nicht einmal aufgefallen, daß sie eine Frau war, denn sie hatte dieselben Kleider wie die Männer getragen. Er sah sie vor sich, in einer Red-Eye Rüstung, die seiner glich, nur etwas sauberer, wie sie auf ihn zukam und ihn entgeistert anstarrte. Und wie sie daraufhin ein Stück Papier aus der Tasche zog, ihre Augen über den Inhalt gleiten ließ und ihn dann anlächelte. Es war beinahe zu real. Er registrierte die Brisanz der Situation erst, als sie ihn umarmte: „Oh, Sharp Claw, wie hast du uns gefehlt! Wir dachten, du hättest den feigen Angriff nicht überlebt. Aber anscheinend bist du noch härter im Nehmen als wir dachten." Die Erinnerung hatte ihn blind gemacht, Poison stand tatsächlich vor ihm, aufgetaucht aus dem Dickicht, in dem sie damals verschwunden war, als die Elfen gekommen waren. Sie blickte ihn lächelnd an, was er einem Red-Eye gar nicht zugetraut hatte: „Wie hast du es geschafft, die vielen Monate durchzukommen?" Taaron bebte, was sollte er ihr erzählen? „Ach, weißt du, ich wurde von den Einwanderern gesund gepflegt, sie wußten wohl, daß sie zu ihren neuen Herren nett sein müssen!" Innerlich wollte er sich selbst für diese lahme Geschichte ohrfeigen, doch sie schien es ihm tatsächlich zu glauben: „Oh, warte hier, bis ich das den anderen erzählt habe!" Sie entfernte sich und er wartete. Was konnte er auch tun? Wegrennen brachte ihn in noch größere Schwierigkeiten, es schien ihm ganz überlebensnotwendig zu bleiben. Nach einer Weile kehrte Poison zurück und zu seinem Schrecken hatte sie die „anderen" dabei, die sich aus Spear, Frost und Ironhead zusammensetzten. Spear schaute ihn seltsam, aber nicht böse an: „Ich habe dich vermißt, Vetter." Frost gab ihm die Hand: „Verdammt, Sharp, du zäher Hund, dich einfach bei den

Schlitzaugen durchfüttern zu lassen, haha!" Ironhead hob ihn hoch, schien ihn ganz genau betrachten zu wollen, wobei er ihn in der Luft drehte und wandte: „Er ist es echt! Und hat sogar die Rüstung angezogen, die ich ihm abgenommen habe als er tot war." Taaron mußte etwas tun: „Ja, verdammt, du hast sie in den Dreck geworfen und meine Leiche verscharrt wie einen Hund!" Er hoffte, daß dies zutraf und Ironhead lächelte ihn unter der ekelhaften Maske an: „Tut mir leid, Sharp."

Er ging mit der Gruppe zum verbotenem Weg, wo eine kleine Armee wartete, die ihren tot geglaubten Sharp Claw mit einem gewaltigen Kriegsschrei begrüßte. Die Krieger schlugen ihm auf die Schultern, umarmten ihn stürmisch und jubelten ihm brüllend zu. Die Kommandanten brachten ihn zu einem Zelt an der Felswand, die sich über ihren Köpfen bis in den Himmel bohrte. Sie setzten sich auf den Boden und tranken Wasser. Frost lächelte: „Was hast du nun vor?" Taaron zuckte schwach die Schultern: „Ich nehme an, ich will nach Hause." Sie lachten: „Du nimmst an?" Spear grinste hämisch: „Hat es dir bei den Menschen so gut gefallen?" Wieder Lachen, worauf Taaron mit einem ersten Knurren in der Stimme antwortete: „Nein, aber ich bin überglücklich, verstehst du?" Sie nickten zu seiner Überraschung alle sehr eifrig. „Leg dich schlafen, Sharp, du mußt müde sein, und es wird Nacht." Sie verließen das Zelt und Taaron blieb erleichtert zurück, aber Schlaf würde er hier sicherlich keinen finden.
Vor dem Zelt blickten sich die Vier an: „Er ist es, er muß diese verdammte Verwandlungsfähigkeit besitzen, die hier beschrieben steht", Spear nahm das Blatt mit der Liste der Sekundärmagien zur Hand. „Und nun", wollte Ironhead wissen, „was jetzt? sollen wir ihn umhauen und zum General bringen?" Frost, eigentlich überglücklich, daß Ironhead die ganze Sache noch nicht durch irgendeine Dummheit auffliegen lassen hatte, antwortete: „Nein, wir gehen unserem zweiten Ziel, nämlich die Nachschubwege

der Menschen abzuschneiden nach und tun diesem Schauspieler gegenüber so, als ob es unsere eigentliche Aufgabe wäre. Und nicht nach ihm zu suchen, wie der General verlangt hat." Alle erklärten sich damit einverstanden. „Und welches Ziel schwebt dir vor?" fragte Spear, ehrlich interessiert, barg dies doch die Möglichkeit eines Gemetzels. „Ich wäre für die Steinbrüche am namenlosen See und den südlichen Teil von Langenfelden, wo ein Viertel der Nahrung für Anaronun und Altmenschland produziert wird." Poison knurrte: „Der Steinbruch wird gut bewacht sein, und die Soldaten werden Sharp Claw kämpfen sehen wollen." Die drei anderen nickten, auch wenn Ironhead dies nur tat, weil er glaubte, es wäre angebracht, nicht weil er das Problem verstanden hatte. „Und du glaubst, er hat in Acharon nichts gelernt? Sie müssen ihn dort doch wie einen Diamanten geschliffen haben, wenn sie ihn schon auf die Welt loslassen", warf Frost wieder ein. Die Frau zuckte mit den Schultern: „Mag sein, hoffen wir das beste, denn es ist zu auffällig, wenn wir jetzt sofort zurückkehren, ohne den angeblich wieder aufgetauchten Krieger mit in den Kampf zu nehmen. So viel werden sie ihm schon über uns beigebracht haben. Doch trotzdem schicken wir einen Boten an den General, damit er sich etwas Schlaues ausdenken kann, bis wir zurück sind."

Die Kommandanten gingen auseinander, und Poison wies zwei Soldaten an, das Zelt Sharp Claws zu bewachen. Sie machten zwar ein fragendes Gesicht dabei, doch Poison speiste die beiden mit der Ausrede ab, vielleicht wären die Elfen hinter ihm her und eine Bewachung wäre unumgänglich. Als die Lanzenträger dies hörten, fanden sie ihre Aufgabe plötzlich unglaublich wichtig, schützten sie doch einen Helden vor feigen Attentätern. Poisons eigentliche Absicht war natürlich, dem Menschen in seiner Red-Eye-Verkleidung, auch wenn diese so verdammt gut war, daß sie für Sekunden gezweifelt hatte, keine Möglichkeit zur Flucht zu geben. Sie kroch in ihr Zelt, neben dem von Ironhead, der schnarchte wie ein Bär, und legte sich schlafen.

Frost lag zwei Zelte weiter und zerbrach sich den Kopf wie dieser Scharlatan von Mensch dem Reich Aschfeld nützen könne. Er glaubte nicht, daß der General einfach nur auf den Bonus der Sympathie in der Bevölkerung spekulierte, dazu war er zu mächtig und selbst zu beliebt beim Volk. Frost würde es niemals öffentlich zugeben, doch er bewunderte den General.

Spear war mit einigen anderen Soldaten zur Nachtwache eingeteilt. Er saß am Feuer und dachte ebenfalls nach: über die Beleidigung, daß er einen Schwindler seinen Vetter, den er geliebt hatte wie sich selbst, nennen mußte, nur damit irgendein Plan funktionierte. Er ballte wütend die Faust und starrte in die lodernden Flammen vor sich, hoffentlich brauchte der General diesen Kerl nicht lange, dann würde Spear der erste sein, der dem Menschen den Kopf einschlug.

Als der Morgen graute, weckte Spear seine Mitstreiter mit einer widerlich hell klingenden kleinen Schelle, die jede Armee aus Aschfeld mit sich führte, um die Soldaten aufzuwecken, zu alarmieren oder zu entwarnen. Diese Schelle nannten die Red-Eye verächtlich „Totengeläut", denn sie schien die schöne Zeit des Schlafes zu beenden und die Freude am warmen Bett zu eliminieren. Aber heute standen die Red-Eye gerne auf, es lockte ein Kampf.

Frost baute sich vor der versammelten Horde auf, dreihundert kampfeslustige Red-Eye in der besten Stimmung blickten auf ihn. Zurecht war ihre Stimmung gut, schließlich hatten sie ihren heiß geliebten Sharp Claw zurück, den Krieger, dem sie ohne Beschwerde in die Hölle folgen würden. Sharp Claw stand bei den anderen Kommandanten hinter Frost und versuchte die Jubelrufe einigermaßen energisch zu erwidern, auch wenn er dabei alles andere als glücklich aussah. „Red-Eye Aschfelds, gestern ist ein Totgeglaubter zurückgekehrt und heute feiern wir dies durch die Erstürmung einer feindlichen Einrichtung!" Die Armee grölte vor Freude: „Wir vertreiben die Männer Neumenschlands, einem Land, mit dem wir vorher nicht gekämpft haben, aus den reichen Steinbrüchen beim namenlosen See," Die Menge reckte ihre Waffen brüllend in die Höhe, was ihr das Aussehen eines wildgewordenen Igels verlieh, Schwerter, Äxte, Lanzen und allerhand selbst zusammengebaute Waffen bewegten sich auf und ab, Stiefel stampften den Boden platt. Taaron, in der Rolle des Sharp Claw, empfand bloße Erleichterung, daß er mit diesem Igel aus Mordlust verbündet war und hoffte sehr, daß er nicht bei der Schlacht um den Steinbruch mitkämpfen mußte. Frost nickte freudig und hob die Handflächen nach oben: „Wir werden ihnen zeigen, daß Sharp Claw zurück ist, und er will Rache für Aaijang!" Unbeschreiblicher Lärm folgte und „Sharp-Claw"-Sprechchöre erklangen.

Die Kommandanten wiesen Taaron, also Sharp, an, die Armee anzuführen bis zur Küste, von wo an Frost das genaue Vorgehen plante. Während sie marschierten und die Krieger alle direkt neben ihrem Helden gehen wollten, nutzten Frost, Spear und Poison die Gelegenheit für eine kurze Unterredung. Ironhead bildete die Nachhut und sicherte ihren Rücken ab. Frost knurrte leise: „Also hört mir zu, euch beiden traue ich am meisten zu von uns allen. Deswegen gebe ich euch die Aufgabe diesen Schauspieler während der Schlacht zu beschützen, natürlich nur heimlich, er darf nicht spitzkriegen, daß er beschützt wird." Poison nickte; „Ich hatte dieselbe Idee, dachte aber eher an dich und Ironhead." Der Kleine Krieger mit den geraden, tückischen Schwertern am Gürtel schaute sie an: „So dachte ich ursprünglich auch, aber ich war schon einmal bei diesen Steinbrüchen und weiß, wie es dort aussieht, es wäre am besten, ihr überlaßt mir die Strategie für den Angriff. Ich kann mich nur um Eines kümmern, ihn oder die Planung. Aber wir sind gleichgestellt, wenn ihr Einwände habt, so bringt sie vor, ich habe nichts dagegen, den Menschen zu beschützen, erst recht nicht mit Ironhead. Aber den könnt ihr ja ebenfalls nutzen, er hilft euch." Spear zuckte die Schultern: Ich bin einverstanden, wenn du schon einmal dort warst, dann kümmere ich mich um unseren Schützling." Er sagte es etwas bedrohlich und Poison schritt ein: „Spear, ich weiß, daß es für dich am schwersten ist, diesem dahergelaufenen Halbmagier nicht sofort an die Kehle zu springen, doch er muß überleben, es darf ihm auch kein Unfall passieren." Der Red-Eye nickte: „Ich werde schon gut aufpassen, Poison."

Der Steinbruch war innerhalb der Hälfte eines Tages erreicht. Es stellte sich heraus, daß er sich nicht weit von der Stelle befand, an der Taaron erwacht war, nachdem er vor Anaronun ohnmächtig geworden war, und die Red-Eye ihn in der Nacht mitnahmen, noch frustriert wegen der Wandererfalle. Es war ein alter Steinbruch, ein Komplex aus mehreren Gebäuden, die den Arbeitern als Wohn- und Schlafräume dienten, umrandet von einem hohen Zaun, der an manchen Stellen Plattformen mit Stellungen für Bogenschützen hatte. Hinter den Gebäuden sahen sie, aus ihrer Deckung auf einem Hügel gegenüber, die verkratzte Kalksteinwand, wo die Menschen schon seit Jahren den Stein hoben, den sie für Burgen, Wälle und Paläste benötigten. Leise hörten sie Meißel und Pickel werken, anscheinend arbeiteten viele Leute in diesem Steinbruch. Der Schutzzaun bildete einen Halbkreis um die Anlage und schloß sich Dank der Felswand in deren Rücken zu einem vollen. Frost zählte die Plattformen nach, es waren vier, also zwei direkt neben dem Tor und zwei weiter hinten, wo der Kreis sich bog. Zwischen den Gebäuden stand auch noch ein größerer, hölzerner Wachturm, der zum Glück nicht bemannt war, denn sonst wäre ihre Deckung nichts mehr wert. Das Holztor stand offen und zwei gelangweilte Wächter, die den rotblauen Adler Neumenschlands, oder Nahwetterns, auf dem leichten Brustharnischen trugen, lümmelten sich davor.

Auf einer der hinteren Plattformen, besser gesagt, der rechten, standen ein Bogenschütze und einer, der aussah wie ein Arbeiter, mit Spitzhacke und nacktem Oberkörper. Aber wer wußte schon, wo die restliche Besatzung war? Ironhead gewiß nicht, aber er hatte eine andere Frage an den selbsternannten Strategen Frost: „He, Frost, was machen wir denn mit den Arbeitern? Wenn sie sich ergeben, können wir sie nicht töten, und dann müssen wir sie laufen lassen. Und wenn wir sie laufen lassen, kommen sie bestimmt schon morgen zurück und arbeiten weiter." Frost lächelte kalt: „Daran habe ich schon gedacht, Ironhead, und ich habe mir eine Lösung einfallen lassen: Wenn sie sich ergeben, schicken wir sie nach Hause, zwingen sie aber dazu, ihre Werkzeuge abzugeben, dann verbrennen wir das ganze Ding, mitsamt Zaun und Latrine." „Genial", flüsterte Ironhead ehrfurchtsvoll.

Spear, neben den beiden liegend, meldete sich zu Wort: „Warten wir nicht länger. Solange es Morgen ist, haben wir die Sonne im Rücken, so kämpft es sich viel besser." Frost nickte gespannt, es sollte beginnen.

Er drehte sich zu den dreihundert Männern, die hinter ihnen im Gras lagen, um: „Wir greifen an, macht euch bereit!" Er rief es laut, auch wenn die Gefahr bestand, daß die Menschen es dort unten hörten, und sah Poison kurz in die Augen. Sie nickte zum Zeichen, daß sie die Aufgabe nicht vergessen hatte, und schlug Sharp, neben ihr, freundschaftlich auf die Schulter: „Es geht los, hab' keine Angst, auch wenn es lange her ist." Taaron nickte nur und hoffte, nicht zu sterben.

Es folgten Sekunden der Stille. Die Red-Eye schienen nicht einmal zu atmen, und Taaron fühlte sich an den plötzlichen, wie aus dem Nichts kommenden Angriff auf Anaronun erinnert, die Red-Eye hatten die ganze Stadt kalt erwischt. Fasziniert beobachtete er, wie die Stachelhaare seiner Mitstreiter die Farbe des grünen Untergrundes annahmen, wie seine eigenen auch. Die Männer aus Aschfeld waren Kriegsmaschinen, aggressiv, mutig, perfekt getarnt und blutdürstig, kein Wunder, daß die anderen Völker sie fürchteten.

Frost, an der Spitze, erhob sich brüllend und schwang eines seiner Schwerter in die Höhe, woraufhin die ganze Armee aufstand und den Hügel hinabstürmte, Taaron unter ihnen.

Der nasse Boden sauste unter ihm vorbei, die Luft schnitt in seine Lungen, doch es machte ihm nichts aus, Taaron hob seinen Säbel, den er in letzter Minute von Poison bekommen hatte, und brüllte einen Schlachtruf, wobei seine Stimme der eines Löwen glich. Die rennenden Soldaten nahmen den Ruf auf und vereinzelte „Sharp-Claw"-Chöre erklangen gehetzt. Mittlerweile hatten die Wächter am Tor natürlich Alarm geschlagen und es versammelten sich die Verteidiger hinter dem Zaun, und Bogenschützen wurden auf die vier Podeste geschickt. Zwei der verschwitzten Arbeiter versuchten, das Tor zu schließen, doch in halb geschlossenem Zustand flog Ironheads Axt plötzlich herbei und donnerte in den rechten Torflügel wie ein Felsbrocken, der Mensch wurde zurückgeschleudert und unter dem aus der Angel gerissenen Torflügel begraben. Der andere versuchte gar nicht erst, das Tor wieder zu schließen, sondern rannte schreiend hinter die Gebäude. Ein paar Pfeile flogen heran, doch trafen die Angreifer nicht. Als die Red-Eye den Zaun erreicht hatten, drückten sie durch das Tor und halfen sich gegenseitig über den Zaun, da nicht alle gleichzeitig hindurchpassen würden. Diejenigen, die es geschafft hatten, nahmen sich die Verteidiger in der Tracht Nahwetterns zur Brust. Taaron kam nach Poison und mehreren Dutzend Männern hinter den Kommandanten in den Hof. Es hatte sich in der Mitte des Platzes eine wütende Schlacht gebildet, bei der es um die Herrschaft über den Wachturm ging, der anscheinend das Zentrum des Steinbruchs bildete. Ein versprengter Mensch wich dem Hieb eines Red-Eye aus und kam auf ihn zu. Taaron hielt seinen Säbel wie Anron es ihm gezeigt hatte und wehrte den ersten Schlag ab, auch wenn dieser wesentlich kräftiger ausgeführt war als die Anrons, verständlich, es ging um Leben und Tod. Aber Taaron bemerkte ebenfalls, daß dies kein ausgebildeter Kämpfer war, es mußte einer der Arbeiter aus dem Steinbuch sein, der sich entschieden hatte, mitzukämpfen. Ein Fehler, Taaron wußte wesentlich mehr, wenn auch nicht viel, über das Kämpfen. Er täuschte einen Streich von rechts an, woraufhin der Kerl sein Schwert zum Abwehren erhob, ein zweiter Fehler, denn Taaron nutzte die Gelegenheit und stach in den ungeschützten Bauch. Leider drang die Klinge nicht tief genug ein und setzte ihn nicht außer Gefecht. Er drang wieder in ihn ein, diesmal mit mehreren geraden Stichen, denen sein Gegner nur ausweichen konnte, indem er schnelle, tanzende Bewegungen machte. Doch nicht ohne Gegenwehr, die Klinge des Mannes schnellte plötzlich von unten heran und mußte von Taaron umständlich pariert werden, wobei er sich eine Blöße gab, doch sein Gegner nutzte sie nicht, was seinen Untergang einläutete, mit neuer Courage setzte Taaron zum selben Trick wie vorhin an und der Mensch tat genau das, was er erwartet hatte, denn er rechnete wieder mit einer Finte, doch Taaron zog seinen Säbel diesmal durch, der Arbeiter in Kriegerkleidung fiel. Taaron, voll und ganz Sharp Claw, suchte sich einen neuen Gegner und fand ihn in einem echten Krieger, der einen Helm mit dem Adler Nahwetterns trug. Sharp ließ ihn angreifen, wich seinem mächtigen Hieb von oben aus und trat dem Menschen in den Bauch. Er keuchte, zog sein Schwert aus dem Boden und schaute sehr wütend drein: „Ich schick dich nach Hause, Rotauge, und zwar in kleinen Scheiben, daß deine Hure von Mutter dich wieder zusammennähen kann!" Wieder ein gewaltiger Hieb, diesmal von der Seite, Sharp duckte sich und sprang den Krieger mit den Schultern an, was ihn umwarf. Auf dessen Brustkorb sitzend knurrte Sharp: „Tut mit leid um dich, du hättest einen guten Hofnarren abgegeben." Ohne weiteren Kommentar stach er seinen Säbel in den Hals des Gegners.

In der Mitte des Schlachtfeldes, direkt unter den vier Stützbalken des hölzernen Wachturmes, kämpfte Frost mit seinen zwei Schwertern. Er befand sich im tosenden Auge des Sturmes, um ihn herum Handgemenge und plötzlich aus der Masse auftauchende Klingen, danebengegangene Schläge oder die aus dem Leib eines Durchstochenen ragende Schwertspitze. Seine beiden Zwillingsschwerter legte er überkreuz und benutzte sie, übereinander gelegt und mit der Klinge nach innen, wie eine Schere, mit der er seine Gegner reihenweise enthauptete. Die Schlacht lief gut, es gab kaum Verluste auf Seiten der Red-Eye, er hatte sogar Zeit zu hoffen, daß Sharp Claw überlebte.

Darum mußte er sich keine Sorgen machen, Spear und Poison waren in der Nähe des verkleideten Menschen geblieben und hatten sogar einigermaßen verwundert beobachtet, wie er zwei Gegner ausgeschaltet hatte. Zwar etwas holprig und durchschaubar, doch es hatte für den Arbeiter und einen Krieger unterer Klasse gereicht. Poison selbst setzte sich gegen einen großen, dikken Arbeiter mit Spitzhacke zur Wehr, kein Problem für sie, denn Poison war eine schnelle Kämpferin, wofür sie oft beneidet wurde. Ihr langes, selbst geschmiedetes leicht gekrümmtes Schwert sauste durch die Luft und trennte die primitive Spitzhacke in zwei Teile, die der überraschte Arbeiter in den Händen hielt wie Schmuckstücke. Ein weiterer Streich, und der Kopf des Mannes rollte, immer noch mit entsetztem Gesichtsausdruck, über den nassen, zertrampelten Boden.

Spear hatte, in blanke Wut verfallen, schon ein Dutzend Gegner erschlagen und war in eines der Gebäude rechts des Wachturmes eingedrungen. Dort fand er nichts vor, außer leeren Stockbetten und alten, verschwitzten Kleidern. Noch wütender als vorher verließ er den Schlafsaal wieder. Ein laut schreiender, junger Kerl kam auf ihn zu, unkoordiniert, in Panik, mit den Gedanken bereits auf der Flucht. Der Angreifer wurde mit nur einem Stich in den Rücken, nachdem Spear seelenruhig ausgewichen war, erledigt. Der Kommandant widmete sich wieder der Überwachung seines angeblichen Vetters.

Die Bogenschützen auf dem Wachturm hatten die beste Sicht, aber auch das größte Pech, sie saßen in der Falle. Wenn ihre Kameraden unten im Hof aufgaben oder alle fallen sollten, wonach es gerade sehr aussah, würden die Red-Eye auf den Turm klettern, egal wie viele Pfeile sie verschossen. Der Hauptmann der Truppe, die den Steinbruch bewachte, befand sich ebenfalls bei ihnen, ein rauher, alter Haudegen mit Bart und narbigem Gesicht. Er lag seinen Leuten ständig damit in den Ohren wie sehr er diesen undankbaren Posten haßte und erzählte gern von seinen großen Taten, und wie viele Rotaugen er schon erschlagen habe, in irgendwelchen, weit zurückliegenden Schlachten. Daß er sich auf den Turm geflüchtet und dort mit gezücktem Schwert ausharrte, sprach Bände. Ebenso wie er selbst „Verdammt!" ängstlich keuchte, wobei seine Stimme beschämend flatterte: „Wo ist diese verfluchte Bestie von Säbelauge? Ha? Die mit der häßlichen Maske!" Er fragte natürlich ins Leere, die Bogenschützen waren viel zu sehr damit beschäftigt, lohnende Ziele zu suchen und antworteten ihm nicht. Aber Ironhead, nachdem der Kommandant zweifellos gefragt hatte, machte sich von selbst bemerkbar: Indem er begann, einen der Stützpfeiler mit der Axt zu bearbeiten, wobei er von den anderen Red-Eye gedeckt wurde. Er warf die oben Stehenden um. Der Kommandant fiel hart auf das Steißbein und fluchte: „Gottverdammt, der versucht uns zu fällen wie einen Baum! Macht etwas, ihr besoffenen Faulenzer, erschießt ihn!" Einer der Schützen erhörte ihn tatsächlich und versuchte, durch die schiefen Bodenbretter nach unten auf Ironhead zu schießen, doch der nächste Schlag des maskierten Riesen brachte ihn aus dem Gleichgewicht und der Pfeil durchbohrte einen Menschen unten im Kampf. „Vollidiot!" rief der verängstigte Kommandant und warf den Bogenschützen beinahe von dem Turm herab: „Lehn dich über die Kante und versuch's noch mal!" Der Schütze gehorchte und unter weiteren Schlägen Ironheads, die den Turm immer mehr wanken ließen, kroch er weiter, bis er mit den Armen und Schultern über die Kante ragte, dort stand er, riesig groß, mit einer bösen Maske auf dem Haupt. Der tapfere Schütze spannte den Bogen und feuerte direkt auf Ironheads Kopf. Außer einem eisernen Geräusch passierte nichts, die Maske hatte nicht einmal einen Kratzer. Erbost schaute der Red-Eye nach oben, die funkelnden roten Augen vergittert. Der Bogenschütze mußte den Blick abwenden, um nicht vor Angst ohnmächtig zu werden, so gräßlich sah der Red-Eye dort unten aus. Zu allem Überfluß hatte Ironhead den ersten Pfeiler auch schon durchtrennt und marschierte, Menschen wie Büsche aus dem Weg tretend, auf den Zweiten zu. Als er begann, den zweiten Pfeiler zu bearbeiten, geriet der feige Kommandant in Panik: „Nein! Wir werden sterben, erschieß ihn doch einer! Was ist los mit euch?" Der Schütze erhob sich, warf seinen Bogen beiseite und sprang seinen Kommandanten an: „Ich hasse Euch, Ihr seid ein Feigling und laßt unsere Kameraden dort unten sterben wie Vieh!" Der vernarbte Kommandant war vollkommen überrascht und konnte sich nicht wehren, auch nicht, als er über die Kante geschubst wurde und in die brüllende Menge fiel. Als Ironhead auch den zweiten Pfeiler fertig bearbeitet hatte, mußte er sich nicht mehr um die anderen kümmern, der Turm fiel wie ein Baum nach hinten und zerschlug eines der Gebäude. Die Menschen waren vernichtend geschlagen, jene, die noch lebten, ergaben sich, unter ihnen auch viele Dutzend, aus dem Steinbruch weiter hinten auftauchende Arbeiter. Die Red-Eye nahmen ihnen Waffen und Werkzeuge ab, bläuten ihnen ein, daß dies nun Gebiet Aschfelds wäre und ließen sie laufen. Nach der Schlacht versammelten sich alle um Frost. Dieser stand auf einem der Stümpfe des Wachturmes und hob die Arme. „Wir haben gesiegt, nun zünden wir diese Einrichtung des Feindes an, versorgen die Verwundeten und begeben uns morgen früh nach Aschfeld zurück. Macht euch daran, Brennbares zu sammeln und kümmert euch um eure Kameraden."

Taaron hatte während der Schlacht noch einen Gegner besiegt, nämlich seine Furcht. Müde, aber glücklich, saß er auf dem Treppenabsatz des Wohngebäudes und blickte die Red-Eye an. Binnen weniger Minuten waren aus den blutrünstigen Schlächtern fürsorgliche Männer geworden, die sich wie Ärzte um ihre Kameraden kümmerten. Poison setzte sich neben ihn: „Ich habe gesehen, wie du gekämpft hast, und muß sagen, du hast einiges verlernt." Sharp schüttelte den Kopf. „Ich bin nur eingerostet", log er, „aber ich werde wieder wie früher, keine Angst." Poison sah einen Moment belustigt aus: „Das bezweifle ich nicht."
Die beiden blieben noch eine Weile nebeneinander sitzen und tranken aus ihren Wasserflaschen.

Der nächste Morgen war sehr hell, nicht durch die aufgehende Sonne, sondern wegen des brennenden Steinbruchs. Der Hügel, über den die Red-Eye angegriffen hatten, schimmerte in gespenstischem Feuerschein, die Kalksteinwand hinter den Gebäuden färbte sich schwarz vom Ruß. Selbst das Sternenlicht würde von dem flackernden Feuer abgeschwächt. Doch die Red-Eye interessierte dies nicht, sie drehten dem Brand den Rücken und marschierten nach Hause. Wieder am verbotenen Weg angekommen, erinnerte sich Taaron an einen Spruch Anrons, der ihn getadelt hatte, nachdem der Mensch ihn beim Kampftraining umgeworfen hatte und behauptete, er wäre bereit, die Hauptstadt der Red-Eye allein zu stürmen. „Taaron, nicht einmal eine ganze Armee von deiner Sorte könnte diese Stadt angreifen. Glaub mir, denn ich war dort, und ich habe Dinge gesehen, die ich nicht erwähnen will. Du wirst tot sein, bevor du auch nur eine Zinne der Hauptstadt Aschfelds, Haschnad Tinwatuk, siehst." Langsam wiederholte er den Namen der Stadt in Gedanken, Haschnad Tinwatuk. Der neben ihm stehende Spear, las ihm an den Lippen ab, was er dachte: „Heimweh nach Tinwatuk, hm? Keine Angst, du bist nicht vergessen dort." Sharp Claw nickte unsicher.

Endlich sollte er erfahren wie der verbotene Weg aussah, der geheime Weg nach Aschfeld, den nur Red-Eye benutzen konnten. Frost setzte sich von der Armee ab und stellte sich vor die Felswand. „Zeig mir das Land, wo Ruhm und Ehre geboren wurden!" brüllte er die Felsen an und Taaron hätte fast gelacht. Doch plötzlich vernahm er ein tiefes Grollen in der Erde, als ob die Berge murmelten, ob sie diesen Wesen Einlaß gewähren sollten. Und auf einmal öffnete sich ein Maul aus Steinen vor Frost, hundert Meter lang und zwanzig Meter hoch, wie Sharp später genau unterrichtet wurde, und ließ den Blick in tiefe Dunkelheit schweifen. Die Red-Eye marschierten ohne Bedenken in den bedrohlichen Schlund und Taaron folgte ihnen. Als sie alle im „Gaumen" des Berges standen, wurden Fackeln entzündet. Frost ging voraus, in eine gewaltige Höhle, in der glitzernde Tropfsteine von der Decke hingen und aus dem Boden wuchsen, ferne Unterwasserquellen plätscherten und die Welt ihre ganz eigenen Geräusche absonderte. Poison hakte sich in seinen Arm ein: „Wir haben endlich herausgefunden, wo dieses Plätschern herkommt, es ist der unterirdische Lauf des Kei-Ana, der hier durch die Berge fließt, keine verborgene Quelle wie wir immer dachten." Taaron war ernsthaft interessiert, traute sich aber nicht, etwas zu fragen, aus Angst, eine Frage zu stellen, die ihn verraten könnte, eine Frage wie: „Wie öffnet sich der verbotene Weg?" oder „Was ist am anderen Ende?" Also hielt er Ruhe und teilte Poison nur mit, wie sehr es ihn freute, daß sie herausgefunden hatten, warum es hier plätscherte. Zwei Tage lang ging es durch den Berg, immer wieder Engpässe, Steigungen und tiefe, unterirdische Täler. Schließlich schien ihnen blaßes Licht aus einem großen Felsspalt entgegen, der von Hand nachbearbeitet worden war und die Physiognomie eines Wolfsschädels, der sich mit wutverzerrtem Gesicht vom Berg abwandte, besaß. Als sie aus dem Schlund des Wolfes traten, sah Taaron zum ersten Mal das Aschfeld von heute. Das Gebirge, welches sie innerhalb von zwei Tagen unterlaufen hatten, zog sich, schwarz von Asche, südlich weiter, soweit das Auge reichte. Das graue Gebirge im Norden bildete eine natürliche Wand, die Aschfeld, zusammen mit dem namenlosen Gebirge, unpassierbar machte. Die Wolfsschnauze lag etwas erhöht und Taaron sah in die Ebene: pechschwarz lag sie da, und er wußte plötzlich, warum dieses Land Aschfeld hieß. Alles war von Asche bedeckt, stetig fiel sie wie grauer Schnee vom Himmel. Weit im Osten, dort wo der beeindruckte Mensch die Mitte der großen Ebene vermutete, brannte in den schwarzen Wolken ein kleines Licht. Sicherlich kam es ihm nur klein vor, denn wenn es von hier aus sichtbar war, dann mußte es wahrhaftig gigantisch sein. Vor der Armee breitete sich ein Labyrinth aus Felsen und daliegenden Steinen aus, alle mit Asche bedeckt, als habe jemand ein Leichentuch über dieses verstorbene Land gelegt. Sie marschierten weiter, die Soldaten sangen laut und fröhlich, sie freuten sich wohl tatsächlich auf diesen Ort, der Taarons Vorstellung der Hölle in den Schatten stellte. Dies war ihre Heimat. Der Weg, auf dem sie liefen, war mit runden Steinen gepflastert und sehr gut angelegt. Poison klopfte Sharp Claw auf die Schulter: „Hier, ich habe etwas für dich. Die Truppe hat zugestimmt, es dir zu schenken." Sie überreichte ihm lächelnd einen Säbel in feiner Lederscheide. Der Gürtel war mit Eisengliedern verstärkt und sehr schwer. Taaron freute sich und zog den Säbel heraus, wobei er den mit goldenen Fäden verstickten Ledergriff vorsichtig bewegte. Die Klinge glitt sanft aus der Scheide und blinkte im trüben Licht Aschfelds wie ein Stern. Ornamente waren in die nicht geschärfte Seite eingraviert und Symbole, wie eine brennende Waage, was den Untergang Altmenschlands bedeuten sollte. Sharp bedankte sich freundlich und band den Gürtel um die Hüfte.

Sie brauchten einen ganzen Tag, um aus dem verwirrenden Labyrinth aus Felsen und Geröll herauszukommen. Endlich betraten sie die Ebene Aschfelds, mit ihrer knöchelhoch liegenden Asche, den giftigen Wolken, die vom Wind in alle Richtungen getragen wurden, und zischelnden Kreaturen, die so klein waren, daß man sie nicht unter der Ascheschicht auf dem Boden erkennen konnte. Taaron drehte sich mehr zufällig als absichtlich noch einmal um, um einen Blick auf das Labyrinth zu werfen und bereute es sofort. Die schönen, runden Pflastersteine ragten aus dem Boden und Totenschädel grinsten ihn an. Die Armee war den ganzen Tag auf Hunderttausenden von Toten gelaufen.

Die Ebene war schnell durchquert, denn Hindernisse gab es keine, wie ein lebendiges Schiff durch das Meer, bahnten sie sich einen Weg durch die Asche. Noch in derselben Nacht erreichten sie die Hauptstadt Aschfelds, Haschnad Tinwatuk. Bereits mehrmals mußte Taaron sich zusammenreißen, um nicht völlig erstaunt dazustehen, wodurch seine Deckung aufgeflogen wäre, doch dieses Mal ließ er alle Vorsicht fahren, die Hauptstadt Aschfelds raubte ihm den Atem. Ein großer Turm beherrschte die Landschaft, auf dessen Spitze ein Feuer brannte, der Lichtschein, den Taaron vom verbotenen Weg aus gesehen hatte. Groß war noch untertrieben, der Turm mußte sich bis in die Wolken erheben, wo die Flamme brannte. Und eine Mauer, weiter als der äußerste Ring Anaronuns, spannte sich um die Stadt, die noch vor seinen Augen verborgen lag. Um den Turm herum sammelten sich viele Nebentürme, die teils auf dem Boden gebaut waren, teils wie Arme aus ihm entwuchsen. Überall schwebten Rauchwolken über die Mauer, die ein Torhaus, so groß wie ein Palast, hatte. Aus dem Hauptturm entwuchsen nicht nur kleinere Türme, sondern auch Plateaus, die ganze Viertel und Stadtteile

zu tragen schienen. Abertausende, wenn nicht Millionen Lichter schienen durch Fenster, von hier unten gerade einmal so groß wie Nadelöhre, und verliehen diesem Ungeheuer von Metropole den Glanz des stetigen Wachseins. Die Armee betrat das Torhaus und konnte sich vollkommen entfalten, etwas weniger als dreihundert Krieger gingen nebeneinander, in einer riesigen Breite, doch trotzdem waren es noch Dutzende Meter bis zu den Wänden. Sharp Claw blickte nach oben, die Decke mußte sich im Himmel befinden, so hoch war sie. Natürlich eine Täuschung, doch der überwältigte Mensch fand keine anderen Worte. Es kamen ihnen Red-Eye auf Reitechsen entgegen, die durch das Torhaus jagten, als ob sie gerade in die Schlacht sprangen. Red-Eye Frauen, vollkommen anders als Poison, trugen große Fleischbrocken in den Armen und die glücklichen Krieger boten, natürlich augenzwinkernd, ihre Hilfe an, woraufhin die Damen lachten und gespielt erstaunte Gesichter machten. Plötzlich blieb ein Red-Eye in edler Kleidung, ohne Rüstung, vor der Gruppe stehen und zeigte auf Taaron: „Das, das ist doch, bei Jataros Schmelzofen! – Sharp Claw", der Mann warf jubelnd die Arme in die Höhe und rannte zu wildfremden Red-Eye: „Seht, er ist zurück! Unsere Gebete wurden erhört, wir werden siegen, Sharp Claw ist zurück!" Spear knurrte Poison von der Seite an: „Wir müssen diesen Scharlatan jetzt wegschaffen, sonst verlangen die begeisterten Massen noch, daß er ein paar Worte in unserer Sprache spricht und dies wäre sein Tod. Und, bei weitem schlimmer, unsere Degradierung." Poison nickte. Sie dachte kurz nach und nahm Sharp Claw, der sichtlich nervös geworden war, am Brustpanzer: „Komm, wir müssen weg, die anderen finden schon den Weg nach Hause, wir nehmen eine Seitenstraße, hoffentlich kannst du dich an deine Frau erinnern."
Poison führte Taaron durch die weniger belebten Straßen des „Kessels", wie die, nicht zum Turm gehörende, Wohnstadt am Boden im Volksmund genannt wurde. Er hatte schon nach weni-

gen Kreuzungen die Orientierung verloren und fühlte sich plötzlich völlig allein, im Herzen des Feindeslandes. Poison war keine Erleichterung, sie brachte ihn zu einer Familie, seiner Familie, die er nicht kannte, und wenn die Red-Eye dasselbe unter Familie verstanden wie die Menschen, dann würde seine Tarnung spätestens bei seiner Ehefrau auffliegen, denn diese würde ihren Mann doch wohl am besten kennen und den Schauspieler schon nach zwei Sätzen entlarven. Nach einer halben Stunde erreichten sie ein seltsames Haus, es war schwarz, wurde nach hinten breiter und besaß zwei Stockwerke. Die Fenster hatten die Form von Pyramiden und nahmen im zweiten Stock die ganze Front ein. Durch die klaren Scheiben sah man eine Holzdecke und von ihr herabhängende Leuchter. Die Tür, sehr groß wie alles hier, hatte einen großen Klopfer, der in der Form eines Skorpions gegossen war. Poison klopfte mit dem Schwanz des Skorpions gegen das Holz und rief dagegen: „Slana, ich bin es, Poison, laß mich bitte herein, es ist wichtig." Bevor die Tür geöffnet wurde, drehte sie sich zu Taaron um: „Stell dich neben die Tür, sie darf dich nicht sofort sehen." Als er verdutzt die Position einnahm, die ihm befohlen wurde, fuhr Poison fort: „Ich gehe zuerst allein hinein und hole dich dann gleich nach." Taaron nickte nervös und verstand auch gleichzeitig: Die Frau mußte ihren Mann sicherlich für tot halten, wie alle anderen. Natürlich mußte sie zuerst auf das Kommende vorbereitet werden. Die Tür wurde geöffnet und eine sanfte, aber belegt klingende Stimme erklang: „Poison, was für eine Überraschung, komm herein, aber ich habe nichts mehr zum Essen da." Poison antwortete etwas in der rauhen Sprache der Red-Eye und trat ein. Nachdem die Tür wieder ins Schloß gefallen war, hörte Taaron nichts mehr. Er lehnte an der Hauswand und fragte sich, ob er jemals fliehen könnte. Sicherlich, aber so leicht wie damals bei dem Bauern Harbas und seiner Frau Rosa wurde es sicher nicht. Und auch nicht so einfach wie der Abschied von dem stolzen Krieger Hai-Jari, der ihm so freundlich begegnet war. Wie mit einem Keulenschlag wurde er von der Realität eingeholt, das Bauernland war nun wirklich der krasseste Gegensatz zu dieser Stadt. Er drückte sich von der schwarzen Wand ab und besah dann seine Finger, sie waren schwarz. Die Red-Eye schienen die Asche sogar in ihr Baumaterial mit einzubeziehen. Bei näherer Betrachtung fiel ihm so manche Merkwürdigkeit auf, die Wand hatte gar keine Fugen oder Balken, wie zu Hause, sondern schien aus einem einzigen, großen Stück schwarzen Materials zu bestehen. Beeindruckt blickte er nach oben, der Turm nahm fast das ganze Blickfeld in Anspruch und wurde nach oben kaum schmaler, die Größe war vernichtend, im Gegensatz zu ihm, dem kleinen Menschen in der Verkleidung eines großen Kriegers der Red-Eye. Allmählich verfluchte er seine Neugier, die ihn dazu getrieben hatte, die Rüstung am Wegesrand anzuziehen. Doch hätte er sie nicht angezogen und womöglich am selben Ort gerastet, dann hätten die Red-Eye ihn als Elfen in die Finger bekommen. Oder noch schlimmer, Poison, Frost, Ironhead und am allerschlimmsten, der wütende Spear, hätten ihren entflohenen Menschen wieder erkannt und gemeuchelt. Er verdankte der Rüstung sein Leben, aber auch diese Misere.

Die Tür öffnete sich und Poison trat schweigend heraus und winkte Sharp herein. Als er das Haus schüchtern betrat, sah er zuerst nichts und erst als seine Augen sich an die drückende Dunkelheit gewöhnten, bemerkte er die Frau vor sich. Sie blickte ihn nervös an, ihre Augen hatten wie die Poisons eine Katzeniris. Sie trug eine Arbeitsschürze und einen grauen Rock. Ihr Gesicht war zart und beinahe kreisrund, wenn sie ein Mensch gewesen wäre, hätte Taaron sie sicherlich attraktiv gefunden, doch die abnorm großen Red-Eye-Augen machten es schwer, sich an ihr Gesicht, wie das eines jeden dieser Rasse, zu gewöhnen. Er hatte vorhin noch gehört, daß Poison sie „Slana" genannt hatte. Niemand sprach ein Wort, bis Poison die Stille zerriß: „Setzt euch an den Tisch, ich weiß, daß es sicher schwer für euch beide sein muß. Der Mann war schon ein ganzes Jahr nicht zu Hause und die Frau wurde von seinem Tod unterrichtet. Ich muß gehen, bitte, versucht, euch zu unterhalten." Sie verließ Taaron und Slana.

Die Augen Sharp Claws blickten Slana an, doch aus ihnen sprach nicht die Seele ihres Ehemannes, sondern ein Fremder, ein Mensch, die übelste aller Kreaturen, die Kinder schändete und Frauen mordete als wären sie Ungeziefer. Slana hatte zuerst nicht eingewilligt, bei Poisons Puppenspiel mitzumachen, es war schlicht und einfach respektlos, einen Verkleideten in das Haus einer trauernden Frau zu bringen, die gerade ihre Kinder zu Bett gebracht hatte. Doch Poison versprach ihr das Blaue vom Himmel, wenn sie mitspielte, also mußte sie die glückliche Ehefrau mimen. Sie hob stolz das Kinn: „Ich war in tiefer Trauer um dich, Ehemann. Der General persönlich kam, um mich von deinem Tod zu unterrichten und eine Welt, meine Welt, brach zusammen. Die Kinder denken bis heute, du bist auf einem langen Feldzug." Der Schauspieler seufzte: „Ich kann deinen Schmerz verstehen, Slana", er wagte es auch noch, ihren Namen mit dem Mund ihres wunderbaren Ehemannes auszusprechen, „und kann mein Glück kaum fassen, daß ich wieder da bin." Sie nickte: „Ich kann dich verstehen, Sharp." Sie setzte sich an den Tisch, der an der breiteren Rückseite des Zimmers stand und zeigte auf den ihr gegenüberliegenden Stuhl. Er kam näher und setzte sich. Poison hatte sie nur schnell und ungenau über die Umstände aufgeklärt, doch sie erkannte nun eindeutig Sharps Rüstung, die er am liebsten getragen hatte. Er mußte sie für seine Verwandlung benutzt haben, dieser verfluchte Mensch, sicherlich war er nur hier, weil er Schaden anrichten wollte. Slana lächelte ihn an und er lächelte zurück, froh über diese freundliche Geste. Doch Slanas Lächeln war kalt gewesen, das Lächeln einer Spinne, die der Fliege im Netz sagt, sie würde sie erst morgen verspeisen, und auch dann nur langsam und genüßlich. Sie war aber trotzdem belustigt, der

Kerl dachte tatsächlich, er führe alle an der Nase herum, wobei die Kommandanten schon lange von seinem Spiel wußten. Sie blickte ihn gütig an: „Du mußt durstig sein, trink etwas Wein." Sie stand auf und verschwand im Nebenraum. Taaron atmete einmal tief durch, dieser Sharp Claw mußte härter als ein Fels gewesen sein, wenn er so eine Bestie von Frau geheiratet hatte! Als Slana zurückkam, hielt sie ein hölzernes Tablett in Händen und schenkte ihm Wein aus einer Amphore in einen Becher. Er trank dankbar und vertrauensvoll, warum sollte sie ihren Mann vergiften, auch wenn die beiden sich gegenübersaßen wie Ölgötzen. Als er ausgetrunken hatte, schaute er sie an: „Ich muß dir wie ein Fremder vorkommen, der in dein Haus eindringt, verzeih, ich wäre über ein Bett schon zufrieden, dann ist diese peinliche Unterhaltung verschoben." Sie hob den Blick, der Mensch hatte geradezu weise gesprochen, und sie war froh, ihn wegschließen zu dürfen. Slana dachte gar nicht erst daran, ihn in das Ehebett zu lassen, doch das bescheidene Gästezimmer war immer bereit. Sie führte ihn hinauf, vorbei an den Zimmern der Kinder Creep, dem ältesten Sohn, Sharp junior, dem zweitältesten, und Knocks, dem kleinsten, der noch bis vor wenigen Monaten gesäugt werden mußte. Als er sich in das Bett legte, ohne Waffenrock und Brustpanzer, kamen Slana beinahe die Tränen, Sharp Claw stand vor ihr, ihr geliebter Ehemann, doch eine andere Seele bewohnte diesen Körper.

Kapitel 5:
Blau

Taaron lag wach. Lange, denn es war unmöglich, hier Schlaf zu finden, in der Hauptstadt des Bösen, Haschnad Tinwatuk. Die Dunkelheit um ihn herum war perfekt, jene im Raum und jene in seinem Geist, wie sollte er sich jemals aus dieser Situation befreien? In Acharon hatte er sich gescheut, die Bürde des Befreiers auf sich zu nehmen, hier trug er die Bürde eines gefeierten Mörders: Sharp Claw.
Taaron dachte nach: Wer war dieser Sharp Claw? Anscheinend der Grund, daß Anron nicht mehr ordentlich kämpfen konnte, der Grund für die Niederlagen der Red-Eye in letzter Zeit. Plötzlich fiel es ihm wie Schuppen von den Augen, nach Sharps Tod war er aufgetaucht, wieder als eine Art Hoffnungsträger. Die Elfen, allen voran Garis, mußten geglaubt haben, das Schicksal habe sich gegen die Red-Eye gewandt und, um dies zu verdeutlichen, hat es ihren größten Krieger getötet. Und den Elfen, als das weiseste aller Völker, den Retter übergeben: Taaron, den Nachfahren des rachsüchtigen Magiers, der die Red-Eye erschaffen hatte. Eine herrliche Parabel, doch der Retter hatte sie selbst zerstört und den Feinden ihren Märtyrer wiedergegeben, die Hoffnung auf Sieg in ihren schwarzen Herzen wieder bekräftigt. Er schimpfte sich selbst einen Dummkopf und schlug sich an die Stirn. Taaron mußte wieder fliehen, wenn nötig, noch in dieser Nacht, am besten sofort.
Er stand auf und ärgerte sich, daß er sich die Einteilung des Raumes nicht genauer angesehen hatte, wo war er noch einmal hereingekommen? Plötzlich flog die Tür auf, Licht blendete ihn und die Silhouette eines Red-Eye stand zwischen Tür und Angel. Taaron warf sich hinter das Bett, doch eine Stimme, die er mittlerweile kannte, versetzte, heiser vor Mordlust: „Nicht

so schnell, Menschlein, ich finde dich und schlitze dich auf." Plötzlich erschien die wutverzerrte Fratze Spear Claws über dem Bett und ein Dolch sauste herab.

Taaron öffnete die Augen. Er lag zwischen naßgeschwitzten Laken. Anscheinend war er wohl doch eingeschlafen. Dies rechnete der Mensch der Erschöpfung durch die Reise zu und seufzte dankbar. Jemand oder etwas Mächtiges hatte ihn mit diesem Traum dringend von der Flucht abgeraten. Es war immer noch dunkel, doch einzelne Red-Eye liefen bereits mit großen Taschen und Körben zum Markt, wie er durch die große Fensterfront sehen konnte. Anscheinend war es bereits Morgen, doch unter der dichten Wolkendecke am Himmel konnte er die aufgehende Sonne nicht sehen. In Gedanken versunken, stand er immer noch am Fenster, als ein dürrer, müde aussehender Krieger, dem alle einen guten Morgen wünschten und respektvoll aus dem Weg gingen, an der Tür unter ihm klopfte.

Slana öffnete und ließ Nightfly, den Stadtschützer, hinein. Sie blickte ihn an und sah, daß sie nichts sagen mußte, er war von den Geschehnissen unterrichtet. „Ich grüße dich und heiße dich willkommen, Nightfly." Der Stadtschützer nickte freundlich und versuchte zumindest zu lächeln, was sie ihm hoch anrechnete, denn Nightfly hatte schon immer wenig gelacht, geschweige denn ein freundliches Wort zuviel gewechselt. Dies bewies er ihr auch sofort: „Ist er hier? Ich nehme ihn mit zum General und dann wird dieses grausame Spiel mit Eurer Trauer beendet sein. Führt mich zu ihm." Sie gehorchte ohne ein Wort und ging nach oben. Er folgte ihr. Sie war froh über Nightflys Besuch, denn sie hatte mit diesem Ungeheuer von Menschen im Haus kein Auge zugetan, ein erfahrener Krieger erleichterte ihr Herz. Als beide vor der Tür des Gästezimmers standen, schob er sich vor sie und klopfte. Von innen hörte man ein ängstliches „Herein" und

Nightfly verdrehte die Augen, dieser Dummkopf glaubte doch nicht tatsächlich, daß ihm irgendein Red-Eye die Rolle des Sharp Claw abnahm, wenn er so schwachbrüstig antwortete, oder, noch viel auffälliger, den Gast nicht vor seiner Frau begrüßte. Der Stadtschützer trat in den Raum und fand Sharp Claw vor. Er hatte mit einer guten Kopie gerechnet, aber daß dieser Kerl aussah wie der leibhaftige Sharp, war erschreckend. Nightfly mußte sich im ersten Moment zusammenreißen, um keinen Ruf des Erstaunens auszustoßen. Als er sich vor dem, nicht in Rüstung stehenden Menschen aufbaute, sagte er: „Sharp, du wirst dich an mich erinnern, ich bin Nightfly Wing, der Stadtschützer, und ich bringe dich zum General, bitte zieh deine Rüstung an und sei in fünf Minuten unten an der Tür." Sharp nickte: „Ja, ich zieh mich an." Es klang so schwach und eingeschüchtert, daß Nightfly beinahe lachen mußte, und Slana ebenfalls, sie war bereits prustend verschwunden. Der Stadtschützer ging wieder nach unten, wo Slana grinsend am Tisch saß, sie wollte etwas sagen, doch er hielt sich den ausgestreckten Zeigefinger mit der eisengrauen Linie im Fleisch vor den Mund, zum Zeichen, daß sie schweigen solle, der Schauspieler könne sie hören. „Ich danke Euch Slana und werde mich daran erinnern, falls Ihr einmal mit einem Anliegen zu mir kommen solltet." Slana bedankte sich ebenfalls höflich und ging in die Küche.

Als Sharp Claw unten eintraf, nickte er zum Zeichen, daß es losgehen könne, und Nightfly verließ das Haus, gefolgt von ihm. Sie gingen zunächst schweigend die Straße entlang, Nightfly mit aufrechter Haltung, steif wie ein Besenstiel, Sharp etwas nervös und unschlüssig. Die Häuser blieben ähnlich wie jenes von Sharp, zweistöckig und nach hinten breiter werdend. Erst jetzt realisierte er, daß die Stadt genial aufgebaut war, durch die eigentümliche Form der Gebäude schlossen sich immer zehn nebeneinander zu einem Kreis mit nur einer Öffnung als Eingang zu einem großzügigen Innenhof mit Brunnen. Die Straßen führten geradeaus, immer an den Eingängen der Kreise vorbei, aus denen noch wenig Bewohner strömten. Der alles beherrschende, enorme Turm in der Mitte der Stadt, der sich aus sicherlich Hunderten dieser Kreishöfen zu erheben schien, kam immer näher und sein Tor, flankiert von gräßlichen Statuen, schien uniformierte Red-Eye zu schlucken und wieder auszuspucken. Obwohl der Turm allgegenwärtig war, brauchten die beiden eine Stunde, um ihn zu erreichen. Vor dem Tor wurden die Kreisbauten unterbrochen, um einem Vorhof zu weichen, der alles in den Schatten stellte, was Taaron jemals gesehen hatte: zweifellos dreihundert Meter lang und breit, mit reinen, weißen Steinen gepflastert, von denen Taaron sich zuerst vergewisserte, daß es keine Schädel waren und mit einer Statue in der Mitte, die nicht hätte pompöser aussehen können. Sie war das Bildnis eines Kriegers, besser gesagt, eines Bogenschützen, der gerade einen Pfeil einlegte und eindeutig nach Westen, in die Länder der Menschen und Elfen-Völker zielte. Seine Stachelhaare hingen ihm über den Rücken und die Schulter. Die Kleidung des Schützen war aus echtem Stoff und wehte im Wind, was der Statue etwas Lebendiges verlieh. Taaron hatte so etwas Schönes und zugleich Schreckliches noch nie gesehen, eine Drohung, verpackt in die Anmut und Zielstrebigkeit des tapferen Schützen.

Daß er das verdrehte Selbstbild des unfähigen Königs von Aschfeld bewunderte, wußte er natürlich nicht. Nightfly würdigte die Statue jedenfalls keines Blickes und führte ihn in den Turm. Plötzlich fragte sich Taaron, ob der ominöse General wohl sehr weit oben im Turm lebte, was bedeuten würde, daß sie bis in die Wolken klettern müßten. Doch der Stadtschützer, ein Titel übrigens, der Taaron vollkommen unbekannt und eine Eigenheit der Red-Eye sein mußte, lief auf eine Öffnung in der Wand zu. Er stellte sich hinein, drehte sich um und sah seinen Artgenossen etwas verwundert an: „Na, komm schon, du wirst dich doch nicht plötzlich vor den Flugtreppen fürchten." Sharp schüttelte so energisch es eben ging den Kopf und stellte sich, mit dem Rücken zur Wand, neben Nightfly. Außer, daß er noch einmal die gute Aussicht auf den fantastischen Innenhof präsentiert bekam, passierte zunächst nichts. Er schaute sich noch etwas weiter um und blickte tief in das riesige, sich anscheinend nicht nach oben verjüngende Erdgeschoß des Turmes. Es enthielt nichts, außer vielen Nischen in den Wänden wie jene, in der er und Nightfly eben standen. Aus einigen der nicht einzusehenden Nischen kamen Red-Eye heraus oder verschwanden darin, und ein seltsames, schabendes Geräusch erfüllte den weiten Raum. Nightfly fluchte: „Verdammte Trolle, früher hatten wir wenigstens noch Trollhüter, die aufgepaßt haben, aber unser weiser König hat sie natürlich alle in den Krieg schicken müssen." Taaron blickte ihn fragend an, da stampfte der Stadtschützer kräftig mit dem Fuß auf, was lange nachhallte. Unter dem Turm mußte sich eine tiefe Höhle befinden. Aus dieser Untiefe erhob sich plötzlich ein erschrockenes Knurren, woraufhin Nightfly leise lachte: „Ha, diese faulen Viecher, wahrscheinlich wieder eingeschlafen." Er blickte Sharp grinsend an, er wußte, daß dieser nichts von seinen Worten verstand: „Ich habe dem General schon hundert Mal geraten, seinen Zugtroll auszutauschen, das Biest wird langsam alt, doch er besteht auf diesem Galgenstrick." Plötzlich hob sich die Nische vom Boden, mit rasender Geschwindigkeit schoß der Untergrund nach oben, und es sah aus, als ob er durch die Decke sprengen würde, doch es passierte nichts, außer, daß es dunkel wurde. Taaron war vollkommen erstarrt, der ganze Turm schien sich zu bewegen, an ihnen vorbei zufliegen. Insgeheim freute er sich über die Dunkelheit, so konnte Nightfly den Schrecken in seinen Augen nicht sehen. Und Taaron nicht das hämische Grinsen auf dem Gesicht Nightflys, der sich heimlich über die Überraschung freute, die er dem Menschen bereitet hatte. Der Stadtschützer wußte natürlich, daß sich unter dem Stadtturm eine riesige Halle, voll gepackt mit Seilzügen befand. Am Boden dieser Halle arbeiteten Trolle, große, kräftige, dumme Wesen mit einer Echsenhaut und Hörnern. Sie zogen die sogenannten Flugtreppen nach oben, wann immer jemand eine davon betrat. Unter jeder dieser Flugtreppen war ein Seil befestigt, welches über dem Troll hing. Betrat nun ein Red-Eye eine dieser Treppen, dann läutete eine Glocke am Ende des Seils den Troll wach, der nun Hand an den Flaschenzug legte und den Passagier nach oben beförderte. Jede der siebzig Nischen war von einem Troll bemannt, oder „betrollt", dem genau beigebracht wurde, wie lange er ziehen mußte, um seine Passagiere in gleichmäßiger Geschwindigkeit an ihre gewünschte Etage zu bringen. Wenn man also zum General gelangen mußte, so stieg man in eine andere Flugtreppe, als wenn man in das Büro des Stadtschützers oder in den Thronsaal wollte. Der Troll, der die Flugtreppe des Generals bediente, war schon in die Jahre gekommen und die Passagiere wurden immer wieder ordentlich durchgeschüttelt, doch der General beharrte auf diesen einen Troll, wie ein alter Handwerker, der sich nicht von seinem maroden Werkzeug trennen konnte. So dauerte die dunkle Reise in das Stockwerk des Generals auch beinahe eine halbe Stunde, verständlich und nicht allein auf den Troll zurückzuführen, der oberste Kommandant Aschfelds lebte weit oben in den Wolken, wenige Dutzend Meter unter dem ewigen Feuer.

Als die beiden aus der Flugtreppe traten, Taaron sehr blaß, fanden sie sich in einem großen Raum mit Kamin wieder, in dem ein Feuer brannte. Vor diesem stand ein großer Red-Eye, abgewandt, in Gedanken versunken da. An den Wänden standen Statuen von Red-Eye in Kampfposen, ein glänzender Holztisch befand sich in der Mitte, zwischen dem Eingang und dem Kamin. Die Decke war schwarz und schien das gesamte Licht in der Nähe zu schlucken, obwohl von einer Reihe großer Fenster, die einen Ausblick über die Wolken boten, viel Licht hereinfiel. Es war düster, aber nicht dunkel.

Nightfly räusperte sich, woraufhin Taaron den Blick von der Oberfläche der Wolken, die aussahen wie Schneehaufen, abwandte. „General Dark, ich bringe euch Sharp Claw, den totgeglaubten Krieger." Der Red-Eye mit den schönen, langen Stachelhaaren vor dem Kamin drehte sich nicht um, sondern winkte nur beiläufig und sprach: „Danke, Nightfly, wir kommen nun allein zurecht." Der Stadtschützer begab sich schweigend wieder in die Flugtreppe und verschwand kurz darauf im Boden. Noch immer stand der General mit dem Gesicht zu dem Feuer gewandt da, als er begann, mit Taaron zu sprechen: „Sharp Claw, ich war in großer Sorge um dich. Aber meine Kommandanten haben mir bereits von deiner heldenhaften Rückkehr berichtet. Der Steinbruch am namenlosen See ist dem Feind entrissen worden, das gefällt mir gut, damit machen wir es ihm schwer, seine Burgen wieder aufzubauen wie die Ratten ihre Nester." Taaron entschied sich, auf den Boden zu starren: „Ja, General." Der Genannte lächelte kalt in das brodelnde Feuer, was Taaron, mit gesenktem Blick, nicht sehen konnte. Er sah genauso wenig, daß der General sich daraufhin, leise wie ein schleichender Tiger, umdrehte und ihn anblickte, Sharp Claw, mit hängendem Kopf. Erst als er um den Tisch herum lief und Taaron so nahe kam, daß dieser die Stiefel des Generals in seinem nach unten gewandten Blickfeld sehen konnte, war der Mensch auf der Hut. „Waren die Menschen von Aaijang gut zu dir? Wie ich im Laufe des Feldzuges hörte, sollen sie stolze und mächtige Krieger sein." Taaron nickte: „Ja, sie haben mich respektiert, auch wenn ich ihr Feind war." Der General rieb sich das Kinn: „Und wie hast du allein zum verbotenen Weg zurück gefunden?" „Mich drängte die Sehnsucht nach der Heimat", log Taaron, sich bewußt, daß er verhört wurde und auf der verzweifelten Suche nach weiteren Ausflüchten. „Ah, ich kann dich verstehen", sagte der General freundlich. „Es muß die Hölle gewesen sein. Sag, was weißt du von Anron, also dem Kerl, der dir in den Nacken geschossen hat?" Taaron versuchte ein böses Lachen zu imitieren: „Der dreckige Elf hat seitdem nie wieder gekämpft. Versteckt sich meines Wissens nach in ihrem großen Wald." Dark lachte plötzlich wie ein Freund: „Ach, Sharp, verzeih die groben Fragen, ich muß mich nur vor so manchem absichern, weißt du? Komm her und gib mir einen Kriegerhandschlag!" Erleichtert, daß der General zufrieden war, und glücklich, daß er nach einem Kriegerhandschlag fragte, den er schon bei anderen Red-Eye gesehen hatte und den er beherrschte, sah Taaron vom Boden auf und blickte dem General in die Augen. Den Kriegerhandschlag bekam Dark nie. Taaron war vor Erstaunen auf den Boden gefallen, wo er nun saß und dem General in das triumphierende Gesicht blickte. Ein Gesicht, das sonderbar zart, aber gleichzeitig kalt und gefühllos wirkte, wie das Standbild eines edlen Antlitzes, schön anzusehen, aber doch aus seelenlosem Stein geschlagen. Was das Gesicht aber so besonders machte, war die vollkommene Übertretung des vom Teufel gegebenen Gesetzes, als er die Red-Eye entworfen hatte, welches schon im Namen dieses Volkes festgelegt war: Red-Eye. Die Augen des Generals, sie waren blau wie das Meer und auch so unberechenbar und rauh. Ein jeder, der bei klarem Verstand war, wußte, daß er es mit einem Wahnsinnigen zu tun hatte, wenn er in dieses Augenpaar blickte, nicht wegen der Farbe, sondern wegen des Funkelns darin.

General Dark, der oberste Feldherr Aschfelds, hatte blaue Augen und Taaron damit überlistet; die ganze Begegnung, von Nightflys Abholung bis zu der Pose vor dem Kamin, war durchdacht und perfide mit der Präzision eines Scharfschützen geplant gewesen. Nun grinste er, und der Wahnsinn schien ihm durch alle Körperteile zu fließen, als er die Arme beschwörend hob: „Du bist Taaron aus Anaronun, der einzig lebende Nachfahre des Magiers, der die Red-Eye erschaffen hat. Ich sage absichtlich: einzig lebender Nachfahre, denn dein Großvater verstarb vor zwei Wochen, sein Herz blieb im Schlaf stehen. Ich weiß das von meinen Spionen, wir haben nichts damit zu tun, du weißt selbst, daß Red-Eye keine Frauen, Kinder und Wehrlose, also Greise, töten." Er blickte Taaron fragend an und dieser nickte, ohne die Worte zu realisieren, da er sich sicher war, sein letztes Stündlein habe geschlagen, doch der General sprach weiter: „Um dir eine Last vom Herzen zu nehmen, nein, ich werde dich nicht töten, du wirst Sharp Claw bleiben. Poison, Spear, Frost und Ironhead sowie deine Frau Slana wissen, daß du ein Mensch bist. Auch einige andere Red-Eye von hohem Rang, die dich jetzt nicht interessieren." Sharp erhob sich langsam und blickte dem General in die blauen Augen: „Und was erwartet ihr Euch davon?" Wieder ein Grinsen, irgendeine Vermutung des Generals schien sich soeben bestätigt zu haben: „Ich erwarte nur, daß du Sharp Claw bist. Dir muß die Hochachtung der kleinen Soldaten aufgefallen sein, ihre Bewunderung für dich. Dies ist eine mächtige Waffe in unserem Krieg. Eine hunderttausend Kopf starke Armee ist wertlos, wenn sie keine Hoffnung auf Sieg im Herzen trägt. Ich sage dir das, was dir die Elfen sicherlich schon gesagt haben, ich vermute, es war Garis, der Oberlügner im großen Wald: Du bist der Hoffnungsträger." Der General blickte ihn eiskalt und durchdringend an: „Ich sehe dein Unbehagen, vor dieser Aufgabe bist du schon einmal geflohen, nicht wahr? Sonst säßest du jetzt noch im großen Wald, irgendwo im Laub. Doch das Schicksal, welches von jedem Wesen auf dieser Welt schon mehrmals verflucht wurde, hat dich zu uns, auf die Seite des Guten gebracht. Ich sehe ein flüchtiges Grinsen?" Er hatte Recht, Taaron war die Spur eines Lächelns über die Lippen gehuscht. Nun atmete er tief ein, wissend, daß er sein eigenes Todesurteil aussprechen würde. Was ihm durchaus recht war: „Ich habe mich nur gefragt, wie ein Volk, das andere Völker abschlachtet ohne ersichtlichen Grund, sich tatsächlich zur Seite des Guten zählen kann. Und sich dabei im Recht fühlt, als führe es einen Dieb zu seiner Bestrafung." Schweigen füllte den Raum, der General rieb sich grinsend das Kinn. Taaron hielt seinem Blick stand. „Taaron", setzte der General nachdenklich, jedes Wort abwägend, an: „wir sind die Red-Eye und wir leben hier, in Aschfeld, wo vor tausend Jahren noch die Felder blühten. Nach unserer Erschaffung lebten wir hier wie Bauern und die Menschen bemerkten uns sechshundert Jahre lang nicht. Eines Tages kam ein Forschungstrupp aus Nahwettern und Nachtsprung, als dieser auf unsere Zivilisation traf, wurden die Menschen wütend und fragten, warum wir keine Steuern an ihre Krone zahlten. Die Red-Eye antworteten, daß sie nicht von der Existenz der anderen Völker wußten und daß sie, wenn sie dann vollwertige Bürger eines friedlichen Landes würden, auch gerne Steuern zahlten. Die Forscher akzeptierten diese Antwort und verließen Aschfeld, um ein Jahr später mit Soldaten und Missionaren zurückzukommen. Die Red-Eye wurden gefoltert, bekehrt, versklavt, die Menschen im Westen schmückten ihre Häupter mit unseren ausgestochenen Augen, unsere Krallen wurden zu niemals abstumpfenden Messern verarbeitet und unsere Kultur vollkommen zerstört. Durch das völlige Verkommen unseres Volkes und der zunehmenden Wut in unseren Bäuchen, gelang es einigen zu entkommen, und sie schlugen zurück. Erst überfielen sie nur reisende Menschen oder die großen Wagen, auf denen die Invasoren unsere Waren und Kunstwerke in ihre Heimat brachten. Nach und nach schafften sie es, viele Red-Eye aus Lagern zu befreien, und sie formten eine Armee, eine Armee, die es schaffte, die Menschen in Aschfeld vollkommen auszumerzen. Als die Schlacht vorbei war, wurden alle Red-Eye zu freien Wesen, die vor ihrer zerstörten Kultur standen und nichts mehr konnten, aber von den Menschen genug über Grausamkeit und Kriegsführung gelernt hatten. Sie bauten auf einer Ölquelle, die die Menschen entdeckten, ihre neue Hauptstadt, Haschnad Tinwatuk, die dunkle Verzweiflung, das Bollwerk, welches den Menschen Einhalt gebieten wird, egal, ob es steht oder fällt.

Heute sind die Red-Eye die am besten entwickelte Zivilisation und mächtig genug, die Menschheit endlich von dieser Welt zu löschen, wie ein feuchter Lappen Kreide auf einer Schiefertafel entfernt. Unser Zorn, unsere Wut, durch deine Rasse angefacht, haben uns daran erinnert, daß wir zum Töten geboren wurden. Und dies tun wir auch, wir sind die Kur dieser Welt, nach unserem Krieg wird die Elfen- und Menschenkrankheit vorüber sein. Die Kobolde sind unwichtig, ebenso wie die anderen tausend Rassen auf der anderen Seite des Meeres, tief in der Erde, in der Luft, im Süden oder sonst wo. Die Red-Eye sind die dominante Spezies und wir werden unsere Bestimmung erfüllen. Und du", er tippte auf Sharps Brustpanzer, wobei es klang als wäre der Finger des Generals aus Eisen, „wirst uns dabei helfen, denn unser nächstes Ziel ist Anaronun, einmal wieder, aber dieses Mal wird es keine gewöhnliche Armee sein, die an die Mauern der Hauptstadt Altmenschlands brandet, nein, diese Armee wird Aschfelds Macht zeigen und mit ganzer Kraft zuschlagen, die entsprechenden Befehle wurden schon gegeben. Du bist uns hier sehr nützlich, denn du kennst die Schleichwege hinein und heraus. Deine Aufgabe wird es sein, die Kommandanten zum Thronsaal zu führen, mich eingeschlossen. Dort werden wir den König töten." Sharp verstand, auch wenn er sich der Tollkühnheit dieses Planes bewußt war und der völligen Manie des Generals. Dachte der Kerl sich tatsächlich, daß sie einfach durch Anaronuns Geheimgänge spazieren könnten und in den Thronsaal marschieren und dies noch unbehelligt? Er atmete ein, als wolle er etwas sagen, doch der General unterbrach ihn: „Kennst du die gefährlichste Waffe der Red-Eye?" Taaron schüttelte sehr ehrlich den Kopf, woraufhin aus den Fingern des Generals plötzlich Krallen sprangen, die aussahen wie Klingen, nur nach innen gebogen, wie Sicheln. Er bewegte die Finger, wobei sie sich mitbewegten und lächelte dabei grotesk: „Dies sind die Krallen der Red-Eye, sie sind in unserem Körper seit der Geburt, aber erst mit 10 Jahren

lassen sie sich spreizen, da dann die Haut auf der Handfläche und der Innenseite der Finger erst dünn genug geworden ist, um sofort nach dem Spreizen der Krallen wieder zuzuwachsen. Dir müssen doch die grauen Linien in der Handfläche aufgefallen sein?" Sharp nickte, endlich ein paar Informationen über ihn. „Ja, ich wußte nicht, was sie darstellen und dachte zuerst an rituelle Narben oder Male." Ein ehrliches Lächeln des Generals: „Nein, dies sind die Krallen in eingefahrener Form, versuch sie zu spreizen." Sharp öffnete schnell die Handfläche, aber nichts geschah, die grauen Linien blieben an Ort und Stelle. „Versuch eine Art Brunnen mit der Hand zu Formen und dann strecke sie aus, als ob du etwas wegschleudern willst, das auf dem Rand des Brunnens sitzt." Sharp ballte zuerst die Faust und öffnete diese dann wie einen Trichter. Dann tat er wie befohlen und öffnete die Hand, als ob er etwas wegschleudern wollte. Es hatte funktioniert, mit leichtem Ziepen schossen Krallen aus der Innenseite der Finger, warmes Eisen, biegsam wie eine Liane, aber trotzdem fest in der Beschaffenheit und doppelt so lang wie seine normalen Finger. Er lächelte den General freudig an, hatte er ihm doch eine in den Körper eingebaute Waffe gezeigt. Er wollte mit den Fingern der anderen Hand über die Schneide fahren, doch Dark sog scharf und erschrocken die Luft ein: „Laß das, lieber Sharp, die Krallen sind scharf wie der Wind auf den Kwan Höhen und bleiben es ewig." Er ließ es, immer noch lächelnd.
General Dark entließ ihn, sichtlich über die Einigung erfreut und teilte ihm mit, daß die Armee, die Anaronun angreifen werde, sich in der Mittagszeit vor der Stadt versammeln würde und am frühen Nachmittag losmarschieren würde, da es aber seine Zeit brauchen würde, bis hunderttausend Red-Eye durch den verbotenen Weg marschiert waren, würden die letzten Truppenteile, unter ihnen Sharp, erst abends losmarschieren. Der General verstand auch, daß er jetzt nicht zur Ehefrau des echten Sharp Claws zurückkonnte, es bestand die Möglichkeit, daß sie ihn verriet. So

blieb Sharp den Tag über im großen Stadtturm, dem Zentrum der Macht der Red-Eye.
Als die Sonne unterging, stand er wieder beim General, wieder sehr von der Fahrt auf der Flugtreppe mitgenommen. Sharp blickte auf die, von der untergehenden Sonne leicht rosa eingefärbten Wolken, die wie eine träge Schafherde an ihm vorbeizogen. Ab und zu riß die Decke auf und er bekam einen Übelkeit erregenden Ausblick auf die Stadt, schwarz und finster lag sie da, wie eine Spinne, die im sicheren Versteck darauf wartet, daß sich eine Fliege in ihrem Netz verheddert. Taaron, zum Dasein des Sharp Claw verdammt, fühlte sich wie die Fliege. Doch die Spinne hatte ihm ein Abkommen aufgedrängt, oder besser gesagt ihm ein Angebot auf Leben und Tod gemacht. Die Wolkendecke schloß sich wieder, und er starrte auf rosa Schäfchen. Durchaus ein besserer Anblick. Eine Spiegelung im Glas machte ihn aufmerksam, der General war gekommen. Sharp drehte sich um. Der General trug eine schwarze Rüstung, verziert mit allen Symbolen, die er schon vorher bei den Red-Eye gesehen hatte: eine Schlange, die sich um den gesamten Brustpanzer wand, das Wappen Aschfelds, zwei Red-Eye Augen, auf der Vorderseite und zwei silberne Skorpione mit drohend erhobenem Stachel als Schulteraufsatz. Die Rüstung war so geschmiedet, daß sie den General optisch schlanker machte, obwohl seine Figur auch ohne die Rüstung als athletisch zu bezeichnen war. Unter dem Brustpanzer folgte ein passender Waffenrock, ebenfalls in schwarz, der über dem Kettenteil noch zusätzlich dünne Stahlplatten aufgesetzt hatte. In die Platten waren Schriftzeichen eingeätzt, die, je nach Lichteinfall, silbern oder golden schimmerten.
Der General grinste, sich seiner Ehrfurcht einflößenden Erscheinung vollends bewußt: „Wenn wir Zeit haben, bekommst du auch eine neue, maßgeschmiedete Rüstung, aber nun müssen wir eilen, Sharp Claw, die Soldaten warten auf uns." Sie begaben sich in die Flugtreppe und der Troll schien endlich vollkommen

wach zu sein, denn er ließ sie sanft hinab. Während sie in der Dunkelheit standen, fragte Sharp: „General, ich beherrsche die Sprache der Red-Eye nicht, was, wenn ich einen Brief oder so etwas bekomme, eine Mitteilung, oder wenn einer der Soldaten mich in der Muttersprache Aschfelds anspricht?" Er hörte den General nicken, aber nur weil seine Rüstung dabei rhythmisch klimperte: „Ich habe bereits darüber nachgedacht und bin zu dem Schluß gekommen, daß wir deine Feldpost heimlich vorher öffnen werden, und sollte sie in Redajerik verfaßt sein, übersetzten wir sie dir und schieben die Übersetzung in den Umschlag. Das Problem mit den Soldaten läßt sich am besten durch deine Abschottung von der Kommandostruktur beheben, das bedeutet, du bist ein freigestellter Krieger, gibst keine Befehle und hast mit den Ordern der Männer nichts zu tun." Sharp freute sich, anscheinend lag dem General doch etwas an seinem Überleben: „Und außerdem wirst du keine Red-Eye von hier treffen, nur ein paar Bogenschützen aus Ost-Kworl, und die sprechen einen so abscheulichen Dialekt, daß sie dir gegenüber nur in der Menschensprache reden werden, sonst verstünde sie nicht einmal ich. Oder irgend jemand anderes aus der Hauptstadt." Sharp fiel wieder eine neue Frage ein: „Wie viele Städte gibt es in Aschfeld?" Der General kicherte leise: „Insgesamt fünf: Haschnad Tinwatuk, die Hauptstadt, und dann die, zugegebenermaßen etwas phantasielos betitelten vier anderen Städte, namentlich: Nord-, Ost-, Süd- und West-Kworl, die, von hier aus gesehen, auch in diesen Himmelsrichtungen liegen. Aber dies ist nur Schwarz-Aschfeld, es gibt noch vier andere Länder, in denen Red-Eye leben, jedes ist verschieden, und die Red-Eye dort haben sich schon früh von unserem Stamm getrennt, um dort zu siedeln, was einzigartige Fähigkeiten mit sich brachte, binnen tausend Jahren sind vier Rassen der Red-Eye entstanden: Wir, die West-Red-Eye, starke Kämpfer, hoch entwickelt auf technischer und magischer Ebene, dann gäbe es die nördlichen Red-

Eye, riesig an Körperwuchs, so wie Ironhead, er ist einer jener Rasse, aber schon als Kind umgesiedelt. Sie sind groß, etwas grobschlächtig und leben in einem Land, das nordöstlich von hier liegt, es trägt den passenden Namen Eisfeld. Du mußt es dir dort vorstellen wie hier, nur daß es nicht schwarz vor Asche, sondern weiß vor Schnee ist. Ihre Hauptstadt heißt Triss und ist eine große Ansammlung von Holzhäusern in der Eiswüste. Ihre Kultur beschränkt sich auf Rituale, Jäger und Sammler sind sie selbst, seit tausend Jahren und bis heute geblieben. Doch wenn sie in den Krieg ziehen, dann tun sie dies mit all ihrer Macht und all ihrer Stärke, die nicht unbeträchtlich ist. Ich kenne die Geschichte, die im großen Wald passiert ist, als Ironhead einen Baum nach dir und einem Elfen geworfen hat", der General lachte amüsiert, „und Frost noch darauf war. Jedenfalls ist dies nur ein Bruchteil der Stärke und Größe, die ein Red-Eye des Nordens erreichen kann. Ihr Anführer ist König Gorwolk, ein Red-Eye von so gewaltigen Ausmaßen, daß er sich beim Gehen unter einer Brücke hindurch ducken muß.

Als drittes hätten wir die Red-Eye des Ostens, sie leben in einem Land mit dem Namen Schwingen, so heißt auch ihre Hauptstadt. Es ist bergig und zu Fuß kaum zu durchqueren, außerdem sammelt sich in den tiefen Felsspalten dort das Wasser der Flut, denn es liegt an der schwarzen Küste. Die Red-Eye, die sich dort niedergelassen haben, nahmen das Los des Hungerns und des Verdurstens auf einsamen Berghöhen auf sich. Außerdem sind die Seen und Felsspalten dort angefüllt mit ertrunkenen Red-Eye. Doch es hat sich heute gelohnt, diesen Red-Eye sind im Laufe eines Jahrtausends Flügel gewachsen, echte Spannweiten mit dünner Haut. Die Flügel sind nicht wie bei Fledermäusen an den Armen festgewachsen, sondern kommen aus dem Rücken, selbst im Flug können diese Wesen noch Waffen tragen oder Gegenstände mit sich führen. Doch die Tatsache, daß es ein langer und qualvoller Weg bis dorthin war, hat sie arrogant gemacht, sie schätzen andere gering, auch wenn sie mittlerweile genügend über uns wissen, und daß wir keine Idioten sind. Dies zeigt sich am ehesten bei ihrem König, Fog Cloudcraver, ein kluger Red-Eye, der mutig kämpft und leicht beleidigt reagiert, wenn man ihn nicht nach seiner Meinung über ein wichtiges Thema fragt. Bleiben noch die Red-Eye des Südens, die kleinen Beißer aus den tiefen Sturmlands, noch weiter südlich gelegen als der Teil Sturmlands, der hinter Süd-Kworl in Aschfeld anfängt. Ich freue mich immer über diese kleinen Red-Eye zu sprechen, denn sie sind mir von allen am liebsten, außer uns selbst natürlich. Ihre Hauptstadt heißt Skorpes, ihr König Hunter Sensener. Wie die anderen, haben sie sich ihrer Umgebung, nämlich der brennenden Hitze, dem Wassermangel und der Tatsache, am Ende einer grausamen Nahrungskette zu stehen, angepaßt. Sie sind klein, flink und ihre Augen sind wie die einer Fliege, obwohl sie geformt sind wie unsere. Auf dem Kopf haben sie nicht nur Stachelhaare, sondern auch Fühler, mit denen sie Luftschwingungen ausmachen können, so wissen sie immer Bescheid, wo ihr Feind ist. Glaub mir, so stark einer aus dem Norden ist oder so hoch einer aus dem Osten fliegen kann, es ist immer besser einen aus dem Süden dabeizuhaben, denn der kann dir sagen, wo der Gegner steht, eine Stunde bevor er überhaupt in Sichtweite kommt. Ungelogen. Jedenfalls sind sie klein, daher keine nützlichen Kämpfer, doch sie haben ein Talent dafür, die tödlichen Tiere Sturmlands zu fangen und zu dressieren. Skorpes, ihre Hauptstadt wird von fünf riesigen Skorpionen bewacht, die unter den Sanddünen schlummern und sofort zuschlagen, wenn sich einer nähert. Sie haben es auch geschafft, die Domaechsen aus Aschfeld zu dressieren und zu domestizieren, und nun können die westlichen Red-Eye auf zwanzig Meter hohen Kampfechsen in den Krieg ziehen, ha, welche Freude!"

Der General hätte noch weiter erzählt, aber die Flugtreppe erreichte sanft das Erdgeschoß. Als er und Sharp aus der Nische traten, stand eine große Truppe Red-Eye in der großen Halle, alle in Kommandantenuniformen wie Sharp eine trug. Sie hatten die verschiedensten Waffen bei sich und man sah die Wichtigkeit dieser Krieger. In der vordersten Reihe standen Poison, Spear und Blade Viper, der Armeekommandant, den Sharp später kennenlernen sollte. Dark wies ihn an, sich unter sie zu mischen und begann, als Sharp sich neben Poison gestellt hatte, die ihn mit wissendem Blick bedachte, zu erzählen. „Ihr seid die fähigsten unter den Kommandanten, und ich habe euch hierher beordert, weil ich euch etwas berichten möchte. Ihr seid alle Mitglieder meiner Organisation, dem einzigen Grund für Aschfelds Erfolge. Wie ihr alle wißt, ist Sharp Claw zurückgekehrt und dies bedeutet, ich hatte endlich die Macht, das eigentliche Ziel unseres Bundes auszuführen", er zog einen blutigen Dolch aus seinem Gürtel. „Der König erlag einem Fiebervirus, heute Mittag um vier Uhr, wir sind alle in tiefer Trauer." Der General sagte dies mit vor Sarkasmus nur so triefender Stimme und hielt den Dolch nach oben. Sharp hätte mit einem Aufschrei der Kommandanten gerechnet, schließlich hatte der General einen Königsmord begangen und prahlte beinahe damit, doch zu seiner Überraschung lachten sie alle grimmig, von Poison über Spear bis in die letzten Reihen. Ein einzelner, sehr schlanker Red-Eye fiel ihm dabei besonders auf, er hatte die Rüstung nicht sauber gehalten, die Stiefel nicht zugebunden, und er lachte hell und schräg, zum Unbehagen von Nightfly, der neben ihm stand und ihn seltsam beäugte. Poison stieß ihn leicht mit der Schulter in die Rippen und flüsterte: „Das ist Steam Dark, der Neffe des Generals, wir haben ihn alle gern, aber er ist nicht gerade eine helle Leuchte." Sharp verstand, der General hatte ihn aus gutem Willen befördert, bis in die Kommandoebene. Als die Red-Eye wieder verstummten, blickte der General glücklich in die Runde: „In einer Woche fällt Anaronun, dann haben wir beide Länder, die an unser Gebiet grenzen, besiegt. Dann liegen die weiten Äcker von Langenfelden zwischen uns und Nahwettern und das marode, brüchige Bauernland trennt uns im Süden noch vom großen Wald. Der Fall Anaronuns wird aber so große Wellen schlagen, daß die Aufnahme dieser zwei Gebiete ohne Waffengewalt geschieht, ohne das mächtige, kriegerische Altmenschland kommen Nahwettern und die Elfen nicht unter dem Ofen hervor gekrochen. Dennoch, erwartet keine Ruhepause nach unserem Sieg, denn die Menschen werden nicht einer nach dem anderen fallen, sondern fliehen und das Land mit Hunderten, vielleicht Tausenden von herrenlosen Kriegern überschwemmen. Es ist unsere Aufgabe, sie daran zu hindern, in Nahwettern Unterschlupf zu suchen, oder sich gar bis zum großen Wald durchzuschlagen. Wenn uns dies nicht gelingt, dann haben wir den Feind nur geschwächt, nicht besiegt. Doch selbst dieser Fall ist nicht unmöglich zu bewältigen, denn die drei anderen Völker, unsere Brüder im Norden, Osten und Süden haben uns ihre Unterstützung in der entscheidenden Schlacht zugesagt, wo auch immer sie stattfinden sollte." Die Kommandanten beklatschten diese Nachricht respektvoll. General Dark erhob die Hände: „Laßt uns gehen, ich habe die Echsen vor die Stadt bringen lassen, sie warten auf ihre Besatzung."

Sharp Claw war von dem majestätischen Anblick überwältigt. Fünf riesige, vierbeinige Echsen, die alle eine kleine Festung auf dem Rücken trugen, standen inmitten von Red-Eye vor den Stadttoren. Die Festungen waren aus mit Eisen abgedecktem Holz gebaut und hatten anscheinend sogar Zinnen und einen großen Turm in der Mitte. Innerhalb der Festung war genug Platz für ein paar Zimmer, wie Waffenkammer, Schlafräume, für jeweils die Hälfte der 30-Mann-Besatzung und einer Vorratskammer, falls eine längere Reise bevorstand. Von der Festung aus zog sich ein Waffengang über den Schwanz der Echse, bis ganz nach hinten. Dort war ein Aussichtskorb angebracht. Der Gang, eher eine montierte, durch Gelenke bewegliche Brücke, wurde genutzt, um Bogenschützen in breiter Formation zu postieren. Über dem Kopf der Echse war eine seltsame Liegebank angebracht, auf der der Lenker lag und die Echse mittels Verlagerung seines Körpergewichts in die gewünschte Richtung lenkte. Die tellergroßen Schuppen der Echsen waren grau und die Zähne der Bestie lang und gelb. Als die Kommandanten eintrafen, verteilten sie sich auf die gehenden Festungen. Sharp wurde mit dem General und Spear in dieselbe Festung geführt, wobei die Red-Eye an Bord Strickleitern nach unten warfen, die die Neuankömmlinge erklettern mußten. Diese Auswahl war nicht zufällig, der General gedachte seinem menschlichen Schützling heimlich die Sprache Aschfelds, das „Redajerik", zu lernen. Die Reise würde eine bis zwei Wochen dauern, also genug Zeit, um zumindest die Grundlagen zu erlernen.

Während die letzten Teile der großen Armee fortzogen, mit ihnen die gewaltigen Domaechsen, blickten Frost und Ironhead in den Himmel, sie waren mit einem Spezialauftrag versehen worden, der unter höchster Geheimhaltung stand. Ebenso wie die anderen Kommandanten wußten beide, daß aus Taaron niemals Sharp Claw werden würde. Deswegen sollten sie jemanden aufsuchen, der über eine Stadt herrschte, die auf der gesamten Welt einzigartig war, eine Stadt in den Wolken, Aero-Kworl.
Frost blickte nach oben in den Himmel: „Verdammt, Ironhead, diese Stadt kann überall sein, nicht einmal der General weiß genau, wo sie sich befindet." Ironhead nickte stumm und blickte ebenfalls nach oben. Die beiden waren vor eine beinahe unlösbare Aufgabe gestellt worden, nämlich die Stadt zu finden, deren größte Stärke ihre Unauffindbarkeit war. „Wo fangen wir an zu suchen, Frost?" Wollte Ironhead entmutigt wissen und Frost schüttelte den Kopf: „Am besten dort, wo sie schon öfters gesehen wurde, über ihrem ursprünglichen Bauplatz im Kwantal.

Dort wachsen die Berge in die Höhe, aber der Ort an dem die Stadt gebaut wurde, hat so ein tiefes Loch in die Erde gerissen, daß ein Tal entstand." Ironhead nickte: „Gute Idee, vielleicht kehrt sie dorthin zurück."

Als die beiden Haschnad Tinwatuk auf kleinen Reitechsen verlassen wollten, kam Nightfly in den Stallungen auf sie zu, er trug die blank polierte Uniform eines Stadtschützers und wirkte glücklicher als sonst. Da der König tot und der General in den Krieg gezogen war, war er endlich der höchste Befehlshaber in der Stadt. Er begrüßte Frost freundschaftlich und wirkte auf seine steife Art etwas überschwänglich: „Frost, Ironhead, ich wünsche euch viel Glück und ich kann euch sagen, daß ihr dies schon hattet, denn Aero-Kworl wurde vor wenigen Stunden erst über Nord-Kworl gesichtet. Der Kapitän hat von dort oben gewiß die Truppenbewegungen in der Ebene gesehen und ist auf dem Weg zu uns, um sich auf den neuesten Stand zu bringen." Frost war etwas skeptisch und blickte Nightfly in die Augen: „Ich danke dir, Nightfly, aber woher weißt du von unserem Auftrag?" Nightfly grinste, was er selten tat, und wirkte wie ein schlechter Schauspieler, der für ein Theaterstück das Lächeln geprobt hatte: „Der General unterrichtete mich davon, denn er gab mir denselben Auftrag. Es kann immer sein, daß Aero-Kworl neben dem Turm auftaucht und seine Vorräte auffüllen will, in diesem Fall hätte ich die Nachricht überbracht." Frost unterbrach ihn mit einer schnellen, unfreundlichen Handbewegung, Nightfly durfte ihren Auftrag nicht ausplaudern, erst recht nicht, wenn ein Dutzend Krieger und Reiter sich in der Nähe befanden und eventuell zuhörten. „Wir danken dir, Nightfly, du hast uns sehr geholfen und unser Plan wird umso besser funktionieren." Sie verabschiedeten sich und saßen auf die Echsen auf. Der Stadtschützer begleitete sie bis zum großen Tor und fragte sie, ob sie ihn informieren könnten, wenn sie die Luftstadt gefunden hatten, denn er wäre gern dabei, wenn der teuflische Plan des General aufginge.

Die Reise der Armee, bisweilen ohne Zwischenfälle, erfuhr einen ersten Rückschlag auf dem verbotenen Weg, am tiefsten Punkt unter den Bergen, wo das Wasser des Flusses laut hinter den Wänden plätscherte und stetig Tropfen von der Decke fielen. Und genau diese Decke machte den Riesenechsen zu schaffen, sie war zu niedrig, die großen Tiere mußten gebückt gehen, um die Festung auf ihrem Rücken nicht am nächsten Tropfstein hinabzufegen. Dies war anstrengend und es mußten zu oft Pausen gemacht werden. Der General rieb sich nachdenklich das Kinn darüber. Er blickte auf die müde, schnaufende und dadurch die ganze Höhle mit ihrem stinkenden Atem verpestende Echse. Die Besatzung war schon Meilen vorher abgestiegen, um die Ungetüme nicht noch weiter zu belasten. „Leider ist es unmöglich, die Festungen abzubauen und weiterzutransportieren, sie sind zu schwer." Sharp stand neben ihm: „Es würde vielleicht schon reichen, wenn wir nur die Türme abnähmen, dann würden sie nicht mehr an der Decke streifen, die Fahnenmasten sind eh schon abgebrochen." Dark nickte leicht verärgert: „Muß wohl sein, aber dann müssen wir uns beeilen, die anderen sind schon auf der gegenüberliegenden Seite angekommen und warten in der Prärie." So geschah es, die Red-Eye machten sich daran, die Türme abzubauen, was sich als leichte, aber gefährliche Arbeit herausstellte, denn es war einfach, die Nägel herauszuziehen, wenn man die Krallen spreizte, aber die Türme wogen Tonnen. Bei einer Echse stellten sich die Männer besonders dumm an und er stürzte ab, mit lautem Knallen prallte die Spitze der Festung auf den Höhlenboden und begrub mehrere Red-Eye unter sich. Diese Echse mußte ohne Turm weitermarschieren. Als die Arbeiten vollendet waren, graute in Aschfeld schon ein neuer

Morgen und die Echsen konnten, glücklich zischelnd, ihren Weg fortsetzen.

Am Abend dieses neuen Tages erreichten schließlich auch sie die wartende Armee vor dem verbotenen Weg. Die Red-Eye begrüßten sich und machten sich sofort daran die Türme, bis auf den einen zerschellten, wieder anzubringen. Als dies geschehen war, befahl der General ein Lager aufzuschlagen, es würde sich nicht lohnen, des Nachts weiterzumarschieren.

Frost und Ironhead blickten freudig in den Himmel, da war sie, im Tiefflug. Die Luftstadt durchquerte, lautlos schwebend, die Ebene und hielt auf Haschnad Tinwatuk zu. Ironhead zog seine Axt aus dem Halfter am Rücken und winkte ihnen hinauf. „Glaubst du die sehen uns? Ich will nicht, daß die einfach an uns vorbeifliegen, ich war schließlich noch nie dort oben." Frost lachte, Ironhead freute sich auf ihren Aufenthalt in Aero-Kworl wie ein Kind auf die erste Reitstunde oder seinen Geburtstag. Schließlich wurden Leitern hinabgelassen, an denen die beiden emporkletterten. Als sie, naßgeschwitzt vor Anstrengung auf der Oberfläche ankamen, trat ihnen Jarnes entgegen, der Kapitän der Festung. Eigentlich war seine Rolle die eines Stadtschützers, aber die spezielle Situation seiner Stadt machte einen Namenswechsel unabdingbar. Frost und Ironhead betraten einen großen Hof, der als Fest-, Exerzier- und Landeplatz diente. Als Landeplatz deswegen, weil die Stadt gerne von den geflügelten Red-Eye aus dem Osten aufgesucht wurde. Jarnes schüttelte Frost und Ironheads Hand: „Ich freue mich, Euch kennenzulernen, und möchte wissen, womit ich den besten Agenten das Generals dienen kann?" Frost nickte finster lächelnd: „Gehen wir hinein, dort klären wir Euch auf, hier ist es mir zu zugig."

Seit drei Tagen marschierte die Armee nun durch die Länder der anderen Völker und verbreitete Angst und Schrecken. Unmöglich, daß die Menschen in Anaronun noch keine Nachricht über ihr Anrücken bekommen hatten, dafür waren zu viele Reisende vor den Red-Eye und ihren Ungetümen geflohen. Als sie die Grenze Altmenschlands erreichten, die Taaron damals im Zustand der Ohnmacht, auf dem Rücken Spears, überquert hatte, sah ihn der General besorgt an: „Du wirst Hemmungen haben, gegen deine Landsleute zu kämpfen, ich erwarte gar nichts anderes, aber bedenke nur, daß du nun ein Red-Eye bist und ein wichtiger Teil unserer Rache an der Ungerechtigkeit der Welt. Du bist der Antrieb unserer kleinen Krieger dort unten", er wies auf die Tausenden unter ihnen, die vom Rücken der Echse aussahen wie Spielzeugsoldaten. „Zu dir sehen sie auf und du hast es in der Hand, sie zum Sieg zu führen. Ich kann nur planen, Befehle geben und die Soldaten ermutigen, ich bin der General, du bist ein Held." Sharp verstand die Besorgnis des Generals: „Macht euch keine Sorgen", fest und entschlossen blickte er in die meeresblauen Augen. „Dieses Land hat mir nur Armut und harte Arbeit gezeigt, ich habe keine Hemmungen, es anzugreifen, mit allem was ich habe. Seit dem Tod meines Großvaters bindet mich nichts mehr an meine alte Heimat, die nie eine war, nur für jene, die sich auf den Rücken der anderen eine daraus bauten." Lächelnd schlug der General ihm auf die Schulter: „Ich weiß, aber bedenke, daß wir dieses Land vernichten werden, daß Anaronun fallen wird, und du die Prachtbauten deiner Kindheit in Flammen sehen wirst." Sharp war nun an der Reihe zu lächeln: „Dies erwarte ich sogar sehnlichst und ich glaube, dies wird meine Wiedergeburt als Red-Eye sein, ich möchte nicht mehr als Taaron leiden." Der General nickte bestätigend und lief ins Innere der schwankenden Festung.

Als die Sonne am nächsten Morgen aufging, zeichnete sich die Silhouette der Türme und Paläste Anaronuns am Horizont ab, vor der roten Sonne sah es aus, als ob die Stadt bereits brenne. Die Red-Eye jubelten laut, war das Ziel ihrer Reise doch endlich zum Greifen nahe. Als die Sonne direkt in ihre Augen schien, verebbte der Jubel abrupt, eine ganze Staffel menschlicher Reiter preschte aus dem Schutz der blendenden Sonnenscheibe hervor und metzelte die unvorbereiteten Fußsoldaten an der Spitze nieder, sofort kam der General wieder aus der Festung hervorgerannt, seine wertvolle Rüstung laut klimpernd: „Verdammt, ein geschickter Schachzug, König Dooaron weiß, wie man Krieg führt. Lanzenträger an die Spitze, ich will, daß ihr sie vom Pferd stoßt und erschlagt!" Unter der Echse rannten die schweren Lanzenträger Aschfelds nach vorne, die dicke Rüstungen und schwere Helme trugen, speziell auf den Kampf gegen Kavallerie ausgebildet. Doch die Massen von Red-Eye machten es schwer für sie, die Kampfgebiete zu erreichen und so entstand ein mörderisches Gedränge auf dem Feld, wenige Meilen vor der Stadt. Das Problem stellte sich aber als weniger schlimm heraus, es waren auf den ersten Blick ganze Regimenter gewesen, die angriffen, doch als die Sonne günstiger stand, stellte sich heraus, daß es nur ein paar Dutzend Reiter gewesen waren, die sich angeschlichen hatten. Sie wurden binnen weniger Minuten überwältigt und niedergemacht.

Der General stand wieder neben Sharp, als sie das direkte Umland Anaronuns erreichten, mit den Buschwäldern, dem kleinen Hain, in dem die Uranus-Wandererfalle wuchs, und dem hohen Gras. „Was hatte dieser sinnlose Angriff heute morgen zu bedeuten, General? Ich glaube nicht, daß sie tatsächlich erwartet haben einen Sieg davonzutragen." Der General seufzte: „Ich habe mir dieselbe Frage gestellt und die einzige Antwort ist die, daß König Dooaron uns glauben machen will, er wäre verzweifelt und schicke schon seine Reserven gegen uns in die Schlacht. Dies würde bedeuten, daß genau das Gegenteil eintreffen würde, nämlich, daß er den Angriff erwartet hat und nicht erst, seit wir aus Aschfeld hinaus sind. Ich vermute, Anaronun ist bis zum Bersten gefüllt mit Elfenkriegern, Männern aus Nahwettern, frischen Kämpfern der eigenen Armee und vielleicht sogar mit Söldnern der Kobolde. Aber dies werden wir früh genug herausfinden. Mein Vorschlag wäre nun, das Feuer mit Kriegsmaschinen zu eröffnen, wir und die Feinde werden auf das Austauschen von Nachrichten mittels Herolden verzichten, es gibt nichts mehr zu sagen zwischen uns und ihnen." Er erhob die linke Hand, typisch, denn alle Red-Eye waren Linkshänder, und gab somit den Befehl, die Katapulte zu laden. „Ich habe dir noch nicht gezeigt, warum ich so verärgert war, als wir die Türme auf den Echsenfestungen im Verbotenen Weg abbauen mußten, folge mir." Der General betrat das Innere der Festung, gefolgt von Sharp. Gemeinsam erklommen sie die schwindlig machende Wendeltreppe in den kleinen Turm. Als sie noch wenige Meter unter den Zinnen waren, wo Bogenschützen standen, öffnete der General eine versteckte Seitentür. Verwundert folgte Sharp ihm in einen Raum ohne Licht und stieß sogleich mit dem Fuß gegen irgendetwas am Boden: „Vorsicht, Sharp, ich werde etwas Licht hineinlassen." Mit diesen Worte öffnete der General zwei große Türen in den Wänden, die sich soweit zurückschieben ließen bis die komplette vordere Schutzwand aus eisenbeschlagenem Holz verschwunden war.

Durch das hereinströmende Tageslicht sah Sharp auch, über was er vorhin gestolpert war, den festgeschraubten Fuß einer Balliste, also einer überdimensionalen, weit feuernden Armbrust, die normalerweise auf Rädern stand und zur Belagerung von Städten wie ein Katapult mitgebracht wurde. Doch diese war an die Festung angeschraubt und etwas kleiner als ihre Verwandten auf dem freien Feld. Während Sharp unter großer Anstrengung versuchte, die dicke Sehne mittels einer Kurbel zu spannen, legte der General einen Bolzen in den Lauf, so dick wie ein Ast. Die ersten Steine, von Katapulten geschleudert, schlugen schon in der Stadt oder auf den Mauern ein, als Sharp die Sehne weit genug zurück gekurbelt hatte, um zu feuern. Er blickte auf das Kriegsgerät, in der Annahme, der General würde das Geschoß abfeuern, doch es passierte nichts. Als er seinem Anführer anblickte, grinste dieser schelmisch: „Ich glaube, es wäre für die Dramatik unserer Sache besser, wenn der ehemalige Sohn dieser Stadt den ersten Bolzen auf sie abfeuerte." Sharp nickte erfreut und zog einen mit roter Farbe bemalten Hebel zurück, laut schnalzend schnappte die Sehne vor und schoß den Bolzen in den blauen Himmel. „Keine Angst, ich habe sie richtig justiert", informierte Dark ihn mit beruhigender Geste. „Sie wird am richtigen Fleck einschlagen." Er sollte recht behalten, der Bolzen ging als dünner, kaum sichtbarer Streifen direkt hinter dem Tor nieder. Dort, wo immer die meisten Krieger standen, wie sich Sharp fröhlich erinnerte. Doch die Menschen waren nicht unvorbereitet und hatten mit einer intensiven Schlacht gerechnet, denn plötzlich flogen ebenfalls Steine aus der Stadt und schlugen in die Armee ein wie Meteoriten in einen Wald. Dark knurrte unzufrieden: „Siehst du, nur Kobolde verstehen sich außer uns auf das Benutzen von Belagerungswaffen." Sharp schüttelte den Kopf: „Verzeiht, aber ich kann mich erinnern, wie ich früher die Belagerungswaffen auf den Mauern bewundert habe, Anaronun hat sich schon lange damit verteidigt." Dark hob anerkennend die Augenbrauen: „Oh, wirklich, das ist interessant. Aber daran können wir jetzt nichts mehr ändern. Außerdem glaube ich trotzdem, daß Kobolde in der Stadt sind, so präzise feuern nur sie, und die Größe ihrer Geschosse sagt viel über die Katapulte aus, sind sie kleiner ist auch der Katapult klein und andersherum. Da die Dinger beinahe schon Felsbrocken zu nennen sind, glaube ich nicht, daß es die Katapulte auf den Mauern sind. Es müssen mobile sein, auf dem Boden stehend. Koboldkatapulte eben." Mit diesen Worten wies der General auf die Kurbel, und Sharp begann von neuem mit dem Kraftakt des Spannens.

Der gegenseitige Beschuß war zwar zermürbend, aber nicht gerade effektiv, keine der beiden Parteien hatte große Verluste zu beklagen, da die Geschosse in der Regel von so großer Höhe herabstürzten, daß die Red-Eye, in freiem Felde sowieso, keine Probleme hatten, auszuweichen. Als die Sonne unterging, war den Red-Eye die Munition ausgegangen und die Krieger scherzten etwas grimmig, daß einer an die Mauer gehen solle und die Trümmer aufsammeln, damit sie weiterfeuern könnten. Sharp lag im Schlafraum der Festung auf der Riesenechse, die außer Reichweite stand. Er und der General hatten ein Dutzend Bolzen auf die Stadt abgefeuert und Sharps Arme brannten wie Feuer. In der Nacht flogen noch vereinzelt ein paar Steine in die Armee und trafen sogar ihre Ziele, da sie keiner kommen sah am dunklen Himmel, doch bald darauf hörten sie schon Gezeter und Flüche von der Mauer, den Menschen war ebenfalls die Munition ausgegangen. Doch spätestens am Morgen würden sie weiterfeuern, denn in einer Stadt fand sich immer neue Munition, und wenn sie mit halben Statuen schießen mußten. Doch der General wollte dies nicht genauer erfahren und setzte den großen Angriff auf die Morgenstunden.

Sharp erhob sich, als er dies erfuhr, von seiner Liege. Heute war der Tag des Angriffs und der Tag, an dem er endgültig von seiner Vergangenheit befreit werden sollte, der Fall Anaronuns würde ihn zu Sharp Claw machen und Taaron hinter sich lassen. Der Boden schwankte, die Echse setzte sich in Bewegung und würde unzweifelhaft als erstes in die Schlacht stürmen. Sharp schnallte seinen Säbel um und ging in die Waffenkammer, wo er sich Bogen und einen vollen Köcher mit Pfeilen suchte. Ein Schütze, der gerade in die Waffenkammer ging als Sharp sie verließ, lachte: „Heute holen wir uns ein paar Trophäen nach Hause, nicht wahr Kommandant Sharp Claw?" Sharp nickte freundlich und erkannte unter dem tapferen Spruch die Angst, wenn er nun nichts sagte, so wäre dieser Soldat sehr entmutigt: „Ja, Soldat, wir holen uns ihre Köpfe und Nageln sie an die Mauern Tinwatuks." Mit einer kleinen Verbeugung ging der Schütze in die Kammer. Der Kommandant stellte sich indes auf die Brüstung, direkt über den Kopf der Domaechse. Direkt unter ihm der Lenker des Tieres, der beruhigend auf es einredete. Der General erschien neben ihm: „Wir werden das Tor einrammen und mit unserer Echse eine Schneise durch es ziehen, es also durchbrechen, damit alle Echsen hinein können und in den verschiedenen Stadtringen umherwandern. Unsere Verluste werden zu Anfang hoch sein, aber es wird sich lohnen. Sobald wir im dritten Ring sind, was ein leichtes sein wird für Kromobo hier", er wies glücklich auf die Echse unter ihnen, „steigen wir ab und gehen auf deinen Schleichwegen zum Palast, ich erwarte keine Gegenwehr, rechne sogar mit einem leeren Thronsaal, der König wird diese Schlacht nicht verpassen." Sharp nickte, der Thronsaal war sowieso immer leer und die Dienstbotenwege, die er kannte, führten direkt dorthin. Sharp lächelte über den eigenartigen Namen der Riesenechse, auf der er mittlerweile seit zwei Wochen lebte. Kromobo bedeutete so viel wie Eisenhammer, was der Kraft und Gewalt des Tieres durchaus gerecht wurde. Domaechse Kromobo marschierte zielstrebig auf die Stadt zu und mit jedem schaukelnden Schritt kam die Mauer näher. Es vergingen quälend lange Minuten bis sie etwas unternehmen konnten und das Warten beendet wurde. Die Schützen, dreißig an der Zahl, versammelten sich auf der Brüstung und schossen ihre Pfeile und Armbrustbolzen auf die Besatzung des Torhauses, die zuerst noch schockiert von der großen Waffe, die die Red-Eye ins Felde führten, auseinanderstoben oder sich gegenseitig herabschubsten. Die Menschen und Elfen auf der Mauer aber faßten sich schnell und begannen, von halblinks und halbrechts auf die Festung zu schießen. Die Red-Eye mußten sich ducken, da die Feinde auf der Mauer weit in der Überzahl waren, eine Tatsache, die von den Kriegern auf dem Boden wettgemacht wurde, denn diese stürmten mit Leitern heran oder gaben den Schützen Deckung, indem sie sich mit den Schilden vor sie stellten. Die Mauern waren beschäftigt, es war Zeit, das Torhaus einzunehmen und abzureißen. Dark sprang vor zum Lenker: „Ramm durch das Tor und dann brechen wir uns durch das gesamte Gebäude!" Der Lenker nickte grimmig und drückte seine Oberschenkel mit aller Kraft in den Nacken der Echse, woraufhin diese kurz zurückwippte, um dann mit der Schnauze in das Tor zu rammen. Die Balken knackten, was zwischen dem Schlachtgetöse und den klirrenden Schwertern der Kämpfenden auf der Mauer und Schmerzensschreien deutlich zu hören war. Der Lenker schob sein Tier noch einmal nach vorne und Kromobo schaffte es, das Tor brach in seine zwei Flügel auseinander. Die Red-Eye brüllten triumphierend auf, hinten, auf der Palastmauer erstach König Dooaron seinen Hauptmann, der ihm eben noch versichert hatte, dieses Biest würde das große Tor niemals durchbrechen können. Dark brüllte laut: „Und jetzt durch den Stein!" Kromobo riß sein riesiges Maul auf und biß in das flache, noch mit Schützen bemannte Dach des Torhauses und brach ein großes Stück heraus, die Trümmer spuckte er einfach auf den Boden. Die Menschen waren nun vollständig vom Torhaus verschwunden, eine riesige Echse, die gerade Anstalten machte, ihre Stadt zu fressen, war genug. Der nächste Biß verlief genauso glatt, wieder brach ein großer Teil heraus und landete, naß vom Echsensabber, auf dem Boden. Der letzte Biß beendete die Existenz der Verteidigung des ersten Walles, nun strömten endlich die Red-Eye-Krieger in den Innenhof und schlugen sich mit den Feinden, die versucht hatten, Kromobos Beine zu attackieren. Aus den Häusern wurden ebenfalls Pfeile geschossen und noch kein Red-Eye hatte die Türme gesäubert. Sharp nahm sich diesen feigen Schützen an, indem er seinen eigenen Bogen spannte. Der erste Pfeil ging daneben und bohrte sich in die Holzbalken eines Fachwerkhauses. Der zweite traf in das Fenster, aber nicht den Schützen. Er gab es auf, vielleicht war der Kerl schon tot. Sein dritter Schuß traf einen Elfen, der vor den Kriegern der Red-Eye fliehen wollte, der vierte einen Menschen, der sich gemeinsam mit ein paar anderen zu einem Kreis formieren wollte, um die Feinde von allen Seiten abzuwehren. Doch die Menschen formierten den Kreis auch ohne ihren gefallenen Kameraden und pflügten durch die Red-Eye wie eine Sense durch Korn, Sharp konnte es nicht mit ansehen, also feuerte er weiter auf die Gruppe und wies seine Nebenmänner auch auf die Formation hin, gemeinsam lösten sie das Problem letztendlich sehr radikal, die Menschen fielen einfach wie die Fliegen unter ihrem Pfeilhagel. Kromobo hatte den Hof fast durchquert und die zweite Echse, auf der Poison stationiert war, betrat hinter ihm den Hof. Das Torhaus der zweiten Mauer war kleiner und daher leichter zu durchbrechen. Doch die Tatsache daß im Hof noch gekämpft wurde, machte es schwer für die Bodentruppen ihnen Deckung zu geben. Als sie den ersten Pfeilhagel mit großen Verlusten hinnahmen, kam ihnen die Echse Poisons zu Hilfe, die, wie abgemacht, begann, den ersten Stadtring einmal zu durchlaufen. Dabei stellte sie sich natürlich parallel zur Mauer und die Schützen konnten eine Breitseite auf die überraschten Menschen und Elfen auf der Mauer feuern. Als der General die Unterstützung erkannte, befahl er allen Kriegern auf die rechte Seite der Festung zu marschieren, da Poisons Schützen die linke Mauerhälfte des Torhauses unter Beschuß nahmen. Dort wehrten sie sich gegen die rechte Mauerhälfte. Als der General diesen Befehl gab, stand er auf und wies nach rechts, mit dem Rücken zum Feind, ein Fehler, denn ein einzelner verbliebener Armbrustschütze auf dem Torhaus vor ihnen nahm ihn ins Visier. Als die Krieger gerade wie aus einem Mund ihre Warnung herausbrüllten, warf der plötzlich neben Sharp stehende Spear seinen Säbel, und zwar so knapp am Kopf des Generals vorbei, daß dieser erstarrte. Doch der Säbel verfehlte sein Ziel nicht, mit einem Ekel erregendem, nach Matsch klingendem

Geräusch durchbohrte er den Armbrustschützen. General Dark wandte sich, mehr interessiert als erschrocken, um und sah den Schützen mit dem Säbel im Bauch zu Boden gehen. Mit einem anerkennenden Nicken bedankte er sich bei Spear, der lächelte.
Die Ehrfurcht gebietende Prozedur begann von neuem, Kromobo begann, sich durch das Torhaus zu fressen, während die Besatzung auf seinem Rücken auf die Verteidiger schoß, die schon bald vom Torhaus zurückwichen. Da das Torhaus im zweiten Wall kleiner war, als jenes Haupttor im ersten, brauchte die Echse gerade zwei Bisse, um es zu brechen und die Schlacht zwischen ihren Füßen von neuem anzufachen. Die Verteidiger hinter dem zweiten Wall wollten die Red-Eye, die noch mit den anderen Feinden im Innenhof des ersten Mauerrings beschäftigt waren, attackieren, doch die Domaechse mochte keine wuselnden Menschen um sich, also zertrat sie die tollkühnen Kerle, die versuchten, unter ihr hindurchzuhuschen.
Die Red-Eye feuerten auf die weiter hinten Stehenden und trieben sie somit auseinander, in die Häuser oder vor Kromobo, der sie mit zunehmender Begeisterung zertrat.
Doch die Situation war dennoch brenzlig, trat die lebende Festung aus dem Schutz des durchbrochenen Torhauses, gab sie ihren gesamten Körper als Zielscheibe Preis, blieb sie an Ort und stelle, war es nur eine Frage der Zeit, bis die Menschen sich wieder auf die Mauer wagten, von wo die Red-Eye auf der Rückenfestung leicht erreichbar waren. Und eben dies trat ein: Eine Gruppe Menschenkrieger aus Altmenschland und Nahwettern stürmte aus ihrer Deckung hinter den Trümmern und erreichten, ohne von den Pfeilen der Red-Eye getroffen zu werden, den Eingang zum Torhaus.
Als der General dies sah, zog er eine seiner Sensen aus der Halterung auf dem Rücken seiner schwarzen, durch den Staub der brechenden Steine verblaßten Rüstung: „Gebt acht, sie werden gleich hier oben sein, laßt sie nicht in das Innere der Festung

eindringen!" Die Krieger brüllten laut und kampfeslustig auf, sie würden die Menschen mit Freuden empfangen. Plötzlich flog eine Tür im Boden des am Rande noch erhaltenen Torhauses auf, und die Menschen strömten heraus, einige Pfeile flogen ihnen entgegen und fällten die ersten der Angreifer, doch die Horde war zu groß, sie erreichten den Rand und sprangen mühelos in den Waffengang der Echse, der etwas niedriger als auf Augenhöhe lag. Durch den Zusammenprall mit den Menschen wurden viele Red-Eye an die Wand in ihrem Rücken gedrückt und sofort von den schnell reagierenden Menschen erstochen, dies hier waren keine Bergarbeiter in Rüstung oder gelangweilte Soldaten im Vorruhestand, hier bekam Sharp es mit einem geübten Kämpfer zu tun. Der Kerl hatte versucht ihn an die Wand zu drücken wie die anderen Red-Eye, doch Sharp war ihm ausgewichen und stand ihm nun Auge in Auge, die Klingen drohend erhoben, gegenüber. Neben ihnen tobte ein wildes Gefecht, Schreie, abwechselnd von Menschen und Red-Eye drangen an ihre Ohren. Der Mensch in der Rüstung Altmenschlands eröffnete den Kampf mit einem schnellen Angriff von links, Sharp parierte geschickt und stieß seine Klinge nach außen, über den Rand und schlug blitzschnell auf die Schneide, leider ließ der Soldat sie nicht wie geplant fallen, sondern taumelte nur und zog den Arm wieder nach oben. Der Red-Eye ging nun zum Angriff über, Stich um Stich folgte, doch durch die Enge des Kampfplatzes, der nur nach links, zum Abgrund hin, offen war, konnte er nur wenige, leicht vorauszusehende Schwinger platzieren. Ein Problem, denn genau diese kraftvollen Angriffe machten die Verteidigung des Gegners weich, hier kam es rein auf die Fechtkunst auf engstem Raum an, die Sharp auch beherrschte, wenn er auch die elfischen Taktiken Anrons benutzen mußte. Diese gefährlichen, flinken Attacken waren schwer zu parieren und der Mensch mußte sein gewöhnliches, gerades Schwert immer wieder kreisförmig drehen, wie die Flügel einer Windmühle, was ihn müde machte, bis seine

Bewegungen so langsam wurden, daß Sharp ihn erwischte, genau ins Herz. Als der Kerl umfiel, packte er den leblosen Körper und warf ihn über den Rand, denn im Rücken des Gegners kämpfte ein Red-Eye alleine gegen zwei Angreifer und kam sichtlich in Bedrängnis. Sharp griff einen von hinten an und rammte ihm seinen Säbel in den Rücken, was den anderen ablenkte und der Red-Eye, glücklich über die Unterstützung, konnte ebenfalls zustechen.

Vorne, an der Spitze der Festung, am Bug sozusagen, fegte der General die Menschen reihenweise in die Tiefe, wobei er seine Sense so benutzte wie sie ursprünglich war, er setzte an, zog nach links und schob die überraschten Feinde von der Brüstung nach unten, in die Trümmer, wo sie brutal aufprallten und mit grotesk verdrehten Gliedmaßen liegen blieben. Darks Sense schnitt durch die Feinde, als ob sie Grashalme wären.

Im Gegensatz zu seinen Artgenossen hatte Spear damit gerechnet, daß die Menschen sie anspringen und nicht freundlich fragen würden ob sie an Bord gehen dürften, also hatte er sich rechtzeitig ins Innere der Festung zurückgezogen. Als die Menschen dann auf der Brüstung ankamen, preschte er mit voller Geschwindigkeit aus dem dunklen Gang und rammte den Menschen, der das Gleiche mit ihm vorgehabt hatte, nach hinten, er verlor das Gleichgewicht und stürzte ab, wie viele seiner Mitstreiter. Einen anderen, sehr erfahrenen Kämpfer besiegte er, indem er sein heransausendes Schwert mit den Krallen der Red-Eye abfing und ihm seinen Säbel genau zwischen die überraschten Augen stieß. Der nächste war kaum älter als ein Kind und blickte Spear ängstlich, mit tränenden Augen an und ein weiteres Mal verfluchte der Red-Eye die Menschen, die ihre Kinder in die Schlacht schickten, als wären diese nicht ihr eigen Fleisch und Blut. Spear blickte den jungen sehr böse an, woraufhin dieser das Schwert fallen ließ, auf die Zinnen kletterte und mit einem gewaltigen Satz wieder die Mauer erreichte, von wo er davon lief.

Der Jüngling war der Letzte gewesen. Die Red-Eye atmeten erleichtert durch, sie hatten die erste Prüfung Anaronuns bestanden, wenn auch mit Verlusten unter den Bogenschützen und normalen Kriegern.
Auf dem Torhaus des dritten Walls erschien ein Mensch in glänzender Rüstung, der etwas zu seinen, wie versteinert dastehenden Männern im Innenhof vor der Echse brüllte und sein, in der Sonne glitzerndes Schwert schwang, woraufhin diese sich zusammenrauften und durch das schnell geöffnete Tor flohen, welches sofort wieder geschlossen wurde. Die Red-Eye-Krieger erreichten indes den, nun leeren, Hof und machten Anstalten, unter Kromobo hindurchzurennen, doch der General brüllte ebenfalls nach unten, sie sollten sich vorerst zurückhalten, er wittere eine Falle. Und damit lag er richtig, Sharp erinnerte sich an seine Zeit hier, damals, bei seiner ersten Schlacht, als der Kommandant der Königsgarde die Männer auf dem sechsten Wall zu sich und Taaron auf den siebten befohlen hatte, um die Red-Eye zu überraschen. Dieser Plan war tückisch gewesen und hatte funktioniert. Sharp vermutete, daß sie dasselbe wieder planten. Als er dies dem General erzählte, nickte dieser: „Poison hatte mir davon berichtet, die Armee damals erlitt große Verluste durch diesen feigen Zug, und sie sind dumm, wenn sie erwarten, wir machen denselben Fehler noch einmal." Er rieb sich das Kinn und blickte auf seine, vor Blut triefende Sense: „Ich glaube, wir müssen unseren Plan jetzt schon ausführen, kannst du uns auch schon von hier aus zum Palast führen?" Sharp nickte hinterhältig: „Ja, der Weg ist länger, aber es wird funktionieren, doch es besteht die Möglichkeit, daß wir auf unschuldige Bürger treffen."
Dark zuckte die Achseln, seine Rüstung klimperte glockenhell: „Dann soll es so sein, wir tun ihnen nichts, solange sie die Hand nicht gegen uns erheben."

Es wurde ein Bote zu der Echse Poisons geschickt, der ihr mitteilte, was geschehen war, und ihr befahl, zu Dark, Sharp und Spear zu stoßen, die von Kromobo abgestiegen waren, denselben Weg wie der flüchtende Jüngling vorhin benutzend. Als sie das Torhaus verließen, versuchten sie zwischen den Häusern zu verschwinden, dort warteten sie, in einem verlassenen Wohnhaus des zweiten Wallrings. Sie saßen wie selbstverständlich am fremden Tisch und unterhielten sich, als ob gerade keine Schlacht geführt, sondern zum Tanz aufgespielt wurde. Spear durchsuchte die Schränke nach Trinkbarem und kehrte mit einem kleinen Holzfäßchen Bier zurück, Dark leckte sich die Lippen: „Ah, ich hoffe, das Bier aus Altmenschland ist genauso gut wie der Schnaps aus Aaijang." Sie lachten, als Sharp dies bestätigte, das Bier habe ihm zu seiner Zeit als Mensch sehr geschmeckt. „Hast du das Kind vorhin gesehen?" fragte Spear mit Bierschaum an der Oberlippe. „Der junge Kerl, kaum fünfzehn Lenze und schon gezwungen, ein Schwert zu tragen. Ich hasse Menschen." Dark nickte: „Soweit würde ich nicht gehen, sie sind krank und schwach, gewiß, aber ich hasse sie nicht, das beste Beispiel für ihre, anscheinend doch vorhandene Intelligenz sitzt hier und trinkt gestohlenes Gebräu." Sharp grinste: „Ich habe mit den Menschen abgeschlossen und fühle mich als Red-Eye." Für diese Aussage hatte Spear Claw nur Unmut übrig: „Verdammt, man fühlt sich nicht als Red-Eye, man wird als einer geboren und ist es auf ewig." Er fluchte in Redajerik und wandte sich ab, um aus dem Fenster zu sehen. Dark winkte lächelnd ab, als Sharp verblüfft und traurig über die Abweisung dreinblickte. „Du mußt verstehen, es ist nicht leicht für ihn, dich als seinen Vetter zu akzeptieren und dies auch noch in der Öffentlichkeit vorzuspielen wie eine Komödie." Sharp verstand und nickte. Er hätte gern noch einen Schluck vom Bier genommen, doch Spear hatte es in den Klauen und starrte aus dem Fenster. „Wo befindet sich der Eingang zu diesem geheimen Weg zum Palast?" fragte der General, die eintretende Stille unterbrechend. „Dort, hinter diesem Schuppen", sagte Spear plötzlich mit abgewandtem Gesicht. „Habe ich recht, lieber Vetter?" Sharp nickte: „Genau dort. Woher weißt du das?" Spear wandte sich um, die Hände auf dem Fensterbrett abgestützt: „Weil du mich und Poison schon einmal dort entlanggeführt hast, nicht wahr?" Wieder ein Nicken: „Genau, nur dieses Mal gehen wir in die entgegengesetzte Richtung und weiter hinauf zum Palast." General Dark meldete sich zu Wort: „Wie weit ist es vom Ende des Geheimganges bis zum Thronsaal?" Sharp dachte kurz nach: „Der Gang endet unter dem großen Empfangs- oder Ballsaal, von dort führt eine große Treppe nach oben, die sich in zwei kleinere Treppen teilt, eine führt nach links, die andere nach rechts. Wir müssen die rechte nehmen, dann kommen wir direkt in den Thronsaal. Die linke Treppe bringt uns in die Gemächer des Königs, wo ich, ehrlich gesagt, die größere Chance sehe, daß wir ihn antreffen, er wird die Schlacht von den großen Fenstern neben seinem Bett verfolgt haben." Der Anführer der Red-Eye lachte: „Oh nein, Sharp, ich habe nicht geplant, den König zu überfallen, mir geht es darum, in das Heiligste vorzudringen, den Thronsaal, den Ort, an dem schon Tausende Verbrechen gegen das rotäugige Volk geplant und befohlen wurden, dort werden wir die Flagge Aschfelds hineinrammen, in den Boden, auf dem die Mörder unserer Brüder gehen und walten, ohne gestört zu werden." Er verstand die Gründe des Generals, doch ihm war klar, daß sie in ihr Verderben liefen, der Thronsaal hatte nur einen einzigen Ein- und Ausgang.

Poison stand plötzlich im Türrahmen, ihre Rüstung war blutbeschmutzt, doch es schien keineswegs ihr eigenes zu sein: „Haben die gnädigen Herren genug intrigiert und gesoffen? Ich habe Lust zu kämpfen!"

Es war eigentlich ein Vergehen, doch er wagte es. Nightfly setzte sich auf den verwaisten Thron des Königs, eine Schale mit Wein

in der Hand. Sein Gesäß paßte nicht in das für den übergewichtigen König gefertigte Kissen und um die Lehnen zu erreichen, mußte er sich beinahe hinlegen. Enttäuscht stand er wieder auf, er hatte sich die Herrschaft viel gemütlicher vorgestellt.
Nachdem Frost und Ironhead Aero-Kworl hierher gelotst hatten, und Jarnes, der Kapitän der fliegenden Festung, vom Plan des Generals unterrichtet worden war, zeigte er sich offen für eine Zusammenarbeit. Nightfly klärte ihn genau über seine Aufgaben auf und schickte ihn sofort nach der Besprechung los. Zu diesem Zeitpunkt waren die beiden Agenten des Generals bereits auf dem Weg nach Anaronun und zwar auf Reitechsen, sie würden in wenigen Tagen dort ankommen. Nun war die Hauptstadt Aschfelds wieder sein und unterstand seinem Befehl. Und seine Fähigkeiten wurden schon bald auf die Probe gestellt, denn anscheinend gab es einige Red-Eye in Tinwatuk, die dem verstorbenen König Deep tatsächlich nachtrauerten und einen Racheakt gegen die neue Regierung planten. Natürlich bestand noch das alte Netz der Mitarbeiter der Organisation von General Dark, wodurch er bald erfuhr, daß dieser Abschaum sich in einem Wohnring in der Oststadt zu versammeln pflegte. Nightfly plante diesen Wohnring bei einem ihrer Treffen vollkommen zu säubern und dies völlig ohne Aufmerksamkeit zu erregen, allerhöchstens ein paar davonfliegende Raben sollten von der Attacke zeugen. Der Stadtschützer verließ den dunklen Thronsaal durch eine Flugtreppe, die er sehr schätzte, denn sie war breiter und sollte auch den fetten, ehemaligen König tragen können. Diese spezielle Flugtreppe besaß noch eine andere Eigenheit, sie hatte auf jeder wichtigen Ebene des Turmes einen Ausstieg, so konnte der König seine Lakaien, denn nichts anderes waren die tapferen Red-Eye unter ihm gewesen, immer sofort erreichen und zu sich holen lassen. Nightfly ließ sich in die Ebene der Kriegsverwaltung bringen und betrat einen langen, grauen Gang, in dem viele Türen nach links und rechts führten.

Als Krieger und Stadtschützer wußte er natürlich, an welche der Türen er klopfen mußte, und trat danach unaufgefordert ein. Die Wände des Zimmers waren ebenso grau wie der Gang, und an der Wand hingen Helme von Menschenkriegern und Schwerter der Elfen, alles Trophäen des Besitzers dieses Büros. Sein Name war Thriller Scarbody, ein gealterter Kommandant, der nichts mehr hatte, außer dem Aschfelder Militär. Sein Gesicht war von tiefen Narben gezeichnet, es war kein Zentimeter unverletzt in seiner beinahe zweihundertjährigen Kriegerzeit geblieben. Nun saß er in diesem Büro in der Verwaltung und fristete sein langweiliges Dasein. Dies änderte nichts an der Tatsache, daß ihn der General und alle Kommandanten, vor allem einer, sehr schätzten, denn Thriller Scarbody war einst ein fähiger Soldat gewesen und ihm unterstand eine ganze Armee. In dieser Armee dienten einst ein gewisser Sharp Claw, sein Vetter Spear Claw und sogar Nightfly Wing selbst. Im Laufe der Zeit wurde Thriller so etwas wie ihr Förderer, der die Potenziale seiner Soldaten sehr unter seinen Vorgesetzten betonte, Sharp Claws verwegener Mut und Fechtkunst, Spears Talent zur Zerstörung und seine bahnbrechende Aggression, Nightflys diplomatisches Geschick und seine hohe Intelligenz. Alle drei wurden befördert, bis sie ihren alten Kommandanten überholten, doch wie ein Vater, gönnte er es ihnen von ganzem Herzen und war immer für gute Ratschläge zur Stelle. Nun brauchte Nightfly einen dieser Ratschläge und Soldaten, die man für kleinere Operationen immer reservieren mußte, besonders in Kriegszeiten, wenn die meisten fort, in der Schlacht, waren. Thrillers vernarbtes Gesicht verzog sich zu einer Grimasse, die ein Lächeln darstellen sollte, und er erhob sich von seinem Stuhl: „Der Stadtschützer, wie kann ich dir helfen?" Nightfly lächelte kurz zurück: „Thriller, ich brauche eine Gruppe fähiger Männer, die schnell und lautlos arbeiten. Du bist ebenfalls ein Mitglied der Organisation, also erkläre ich dir warum: Es gibt Royalisten in Haschnad Tinwatuk, eine ganze Gruppe, die es sich zum Ziel gesetzt hat, Unruhe und Chaos zu stiften. Ich kenne ihren Versammlungsort und will noch heute Nacht zuschlagen. Hast du die Männer?" Thriller seufzte und griff in eine Schublade seines Schreibtisches. Er stöberte ärgerlich lange nach etwas, doch als Nightfly gerade seine Hilfe anbieten wollte, zog er ein dickes, mit Leder eingebundenes Register hervor. Als er es aufklappte, staubte es wie in einer Besenkammer im Untergeschoß bei den Trollen. „Na", plapperte er vor sich hin, mit den Augen über die Namen und Kritzeleien fliegend, „wo seid ihr denn, meine Soldaten?" Er suchte auf mehreren Seiten nach Red-Eye und schrieb ihm ein gutes Dutzend auf einen Zettel. „Hier, das sind gute Männer, aber alle hatten einen Grund, nicht am Feldzug teilzunehmen, sind also frisch gebackene Väter, waren noch verletzt als die Armee aufbrach oder einfach zu dieser Zeit besoffen oder im Urlaub. So wie du mich gerade anblickst, glaubst du sicher, daß ich dir die größten Faulenzer aufgeschrieben habe", er lachte keuchend, wobei die Narben in seinem Gesicht ganz neue Formen annahmen und Schatten warfen, „aber ich kann dich beruhigen, es sind fähige Leute, es ist sogar ein, mit dem Abzeichen für Treffsicherheit ausgezeichneter Bogenschütze dabei, was bei weitem nicht jeder schafft." Nightfly nahm den Zettel vertrauensvoll an: „Ich weiß doch, daß du mir keine Idioten zuteilst. Aber ich brauche auch noch einen Rat von dir. Die Verschwörer treffen sich in einem Wohnring in der Oststadt, in der Nähe der heilenden Schwefelbadehäuser. Ich möchte, daß die Aktion keine Aufmerksamkeit erregt und trotzdem eine Warnung für Nachahmer sein soll." Thriller freute sich, daß er bei einer wichtigen Entscheidung, bei der es schließlich um die Sicherheit in der Hauptstadt ging, zu Rate gezogen wurde. Wie ein liebevoller Großvater befand er alles, was ihn seine ehemaligen kleinen Schützlinge erzählten, für besonders wichtig. „Am klügsten wäre es, viele Bogenschützen auf dem Dach des Rings zu platzieren, die dann in den freien Innenhof feuern, doch dabei kann es passieren, daß einige fliehen, und außerdem wissen wir nicht, ob die Verschwörer sich nur dort treffen oder ob das ganze Areal zu ihrer Bande gehört, also auch die Wohnungen und darin lebenden Familien. Mein Vorschlag wäre weniger brutal als deiner: Nimm sie einfach fest, laß das Gebäude umstellen und nimm sie in Gewahrsam. Dann vergießen wir kein Blut unter uns selbst und du als Stadtschützer kannst dich noch sogar damit brüsten, sie lebendig gefangen zu haben, und in den Kerker werfen." Nightfly nickte nachdenklich: „Mir gefällt die Idee, Blut läßt sich so schlecht wegwaschen, und es läge sicherlich nicht im Interesse des Generals, daß ich einen eigenen Krieg auf heimischem Boden beginne." Der alte Red-Eye machte eine bestätigende Geste mit beiden Händen: „Genau, nimm sie fest und laß sie einkerkern bis der General zurück ist."

Der General, von dem die Rede war, befand sich indes in dem dunklen Gang unter Anaronun. Es tropfte von den Wänden und die Schritte der vier Red-Eye hallten lange nach. Zum Glück hatte Spear daran gedacht, eine Fackel aus herausgerissenen Brettern der Scheune zu bauen, sonst wären sie nicht gerade weit gekommen. Sharp, der sie führte, ging mit der Fackel voran, den Blick ins Dunkel gewandt. „Was ist, wenn sie damit rechnen, daß wir von hier kommen? Die Elfen werden sie schon davon unterrichten, daß ihr kleiner Heilsbringer Taaron entflohen ist", knurrte Spear von ganz hinten, etwas sägig, doch Dark brachte ihn mit einer Handbewegung zum Schweigen: „Der einzige, der sie von uns unterrichtet, bist du, mit deiner lauten Stimme." Spear schwieg beleidigt, er hatte genug. Poison beruhigte die Gemüter: „Ich kann mich an diesen Teil des Weges noch erinnern, bald müßten wir dort ankommen, wo wir Taaron gefunden haben, nicht wahr?" Die Frage war an den damals Entführten selbst gerichtet: „Stimmt, doch wir werden an dem Einstieg, den

wir damals nutzten, vorbeigehen, doch von dort ist es nur ein Katzensprung."
Nach weiteren zehn Minuten des Schleichens durch die Dunkelheit erreichten sie die Stelle. Der Gang wurde breiter und eine steile Wendeltreppe führte nach oben. Diesen Weg hatte Taaron damals benutzt, um die Red-Eye aus der Stadt zu bringen. „Von hier an, müssen wir noch vorsichtiger vorgehen, denn dieser Teil des Weges wird noch ab und zu benutzt, um Nachrichten von einem Wall zum andren zu überbringen, wenn in Panik geratene Menschen zwischen den beiden eingepfercht sind." Ohne daß die Red-Eye diese Bemerkung würdigten, gingen sie weiter, bis an eine zweite Treppe, den Eingang zum Wall des Palastes, die nächste würde ihre Endstation sein, die Treppe, die im großen Empfangssaal endete und im Herzen Altmenschlands.
Als sie diese erreichten, berührte die Hand des Generals Sharps Schulter: „Laß mich vorangehen, ich werde nachschauen, ob wir hinauskönnen. Dark übernahm die Führungsposition und sie erklommen die Treppe im Gänsemarsch. Sie schraubte sich weit aus dem Boden heraus, bis sie unter einer geschlossenen Falltür endete. Von oben waren Stimmen zu hören, Spear fluchte leise, der Ballsaal war belebt. Dark wandte sich um und blickte Sharp an: „Wo im Saal befindet sich die Falltür?" Der Kommandant blickte verwirrt zurück und seine Lippen formten ein stummes „Warum?". General Dark rollte die blauen Augen: „Na, wenn sie in der Mitte des Saals ist, werde ich sie nicht einmal heimlich öffnen können, ist sie aber irgendwo am Rande oder direkt an der Wand, dann werde ich nun nachschauen, ob die Situation zu gefährlich ist, um hinauszustürmen." Sharp verstand endlich. „Sie befindet sich am südlichen Rand, ein paar Meter links vom normalen Eingang, nicht weit von der Wand entfernt." General Dark nickte angespannt und öffnete die Tür einen Spalt. Er blickte eine geschlagene Minute hinaus, dann schloß er sie wieder. Lächelnd drehte er sich zu den Dreien um: „Wir haben Glück,

Freunde, diese dummen Idioten haben eine Tafel mit Tischdecke bis zum Boden direkt über die Falltür gestellt. Ich höre fast nur weibliche Stimmen und ein paar wenige streng nach altem Militär klingende Männerstimmen. Ich schlage vor, wir klettern heraus, halten uns aber unter der Tischdecke versteckt. Wenn der richtige Zeitpunkt gekommen ist, springen wir heraus und schlagen zu." Die Kommandanten nickten einstimmig und so kletterten sie aus der Falltür unter die Tafel, auf der sicherlich ein Festmahl stand und die edlen Gäste bedienten sich reichlich, während sie zusahen wie das arme Volk draußen kämpfte, um sie zu beschützen. Die meisten hielten die Schlacht sicherlich für eine Theatereinlage.

Einigermaßen entspannt saßen sie unter dem Tisch und versuchten, den von Dummheit nur so strotzenden Gesprächen zu lauschen. Eine weibliche Stimme, deren Besitzerin sich schon von weitem durch ihr ärgerlich hohes, quietschendes Organ angekündigt hatte, sprach gerade: „... und wißt Ihr, guter Herr, der liebe Avares, ruhe er in Frieden, hatte in irgendeiner Schlacht, weiß der Teufel, wo, Hunderte dieser ekelhaften Biester erschlagen, bis er von einer Brücke fiel, als er sich nach der Siegesfeier betrank. Welch' Tragödie, denn sie kippten den gesamten Weinvorrat hinterher, als sie ihm sozusagen eine unfreiwillige Wasserbestattung spendierten, denn seine Leiche wurde niemals gefunden." Die Umstehenden bekundeten murmelnd ihr Beileid, während der General sich kaum noch halten konnte: „Das war kein Unfall, Frost hat den Kerl, einen unfähigen, dekadenten Menschenkrieger in den Fluß gestoßen. Und dieser Avares war ebensowenig betrunken wie er ein tapferer Krieger war, in der Schlacht um die Gewässer der Reinheit, neben Teejang, bei der nur eine kleine Truppe aus Altmenschland mitkämpfte, war er der feigste von allen gewesen, sein Pferd besaß mehr Mut."
Nun sprach ein Mann mit der schwachen Stimme des Alters: „Ich erinnere mich noch gut an meinen Großvater, der in Hatik

gekämpft hatte, die größte Niederlage der Red-Eye bis heute" General Dark packte Sharp am Arm: „Es geht los. Zieht eure Waffen." Die vier Red-Eye zogen blank und zwar hörbar, so daß die Menschen verstummten und wie gebannt auf den Tisch starrten. Dark drückte seine beiden Sensen unter die Tischplatte und stemmte sie nach oben, mit einem Schlag wurde es hell und Fleischstücke, Soßen, Fische und allerlei Gemüse flogen in die Luft. Sofort sprangen die Red-Eye los, wissend daß sie die Frauen, Alten und Kinder nur davonjagen, nicht töten durften, wie es die Ehre gebot. Die reichen, dummen und närrischen Menschen stoben schreiend auseinander, sich gegenseitig zertrampelnd, während das nach oben geschleuderte Essen als bunter Fisch-, Fleisch- und Gemüse-Auflauf wieder herabregnete und die Red-Eye in schmackhafte Gestalten verwandelte. Der Saal leerte sich komplett, nur der alte Mann, dessen Stimme sie erkannten, war geblieben. „Ich habe gewußt, daß ihr da seid, dieser Geheimgang war der größte Fehler Altmenschlands und denkt nicht, ich hätte euch gerade erst bemerkt, Säbelaugen. Ihr saßt schon seit zwanzig Minuten dort unten." Durchaus überrascht steckte der General seine Sensen wieder weg, er antwortete in der Menschensprache, wobei sein starker Aschfelder Akzent hervortrat, mit gerolltem R und kratzendem CH sprach er: „Und warum hast du nichts unternommen, alter Krieger? Es wäre ein leichtes gewesen, die Wachen zu alarmieren." Der Alte nahm einen Schluck Wein aus einem kristallenen Becher: „Zu Beginn hatte ich dies vor, doch dann wurde mir bewußt, daß ihr nicht die ganze Armee hierher gebracht habt, sondern nur eine kleine Truppe seid, und da wollte ich Euch kennenlernen. Ihr müßt verdammt mutig sein. Oder Tollkühn, da besteht ein Unterschied. Und ich wußte daß ich Euch mit der Geschichte Hatiks hervorlocke."

Die größte Stadt Aschfelds war Haschnad Tinwatuk, zweifellos. Doch die lebendigste war West-Kworl, das Bollwerk am

Fuße des Kwan Tinwaturaja, der Schreckenshöhe, die in der Menschensprache keine Bezeichnung hatte und einfach namenloses Gebirge genannt wurde. Es lag mitten auf dem Weg nach Aschfeld, wenn man es aus südlicher Richtung erreichen wollte. Der verbotene Weg stellte dagegen den einzigen Zugang im Nordwesten dar. Die Menschen kannten die Losung, die genaue Position und die Funktion des verbotenen Weges nicht, also liefen ihre Angriffe über den Süden. Sie marschierten wochenlang, um das Gebirge zu umgehen, und landeten dann vor West-Kworl. Endstation. Die Stadt war mehrmals belagert worden und jedes Mal erstarkt daraus hervorgegangen. Die Mauern waren so dick, daß ein Palast darauf gebaut werden konnte und ganze Hundertschaften an Verteidigern sich darauf sammeln konnten, ohne sich gegenseitig zu bedrängen. Vor der Stadt verliefen tiefe Gräben, die Türme über der Mauer ragten weit nach oben, nirgendwo konnte ein Schütze weiter feuern als von den Türmen West-Kworls herab.

Die Lebhaftigkeit der Stadt hatte mit der Mentalität der Einwohner zu tun, die den dauernden Kriegszustand verfluchten und jeden, der nicht als Feind kam, als Freund willkommen hießen. West-Kworl war mittlerweile so stark bewohnt, daß ein einziger Stadtturm nicht ausreichte, um die gesamte Region zu verwalten. West-Kworl brauchte drei. Jeder der drei monolithähnlichen, eckigen Türme bildete das Zentrum einer eigenen kleinen Stadt, die zusammen das große Gesamtbild ergaben. Der Stadtschützer war ein dicker, gemütlicher Mann, der nur selten eine Uniform trug und sich gern mit seinem Volk unterhielt. Regelmäßig hielt er in einem seiner drei Türme Sitzungen ab, in denen auch die kleinsten Zünfte, die ärmsten Handwerker und die dümmsten der Dummen angehört wurden. Die Einwohner seiner Stadt nannten ihn liebevoll „Raminerjes", also dicker Onkel.

In West-Kworl herrschte an jedem Tag reger Marktbetrieb, die Weiber zankten sich, die Verkäufer schrien sich gegenseitig nieder, die Waren gingen von Hand zu Hand. Und somit auch Geld.

Reptez Tile liebte Geld. Besonders jenes anderer Leute. Der kleine verschlagene Red-Eye hatte eine Schwäche für alles, was glänzte und auch nur halbwegs wertvoll aussah. „Die Elster" nannten ihn seine Freunde, die ebenfalls Geld liebten. Aber keiner liebte es so sehr, wie er es tat. Reptez war ein sehr passabler Schwertkämpfer, verstand sich aber besonders gut auf das Werfen von kurzen Messern, mit denen er Gegner auf Distanz hielt, um eventuell fliehen zu können. Leider war seine Armeezeit wegen seiner Liebe zum Geld anderer verkürzt worden, also hatte er es nirgendwo zur Perfektion gebracht. Er kehrte zurück zu seinen Wurzeln, in seine Heimatstadt West-Kworl, wo er nach und nach tiefer in den Sumpf der Kriminalität geriet. Er verstand sich freilich nicht als Täter oder Bösewicht, er sah sich vielmehr als einen armen Kerl, der einfach nur sich selbst half.

Reptez Tile war von der Größe Frost Iceners, ging leicht gebückt und neigte dazu, auf den Boden zu starren, während er lief. Dies führte unweigerlich zu Zusammenstößen mit Passanten. Nach diesen Zusammenstößen fehlte den Passanten der Geldbeutel oder ein Teil des Schmucks um Handgelenk und Finger.

Der größte Markt der Stadt war der Zentralmarkt, wo die alltäglichen Waren verkauft wurden. Also Lebensmittel, Kleidung, Schmuck, Bilder, Bestecke und Waffen. Reptez ging seelenruhig durch die Masse an Red-Eye und analysierte mit geübtem Blick seine Chancen.

Er streifte einen Mann mit prall gefüllter Geldkatze. Kein lohnendes Objekt, denn wer so viel Geld mit sich herumtrug, der bemerkte auch die kleinste Berührung an der Schlaufe. Wenn Reptez die Geldkatze also heimlich aufschnitt, würde sie sich schnell und lautstark entleeren und der Mann würde ihn be-

merken. Es war schwer zu glauben, aber jene, die am wenigsten Geld besaßen, waren am leichtesten zu bestehlen. Reptez kam an einem Stand voller Goldschmuck vorbei. Ein ganzes Rudel aus Frauen stand davor Schlange und kaufte dem glückseligen Händler alles ab. Hier standen Reptez' Chancen besser. Entweder er griff sich heimlich vom Stand etwas von der Ware, oder er erleichterte die Kundschaft vor oder nach dem Kauf. Hier machte er sich sein Fachwissen zunutze. Es lohnte sich nicht die Frauen zu bestehlen, die schon große Körbe voller Einkäufe bei sich trugen, denn in der Regel hatten sie schon alles ausgegeben, was ihnen an diesem Tag zustand. Jene ohne Einkäufe hatten noch das meiste Geld für den Tag bei sich. Diese lohnten sich meistens. Reptez hielt sich eine Weile in der Nähe des Standes auf, während die ersten Schauer der Erregung durch seinen Körper liefen. Er mußte sich arg konzentrieren, um die Laufwege der Kunden auszumachen, während seine Hände zu zittern begannen und das nervöse Grinsen unausweichlich wurde. Nach der Tat würde wieder dieses seltsame Gefühl einsetzen, diese Mischung aus Erfolg und Reue. Er durfte nicht nachdenken, es mußte ihm egal sein, wie es der Bestohlenen hinterher zumute war, was mit ihr geschehen würde.
Nach und Nach erkannte er wie der Stand funktionierte, es war ein schlechtes System, ein wahres Gedränge. Sobald eine Kundin ihren Schmuck erstanden hatte, drängte sie sich wieder rückwärts durch die Reihen der Wartenden und machte ihren Platz vorne frei. Reptez stellte sich an und nach wenigen Minuten befand er sich mitten im Pulk der Kunden, die alle nach vorne drängten. Nun begann die Wartezeit. Eine Kundin hatte ihren Einkauf soeben getätigt und schickte sich an, sich wieder nach hinten durchzudrängeln. Dabei kam sie an Reptez vorbei. Sie hielt die Taschen mit Waren an ausgestreckten Armen weit über sich und schob sich unsanft durch die Reihen. Der dünne Gürtel über dem Rock war vollkommen frei, Reptez' Kralle am linken

Zeigefinger schnippte hervor und durchtrennte ihn schnell und sanft wie ein Skalpell. Die Geldkatze der Frau fiel in seine ausgestreckte Hand und fand von dort ihren Weg in die großzügigen Taschen seines Wamses. Die Frau bemerkte von alledem nichts. Sie erreichte das Ende der Kundenmasse und ging schnellen Schritts weiter. Reptez dagegen war verdammt dazu zu warten. Als er weiter nach vorne geschubst wurde, besah er sich mit gespieltem Interesse die schlecht geschmiedeten Ringe, Ketten und Armreifen des Händlers und zog dann als scheinbar frustrierter Kunde, der nichts für seine liebe Frau zu Hause gefunden hatte, von dannen.

Er bog in eine Seitengasse ein, lehnte sich an eine dreckige Fassade und kramte die gerade erbeutete Geldkatze aus seiner Tasche. Er fluchte, leider kein großer Fang, aber zumindest drei weitere Tage zu Essen und Bier in der kleinen Spelunke in der Nähe des Südtores, wo er viel Zeit verbrachte. Langsam ließen die Schauer des Diebstahls nach, und er beruhigte sich. Sein nächstes Ziel war der Lederwarenmarkt, nicht weit entfernt von hier. Dort hatte er aber nicht vor zu stehlen, sondern seinem zweiten Metier nachzugehen: dem Glücksspiel. Oder besser gesagt: Dem Betrügen bei demselben. Er verließ die dreckige Gasse und hielt auf den westlichen Stadtturm zu, der das Zentrum des handwerklichen Teils der Stadt verwaltete. Er würde genau zur Mittagszeit dort ankommen, dann, wenn die Arbeiter und Handwerker Pause machten und sich gerne bei einem Bier auf ein Würfel- oder Kartenspiel einließen.

„Du lügst, niemand legt den Krallenkönig zweimal hintereinander ab", fluchte der dickste der Arbeiter und fuhr sich mit dem Finger grübelnd über die Nase, wobei er sie mit einem Strich aus Dreck verzierte. Reptez hatte drei der Arbeiter einer Eisenhütte zu einem beliebten Kartenspiel überredet. Es nannte sich „Falsche Wahrheit" und war zum Betrügen und Lügen vollkommen perfekt geeignet. Das Prinzip war einfach: Jeder der Spieler erhielt Karten, bis der ganze Stapel aufgebraucht war, dann durfte man der Reihe nach verdeckt ablegen und den anderen mitteilen, welche Karten man soeben abgelegt hatte. Natürlich durfte man dabei lügen oder die Wahrheit sagen. Erriet der nächste, der an der Reihe war aber, daß der Vorgänger gelogen hatte, so mußte dieser den gesamten bis hierhin abgelegten Stapel aufnehmen. Lag er mit der Behauptung falsch, so mußte er sie selbst nehmen. Nun durfte dieser wieder ablegen und entweder die Wahrheit sagen oder lügen, über die gerade von ihm abgelegten Karten. Reptez lächelte den Dicken an. „Sicher?", säuselte er. Der Arbeiter schnaufte nachdenklich, Reptez hatte ihn mit seiner Strategie, bei der er immer zwei identische Karten gemeinsam ablegte oder dies behauptete, vollkommen verwirrt. Zwar zählten bei „Falsche Wahrheit" keine Werte und Farben der Karten, doch trotzdem war es ungewöhnlich, daß ein Spieler den „Krallenkönig", eine sehr hohe Karte, gleich zweimal auf der Hand hatte. Der Dicke schielte kurz zu seinen zwei Kollegen herüber, dann nickte er entschlossen: „Du lügst, das ist kein zweiter Krallenkönig." Reptez lächelte kalt und drehte die Karten auf dem kleinen Holztisch vor der Eisenhütte um. Die oberste war der Krallenkönig, dann folgten zwei wahrheitsgemäß abgelegte Karten der anderen zwei Arbeiter, dann als unterstes der vorher ebenfalls von Reptez abgelegte, andere Krallenkönig. Er hatte die Wahrheit gesagt. Der Dicke fluchte und steckte alle vier Karten in sein Blatt. Daraufhin warf er den Einsatz, ein paar Münzen seines Tagesgehaltes, auf den Tisch. Reptez hatte zwar die Wahrheit über den Krallenkönig gesagt, doch dies sollte nichts heißen, dieselbe Karte steckte ihm in zehnfacher Ausfertigung im Ärmel, er würde niemals lügen müssen, solange ein anderer so dumm war, einen Krallenkönig vor ihm zu legen oder er ihn selbst legte. Nun war der Dicke an der Reihe, er lächelte offen. Reptez wußte, daß er damit den Eindruck der Wahrheit erwecken wollte, doch er kannte seine

Gegner gut genug, um zu wissen, daß er lügen würde, egal was er ablegte. „Zwei Säbelmänner", behauptete der Dicke und legte zwei Karten auf den Tisch, seinen Nebenmann herausfordernd beäugend. Der Nebenmann legte einige seiner Karten ohne zu zögern dazu. „Drei Säbelmänner", sagte er ehrlich. Reptez kicherte, es gab in diesem Spiel insgesamt nur vier Säbelmänner. Der Dicke hatte gelogen, der andre nicht. Nun folgte der Dritte im Bunde, ein etwas dümmlicher Kerl, der die Regeln nicht komplett verstanden hatte, und kurz nachdachte. Reptez war gespannt, was passieren würde, ein unerfahrener Spieler konnte das gesamte Spiel kippen, indem er plötzlich log, was man von so einem nicht erwartet hatte. „Du lügst doch", murmelte der Dumme. „Es gibt doch nur vier Säbelmänner." Er drehte die Karten des anderen um und siehe da! Es waren tatsächlich drei Säbelmänner gewesen. Der Dicke hatte gelogen und zwei Bogenschützen abgelegt. Der Dumme hatte falsch geraten und mußte die Karten einstekken. Nun legte er ab. „Vier Echsenreiter", informierte er Reptez wissend. Dieser seufzte, er besaß drei der vier Echsenreiter, die in diesem Spiel enthalten waren, selbst, also log der Dummkopf. „Du lügst", murmelte er und ließ den Kerl seine Karten wieder einstecken. Reptez wollte gerade seine eigenen drei Echsenreiter ablegen, um die Runde wieder einmal zu verwirren, da erblickte er etwas aus dem Augenwinkel: Eine dunkle Gestalt näherte sich der Runde der Spieler und Reptez stieg ein ungutes Gefühl im Magen auf. Sein Magen täuschte ihn nicht, als die drei Arbeiter den Fremden bemerkten, rutschten ihre Kinnladen herunter und sie legten die Karten ab. Reptez wandte sich dem Fremden zu, einer Gestalt im schwarzen Mantel, die mit gesenktem Blick und über das Gesicht gezogener Kapuze näher kam. Reptez befürchtete das Schlimmste und warf die Karten weg, erhob sich geschwind und versuchte, über den Tisch zu hechten, um den ausgestreckten Armen des Fremden zu entkommen. Er schaffte es und rannte die Straße herunter, unter den verwirrten Schreien der Arbeiter, denn er hatte ihr gesetztes Geld im Vorbeifliegen eingesteckt und mit einer meisterhaften Bewegung in seine Tasche befördert. Hinter sich hörte er die wütenden Schritte des Häschers, der ihn entschlossen verfolgte. Wer war dieser Kerl? Jedenfalls keiner der Männer der Stadtwache, die ihn anhand von akribischen Ermittlungen ausfindig gemacht hatten. Dieser Kerl war anders. Plötzlich schoß aus dem geöffneten Tor einer Fertigungswerkstatt noch einer derselben Sorte, der versuchte, ihn zu packen. Doch Reptez war geübt im Davonlaufen und glitt unter seinen Armen hindurch. Leider vergaß er bei seiner ganzen Intelligenz und Schläue, daß die anderen auch imstande waren zu denken. Der zweite Häscher war nur ein Ablenkungsmanöver gewesen, der Reptez erfolgreich von der Straße ablenkte. Plötzlich stolperte er über ein auf Kommando straff gezogenes Seil und fiel auf den staubigen Boden.

Er keuchte und stöhnte noch, als vier Kapuzenträger über ihm erschienen und ihn an den Armen anhoben. Er war gefangen, er, der gewitzte Reptez Tile, der so gut wie die ganze Stadt schon überlistet hatte. Die Kapuzenträger in Schwarz steckten seine Hände in die Eisenhandschuhe, die verhinderten, daß er seine Krallen ausfahren konnte, und führten ihn in Richtung des Turmes ab.

„Reptez Tile, Kleinkrimineller, Betrüger, Lügner, Tunichtgut der banalsten Sorte", stellte der Anführer der Vermummten fest und knallte ein dickes Pergament auf den Holztisch in der kleinen Zelle in den Verließen des Stadtturmes. Reptez rührte sich nicht. „Dennoch kann man dir eine gewisse Intelligenz nicht absprechen, Elster." Reptez merkte auf, der Kerl kannte sogar seinen Spitznamen. „Du warst schwer zu finden, obwohl du einen festen Wohnsitz hier in West-Kworl hast. Glaub uns, wir mußten die halbe Unterwelt nach dir durchkämmen und so manchen Verbrecher bestechen oder festsetzen lassen, bis wir genügend

Informationen über dich hatten." Reptez schnaubte verächtlich: „Was für Informationen? Glaubt ihr, ich horte Geld in rauhen Mengen? Leider nicht." Der Vermummte zog die Kapuze ab und blickte ihn scheel an, sein Blick war etwas diffus und sein Grinsen durchweg verwirrend. „Oh, du denkst, wir sind vom Fiskus und wollen an dein Diebesgut? Nein, wir sind nicht an deinem Besitz, rechtmäßig oder nicht, interessiert, sondern an dir. Mein Name ist Steam Dark und ich bin der Anführer der schwarzen Truppe. Ich sehe an deinem Gesichtsausdruck, daß du uns kennst?" Reptez lachte: „Die schwarze Truppe? Verdammt, ihr seid doch nur ein Hirngespinst von altersschwachen Soldaten. Ihr seid genauso existent wie der Mann im Mond." Steam Dark grinste. „Ob du uns nun glaubst oder nicht, uns gibt es", er beugte sich über den Tisch und blickte dem Dieb direkt in die Augen, „und wir haben einen Vorschlag für dich. Er kommt direkt vom General." Reptez lehnte sich entspannt in seinem Stuhl zurück: „Ach ja, der General macht mir einen Vorschlag. Und was möchte mir der General denn vorschlagen?" Steam lächelte erfreut: „Siehst du, es geht doch." „Glaubt ihr tatsächlich, daß ich euch diese lahme Geschichte abnehme? Ihr seid eine Bande verkleideter Irrer, sonst nichts." Lachen ging durch den Raum, während Steam Dark von einem seiner Mitstreiter etwas gereicht bekam, einen Sack. „Laß dir dies hier zeigen, Elster, dies wird dir beweisen, daß wir die schwarze Truppe sind und der General dich sehr ernst nimmt." Er öffnete den Sack und zog etwas daraus hervor. Reptez Tile schrie panisch auf, wandte sich in dem Stuhl umher, wollte aufstehen, wurde aber von starken Händen zurückgehalten, sie knurrten wütend auf und zwangen ihn, den Inhalt des Sackes eine geschlagene Minute lang anzusehen, dann steckte ihn Steam wieder zurück. „Ich nehme an, du bist nun hörig?"

Kapitel 6:
Die Wiedergeburt des schwarzen Messias

Die Kommandanten der großen Armee Aschfelds standen im Ballsaal des Feindes, bekleckert mit Soßen und Fleisch. General Dark leckte sich genüßlich die Kralle: „Mmh, und was versprichst du dir damit, alter Mann, wenn du uns herauslockst aus unserem Versteck? Schließlich sind wir eure Feinde." Sein starker Akzent machte diese Worte bedrohlicher als sie klingen sollten, und der Greis in der Uniform eines Generals im Ruhestand lächelte. Wieder nahm er gelassen einen Schluck aus seinem Weinbecher: „Ich habe noch nie mit Euch gesprochen und außerdem war diese Schlacht verloren, bevor sie angefangen hat. Ich selbst habe dem König schon oft gesagt, daß die Red-Eye uns bis jetzt nur mit einer Faust geschlagen haben, und ihn gewarnt, daß er sie nicht provozieren sollte, mit beiden Fäusten auf uns einzuschlagen. Doch ich schweife ab, ich habe gegen euch gekämpft, doch meinen Feind, wie es die moderne Kriegsführung gebietet, nie kennengelernt. Es liegt auf der Hand, daß von mir keine Gefahr ausgeht und ihr mich nicht angreifen werdet. Die Truppen des Königs befinden sich alle im Kampf, genauer gesagt, seid ihr die einzigen Bewaffneten im Palast. Wir haben Zeit, uns zu unterhalten." Mit diesen Worten setzte er sich an einen der Stühle, die noch immer um den nun weit weg liegenden Tisch standen und eine praktische Runde für Gespräche bildete. „Glaubt ihm nicht, General", knurrte Spear, den Säbel erhoben. „Er will uns hinhalten und uns unvorsichtig machen, gewiß wimmelt es hier von Feinden und sie haben den Saal schon längst eingeschlossen." Doch der General setzte sich ruhig dem Menschen gegenüber: „Nein, Spear, dieser Herr ist in friedlicher Absicht hier, und er weiß, daß er eine Geißel ist, sobald auch nur ein menschlicher Krieger die Klinke dieser Tür dort berührt." Er sprach es zugleich als Antwort für Spear, aber auch als Drohung gegen den alten Mann aus, welcher nickte: „Dessen bin ich mir gewahr und ich halte Euch nicht lange auf, laßt einen alten Mann sich nur setzen." Er saß bereits und atmete tief durch: „Wie heißt Ihr, werter Red-Eye?" „Mein Name ist Sword Dark, ich bin der General der Armee Aschfelds und amtierender Herrscher über eben dieses Land." Der Mensch riß erstaunt die Augen auf: „Welche Ehre! Es freut mich und nun, da ich Euren Namen weiß, kommt er mir bekannt vor. Sagt, habt Ihr damals in der Schlacht um den ehemaligen Außenposten Tanadun mitgekämpft?" Dark nickte erheitert: „Exakt, dies liegt aber nun schon sechzig Jahre zurück." „Ich weiß, es war meine erste Schlacht, damals war ich noch ein Jüngling und mutig wie ein Wolf, es stimmt wohl, daß die Red-Eye nur langsam altern, denn Ihr habt damals schon einen hohen Posten innegehabt, nicht wahr?" Wieder ein Nicken des Generals: „Ja, ich kämpfte dort mit der Kavallerie, mir unterstand ein ganzes Reitechsenregiment. Doch diese Schlacht verloren wir, die Menschen hielten sich tapfer und gaben die Festung nicht preis." Der Weinbecher stieg ein weiteres Mal an die Lippen des Mannes und sank nach einem tiefen Zug wieder herab. „Ich gehörte zu den Männern in der Bresche des Westwalls, ihr kamt wie die Dämonen auf uns herab, doch wir hielten unsere Position. Noch heute berufen sich die Redner auf unsere Tapferkeit, und die Überlebenden dieser Schlacht werden immer gerufen, wenn der König oder irgendein Würdenträger sich mit ihnen schmücken will, oder was glaubt ihr, warum ich hier bin? Nicht wegen meines Reichtums oder der Taten, einfach nur, weil ich zu jener Zeit dort war." General Dark verstand: „Doch dies ist beschämend für Euch, Ihr seid ein tapferer Soldat gewesen und in Würde gealtert, Ihr habt diesen Pomp nicht nötig." „Exakt, doch was soll ich tun, jene, die sich geweigert haben, werden behandelt wie Ausgeschlossene, nicht selten werden die Wände ihrer Häuser mit Beschimpfungen verschmiert. Darf ich fragen was Ihr hier

tut, General Dark? Der König ist nicht hier, er ist dort unten, auf dem fünften Wall und erwartet eure nächste Attacke, soweit ich weiß." Der Anführer der Red-Eye lehnte sich zurück: „Dies mag richtig sein und sie wird bei Sonnenuntergang folgen, wir, also ich und meine besten Krieger, werden den Thronsaal Anaronuns in Beschlag nehmen, mir geht es dabei rein um die Geste, die Überlegenheit, die Psychologie." Ein Lächeln spielte sich um die Lippen des alten Soldaten: „Ihr seid ein kluger Mann, General, und ich verstehe Euch, so wie ich gegen euer Volk gekämpft habe, nur um es getan zu haben, so stürmt Ihr einen leeren Thronsaal, nur weil es in die Annalen der Geschichte eingehen wird. Vier Red-Eye haben sich alleine Zugang verschafft und residierten dort, noch bevor der Menschenkönig fiel." Dark erhob sich: „Auch Ihr seid ein kluger Mann und ich gehe nur ungern von Euch, doch wir müssen nun den Plan erfüllen, habt keine Furcht vor den Red-Eye, die später hier sein werden, sie sind voll der Ehre und werden Euch ebenso wenig tun, wie wir es getan haben. Auf Wiedersehen!"
Die Red-Eye bestiegen die Treppe am Ende das Ballsaales und wandten sich dann nach rechts in den Thronsaal. Der Mensch blieb auf dem Stuhl zurück und versank in seinen Erinnerungen. Als General Dark endlich vor der Tür des goldenen Thronsaales stand, hob er erhaben die Arme: „Es ist soweit, die Sonne geht unter, wir haben gesiegt. Anaronun und somit Altmenschland gehört uns." Er stieß mit dem Fuß grob die Tür auf und trat ein. Das Herz Altmenschlands, dem mächtigsten aller Länder, war ein großer Saal, an dessen Ende ein Thron aus Ebenholz stand, mächtig und imposant. Alles war auf diesen Sitz zentriert, ein Säulengang lief in schräger Linie direkt auf ihn zu, Statuen, in heroischen Posen, doch immer mit einer Hand in Richtung Thron zeigend, säumten den blauen Teppich, der auf weißen Marmorfliesen lag. Hinter den Säulen ließen große Fenster, größere als jene in General Darks Büro, weit in die Stadt und das

Umland blicken. Ein roter Sonnenuntergang malte die Stadt in blutigen Farben und strich den goldenen Saal in ein Schimmern, welches keinem König, eher einem Gott, würdig gewesen wäre. Spear stach mit seinem Säbel in die Augen einer Statue, die einen Vorfahren des amtierenden Königs darstellte, wie er einen Red-Eye, den der Künstler als kriechendes, ekelhaftes Wesen dargestellt hatte, erschlug. Die Augen, zweifellos aus Perlmutt, zerbrachen und landeten als weiße Bröckel auf dem Teppich, wo sie unter Spears Stiefeln zu Staub zermahlen wurden. „Ich verstehe nicht, was sie daran schön finden, ich hasse diese arroganten Mistkerle von blaublütigen und Möchtegern-Helden."
Dieses Mal lächelte der General ihn an: „Ich ebenso. Zerschlagt alles, was ihr seht."
Marmor flog durch die Luft, Statuen verloren Arme und Beine, mit den Köpfen warf Poison erfreut knurrend die großen Fenster ein, Sharp warf ein besonders großes Standbild eines Mannes in voller Rüstung um, Spear hatte gefallen am Verstümmeln der Statuen gefunden, und so blieben einige von ihnen zwar stehen, doch mit fehlenden Gliedmaßen oder mit obszönen Sprüchen in Redajerik eingekratzt, zurück. Der General ließ seine Untergebenen walten und ging auf den Thron zu. Als er noch wenige Meter davon entfernt war, zog er seine Sensen, die er, wie Flügel, von sich streckte und grinste den leeren Thron hämisch an: „Heute fällt ein Königreich und damit wird die Geburt eines neuen, stärkeren gefeiert." Es sah aus, als wolle er direkt auf die Kissen des Thrones einschlagen, doch er holte weit aus und schwang eine Sense durch die Lehne, die aber auf der Sitzfläche stehenblieb. Sharp fragte sich schon, ob der General daneben geschlagen hatte, doch die Antwort folgte schnell: Plötzlich sank der abgetrennte Oberkörper eines Elfenkriegers hinter der Lehne hervor, die dann mit lautem Poltern auf ihn fiel. Dark drehte sich um, die Sensen im Anschlag: „Ich wußte es, haltet euch bereit!"

Als ob es ein Signal des Generals gebraucht hätte, öffneten sich plötzlich die Wände, auf der gegenüberliegenden Seite der Fenster, und es kamen Elfenkrieger in goldenen Rüstungen daraus hervor, langsam, als ob sie nicht in den Kampf, sondern auf Wanderschaft gingen. Sie stellten sich an den Seiten auf, nicht attackiert von den Red-Eye, die sich über die Ruhe in diesem Schauspiel wunderten. Den Elfen folgten Krieger aus Nahwettern, zu erkennen an dem Adler mit gespreizten Flügeln auf der Brust, die sich vor sie stellten, und dann noch eine Abordnung aus Anaronun selbst. Zum Schluß traten die Könige dieser Länder aus dem Gang hervor, Garan aus dem großen Wald, Swarnon, der König Nahwetterns, und Dooaron, der junge, selbstsüchtige König Altmenschlands, der den Krieg so liebte. Doch man sah ihm an, daß diese Schlacht an seine Substanzen ging, wie einem Pferdeliebhaber, der mit dem tatsächlichen Reiten überfordert ist. Doch dann traten noch andere Personen aus den Schatten auf, Sharp kannte sie nicht, doch der General hatte damit gerechnet, es kamen, in der bunten Tracht seiner besiegten Heimat, der aus Teeijang geflohene König Tojan, flankiert von seinem ehemals engsten Verbündeten, Norkoff, dem Vorsitzenden des machtlosen, bemitleidenswerten Rates des Bauernlandes, der nicht dazu imstande war, es zu regieren. Swarnon, der König Neuwetterns, lächelte kalt in seiner silbernen Rüstung, den eingeätzten Adler streichelnd: „Ich frage mich, wo König Deep Axe ist, General Dark, hat er Euch, seine Schoßhündchen, nach Anaronun geschickt? Wartet er schon mit der Peitsche auf Euch, falls Ihr nicht rechtzeitig mit Erfolgen zurück seid?" General Dark grinste wie ein Wahnsinniger, der sich Mühe gab, seine Manie zu verstecken: „Nein, Swarnon, er wartet auf Euch. Und zwar in der Hölle, denn dort haben ihn diese Sensen hingeschickt und dorthin werden sie auch Euch den Weg weisen." Die Red-Eye lachten knurrend, der Übermacht ins Gesicht spuckend, nur Sharp war etwas entmutigt. „Was bezweckst du mit solchen Worten?", wollte der entmachtete, im Exil lebende König der Einwanderer wissen. „Du hast verloren, dein Schicksal ist besiegelt." „Genau wie Eures", konterte Dark sofort. „Wenn Ihr Zeit habt, diese kleine Einlage für uns zu spielen, dann muß die Schlacht schon verloren sein, sonst wärt Ihr noch auf den Wällen und brülltet Eure mutlosen Kämpfer in eine Schlacht, die sie nicht wollen." Garan trat mit rotem Kopf vor, sein Umhang wehte ihm um die Beine: „Schweigt, Ihr Bestie! Ihr seid ein Fehler in der Geschichte, die Mißgeburt dieser Welt, eine Pestbeule auf dem Gesicht der Freiheit, Euer einziges Begehren ist es zu morden, und wie ein Verzweifelter sucht Ihr nach einer Erklärung dafür. Wenn Ihr in Euer Herz seht, dann schaut Ihr in eine Leere, die mit dicken Mauern aus Lügen und Haß umrundet ist." Darks Grinsen wurde breiter: „Nein, in meinem Herz sehe ich Mut, Leidenschaft und Vertrauen, mein Haß ist nicht bis dorthin vorgedrungen, er ist meine schärfste Klinge, mein Antrieb in der dunklen Nacht, doch nicht mein Lebenszweck. Ich lebe für mich, mein Volk, für die Red-Eye. Ihr seid diejenigen mit den dunklen Herzen, seht euch an! Ein Elf, zu dumm um den Menschen, der euch hätte helfen können, in seiner Stadt einzuschließen, Swarnon, ein König, der sich für einen aus der alten Zeit hält und die Red-Eye als harmlos abtut, auch wenn die Welt rings um Schilden in Flammen steht, Dooaron, ein viel zu junger Herrscher, ja, nicht einmal der direkte Thronfolger – genau mein Junge, du bist ein Sproß aus einer Bastardlinie des ehemals großen Königshauses Anaronuns –, Norkoff, ein Bauerntölpel und ein besiegter Herrscher, namens Tojan, der nach der Aufgabe seines Heeres floh und nicht einmal imstande war, seine Frau aus dem Palast zu retten. Ihr tretet uns entgegen wie die großen Fallensteller? Ich löse eure Falle absichtlich aus, kommt und zeigt Aschfeld, daß es ein Fehler war, eure Armeen zu besiegen, eure Festungen zu schleifen und eure Macht zu untergraben." Auf ein Zeichen Swarnons hin, setzten

die Könige und Soldaten um die Red-Eye ihre Helme auf und zogen blank.
General Dark winkte die Seinen heran, sie bildeten einen Kreis, der sie nach allen Richtungen absicherte, die Säbel erhoben. Doch der Kreis ihrer Gegner schloß sich immer enger, bis ein Elfenkrieger, der direkt in Sharps Richtung lief, plötzlich stutzte und die Augen sichtbar unter seinem blattförmigen Helm aufriß: „Sharp Claw? Ich habe dich getötet, du lebst nicht mehr!" Sharp knurrte: „Ich bin aber sehr lebendig, finde dich damit ab, Anron." Der Elf zog den Helm ab und sein dunkelbraunes Haar fiel schimmernd und spiegelnd auf seine Schultern, er schnaufte wie ein Stier und seine Mitstreiter blieben stehen, auch die Menschen, die regelrecht erstarrten, als der Name Sharp Claw gefallen war. Anron blickte ihm direkt in die Augen: „Du bist nicht Sharp Claw. Aber wie kann es dann sein, daß ..." Die Erkenntnis kam zeitgleich mit der des Elfenkönigs, der sich weiter weg, hinter seinen Soldaten versteckt hatte. „Das ist Taaron! Der Sekundärmagier, unser Gesuchter!" riefen sie zeitgleich, woraufhin die Soldaten, die von den Begebenheiten keine Ahnung hatten, begannen, leise zu flüstern.
Ihre leisen Gespräche wurden durch eine Axt unterbrochen, keine sprichwörtliche, denn eine gewaltige Axt flog durch den Raum, wirbelte durch die Luft wie ein Kreisel und schlug in die Menschen und Elfen, die sich aus Richtung des Thrones näherten, ein wie ein Stein ins Wasser. Schreie gellten, Blut spritzte auf und Swarnon fluchte deutlich. Ironhead hatte den Raum gestürmt und seine Waffe nach vorn geschleudert. Ihm folgte Frost, der seine Schwerter nach oben hielt zum Zeichen des Angriffs, woraufhin auch noch Blade Viper und der etwas dümmliche Neffe des Generals, Steam Dark, hereinkamen und auf die Menschen losgingen. Diese Ablenkung nutzten die vier Eingekreisten und stürmten vor, jeder in seine Richtung, also bekam Sharp es mit dem entsetzten Anron zu tun.

Der Elf ließ seinen Helm fallen und griff mit aller Macht an und Sharp konterte schnell und tückisch, indem er Anrons Klinge abwehrte, zurückschlug und sofort zurücksprang um nicht selbst Opfer eines Konters zu werden. Der Elf stolperte kurz zurück, fing sich dann aber lachend wieder, dieser Angriff war aus seinem eigenem Repertoire, Sharp hatte die Lektionen in Acharon nicht vergessen. Anron sprang auf ihn zu, wirbelte das Schwert über seinem Kopf herum und ließ es wie einen Hammer auf Sharps, mit Gold verziertem Säbel rasseln. Wieder versuchte Sharp zu kontern, doch es funktionierte nicht, Anron hatte damit gerechnet und schlug Sharps Arm zur Seite, so daß sein Oberkörper ungeschützt war. Er hatte vor, den Kampf nun zu beenden und den verräterischen Menschen ins Jenseits zu befördern, doch er hatte vergessen, daß er gegen einen Red-Eye kämpfte, denn Sharp spreizte die Krallen, ballte sie zu einer eisernen Faust und rammte sie mit einem wütenden Brüllen, wobei es ihm kurz schwarz vor Augen wurde, direkt in Anrons Bauch. Der Elf flog nach hinten und riß zwei Menschen mit auf den Boden, wo er keuchte und versuchte zu atmen. Nun wurde Sharp von den anderen attackiert, einem Menschen wich er aus und zwar so schnell, daß er dem nächsten die Klinge in die Brust stach, bevor dieser sich überhaupt wehren konnte. Sharp wandte sich um die eigene Achse und erschlug den, dem er ausgewichen war, mit einem Streich, der dessen Bauch aufschlitzte. Ein Elf ließ ein paar schnelle Schläge aufeinanderfolgen, denen er allen auswich und schließlich eine Lücke fand um selbst zuzustechen.

Spear befand sich in einem wahren Blutrausch und brüllte wild um sich, schlug auf alles ein, was nach Mensch oder Elf aussah, nicht selten benutzte er dabei auf dem Boden liegende Trümmer als Waffen. Einem Elf wurde der marmorne Arm eines Ritters zum Verhängnis, denn er schlug ihm den Schädel ein. Ein Kopf, der vorhin nicht von Poison aus dem Fenster geworfen wurde,

flog quer durch den Raum und warf ein ganzes Knäuel Menschen um.
Poison wurde umzingelt, die Feinde hatten es geschafft, einen Kreis um sie zu bilden und versuchten nun, sie von mehreren Seiten gleichzeitig zu erstechen, doch sie lehnte sich weit zurück und ließ ihr langes, vor Jahren selbst geschmiedetes Schwert, über sich durch die Leiber der feigen Angreifer kreisen. Wie die Zeiger einer Uhr beschrieb Poisons Schwert innerhalb eines Sekundenbruchteils einen perfekten Kreis, der jegliche Feinde halbierte.
Da die Menschen und Elfen schnell erkannt hatten, daß sie gegen den großen General mit seinen Sensen, die schärfer waren als alles, was sie bis dato gesehen hatten, keine Möglichkeit zu siegen hatten, traten Swarnon und Dooaron dem General gegenüber. Die Könige trugen ihre besten Rüstungen und lange, schwere Schwerter, die sie beidhändig tragen mußten, wie es die neue Mode befahl. Der General hielt nichts von solchen Waffen, zumal sie bei den Red-Eye nutzlos wären, sie brauchten leichte Schwerter, die sie in einer Hand tragen konnten, wie sollten sie sonst ihre Krallen benutzen? Der Red-Eye baute sich zu voller Größe auf: „Seht ihr nicht, daß ihr verloren habt? Geht, und wir lassen euch am Leben." Die beiden sahen sich nicht dazu imstande zu antworten, sondern griffen ihn an. Swarnon duckte sich unter den langen Sensen hindurch und wollte zustechen, doch der General wich aus und nutzte den Stiel seiner Waffen, um Swarnon umzuwerfen. Dooaron wehrte die Sensen unter Aufbietung aller Kraft ab und fegte sie sogar beiseite. Der junge, arrogante König, in seiner eigenen Festung geschlagen, griff an, und zwar schnell und klug, denn er täuschte einen Angriff auf Darks Waffenarme an, was klug gewesen wäre, stieß dann aber doch nach oben, in das Gesicht des Generals. Dieser wich dem Stich gelassen aus, in dem er einfach den Kopf zur Seite neigte und die Arme zusammenzog, so daß Dooaron zwischen beiden

Sensen eingeklemmt wurde und aufgrund der Quetschungen laut aufschrie. Swarnon konnte sich kaum erheben, die Rüstung war so schwer, daß er wie ein Marienkäfer auf dem Rücken lag und mit den Armen ruderte. Der General öffnete die Sensen und ein geschlagener Dooaron fiel auf den Boden, mit eingedrücktem Brustpanzer. Dark erhob eine seiner Sensen und wollte ihm den Rest geben, doch ein Aufschrei unterbrach ihn und alle anderen Kämpfe innerhalb des Thronsaales: „*Nein!*"

Garan hatte geschrien und versuchte, Dooaron zu erreichen, der wie gelähmt, tief und schwer atmend auf dem Boden saß und wahrscheinlich nicht einmal verstand, daß er beinahe gestorben wäre. Der Elfenkönig sprang auf den Anführer der Red-Eye zu, sein Schwert erhoben, als wolle er es werfen. Der ganze Saal starrte auf den Rennenden, sich selbst und den Feind vergessend. Garan rannte neben den Säulen entlang, die im Laufe des Gefechts viele Kratzer abbekommen hatten. Sein Elfengesicht verlor alles Anmutige, als er wie besessen ausholte, um seine Waffe auf den General zu werfen, welcher sich in diesem Moment sicher war, daß er zumindest verletzt werden würde, vielleicht auch schlimmer, eine fliegende Waffe war etwas unbeschreiblich Gefährliches, auch für geübte Kämpfer, wie den General. Doch als der Elfenkönig eine weitere Säule passierte, schnellte eine Klinge hinter ihr hervor, direkt auf Höhe der Kehle des Königs. Garan lief direkt hinein, sein Kopf wurde abgetrennt, und in einem grotesken Moment, rannte der Körper ohne Haupt noch ein paar Meter weiter, bis er scheppernd und knallend auf den Boden schlug und die Fliesen mit hellem Elfenblut beschmierte.

Immer noch gebannt, blickten die Kämpfer aller Rassen auf den Boden, als Frost Icener hinter der Säule hervorkam und sich die Schwertklinge demonstrativ besah: „Ich hasse Elfen."

Mit einem Paukenschlag endete die Schlacht, die Menschen und Elfen wichen zurück, wissend, daß sie besiegt waren. Diese Tatsache wurde verstärkt durch den General, der nun endlich den wimmernden Dooaron erschlug, zwar schnell und ehrenvoll, und so, daß dieser seinen Kopf behalten konnte, doch endgültig. Swarnon wurde von seinen Kriegern aufgehoben und zu ihnen gebracht, unter die verängstigten Soldaten. Die anderen Anführer gesellten sich dazu, Tojan und Norkoff. General Dark steckte die Sensen weg und zeigte in die Mitte der Halle: „Eure Waffen und Helme legt ihr dorthin, dann dürft ihr gehen." Die Menschen und Elfen gehorchten und warfen ihre Waffen klimpernd auf einen Haufen, wo sie in der untergehenden Sonne schimmernten wie ein Berg aus Silber. Sie verließen den Thronsaal durch die geheime Tür, durch die sie gekommen waren, und ließen die Red-Eye geschlagen alleine. General Dark seufzte: „Es ist vorbei, schätze ich, wenn Ihr hier seid, Frost?" Der Kleine nickte, immer noch stolz auf sich, hatte er doch den König der Elfen besiegt. „Oh ja, General, es ist alles eingeleitet, und die Schlacht unten in der Stadt ist gewonnen. Wir werden heute Nacht hier abgeholt, dann geht es nach Aero-Kworl." Sharp verstand nicht, Kworl bedeutete Stadt, in der Sprache der Red-Eye, doch Aero war das alte Wort für Luft in der menschlichen Sprache. Er beschloß ruhig zuzuhören, doch der General hatte keine weiteren Fragen und beschloß, die Kommandanten sollten sich ausruhen. Sie setzten sich auf den Treppenabsatz vor dem Thron und redeten über die Schlacht, während Poison und Spear nach unten, in den Ballsaal, gingen, um nach etwas Eßbarem Ausschau zu halten, wie sie erzählten. Doch der eigentliche Grund war ein anderer, sie mußten sich unterhalten. „Hast du Anron gesehen?" fragte Poison. „Dieser kleine, verkleidete Mensch hat ihn tatsächlich geschlagen, ich dachte schon alles wäre vorbei, doch er hat sich gehalten." Spear hob ein Stück Brot auf. „Stimmt, ich wollte ihn schon unterstützen, doch plötzlich flog Anron an mir vorbei wie ein Vogel, hehe, Taaron hat tatsächlich seine Krallen benutzt." Poison blickte Spear angeekelt an: „Du weißt schon, daß du gerade Brot vom Fußboden ißt?" Spear nickte:

„Durchaus, und es schmeckt sogar. Schau, der alte Mann von vorhin ist weg." „Glaubst du, er hat uns an die Feinde verraten?" Poison schüttelte den Kopf: „Wohl kaum, er wirkte ehrlich und aufrecht auf mich. Wir müssen Sharp in Zukunft trotzdem noch heimlich beschützen, das weißt du aber?" Spear antwortete mit vollem Mund: „Hm ja, ich weiß, und das ärgert mich wie ein Splitter im Fleisch, ich kann kaum kämpfen, ohne einen Blick auf diesen Versager zu werfen."
General Dark stand über der Leiche Garans: „Was glaubt ihr, passiert nun im großen Wald? Wer wird neuer König?" „Anron bestimmt nicht", knurrte Ironhead fröhlich und schlug Sharp auf die Schulter, daß ihm die Luft wegblieb, „der hat gerade zuviel eingesteckt." Frost rieb sich das Kinn: „Wahrscheinlich sein Bruder, Garis, doch er ist kein Krieger, sein Gebiet ist die Magie und ihre Wege. Ich glaube, außer einer verstärkten Verteidigung und dem völligen Verschwinden der Elfen aus den anderen Ländern, weil er sie nach Hause holen wird, passiert unter seiner Führung nichts." General Dark nickte gedankenverloren: „Mag sein, doch dies ist eine klügere Taktik als gegen uns in die Schlacht zu ziehen, der Wald ist uneinnehmbar für uns." Mit einem Lächeln fügte er hinzu: „Wir können keinen ganzen Wald ausreißen, um Baumstämme zu schlagen, unter denen wir auf die Insel schleichen." Die Red-Eye lachten, er spielte auf die verwegene Taktik von Frost und Ironhead an, als sie Taaron entführen wollten. Steam Dark meldete sich zu Wort, seine Stimme klang wie das Kratzen von Fingernägeln auf einer Tafel: „Wir könnten den Wald anzünden!" General Dark blickte ihn streng an: „Dann werden sie ihn löschen oder uns schon von weitem mit Pfeilen beschießen." Steam blickte traurig aus dem Fenster.
Dort sah er eine geflügelte Gestalt auf den Thronsaal zufliegen und er teilte dies seinen Freunden mit. Dark kam an das Fenster und lächelte hinaus: „Perfekt, wir werden hier verschwinden." Ein Red-Eye mit Flügeln landete im Thronsaal, wobei Staub auf-

gewirbelt wurde. Die ledigen Flügel falteten sich knisternd auf seinem Rücken zusammen, und er erhob sich: „General Dark, Aero-Kworl und eine Delegation der Red-Eye aus Schwingen ist hier. Die Anführer sind an Bord und erwarten euch in der Kammer." Dark nickte: „Wir werden kommen."
General Dark wandte sich an seine Kommandanten: „Nun, ich will ehrlich sein, wir werden ab jetzt etwas unkonventionell reisen, besser gesagt, uns fortbewegen. Die Red-Eye aus dem Osten tragen uns nach Aero-Kworl, welches sich nicht weit von hier befindet und bereits angefangen hat, unsere Verwundeten aus der Stadt aufzunehmen." Wie auf Kommando flog ein Geflügelter durch das Fenster herein, griff nach dem General und hob ihn an den Achseln an. Dies passierte allen, nur für Ironhead brauchten sie zwei der Red-Eye aus dem Osten. Sharp wurde plötzlich schwerelos, sein Körper wurde angehoben und aus dem Fenster getragen, von wo er eine unglaubliche Aussicht genoß, Anarorun breitete sich unter ihm aus, wie ein Schachbrett. Überall lagen Körper am Boden und einige rannten hin und her, um sie zu versorgen. Er blickte über die sieben Wälle bis in die Felder vor der Stadt, er sah den kleinen Hain vor der Mauer, das Gerberviertel und die großen Echsen der Red-Eye, die sich über die Trümmer schlängelten. Als er nach oben blickte, sah er in das lächelnde Gesicht eines Red-Eye: „Keine Angst, Kommandant, ich halte euch." Sharp lächelte zurück: „Daran habe ich keinen Zweifel." Sie flogen über die Stadt, auf die Felder hinaus, die sich wie ein grüner Teppich mit mannigfaltigen Mustern unten präsentierten. Es standen noch die Belagerungswaffen der Armee da und die Krieger jubelten ihnen von unten zu. Der General flog ganz vorne und sein Träger schoß plötzlich wie ein Katapult nach oben in die Wolken, die anderen folgten ihm sofort. Sharp mußte kichern, es sah durchaus etwas lächerlich aus, die großen Kämpfer wie Rinderhälften in der Luft hängen zu sehen, was Poison, die neben ihm geflogen wurde, auch bemerkte und in sein Gelächter

einstimmte. Die Wolken, der größte aller Kinderträume, hoch, riesig und unangreifbar, stellten sich als naßkalter, unnötiger Blindflug heraus, und Sharp war froh, als sie aus ihnen heraus waren. Doch die Strapaze hatte sich gelohnt, vor ihm flog Aero-Kworl.

Wie ein Berg, der mit der Spitze nach unten in die Luft gehängt und am Fuße glatt abgesägt wurde, hing sie da, die fliegende Festung Aschfelds. Sie war tatsächlich ein umgedrehter Berg. Vor vielen hundert Jahren, als die Red-Eye die Magie für sich entdeckten und anfingen, sie gemeinsam einzusetzen, reichte die konzentrierte Magie der gesamten Zauberer Aschfelds, um den Kwan Höhen schließlich einen ihrer Gipfel zu entreißen. Die Magier schafften es, ihn schweben zu lassen und für immer dort in der Luft zu halten. Um die Festung zu bewegen, brauchte es nur einen starken Willen der Mannschaft an Bord, was die Auswahl der Soldaten erschwerte, denn ihr Charakter mußte mit dem der anderen Mitglieder kompatibel sein, daß ihr gemeinsamer Wille sie fortbewegte. Auf der glatten Oberseite wurde eine Stadt mit Festung, nach bekanntem Red-Eye-Maßstab gebaut: Kreishöfe, eine Mauer mit furchteinflößend großem Tor und einem Hauptturm in der Mitte dieser Stadt. Was die Stadt von den anderen unterschied, war lediglich ihre Position in der Luft und der Stadtturm, der sich in Aero-Kworl, ganz nach dem Vorbild der Seefahrt, Brücke nannte. Außerdem hatte die fliegende Stadt keinen Stadtschützer, sondern einen Kapitän.

Dieser Kapitän kam durch das große Tor auf die Neuankömmlinge zu, ein großer Red-Eye, dem General nicht unähnlich. „Das ist Jarnes, er gebietet über diese fliegende Stadt." Informierte ihn Poison von der Seite, während Sharp sich die Achseln rieb, die vom starken Griff des Geflügelten wund geworden waren. General Dark ging auf den Kapitän zu und gab ihm einen Kriegerhandschlag, sie sprachen eine Weile miteinander, dann nickte Jarnes. General Dark kam auf seine Kommandanten zu und rief sie zusammen: „Es ist alles bereit, wir werden nun mit den Ahnen kommunizieren können, folgt mir, es wird gleich geschehen." Sharp verstand kein Wort, ging dem General aber folgsam hinterher. Frost nahm ihn während des kurzen Marsches beiseite: „Ich sehe dein verwirrtes Gesicht und kläre dich gerne auf. Hier in Aero-Kworl gibt es etwas, das so einzigartig in der Welt ist, daß es sich nur hier, am sichersten aller Orte, befinden darf: Der Ahnenschrein, ein runder Tisch, der nur von den verschiedenen Anführern der vier Red-Eye-Stämme benutzt werden kann. Durch ihn wird eine Verbindung zu unseren Vorfahren hergestellt, und wir können uns von ihnen helfen lassen, denn sie sind im Tode unendlich weise und können in die Zukunft blikken, dürfen diese aber nur in Rätseln aussprechen, sonst werden sie von Jataro, unserem Gott, gestraft, denn er allein kontrolliert die Wege des Schicksals. Der Schrein wird durch die Waffen der Anführer aktiviert, die auf ihn gelegt werden müssen, auf die Mitte zeigend, zum Zeichen, daß die Lebenden von den Toten wissen und ihrem Rat mit den Waffen folgen. Was die Ahnen sagen, gilt für alle Völker." Sharp war fasziniert: „Doch was, wenn ein Ahne erscheint, der den Lebenden nichts nützt, irgendein vor langer Zeit verstorbener, nichtswissender?" Frost grinste, Sharp hatte den Großteil verstanden: „Du mußt wissen, wir rufen die Namen der Ahnen, die wir sprechen wollen, laut aus, es kommt selten vor, daß ein anderer erscheint und wenn, dann nur um etwas Wichtiges mitzuteilen, von dem die wichtigeren Verstorbenen nichts wissen. Noch etwas, Sharp Claw, überlasse den vier Anführern das Wort, unterbreche niemanden, denn die Ahnen sind stolz, sie haben, wie ein Sprichwort in unserer Zunge sagt: eine silberne Seele." Während Sharp von Frost unterrichtet wurde, traten sie durch das Tor und fanden sich in einem Gang mit vielen Portalen wieder, typisch für Red-Eye, der Gang sah den endlosen Korridoren in Tinwatuk zum Verwechseln ähnlich: „Solltest du etwas zu sagen haben, so mußt du dich melden, wie ein Schulkind, auch wenn es bescheuert ist. Habe keine Angst, die Geister werden nur mit den Anführern sprechen." General Dark führte sie in einen großen Raum, der einen großen, runden Tisch als einziges Mobiliar enthielt, der Ahnenschrein. Komplett aus weißem Stein, beschrieb er einen perfekten Kreis. In der Mitte des Tisches war ein Stein, oder vielleicht auch gefärbtes Glas, von der Größe eines Wassertroges eingelassen. Tiefrot spiegelte er die Umstehenden wieder, die vier Anführer der vier Red-Eye Stämme. Am oberen Ende stand ein Red-Eye, größer noch als Ironhead, in Felle gekleidet. Er trug einen Bart, der das ganze Gesicht bedeckte, und an seinem Gürtel hing eine Kopie von Ironheads Axt, nur reicher verziert und mit Symbolen beschrieben. Neben ihm stand ein kleiner Red-Eye, der nicht wie ein gewöhnlicher dieser Rasse aussah, denn seine Augen waren voller kleiner Waben und Striche wie die Augen einer Fliege, nur die Säbelform entsprach den gewohnten Augen. Über seinen Brauen sprossen Fühler aus der Stirn, die mit jeder Bewegung hin- und herwackelten und sich in einem Bogen über den gesamten Kopf nach hinten spannten. Er erinnerte sich an das Gespräch mit dem General in der Flugtreppe, mit diesen Fühlern konnte er seine Feinde schon Kilometer voraus erspüren. Am unteren Ende, vor dem Eingang, baute sich der General auf, mit seinen blauen Augen und den wie verdorrte Flügel aussehende Sensen auf dem Rücken wirkte er nicht weniger eindrucksvoll als die anderen. Neben ihm stand Fog, der König der östlichen Red-Eye, das Kinn stolz nach vorne gereckt, die riesigen Flügel auf dem Rücken zusammengefaltet.

Der König der nördlichen Red-Eye meldete sich zu Wort, seine Stimme dröhnte in der Brust mit ihrem tiefen Baß: „General Dark, ich wußte, daß du es nicht unter Deep Axe aushältst, ich wußte, daß du uns bald beehren würdest." Es war eine Anspielung darauf, daß die anderen Stämme bereits auf das Attentat auf den ehemaligen König Aschfelds gewartet hatten. General Dark ver-

beugte sich kurz: „Danke, Gorwolk, und ich hoffe, die anderen Völker werden sich nun wieder voller Vertrauen an Aschfeld wenden, wenn sie in Not sind, so wie wir es nun tun." Eine zischelnde Stimme, als ob eine Schlange versuchte zu sprechen, antwortete, es war Hunter Sensener, der König der Red-Eye aus dem Süden: „Das werden wir tun, die Red-Eye aus Sturmland, die Einwohner von Skorpes, freuen sich, daß ihr Brudervolk im Nordwesten wieder erstarkt ist, General, und begrüßen Euch als legitimen Nachfolger des korrupten, verlogenen Königs." Fog nickte, wobei sein Kopf die arrogant erhobene Stellung doch nie verließ: „Ebenso wie Schwingen." „Und Eisfeld", tönte Gorwolk aus dem Norden, wobei er den Raum mit seiner Stimme zum Beben brachte. General Dark verneigte sich kurz: „Ich freue mich, unter so edlen Red-Eye zu leben, wir sind stolz, dieses heilige Ritual mit euch über gerade erobertem Boden begehen zu können." Gorwolk nickte, was seinen Bart zum Rascheln brachte: „Dann fangen wir an?" Er wandte sich an Fog, welcher eine Hand erhob zum Zeichen, ob noch jemand etwas sagen wollte. Niemand rührte sich, also ließ er sich von einem seiner Krieger seinen langen, spitzen Speer geben, welchen er, mit der Spitze in Richtung des Glases in der Mitte, auf den Tisch legte. Gorwolk zog seine Axt aus dem Gürtel und legte sie ebenfalls auf den Schrein, Hunter zog seinen Säbel aus dem ledernen Schaft am Gürtel. Der Säbel war mit anderen Schriftzeichen verziert als die aus Aschfeld und die Bilder waren verschlungen und nur schemenhaft dargestellt. Der Säbel wurde von seinem offensichtlich stolzen Besitzer auf den Schrein gelegt. Folgte noch der General, der beide Sensen aus dem Rückenhalfter zog und sie nebeneinander, die Klingen nach links und rechts abstehend, wie die anderen Waffen ablegte.
Auf ein unsichtbares Zeichen hin, nahmen alle Anwesenden Haltung an, Stiefelfersen schlugen stumpf aneinander, und es wurde scharf eingeatmet, als würden Rekruten ihrem Kommandanten

gegenübertreten. Diese Pose hielten sie eine Minute lang durch, dann sagte der General: „Ich bin der Meinung, wir sollten den Vater des verstorbenen Königs Aschfelds rufen, nämlich Blood Axe, er hat gut regiert und konnte nichts dafür, daß sein verzogener Sohn das Land in den Ruin führen wollte." Die anderen nickten. „Und ich möchte mit einem verstorbenen Magier unseres Volkes sprechen", wandte Fog ein, womit sich die anderen einverstanden erklärten, anscheinend wurden die Geister für jedes Volk einzeln aufgerufen, jeder König durfte Fragen, die sein eigenes Reich betrafen, stellen und das am besten an verstorbene Landsleute. Gorwolk tat kund, daß er mit seinem eigenen Vater sprechen wolle, Hunter machte deutlich, daß er Kontakt zu einem der vor tausend Jahren lebenden ersten Süd-Red-Eye aufnehmen wolle, um ihm einige Fragen über die Riesenskorpionzucht zu stellen, zweifellos ein wichtiges Thema für sein Volk, denn würden sie die enormen Tiere in Sturmland nicht zähmen, würde es keine drei Tage dauern und ihre Hauptstadt wäre Opfer von Amok laufenden Echsen und Skorpionen geworden.
Die Reihenfolge war schnell festgelegt, General Dark, als Neuling in der Runde, gab sich mit dem letzten Platz zufrieden. Hunter durfte beginnen, konnte seine Frage doch über ein ganzes Volk richten. Der kleine, wuselige Red-Eye mit den Fühlern und Insektenaugen sog tief die Luft ein und sagte laut den Namen des Angerufenen. In der Mitte des Tisches glomm die rote Fläche plötzlich auf, heller und heller, bis sie in dem Blutrot, welches den Augen der Red-Eye entsprach, förmlich brannte. Für einen kurzen Moment wurde das Licht zu hell und die Umstehenden schlossen die Augen. Als sie die Augen wieder öffneten, stand der silberne Geist eines südlichen Red-Eye auf dem Schrein, ins Leere blickend, den Mund halb geöffnet. Hunter schluckte heftig, er war sehr aufgeregt: „Weiser Geist unseres verstorbenen Bruders, ich frage dich, wie kann mein Volk, die Herrscher des Südens, die wilden Skorpione in den unendlichen Dünen im

Westen unseres Landes zähmen?" Der Geist senkte seinen Blick bis er in Hunters aufgeregte Augen starrte: „Bruder, unter den Lebenden, dein Begehr' ist mir klar", die Stimme klang rauchig, flüsternd und vollkommen leer. „Die Skorpione sind wie jedes andere Tier, sie folgen der Natur, sieh die Vogelmutter, die ihr Junges nicht mehr annimmt und nährt, da ein Knabe es in der Hand hatte, und es in das Nest zurücklegte." Der Geist verschwand wieder, völlig unspektakulär. Hunter senkte den Kopf, dann kam ihm eine Lösung für das Problem und er lachte glücklich auf: „Der nächste, mir und meinem Volk wurde geholfen." Nun schloß Gorwolk konzentriert die riesigen Augen, dann sagte er mit lauter Stimme den Namen seines Vaters, der ebenfalls Gorwolk hieß, nur sein Titel lautete anders. Der lebende Gorwolk nannte sich „Vater des Nordens", sein Vater trug den Titel „Jener, der das Eis bändigt". Es folgte das gleiche Schauspiel wie vorher, rotes Glühen, ein Lichtblitz und dann stand Gorwolks Vater auf dem Schrein als durchsichtiger Geist, er sah seinem Sohn zum Verwechseln ähnlich. Der Sohn stellte eine Frage, die politischer Natur war, weniger kriegerisch, denn er wollte wissen, wie er mit den, in seinem Reich aufkommenden Problemen mit den penetranten Red-Eye, die forderten man müsse den König abschaffen und eine Volksherrschaft einführen, umgehen solle. Die Antwort fiel einfach aus, selbst der wenig mit Rätseln am Hut habende Sharp Claw erriet, daß die Antwort auf die Frage so etwas wie „Bringt sie alle um!" lautete. Fogs Magier war da schon interessanter, als dieser auf dem Tisch erschien, fragte der König des Ostens: „Sage mir, Bruder im Tode, was soll mein Volk tun, wenn die Magie schwindet, die unsere Stadt in der Luft hält wie Aero-Kworl hier?" Der Magier schien zu überlegen, dann blickte er Fog an: „Sieh das Schiff, welches mit tüchtiger Mannschaft und starken Segeln in See sticht, so wie der Kapitän entscheidet, der Navigator lenkt und plant, die Matrosen arbeiten, so fährt das Schiff. Sind sie sich uneins, so gerät das Schiff in einen

Sturm und verliert seine Ladung." Der Magier verschwand. Fog blieb erstaunt zurück, wollte dieser Geist etwa sagen, daß sich das Volk der geflügelten Red-Eye uneins war? Diese Frage konnte niemand außer Fog selbst beantworten. Sie ließen ihm eine Minute Bedenkzeit, dann trat der General vor. Er schloß konzentriert die Augen, wie Gorwolk es getan hatte, und sagte dann sehr deutlich: „Blood Axe."
Die Fläche in der Mitte glühte rot, ein Lichtblitz erschien und ein Red-Eye in der gewohnten Tracht eines Aschfelder Kriegers stand auf dem Tisch. Der General atmete tief ein: „Blood Axe, deine Regentschaft blieb unter deinen lebenden Brüdern unvergessen, Ruhm und Ehre wurden Aschfeld unter ihr Zuteil, und nun bittet dein Volk dich im Tode um Rat. Es hat soeben Anaronun eingenommen, die anderen Völker verschanzen sich, es wird leer im Land, was sollen wir tun? Nahwettern steht noch in voller Stärke gegen uns, der große Wald ist zu einem Zufluchtsort für alle, die uns fürchten, geworden." Blood Axe hob den Kopf: „Ihr steht nun vor der Wahl, gebt ihr euch zufrieden, oder wagt ihr alles? Wagt ihr alles, so muß Feuer brennen, gebt ihr euch zufrieden, werden eure Seelen brennen. Doch laßt mich etwas sagen, eine Lüge führt euch nicht zum Sieg, nur wer reinen Herzens ist, kann die Welt unterjochen und ein Volk zum Sieg führen." Blood Axe verschwand nicht, er schien eine Antwort des Generals zu erwarten, welche dieser auch sehr aufgeregt gab: „Mein Herz ist rein, Bruder, ich bin bereit, mich für unser Volk zu opfern." Blood Axe nickte: „Durchaus, dein Herz ist rein, General, doch um zu siegen, braucht das ganze Volk ein reines Herz, dieses schenkt euch Jataro nun, denn er hat es verwahrt wie einen Schatz."
Ohne daß ein Name aufgerufen wurde, begann der Schrein wieder zu leuchten und Blood Axe blieb darauf stehen, während die Lebendigen zurückschreckten oder scharf und verängstigt nach Luft schnappten. Der Lichtblitz kam und ein zweiter Geist stand zwischen ihnen, doch er war anders, während Blood Axe nur

eine durchsichtige Silhouette war, schien dieser Geist fest, obwohl völlig farblos. Den Kommandanten rutschten die Kinnladen herunter. Sharp blickte den Neuankömmling nervös an. Der Geist bewegte sich plötzlich, lief auf dem Tisch umher, nach den Augen des Generals suchend, als er sie schließlich fand, lächelte er so finster, daß es dem Grinsen des Generals alle Ehre machte: „Ich bringe euch das Feuer, ich bringe uns den Sieg." Der Geist setzte sich auf den Rand des Altars und kletterte schließlich ganz herab. Die Red-Eye keuchten erschrocken auf, dies war unmöglich, allerhöchstens der höchste Gott, Jataro, konnte eine Seele auf Wanderschaft schicken. Dies schien hier geschehen zu sein, denn der Geist war sehr real, er gab dem seltsamerweise lächelnden General einen Kriegerhandschlag und begrüßte auch alle anderen Kommandanten. Als er schließlich vor Sharp stand, hielt er inne. Seine Stachelhaare hingen ihm ins Gesicht, er wirkte aus der Nähe betrachtet irgendwie ausgemergelt und müde. Der Geist stand vor ihm und blickte zu Boden, faßte sich scheinbar aus Affekt durch die Stachelhaare in den Nacken. Immer noch ohne Blickkontakt sagte er: „Ich habe dort hinten eine Narbe, ein Loch von einem Pfeil. Dies", er blickte auf und sah ihm in die Augen, „ist das einzige, was uns beide von außen unterscheidet, Taaron." Die silberne Hand faßte nach seiner und Taaron verspürte ein ähnliches Gefühl wie damals, als er mit Garis in seine Erinnerungen reiste. Ihm wurde schwarz vor Augen und sein Körper schlug auf dem Boden auf. Eine Stimme und zwar die des Geistes von eben, nur viel lebendiger und noch kratziger, bösartiger und lüsterner als jene von Sharp Spear, weckte ihn: „Du bist der Nachfahre des großen Magiers? Ich freue mich, dich zu sehen, und mir gefällt die Wahl deiner Tarnung." Der am Boden liegende öffnete die Augen, er schien sich in einem weißen, leeren Raum ohne Wände und Tür zu befinden. Langsam erhob er sich, wobei er bemerkte, daß seine Hände sich verändert hatten, die eisengrauen Striche in den Handflächen waren verschwunden, keine Stachelhaare raschelten neben seinen Ohren. Er war wieder zu dem unwichtigen Menschen Taaron geworden, der vor seinen Pflichten floh und das Böse fand. Ihm gegenüber stand der, dessen Rolle er einnehmen wollte, Sharp Claw, ein Red-Eye, der wie ein Gott von den Kriegern verehrt wurde, ein Mörder und Schlächter, der niemals vor seinen Pflichten davongerannt war. Er sah ihn mit seinen roten, großen, scharfen, säbelförmigen Augen an: „Hast du zugehört, Menschlein? Ich sagte, daß mir deine Tarnung gefällt, wenn sie auch völlig unmöglich gewählt ist, wie konntest du nur glauben, meine Brüder würden dich nicht entlarven?" Taaron zitterte: „Ich wußte nicht von dir und deiner Geschichte." Sharps Grinsen wurde breiter: „Das habe ich gemerkt, jedes Wort von dir war unsicher, jeder Kampf ein Spiel auf Leben und Tod, so etwas ist mir nie passiert. Doch trotzdem muß ich dir danken und zwar nicht hämisch, sondern ehrlich, denn du hast meinen Mythos am Leben gehalten, obwohl ich ihn nie absichtlich erweckt hatte. Du hast mir die Chance gegeben, meinen Körper wiederzuerlangen." Der Mensch war völlig am Ende und fühlte sich, als ob alle Gefühle in ihm, seien sie gut oder schlecht, auf ein ursprüngliches, unbeeindrucktes Nichts zurückgespult wurden: „Wo sind wir?" Sharp blickte sich um. „Dies ist eine Art Warteraum, hier wandern die Seelen der Verstorbenen hindurch, nachdem sie den Körper verlassen haben. Wenn ihnen ihr Gott gewogen ist, lädt er sie zu sich in den Himmel ein. Doch wir beide sind aus einem anderen Grund hier, denn wir sind zwei Seelen, die Anspruch auf denselben Körper erheben. Dies ist unmöglich." „Es ist mein Körper", protestierte Taaron leise und verängstigt, woraufhin Sharp nickte: „Mag sein, doch du lebst mein Leben damit." Der Mensch erhob sich vollends, dem Red-Eye in die Augen blickend. Sharp Claw, jener, der er vorgegeben hatte zu sein. Er kam näher, Taaron blieb stehen. Als er direkt vor ihm stand, blickte er ihm tief und eindringlich in die Augen: „Nun ja, ich hätte mit jemand Feigerem gerechnet, nicht mit einem, der

es sogar fertigbringt, Anron in den Bauch zu schlagen und damit davonzukommen", er lachte. „Tut mit leid, da wir nun im selben Boot sitzen, kann ich deine Erinnerung sehen. Oh, wundervoll, ich habe mich immer schon gefragt, wie es in Acharon aussieht." Sharp genoß es vollkommen, hörte aber schnell wieder auf: „Ich bin kein böses Wesen, Taaron, kein Dieb wie du. Deshalb werde ich dich jetzt ganz gerecht aus diesem Leben werfen, als ob du nichts wärst."
Die Red-Eye hatten den Schrein völlig vergessen, sie hatten sich um den in sich zusammengekauerten Sharp Claw versammelt und blickten voller Schrecken auf ihn herab, als dieser plötzlich zu sprechen begann, in einer seltsamen Menschenstimme und als Sharp Claw, beide schienen den Körper zu beanspruchen. Sie hörten zu, bis Sharp sagte, er werde Taaron aus diesem Körper werfen, denn danach riß Sharp plötzlich die Augen auf und sein Schrei zerriß die Luft. Er stand abrupt auf, drehte und wandte sich in augenscheinlich unsäglichen Schmerzen, bis er mit dem Kopf auf die Oberfläche des Schreines knallte. Dann verstumme er und erhob sich langsam, als ob es ihm Mühe machte, seinen Körper zu bewegen. General Dark trat hinter ihn: „Sprich zu uns." Sharp faßte sich an den Kopf: „Anron lebt, dieser Idiot hat ihn nur umgeworfen." Die Red-Eye jubelten, der echte, verstorbene Sharp Claw war in Taarons verwandelten Körper eingekehrt. Poison umarmte ihn glücklich, Spear schlug ihm auf die Schulter: „Ich bin stolz auf dich, Vetter, mehr als vorher schon", teilte er ihm voller Freude mit. Der General stand nur da und grinste. Als sie von ihm abließen, atmete Sharp tief durch: „General, als ich tot war, habe ich erfahren, was Blood Axe mit seinem Rätsel meinte, und ich muß es Euch unter vier Augen sagen, denn die Auswirkung dessen, wird das Gesicht dieser Welt entstellen." Der General nickte ernst: „Dann komm mit, Sharp, wir haben keine Zeit zu verlieren."

Die beiden gingen, während der Rest der Kommandanten nach einer Kantine oder zumindest etwas Eßbarem suchten. Nur die Könige der anderen Stämme und einige ihrer Diener blieben völlig perplex zurück. „Ich glaube, der General muß uns über so einiges aufklären", bemerkte Fog sarkastisch, woraufhin die anderen nickten. „Was ist mit seinem besten Krieger passiert? War er besessen von einem Dämon?" fragte Gorwolk etwas ratlos, doch Hunter schüttelte den Kopf, er hatte von der Geschichte erfahren: „Durch einen Zufall habe ich mitbekommen, daß Sharp Claw vor einiger Zeit verstorben war, und wie aus dem nichts ist er plötzlich wieder aufgetaucht. Mein Hofmagier hat gesagt, daß er etwas Großes aus den Ländern der Menschen spüre, wie ein unterschwelliges Brummen oder ein seltsames Gefühl im Bauch, doch es war zu weit weg, um es zu deuten."

Poison saß an einem großen Tisch, neben Spear und dem Kapitän Jarnes, der sich sehr für die Ergebnisse der Beschwörungen interessierte: „Und dann war er wieder der Alte? Unglaublich, aber wir wollen uns ja nicht beschweren, denn es bringt uns einen Vorteil. Was haben die anderen Könige gefragt?" Spear zählte ihm mit vollem Mund die Geister auf, ein erfahrener Tierfänger, der verstorbene König Gorwolk, also: „Jener der das Eis bändigt", ein Magier und König Blood Axe, der nur die Eröffnung für Sharp Claw war. Jarnes nickte freudig: „Hervorragend, ich werde veranlassen, daß ihr eine Weile hierbleibt, oder müßt ihr schon zurück auf den Boden?" Poison zuckte müde die Schultern: „Hoffentlich nicht, aber es ist die Entscheidung des Generals. Ich glaube aber, daß die Nachricht Sharp Claws die er aus dem Jenseits mitbrachte, unsere Weiterreise bestimmen wird, egal wohin sie uns führen sollte." Jarnes erhob sich, seinen Teller in der Hand: „Ich verspreche euch, daß Aero-Kworl euch so weit wie möglich tragen wird, bis ihr am Ort eurer Bestimmung seid." Er entfernte sich. Poison schmeckte ihr getrocknetes Fleisch nicht besonders, am Boden hätte einer jagen gehen können, doch hier waren sie auf haltbar gemachte Lebensmittel angewiesen. Sie blickte nach links, ihren Kampfgenossen Spear schien dies nicht zu stören, im Gegenteil, er verschlang das versalzene, harte Fleisch wie ein Wolf. Ihr Blick ruhte auf seinem kauenden Gesicht, er war zwar ein unausstehlicher Kerl, wenn andere Männer in der Nähe waren, doch im Geheimen hörte er immer auf ihren Rat, und er würde Poison niemals im Stich lassen. Für so einen guten Mitstreiter ertrug sie auch gerne seine kleinen Provokationen, denn er war bis jetzt immer zur Stelle gewesen, sei es in der Schlacht, oder als Poisons Schwester Jala krank wurde und sie das Haus nicht verlassen konnte. Damals hatte er ihr jeden Tag frische und gesunde Kräuter vom Markt mitgebracht, auch wenn sie insgeheim vermutete, daß Slana, Sharp Claws Frau, denn bei ihnen lebte er eine Weile, ihm sagte, welche er nehmen sollte. Nun flogen ihre Gedanken zu Sharp Claw, er war oft einzelgängerisch, vergaß aber niemals jemanden, an Mut und Leidenschaft kam er Spear gleich, doch Sharp war immer klüger und besonnener gewesen. Jeder Red-Eye besaß die Fähigkeit, völlig die Kontrolle über sich zu verlieren, aber trotzdem bei vollem Bewußtsein zu bleiben. Diesen Geisteszustand nannte man die Red-Eye-Rage. Sie überkam einen Krieger, wenn er verletzt wurde, und rettete ihn oft vor dem Tod, denn sie machte hemmungslos, blutrünstig und resistent gegen Schmerzen. Die meisten Red-Eye, wie Poison, hatten die Rage noch nie verspürt, denn sie kam oft erst auf, wenn der Körper viel Blut verloren hatte oder ein überwältigendes Gefühl wie Todesangst vom Geist eines Red-Eye Besitz ergriff. Ihr war so etwas noch nie passiert und sie hoffte, daß es auch nie passieren würde, doch es gab Krieger, die diese Rage bewußt, während des Kämpfens herbeiführen konnten, durch harte Schläge, die der Schwerthand weh taten, oder dem bloßen Denken an eine Niederlage. Sharp Claw war einer dieser Krieger, er steigerte sich während einer Schlacht in einen Blutrausch, der alles in den Schatten stellte, was sie bis dato gesehen hatte. Er schlug jeden Feind kurz und klein und preschte als erster in die Reihen. Einem Gerücht nach, war der General ebenfalls dazu fähig, doch er war der beste Krieger der Welt, besser noch als Sharp Claw, es brauchte schon eine ganze Armee von Anrons um ihn überhaupt in Bedrängnis zu bringen, daß er dabei verletzt würde, war noch nicht gesagt. Spear war es ein paar Mal gelungen, doch er verhielt sich dann genauso wie sonst auch, denn selbst in einem normalen Kampf schlug er alles kaputt, was nicht schnell genug in Sicherheit war. Poison lächelte leise in sich hinein und schob den Teller mit Fleisch beiseite.

Frost und Ironhead warteten vor der Tür, in der Sharp Claw und General Dark verschwunden waren. Auch sie plagte der Hunger, doch Frost hätte sich eher selbst eine Hand abgebissen, als nicht zu erfahren, was nun geschehen solle, denn mit dem Fall Anaronuns war die Hälfte des Krieges gewonnen, dessen Ende aber noch nicht in Sicht. Ironhead wandte den Kopf unsicher hin und her: „Ist Sharp Claw wieder der Alte, Frost?" Der kleine Red-Eye mit den Zwillingsschwertern am Gürtel lächelte: „Genau, Ironhead, und er hat im Reich der Toten viele wichtige Informationen bekommen, die er dem General gerade mitteilt."
„Und dann uns", bestätigte Ironhead hoffnungsvoll, woraufhin Frost kicherte. Seine Beine brachten ihn um, die Schwerter schienen Tonnen zu wiegen, selbst seine Stachelhaare zogen wie Eisengewichte an seinem Kopf.

Endlich öffnete sich die Tür, General und Kommandant traten hervor, beide blaß und ausgezehrt. Ohne einen Kommentar liefen sie den Gang aufwärts, in Richtung Brücke, offensichtlich suchten sie Jarnes.

Frost und Ironhead wechselten einen nervösen Blick und folgten den beiden.

Blade Viper befand sich bereits auf der Brücke, einem großen Raum, der sich ungefähr dort befand, wo in einer normalen Stadt das Büro des Stadtschützers sein sollte, knapp unter der Spitze des Turmes. Doch die Brücke Aero-Kworls unterschied sich gewaltig von den Büros der Stadtschützer Aschfelds, hier waren keine Wände vorhanden, die Decke wurde von dicken Säulen getragen, die immer wieder aus dem Boden wuchsen wie steinerne Bäume. Jarnes saß auf einem großen Stuhl, etwas erhöht, von wo aus er alles überblicken konnte. Vor ihm saßen Navigatoren, Kommandanten und einige Red-Eye der drei anderen Stämme, die sich, wie Blade, ganz einfach nur aus Interesse hier befanden. Der Armeekommandant genoß die Aussicht. Jene, die sich vor dem Fenster bot, und jene, die sich in Zukunft bot, jetzt, wo der echte Sharp Claw wieder unter ihnen weilte. Blade verschränkte stolz die Arme auf dem Rücken, streckte die Brust hinaus und bekam das eroberte Anaronun zu sehen, wo die Red-Eye gerade ein Feldlager aufbauten. Sharp Claw, dieser Mann war ihm ein Rätsel. Blade hatte ihn schon vor langer Zeit beobachtet, genauer gesagt, seit dem Moment, in dem er aus der Kommandantur Thrillers entlassen wurde. Sharp Claw bewies sich schon früh als Einzelkämpfer und als Kommandant, seine Anwesenheit entschied ganze Feldzüge. Die Krieger glaubten an ihn wie an einen Erlöser, denn er ging oft durch ihre Reihen, klopfte ermunternd auf Schultern, oder kämpfte absichtlich neben jungen Red-Eye, die ihre erste Schlacht schlugen und Angst hatten wie die Hasen. Diese Jünglinge vergaßen Sharp niemals, der Kommandant, der nicht nur Befehle gab, nein, der sie sogar selbst ausführte. Er hörte immer auf seine Männer, wenn sie ihn überstimmt hatten, oder wenn sie einen anderen Vorschlag machten. Als er nach der ersten Schlacht um Aaijang feige ermordet wurde, fiel die Moral der Krieger Aschfelds in sich zusammen wie ein Kartenhaus. Seine Rückkehr oder, besser gesagt, das Auftauchen des verkleideten Menschen Taaron, entfachte eine Legende um ihn, er mußte einfach ein unbesiegbarer Gott sein, der Retter der Red-Eye. Nun, da er wirklich wieder zurück war, glaubte Blade fast selbst daran. Als plötzlich die Tür aufflog und der General, gefolgt von Sharp, eintraten, wurde er aufmerksam, denn beide sahen müde und nervös aus. Ihnen folgten Frost und Ironhead. Jarnes wandte sich sofort den Neuankömmlingen zu, doch der General würgte jede Freundlichkeit mit einer verärgerten Handbewegung ab: „Jarnes, wir müssen so schnell wie möglich nach Tinwatuk fliegen. Es steht ganz Aschfeld auf dem Spiel." Jarnes nickte wortlos und gab die entsprechenden Befehle an seine Kommandeure weiter, doch der General wollte noch mehr von ihm: „Sind noch einige der östlichen Red-Eye an Bord? Denn ich brauche jemanden, der eine Nachricht so schnell wie möglich nach Tinwatuk bringt." Der Kapitän wies auf die Geflügelten vor den Fenstern: „Kann einer von euch eine Nachricht überbringen?" Einer trat vor, die Flügel stolz spreizend: „Ich stelle mich bereit." Glücklich schüttelte Dark ihm die Hand: „Ich danke Euch, Aschfeld wird diesen Dienst nicht vergessen, hier, die Nachricht. Händigt sie nur dem Stadtschützer persönlich aus." Er übergab dem Soldaten eine Papierrolle, versiegelt mit Wachs. „So schnell wie möglich, bitte", fügte er noch hinzu. Der Bote lächelte: „Ich bin schon auf dem Weg, General Dark." Mit diesen Worten lief er aus der Brücke hinaus, auf den Innenhof zuhaltend. Während Sharp ihm erleichtert nachblickte, sank der General in einen der vielen Sessel vor verschiedenen Tischen, auf denen Karten der ganzen Welt lagen. „Ich stehe noch tiefer als vorher in Eurer Schuld, Jarnes", er lachte grimmig. „Wenn dieser Krieg vorbei ist, lasse ich dir deine ganze Festung vergolden, und wenn ich sie selbst anmalen muß." Der Kapitän erwiderte das Lachen dennoch leise, die Nervosität des Generals hatte ihn besorgt: „Darf ich nach dem Grund fragen, warum wir nach Tinwatuk müssen?" Dark seufzte nur und Sharp trat näher: „Im Jenseits, war es mir möglich, in die Zukunft zu sehen, nur ein

Ausblick, als ob man ein Schmuckkästchen einen kleinen Spalt breit öffnet, so daß gerade genug Licht hineinscheint, um zu erahnen, was darin ist. Und ich habe ein Täuschungsmanöver und einen verheerenden Angriff auf unsere Heimat gesehen." Jarnes riß erschrocken die Augen auf, doch Sharp sprach weiter: „Tinwatuk wir in wenigen Tagen angegriffen werden, und zwar von der großen Streitmacht Nahwetterns, der besten Krieger der Menschen. Sie haben diese Armee vor sage und schreibe sieben Monaten auf die Reise geschickt und alles getan, um sie vor uns zu verbergen, was auch funktioniert hat. Denn diese Armee hat das, in der Menschenwelt, namenlose Gebirge bis zu seinen südlichsten Ausläufern abgetrabt und ist von Süden her in unsere Heimat eingedrungen. Haschnad Tinwatuk ist die mächtigste Festung die ich kenne, doch im Moment unterbewaffnet, denn alle unsere Krieger sind hier, in Anaronun." Jarnes ließ die Arme sinken, sein Blick war vollkommen entmutigt: „Und nun? Wie lange wird es sich halten können?" „Nicht, bis diese Armee wieder zurück ist", antwortete Sharp direkt. General Dark erhob sich, zumindest war etwas Farbe in sein Gesicht zurückgekehrt: „Deswegen wird die Stadt evakuiert, dies habe ich in dem Brief angeordnet, den ich Nightfly geschickt habe." Jarnes dachte nach, während die fliegende Festung sich langsam in Bewegung setzte, mühsam, als ob die Luft voller Balken und Hindernisse wäre. „Und wenn die Armee unsere Leute verfolgt? Es wäre nicht das erste Mal, daß sich die Menschen an unschuldigen Bürgern vergreifen." „Daran habe ich auch gedacht und eine Lösung gefunden: Die Flüchtlinge müssen auf die vier anderen Städte verteilt werden, also Nord, Ost, Süd und West-Kworl. Um sie alle zu erreichen, müßten sie sich aufteilen, und so würden sie verlieren. Tinwatuk ist, sogar unterbesetzt, uneinnehmbar für eine durch vier geteilte Armee und die anderen Städte verfügen ja über ihre starke Verteidigung. Sie werden sich halten." Kapitän Jarnes blickte aus den großen Fenstern in Richtung Osten: „Aber trotzdem werden sie Tinwatuk zerstören, denn von außen werden sie nicht sehen, daß es leer ist." Es klang bitter und trotzig und gleichzeitig auch wütend, ein Red-Eye dachte an Vergeltung, noch bevor ihm etwas angetan wurde. „Nein, Jarnes, die Menschen werden es nicht zerstören, sie können es nur angreifen. Du sollst es als erster erfahren, denn wir gedenken, die große Falle einzusetzen, jene, die unsere Ahnen in Tinwatuk errichtet haben, um sich nicht von den Menschen besiegen lassen zu müssen." Jarnes blickte den General an, in seinem Gesicht spiegelte sich eine wilde Mixtur aus Gefühlen; Wut, Trauer, Auflehnung, Unverständnis, bis er schließlich nickte: „Damit rechnet niemand. Und wir versetzen der Welt einen Schlag, von dem sie sich nicht erholt. Du weißt, daß die Großfalle diese Welt vernichten kann?" General Dark grinste: „Durchaus, aber ich vernichte eher die Welt, als daß ich zusehe, wie ein Mensch über die Gräber von Tausenden tapferen Red-Eye marschiert und sich seiner unverdienten Freiheit erfreut." Sharp knurrte zustimmend: „Und ich glaube auch nicht, daß die Welt sich von diesem Schlag erholen muß, denn danach steht uns nichts mehr im Weg. Ursprünglich wurde die Großfalle konzipiert, um uns alle zu vernichten, wenn die Menschen den Krieg gewinnen sollten. In so einem Fall hätte sich das gesamte Volk der Red-Eye damit selbst gerichtet und die Feinde im Westen mit in das Verderben gerissen. Nun benutzen wir diese Waffe, um nur unseren Feind zu vernichten." Hinter der Gruppe machte sich Frost bemerkbar: „Ich bin anderer Meinung, verzeiht, denn nur wir, hier oben in Aero-Kworl, werden vor den Auswirkungen dieser Waffe völlig sicher sein, General. Die anderen Red-Eye und selbst, wenn sie sich verstekken, könnten ebenso betroffen sein." General Dark drehte sich grinsend um: „Nicht ganz, Frost, die Städte aller Red-Eye in Aschfeld, Schwingen, Sturmland und Eisfeld sind sicher, bis auf Tinwatuk, welches der Ausgangspunkt für die Falle ist." Ironheads monotone Stimme drang unter seiner Maske hervor: „Also passiert unseren Leuten nichts?" Die anderen nickten bestätigend, nur Frost ließ den Kopf hängen. General Dark trat an ihn heran: „Ich weiß, daß es schwer ist, der Preis für diese Waffe ist hoch. Doch sieh, wenn wir die Menschen unsere Hauptstadt einnehmen lassen, werden sie etwas anrichten, wogegen Hatik nur ein Scharmützel war." Frost hob aufgeregt den Kopf, er war in Hatik gewesen, ebenso wie der General und Nightfly, der jetzige Stadtschützer, und so etwas wollte er nie mehr erleben. Doch jener, der in Hatik am meisten gelitten hatte, war Ironhead, und er zeigte es: „Oh nein! Nicht noch einmal, ich will nicht, daß mehr Red-Eye leiden müssen."

Es war beschlossen. Die Großfalle der Red-Eye würde eingesetzt werden. Auf dem Flug nach Aschfeld schwiegen jene, die es wußten und nahmen im Stillen abschied. Sie konnten nur hoffen, daß Nightfly die nötigen Schritte eingeleitet hatte, um die Stadt zu evakuieren. Als sie die Kwan Höhen passierten, die Gipfel über dem verbotenen Weg, konnten sie das Leuchtfeuer von Tinwatuk bereits sehen, wie eine einzelne Flamme beherrschte es den Himmel. Jarnes saß in der Brücke, neben ihm, auf hereingebrachten Stühlen, General Dark und Sharp Claw. Die anderen Red-Eye befanden sich im Innenhof, wo Frost soeben versuchte, ihnen zu erklären, was geschehen würde. Ein gewaltiger, empörter Aufschrei zeugte von ihren gerade erlangten Kenntnissen. General Dark neigte den Kopf nach vorne und seufzte, seine blauen Augen blickten zu Boden: „Wir müssen Nightfly noch herholen, er wird sich, wie von mir befohlen, auf der Terrasse des Thronsaals befinden." Der Kapitän machte eine kleine Handbewegung, woraufhin einige seiner Krieger die Brücke verließen. „Sie werden ihn holen", informierte er sie knapp, woraufhin Sharp aufstand und an das Fenster ging. Unter ihm sah er nur eine Wolkendecke, die von der brennenden Spitze Haschnad Tinwatuks durchstoßen wurde, wie ein Speer einen Teppich aus Schafwolle. Das Feuer ließ die zarten Wolken in Rot- und Orangetönen leuchten, obwohl es Nacht war, war es hell, man sah weit oben sogar blauen Himmel. Unter ihm flogen plötzlich zwei geflügelte Red-Eye aus dem Brückenturm Aero-Kworls und sanken auf das Feuer zu, unter dem Nightfly auf dem Balkon des Königs wartete. General Dark erhob sich nun ebenfalls: „Sharp, ich will, daß du es tust." Der wiederauferstanden Held wandte sich um: „Ich verstehe und ich werde mich fügen. Schließlich muß es geschehen." Jarnes blickte weg, General Dark atmete tief ein, woraufhin seine Rüstung laut klimperte. „Verlorene Schlachten und tausend Tote, alle zu Geistern geworden, sollen sich an den Tag erinnern, an dem ein Volk die Welt anzündet, nur um sie brennen zu sehen." Der Krieger nickte: „Wie?" Der General antwortete: „Wir kamen aus den Flammen und zeigen sie dem Feind, zum Untergang und ewigen Trotz.' Dies ist die Losung, der magische Spruch, der die Falle auslöst." Sharp Claw verließ die Brücke und ging die Treppe hinab, durch den langen Gang, in die Stadt und verließ sie durch das Tor. Er fand sich auf der großen Landeplattform wieder. Er begab sich direkt an den Rand, so daß er das Feuer direkt unter sich hatte. Links von ihm sah er die zwei geflügelten Red-Eye von vorhin, sie trugen Nightfly unter den Achseln herbei, es konnte losgehen. Sharp stand noch eine Zeit am Abgrund, still, in sich gekehrt, verloren. Als er hörte, wie unten eine Schlacht entbrannte, wurde es Zeit, die Menschen hatten Tinwatuk angegriffen. Er schloß die Augen, wissend, was gleich passieren würde.

„Wir kamen aus Flammen und zeigen sie dem Feind, zum Unter- ", weiter konnte er nicht brüllen, denn er wurde über den Rand gestoßen, er sah sich schon durch die Wolken fallen und irgendwo zwischen zwei Menschen als zerquetschte Leiche auf den Aschfelder Boden aufschlagen. Sein zweiter Tod. Doch etwas hielt ihn am Waffenrock fest und zwar Nightfly. Unzweifelhaft hatte dieser ihn auch über den Rand gestoßen: „Wenn du es

wagst, dies zu tun, schwöre ich dir, daß ich dich fallen lasse. Ich will es nicht tun, der General schrieb mir, daß du wieder der Alte bist", er sagte es seelenruhig, während Sharp wie in Panik mit den Armen ruderte, „aber du darfst es nicht aussprechen, nicht einmal, wenn die Stadt leer ist, wie jetzt." Er hatte dem Befehl des Generals also gehorcht und die Bevölkerung in die übrigen Städte geschickt. Sharp interessierte dies wenig, denn er stand kurz vor einem Herzschlag: „Ja, verdammt, ich werde es nicht aussprechen, zieh mich schon nach oben!" Nightfly tat es, mit einem erleichterten Seufzen: „Ich danke Jataro dafür, denn ich bringe es als Stadtschützer nicht übers Herz." Sharp fing sich erst einmal, dann rammte er Nightfly die Faust in den Bauch, der keuchend zu Boden ging: *„Wir kamen aus Flammen und zeigen sie dem Feind, zum Untergang und ewigen Trotz!"* Er hatte es ausgesprochen, Nightfly lag immer noch am Boden, mit vor Schrecken weit aufgerissenen Augen.

Plötzlich knallte es, Sharp wandte sich um. Tinwatuk stürzte Flammen spuckend in sich zusammen, zuerst brach die Spitze ab, woraufhin der Grund für das ewige Feuer zum Vorschein kam: Öl, eine Fontäne, so groß wie die Stadt selbst, schoß aus hohem Bogen aus den Mauern, wobei es in der Luft auf brennende Trümmer traf, die es entzündeten. Ein brennender Regenschauer ging auf die Stadt nieder und nur die Schreie der Menschen und wenigen Red-Eye, die dagelassen wurden, um es zu verteidigen, drangen unter der Wolkendecke hervor und taten von dem unbeschreiblichen Schrecken kund. Nach und nach bröckelten mehr brennende Teile der Stadt ab, die Schlacht war schon lange beendet, keiner lebte mehr, um zu siegen. Dies war der erste, kleinste Teil der verheerenden Wirkung der Großfalle, eine angreifende Armee wurde vernichtet, gemeinsam mit den Red-Eye in Tinwatuk, wo brennende Fluten nun in die Kreishöfe spülten und alles zerstörten, was dort noch lebte und stand. Langsam floß es nur aus dem Torhaus und bahnte sich seinen Weg in das Land.

Sharp bekam davon doch noch nichts mit, denn Nightfly war aufgestanden und ging auf ihn los. Der entsetzte Stadtschützer schlug ihm mit der Faust ins Gesicht und traf genau zwischen die Augen. Sharp torkelte zurück, fing sich aber und packte Nightfly am Kragen, woraufhin er ihn zu Boden warf. Doch dort blieb dieser nicht untätig, er wandte sich so schnell um die eigene Achse, daß seine Beine wie Sensen herumfuhren und Sharp von den Füßen holten. Nightfly stand sofort auf und versuchte, ihm von oben ins Gesicht zu treten, doch er wich aus, griff nach Nightflys Stiefel und zog ihn zur Seite. Der Stadtschützer verlor kurz das Gleichgewicht, was Sharp nutzte um ebenfalls aufzustehen. Er positionierte sich so, daß Nightfly, der mit den Armen rudernd nach Balance suchte, zwischen ihm und dem Abgrund stand. Sharp sprang in die Luft, drehte sich dort in die waagrechte, so daß seine Beine für einen Moment vor Nightflys Brust schwebten, und er drückte sie mit aller Kraft durch. Volltreffer, beide Stiefelsohlen trafen Nightfly. Sie schlugen mit solcher Wucht zu, daß er nach hinten stolperte und erst am Abgrund zum Stehen kam, doch eigentlich zu spät, denn er drohte nach unten zu fallen, in die Feuersbrunst seiner brennenden Stadt. Doch dies sollte nicht passieren, Sharp hielt ihn am Kragen fest, direkt über der Tiefe. „Ich mußte es tun, Nightfly, sonst hätten die Menschen Tinwatuk eingenommen und alles zerstört und unser Volk geschändet." Er antwortete nicht, sondern blickte ihn nur herablassend an. Nach einer Minute kamen die anderen herbei, General Dark nahm Nightfly und übergab ihn an die Besatzung Aero-Kworls: „Steckt ihn in den Kerker, wenn er zur Vernunft kommt, dann holen wir ihn vielleicht wieder heraus."

Nun saßen sie wieder im Beschwörungszimmer, doch der runde Schrein wurde dieses Mal nicht zum Herbeirufen von Geistern benutzt, sondern als Konferenztisch. Es waren alle Red-Eye anwesend, die etwas zu sagen hatten, oder einfach nur wichtig waren. General Dark, Sharp Claw, Frost Icener, Ironhead, Poison, Sharp Spear und die Könige der anderen Red-Eye-Stämme. General Dark ergriff das Wort sogleich, ohne Zeit zu verlieren: „Wir haben die Großfalle ausgelöst, das bedeutet, Tinwatuk ist zerstört und sein Öl läuft nun hinaus auf die Ebene. Sobald es in das Tal fließt, in dem der Kei-Ana, der große Strom, entspringt, wird es sich über die ganze Welt ausbreiten und jedes Gewässer anzünden, welches auch nur mit ihm in Verbindung steht. Einzig und allein der namenlose See, der von Nahwettern gestaut wird, ist davon nicht betroffen. Sie stauen ihn mithilfe von Magie, diese Magie wird im Aner-Damm, an der Westküste des Sees, angewandt, um das Wasser, welches als kleines Bächlein von dort aus nach Schilden, der Hauptstadt Nahwetterns, fließt zu reinigen. Einst war es nur als Vorsichtsmaßnahme gedacht, um das Wasser zu säubern, doch ich vermute, die Magie dort reicht aus, um unser Öl hinauszufiltern und unschädlich zu machen. Damit ist Schilden die einzige Stadt, die noch Wasser hat. Alle anderen Länder werden davon betroffen sein. Unser letzter, mächtiger Gegner ist Nahwettern." Die Red-Eye nickten zustimmend, wohlwissend, daß ein neuer Krieg bevorstand. „Und was sollen wir dagegen unternehmen? Der Aner-Damm ist so hoch wie ein Berg", warf Frost skeptisch ein, „und mindestens vierzig Meter dick. Seine Wände sind so fest wie Eisen und er ist besser verteidigt als Anaronun, denn er ist nicht flach an der Vorderseite, wie ein normaler Damm, sondern seine Front ist wie die Reisfelder im Einwandererland von Terrassen durchzogen, auf denen Hunderte von Menschen stehen, immer bereit, ihn mit ihren Leben zu verteidigen." Die Anwesenden blickten den General in Erwartung einer Antwort an, doch Poison fiel dazwischen: „Und dies ist nicht das einzige Problem, denn wenn wir ihn von vorne angreifen, haben wir Schilden mit seinen Mauern und Soldaten im Rücken. Außerdem liegt davor ein Trümmerfeld, meines Wissens nach." General Dark nickte und entrollte eine Karte auf dem Schrein, sie zeigte den Aner-Damm als große, dunkle Barrikade im Osten, hinter ihm der See. Links und rechts des Damms begann eine Hügelkette, die eine natürliche Erweiterung bildete und unpassierbar war. Gegenüber des Aner-Damms lag Schilden, als großer Kreis mit vielen Türmen dargestellt. Zwischen den beiden, waren viele, nicht zusammenhängende, Punkte und Formen eingezeichnet. Poisons Vermutung war richtig, zwischen dem Damm und der Stadt, deren Wasserversorgung er garantierte, lagen die Ruinen einer viel älteren Stadt, dem alten Schilden. Einem der Ausgangspunkte, von wo die Red-Eye vor Tausenden von Jahren missioniert wurden, also gefoltert, verstümmelt und ihrer Kultur beraubt. Gorwolk knurrte mit seiner tiefen Baß-Stimme, die im Brustkorb bebte: „Der Damm ist das größte Problem, so wie ich die Sache sehe. Denn Schilden wird nicht angreifen und einfach auf die gewaltige Verteidigung und die Schwierigkeit des Geländes hoffen." General Dark schüttelte raschelnd den Kopf: „Verzeih, mein Freund, doch ich glaube, genau das Gegenteil ist der Fall, Schilden wird angreifen, sie werden sich hüten, die Gelegenheit verstreichen zu lassen, uns in den Rücken zu fallen." Sharp nickte: „Dies glaube ich auch, aber ich weiß nicht, über welche Armee sie verfügen? Anaronun wurde gleich von drei Völkern verteidigt, die sich, unserer früheren Ansicht nach, nun zurückgezogen haben. Altmenschland können wir ausschließen." Der General unterbrach ihn: „Nein, Sharp, leider können wir das nicht, denn es sind viele geflohen, und die große Armee Altmenschlands war nicht an der Verteidigung der Stadt beteiligt. Ich schätze, daß wir es mit fünfzigtausend Mann aus dem ehemaligen Altmenschland zu tun haben werden, hunderttausend aus Nahwettern, die aber nicht in guter Form und aus der Übung sind, denn die besten unter ihnen haben heute versucht, Tinwatuk einzunehmen, mit bekanntem Ausgang. Dann werden die Elfen kommen, noch einmal eine Menge, ich denke da an weitere hundertfünfzigtausend, wobei gut die Hälfte aus Bogenschützen besteht. Kobolde, werden nicht kommen, sie sind feige und bleiben im Kleiffgebirge hocken. Außerdem werden sich dieser Armee noch bewaffnete Bürger anschließen, also Bauern, Heimatlose, Landstreicher mit Holzknüppeln, aus dem Kriegsdienst Ausgeschiedene, die glauben, sie müßten sich noch einmal beweisen, und Freiwillige, die von Schilden unter schlechter Ausbildung und Bewaffnung losgeschickt werden. Davon noch einmal fünfzigtausend." Die Red-Eye waren beeindruckt, Dark hatte an fast alles gedacht. Frost meldete sich wieder zu Wort: „Aber General, dann sind sie uns überlegen, Aschfeld besitzt nur zweihunderttausend Krieger, von denen die Hälfte gebraucht wird, um die eroberten Ländereien zu sichern." Gorwolk erhob sich und sein Bart verzog sich zu einem freudigen Lächeln: „Ha! Ich glaube zu wissen, was der alte Fuchs, General Dark, uns sagen will! Eisfeld steht mit achtzigtausend Kriegern, die Wut im Bauch haben, und es leid sind, ihr Talent an Eisbären zu verschwenden, hinter Aschfeld." Fog erhob sich, die Flügel raschelnd und mit stolzem Blick: „Schwingen sieht die Fähigkeiten des neuen Anführers von Aschfeld und legt seine Krallen für euch ins Feuer. Ich kann euch mit zwanzig Armadas unterstützen, jede fünftausend Krieger stark. Außerdem verfügen wir über eine Staffel von dressierten Drachen, auf denen eure Garde nach wenigen Übungsstunden schon in die Schlacht fliegen kann." Hunter Sensener lachte zischelnd: „Sturmland hat fünfzigtausend Krieger unter Waffen und einen Riesenskorpion, größer noch als eure Domaechsen, er hat womöglich die Kraft den Damm aufzubrechen." General Dark erhob dankend die Arme, sein Lächeln spiegelte echten Stolz auf sich und alle Red-Eye der Welt wieder. „Hinzu kommen", setzte er an, „die zweihunderttausend Krieger Aschfelds, die wir in den nächsten Wochen einsammeln werden und bereitstellen." Spear rechnete schnell nach: „Das wäre eine Armee von vierhundertdreißigtausend Kriegern. Ich bin beeindruckt." Poison hatte dennoch bedenken: „Es wird lange dauern, bis wir die ganze Armee beisammen haben, und es ist unmöglich, daß die Menschen sie nicht bemerken." General Dark nickte: „Dies ist auch nicht vonnöten, außerdem wird das Feuer auch seine Zeit brauchen, bis es in Schilden ankommt. Wir müssen genau zum richtigen Zeitpunkt angreifen, denn sollte der See in Flammen stehen, wenn der Damm bricht, sind wir erledigt, das Wasser darf sich erst entzünden, wenn die Schlacht vorbei und wir sehr weit weg sind."

Der Angriff auf den Damm war beschlossen und die Anführer der vier Stämme gingen ihrer Wege, zurück in ihr Heimatland, um in vier Wochen wieder zurückzusein, mit ihren Armeen. Einzig die Red-Eye aus Aschfeld blieben in der fliegenden Festung und nutzten die Möglichkeit der fliegenden Boten, um ihre Kommandanten von ihren Plänen zu unterrichten. Diese Kommandanten sollten nun so viele der insgesamt zweihunderttausend Krieger unter ihrem Befehl für die Armee freistellen, dabei aber noch genügend bei sich behalten, um den Frieden in den Kolonien Wakharami und Altmenschland zu sichern.
Er fühlte die Freiheit durch seine Flügel gleiten, die Luft in seinen Ohren rauschen. Er war glücklich, so wie es war. Sterk Skyhater, seines Zeichens Kommandant des kleinen Kontingents an geflügelten Red-Eye auf Aero-Kworl flog vor der schwebenden Stadt her und überwachte die Route, gemeinsam mit zwei seiner Untergebenen. Im Gegensatz zu ihm waren sie noch Soldaten Schwingens und somit strenggenommen Ausländer im zu Aschfeld gehörenden Aero-Kworl. Er selbst war schon seit seiner Geburt ein stolzer Aschfelder, dessen Eltern hierher gewandert waren, nachdem in Schwingen immer weniger Arbeit zu finden war. Vielleicht lag seine Freude am Fliegen an der Tatsache, daß er auf dem Boden aufgewachsen war, unter westlichen Red-Eye. Für seine Untergebenen war der fröhliche Sterk ein wunderlicher Kerl, denn das Fliegen war für sie so alltäglich wie das Essen mit Messer und Gabel.

Sterk hob einen Arm und signalisierte ihnen somit, daß sie sich aufteilen sollten, um einen größeren Raum abzudecken, denn die fliegende Festung Aschfelds würde bald an den Rand der Wolkenbänke treffen und somit für alle am Boden sichtbar werden. Sie nickten ihm zu und drehten nach links und rechts ab. Sterk selbst ließ sich absinken, bis er aus den Wolken nach unten glitt und die Aussicht genoß. Der Tag hatte hervorragend begonnen und würde beim anstehenden Mittagessen noch besser werden, denn es gab Braten von der Reitechse, angemacht mit dem köstlichen Gemüse aus der Kolonie Wakharami. Sterk beschloß abzudrehen und zurück zur Festung zu fliegen, denn bald würden er und seine zwei Mitstreiter von drei anderen abgelöst werden. Er schraubte sich senkrecht nach oben, durchschnitt die nassen Wolken mit einem Jubelschrei und flog auf das über ihnen thronende Aero-Kworl zu. Die beiden Flügelmänner hatten ebenfalls nicht vergessen, auf die Zeit zu achten und tauchten knapp hinter ihm aus der Wolkendecke auf, wie fliegende Fische aus einem schäumenden Bach. Er setzte sanft auf der Landeplattform auf und faltete die ledernen Flügel knisternd ein. „Schöner Flug, Männer", lobte er die beiden anderen, welche streng nickten und Haltung annahmen. Sterk lachte: „Kommt, laßt uns Mittagessen, ihr wißt, was es heute gibt?" Ein Grinsen huschte über ihre ansonsten so emotionslosen Gesichter: „Ja, Kommandant, Reitechse an exotischem Gemüse", informierte ihn der Erste fröhlich. „Und zum Nachtisch diese gelben, krummen Früchte aus den Oasen in Sturmland!" fügte der Zweite lächelnd hinzu. Sterk schlug ihnen auf die Schulter: „Ganz genau, los, sagt den nächsten dreien Bescheid, daß sie abfliegen können, dann treffen wir uns im Speisesaal." Die beiden nickten und entfernten sich in Richtung des seltsamen Baus, der an der Seite der Abflugplattform hing wie ein Wespennest an einem Holzbalken. Dem artgerechten Quartier der Schwingener Red-Eye.

Sterk betrat das große Tor, welches ihn direkt in den Turm, die Brücke Aero-Kworls, führte. Die eigentliche Stadt begann dahinter. Er betrat einen langen Gang, der zu beiden Seiten in viele wichtige Räume führte, wie die Waffenkammer, die Schmiede, die Vorratsräume und die Wehranlagen, die sich in Tunneln in den umgedrehten Berg gruben und als kleine Öffnungen an dessen nach unten hängender Spitze endeten, von denen aus mehrere Bogenschützen abwärts feuern konnten. Am Ende des Ganges befand sich der Eingang zum Speisesaal, dem größten Raum der fliegenden Festung. Viele Reihen aus Bänken und Tischen standen hier von Wand zu Wand und viele waren schon durch speisende Red-Eye besetzt. Sterk suchte sich eine noch leere Bank an der rückwärtigen Seite aus, hinter der eine Fensterfront eine unglaubliche Aussicht bot. Er setzte sich und wartete auf eine der Frauen, die hier als Bedienung arbeiteten. Zumeist waren dies die Ehefrauen der hier lebenden Krieger oder Witwen. Eine junge, attraktive Frau kam sogleich auf ihn zu. Sterk lächelte sie an, doch er räumte sich keine Chancen ein, denn sie hatte ihre Stachelhaare zu einem dicken, mächtigen Zopf geflochten, ein Zeichen dafür, daß sie einen Verehrer, oder sogar schon einen Verlobten hatte. Sie stellte sich mit den kleinen Zetteln in den schmalen Händen vor ihm auf und fragte, was er denn zu Essen haben wolle. Sterk grinste: „Natürlich das heutige Tagesessen, gute Frau. Und bitte dreimal, meine Mitstreiter werden noch dazukommen." Sie lächelte, anscheinend hatte sie diese Bestellung heute schon oft entgegengenommen. „Für mich dasselbe und ein Bier." Jemand erschien plötzlich hinter der Frau, lächelte sie seltsam an und drückte sich an ihr vorbei. Der Fremde trug einen langen Mantel, unter dem Sterks geschulter Blick eine schwere Rüstung ausmachte. Die Frau nickte und verschwand in Richtung Küche. Unaufgefordert setzte sich der Red-Eye mit dem irren Blick gegenüber von Sterk: „Verzeiht die Schroffheit, Kommandant, aber ich bin in Eile." Sterk zuckte mit den Schultern: „Das macht mir nichts aus, ich hoffe nur, Ihr habt nichts gegen Gesellschaft. Zwei meiner Männer werden in den nächsten Minuten zu uns stoßen." Der Kerl winkte ab: „Ach wo, ich sagte doch, ich bin in Eile, Kommandant. Ich werde Euch nicht lange belästigen." Sterk zog mißtrauisch eine Augenbraue nach oben: „Und womit gedenkt Ihr, mich nicht lange zu belästigen?" Der Blick des Fremden wurde beinahe manisch: „Mein Name ist Steam Dark, ich bin meines Zeichens Neffe des Generals und Anführer der schwarzen Truppe." Sterk prustete los: „Die schwarze Truppe? Also, das mit dem General nehme ich Euch ab, doch die schwarze Truppe gibt es nicht. Ich bin in die militärische Struktur Aschfelds eingeweiht und ich kenne keine schwarze Truppe. Obwohl ich natürlich um den Mythos weiß." Steam lächelte: „Das habe ich erwartet, Kommandant, und möchte Euch sagen: Es gibt die schwarze Truppe, doch sie ist keine Struktur im Militär unseres Landes, ebenso wenig wie Aero-Kworl als Stadt gilt." Sterk lehnte sich verärgert zurück und verschränkte die Arme: „Ihr müßt mich nicht belehren, ich weiß, daß Aero-Kworl als Truppe und nicht als Stadt geführt wird. Was wollt ihr von mir?" Steam nickte beruhigend: „Nur für ein paar Minuten Eurer Gehör, Sterk." „Das habt Ihr hiermit."

„Exzellent", Steam freute sich: „Ihr habt bereits gesagt, die schwarze Truppe ist Euch nicht unbekannt und wofür sie dient, besser gesagt, welchen Gegner wir bekämpfen. Bevor Ihr etwas sagt", mahnte er und erhob eine Hand, „dieser Gegner existiert tatsächlich, ich kann es Euch beweisen, doch nicht hier, das wäre unappetitlich. Ihr müßt nur wissen, daß es jene gibt, und daß jene des öfteren in den Bergen über Nord-Kworl gesichtet wurden. Was ich nun von Euch will, ist nur, daß ihr Euch die Zeit nehmt und diesen Brief meines Onkels lest." Er holte ein Pergament aus der weiten Innentasche seines Mantels und übergab es Sterk, welcher es mit skeptischem Blick fixierte: „Steam, ich weiß nicht, was der General von mir will, oder was dies hier

soll, doch ich warne Euch: Treibt keine Spielchen mit mir, ich bin ein wichtiger Mann in Aero-Kworl und Kapitän Jarnes wird nicht glücklich darüber sein, daß ich ohne sein Wissen von anderen kontaktiert werde." Steam grinste breit und seine Augen glühten: „Oh, Kommandant, Kapitän Jarnes weiß von mir und meinem Auftrag, denn er selbst hat Euch vorgeschlagen. Aber dies alles werdet ihr dem Brief entnehmen, den ich Euch gegeben habe. Wenn ihr unserer Sache dienen wollt, so teilt mir dies binnen drei Tagen mit, solange bin ich noch Gast in der fliegenden Stadt." Steam sah die beiden Geflügelten durch die Spiegelung im Glas näherkommen und blickte Sterk durchdringend an: „Ich bin ab jetzt nur noch Steam Dark, der eine angenehme Unterhaltung über Strategien und Waffen mit Euch führt. Kein Wort zu Euren Männern oder sonst jemandem."
Sterk nickte, steckte den Brief ein und begrüßte seine beiden Flügelmänner. Steam stellte sich selbst persönlich vor und die beiden schienen ganz erstaunt über den hohen Gast und unterhielten sich gerne mit ihm. Das Essen wurde gereicht, und sie genossen das würzige Zusammenspiel von Fleisch und fremdartigem Gemüse.

Als Sterk seinen Dienst für diesen Tag beendete und sich in seinem Zimmer in einem Wohnhaus in der Stadt einfand, hatte er endlich Zeit, den Brief des Generals zu lesen. Er setzte sich in einen seiner großen Ledersessel, die ihn ein Vermögen gekostet hatten, da sie speziell für ihn angefertigt wurden und Aussparungen an der Rückenlehne brauchten, damit er sich nicht die Flügel quetschte oder die empfindliche Flughaut einriß. Er entfaltete das Pergament knisternd und las sich den Brief genau durch.
An Sterk Skyhater
Kommandant der Flugeinheit auf Aero-Kworl

Kommandant Skyhater, wenn Sie dies lesen, hat mein Neffe Steam Ihnen bereits eine grobe Erklärung gegeben und Sie über die Existenz der schwarzen Truppe aufgeklärt. Mit diesem Brief bestätige ich seine Aussagen und möchte Sie bitten, dies alles sehr ernstzunehmen. Des weiteren bitte ich Sie, sich mit Jarnes Cloudcraver in Kontakt zu setzen, er wird sie über das weitere Vorgehen aufklären.

Dies ist ein Vorschlag und ich hoffe, Sie werden ihn annehmen, das Wohl unseres Volkes steht auf dem Spiel.

Der Brief ging noch weiter und Sterk konnte nicht fassen, was dort stand. Er mußte Jarnes sprechen und zwar sofort, denn was der General dort schrieb, war einfach unglaublich. Sterk war bereit, den Vorschlag des Generals zu akzeptieren, doch sein Verstand sagte ihm, daß es nicht sein konnte. Wenn der General recht behielt, stand Aschfeld vor einer Bedrohung, die sich gewaschen hatte.

Kapitel 7:
Der Aner-Damm

Es fiel kein Licht mehr in die Halle, in der einst Garan residiert hatte, der ganze Wald trauerte um seinen König, um seine Freiheit. Die Blätter verfärbten sich dieses Jahr zu früh rot, sie schienen sich bereits in der Farbe des anrückenden Feindes zu schmücken. Die Türen waren abgeschlossen, kein duftender Sommerwind wehte den beiden Elfen in seinem Innern durch das Haar, kein Sonnenlicht fiel durch die abgedunkelten Fenster. Garis war nun zum König ernannt worden und Anron zum höchsten Anführer der Soldaten des großen Waldes. Garis, der Magier, der Schöngeist, der Friedliche, hatte ihn dazu gemacht, denn er wollte keine Kriege führen, er verfluchte den Tag, an dem der verstorbene Kommandant Hatiran ihm den jungen Menschen Taaron gebracht hatte, er verfluchte noch mehr den Tag seiner Flucht. Was hatte ihm das Volk der Elfen angetan, daß er seine Güte und Gastfreundschaft derart beleidigte? Dieser ganze neue Krieg war allein seine Schuld. Anron hatte ihm berichtet, was in Anaronun geschehen war, Taaron hatte sich in Sharp Claw verwandelt und nun war er tot. Wie konnte dieser Idiot nur geglaubt haben, die Red-Eye nehmen ihm die Geschichte ab? Als er starb, wurde die Luft wieder erschüttert, es war kein Beben wie davor, auch kein Zittern, eher so etwas wie die letzten Zuckungen eines Verletzten auf dem Schlachtfeld. Sharp Claw, der Held der Dunkelheit, der Mörder, der Fallensteller, war wieder in dieser Welt. Garis hatte ganz eigene Methoden, um mit dieser Tatsache umzugehen, er vergrub sich in die dunklen Kapitel der Magie, jene der Elfen, der Menschen und sogar in die wenig bekannte Magie der Red-Eye. Dabei verlor er etwas ihm Ureigenes: Sein Glück, allein von den Gräueln zu lesen, die man mit genug Bosheit und einem Talent für Zauberei anrichten konnte, mach-

ten ihn traurig. Doch die Dunkelheit barg auch Hoffnung, Garis hatte einen perversen Ritus aus alter Zeit entdeckt, der nicht mehr angewandt wurde, seit die Elfen in den Wald zogen und dies lag zehntausend Jahre zurück.
Anron stand hinter ihm, mit skeptischem Blick. Dort wo einst Garans herrlicher, grüner Thron stand, befand sich nun ein Altar, auf dem etwas lag, was zuerst nach einer Leiche ausgesehen, sich aber bei näherer Betrachtung als Strohpuppe in Rüstung herausgestellt hatte. Die Puppe erinnerte an eine Vogelscheuche, nur daß sie vollkommen perfekt verarbeitet war, kein Stroh blickte aus den Nähten, die Hände und Füße waren nicht offen, sondern ganz verschnürt. Die Vogelscheuche trug eine Elfenrüstung, die eines Kriegers, schlicht, aber doch edel verarbeitet. Was sich unterschied, war der Helm, er war kein halber Helm, wie die Elfen ihn immer trugen, sondern völlig geschlossen, das Gesicht der Puppe wurde von einer glatten, silbern glänzenden Maske geschützt, die aussah wie ein zweites Gesicht, nur daß die Augen Löcher hatten, um hindurchzusehen, und der Mund einen Spalt breit geöffnet war, um den Träger besser atmen zu lassen. Garis träufelte Kräuterwasser auf die Puppe und ihre Rüstung, wie bei einer Totenmesse, und die Tropfen rannen in hellen Bahnen von der Maske herab, daß es für kurze Zeit schien, als ob sie weinte. Anron wollte die Zeremonie nicht stören, wollte aber endlich den Grund wissen, für den Garis ihn aus dem Militärstab hatte holen lassen. „Mein König, ich bin nun hier, darf ich fragen was Ihr von mir wollt?" Garis drehte sich um, sein Elfengesicht war eingefallen, beinahe eine Karrikatur seines normalen Gesichtes. Ebenso wie Anron, der Haß auf Sharp Claw verspürt hatte und ihn schließlich hinterhältig ermordete, hatte Garis die Dunkelheit kennengelernt, durch einen Verlust zwar, aber sie lastete genauso auf seinem Herzen wie Anrons Wut auf dessen. Garis nickte: „Ich möchte nur, daß du dabei bist, mein Freund, denn diese Zeremonie ist selten und großartig." Anron hob eine

Augenbraue, woraufhin der alte Elf lachte: „Sei kein Griesgram, ich werde es dir erklären: Durch diese Puppe, das Kräuterwasser, die gesamte Beschwörung, kann ich Leben erwecken, beliebiges oder bestimmtes." Anrons Interesse war geweckt und Garis sprach weiter: „Es ist ein uralter Brauch der Menschen, den sie selbst schon lange vergessen haben. Früher, als die Zivilisation noch jung war, wurden, immer in der damaligen Fastenzeit, die sich über einen Monat erstreckte, die verstorbenen Könige wiedererweckt, um gemeinsam in dieser feierlichen Zeit mit den Lebenden zu regieren. Natürlich lagen ihre Körper schon in der Erde, oder wurden verbrannt, doch mithilfe solcher Puppen war es möglich. Die Seele schlüpft in sie hinein und lenkt sie wie einen Körper, natürlich nicht für immer, der Zauber reicht nur für einen Monat, so lange wie die Fastenzeit damals war. Ich könnte die Frist verlängern, doch dies würde ein langes Studium dieser alten Kunst benötigen und diese Zeit haben wir nicht."

Nachdem die Vorbereitungen beinahe abgeschlossen waren und die Armee fast schon fertiggestellt in der Prärie vor dem verbotenen Weg lagerte, wobei eine gewaltige Zeltstadt entstanden war, erhielten Frost und Ironhead einen Brief des Generals, der sie an die alten Zeiten in der geheimen Organisation erinnerte, und auch einen ähnlichen Inhalt besaß. Die beiden saßen auf ihren Drachen, die sie von Fog geschenkt bekommen hatten. Sharp und Poison flogen in der Nähe herum, General Dark streichelte sein Tier, natürlich das größte von allen, sanft in der Nähe. Sie befanden sich immer noch in Aero-Kworl. Frost hob den Brief vor seine Augen.

Hervorragende Arbeit!

Es ist zu einem großen Teil eurem Einsatz zu verdanken, daß wir den echten Sharp Claw wieder in unseren Reihen begrüßen dürfen, wie ihr wißt, ist er ein hervorragender Krieger und treuer Kamerad.

Ich werde in den nächsten Tagen eine Garde gründen. Diese Idee kam mir, als König Fog diesen Ausdruck aus Versehen für euch, also meine obersten Kommandanten, benutzte. Diese Garde wird aus wenigen Leuten bestehen und ein autarkes, mächtiges Truppenmitglied sein, dessen Kommandostruktur sich von allen anderen abhebt. Im Moment bin ich selbst der Kommandant der Garde, werde aber abtreten und meinem Posten als General nachgehen, sobald ich einen von euch für diese Aufgabe bestimmen kann. Bis jetzt sind Sharp Claw, Sharp Spear, Poison Greenbites, James Craver, Blade Viper und ihr beide aufgenommen, ich behalte mir spätere Ernennungen vor.

Ich möchte euch hiermit vor eine Wahl stellen, wie ihr wißt, mußten wir Nightfly, dessen Herz den Kummer um Haschnad Tinwatuk nicht ertragen konnte, aus Aschfeld ausgliedern und aussetzen. Wenn Jataro ihm gnädig ist, wird er irgendwann aus den Kwan Höhen herabfinden und geläutert zu uns zurückkommen. Sein Fehlen hinterläßt aber ein Loch in der Führung Aschfelds. Wenn ihr wollt, so erlaube ich euch beiden, die Kontrolle über Aschfeld zu übernehmen und das Land zu verteidigen, die vielen Flüchtlinge in die Städte aufzuteilen und Verwaltungsaufgaben zu übernehmen. Wenn ihr dies nicht wollt, so verstehe ich dies gut, denn ich habe selbst keine Lust darauf. Solltet ihr ablehnen, wird James dies übernehmen.

General Dark

Frost lächelte: „Ich werde mir eher ein Bein abhacken, als nicht mitzukämpfen, und du?" Ironhead nickte, wobei er mit der Stirn gegen die Innenseite der häßlichen Maske stieß: „Ich auch, ich will, daß die Menschen verlieren, dann können die Red-Eye ohne Angst leben." Die beiden schnalzten mit den Zügeln der Drachen und hoben ab.

Sharp glitt auf seinem Drachen durch die Lüfte wie ein Fisch durchs Wasser. Er saß auf seinem Rücken und hatte die Zügel fest in der Hand. Der Name des Tieres war Blizzard, seine Haut war grau und schuppig. Über dem großen Maul mit dem stinkenden Atem und den scharfen Zähnen lugte ein Paar gelber Echsenaugen hervor, das alles in der Umgebung erfasste und für wichtig oder unwichtig erklärte. Mit diesen Augen hatte der Drache auch seinen neuen Reiter angeschaut und gründlich kontrolliert, bevor er ihn aufsitzen ließ. Als Sharp dann endlich auf dem großen Sattel saß, wunderte er sich über den komischen Halspanzer, den das Tier trug, doch als er mit ihm in die Lüfte glitt, erklärte es sich. Blizzard trug mehrere einzelne, runde Rüstungsteile um den Hals geschmiedet, die oben sehr seltsame Aufsätze hatten. Während des Fluges legte der Drache aber seinen Hals gerade an, so daß die Aufbauten ein Fadenkreuz sowie Kimme und Korn ergaben. Direkt vor Sharp, im Sattel, war eine Öffnung angebracht, in die er eine große Armbrust stecken konnte, kleiner als ein Balliste, aber zu groß, um sie von Hand zu tragen. Das Fadenkreuz eignete sich zum Zielen mit der Balliste, Kimme und Korn waren zuerst überflüßig gewesen, bis Sharp die Beine stark an die Flanken des Drachen preßte. Dies geschah eigentlich aus Affekt, denn er war ein halsbrecherisches Manöver geflogen, und er klammerte sich instinktiv fest. Blizzard aber registrierte den Druck und tat das, was er bei der Dressur erlernt hatte, er spuckte eine Feuersbrunst, sehr zum Schrecken Sharps, der zuerst dachte, er habe das Tier wütend gemacht oder gar verletzt. Die östlichen Red-Eye, die sofort neben ihm erschienen waren und sich alle Mühe geben mußten, um nicht von dem Drachen abgehängt zu werden, riefen ihm die Erklärung zu, er konnte den Drachen zum Feuerspucken animieren, wenn er ihn in die weichen Flanken des Bauches drückte. Mit Hilfe von Kimme und Korn konnte er zielen, wenn auch schlecht, denn das Feuerspucken war anstrengend und der Drache legte beim Atemholen den Hals an, was die Zielvorrichtungen durcheinander schob. Plötzlich schoß ein Drache, größer als alle anderen, an ihnen vorbei, Blackbat, das Tier, welches dem General zugeteilt wurde. Seine Haut war schwarz, die Augen kreideweiß, und er hatte andauernd die Zähne gefletscht. Während die Schwänze der anderen Drachen normal endeten, besaß Blackbat eine Knochenkeule, mit der er ganze Felsen zerschlagen konnte.

Am Ende des Tages erschien ein Skorpion am Horizont, dessen Giftblase schon von weitem sichtbar war. Der letzte Teil der Armee war eingetroffen: fünfzigtausend Süd-Red-Eye unter Waffen und der Riesenskorpion. Gewiß, die kleingeratenen Red-Eye aus Sturmland waren keine guten Kämpfer, doch zeigten eine gewisse Neigung zu Überfällen, bei denen sie ihre Gegner gleich zu Dutzenden ansprangen und niedermetzelten. Ihre größte Stärke bestand zweifellos in der Dressur der gewaltigen Tiere Sturmlands, wie den Domaechsen, den Riesenskorpionen und vielen anderen Tieren, die aber wegen des Klimas niemals die warme Wüste verlassen würden, wie den Panzerwürmern, die im Sand lebten und eine Länge von hundert Metern erreichen konnten, den Sturmland-Termiten, die so groß waren wie Pferde und sich auch wie solche gebrauchen ließen, und den Saphirkäfern, die eigentlich zu nichts taugten, doch Dank ihrer Hundegröße hübsche Haustiere abgaben. An der Spitze des soeben losmarschierenden Kriegszuges standen die Red-Eye aus Eisfeld, sie waren groß, einige stellten Ironhead, der auch von diesem Stamm kam, in den Schatten. Sie trugen nur Felle und schwere Helme als Ausrüstung mit sich, aber ihre Waffen waren groß, scharf, und nicht selten Spezialaufträge für die Schmieden in Tinwatuk gewesen. Im Gegensatz zu den westlichen Red-Eye, die ihre Waffen je nach Lust und Laune wechselten, benutzten sie die ihrigen ein Leben lang. Ein Eisfelder Krieger lebte und starb mit seiner Waffe. Zerbrach sie, wurde er ausgeschlossen, behielt er sie bis zu seinem Tod, wurde sie als Grabmahl benutzt, denn in sie war der Namen des Trägers eingeschmiedet. Hinter den Eisfeldern erhoben sich fünfzigtausend geflügelte Red-Eye in den Himmel, wie ein gewaltiger Schwarm Krähen stießen sie nach oben, die Speere und Bögen in Händen. Diese Männer benutzten selten Schwerter oder andere Nahkampfwaffen, denn sie griffen immer im Sturzflug an, schleuderten oder feuerten eine Salve Speere und Pfeile auf die wehrlosen Feinde und verschwanden wieder in den Wolken, wo sie sich auf den nächsten Angriff vorbereiteten. Die Aschfelder Armee, hundertfünfzigtausend waren es geworden, schlossen die entstandene Lücke schnell, ihre Kriegskultur war die meist ausgeprägte, Banner wehten im Wind, erhoben von stolzen Kriegern, die ihre Zugehörigkeit mit ihr demonstrierten. Ganz vorne ging einer mit der Flagge Aschfelds, dem Red-Eye-Symbol auf schwarzem Grund, dahinter folgten nebeneinander die Flaggen der vier, ehemals fünf, Städte Aschfelds. Ganz links marschierte West-Kworl, mit dem namenlosen Gebirge als Hintergrund und einer dreizackigen Krone, als Symbol für seine drei Stadttürme. Neben ihm marschierte Nord-Kworl, mit seinem silbernen Halbmond, die Öffnung nach unten gedreht, auf schwarzem Grund, der die Form der Schlucht wiedergab, in der es lag und dem Red-Eye Symbol darüber schwebend. Ost-Kworl folgte, mit blauem Hintergrund und einer geflügelten Kobra, die ihren Hals drohend aufgestellt hatte, und mit ihren Flügeln Ost-Kworls Sympathie zu Schwingen zeigte. Ganz rechts lief das Banner Süd-Kworls, unten sandfarbener, oben, über der Mitte, weißer Grund, auf dem eine rote Sonne schwebte, deren Strahlen ein kompliziertes Muster ergaben, aus dem ein Eingeweihter schnell das Red-Eye-Symbol heraus erkannte, daneben den Namen Süd-Kworl.

In der Formation fehlten zwei Flaggen, jene, der Städte, die es nicht mehr gab, also Hatik und Haschnad Tinwatuk.
Hinter den Flaggen kamen die Bogenschützen, und Sharp Claw, der von oben auf sie herabsah, kam es vor, als wäre es das erste Mal, daß er eine Armee aufmarschieren sah, Taaron mußte diesem Körper keine Genüsse gegönnt haben, denn er fand keine Erinnerung an die verschiedenen Rüstungen der vier Städte, keinen Stolz auf die Disziplin und Kampfeslust dieser Männer. Die meisten Bogenschützen kamen aus Nord-Kworl, sie trugen einen Halbmond, mit der offenen Seite nach unten auf ihren leichten Brustpanzern. Bogenschützen waren bei Red-Eye eine sehr mobile Einheit und kämpften nur indirekt mit, denn sie bewegten sich immer sofort dorthin, wo der Feind gerade verwundbar war, und feuerten von dort. Nicht selten reagierten die Feinde mit einem Angriff darauf, was die Bogenschützen zum Rückzug zwang. Diese Rückzüge waren taktisch sehr nützlich, denn damit konnte man schnelle Einheiten des Feindes, wie die Kavallerie, in Fallen locken. Neben den Bogenschützen aus Nord-Kworl marschierten die Schwertkämpfer aus West-Kworl. Ihre Heimatstadt war die am westlichsten gelegene von allen Städten der Red-Eye. Jetzt, da Tinwatuk nicht mehr stand, war sie die stärkste Festung, mit ihrem fünfzig Meter dicken Wall und den drei Stadttürmen, die alle ein eigenes Viertel kontrollierten. Ihre Höhe reichte aber nicht annähernd an die Wolken heran und selbst alle drei aufeinandergestapelt, konnten Tinwatuk nicht das Wasser reichen. Dennoch war West-Kworl stark verteidigt und wurde ständig belagert, was eine Gesellschaft von rauhen Kerlen, Strategen und Helden hervorgebracht hatte. Zu den Söhnen dieser Stadt zählten auch Sharp Claw und sein Vetter Spear. Er genoß es, die mächtig gepanzerten Elitekämpfer aus seiner Heimat zu sehen, die zwei Säbel am Gürtel trugen, einen Speer in der Hand und einen kurzen, wenig durchschlagenden Bogen und einen kleinen Köcher Pfeile auf dem Rücken. Ihre Rüstung war dick und

schwer, das erste Jahr der Grundausbildung in West-Kworl verbrachte man immer mit Übungen, die die Kraft im Oberkörper steigerten, denn sonst würden die Krieger völlig erschöpft in der Schlacht ankommen. Die Rüstung besaß große Schulterpanzer, die das ganze Gesicht seitlich abdeckten, einen Fortsatz auf der Brust, der in spitzen, nach oben stehenden Stacheln endete, die dem Träger zwar die Sicht erschwerten, aber vor Streichen auf die Kehle schützte. Hinter den beiden Truppengattungen aus Nord- und West-Kworl, schritt die Kavallerie Aschfelds, die mutigen Echsenreiter aus Süd-Kworl. Ihre Echsen waren zweibeinig und stark gepanzert durch einen stählernen Mantel, mit Leder verkleidet, der ihnen auf den Seiten herabhing und die Flagge Süd-Kworls eingenäht trug. Hätten die schuppigen Köpfe und Krallen an den Füßen nicht herausgestanden, so hätte man tatsächlich glauben können, hier schreite das Turnierpferd eines edlen Menschenritters. Die Reiter selbst trugen die Waffen, die ihnen gerade gefielen, Lanzen, Speere, Schwerter, und die mit der größten Erfahrung feuerten sogar Pfeile und Bolzen von den Rücken ihrer Echsen ab. Zwischen den Reitern und den ersten Gruppen der Süd-Red-Eye, marschierten die Männer aus Ost-Kworl. Sie waren ausgebildete Speerkämpfer, die auch mit allen anderen Waffen umgehen konnten. Speziell darauf ausgebildet, die feindliche Kavallerie anzugreifen und die Speerspitzen in die Brust der Pferde zu rammen, um sie zu Fall zu bringen, wo die Reiter dann, ebenfalls mit Speeren, erstochen wurden, bildeten sie eine schnelle, effektive Einheit gegen den Feind, da sie in Formation beinahe unbesiegbar waren. An den Spitzen der Speerträgertruppen liefen ihre Kommandanten, die zwei Speere gleichzeitig in Händen hielten und sie auch werfen konnten.
Hinter den Speerträgern und der Kavallerie marschierten die normalen Kämpfer Aschfelds, sie waren wild durcheinander gemischt und kamen aus allen Städten des Landes. Ihre Bewaffnung waren die für Red-Eye typischen Säbel, und ihre Rüstung leicht,

damit sie schnell in die Schlacht rennen und wie eine waffenstarrende Wand in die Feinde eindringen konnten. Sie machten einen großen Teil der Armee aus und mußten sich oft erst noch für die spezielleren Truppenteile auszeichnen.
Sharp Claw schwebte auf seinem Drachen Blizzard über der Armee und blickte in den Horizont. Bald gehörte jedes Land zu Aschfeld und der Traum der Red-Eye erfüllte sich.

Während die neu ernannten Gardisten mit ihren Drachen das Heer auf seinem Weg absicherten, besprachen die Anführer die Strategie für die Schlacht.
Auf dem Schrein in Aero-Kworl lag noch immer die Karte, die den Damm, Schilden und das Trümmerfeld dazwischen zeigte. General Dark wies auf den Damm: „Wenn wir diese Schlacht gewinnen wollen, so müssen wir den Damm einnehmen, bevor die Armee aus Schilden angreifen kann." Gorwolk rieb sich den raschelnden Stachelbart: „Dies ist schwer, Dark, dazu müssen wir schnell sein, und es darf keine Rückschläge auf keiner der vielen Ebenen des Dammes geben." Der General nickte und blickte in Fogs Richtung: „Es wäre am klügsten, wenn es eine Möglichkeit gäbe, so viele meiner Krieger auf den Damm zu bringen wie möglich, am besten auf dem Luftweg." Fog verstand die Aufforderung und lächelte selbstsicher: „Keine Angst, General, meine Flieger wissen, wie man so etwas anstellt, und wir haben schon lange mit dieser Situation gerechnet. Meine Ingenieure haben dazu etwas entwickelt, daß wir banal ‚Eimer' nennen. Dies sind große Kästen, quadratisch, die eine Öffnung haben, in die eure Leute einsteigen können. Ein Drache oder mehrere Geflügelte heben den Eimer dann an und werfen ihn aus niedriger Höhe auf die Terrassen ab, wo alle vier Wände nach unten klappen und die Krieger Aschfelds ihrer Arbeit nachgehen können. Natürlich sind sie auf den Terrassen in Unterzahl, doch die Tatsache, daß sie nach allen Seiten ausschwärmen können,

macht dies wett." Fog lächelte in die Runde und erhielt den anerkennenden Blick, nach dem er lechzte, von Hunter: „Großartig, und unser Skorpion wird gut die Hälfte aller Bogenschützen auf sich ziehen. Es wird ein Spaziergang für Eure Leute." General Dark tippte auf die Karte: „Hier, links des Damms, wird die Armee ankommen. Der Skorpion klettert zuerst über die kleine Verteidigungsmauer vor ihm und öffnet damit eine Bresche für Eure Leute, Gorwolk, sie werden beinahe ohne feindlichen Beschuß eindringen können. Nachdem wir den Damm haben, werden wir ihn sofort verlassen, auch der Skorpion, denn er soll ihn erst brechen, wenn die Schlacht vorbei ist." Hunter nickte, seine Fühler auf der Stirn wackelten dabei hin und her und der General sprach weiter: „Daraufhin müssen wir uns formieren, am besten vor der Trümmerstadt und leicht erhöht, so können wir das Schlachtfeld überblicken." Fog unterbrach ihn: „General, verzeiht, aber die erhöhte Position ist kein Problem, meine Späher haben mir berichtet, daß das gesamte Feld abschüssig ist, auf beiden Seiten und einen natürlichen, flachen Krater bildet, dessen Mitte sich im Zentrum der Trümmer befindet. Das Folgende sind nur Vermutungen von hoch fliegenden Männern, aber sie haben mir erzählt, daß eine kleine, verwahrloste Festung in der Mitte, am tiefsten Punkt des Kraters, also der ehemaligen Stadt, liegt." Der General freute sich über die genauen Informationen: „Dann soll unsere Hauptaufgabe darin bestehen, daß wir diese Festung halten und uns nicht einkesseln lassen. Dies bewerkstelligen wir am besten mit allen Bodentruppen, also jenen aus Eisfeld, Sturmland und Aschfeld. Schwingen kann sich mit Störangriffen aus der Luft nützlich machen, oder besser gesagt, Attacken auf ihre Männer, die sich noch nicht in der Schlacht befinden und erst anrücken." Die Anführer einigten sich darauf und begannen damit, ihre Kommandanten einzuteilen, jeder für sich. Als Fog fragte, was der General während der Schlacht tun werde, antwortete er: „Ich bleibe so lange wie möglich auf meinem

Drachen, für den ich mich nicht oft genug bedanken kann, und kämpfe hauptsächlich bei der Eroberung des Dammes mit. Wenn wir den Menschen in den Trümmern entgegentreten, werde ich versuchen, ihre Nachschubwege abzuschneiden. Meine Krieger werden von der Garde angeführt, jeder Gardist übernimmt einen Teil meiner Armee." Gorwolk nickte: „Dies ist klug, General, denn auch ich werde am Boden mitkämpfen und Eure Truppen unterstützen." Er verschränkte die Arme hinter dem Kopf und lehnte sich zurück, in Hunters Gesicht blickend, der neben ihm beinahe schon lächerlich klein war: „Glaubt Ihr tatsächlich, daß ich einen Säbel in die Hand nehme? Ich werde unseren Skorpion persönlich lenken und zum Sieg führen." Fog nickte: „Ich für meinen Teil werde meine Truppen persönlich anführen, wann immer es geht. Ihr werdet mich am Himmel sehen."

Swarnon fluchte. Im Gegensatz zu dem verdammten Dooaron, dessen Seele hoffentlich in irgendeiner Hölle schmorte, war er ein König, der sein Reich wirtschaftlich und militärisch beherrschte, doch die gewaltige Armee, die vor dem verbotenen Weg stand und im Begriff war, auf ihn zuzumarschieren, war selbst für einen erfahrenen Strategen wie ihn eine Herausforderung. Er saß im Thronsaal Schildens, der Pikenstube, wie sie genannt wurde, da an ihren Wänden Waffen und Lanzen in allen Farben, Formen und Größen hingen. Was ihn noch mehr vom verstorbenen Dooaron unterschied war, seine fehlende Arroganz. Im Gegenteil, in einer Situation wie dieser hätte der grobschlächtige, aber nicht unfreundliche Swarnon sogar den Rat eines Bauern, der gerade aus dem Schweinestall kam, angenommen. Sein Thronsaal war schlicht und diente bei Bedarf sogar als Eßzimmer, doch heute war es ein Beratungsraum, in dem sich die wenigen Verbündeten Nahwetterns versammelt hatten. Namentlich waren es Norkoff, der Bauernanführer, der sich als Staatsmann ausgab. Eigentlich stand ihm das Recht hierfür zu, schließlich war er Vertreter des

Bauernlandes, doch sein Bauernland brannte jeden Tag aufs neue ab. Neben Norkoff saß Tojan, der im Exil, und zwar hier in Swarnons Palast, lebende König Wakharamis, dem Land der Einwanderer. Sein Haß auf die Red-Eye war ebenso groß wie seine Schnauze, die er niemals halten konnte und die zu nichts, außer Verwünschungen, wie zurückgeblieben und idiotisch die Kultur Nahwetterns sei, auszusprechen, imstande war. Erst hinter den beiden nutzlosen Kerlen wurde die Situation besser, denn dort saß Anron, der Heerführer der Elfen, dessen Armee bereits eingetroffen war und Nahwettern unterstützte. Seinen König hatte er im großen Wald gelassen, dort konnte er mit Blättern zaubern oder Kinder beeindrucken, zum Kampf taugte dieser weibische Kerl nicht. Anron hatte aber jemanden mitgebracht, einen Krieger mit silberner Maske auf dem Kopf, die so zart und fein gearbeitet war, daß man meinen könnte, er käme aus dem Theater. Sein langes Schwert sprach aber eine andere Zunge, seine schwarze Rüstung schien den Raum abzudunkeln, hinter der sanften Maske brannten zwei Augen, mit unbestimmbarer Farbe, vor Haß. Der Fremde hatte noch kein Wort gesprochen und sich nicht einmal bewegt, seit er den Raum betreten hatte. Bei seinem Eintreten war Swarnons Hund, normalerweise ein tapferes und treues Tier, unter den Tisch gekrochen, wo er noch jetzt mit eingezogenem Schwanz saß. Über der Maske wollte der Kerl anscheinend noch einen eisernen, zur Rüstung passenden, schwarzen Helm tragen, der nur über kleine Sehschlitze verfügte, ihn aber mit seiner Topfform perfekt schützte.
Anron schwieg und stellte seinen Freund nicht vor, er hatte den König Neumenschlands nur mit einem Kopfnicken informiert, daß dieser Mann berechtigt war, an der Besprechung teilzunehmen. Bevor Swarnon die Runde eröffnen konnte, platzte Tojan mit seiner ekelhaften Stimme und der völlig falschen Aussprache heraus: „Wir können nicht zusehen wie die Feinde unser Land beschmutzen! Seht zu, daß wir diese Armee zerschlagen, Swarnon."

Der König blickte ihn gebieterisch an: „Lieber Freund, dies ist nicht unser, sondern mein Land. Und Ihr habt nicht das Recht, Euch hier aufzuführen wie der König. Dies darf nur ich, denn ich bin der König. Im Gegensatz zu Eurem Land, hat meines noch nicht kapituliert, auch nicht, als dieses rotäugige Pack den Steinbruch, nur einen Katzensprung von hier entfernt zerstört und für Generationen unbrauchbar gemacht hat." Tojan wandte beleidigt den Blick ab, wobei er die gesamte Einrichtung der Pikenhalle mit Verachtung strafte. Swarnon lächelte, dieser arrogante Feigling, der das R aussprach wie ein L, und für die wenigen Wörter, die er kannte, auch noch zu schnell redete, nahm nur an der Besprechung teil, weil ihm die Knie vor den Red-Eye schlotterten. Doch Swarnon konnte ihn soweit verstehen, denn dieser Mann hatte die eine seiner Städte zusammenbrechen, die andere kapitulieren sehen, wobei er von seinen eigenen Kommandanten verraten wurde. Eigentlich durfte man ihn keinen Feigling schimpfen, doch daß er während der Kapitulation seiner Heimat bereits auf der Flucht ins Exil war, rechtfertigte dies.

Norkoff nickte kriecherisch, er hatte Swarnon in den letzten Monaten immer umgarnt und unterstützt: „Ihr habt recht, Herr, laßt euch nicht beirren, jede Eurer Entscheidungen wird Früchte tragen." Der Bauernanführer, der seltsamerweise seit langer Zeit nicht mehr bei seinem Volk war, sondern auch hier in Schilden lebte, war der widerwärtigste Kerl, den Swarnon jemals gezwungen war zu kennen. Außerdem versprach er der Armee von Nahwettern die Unterstützung aus dem Bauernland, die gegen die Red-Eye nur hilfreich sein konnte, doch diese war niemals eingetroffen. Offiziell lebte er hier als Botschafter seines Landes, doch der König und seine Getreuen schätzten, daß er vielmehr ebenfalls im Exil hier war, denn im Bauernland krähte kein Hahn nach ihm.

„Sie werden den Damm angreifen", platzte Anron heraus, dabei völlig besonnen, obwohl es ihm gerade eingefallen sein mußte.

Swarnon nickte: „Dies habe ich mir auch gedacht, aber dann fiel mir ein, daß man diesen Damm nicht brechen kann, und was brächte es ihnen, unser Land, welches die ja schließlich haben wollen, zu überschwemmen? Schilden wäre kaum von der Überschwemmung betroffen, und außer daß sie uns für ein paar unwichtige Tage von der Außenwelt abschneiden, passiert nichts." Anron neigte den Kopf, in Gedanken verfallen, wobei dem König die tiefer werdenden Augenränder und die sich stetig verdunkelnde Haarfarbe auffiel, die schon lange kein helles Elfenbraun mehr war. Diesem Waldbewohner muß Schreckliches auf der Seele liegen und ganz nach Elfenart ließ er nichts außer Stolz und Bescheidenheit nach Außen dringen. Norkoff schlug mit der Faust auf den Tisch, eine sinnlose Gebärde, denn die Stärke, die er damit demonstrieren wollte, hatte er bei weitem nicht: „Sie werden direkt nach Schilden marschieren, den Damm werden sie nicht anrühren, er ist zu gut von den Soldaten Eurer Hoheit bewacht." Swarnon nickte und verfluchte den Bauernlümmel und seine Schleimerei. Die Red-Eye können Schilden nicht angreifen, solange der Damm in ihrem Rücken steht, dies wußte er, dennoch marschierten sie hierher. Sie mußten sich ihrer Sache sicher sein. Swarnon hob die Hand in einer abschätzenden Geste, dabei wandte er sich an den Elfen: „Nehmen wir an, die Red-Eye hätten einen Weg gefunden, den Damm zu attackieren? Lassen wir die Idee, sie wollten ihn zerstören, einmal außen vor, was wollen sie mit seiner Eroberung erreichen?" Anron hob den Kopf, sein Blick war finster und die wunderschöne, helle, Elfenrüstung hätte eher zu einem Kerl von Norkoffs Schlag gepaßt, anstatt zu diesem Wrack von Wesen, in welches sich der ehemals tapfere Krieger verwandelt hatte: „Sie können den Damm nicht gebrauchen, aber er steht etwas im Weg. Nämlich ihrer mächtigsten Waffe, wahrscheinlich auch der Grund, warum wir von unserer geheimen Belagerungsarmee nichts mehr hören." Tojan schüttelte den Kopf, seiner Ansicht nach waren alle Lebewesen außer ihm komplette Idioten: „Was soll das für eine Waffe sein, Elf? Sie werden wohl kaum mit Schiffen auf dem Kei-Ana angesegelt kommen." Der Angesprochene blickte geringschätzig in Tojans Gesicht, dann schüttelte er den Kopf: „Ihr seid ein Narr, Tojan, Euer Volk lebt erst seit einem knappen Jahrhundert in diesem Teil der Welt und wurde bereits von ihr überwältigt. Wir aber, die Elfen und Neumenschen, beanspruchen dieses Land schon seit Ewigkeiten und wissen um die Red-Eye. Ihre geheimste Waffe, so hat mir Garan, unser verstorbener König einmal erzählt, liegt in ihrer Hauptstadt begraben und ist dazu geschaffen, die Welt zu vernichten, sobald sie ausgelöst wird. Dies würde aber nur im Falle einer totalen Niederlage Aschfelds geschehen. Ich selbst bin der Meinung, dieser General, dem sie alle neuerdings folgen, hat sie in seiner Machtgier ausgelöst, um uns zu vernichten." Swarnon war diesmal an der Reihe mit dem Kopfschütteln: „So wie ihr es erklärt, Freund, würden die Red-Eye mit dieser Waffe uns und sich selbst ebenfalls schlagen. Dies wäre im Augenblick eine völlige Dummheit, denn sie befinden sich in einer aussichtsreichen Situation, es stehen nur noch zwei Völker gegen sie: Die Elfen aus dem großen Wald und die Menschen aus Nahwettern." Er überging die Bauern Norkoffs absichtlich und Tojans letztes Aufgebot von hundert Schwertkämpfern aus Wakharami ebenfalls. Der Elf nickte wieder betreten: „Wenn es uns gelänge, die im gesamten Land herumstreunenden Krieger des gefallenen Altmenschlands zu rekrutieren, dann stünde die Schlacht schon besser." Swarnon lächelte und wies auf Norkoff, der vor wenigen Tagen eine wichtige Aufgabe von ihm erhalten hatte, dieser räusperte sich: „Dies ist bereits geschehen, Meister Anron, ich und eine Delegation König Swarnons sind los geritten, um die Reste dieser Armee einzusammeln und unter dem Banner Nahwetterns zu vereinen. Es gelang uns, fünftausend der herumstreunenden Krieger zu überreden, sich uns anzuschließen und wiederum ihre Kumpanen zu animieren. Heute sind die ersten

Zehntausend im Hinterland von Schilden eingetroffen, wo sie ihr Feldlager neben dem unserer regulären Armee aufschlugen. In den nächsten Tagen rechnen wir mit weiteren zwanzigtausend und noch mehr, die dem Ruf folgen." Anron schien beeindruckt: „Dies ist eine gute Nachricht, denn mein Land wird fünfzigtausend Bogenschützen und hunderttausend Krieger beisteuern, um die Red-Eye zu vernichten. Werden Eure Bauern ebenfalls erscheinen, Norkoff?" Die Frage war geradezu gemein, doch Anron wußte nicht von der seltsamen unwichtigen Situation, in der der Bauernanführer sich befand. Doch dieser erhob sich grinsend, was bei seinem unrasierten Gesicht lachhaft wirkte: „Meine Herren, ich darf Ihnen verkünden, daß mein Heimatland mit fünfzehntausend Mann unter Bewaffnung anrückt. Es kommen sicherlich noch mehr, doch ich will nur jene fünfzehntausend erwähnen, die über gute Panzerung und Waffen verfügen. Die anderen werden sich mit Sensen, Sicheln und Mistgabeln in den Kampf stürzen." Swarnon blickte ihn ungläubig an: „Tatsächlich? Ich hatte schon geglaubt, Ihr seid kein Vertreter des Bauernlandes, sondern nur einer, der es vorgibt zu sein, um bei mir ein schönes Leben zu führen." Tojan lachte gehässig, Anron hob belustigt die Augenbrauen, nur der Kerl mit der schmierglatten Maske blieb ruhig. „Noch etwas", hob der Elf an, während Norkoff sich wieder setzte, „wie groß ist eure Armee, Swarnon?" Der König setzte sich gerade hin: „Ich verfüge über hunderttausend Mann, die unter voller Bewaffnung stehen sowie über die einzige Kavallerie, die nicht zu den Red-Eye gehört und nicht auf Echsen reitet. Dazu kommen noch fünftausend Jünglinge, die das Kriegshandwerk gerade erst erlernen." Die Runde nickte zufrieden, zumindest Mann gegen Mann standen sie den Red-Eye in Anzahl und Mut in nichts nach. „Laßt uns über die Schlacht sprechen, ohne einen Gedanken an die Absichten der Red-Eye zu verschwenden", schlug Anron vor, dessen Laune sich gebessert hatte. „Wie gehen wir vor?"

„Ich sage, laßt sie so nahe wie möglich an Schilden herankommen, unsere Mauern halten stand", verkündete Tojan, doch Swarnon war dagegen: „Nein, wenn wir sie bis an das Tor vordringen lassen, haben wir den Vorteil, den die Nähe des Dammes uns gibt, verspielt. Wir müssen sie in den Trümmern festnageln, so daß der Damm ihnen von hinten zusetzt und unsere Hauptarmee aus der Richtung Schildens angreift." Anron erhob sich und atmete tief durch. „Gute Herren, ich befürchte, daß der Feind, trotz der für uns besseren Chancen, es schaffen wird, eine unserer Einrichtungen einzunehmen, entweder diese Stadt,oder den Damm. Beides wäre verheerend", sagte er in Swarnons skeptisches Gesicht, „denn wenn die Stadt fällt, wird es schwer, sie zurückzuerobern, und damit stehen wir plötzlich vor den Toren und sind die Angreifer. Nehmen sie den Damm, so können sie uns auf ewig vom frischen Wasser abschneiden und das gesamte Land hinter Schilden und damit das ganze Bauernland, Teile des großen Waldes und die südlichen Ausläufer des Kleiffgebirges verdursten lassen. Es tut mir leid, dies zu sagen, aber unsere Hauptverteidigung muß auf den Damm gerichtet sein." Swarnon verstand, doch die Auflistung hatte einen Haken: „Anron, bis jetzt waren die Red-Eye nie darauf aus, die gesamten Völker zu vernichten, im Gegenteil, die Schlachten mit ihnen sind fair wie ein sportlicher Wettkampf, und ich wüßte von keinem Fall, in dem sie Unschuldige gemordet hätten. Wenn sie den Damm haben, werden sie uns nicht das Wasser nehmen, erstens, weil sie diese Taktik für feige und menschlich halten, zweitens, weil der Damm keine Schotte hat, die man abschließen könnte." Die Anwesenden blickten den König verwundert an: „Wozu dient dieses monströse Beispiel der Baukunst dann?" fragte Tojan aufgeregt, woraufhin der König lächelte, stolz auf sich: „Er dient dazu, das Wasser zu reinigen, es frei von Krankheiten zu halten. Und genau deswegen, wenn ich auf unsere vorherige Diskussion eingehen darf, werden sie den Damm angreifen, denn er kann

das brennende Öl, welches wahrscheinlich genau in diesem Moment auf uns zufließt, herausfinden und vernichten. Ihre mächtigste Waffe wird durch dieses Bauwerk zunichtegemacht, denn Nahwettern und die anderen Länder, die ihr vorhin aufgezählt habt, Anron, werden nicht davon betroffen sein."
Norkoff wedelte wild mit der Hand: „Wartet, Herr, was für brennendes Öl?" Swarnon verdrehte die Augen, Norkoff war ein ausgesprochener Dummkopf, und Anron mußte ihm antworten: „Die Geheimwaffe der Red-Eye ist das Öl, welches durch ihre Hauptstadt fließt und das große Feuer auf der Spitze am Leben erhält. Dieses Öl kommt direkt aus der Erde, entzündet sich in der Stadt und wird über ein unterirdisches Pumpwerk nach oben transportiert. Um es in die Welt zu bringen, muß Tinwatuk zerstört werden, dies sollte, dem Gedanken des Erfinders entsprechend, durch eine unvorsichtige feindliche Armee geschehen, die Tinwatuk schleifen will, oder durch einen geheimen Spruch, der die Festung einstürzen läßt. Ist die Festung einmal zusammengebrochen, so fließt das brennende Öl zuerst einmal in alle Richtungen und erreicht dabei auch die Quelle des Kei-Ana, unseres großen Stromes. Ist es einmal darin, so erreicht es auf ihm, langsam aber stetig, die ganze Welt. Es kann nur durch einen gewaltigen Flächenbrand ausgelöscht werden, bei dem es seine ganze Kraft verzehrt. Im Moment steht unser Damm diesem Öl aber im Weg, es fließt hierher, doch nicht mehr weiter." Norkoff verstand und wandte sich an seinen Schutzherren: „Dann müssen wir den Damm halten, mein König."
Sie begannen die Verteidigungsstrategie zu entwerfen, wobei Swarnon stets darauf bedacht war, die Vorteile der einzelnen Einheiten gezielt einzusetzen: „Anron, kann ich auf Eure Bogenschützen auf dem Damm zählen? Sie wären eine enorme Unterstützung für die meinigen." „Selbstverständlich", der Elf nickte, „doch meine Krieger sollten sich der Hauptarmee anschließen, die dem Feind in den Trümmern entgegentritt." Die

gesamte Runde bestätigte dies, Norkoff schlug sich auf die Brust: „Ich und meine Männer werden ebenfalls beim Damm kämpfen, denn ohne unsere Hilfe werden die Schützen schnell überwältigt werden, sollte der Feind auch nur an einer Stelle über die Mauer kommen." Swarnon bewilligte dies erleichtert, denn er war glücklicher, wenn Norkoff auf der anderen Seite des Schlachtfeldes stand und ihn nicht ärgern konnte. Tojan erhob stolz den Kopf: „Ich bin ebenfalls bereit zu kämpfen und meine letzten Männer auch." Swarnon blickte ihn freundlich an: „Sehr gut, denn ich brauche Eure Männer mit der meisten Erfahrung auf dem Damm, sie sollen als Kommandanten für Norkoffs Milizen dienen, Ihr und die restlichen Eurer Soldaten können sich meiner schweren Kavallerie anschließen, Pferde stehen bereit." Tojan freute sich über diese Ehre, denn die Kavallerie Nahwetterns war deren stärkste Waffe, sie preschte vor, hielt stand und konnte den Ausgang einer Schlacht entscheiden. „Die Hauptarmee", setzte Swarnon an, „wird aus den eingesammelten Altmenschen, meinen Soldaten, den Elfen und Freiwilligen bestehen. Norkoffs Bauern dienen am Damm sowie ein Teil von Tojans erfahrenen Kriegern. Die Kavallerie wird eine getrennte Armee sein, die schnell zuschlägt, aber niemals zu tief in die Ruinen eindringt, da sie dort bewegungsunfähig ist. Ich selbst werde mit Tojan und meiner Kavallerie reiten, das Kommando über die Hauptarmee übertrage ich meinen Kommandanten, und die Altmenschen und Elfen erhält Anron. Norkoff, du hast freie Hand auf dem Damm, setze deine Männer dort ein, wo es am meisten brennt. Die Krieger aus Wakharami helfen dir bei der Koordination." Alle waren damit einverstanden, sogar der Kerl mit der Maske nickte stumm, wobei seine Augen aufflackerten. Swarnon mochte den Kerl nicht, doch er sah wenigstens nicht wie ein Feigling aus. „Gehen wir näher auf die Feinde ein", schlug Anron vor, „denn die Red-Eye werden ihrem gewohnten Schlachtplan folgen, also Sturmangriffe, Überfallkommandos, plötzliche Atempausen, die sie nutzen um ihre Stellung zu befestigen und die totale Konzentration auf einzelne berühmte Kommandanten, die alles entscheiden können. Allein die Anwesenheit eines ihrer hohen Kommandanten kann einen eingeschüchterten Haufen Rotaugen zu einem blutgierigen, geifernden Mob machen." Swarnon hatte dies ebenfalls erkannt, er kämpfte schon lange gegen den Feind aus dem namenlosen Gebirge und hatte erlebt, wie ein einzelner Red-Eye, der nur die Klinge seines Kommandanten erblickt hatte, einen unglaublichen Eifer an den Tag legen konnte. „Du willst darauf hinaus, daß wir diese Kommandanten ausschalten?" fragte er den Elfen geradeheraus. Anron lächelte hinterhältig: „Genau, Swarnon, dies ist mein Augenmerk. Nun, da Sharp Claw zurück ist, werden sie kämpfen wie die Teufel und wir müssen verhindern, daß er sie zu sehr anstachelt. Am besten, wir töten ihn, oder wir halten ihn zumindest so lange fern, bis die Schlacht zu unseren Gunsten steht. Wie dies bewerkstelligt wird, laß meine Sorge sein." Swarnon blickte den dunklen Elfen leicht erbost an: „Freund, ich möchte keine Geheimnisse, diese stören unser Verhältnis." Der Angesprochene winkte ab: „Verdammt, Swarnon, es ist kein Geheimnis, daß ich mich um Sharp kümmern will. Und mein Freund hier", er schlug dem Maskierten auf die eisern gepanzerte Schulter, „ebenfalls. So wie ein anderer Mensch, der sich bereits in Schilden befindet. Sein Name ist Sorios." „Ich kenne Sorios", unterbrach Swarnon ihn, „er hat bei vielen Schlachten, in die auch ich involviert war, mitgewirkt und nicht selten eine Heldentat vollbracht, um den Feind zu besiegen." „Genau der", lachte Anron. „Er ist hier und bereit, für die letzten Teile der Menschheit zu kämpfen." Norkoff lächelte glücklich: „Dann werden wir siegen, wenn sich gleich drei Männer um Sharp Claw kümmern." Wieder nickte die Runde und Tojan fügte hinzu: „Dies ist sehr wohl gut, doch es ist nicht allein Sharp Claw, ich entsinne mich, auch einen Riesen mit Axt, ein Weib und einen wahren Berserker unter ihrer Kommandostruktur erblickt zu haben." Swarnon zählte mit den Fingern weiter: „Und den General selbst, einen Kleinen mit zwei Schwertern, einen Strategen, den die Welt noch nicht gesehen hat, und noch viele mehr, die sich uns entgegenstellen. Wir müssen uns um sie kümmern, wenn sie sich trennen, dann sind sie verwundbar."

Während die Menschen die Verteidigung organisierten, planten die Red-Eye einen Angriff dazu: „Wir müssen aus der Luft angreifen, während die Mannschaften auf dem Damm unsere Armee bereits erblickt haben, dann können wir sie überraschen", informierte Gorwolk den General, „denn ansonsten sehe ich keine Möglichkeit, den Damm einzunehmen, ohne die halbe Armee zu verlieren." Der riesige Red-Eye aus dem Norden hatte recht, nur mit Fogs Einheiten und der Garde des Generals konnten sie den Damm attackieren und gleichzeitig eine Ablenkung schaffen, unter deren Deckung die eigentliche Armee die Mauer nehmen konnte. Der General schaute König Fog in die Augen: „Seid Ihr bereit, dies zu tun? Denn Eure Verluste werden hoch sein." Der König Schwingens nickte stolz: „Wir werden fliegen und mit uns Eure Garde. Dazu habe ich noch dreißig Nebeldrachen aus Schwingen herbringen lassen, sie können kein Feuer spucken und sind kleiner als die Flugdrachen, doch schneller. Auf ihnen werden einige meiner Krieger neben Euren in die Schlacht fliegen. General, ihr erinnert Euch sicher an die Eimer, die ich euch beschrieben hatte? Die Kästen, in die eure Krieger einsteigen können und dann durch die Luft auf den Damm getragen werden?" Dark nickte lächelnd, woraufhin Fogs kühles Gesicht ebenfalls eine Spur von Humor zeigte, wenn auch nur für den Bruchteil einer Sekunde, als kurzes Zucken im Mundwinkel sichtbar: „Meine Baumeister haben sie fertiggestellt. Eure Gardisten müssen sich aber nun nicht mehr um sie kümmern, meine Nebeldrachenreiter übernehmen dies." „Ist Euch bewußt, daß Ihr den namenlosen See überqueren müßt, wenn Ihr den Damm von hinten angreifen wollt?" fragte Hunter Sensener dazwischen, wobei er den Blick abwechselnd zwischen dem General, Fog und den an der Wand lehnenden Sharp Claw schweifen ließ. „Sehr wohl, Hunter, dies wissen wir." Informierte Fog ihn trocken: „Doch ich vertraue meinen Männern, Aschfelds Männern und meinen Drachen. Sie werden schon nicht zu erschöpft sein." Gorwolk nickte: „Ich ebenfalls, Freunde. Wißt ihr, wann wir ankommen werden?" Sharp drückte sich von der Wand ab und trat näher an den Schrein, der wieder einmal als Besprechungstisch herhalten mußte: „Kapitän Jarnes sagte mir vor einer Stunde, daß wir in einem Tag dort sein werden, also in der Nähe des Damms, wo sich die Armee sammeln wird. Übrigens, wir können erst in zwei Tagen mit dem Eintreffen der Armee rechnen, durch die Luft reisen wir bedeutend schneller als die Hunderttausenden am Boden." Die Anführer nickten verständnisvoll, eigentlich hatte Sharp Claw gerade eine Besprechung unter den höchsten Red-Eye der Welt gestört, doch ihm wurde dies verziehen. In früherer Zeit wäre selbst die Anwesenheit eines Kriegers im Besprechungszimmer hart bestraft worden, doch Sharp Claw war kein Krieger, er war ein Held für Aschfeld, für alle Red-Eye und niemand zweifelte daran, daß er einmal des Generals Nachfolge antreten würde.

Jarnes sollte mit seiner Schätzung richtig liegen, die Armee traf zwei Tage nach der fliegenden Festung am Sammelpunkt ein, dem alten Steinbruch, den die Red-Eye eingenommen hatten, als Taaron neu unter ihnen war. Natürlich war der Steinbruch viel zu klein, um die ganze Armee zu beherbergen, nur die Anführer und höchsten Kommandeure bauten ihre Zelte innerhalb der Mulde, die die jahrelangen Schürfarbeiten ausgehöhlt hatten, auf. Unter ihnen befand sich auch Sharps Zelt, doch der Krieger machte einen Spaziergang zu den Soldaten. Als sie ihn erblickten, jubelten sie ihm im Vorbeigehen zu oder baten ihn um anstachelnde Worte für den Kampf, die er gerne sprach. Er schlug den Jünglingen freundschaftlich auf die Schulter, die daraufhin

erröteten oder einfach nur glücklich grinsten, er sprach mit den erfahrenen Kämpfern fachmännisch über die bevorstehende Schlacht, er alberte mit den Bogenschützen herum, trank mit den Axtmännern aus Eisfeld und winkte den vorbeifliegenden Geflügelten zu. Diese Welt hatte ihn endgültig wieder, sein Volk hatte ihn wieder. Er würde es nicht noch einmal enttäuschen und einfach sterben.
„Dies ist der kritischste Zeitpunkt", sagte Dark, die Hände vor der Brust gefaltet, in seinem Stuhl sitzend. Die Anführer hatten die fliegende Festung verlassen und saßen in einem großen Zelt mit Holztisch beisammen. „Denn wir müssen schnell handeln. Sollten zu viele unserer Krieger noch auf dem Damm sein, während die feindliche Armee in den Trümmern aufmarschiert, schlagen sie uns nieder." Gorwolk winkte ab: „Ich werde dafür Sorge tragen, daß sie nicht sofort aus den Ruinen herausgekrochen kommen. Ich und Hunter." Der Erwähnte nickte, wobei seine Fühler lustige Kringel in die Luft zeichneten: „Eure und Fogs Armee muß den Damm einnehmen, zusammen mit mir und dem Skorpion", sagte er mit seiner zischelnden Stimme, „doch die Heere Eisfelds und Sturmlands werden das Feld halten, sollte der Feind früher als erwartet auftauchen." General Dark gab sich damit zufrieden: „Wir reden ja schließlich nur über die Möglichkeit, daß so etwas passieren könnte. Sollte es so kommen, habt Ihr aber eine Übermacht gegen Euch, bevor Ihr vernichtet werdet, zieht Euch zum Damm zurück, welchen wir bis dahin eingenommen haben werden." Der Baß Gorwolks ertönte: „Keine Angst, Dark, wir wissen was wir tun, ebenso wie Ihr und Fog. Auch Eisfelds und Sturmlands Männer sind tapfer und hassen die Menschheit."
Es sollte heute beginnen. Eine nie da gewesene Schlacht stand an, die geschlagen werden wollte. Sharp stieg auf seinen Drachen Blizzard, zu dem er mittlerweile ein sehr freundschaftliches Verhältnis pflegte, und klopfte ihm auf die schuppige Schulter: „Es geht los, mein Freund, ich hoffe, du hast Hunger."

Blizzard gab ein monotones Knurren als Antwort von sich, deren Bedeutung schwer zu erraten war, doch seinem Reiter machte dies nichts aus, er ließ die Zügel knallen und hielt sich so gut es ging fest, denn ein Drache neigte dazu zu vergessen, daß er einen Reiter auf dem Buckel trug, und stieg in die Luft wie ein Pfeil. Als er in die Höhe schoß tränten Sharps Augen, sein Mund wurde trocken und das Atmen fiel ihm schwer. Der Wind schien ihn von seinem Tier herunterzureißen, doch er hielt sich tapfer im Sattel. Als er die gewünschte Flughöhe erreicht hatte, wurde es besser, Blizzard flog geradeaus und glitt durch die Luft. Neben ihm erschien der gewaltige Blackbat, den General im Sattel: „Sharp Claw", rief er herüber, bemüht, den Wind zu übertönen, „es herrscht bei Passieren des Dammes Schlachtfreiheit!" Der Kommandant hatte ihn verstanden und gab ihm dies zu erkennen. Schlachtfreiheit, dies bedeutete, er durfte tun und lassen, was er während des Kampfes für richtig hielt, außer einem Rückzug. Perfekte Bedingungen. Nach und nach erreichten die anderen Gardisten ihre Flughöhe, alle flogen sie neben Blackbat, der die Spitze einer V-Formation stellte, dahin, auf den Damm, noch hinter dem großen blauen Flecken des namenlosen Sees unsichtbar, zu. Unter und neben der Formation erschienen die Ost-Red-Eye auf den Nebeldrachen, Verwandte der Flugdrachen, nur kleiner und flinker. Leider waren sie außerstande, Feuer zu spucken, denn für gewöhnlich jagten sie ihre Beute im Rudel und, ganz ihrem Namen entsprechend, aus den plötzlich auftretenden Nebelbänken zwischen den Bergspitzen Schwingens heraus. Dreißig dieser kleineren Drachen, jeder einen geflügelten Red-Eye auf dem Rücken tragend, versammelten sich um die Garde Aschfelds. Diesen wiederum folgten die Ost-Red-Eye ohne Drachen, hunderttausend Red-Eye erhoben sich in die Luft, der Himmel schien vor geflügelten Leibern und roten Augen zu flimmern, ein Geräusch, das an einen Wasserfall erinnerte, ertönte, als die Armada endlich in der Luft lag und auf ihr gemeinsames Ziel zuflog. Die Bodentruppen waren schon Stunden zuvor losmarschiert und würden den Damm innerhalb eines halben Tages erreichen, die fliegenden Einheiten genau zum gleichen Zeitpunkt, aber von der anderen Seite des Dammes, nämlich vom Wasser her, wo der Damm nur als weißes Stück Mauer herausragte. Die Bodentruppen bekamen in der Mittagszeit ein anderes Bild des Damms, einen Kilometer hoch, weiß wie Schnee und vierzig Meter dick, stand er da, der letzte Beweis, daß Menschen doch zu Großem fähig sein konnten, doch dies wiederum nur auf dem Rücken von jenen, die sie als geringer erachteten, also Red-Eye oder Menschen mit anderer Herkunft und anderem Aussehen. Gorwolk führte die Männer an, ein endloser Guß aus Kriegern, alle stolz dabei zu sein, zum Sieg Aschfelds beizutragen, zum Sieg der Red-Eye. Der gewaltige Skorpion, geführt von Hunter, bildete die Nachhut, ein Monstrum. Als er die ersten Ausläufer der Hügelketten erreichte, die den Damm flankierten, bog er ab und bestieg sie, er würde von der Seite angreifen.

Wasser, so tief, daß es schwarz wie der Boden Aschfelds war, zog unter ihnen vorbei, die Armada flog über den namenlosen See, das letzte Wasserreservoir ihrer Feinde, hinweg, wie ein Schwarm Krähen auf der Suche nach Körnern. General Dark, auf seinem Drachen sitzend, erhob eine seiner Sensen und brüllte einen Kriegsschrei heraus, wobei er seine Waffe nach vorne wandte, auf den am Horizont erschienenen blassen Streifen des Dammes zu. Die Krieger nahmen den Schrei auf, selbst die Drachen brüllten aufgeregt. Schneller und schneller flogen sie über das Wasser, auf dessen Oberfläche sich der gesamte Schwarm spiegelte und wie hunderttausend Fische in dieselbe Richtung stob.
Die Menschen auf dem obersten Wall drehten sich gerade erschrocken nach den Angreifern aus der Luft um; bis jetzt hatten sie ängstlich die ungeheure Armee der Feinde, die sich in der Ebene zwischen ihnen und ihrer Heimatstadt Schilden formierte,

betrachtet, als Sharps Drache über den Damm hinwegflog und seinem Reiter einen atemberaubenden Ausblick zeigte.

Der Aner-Damm, ein zweitausend Jahre altes Bauwerk, bestand aus mit weißem Marmor verkleidetem Fels, der härter war als Stahl und die Sonne spiegelte. Der Marmor war an keiner einzigen Stelle glatt, nein, er schien viel mehr auf jedem noch so kleinen Fleckchen verziert und beschrieben zu sein. Die von ihm abstehenden Terrassen wurden von gewaltigen, ebenfalls weißen Statuen getragen, die so natürlich und realistisch behauen waren, daß man meinen könnte, herabgestiegene Gottheiten trugen sie auf ihren Schultern. Genau in der Mitte des Damms, am Boden dennoch, entsprang ein kleines Flüßchen, welches durch ein Wehr in der hohen Mauer, welche genauso lang war wie der Damm und ihn vollkommen beschützte, nach Schilden floß. Die Mauer stand etwas entfernt vom Damm, so daß dazwischen ein Innenhof entstand, welcher mit Katapulten und anderen Waffen angefüllt war. Auf den Terrassen standen ebenfalls Ballisten und Katapulte, auch auf die Schnelle errichtete Holztürme, die das reine, wunderschöne Gesamtbild des Damms störten, waren darauf zu sehen. Doch von den Terrassen selbst sah man nichts, denn auf ihnen standen Menschen, Abertausende wimmelten dort herum wie Ameisen und zeigten auf die gerade, wie aus dem Nichts erschienenen Drachen und Ost-Red-Eye.

Blackbat griff als erster an, der schwarze Drache sauste im Sturzflug auf den Damm zu, Menschen stoben in Panik auseinander, sich gegenseitig niederschlagend und überrennend. Doch es war aussichtslos, bevor sie die Tunnel, welche durch das Innere des Damms zu den verschieden hoch gelegenen Terrassen führten, erreichten, verbrannten sie in Blackbats feurigem Atem. Dort, wo der Drache und sein Reiter gewütet hatten, war der Marmor schwarz und es stank nach angebranntem Essen. Sharp flog noch eine große Drehung, segelte ebenfalls auf die

Oberkante des Damms zu, wo Blizzard seine Feuerlunge erproben konnte. Während sein Drache die Verteidiger knusprig briet, flogen die Ost-Red-Eye herab, feuerten Pfeile und warfen Speere oder landeten zwischen den Menschen und erschlugen sie wild. Als Sharp genug brennende Leiber und kreischende Männer gesehen hatte, ließ er Blizzard wieder an Höhe gewinnen und flog auf einen der Wachtürme auf den Terrassen zu.
Die Nebeldrachen, angeführt vom Neffen des Königs von Schwingen, einem mutigen Mann namens Thunder Fog, überflogen den Damm zuerst und dies völlig, ohne von den Menschen angegriffen zu werden. Als sie der Armee in den Trümmern, die von hier oben aussahen als hätte ein Riesenkind seine Spielzeugkiste auf die Landschaft entleert, immer näher kamen, verloren sie absichtlich an Höhe, Thunder wollte sogleich die ersten dreißig Eimer, gefüllt mit Kriegern Aschfelds, aufsammeln und auf den Damm abwerfen. Als sie über die gewaltige Armee flogen, wurden ihnen von unten jubelnd die Krallen von hunderttausenden Red-Eye entgegengestreckt, die wie ein silbergraues Meer unter ihnen schimmerten. Aus der unendlichen Menge von Leibern und Waffen stachen die Eimer heraus: große, viereckige Kästen, in denen zwanzig Leute Platz fanden. Oben war ein Henkel angebracht, an dem die Drachen den Eimer anheben konnten. Sobald eine Zugkraft auf den Henkel wirkte, schloß dieser, Dank ausgeklügelten Seilzügen, die vier Wände und öffnete sie erst wieder, wenn der Boden auf harten Grund, hoffentlich den Damm, prallte. Jetzt kam der kritische Moment, die Reiter mußten den Drachen kurz vor einem der Eimer nach oben ziehen, wobei das Tier mit den Füßen voraus flog und den Henkel nicht verfehlen durfte. Es gelang allen dreißig und mit schwerer Ladung wendeten sie, wieder auf den Damm zuhaltend.
Es hatte geklappt, die Menschen waren zu überrascht, um den Angriff abzuwehren, und die Lufttruppen setzten der Besatzung des Dammes in den ersten Minuten stark zu, doch danach gelang

es den Kommandanten aus Wakharami, ihre gemischten Soldaten einzusammeln und gezielt einzusetzen. Plötzlich flogen den im Sturzflug heransausenden geflügelten Red-Eye, Schwärme von Pfeilen entgegen und viele stürzten getroffen vom Himmel, wo sie im See ertranken oder auf den Damm prallten, als ein Häufchen etwas, das nicht einmal annähernd an ein ehemals lebendiges Wesen erinnerte. Doch die Krieger aus Schwingen waren furchtlos und flogen Angriff um Angriff auf den Damm, der nach und nach zu einem blutigen Schlachtfeld wurde. Die Gardisten auf ihren Drachen hatten zusätzlich mit dem Beschuß durch die Kriegsmaschinen im Innenhof zu kämpfen, Spears Flugtier hatte bereits ein paar normale Pfeile im Bauch stecken und wurde durch den stechenden Schmerz zusehends wütender und schwerer zu kontrollieren, Poisons Drache zeigte sich geschickter, denn er fing die großen Felsbrocken, die von Katapulten geschleudert wurden auf und warf sie auf die Menschen auf dem Damm zurück. Die anderen hatten sich irgendwo im Gewimmel über dem Damm verloren, nur Blackbat war als gewaltiger Schatten über dem Feld auszumachen.
Sharp Claw hatte bis jetzt Glück gehabt, denn er flog so tief, daß er wie der Wind an den Menschen vorbeirauschte und sie überhaupt nicht auf ihn schießen konnten. Blizzard steuerte auf einen der dazu gebauten hölzernen Wachtürme zu, wobei er nur wenige Meter von der Wand des Dammes entfernt flog und eine stetige Feuersbrunst aus seinem Rachen auf die Menschen unter ihm spie. Als der Wachturm nahe genug war, riß Sharp an den Zügeln und Blizzard schoß senkrecht nach oben, den Wachturm in den Krallen haltend. Die Bogenschützen schrien panisch auf, hielten sich fest, während es immer höher in die Luft ging und sie schließlich loslassen mußten. Holzbalken fielen herab, zerschlugen die Menschen zu einer hin- und herrennenden Masse, die den Angriffen der Schwingener Soldaten schutzlos ausgeliefert war.

Frost und Blade hatten sich inzwischen stark bemüht, die Dammstraße, also die flache Oberseite des Damms, zu räumen, indem sie immer wieder darüber hinwegflogen und Feuer auf die letzten Verteidiger speien ließen. Dies machte es möglich, den Damm von oben einzunehmen und sich nach unten durchzukämpfen. Leider fehlten den Red-Eye dazu die Bodentruppen, denn die waren auf dem Feld und warteten auf den Moment, in dem die Mauer so stark geschwächt war, daß sie einfach überrannt werden konnte. Die Nebeldrachen, die in diesem Moment mit den Eimern zurückkehrten, wußten diese Gelegenheit aber zu schätzen, sie luden ihre Soldaten auf der leeren Dammstraße ab, von wo sie in die Gänge zu den Terrassen gelangen konnten. Leider waren die Nebeldrachen mit der Beladung um einiges langsamer als ohne, und so fielen mehrere den Katapulten zum Opfer und die Eimer schlugen mit ihrem schreienden Inhalt auf den Boden auf. Doch ein großer Teil schaffte es, und die ersten Red-Eye, die jemals den Aner-Damm betraten, konnten angreifen. Ironhead sah, daß die Katapulte ihren Leuten schwer zusetzten und entschloß sich zu einer tollkühnen Aktion, er segelte auf den Innenhof zu, welcher der am meisten von Menschen besetzte Ort war, denn dort hatten die östlichen Red-Eye noch nicht attackieren können und die Moral der Feinde war noch nicht gebrochen. Wissend, daß er ein großes Risiko einging, tauchte er ab, auf die Höhe einer Baumkrone. Die immer wieder nach oben schnappenden Arme der Katapulte wurden auf dieser Höhe zu einem Hindernis, daß Ironheads Drachen den Garaus machen konnte, doch er spie genug Feuer, um die Männer, die die Waffen bedienten, zu vertreiben. Er umkreiste den Innenhof einmal und stieß von neuem auf die Menschen herab, wie ein Greifvogel riß sein Drache die hölzernen Belagerungsmaschinen aus, schleuderte die Ladung umher und ließ seinen feurigen Atem auf die Krieger wehen.

Damit hatte Norkoff nicht gerechnet, die Red-Eye griffen ihn aus der Luft an. Als er den ersten Drachen am Himmel erblickt hatte, fiel es ihm wie Schuppen von den Augen, sie waren hereingelegt worden und befanden sich nun in einer Lage, die brenzliger war, als alles, was Norkoff bis dato erlebt hatte. Seine einzige Hoffnung bestand darin, daß die Hauptarmee Neumenschlands rechtzeitig reagieren und die Bodentruppen der Red-Eye auf dem Feld stellen würde, bevor sie ihre Chance witterten und den Damm vom Boden und aus der Luft angriffen. Er rannte gerade die Stufen zum Innenhof hinab, denn weiter oben war es ihm zu heiß geworden, und er hatte die Kommandanten von Tojan allein gelassen. Die Männer des Bauernlandes waren mit ihm: „Meister Norkoff, Ihr habt gesagt, der Damm ist unangreifbar, warum sind die Red-Eye dann hier?" fragte ein junger Krieger voller Angst, woraufhin der gewählte Anführer des Bauernlandes erzürnt brüllte: „Weil sie eben hier sind, verdammt!" Ein wahrer Feuersturm brach vor dem Ausgang zu einer der Terrassen, die sie überqueren mußten, los und sie warfen sich zu Boden: „Verflucht, diese Drachen machen uns fertig! Los, Junge, sieh zu, wo du helfen kannst." Der Soldat nickte und ging die Treppe wieder aufwärts. Norkoff trat auf die rußgeschwärzte Terrasse, wo brennende Leiber lagen, glühende Holzbalken aufeinanderstürzten und ein wahrer Funkenregen auf die wenigen noch Lebenden niederging. Er überquerte die Terrasse schnell, fand den Eingang in den Damm wieder und betrat ihn. Es standen mehrere Elfenschützen darin, sich vor den Flammen versteckend. Als sie ihn erblickten, nahmen sie etwas Haltung an: „Verzeiht, Herr Norkoff, wir sind nicht hier um uns zu verstecken, doch es war bei diesen Angriffen bitter nötig." Norkoff winkte ab: „Ich verstehe, aber jetzt ist der Drache weitergeflogen, geht wieder hinaus." Sie folgten seinem Befehl nickend, etwas ängstlich. Als sie hinter dem Eingang verschwanden und er Bogensehnen schnalzen hörte, ging Norkoff weiter, er mußte in den Innenhof. Die Treppe führte ihn tiefer hinab, wo die Wände dicker wurden und der Damm älter; zum Glück, hier unten konnte er die Vibration der auf den Damm geworfenen Geschosse weniger spüren und die Schmerzensschreie seiner Männer nicht hören.

Es geschah, es mußte so kommen. Blizzard warf gerade eines seiner gefangenen Katapultgeschosse auf eine der vielen Terrassen, die sich mit der Zeit immer mehr gelichtet hatten, als ein zweites heran flog, welches er nicht fangen konnte. Seine gesamte rechte Körperhälfte knackte widerwärtig, Rippen brachen, das Bein hing nur noch unbeweglich herab. Sharp wurde schwer durchgeschüttelt und hatte Mühe, sich im Sattel zu halten. Der Drache verlor an Höhe, wobei er vor Schmerzen brüllte und unkontrolliert Feuer spie. Die Dammstraße kam immer näher und mit ihr die Angst, ins Wasser zu fallen. Die Nebeldrachen, die gerade eine neue Welle von Eimern heranschafften, mußten dem trudelnden Tier ausweichen und beschwerten sich lautstark, bis sie erkannten, daß Sharp im Begriff war, abzustürzen. Doch es ging glimpflich aus, Der Drache schlug zwar hart auf die Dammstraße auf und Sharp flog nach vorne aus dem Sattel auf den harten Steinboden, doch er verletzte sich nicht schwerwiegend. Keuchend stand er auf, den Säbel erhoben. Blizzard wand sich hinter ihm vor Schmerzen und Leid, die Nebeldrachen warfen vorsorglich zwei Eimer neben seiner Position ab, sie hatten erkannt, wer da abgestürzt war. Die Eimer schlugen auf dem Damm auf, die Wände klappten zu Boden und Red-Eye-Krieger stürmten daraus hervor. Sie brüllten auf, als ginge es in den Kampf, und es dauerte eine Sekunde, bis sie ihre Umgebung wahrnahmen, und daß sie allein auf der Dammstraße, dem höchsten Punkt des Schlachtfeldes standen. Der oberste von ihnen, ein Krieger aus West-Kworl, schwer gepanzert, erblickte Sharp Claw und lächelte zwischen den Stacheln seiner Rüstung hervor: „Kommandant, ich freue mich, Euch zu sehen! Aber wo ist die Schlacht hin? Habt Ihr sie alle allein niedergerungen?" Sharp lachte auf: „Nein, mein

Freund, die Schlacht hat sich nur nach unten verlagert, ich bin abgestürzt. Mein Drache liegt dort hinten." Die Krieger wandten sich mitleidsvoll dem brüllenden Tier zu und der Anführer erhob seinen Säbel: „Führt uns in die Schlacht, Sharp Claw, wir werden Euch folgen." Sharp nickte: „Ich bin stolz auf euch, Brüder, folgt mir."

Er marschierte zu der Treppe, die in die Gänge, welche kreuz und quer durch den Damm verliefen, führte. Die Krieger liefen ihm hinterher, es waren vierzig an der Zahl, genau zwei Eimer voll. Als er die Treppe erreichte, bekam er einen kurzen Ausblick auf den namenlosen See, der sich unter den aufziehenden Wolken in tristes Grau kleidete. Sharp betrat die von Fackeln erhellte Treppe, gefolgt von seinen Männern, und wie eine von Ketten und Rüstungen raschelnde Schlange schlichen sie durch den Tunnel, durch den Damm, auf dessen Vorderseite, auf die erste Terrasse zu. Der Gardist erblickte das Licht am anderen Ende zuerst und hörte die Schreie, das Klirren von sich kreuzenden Schwertern und das Schnalzen der Bogensehnen. Kurz vor dem Ausgang blieb er stehen, sich selbst sammelnd, denn er war im Begriff, in die erste Schlacht zu gehen, seit seinem Tod.

Kapitel 8:
Von Flammen, Wasser und vom Sterben

Während seines Sprunges schien sich die Welt zu verlangsamen; obwohl er ausschließlich sein Ziel im Blick hatte, sah er verbrannte Leiber auf dem Boden liegen, verzweifelt schreiende Menschen, die in Panik vor den Drachen davonrannten, kokelnde Holzbalken, die von oben herabfielen und Löcher in die hauende und stechende Menge schlugen, letzte Red-Eye-Truppen, von der vorherigen Welle von Eimern übrig geblieben, die gegen eine Übermacht kämpften, brüllende Kommandanten, vorbeifliegende Drachen, geflügelte Red-Eye, Pfeile, die ziellos einschlugen und Mensch und Red-Eye trafen. Sharp Claws Säbel fuhr in den Rücken eines wakharamischen Kriegers, der sich von dem Tunneleingang abgewandt hatte, und drang bis auf das Brustbein hindurch. Hinter ihm stürmten die anderen Red-Eye aus dem Gang, wütend auf die überraschten Feinde einschlagend. Sharp suchte sich einen anderen Gegner und fand ihn in einem Menschen im Bauernkittel, der eine Mistgabel als Waffe führte. Seine Arme waren von vielen Verbrennungen gezeichnet und sein Bart voller Löcher. Die Mistgabel schoß heran, traf aber nur die Luft, da Sharp wußte, daß man mit so einer Waffe nur zustechen konnte und ausgewichen war. Sein Säbel fand ein weiteres Opfer und traf den Bauch des Bauern zwei-, dreimal, bis er sich rotfärbte. Der Red-Eye knurrte, Neumenschland warf alles gegen Aschfeld in die Schlacht, er würde sich nicht wundern, wenn er bald gegen Frauen antreten müßte. Zum Glück ging noch ein Mensch auf ihn los, dieses Mal ein Bogenschütze, der seinen Bogen auf den Rücken geschnallt hatte und sein dünnes Notschwert in den Händen trug. Ein gewaltiger Schwinger Sharp Claws, und das Schwert zerbrach in zwei Teile, wobei der Mensch den Griff immer noch in der Hand hielt und anstarrte, als hätte sein Gegner eben seinen Lebensfaden durchtrennt. Was auch passierte, Sharp holte kurz darauf noch einmal aus und erschlug den Bogenschützen schnell und schmerzlos. Seine nächsten Opfer waren zwei Elfen, die ihm den Rücken zuwandten und sich völlig auf ihre Tätigkeit als Schützen konzentrierten. Beide verloren ihr Leben, als Sharps Krallen, schnell ausgefahren, durch ihre Hälse drangen. Den beiden folgte ein weiterer Elf, doch dieser hatte gesehen, was Sharp mit seinen Artgenossen angestellt hatte, und war früh losgerannt, um ihn davon abzuhalten. Leider kam er zu spät und der Red-Eye fing sein Schwert mit den einsenharten Krallen auf, zog es ihm aus den Händen und warf es den Damm herunter. Nun stand er da, seinen Gürtel nach irgendwelchen Ersatzwaffen durchsuchend, aber erfolglos. Doch er war schnell genug, um Sharps Todesstoß auszuweichen und sich abzurollen. Er sprang ihm hinterher, nach ihm schlagend, als ob er eine Fliege zerquetschen wolle, doch der Elf war flink, zu flink. Erst als Sharp ihn an die Wand gedrängt hatte, konnte er ihn erstechen.

Mittlerweile hatten die sechzig Red-Eye, die ihrem Helden gefolgt waren, den Großteil der übriggebliebenen Besatzung der Terrasse erschlagen, und der Anführer, in der schweren Eliterüstung West-Kworls, kam auf Sharp zu: „Diese Ebene gehört uns, sollen wir weiter hinabgehen?" Sharp nickte: „Wir müssen den Damm einnehmen, bevor die Hauptarmee der Menschen eintrifft", er reinigte seinen Säbel vom Elfen- und Menschenblut, „sonst bleibt die Schlacht in einer Sackgasse stecken und wir stehen getrennt voneinander. Die einen auf dem Damm, hoffnungslos unterlegen, die anderen zwischen dem Damm und der anrückenden Armee eingekeilt." Der Red-Eye erhob seinen eigenen Säbel: „Dann sollten wir uns beeilen, weiter unten sind noch Brüder von uns eingeschlossen." Die beiden suchten den Eingang zum nächsten Tunnel, der sich als schwer passierbar herausstellte, denn er war von Trümmern verbarrikadiert. Die Red-Eye zogen und zerrten mit Leibeskräften daran, doch trotzdem dauerte es lange,

bis sie zumindest eine kleine Lücke öffnen konnten, durch die sie sich zwangen. Dieser Tunnel war anscheinend besonders von den Luftangriffen der Drachen in Mitleidenschaft gezogen worden, denn die Wände waren voller Ruß, und lange Holzbalken, sicherlich von den zerstörten Holztürmen stammend, lagen auf der Treppe. Die Truppe ging die Treppe nur langsam hinab, denn ein falscher Tritt konnte eine Lawine aus Schutt und Holzteilen lösen, die die gesamte Truppe unter sich begraben würde. Doch sie schafften es bis an den nächsten Ausgang, wo sie zuerst keine Menschen und Elfen sahen, wahrscheinlich hatten sie sich, in Vorahnung, von dem gefährlichen Tunnel entfernt. Sharp wagte einen Blick hinaus, die Feinde waren hier ebenfalls schon dezimiert, doch anscheinend war es ihnen gelungen, die vorherigen Red-Eye zu besiegen, und sie feuerten wieder ungestört Pfeile auf die Drachen und Geflügelten, die an ihnen vorbeiflogen.
Er nickte den Männern ermunternd zu, sie erwiderten das Zeichen grinsend, auf leichte Beute spekulierend. Leise zog er seinen Säbel aus der Scheide, darauf bedacht, auch ja kein Geräusch von sich zu geben. Dann rannte er los, gefolgt von sechzig Red-Eye mit einem Kriegsschrei auf den Lippen, der die Bogenschützen erstarren ließ, einige mit gespannter Sehne, unfähig sich zu bewegen. In die Ruhe dieses Bildes fegte die Stahl starrende Horde der Angreifer wie die Sense durch ein Kornfeld, binnen Sekunden waren die Menschen und Elfen niedergemacht, die Terrasse befreit. Sharp Claw wandte sich an die Soldaten: „Ein leichter Sieg, nun holen wir uns die anderen Feinde auch noch. Es wird leichter sein als Äpfel vom Boden aufzusammeln!" Sie brüllten vor Freude auf, Sharp Claw, ihr Held, war bei ihnen und führte sie höchstpersönlich in eine aussichtsreiche Schlacht.
Ironhead war es gelungen, die Verteidigungsmaschinerie des Innenhofes durcheinanderzubringen, einige der Katapulte und Ballisten standen nicht mehr, einige brannten. Die meisten waren zwar noch intakt, doch die Leute an den Hebeln und

Schleudern waren vor dem großen Red-Eye auf dem beeindrukkenden Drachen geflohen. Diese Gelegenheit nutzten die geflügelten Red-Eye aus Schwingen, um sich in immer waghalsigeren Angriffen auf die Terrassen in Bodennähe zu stürzen. Thunder Fog, der Neffe des Schwingener Königs, führte sie persönlich in die Schlacht. Viele seiner treuen Männer fielen zwar, von Pfeilen getroffen, wie Steine vom Himmel, doch dies war vorherbestimmt gewesen und Thunder flog Angriff für Angriff, seinen Köcher mit Pfeilen leer schießend. Nachdem er gefeuert hatte, stieg er immer wieder in die Höhe, aus der Reichweite der Menschen heraus, um von neuem herabzustürzen, doch dieses Mal sollte es nicht so reibungslos funktionieren: Auf dem höchsten Punkt der Schleife, die er flog, um seinen Red-Eye die Zeit zum nachladen der Waffen zu geben, blickte er über das Trümmerfeld nach Westen, nach Schilden, welches sich als Erhebung mit Spitzen und Dächern und hohen Türmen, am Horizont abzeichnete. Die große Armee der Menschen hatte das Trümmerfeld erreicht und der Damm war noch nicht vollständig gefallen. Von hier oben sah er auch die Kraterform des Trümmerfelds, in dem alles auf den tiefsten Punkt, eine kleine Festung in der Mitte, zuzulaufen schien. Die Red-Eye-Armee mußte sich teilen, sonst passierte das, was der General Aschfelds prophezeit hatte: sie wären eingekeilt zwischen dem Damm und den Trümmern.
Blackbat schoß aus den Wolken herab wie ein Adler, der seine Beute jagt, direkt auf die gerade erschienene Armee zu. Wollte der verrückte General die Armee allein angreifen? Thunder blieb in der Luft stehen, die Flügel nach vorne und hinten schlagend, um nicht abzustürzen. Was er sah, verschlug ihm den Atem, Blackbat, der riesige alte Feuerdrache, spie eine Flammensäule, so hoch wie ein Turm über dem Trümmerfeld aus, anscheinend als Warnsignal gedacht, denn Gorwolk, der die Bodentruppen anführte, reagierte schnell darauf. Sogar von hier oben konnte man den hünenhaften Anführer Eisfelds sehen, wie er mit den

Armen wedelte und Truppen aufteilte. Anscheinend mußten sie nun tatsächlich an zwei Fronten gleichzeitig kämpfen.

Sharp Claw hatte dasselbe beobachtet, der General mußte die feindliche Armee gesehen haben, sonst hätte er die Red-Eye nicht gewarnt. Wie der Blitz rannte Sharp los, den nächsten Tunneleingang suchend, der ihn weiter nach unten führen sollte. Es lag nun allein an ihm und seinen sechzig begeisterten Männern, den Damm zu säubern, bevor die Schlacht im Trümmerfeld vor Schilden begann. Die Krieger spurteten in den schnell gefundenen und leichter zugänglichen Tunneleingang wie zuvor, sehr schnell und ohne auf Geräusche achtend, hinein. Wieder ein langer, schmaler Gang, der durch den Damm führte, doch dieses Mal, endete er in einem breiten Ausgang, der aber einen Knick beschrieb, also war die Terrasse nicht ersichtlich. Sharp sollte dies nicht imponieren, er wollte einfach hindurchrennen und die Krieger ihre Arbeit verrichten lassen. Ein Fehler, als er den breiten Ausgang des Tunnels erreicht hatte, blendete ihn zunächst einmal das Sonnenlicht und er hielt die Kralle gerade noch rechtzeitig vor seine Augen, um eine heransausende Klinge kommen zu sehen und ihr auszuweichen, indem er sich wenig elegant duckte und abrollte. Als er sich wieder erhob, sah er nichts als Klingen auf sein Gesicht gerichtet, die im Begriff waren zuzustechen. Es standen viele Reihen Menschen und Elfen um ihn herum, die ihn erwartet zu haben schienen. Erst als seine Krieger durch den Ausgang preschten und die Feinde überraschten, lockerte sich der zitternde Wall aus Schwertern vor seinen Augen, und er konnte sich von neuem ducken, den Säbel über seinem Kopf kreisen lassen und auf das scheppernde Geräusch von umfallenden Männern in Rüstung warten.

Da war es, ein blechernes Scheppern um ihn herum, er hatte die ersten beiden Reihen der Verteidiger überwältigt, in dem er seine Waffe einmal durch ihre Mitte schneiden lassen hatte. Kreisförmig fielen die Toten um ihn herum und gaben die Sicht auf ihre ver-

ängstigten Mitstreiter frei, die nicht wußten, ob sie den wieder auferstandenen Helden Sharp Claw oder dessen näherkommenden Krieger bekämpfen sollten. Anstatt eine Entscheidung zu treffen, blieben sie in ihrer erweiterten Kreisformation stehen, einen Kranz aus Gefallenen zwischen sich und Sharp Claw liegend.
Dem Red-Eye wurde die Brisanz der Situation beinahe zu spät bewußt und ein zweites Mal mußte er sich ducken, um nicht enthauptet zu werden. Dieses Mal war es ein feiger Angriff von hinten gewesen, ausgeführt von einem Kerl, der eine vollständige Rüstung mit schweren Panzerungen und Tonnenhelm trug. Nur kleine Sehschlitze waren darin eingelassen und ein paar Atemlöcher. Sharp ahnte, welcher Art von Krieger er gegenüberstand, einem der menschlichen Eliteeinheiten, die sie Ritter nannten. Der Ritter trug ein langes, gerades Schwert, eine dunkle Rüstung und einen passenden Waffenrock. Im Gegensatz zu den anderen, die Sharp bis jetzt gesehen hatte, trug dieser keinen Schild, nicht einmal eine Ersatzwaffe. Der Red-Eye knurrte vergnügt, während um die beiden herum der Kampf entbrannte, Sharps Männer griffen die ihn umzingelnden Menschen und Elfen an. Auf Sharps Knurren gab der Fremde keine Antwort, anscheinend gehörte er zu den eingebildeten Menschen, die die Red-Eye immer noch als unwürdige Barbaren ansahen, mit denen es sich nicht lohnte, ein Wort zu wechseln. „Seid Ihr beleidigt, Herr Rittersmann?" fragte Sharp nach, den Gegner bewußt provozierend, woraufhin dieser das Schwert hob und mit einer rauchigen Stimme, die nicht aus dem Helm, sondern von irgendwo weit weg zu kommen schien, sprach: „Ich habe einem wie dir nichts zu sagen, Säbelauge. Erhebe deine dreckige Waffe und kämpfe!" Mit diesem pathetischen Spruch ging er auf den Red-Eye los, welcher den ersten Schlag schon kommen gesehen hatte, bevor er überhaupt ausgeführt wurde. Natürlich ging er ins Leere und der schwer gepanzerte Kerl verlor beinahe das Gleichgewicht. Sharp

schlug von der Seite auf seine Rippen ein, doch die Rüstung ließ seinen schönen, goldenen Säbel wirkungslos abprallen wie einen Holzknüppel auf Stroh. Der Ritter drehte sich, flinker als er zunächst ausgesehen hatte, um, und griff von neuem an, wobei er so durchschaubar auf Sharps Hals zielte, daß der Red-Eye, nachdem er das Schwert abgewehrt hatte, lachen mußte: „Verdammt, wer bist du denn? Ein Knappe, der die Rüstung seines Herren gestohlen hat? Diese lächerlichen Angriffe sind doch nicht dein Ernst! In so einer pompösen Verpackung hätte ich mir einen echten Gegner vorgestellt." Mit einem wütenden, immer noch verraucht und fern klingenden Schrei griff der Eisenkerl noch einmal an, dieses Mal von links, Sharp wollte den Hieb wieder nebensächlich parieren, doch das Schwert des Gegner änderte plötzlich seine Flugrichtung und schnitt ihm in den Waffenrock, bis auf den Oberschenkel. Sharp knurrte wütend auf, das Blut auf seinem Bein herabfließen sehend: „Wofür hältst du dich, du Anfänger?" Die Stimme erklang wieder, dieses Mal erheitert: „Ich halte mich für einen guten Schauspieler." Der Red-Eye schüttelte verwirrt den Kopf, während er die Reißzähne zusammenbiß: „Auch noch wahnsinnig, wie? Na warte, ich werde dich erschlagen, dann brenn' ich dein Land ab." Sein Säbel schoß heran, traf scheppernd die Eisenrüstung, ein zweites Mal folgte, und zwar so heftig, daß der offensichtlich verrückte Ritter taumelte, der dritte zielte auf seinen Helm und durchstach ihn, etwas zu weit oben, denn der Feind konnte sich gerade noch ducken. Nun hing der Helm schwer an Sharps Säbel, und er zog sich zurück, den Helm von der Klinge streifend, während er schockiert das Gesicht seines Gegenüber betrachtete. „Was zur Hölle bist du? Warum trägst du eine Maske?" Die Stimme, nun ohne Helm deutlicher, aber immer noch verraucht, antwortete durch den schmalen Mund einer glatten, polierten, eisernen Maske: „Ich bin jemand, der eine ähnliche Geschichte vorzuweisen hat wie du, nur bin ich nie wirklich gestorben, sondern aus meinem Körper gedrängt worden, in eine leere Welt, ohne Sinn und Verstand, ohne die Macht, eigenständig zu handeln, ich bin Taaron von Anaronun, und dies ist ein sogenannter Zeremonienkörper, er hat nur für einen Monat bestand, doch dies soll genug Zeit sein, um dich zu erledigen und meinen eigenen zurückzuerobern." Nachdem die erste Welle der Verwunderung über Taarons Rückkehr von Sharp Claws Verstand abließ, folgte eine Skepsis: „Ist dir bewußt, daß du, um mich zu töten, deinen eigenen Körper, den ich gerade besitze, erschlagen mußt? Er wäre hinterher nutzlos. Tot eben." Die Stimme lachte bösartig: „Oh, und wie ich daran gedacht habe, doch Garis hat mir erklärt wie es von statten gehen wird: Diese Maske, die du siehst, beherbergt meinen Geist, drücke ich sie auf dein Gesicht, so tauschen wir unsere Körper und du wirst in einem knappen Monat in die ewige, weiße, körperlose Leere eingehen. Bis dies passiert, kannst du warten und dich schon einmal auf die Einsamkeit der Ewigkeit einstimmen." Bevor Taaron noch ein einziges Wort sagen konnte, schoß Sharps Faust heran und schlug ihn mitten auf die Maske, es krachte eisern und der Mensch stolperte zurück, an die Brüstung der Terrasse. Dort saß er und befingerte die Maske, sie war trotz Sharps Schlag heil geblieben. „Ich hasse diese ewigen Monologe, Menschlein, und ich hasse dich. Beenden wir es, ich zerhacke deinen falschen Körper und lasse dich in den namenlosen See werfen." Sein Säbel sauste auf Taaron herab, doch dieser parierte mit dem Schwert und erhob sich schnell, sie tauschten mehrere Schläge und Stiche aus, wobei Taaron die Lektionen Anrons berücksichtigte und immer wieder Finten schlug, auswich und zustieß, auf ein schnelles Ende des Kampfes bedacht. Sharp Claw hatte einen anderen Plan, er wollte Taaron zeigen, wozu ein Red-Eye fähig war, provozierte man ihn einmal. Er ließ zu, daß Taarons Schwert immer wieder nahe an seinen Körper drang, ließ seinen Säbel oft schmerzhaft parieren und zielte nie auf lebensgefährliche Stellen. Dem Menschen schien dies nicht aufzufallen, im Gegenteil, er glaub-

te sogar, er würde den Kampf gewinnen, also schlug er immer härter und schneller zu und ging dabei in Sharps Falle. Durch seine Attacken löste er die Rage in Sharp aus, den unheilvollen Gemütszustand, in dem ein Red-Eye nur noch Blut sah, unbändige Kräfte erhielt und seine Aggression in die Höhe schoß, daß er völlig die Kontrolle verlor.
Es begann mit einem gutturalen, abgrundtief bösartigen Knurren Sharps, dem Anspannen aller seiner Muskeln und endete schließlich in dem Verlust der scharfen, senkrecht stehenden Red-Eye Pupillen, die im Rot des Augapfels ertranken und die Sicht des Wütenden trübte. In diesem Zustand fühlte er, wie ein Schauer durch seine Adern strich, die Venen an den Handgelenken hervortraten und im schnellen Rhythmus seiner Wut pulsierten.
Seine erste Attacke richtete sich gegen Taarons Brustpanzer, der knallend unter deren Wucht nachgab, die zweite schlug ihm das Schwert aus der Hand, die dritte sollte seinen Kopf durchstechen, doch die seltsame, glatte Maske hielt auch dieses Mal stand, und so wurde ihr Träger Opfer der Macht des Stoßes und über die Brüstung geworfen, nach unten, die weiße, schimmernde, leicht schräge Dammwand entlang kullernd, die Arme und Beine hin- und herschleudernd wie eine Vogelscheuche im Sturm. Sharps Blick folgte der fallenden Gestalt, immer noch rotsehend, doch langsam zur Ruhe kommend. Die sechzig Red-Eye, die mit ihm gekommen waren, waren nach diesem Kampf auf etwas weniger als vierzig geschrumpft, doch sie bejubelten den tobenden Gardisten, als habe er eine Heilsbotschaft verkündet. Von seiner Position an der Brüstung konnte er nun auch die Armee der Menschen sehen, die immer näher kam und sich durch die Ruinen schlängelte, wie ein gigantischer Schwarm Heuschrecken. Die Zeit drängte mehr als vorher und nun war Taaron auch noch zurückgekehrt. Gewiß, Sharp hatte ihn besiegt, doch er glaubte nicht daran, daß er verstorben war, denn die seltsame Maske hatte schließlich auch Sharps in der Rage

ausgeführten Stich hingenommen, welcher drei- oder viermal so kräftig war, wie ein normal ausgeführter. Er würde ihn wiedersehen. „Kommt Männer, es gibt noch einige Terrassen zu erobern, bis wir unten angekommen sind!" Gorwolk knurrte wütend, wenn Darks Männer den Damm nicht bald eroberten und zu ihm stießen, dann würde die Situation brenzlig, denn noch immer feuerten die Menschen auf der Mauer vor dem Damm Pfeile auf seine Leute, wenn sie sich zu nahe an sie heranwagten. In seinem Rücken marschierte die große Armee des Feindes auf und sie würde höchstens bis Sonnenuntergang brauchen, um ihn zu erreichen. Es brachte nichts, er mußte reagieren: „Greift den Wall an." Sein Offizier blickte ihn verwundert an: „Herr, wir sollen den Wall angreifen?" Der König Eisfelds fauchte ihn an: „Ja, Boront, laß sie angreifen, es geht ansonsten nicht schnell genug." Boront, seines Zeichens treuer Gefolgsmann Eisfelds, nickte und hob ein großes Blasinstrument an seine Lippen, welches bei den Kriegern des Nordens die helle, ärgerlich hoch klingende kleine Schelle der Aschfelder Krieger ersetzte, das sogenannte „Totengeläut". Das Signal Eisfelds trug keinen Spitznamen, war dafür aber um einiges eindrucksvoller. Der tiefe, monotone Ton des Horns breitete sich über das Schlachtfeld und hallte von den Wänden des Dammes zurück, der Angriffsbefehl war gegeben und die Kommandanten bei ihren Truppen reagierten dementsprechend. Binnen weniger Minuten schwappte die erste Welle der Red-Eye-Armee auf die Mauer zu, Schilde hochhaltend, Leitern vor sich hertragend. Viele wurden trotz der erhobenen Schilde von den Pfeilen der Verteidiger durchbohrt und keiner schaffte es, die Mauer zu erklettern, also harrten sie unter der Brüstung aus, wo sie zumindest vor den Pfeilen sicher waren. Die Ost-Red-Eye hatten gesehen, was passierte, und griffen nun verstärkt die Mauern an. Nun mußten sich die Verteidiger ducken und die zweite Welle der Red-Eye-Armee brandete an die Steine unter ihnen. Dieses Mal schafften es einige auf die Mauern, doch die Leitern wurden schnell von Lanzenträgern fortgestemmt und sie fielen wieder herab, wo sie aufeinander prallten und die eigenen Leute erschlugen. Als dies passierte und König Gorwolk den Blick nervös in die Ruinen wandte, brach Sharp Claw durch die letzten Verteidiger und erreichte mit neunzehn seiner ehemals sechzig Red-Eye den Innenhof, wo Belagerungsmaschinen standen, Menschen damit beschäftigt waren, Steine zu sammeln oder wild durcheinander zu rennen. Hundert Meter vor sich sah er die Mauer, auf der an einigen Stellen gekämpft wurde. Sein Gehör hatte ihn nicht enttäuscht, Gorwolk hatte den Angriff auf den Damm befohlen. Die Soldaten in Sharps Rücken waren nicht mehr zu halten und gingen auf die Menschen los, sie wahllos niederschlagend, egal, ob es ein versprengter Krieger war, ein Arbeiter oder einer der Kerle, die die Katapulte und Ballisten bedienten. Sharp erhob seinen goldenen Säbel und rannte auf das Tor zu, welches er durch eine Allee aus Katapulten sah. Er begann zu rennen, Menschen ausweichend, und wollte das Torhaus allein erreichen, um es zu öffnen. Als er es erreichte, war er außer Atem, aber glücklich. Sein Zutun würde die Schlacht um einige Zeit verkürzen. „Da ist einer! Holt ihn euch!" Sharp wandte sich um, eine Gruppe Schwertkämpfer hatte ihn entdeckt. Die Menschen in der Uniform Nahwetterns kamen näher, ein freudiges Grinsen auf ihren Lippen, ein einzelner Red-Eye, der sich zu weit hinausgewagt hatte, war ein hervorragendes Ziel, um sich für die bevorstehende Schlacht warm zu machen. Sharp mußte lachen, diese Idioten erkannten ihren Untergang nicht. Dies mußte er ändern. Als sie bis auf wenige Meter heran waren, warf er seinen Säbel, welcher mit einen schmatzenden Geräusch in der Brust des Vordersten stecken blieb. Dessen Mitstreiter blickten ihn erschrocken an, als er mit der Waffe in der Brust zu Boden sank, die Augen in reiner Verwunderung aufgerissen. Als sie sich wieder dem Red-Eye zuwandten, war es für die nächsten beiden ebenfalls schon zu spät, Sharp hatte die Ablenkung ausgenutzt und sie mit ausgefahrenen Krallen angesprungen wie ein Löwe. Sie drangen tief in ihre Kehlen ein und Sharp zog sie schnell wieder heraus, wobei es Menschenblut aus ihren Hälsen regnete. Die Verbliebenen blickten ihn ängstlich an, woraufhin er sich dachte, daß es immer das Gleiche sei, vernichte den Anführer und die gesamte Truppe fällt moralisch zusammen. Ihre Gegenwehr bestätigte dies, in einer Minute erschlug er zwölf von ihnen, der Letzte floh kreischend. Zeit, die Aufgabe zu Ende zu bringen. Er trat an das Torhaus, nun unbewacht und fand den Hebel, welcher es öffnete, schnell. Als er daran zog, hörte er im Innern des Mauerwerks Flaschenzüge rattern, Holz auf Holz schlagen und eiserne Gewichte kratzen. Langsam öffnete sich das Tor und gab den Blick auf die entfernt stehende Armee der Red-Eye frei. Sharp winkte ihnen zu, woraufhin sie jubelten und auf die Mauer zustürmten, alle gemeinsam, denn der Sieg war greifbar nahe gekommen. Es flogen immer noch ganze Salven von Pfeilen auf sie zu, doch nun hatten sie neuen Mut geschöpft und ließen sich nicht bremsen, obwohl viele ihrer Brüder zu Boden gingen.

Gorwolk lachte, dieser Sharp Claw hatte es tatsächlich geschafft, das Tor war geöffnet und der Damm würde in absehbarer Zeit fallen. Daß die gesamte Armee im Freudentaumel in die Schlacht rannte, hatte er zwar nicht geplant, doch es sollte ihm recht sein.

Der glückliche Sharp Claw lehnte sich ermattet an die Wand des Torhauses, wissend, daß seine Mitstreiter bald da sein würden. Er wähnte sich in Sicherheit, doch er sollte sich täuschen, ein Mensch schlich sich von der Seite an, die Augen im Wahnsinn geweitet, der Harnisch blutverschmiert, die Klinge voller Risse, vom Abwehren zahlreicher Schläge. Er kam immer näher, darauf bedacht, kein Geräusch zu machen, den müden Red-Eye nicht aufzuwecken. Dies sollte ihn unsterblich machen, ihn, den sie alle immer belächelt hatten, ihn, dem sie nichts zutrauten. Er würde Sharp Claw töten, doch dieses Mal sollte es für immer sein. Als er nahe bei Sharp war, sah er die feindliche Armee, wie sie auf den Damm zustürmte. Ihm entfuhr ein leiser Schrei, als er die Masse der Angreifer sah und Sharp wurde auf ihn aufmerksam: „Norkoff, der Anführer des Bauernlandes", sagte er mit gespielter Ehrerbietung. „Wie komme ich zu der bescheidenen Ehre, Euch zu treffen?" Norkoff riß sich zusammen und wandte den Blick von den näher und näher kommenden Bestien ab: „Halt dein verfluchtes Maul, Säbelauge! Jedes Wort, welches aus dir tropft, ist eine Provokation." Der Gardist Aschfelds nickte lächelnd, obwohl ihm die Erschöpfung zusetzte: „Fürwahr, mein Freund, ich verstehe es anscheinend zu provozieren, denn es scheint, schon mehrere Eurer Männer haben sich von mir provozieren lassen." Er spielte damit auf Norkoffs schwächliche Krieger auf dem Damm an, was dieser mit noch mehr Wut aufnahm: „Schweig, ich lasse deine Leichenteile in alle Windrichtungen verstreuen und deinen Kopf als Warnung über den verbotenen Weg nageln!" Mit diesen unfreundlichen Worten griff er Sharp an, sein Schwert eher wie eine Keule benutzend als als Stichwaffe. Der Red-Eye wich ihm geschickt aus, ließ noch aus der Drehung einen Schlag auf den Bauern fallen, doch er wurde pariert. Norkoff schlug wieder zu, mit roher Gewalt, ohne Zielgenauigkeit und wieder war es ein leichtes für den Red-Eye, auszuweichen und zuzustechen. Dieses Mal war Norkoff nicht schnell genug und wurde in den Bauch getroffen. Nicht tief, doch schwer genug, um ihn noch wütender und unvorsichtiger zu machen. Der nächste Schlag des Menschen kam von unten nach oben und wirkte einstudiert wie ein Tanzschritt, Norkoff mußte tatsächlich Übungsstunden genommen haben, bevor die Schlacht begonnen hatte. Sharp mußte den schnellen Hieb parieren, wobei ihm beinahe die Kraft in den Armen versagte, doch es reichte aus. Auch um danach nach hinten zu springen und sich hinter die linke, innere Ecke des offenen Torhauses zu stellen. Dies war nur ein paar wenige Meter von

Norkoff entfernt, doch weit genug weg für seinen Plan. Er hatte richtig gedacht, denn die Arroganz, unter Menschen und Elfen weit verbreitet, verführte Norkoff zu übertriebener Gelassenheit. Jetzt, da Sharp anscheinend vor ihm gewichen war, blieb er mit erhobenen Schwert im Torhaus stehen, den Red-Eye in der Ecke herablaßend anschauend: „Na? Wo ist dein Mut hin, Rotauge? Ich verstehe, daß du müde bist, doch du mußt einsehen, daß ich, der große Norkoff, keine Rücksicht darauf nehmen kann." Sharp nickte, scheinbar ergeben und ausgelaugt, woraufhin Norkoff lachte: „Wie ich sehe, hast du doch noch einen Funken Verstand im Kopf, Junge. Sag mir, was hättest du getan, in dem unwahrscheinlichen Fall, daß einer wie *du* mich besiegt hätte?" Sharp grinste hinterhältig: „Weiß ich nicht", er wies durch das Tor nach draußen, „frag meine Brüder."
In dem Moment, in dem Norkoff erschrocken den Kopf wandte, wurde er von den gerade angekommenen Hunderttausenden Red-Eye, oder besser gesagt, dem Teil, der zugleich durch das Tor paßte, brutal überrannt und unter den schweren Kriegsstiefeln zerquetscht. Sharp lächelte immer noch, obwohl Norkoffs Körper zwischen den Hunderten Beinpaaren, die durch das Tor strömten, verschwunden war: „Was *ich* mit dir gemacht hätte, weiß ich aber trotzdem nicht, dies muß ich dir lassen, Norkoff, der Bauernlümmel."

Der Damm fiel schnell, die restlichen Menschen wurden in Windeseile erschlagen. Gorwolk befand sich mit drei seiner besten Männer auf dem Torhaus, zwischen Dutzenden toten Bogenschützen. Sie blickten in Richtung des Trümmerfelds, von dem sie hier nur den kleinsten Teil sehen konnten, der Krater, in dem alles zusammenlief, war nicht einzusehen. Leider war die Menschenarmee von hier aus ebenfalls unsichtbar, denn sie befand sich darin. „Es ist jetzt der perfekte Zeitpunkt, Herr", informierte ihn sein Nebenmann, woraufhin Gorwolk nickte:

„Ich weiß, doch ich möchte warten, bis zumindest einer der übrigen Anführer Meldung erstattet." „Der General möchte einen Angriff, so schnell wie möglich." Die vier Eisfelder Red-Eye drehten sich um, ein Gast beehrte sie, es war Ironhead, einer ihres Stammes, der eine eiserne Maske trug, eine Schandmaske. Gorwolk blickte ihm in die Augen: „Sprichst du die Wahrheit?" Er nickte: „Der General schickt mich persönlich. Wir sollen angreifen, solange der Feind sich im Kessel der Trümmer befindet." Der König Eisfelds nickte und schickte seine Männer fort, um die Befehle weiterzugeben. Als Ironhead sich zum Gehen wandte, rief er ihm beim Namen: „Warte, mein Freund." Er legte ihm die Hände auf die Oberarme und, zum ersten Mal in seinem Leben, mußte Ironhead nach oben schauen, um jemandem ins Gesicht zu blicken: „Wie geht es dir in Aschfeld?" Ironhead nickte, dann sprach er leise: „Ich vermisse den Schnee und den kalten Wind im Gesicht." Gorwolk seufzte: „Du sollst wissen, daß wir dich willkommen heißen werden, wenn du deine Bürde für Aschfeld abgetragen hast. Wenn Jataro uns wohl gesonnen ist, mag dies bald sein." Der Red-Eye unter dem Eisen freute sich, auch wenn sein Lächeln von der Fratze unsichtbar gemacht wurde: „Ich danke Euch, Gorwolk, Ihr seid ein weiser Herrscher und guter Heerführer. Doch Ihr sollt ebenfalls etwas wissen: Ich bin gern in Aschfeld. Hier habe ich Freunde und Mitstreiter gefunden. Es ist nicht die Qual, die mich an das schwarze Land bindet und vom schneeweißen Heimatland fernhält, es ist die Freude. Ich mag kein kluger Red-Eye sein, doch ich bin zur Stelle, wenn meine Brüder in Not sind, kommen sie nun aus dem Westen, Osten, Süden, oder von zu Hause." „Steels", sagte Gorwolk, Ironheads wirklichen Namen benutzend, „du bist ein sehr kluger Krieger, denn am Ende seines Lebens beurteilt Jataro einen Mann nach seinen Taten, nicht nach seinen Gedanken oder weisen Sprüchen. Ich kenne niemanden, der tapferer ist als du."

Es fiel dem General nicht leicht, diese Entscheidung zu treffen, doch er befahl seiner Garde von den Drachen abzusitzen, zumal Sharp Claws Drache unbrauchbar und Spears verletzt war. Die anderen mußten sich diesem Entschluß fügen, auch wenn Frost sein Tier widerwillig abgab, er hatte sich als talentierter Drachenpilot herausgestellt und spielte mit dem Gedanken, sich einen anzuschaffen, für private Zwecke.

General Dark ließ ein Zeltlager für seine Garde und sich errichten, welches ebenfalls ein Lazarett, einen kleinen Tempel für die Gläubigen unter den Soldaten sowie ein großes Versammlungszelt enthielt. Es befand sich außerhalb des Dammes, auf einem kleinen Hügel, außerhalb des Schlachtfeldes, doch nahe genug, um es innerhalb weniger Minuten zu erreichen. Der General wollte es nicht vor den abergläubischen Kriegern aussprechen, doch er befürchtete, sie hatten sich einen Grabhügel oder einen verfallenen Friedhof ausgesucht, um ihr Lager aufzuschlagen. Ein böses Omen, glaubte man an so etwas. Nun stand er vor seinem Zelt, in die Ferne blickend, neben sich Frost, Blade und Poison. Die anderen Gardisten blieben bei der Armee, um sie in die Schlacht zu begleiten. Gerade marschierte die große Streitmacht der vier Red-Eye-Länder los, auf den Kessel zu, in dem das Schicksal dieser Welt entschieden werden sollte. „Ich glaube, wir müssen uns ebenfalls aufmachen, General", sagte Poison, ihren General anblickend. Dieser nickte: „Stimmt, wir sollten gehen. Sie werden nicht auf uns warten." Die Red-Eye verspürten ein seltsames Gefühl, weniger Angst, doch eine ungewohnte Nervosität. Seltsam eigentlich, denn das Kämpfen war für einen ihrer Rasse so normal wie für einen Menschen das Mahlen von Weizen, um daraus Mehl für das tägliche Brot herzustellen. Blade faßte diese Stimmung in Worte: „Habt ihr auch das Gefühl, auf einem Schiff zu sein und die Küste ist schon in Sicht, doch ihr befürchtet, auf ein spitzes Riff zu laufen?" Frost nickte: „Und zum Schwimmen ist es zu weit." Der General ging los, die anderen folgten ihm:

„Es ist so, wie es ist, Freunde, und niemand hat gesagt, es wäre einfach, die Welt zu verbessern."
Sharp ging in der ersten Reihe, links und rechts zogen sich die Krieger der Red-Eye bis in den Horizont hin, hinter ihm lief Spear, der sich die Klinge schärfte und mit seinem Schleifstein zur bereits gespannten Stimmung mehr als genug beitrug. Gorwolk marschierte mit seinen drei besten Männern in der Mitte der Armee, trotz Sharps Anwesenheit war er immer noch der Befehlshaber dieser gewaltigen Armee. Die Sonne ging unter, und plötzlich hörten sie ein steinernes Knacken hinter sich, welches die ganze Erde erschütterte. Die Krieger wandten sich um und erblickten den riesigen Skorpion aus Sturmland, der an der glatten Wand das Dammes entlang krabbelte, als gäbe sie so viel Halt wie die Rinde eines Baumes. Seine Scheren hämmerten auf den weißen Marmor ein und Trümmer, so groß wie Häuser, brachen daraus hervor. Ein stetiges Rinnsal aus in der Abendsonne glitzerndem Wasser brach aus dem Damm. Zum Glück hatten die Red-Eye das Tor bei ihrem Abzug verschlossen, denn nun staute es sich im Innenhof. Unvorstellbar, daß dieser Damm brechen würde, es sah von hier unten so unmöglich aus. Genauso gut könnte ein einzelner Krieger versuchen, einen Berg zu bewegen. Doch die schwarze Silhouette des Skorpions auf der weißen Wand in ihrem Rücken, gab ihnen Hoffnung. Und stellte sie unter Zeitdruck, denn sollte der Damm brechen, würde Wasser das gesamte Schlachtfeld überfluten und Mensch sowie Red-Eye ertränken. Sie erreichten schließlich die Kante des Kessels, eine unauffällige Erhebung in der Landschaft, die sich plötzlich nach unten bohrte und den Blick auf ein Trümmerfeld freigab. Die Sonne stand tief, es dämmerte. Sharp mußte die Hand über die Augen halten, um den gegenüberliegenden Rand sehen zu können. Die Menschen waren anscheinend wieder aus den Ruinen gewichen, denn sie standen ebenfalls an der Kante. Er fluchte, die Schlacht würde lang und blutig werden, denn es galt, die

kleine Festung in der Mitte zu halten, sich dabei nicht einkesseln zu lassen und zum richtigen Zeitpunkt vorzustoßen. Sollte dies nicht gelingen, wurde man von der nächsten Welle von Angreifern überrannt. Es war gar nicht anders möglich, als die Schlacht in Wellen zu führen; die gesamten Krieger aller Völker zusammengezählt, ergaben beinahe eine Million, diese Anzahl paßte nicht in den Kessel, obwohl er gewaltig war. Von hinten erschallte ein Ruf, es war Gorwolk: „Sharp Claw, wir haben die Sonne im Gesicht, wagen wir es trotzdem?" Der Krieger legte die Hand trichterförmig um den Mund: „Wir müssen! Ansonsten tun sie es!" Gorwolk nickte, deutete mit ausgestrecktem Arm auf das Schlachtfeld und ließ zum Angriff blasen. Sharp Claw stürmte los, bergab rennend, in den Kessel aus Ruinen und Trümmern. Ihm folgten hunderttausend Krieger der vier Rassen der Red-Eye, die Aschfelder, brüllend, die Waffen erhoben, die Eisfelder, stampfend wie Riesen überholten sie Sharp und schwangen ihre Äxte, Sensen und Morgensterne, die Sturmländer, klein, flink, in Rudeln agierend surrten sie zwischen ihnen umher, die Speere und Kurzbögen bereithaltend, die Schwingener, über alle hinweg gleitend, schweigend, andächtig, bereit einen Hagel aus Geschossen auf den Feind niederprasseln zu lassen. Sharp erreichte das Schlachtfeld schnell und die Red-Eye, vor, hinter und neben ihm, begannen damit, es zu durchqueren, wobei sie auf ausgetretenen Pfaden rannten, durch die Ruinen von Häusern hetzten und sich um allein dastehende Säulen schlängelten. Als die ersten unter ihnen schon weit vorgedrungen waren, ertönten die hellen Hörner der anderen Völker. Sharp blickte durch zwei abgebrochenen Wände und sah Hunderttausende der Feinde auf sie herabstürmen. Es war unschwer zu erkennen, wem sie sich stellen mußten: Goldene Brustpanzer, glatte, goldene Helme, lange gerade Schwerter und grüne Lederkleidung unter der Rüstung: Elfen. Swarnon wagte es tatsächlich, die Waldbewohner, die im Nahkampf so viel taugten wie Äste gegen einen Orkan, zuerst in die Schlacht zu schicken? Gewiß, es waren viele und völlig nutzlos waren sie natürlich nicht, doch es war eine unglückliche Entscheidung, die Elfen eigneten sich als Bogenschützen viel mehr oder als verstärkende Truppen, deren Anwesenheit die Schlacht entschied, aber nicht als präventive Waffe gegen hunderttausend wütende Red-Eye. Die Männer sahen den Feind nun auch anrücken und zogen sich wieder ein wenig zurück, um ihm in größerer Zahl entgegenzutreten. Sharp rannte durch die Ruinen und brüllte seinen Brüdern ermunternde Worte sowie Befehle zu. „Macht euch bereit, sie werden uns überrennen wollen!" teilte er einigen Speerträgern aus Ost-Kworl mit, die sich daraufhin hinter umgefallenen Säulen verschanzten, die langen Waffen erhoben, bereit, die näherkommende Wand aus goldenen Rüstungen und spitzen Ohren zu durchstechen. „Eröffnet das Feuer erst aus nächster Nähe, dann stolpern sie übereinander", riet er den Bogenschützen aus Nord-Kworl, die bereits angefangen hatten, munter in die Armee des Feindes zu feuern, und stellte sich schließlich zu einer großen Truppe der schweren Infanterie West-Kworls, seiner Heimatstadt. Die Krieger begrüßten ihren Helden mit lautem Gebrüll und Säbelrasseln und er gesellte sich gern zu ihnen: „Macht euch bereit, wir werden einen Keil in sie treiben, und wenn sie uns umzingeln sollten, dann stoßen wir in alle Richtungen auseinander." Sie erhoben knurrend die Waffen, wobei ihre dicken Rüstungen, die den ganzen Körper schützten, rasselten und tönten, Visiere wurden heruntergeklappt, deren Sehschlitze so geschmiedet waren, daß sie die eh schon Furcht erregenden Augen der Red-Eye noch stärker betonten. So standen sie da und sahen die Blechlawine auf sie zurollen, zwischen den Ruinen schimmerte es mittlerweile überall grün und golden hervor. Sharp atmete tief ein, schloß die Augen und konzentrierte sich, heute sollte das Schicksal einer Welt entschieden werden.

Er schlug die Augen auf und sah die Elfen direkt vor sich, wie sie auf ihn zurannten, die Krieger in seinem Rücken johlten auf, sie konnten es kaum erwarten. Der Erste, der gegen die eiserne Gruppe knallte, wurde einfach umgeworfen und auf dem Boden erstochen, die Folgenden konnten sich zunächst verteidigen, waren aber von den vielen Säbeln der eng beieinander stehenden Gruppe überfordert und durchbohrt, ein Elfenhauptmann führte eine eigene Gruppe gegen sie und sie wurden zu Kämpfen Mann gegen Mann gezwungen. Sharp Claw selbst übernahm zu gerne den Anführer, den man leicht an den, auf den Helm aufgesetzten, goldenen Blättern erkannte. Doch um ihn zu erreichen, mußte er die Sicherheit der Gruppe aufgeben, was er tat, in dem er einfach hervorsprang, im Flug einen vorbei rennenden Elfenkrieger erschlug, dem Hieb eines anderen auswich und in dessen Rücken stach. Nun trennte ihn nichts mehr von dem Hauptmann, der seine Elfenklinge, erkennbar an dem langen Griff, den man mit beiden Händen halten mußte, obwohl die Waffe keineswegs schwer war, schwang, als ob er auf den Red-Eye Eindruck schinden wollte. Der Red-Eye zeigte sich davon aber keineswegs beeindruckt und ging auf ihn zu, den Säbel hängen lassend, den Kopf gesenkt, ihn doch stets anblickend. Der Hauptmann ging, kurz bevor Sharp ihn erreichte, zum Angriff über und griff ihn mit seiner krummen, zweihändigen Waffe an. Sharp parierte den Schlag, fegte seines Feindes Klinge beiseite und stieß zu, doch der Elf wich aus und wollte zu einem weiteren Schlag ausholen, doch Sharp kam ihm zuvor und stach wieder zu, dieses Mal in den Bauch, doch wieder zog sich der Elf zurück, bevor er mehrere kleine, schnelle Hiebe setzte, die Sharp ohne Probleme abwehrte. Wieder sprang der Hauptmann zurück, wandte den Kopf mehrmals hin und her, als ob er etwas suchte, dann erhob er einen Arm, vollführte eine drehende, umfassende, kreisende Bewegung mit der Hand und rief etwas in der sanften Elfensprache. Sharp verstand ihn nicht, doch die Sprache des Kriegs war ihm geläufig und er brüllte in

Redajerik: „Sie wollen uns umzingeln, tut, was ich gesagt habe und schwärmt aus!" Die Panzerkrieger aus West-Kworl brüllten auf und taten wie befohlen, sie rissen die steife Formation auf und stürmten den Elfen entgegen, die sie soeben umzingeln wollten, wobei sie den Feind einfach platt walzten, denn die Rüstung West-Kworls hatte überall Stacheln und versteckte Klingen, die sich ausfuhren, wenn jemand dagegenrannte oder damit angerempelt wurde, wie die überraschten Elfen gerade. Leider trug Sharp die leichtere Rüstung eines Kommandanten, der sich schnell vom einen Ende des Schlachtfeldes zum anderen bewegen mußte, also griff er auf bewährte Methoden zurück, um seinen Gegner, der völlig bestürzt über die Courage der Red-Eye war, zu besiegen. Er setzte zu einem Schwinger an, der halbherzig pariert wurde, und die Klinge rutschte ab und traf den Oberschenkel des Elfen. Über das grüne Beinkleid rannen hellrote Ströme Elfenblutes und der Kerl biß sichtlich die Zähne zusammen. Sharp schlug noch einmal zu, dieses Mal von der Seite, so daß der Elf seine Waffe ungeschickt nach links wenden mußte, um zu parieren, was bei zwei Händen am Griff schwer war, und er sich beinahe um neunzig Grad drehen mußte. Diese Gelegenheit hätte ein weniger erfahrener Krieger genutzt, um die Rippen oder die Nieren des Feindes anzupeilen, doch Sharp war für so etwas zu erfahren und kannte die Schwachstelle des, eigentlich geschickten, Elfenschwertes. Sein Säbel fuhr durch den Griff wie eine Axt durch trockenes Gestrüpp und flog zwischen den ausgestreckten Armen des Hauptmannes hindurch und brachte ihm eine schwere Wunde auf Höhe des Herzens bei. Zwar stand er noch, doch Sharp wandte sich von ihm ab, er würde noch eine geschlagene Minute dastehen und voller Verwunderung die Wunde betrachten, dann fallen wie ein Stein. Der Red-Eye kümmerte sich indes bereits wieder um die anderen Elfen, die auf ihn zustürmten, den Hauptmann rächen wollend.

Spear fluchte in sich hinein, sein lieber Vetter hatte sich in Luft aufgelöst, die anderen waren ebenfalls unauffindbar, und er war allein in den Trümmern. Nun ja, nicht ganz allein, natürlich waren die gewöhnlichen Krieger noch bei ihm, doch er mochte nicht, wenn sie sich an ihn klammerten wie an ein Halteseil. Im Hoffnungverteilen war sein Vetter eindeutig besser. Dennoch ließ er die Männer nicht allein, er stand ihnen bei, gab Befehle und koordinierte die Verteidigung. Die erste Welle der Elfen hatten sie überstanden und warteten auf die folgende, doch Thunder Fog, der Neffe des Königs von Schwingen tauchte plötzlich über ihnen auf, landete wie ein Rabe auf einem grauen Torbogen und faltete die Flügel zusammen: „Spear Claw, ich werde die Elfen von oben mit Pfeilen beharken, Ihr könnt vorrücken, soweit Ihr wollt!" Spear grinste ihn an: „Gerne, aber womit, wenn ich fragen darf? Unsere Männer sind in den Ruinen verteilt und haben sich verschanzt, ich habe hier zwanzig Krieger, die Hälfte sind Bogenschützen aus Nord-Kworl." Thunder öffnete seine Spannweite wieder und warf damit einen gespenstischen Schatten auf den Boden, der von der untergehenden Sonne in die Länge gezogen wurde: „Gorwolk hat bereits den Angriffsbefehl für die nächste Welle gegeben, bald habt Ihr die Männer, die Ihr braucht. Ich und mein Geschwader nageln die Elfen fest." Er erhob sich in die Lüfte, wobei er einen Windstoß auf die Red-Eye am Boden wehen ließ. Spear zuckte die Schultern und wandte sich an einen der Bogenschützen: „Wie es aussieht, müssen wir warten. Auf die Unseren oder den Feind."

Frost und Poison hatten das Trümmerfeld mit der zweiten Welle betreten und schlichen nun auf das Zentrum zu, wo sich die Elfen versammelt hatten und auf eine erneute Gelegenheit zum Angriff warteten. Immer, wenn sie auf wartende oder festsitzende Red-Eye der ersten Welle stießen, nahmen sie diese mit und verstärkten sich weiter. „Wann erreichen wir die kleine Festung in der Mitte dieses Saustalls?" fragte Poison verärgert, als sie wieder

wegen nichts in Deckung gingen oder wegen einer vorbei springenden Eidechse die Säbel zogen. „Noch lange nicht, und ich befürchte, die Festung ist in Elfenhand, wir müssen sie zuerst erobern. Wichtiger ist aber, die Stelle zu finden, die uns vom Feind trennt. Es kann sein, daß wir schon im Elfengebiet herumspazieren, es aber bei der Größe des Schlachtfeldes nicht bemerken."
Poison schüttelte den Kopf, ihre langen Stachelhaare raschelten laut: „Frost, es steht einiges auf dem Spiel, entweder wir bewegen uns schneller vorwärts oder wir schleichen morgen noch durch Ruinen auf der Suche nach dem Feind." Der kleine Red-Eye nickte: „Recht hast du, aber ich will den Elfen nicht in die Arme laufen, wenn wir ...", weiter konnte er nicht sprechen, denn ein Horn ertönte und die Erde begann zu beben. Die Red-Eye blickten nach oben, auf den weit entfernten Rand des Kessels der Ruinen des alten Schildens, dort stürmten soeben die Menschen herab, die Elfen unterstützend. Sicherlich war dies eine Reaktion auf die zweite Welle der Red-Eye, die beim näherkommen jedoch bei weitem leiser vorgegangen war. Frost fluchte: „Es gilt, nun müssen wir uns bewegen, kommt." Die zweite Welle der Red-Eye nahm ebenfalls Geschwindigkeit auf, bis weitere hunderttausend durch die Trümmer rannten.

Damit hatte Thunder rechnen müssen, doch trotzdem kam das Eingreifen der Menschen in die Schlacht sehr plötzlich für ihn und sein Geschwader, welches versucht hatte, die sich verstekkenden Elfen mit Pfeilen zu attackieren. Zwar bot die rasende Menschenmenge ein weitaus dankbareres Ziel, doch es gefiel ihm nicht, auf sie zuzufliegen, denn Bogenschützen, selbst weniger talentierte, landeten jedes Mal Treffer, wenn sie blindlings in den schwarzen Schwarm geflügelter Red-Eye am Himmel schossen, also zog er sich zurück, über den von Red-Eye besetzten Teil der Stadt und wartete.

Sharp konnte die Menschen aus seiner Position zwar nicht sehen, doch er ahnte, daß sie in seine Richtung vordrangen. Den Säbel erhebend, blickte er seine Infanteristen aus West-Kworl an, die bei der vorherigen Welle keinen einzigen Verlust erlitten hatten: „Sollen wir ihnen entgegenstürmen? Unsere Verstärkung wird uns sicherlich rechtzeitig einholen." Sie knurrten freudig: „Wir sind bei Euch, Kommandant." Er lächelte kalt: „Dann los." Sharp sprang aus seiner Deckung hinter der Marmorsäule und rannte in die Richtung, aus der die Elfen vorhin gekommen waren, die Panzerkrieger hinter ihm. Als er während des Rennens nach links blickte, erkannte er seinen Vetter Spear, der gleich gedacht hatte und ebenfalls durch die Trümmer spurtete, eine Kolonne aus Speerträgern, einfachen Infanteristen und Bogenschützen hinter sich. Plötzlich lichtete sich der Wald aus bröckelndem Stein und Gemäuer vor ihm, er befand sich auf einer Straße. Verwirrt blieb er stehen, zum Glück, denn die Krieger in seinem Rücken konnten kaum mithalten, ihre Rüstung machte sie langsam. Die Straße schien das gesamte Gebiet von Nordost nach Südwest zu durchqueren und teilte die Ruinenstadt in zwei beinahe gleich große Hälften. Sharp überquerte sie und lehnte sich mit dem Rücken an eine Wand an der gegenüberliegenden Seite, einst mochte sie zu einem Laden an der Straßenseite gehört haben, doch heute bot sie ihm Deckung vor den Blicken der Menschen, die, dem Lärm nach zu urteilen, immer näherkamen und nicht an Geschwindigkeit verloren. Er dachte nach, während seine Schützlinge die Straße ebenfalls erreichten und sich umsahen. Die Festung konnte nicht mehr weit sein, falls diese Straße die Stadt tatsächlich in zwei Hälften schnitt, was logisch wäre, denn in der Zeit, in der diese Stadt blühte, in der Zeit, in der Anaronun noch drei, anstatt der heutigen sieben Wälle hatte und sich noch Nachtsprung nannte, wurde nur von Ost nach West transportiert, besser gesagt, die friedliche Kultur der Red-Eye von Ost nach West verschleppt, bis sie nur noch den Haß hatten, alles andere ward ihnen genommen. Jedenfalls mußte die Straße so verlaufen, die Waren wurden im Osten an-

geliefert, in der Mitte weiterverarbeitet oder gleich verhökert und danach nach Westen, zum großen Wald, transportiert. Er hörte Schritte näherkommen, viele Stiefel zertraten den Boden hinter der Mauer, an der er lehnte. Sharp schloß die Augen, nur sein Gehör nutzte ihm jetzt. Er zählte die Sekunden, drei, zwei, eins. Er sprang aus seiner Deckung, schwang den Säbel, zerteilte zwei Menschen auf einmal, die an ihm vorbeirannten, sich durch ihre Geschwindigkeit selbst erledigten und in zwei Teilen auf der Straße aufschlugen. Der nächste konnte noch abbremsen, verlor dabei aber sein Gleichgewicht und wurde ebenfalls Opfer des Red-Eye. Der vierte stellte sich besser an, verteidigte sich und scharte seine Mitstreiter um Sharp Claw. Der Red-Eye sah sich umzingelt und von allen Seiten drangen sie auf ihn ein. Ein Schwert blitzte auf, Blut spritzte in sein Gesicht, Menschen schrien nach den Göttern. Ironheads Axt hatte den Kreis um Sharp Claw zerschlagen, einen riesigen Keil in die anstürmenden Massen getrieben, in dessen Einschlagsgebiet sich kein Angreifer mehr wagte. Zwar immer noch umstellt, doch unbehelligt, begrüßte Sharp seinen Retter. Ironhead nickte freundlich und teilte ihm mit, daß er die Verstärkung mitbrachte.
Plötzlich stand Spear auf der Mauer, hinter der Sharp gelehnt und abgewartet hatte, knurrend und brüllend: „Die Schlacht beginnt, Menschenpack, ihr seid keine Gegner für die vier Stämme der Dunkelheit!" Er erhob die Faust, brüllte noch einmal und sprang von der Mauer, mitten in die Menge, wo er sofort begann, zu hauen und zu stechen. Plötzlich stürmten Eisfelder Krieger über die Straße, erschlugen die Feinde zu Dutzenden mit ihren Hämmern, Äxten und Morgensternen, Poison flog förmlich vorbei, gefolgt von Speerträgern, die ihre Waffen in die Menschen warfen, wo sie heilloses Durcheinander in den Reihen stifteten, Sharp Claws Panzerkrieger formierten sich zu einem Keil, der langsam, aber stetig auf die zitternden Menschen zumarschierte. Wie aus dem Nichts tauchten auch die Elfen plötzlich wieder

auf, ihre menschlichen Mitstreiter unterstützend und noch mehr Durcheinander in die wütende Schlacht bringend.

Nelas, der junge, etwas arrogante Elf, der schon bei der Rettung Taarons vor den Aschfelder Entführern geholfen hatte, war einer der wenigen Überlebenden der Dammschlacht. Er stand im Innenhof, wo sich das Wasser mittlerweile bis an seine Knie staute und blickte nervös umher, würde Hatiran noch leben, dann wäre alles so viel einfacher. Aber Hatiran war tot, ebenso wie Nelas Mitstreiter. Der gesamte Damm war Opfer eines teuflischen Plans geworden, der nur zu gut in das Bild, welches die Völker des Westens von den Red-Eye hatten, paßte. Sicherlich hatte dieser boshafte General, von dem König Garis behauptete, er lasse Menschen und Elfen vor seinen Augen foltern, nur um sich an ihren Schmerzensschreien zu ergötzen, diesen Plan erdacht und ausführen lassen. Dies war dem Elfen aber völlig egal, denn er war nicht ganz allein in dieser nassen Todesfalle: Taaron, der zurückgekehrt war, nachdem Garis ein altes Menschenritual angewandt hatte, bei dem er, Nelas Meinung nach, zwar den Menschen zurück, seinen Verstand aber fortgeschickt hatte, lebte ebenfalls noch und stand neben ihm. Die beiden hatten sich schon erkannt und suchten nun nach einem Ausweg. Die feigen Red-Eye hatten das Tor verschlossen, verbarrikadiert, dazu noch vernagelt und den einzigen Hebel abgebrochen, mit dem man es öffnen konnte.

Taaron blickte sich um, wobei Wassertropfen aus den Augen seiner glatten, eisernen Totenmaske hervorrannen und wie Silber im Licht der untergehenden Sonne schimmerten. Nelas hatte seinen Bogen noch, sein Schwert lag irgendwo unter dieser braunen, ekelhaften Dreckbrühe, die nicht selten Blut mitsichführte und um seine Beine streifte. Der Elf wandte den Blick nach oben, der gewaltige Skorpion war verschwunden, er hatte seine Arbeit verrichtet, der Damm hatte einen klaffenden Riß in der Mitte davongetragen. Knirschend öffnete er sich immer weiter, dem drükkenden Wasser von der anderen Seite her nachgebend. Ihnen rannte die Zeit davon. Taaron fixierte den Elfen: „Wir können nicht hinaus, außer wir nehmen den Dammpaß." Seine Stimme klang rauchig, verkratzt und böse. Nelas blickte ihn fragend an: „Und wie erreichen wir diesen Pass?" Die silberne Maske wandte sich nach oben: „Dort, wir müssen auf den Damm hinauf und über den rechten Hügel hinabmarschieren. Swarnon hat mir von diesem Weg erzählt, er führt geradewegs in die Ruinen." „Wo die Schlacht tobt", bemerkte Nelas trocken. Taaron nickte: „Ja, leider, doch wir müssen ihn nehmen, sonst ertrinken wir oder werden davongespült wie die Ratten."

Sie einigten sich und begannen den Aufstieg, die Tunnel nutzend, durch die ihnen das Wasser in Höhe der Hüfte entgegenfloß, die Fackeln verloschen und die Lichter an den Wänden ausgegangen. Es war eine Tortur, auch nur die Hälfte des Weges zu schaffen, doch sie zwangen sich weiter. Als sie eine der mittleren Terrassen erreichten, rasteten sie, den Wasserfall, der aus dem Riß im Damm entsprang, direkt vor sich. Wie ein Schleier verhüllte er die Welt vor ihren Augen und ließ die Sonne am Horizont verschwimmen, als ob sie ein Feuerball wäre, der der Erde zu nahe gekommen war. Es rauschte in ihren Ohren und sie stolperten immer wieder über unter Wasser liegende Leichen, schnitten sich an Klingen, die aus ihnen herausragten oder schluckten in den Tunneln Wasser. Der Damm schien ein Riese zu sein, der nach langem Schlaf erwachte, denn in seinem Inneren rumorte und brummte es, Steinchen fielen von der Decke herab und die Wände knirschten wie Mühlsteine. Schließlich gelang es ihnen, die Dammstraße, die Oberfläche des Dammes, zu erreichen, neben ihnen öffnete sich der Riß wie eine Schlucht, und Unmengen Wasser rauschten darin herab, Stromschnellen um Trümmerteile bildend, Strudel formend, die alles in die Tiefe zogen. Hier oben hatten sie einen guten Ausblick über das Geschehen in der

Ebene. Nelas zeigte auf das Trümmerfeld: „Schau, die Schlacht hat begonnen. In den Trümmern wimmelt es von Kämpfenden. Es sieht aus, als ob zwei Ameisenvölker sich gegenseitig bekämpften." Taaron nickte nur, denn er wollte nichts anderes, als dort herunter und die Red-Eye besiegen, selbst wenn Sharp Claw ihm überlegen war. Anron und Sorios waren dort unten, irgendwo in diesem Gewimmel. Es brummte und kratzte wieder hinter ihnen, doch sie hatten sich an dieses Geräusch gewöhnt und wandten sich nicht um, ein Fehler, wie sich zeigen sollte, denn plötzlich flog Nelas schreiend in die tosenden Fluten und verschwand augenblicklich im weißen Schaum des gnadenlosen Wassers. Taaron wandte sich um und erblickte einen Drachen, der auf der Dammstraße saß. Er hatte die Flügel angelegt und seine gesamte Seite blutete stark, das Tier mußte kurz vor dem Tod stehen und wurde noch aggressiver als gewöhnlich. Der Mensch wußte es natürlich nicht, doch er stand dem verletzten Blizzard gegenüber, Sharp Claws Drachen, der abgestürzt war, nachdem ihn das Geschoß eines Katapultes getroffen hatte. Das Untier blickte Taaron an, sein heißer Atem beschlug dessen Maske. Er schien den kleinen Mann ausgiebig zu beschnuppern und kam schließlich zu dem Ergebnis, daß er ein appetitliches letztes Mahl darstellte und schnappe nach ihm. Taaron wich dem großen Kopf aus und versuchte, den langen, schuppigen Hals mit seinem Schwert durchzustechen, doch es fügte der harten Haut keinen Kratzer zu. Blizzard bemerkte Taarons Versuch erbost und benutzte seine linke Vorderpranke, um ihn umzuwerfen, doch der Mensch rollte sich ab und der Hieb ging ins Leere. Am Boden liegend, kam Taaron eine Idee, er stach von unten in den Bauch des Drachen, wie in den alten Sagen, die sein Großvater so gern erzählt hatte, doch es half ebenfalls nichts. Wer auch immer behauptet hatte, Drachen hätten einen weichen, verletzlichen Bauch, der gehörte bestraft, denn die Schuppen an der Unterseite waren zwar heller, aber keineswegs weicher. Plötzlich hob sich der Bauch des

Drachen über ihm, und er rollte sich noch weiter, gerade noch rechtzeitig, eine Sekunde später und Blizzard hätte ihn unter sich erdrückt. Nun lag er auf der rechten Seite des Drachen, wo die Haut verletzt war und er versuchte es erneut, das Schwert prallte wieder ab, doch er fühlte die gebrochenen Knochen nachgeben und der Drache brüllte vor Schmerz auf, wild um sich schlagend, die Flügel auf- und wieder zufaltend. Taaron erhob sich und schlug noch einmal auf dieselbe Stelle ein, woraufhin Blizzard sich zusammenrollte und sich umdrehen wollte. Es wäre ihm beinahe gelungen, doch Taaron rannte vor, zu dessen Kopf und stach in sein Auge. Die Klinge drang bis zum Heft ein und das Tier schüttelte den Kopf, daß Taaron das Schwert wieder herauszog, bevor er es ihm entriß. Blizzard kroch auf allen Vieren davon, ein Auge verloren und schwer verletzt. Leider endete der Weg am Riß im Damm und er sprang hinein.

Die kleine Festung in der Mitte des alten Schildens gehörte den Red-Eye, sie hatten sie den Elfen, die sich dort einrichten wollten, entrissen. Sharp Claw war verschwunden, irgendwo in der Schlacht verlorengegangen, nur Poison, Frost, Ironhead und Spear waren als Kommandanten anwesend. Die Festung hatte diese Bezeichnung kaum verdient, denn sie bestand nur aus einem quadratischen Mauerwerk, zwanzig Meter lang auf jeder Seite, einem morschen Tor und einer kleinen Hütte in der Mitte des Quadrates. Diese Hütte war zusammengestürzt und genauso marode wie das Holztor, doch sie eignete sich noch als Sammelpunkt für die Soldaten, die sich inmitten der Schlacht ausruhten. Die Armee der Red-Eye hatte die Menschen weit zurückgedrängt, also war die kleine Festung ein halbwegs sicherer Ort. Poison hatte die Mauer erklommen und blickte in die Ferne, wo die Schlacht tobte. Spear befand sich unten, im Innenhof und blickte zu ihr auf: „Poison, was erwartest du, dort zu sehen? Sharp wirst du schwer ausmachen können, in diesem blutigen

Schlamassel." Sie drehte sich um und blickte nach unten: „Den suche ich auch nicht, ich bin mir sicher, daß er in Sicherheit ist. Ich blicke vielmehr aus Vorsicht gen Westen, denn sollte sich die Schlacht gegen uns wenden, dann sind wir hier eingekesselt und leicht zu schlagen." Spear nickte abschätzig und suchte Frost, um mit ihm das weitere Vorgehen zu besprechen. Er fand ihn, natürlich, neben Ironhead bei den Soldaten, die sich immer zahlreicher vor dem Tor einfanden. Einige trugen ihre verletzten Brüder bei sich, andere waren frische Truppen und waren auf dem Weg in den Kampf hier vorbeigekommen. Frost stand auf dem Sockel einer Statue, von der nur noch die Füße und Knöchel übrig waren, was sie einst darstellte oder wo der Rest von ihr lag, war unergründlich. „Bringt die Verletzten in die Festung und sucht Sanitäter, wir tun, was wir können, die anderen machen sich sofort wieder auf den Weg in den Kampf, denn wir brauchen jeden Mann." Die Krieger folgten seinem Befehl und schwärmten aus, die einen in die Festung, die anderen vorwärts, in die Richtung, aus der die verhallenden Schmerzensschreie und der Lärm kamen. Spear tippte Frost auf die Schulter: „Verzeih, doch ich und Poison sind neugierig, was wir nun tun, denn wir werden sicherlich im Kampf gebraucht." Frost nickte: „Dies glaube ich auch, aber ich und Ironhead beabsichtigen, hier einen Brückenkopf einzurichten sowie ein provisorisches Lazarett. Wir haben bereits einen der Echsenreiter aus Süd-Kworl nach hinten geschickt, um nach Verbandsmaterial und Zelten zu fragen." Spear nickte zufrieden: „Dann brauchst du uns nicht mehr?" „Nein", Frost schüttelte den Kopf, „eigentlich nicht, ihr könnt in die Schlacht gehen." Der Krieger knurrte erfreut und wollte sich abwenden, um Poison zu holen, doch er hielt auf halbem Wege zum Tor inne. Langsam wandte er den Blick auf den Boden, wo ein flacher Stein eingelassen war, vielleicht einst Teil eines riesigen Mosaiks oder die Bepflasterung des Weges in die Festung, doch weniger der Stein interessierte ihn, sondern die vielen kleinen Steinchen, die darauf lagen und plötzlich begonnen hatten zu zittern wie Espenlaub. Fragend blickte er in Frosts verwirrtes Gesicht und es brauchte Sekunden, bis sie die Gefahr erkannten. Einer der anwesenden Red-Eye aus Sturmland bestätigte ihren Verdacht, indem er seine Fühler in die Luft streckte und dabei leise summende Geräusche von sich gab. Die Krieger Aschfelds blickten ihn gebannt an, bis er die Fühler plötzlich wieder einzog und rief: „Kavallerie! Sie kommen von Nordosten, sehr schnell." Frost reagierte sofort und rief die eben erst fortgeschickten Soldaten wieder zurück: „Kommt her, Männer, wir werden angegriffen!" Spear winkte die umstehenden Soldaten in die Festung, seinen Säbel ziehend: „Verdammt, wir haben die Straße außer Acht gelassen, es war sicherlich kein Problem für die Menschen, sie zu finden und uns in den Rücken zu fallen!" Poison erschien über ihnen, immer noch auf der Mauer: „Ich sehe sie, es ist die Kavallerie Nahwetterns, und ich befürchte, Swarnon führt sie selbst an." Die Red-Eye fanden sich alle in der kleinen Festung ein und begannen mit den Vorbereitungen für die Verteidigung. Leider hatten sie nicht viel zu verteidigen, denn das Tor würde nicht lange standhalten, die Mauer bot mit ihren abgebrochenen Zinnen und großen Lücken keinen wirklichen Schutz, die Festung an sich war zu klein, um den Feind daran hindern zu können, sie zu umstellen. Es folgte Stille, die Red-Eye schwiegen, die Sinne geschärft, man hörte nur das Schleifen der Pfeile, die einige Bogenschützen aus ihren Köchern zogen. Nach einer Weile begann die Erde spürbar unter den schweren Hufschlägen der Reiter zu beben und sie tauchten schon bald, in eine Wolke aus Straßenstaub gehüllt, auf der wenige Dutzend Meter neben der Festung verlaufenden Straße auf, wo sie ihre Pferde zügelten und die Richtung ihres Rittes änderten. Sie kamen direkt auf die Festung zu.

„Bleibt ruhig, sie sind schwer bewaffnet, schwer gepanzert, aber besitzen keine Fernwaffen", informierte Poison die Soldaten beruhigend. „Wir sind klar im Vorteil, solange wir uns nicht dumm anstellen." Bei dieser Aussage blickte sie den in der Nähe stehenden Spear vielsagend an, welcher mit den Augen rollte. Frost, hinter einer der wenigen vorhandenen Zinnen sitzend, knurrte böse: „Seid still, ich habe vor, auf den richtigen Moment zu warten, dann lasse ich sie unter Feuer nehmen." Die Kommandanten im Innenhof nickten, den Mund haltend. Sie hörten die Reiter näherkommen, vor dem Tor klapperte es wie in einer Schmiede. Plötzlich hörten sie jemanden laut und deutlich fluchen, es war Swarnon: „Diese Feiglinge haben sich verbarrikadiert, ich glaube es nicht." Eine andere Stimme mischte sich hinein, sie besaß den ärgerlichen Akzent des besiegten Wakharamis und ihr Träger war der im Exil lebende König Tojan selbst: „Swarnon, sie haben sich sicherlich nicht verbarrikadiert, ich meine, sie sind geflohen vor unserer Streitmacht." Swarnon fluchte wieder, unmöglich zu erahnen, über wen oder was.

Kein einziger dieser rotäugigen Biester hatte sich auf der Straße gezeigt und Swarnon war dementsprechend wütend. Er und seine Reiter hatten sich zeitgleich mit der zweiten Welle der Armee der Fußsoldaten in Bewegung gesetzt, hatten aber einen längeren Weg gehabt. Als sie die Trümmer des alten Schildens schließlich erreicht hatten, waren sie nicht einmal auf eine Straßensperre oder eine Barrikade gestoßen, was die Männer nur noch nervöser machte, denn sie wußten nicht, was sie davon halten sollten. Die Antwort war so einfach, wie lachhaft, die Red-Eye kannten diese Straße nicht, weswegen sie diese nicht in die Schlacht mit eingeplant hatten, aber dies wußte Swarnon nicht. Auch nicht Tojan, der zwar mutig, aber noch genauso arrogant wie vorher war und nicht zu schätzen wußte, daß er mit der Kavallerie Nahwetterns reiten durfte, wenn auch nur mit einem Teil davon, denn die gesamte Truppe hätte sich in den Trümmern nur selbst im Weg gestanden. Hundert Reiter mußten reichen, die restlichen zweihundert warteten vor Schilden. Nach mehreren Minuten des Reitens durch die geisterhafte Stadt, die schon in Swarnons Jugend verfallen war, fröstelte es die Männer, denn die Abwesenheit des Feindes war unangenehmer als ihm entgegenzutreten. Sie hatten die kleine Festung, die eines der wenigen, noch beinahe erhaltenen Gebäude darstellte, erreicht und fanden das Tor verschlossen vor, die Mauern leer. Doch sie mußten hier gewesen sein, die Spuren der schweren Stiefel und die toten Elfen, die rechts neben dem Tor wie ein Haufen aufgeschichtet worden waren, zeugten davon. Einer von Tojans wenigen verbliebenen Getreuen schob das Visier seines fremdartigen Helmes nach oben und sprach seinen König an, während er mit seinem Schwert auf das Tor zeigte, hinter dessen rissigen Brettern er soeben etwas gesehen haben wolle. Swarnon wollte ihn gerade als dämlichen Idioten beschimpfen, da er ihre Position verriet und sich selbst verletzbar machte, wenn er das Visier entfernte, doch es war zu spät, ein Pfeil durchschoß seinen Kopf, drang auf der Rückseite wieder heraus und er kippte vom Pferd. Tojan blickte ihn verwundert an, regungslos vor Furcht, doch Swarnon reagierte schnell: „Sie sind da drinnen! Rammt das Tor ein, bevor sie uns alle erschießen!" In diesem Moment brüllte ein Red-Eye auf der Mauer einen Befehl in ihrer harten Sprache und zeigte mit ausgestreckter Kralle auf die Reiter. Ein wahrer Hagel aus Pfeilen ging auf sie nieder, doch keiner wurde ernsthaft versehrt, denn die schweren Rüstungen der Reiter schützten sie. Doch einige der Geschosse trafen die Pferde, die zwar auch geschützt waren, aber weniger und leichter, denn es mußte sich noch bewegen sowie lange durchhalten. Die Tiere wieherten auf, stiegen und warfen einige von Swarnons Männern ab, die anderen begannen damit, um die Festung herumzureiten, um den Schützen kein Ziel zu liefern. Swarnon hielt sein stolzes Pferd gut im Zaum und schritt beinahe ungestört auf das Tor zu, wo er streng an den Zügeln zog und das Pferd mit den einstudierten Bewegungen darauf reagierte. Es stieg, stemmte die Vorderhufe auf das Tor und drückte. Das Tor knarrte und Bretter fielen nach Innen, doch es brach leider nicht auseinander, die Red-Eye mußten sich von innen dagegen werfen wie die Verrückten. Der König Nahwetterns zog sein langes, edles Schwert und hob es in die Luft, daß alle seine Getreuen es sehen konnten: „Rammt das Tor ein!" rief er. „Wir jagen sie aus unserem Land!" Die Männer erwiderten den Ruf enthusiastisch und lenkten ihre Pferde gemeinsam vor das Tor zu, von dem Swarnon sich etwas zurückzog, eine weise Entscheidung, denn als die Reiter ihre Positionen eingenommen hatten, sauste eine riesige Axt heran, von oben herab geschwungen wie das Pendel einer Uhr und fegte sie von den Pferden. Nur der erste von ihnen starb sofort, die anderen beiden blieben in ihren schweren Rüstungen auf dem Boden liegen wie Käfer, die ein sadistisches Kind auf den Rücken gedreht hatte. Der König blickte nach oben, auf die Mauer, wo ein Riese von Red-Eye stand, seine Axt triumphierend in den Krallen. Sein Gesicht wurde bedeckt von einem ekelhaften Helm, oder war es eine Maske? Jedenfalls erhob Swarnon sein Schwert wieder, aufs neue brüllend, denn es kam überhaupt nicht in Frage, sich jetzt zurückzuziehen. Tojans Männer hatten sich etwas weiter zurückgezogen und waren von den Pferden abgestiegen. Sie näherten sich der kleinen, quadratischen Festung nun zu Fuß, wobei sie darauf achteten, den Red-Eye nicht aufzufallen. Dies war eine der wenigen Gelegenheiten, bei denen Swarnon die Kriegskunst der Soldaten des ehemaligen Wakharami bewundern konnte, denn sie warfen Enterhaken auf die Mauer, welche mit Stoffstreifen umwickelt waren, damit sie keine Geräusche von sich gaben. Doch Swarnon erlag einem Irrtum, es wäre völlig tollkühn gewesen, zu versuchen, die marode Mauer, die nur so vor Red-Eye strotzte, zu erklettern. Die Enterhaken wiesen sich aber als sehr bösartige und hinterhältige Belagerungswaffen aus, denn die Werfer zielten auf die ahnungslosen Bogenschützen dort oben und Haken und Seil wickelten sich würgend um die Hälse der Red-Eye, nachdem sie einen schönen Luftbogen geflogen waren. Zu allem Überfluß zogen die Soldaten Tojans auch noch an den Seilen und zerrten die mit dem Tod ringenden Red-Eye auch noch herab. Swarnons Pferd fiel einer vor die Hufe und er ließ es brutal über ihn reiten, die anderen, die unten landeten und wegen des Aufpralls noch nicht verstorben waren, fanden den Tod durch die schnell gezückten Klingen der Wakharamischen Krieger. Natürlich blieb dieser Angriff nicht unbemerkt und die Red-Eye räumten den betreffenden Mauerabschnitt schnell, obwohl ihre Kommandanten wütende Befehle brüllten und auf die Positionen zeigten.

Die Schlacht wurde fortgetragen, an das Ende der Trümmerstadt, welches auf der menschlichen Seite lag, doch einige, kleine tapfere Trupps der Armee des ehemaligen Altmenschlands wehrten sich noch gegen die Übermacht der Red-Eye in der Mitte der Stadt, nicht weit von der Straße entfernt. Sharp Claw hatte es sich zur Aufgabe gemacht, diese Truppen niederzuschlagen, denn sie behinderten das Vorrücken des Nachschubs für die Red-Eye entscheidend. Gerade hatte er ein paar erledigt, die von einem noch gut erhaltenen Haus Gebrauch machten und Pfeile aus den Fenstern und von den Balkonen aus gefeuert hatten. Nacheinander hatte er jedes Stockwerk gesäubert, wie ein tobender Sturm war er durch die steinernen Treppenhäuser gefegt und hatte sie schließlich auf dem Dach zusammengedrängt.
Nachdem sie alle freiwillig in die Tiefe gesprungen waren, anstatt sich seiner Klinge zu ergeben, war er weitergerannt, immer den Kampfspuren folgend, bis er schließlich auf einem großen Platz, früher sicherlich von zentraler Bedeutung, ankam. Der weiße Marmor schimmerte sogar noch unter dem schwindenden Licht des Tages, nicht einmal die aufziehenden Regenwolken konnten sein Licht ausbleichen. An einem Sommertag, an dem die Sonne in Streifen durch die verfallenen Ruinen schien, und die

Gräser, die zwischen den alten Gassen wuchsen, in vollem Grün standen, mußte dies ein wunderschöner Ort sein. In der Mitte des großen Platzes stand eine Statue, nicht pompös oder übertrieben heroisiert stellte sie einen Menschen in voller Rüstung dar, den Helm unter dem rechten Arm tragend, das Gesicht ausdruckslos nach Osten blickend. Sharp trat näher, auf der Hut vor Bogenschützen, aber zu neugierig, um sich diese Gelegenheit für eine Lektion in menschlicher Geschichte entgehen zu lassen. Als er vor der Statue stand, nutzte ihm sein Wissen über die Sprache und Heraldik Nahwetterns einiges, denn er erkannte viele kleine Symbole und Fingerzeige, die ihm mehr Informationen lieferten, als die unleserliche Inschrift am Sockel der Statue. Der Mensch war in Lebensgröße dargestellt, trug eine Rüstung, die der Vorgänger der heutigen Kavallerieuniform Neumenschlands war, denn sie war dick, schwer, wies aber große Arm- und Beinlöcher auf, die man für die Bewegungsfreiheit brauchte, um auf dem Rücken eines Reittieres kämpfen zu können. Der Helm unter dem Arm des Kriegers war reich verziert sowie die Scheide für das Schwert, welches auf derselben Seite des Körpers hing. In der anderen Hand hielt er einen grünen Zweig, um den ein Tuch gewickelt war, ebenfalls aus dem Stein gehauen. In das Tuch waren Verzierungen, die Blätter und Äste ergaben, eingemeißelt. Die gesamte Statue stellte die Situation Nahwetterns dar, auf der einen Seite Helm und Schwert, scheinbar unbewußt in Richtung Osten getragen, auf der anderen den grünen, lebendigen Zweig, der den großen Wald, als friedlichen Verbündeten symbolisierte. Sharp empfand die Statue durchaus als schön, doch er bewunderte eher das Geschick des Künstlers, weniger die Symbolik, welche durchaus schon an plumpe Propaganda anlehnte.
Einen Lidschlag vor seiner Enthauptung duckte er sich und ein Schwert schlug dem steinernen Sinnbild Nahwetterns den Kopf ab, welcher mit seinem emotionslosen Gesichtsausdruck auf die herrlich weißen Pflastersteine fiel und in tausend Teile zerbrach.

Eine Stimme hinter dem schnell reagierenden Red-Eye fluchte und das Schwert fuhr zurück, zu einem neuen Schlag ausholend. Sharp sprang zur Seite, den Säbel erhebend, klare Gedanken fassend.
Eigentlich hätte er diesen Menschen schon an seiner Angriffstaktik erkennen müssen, nur zwei Wesen verdienten sich die Sporen durch lauernde, feige Attacken, einer davon war Anron, der andere sein menschliches Pendant, Sorios. Sorios war es auch, dem Sharp Claw nun gegenüberstand, und er ließ seinen Säbel wieder sinken, wissend, daß der eitle Mensch mit der häßlichen Narbe neben dem Kinn, welche die ganze Gestalt verschandelte, pflegte zu reden, bevor er den Kampf begann. Sharp grinste, sein Gedächtnis hatte ihn nicht getäuscht, Sorios stützte sich auf sein Schwert und lachte: „Sieh an, Sharp Claw, der die Körper von anderen stiehlt. Wie geht es dir?" Sharps Grinsen wurde breiter, die Reißzähne traten hervor und verliehen ihm ein geradezu dämonisches Aussehen: „Mir geht es hervorragend, Sorios, ich kann mich nicht beschweren, obwohl mir die schlechte Kondition Taarons anfangs zu schaffen machte. Du hättest mehr mit ihm üben sollen." Sorios winkte gespielt freundschaftlich ab: „Ach, Sharp Claw, du weißt ja gar nichts über die Umstände. Als ich und die Elfen ihn vor dem verbotenen Weg retteten, brachten sie ihn nach Acharon, ohne mich, denn ich ging zurück nach Anaronun, wo der König mich brauchte. Jedenfalls haben die Elfen ihm anscheinend wenig beigebracht, ich habe bereut, nicht darauf gedrängt zu haben, ihn nach Hause mitzunehmen. Nach seiner Flucht aus Acharon fehlen uns die Informationen. Ich bin mir sicher, die Red-Eye wissen mehr."
Eine leise Aufforderung hatte sich in Sorios Stimme geschlichen und Sharp nickte, immer noch grinsend: „Wir wissen auch nur wenig oder nur bruchstückhaft, doch er tauchte plötzlich vor dem verbotenen Weg auf, aussehend wie ich, meine Rüstung tragend", er schlug sich auf den Brustpanzer. „Poison fand ihn und

hat, zu unser aller Glück, schnell reagiert und den Menschen erkannt." Sorios wog den Kopf hin und her: „Ja, zum Glück hat sie das. Hast du Taaron schon wiedergesehen? Ich ja, denn er ist wiedergeboren worden, in einem künstlichen Körper, mit einer silbernen Maske als Gesicht." Der Kerl erwartete einen schokkierten Blick, doch Sharp gönnte ihm diesen nicht: „Ich weiß, mein Freund, denn ich habe ihn bereits wiedergesehen. Nach unserer Begegnung rollte er als entstelltes Bündel aus Kleidern und Rüstung den Damm hinab. Wenn du Glück hast, liegt er jetzt noch dort." Sorios erhob sein Schwert: „Du mußt wissen, Taarons jetzigen Körper kann man nicht töten, nicht so leicht, wie man einen normalen Körper tötet. Sein Geist lebt in der Maske, solange sie besteht, kann er weiterleben. Er fühlt keinen Schmerz, keine Wunde kann ihm schaden."

Der Red-Eye lächelte böse: „Dies mag sein, doch ich kann ihn fangen, an einen Felsen binden und im See versenken, bis in alle Ewigkeit." Nun lächelte der Mensch: „Dies wird nicht nötig sein, der Zeremonienkörper hat nur vier Wochen Bestand, danach zerfällt er zu Asche und Staub."

„Na dann." Sharps Säbel schoß heran, Sorios duckte sich und setzte zu einem Konterangriff an, den Sharp aber abwehrte. Beide standen sich gegenüber, die Statue neben ihnen wie ein kopfloser Schiedsrichter. Sorios fuchtelte mit dem Schwert herum, immer wieder in alle Richtungen ausschlagend. Sharp kannte diese Taktik, die Altmenschen hatten sie erfunden und perfektioniert. Das Schwert des Menschen bewegte sich mit rasender Geschwindigkeit, Sharp konnte die Klinge nicht einmal deutlich sehen, nur ausweichen und Abstand halten. Er lief langsam ein paar Schritte rückwärts, Sorios folgte ihm, den Wirbel aufrechterhaltend. Als er ihn schon mehrere Meter zurückgedrängt hatte, kam Sharp Claw die rettende Idee, er steckte den Säbel weg, was Sorios mit Argwohn beobachtete, und spreizte die Krallen. Wie eine Raubkatze ihre Beute anspringt, so sprang Sharp Claw Sorios an, die Krallen vor sich haltend, daß Sorios' Schwert an ihnen abprallte und zum Stehen kam. Die Krallen des Red-Eye bekamen die Schultern des Menschen zwischen sich und stachen mit aller Kraft zu. Zwar nahm die Rüstung den größten Teil der Macht auf, aber ins Fleisch schnitten sie ihm trotzdem. Sorios Schwert erlahmte und er stolperte schreiend zurück. Zwischen den beiden Gegnern bildete sich eine große Lücke. Der weiße Marmor am Boden färbte sich dunkel, als erste Regentropfen vom Himmel fielen und den Staub wegwischten. Der Red-Eye verkürzte den Abstand zwischen ihnen und kam dem, mittlerweile am Boden liegenden, Sorios immer näher. Der Mensch suchte sein Schwert, fand es aber nicht. Sharp fand es, auf halbem Wege zu ihm, und trat es mit dem Stiefel beiseite, daß es eisern klackernd davonrutschte. Als er über Sorios stand, griff er nach dessen Arm, zog ihn auf die Beine, so nahe bei sich, daß sich ihre Gesichter beinahe berührten, und Sorios nur noch das Rot in Sharps Augen vor sich sah: „Ich weiß, daß du in der ersten Schlacht um Anaronun tödlich verwundet wurdest, wie kommt es, daß du noch lebst?" Sein Atem ging schwer, seine Krallen schmerzten ihn. Sorios antwortete mit verschwindendem Mut: „Ich wurde von einem Talisman einer alten Schamanin gerettet, den sie mir einst gab, nachdem ich eine Horde Klingenspringer aus ihrem Heimatdorf verjagt hatte. Sie kam später nach Anaronun, wo ich sie wiedertraf. Den Talisman hatte ich immer noch." Sharp Claw knurrte tief und gurgelnd: „Ich hoffe für dich, daß du ihr noch so ein nützliches Ding abgerungen hast, denn du könntest es ehrlich gebrauchen, so schlecht wie du kämpfst." Sorios' Gesicht verzog sich in einer Mischung aus Furcht und Empörung, Sharp Claw hatte ihn schlicht und einfach angefallen, nicht kämpferisch besiegt. Während Sharp ihn weiter anblickte, zog er mit seiner freien Hand heimlich einen Dolch aus dem Gürtel, zum Stich bereithaltend. „Beleidigt, Mensch? Aber ich habe recht, du warst einmal beinahe unbesiegbar. Sieh dich jetzt an, du hast keine

Hoffnung mehr in dir, genau wie alle anderen Menschen kämpfst du hier nur noch, um Ruinen zu verteidigen, um ein nicht existentes Traumkönigreich zu verteidigen. Wo ist Swarnon? Ich wette, er reitet mit seiner Garde in die Schlacht, sich aufführend wie der große Eroberer. Wo ist Garis? Nach dem Tod Garans nun der Elfenkönig geworden, sitzt er im großen Wald und meditiert über diese, ach so grausame Welt, nicht wahr? Sicherlich habe ich recht, Menschen und Elfen sind vergessene Rassen, die im Strudel unserer Zeit untergehen werden, die Red-Eye zweifellos irgendwann auch, doch nicht ohne diese Erde für einen gewissen Zeitraum zu beherrschen. Bald weht Asche durch die Ruinen eurer Städte, Sorios". Des Menschen rechter Arm flog nach oben, den Dolch eisern zwischen den Fingern festhaltend. Die Waffe kam zu schnell, als daß Sharp rechtzeitig hätte reagieren können, und traf ihn am Kopf. Sorios hätte ihm den Schädel gespalten, wäre Sharp nicht gerade zurückgezuckt. Die Klinge schnitt ihm einen Strich von oben nach unten über das linke Auge und Blut floß in sein Sichtfeld. Sharp brüllte wütend auf, die Sicht vernebelt, einerseits durch sein eigenes Blut, andererseits durch die erwachende Rage in ihm. Sorios schob sich auf den Unterarmen davon, aus den Schultern blutend. Sharp sank auf die Knie und befingerte sein Gesicht, voller Furcht, Sorios habe ihm ganze Hautlappen herausgeschnitten. Doch es war nur der tiefe Kratzer über dem linken Auge. Die Fäuste ballend, sammelte er sich, den Blick verschwommen, entdeckte er den davonkriechenden Menschen wenige Meter entfernt. Er stand langsam auf, die Kontrolle über seine Glieder verlierend, voller Zorn, voller Rachlust. Sorios hörte natürlich die Schritte hinter sich und versuchte ebenfalls, sich zu erheben, doch die Arme konnte er nicht benutzen, um sich aufzurichten, also kroch er in Panik weiter, wissend, daß Sharp ihn einholen würde. Als er neben ihm stand, fauchte er wild, hob Sorios vom Boden auf und hielt sein Gesicht wieder direkt vor seines. Sharp lief das Blut an der Nase vorbei in den Kragen, rote Linien in sein Angesicht zeichnend, die seine vollkommen roten Augen noch brutaler und Furcht einflößender machten. Die Rage hatte ihn seiner schwarzen, nach unten zeigenden Pupillen beraubt und er hatte den Mund halb geöffnet, die Spitzen der Reißzähne schimmerten weiß vor dem schwarzen Abgrund des Rachens. Sorios schrie bei seinem Anblick auf wie ein Kind, der Rotz lief ihm über die Nase in den Mund, die Augen wurden unter Tränen glasig, Speichel troff aus seinem Mundwinkel. Sharp stach zu, erst mit dem Säbel, dann mit den Krallen, mehrmals hintereinander, gnadenlos, ohne eine Regung im wutverzerrten Gesicht, die Rage hatte wieder ein Tier aus ihm gemacht.

Poison stemmte sich mit aller Kraft gegen das Tor, denn soeben hatte es sich einen Spalt breit geöffnet und ein wild schnaubendes Pferd hatte den Kopf in die Festung gesteckt, obwohl alle vier anwesenden Kommandanten am Holz zerrten. Schnell war Ironhead zur Stelle und schlug dem Pferd einfach den Kopf ab, der Spalt schloß sich und der Pferdekopf fiel ihnen vor die Füße. Vor dem Tor hörten sie den Menschen aufschreien, als sein Reittier plötzlich umfiel und ihn auf den zertrampelten Boden warf. Die Red-Eye stemmten sich sofort wieder gegen das Tor, denn die Menschen wurden nicht müde und ihre Pferde anscheinend immer kräftiger. Sie mußten sich gewaltig anstrengen, um es geschlossen zu halten. Während sie in schöner Eintracht gegen die Macht von Außen drückten, drang Ironheads monotone Stimme durch seine Maske: „Wenn ihr das Tor kurz öffnet, dann gehe ich hinaus und verschaffe uns Luft, sie werden wohl kaum damit rechnen." Frost knurrte in einer Mischung aus Anstrengung und Genervtheit: „Oh, nein, Herr Ironhead, die werden dich da draußen massakrieren, dies lasse ich nicht zu, ich gehe mit." Poison blickte Spear fragend an, welcher mit vor Schweiß glänzendem Gesicht zurücknickte: „Ich bin einverstanden, achtet nur darauf, so schnell wie möglich zurückzukommen, keine Hetzen und Verfolgungen, vertreibt sie einfach nur!"

Poison begann laut zu zählen: „Drei, zwei, eins, hinaus!" Sie sprangen zurück, woraufhin das Pferd, welches sich gerade von außen gegen das Tor gestemmt hatte, das Gleichgewicht verlor und fiel. Die beiden Kommandanten sprangen einfach darüber hinweg, Poison erschlug den Reiter mit ihrem langen, dünnen Säbel. Frost schlug den Pferden, neben denen er noch kleiner wirkte als sonst, einfach die Beine ab, dann durchstach er die Helme der am Boden liegenden Reiter. Ironhead, so groß, daß die Menschen von den Rücken ihrer Pferde aus noch in den Himmel blicken mußten, um ihm ins Gesicht zu schauen, pflückte sie einfach aus den Sätteln oder schlug mit seiner Axt um sich wie ein Verrückter. Weiter hinten erkannte Poison König Swarnon, in seiner auffälligen Rüstung, dem schweren Helm und dem edel tänzelnden Pferd. Sie wollte Ironhead etwas zurufen, da er sich gerade in dessen Richtung bewegte, doch der Lärm übertönte ihre Stimme. Frost hatte mehrere Pferde verstümmelt und Reiter erschlagen, doch nun mußte er zurückkehren, der Feind war sich seiner mittlerweile bewußt und schlug gezielt nach ihm, was Frost schon beinahe den Kopf gekostet hatte. Keuchend kehrte er in die Festung zurück, verfolgt von einem der Berittenen, der seine große Chance witterte und auf das offene Tor zuhielt. Spear entriß einem der eigenen Soldaten seinen Speer und warf ihn gezielt auf den anstürmenden Gegner. Die Waffe flog beinahe in Zeitlupe durch die Luft, durchbohrte den Bauch des Menschen und riß ihn von seinem Gaul, welcher allmählich verlangsamte und gemächlich vor den Red-Eye stehenblieb und die Leichen am Boden beschnupperte. Die Reiterei wich mittlerweile vor dem wütenden Ironhead zurück, ließ sich aber nicht vertreiben, Swarnon brüllte laute Befehle unter seinem Helm hervor, die seine Männer immer wieder zu schnellen Attacken zwangen. Der König winkte einen der Reiter neben sich herbei, öffnete sein Visier, sagte etwas zu ihm und schloß es schnell wieder. Der angesprochene Befehlsempfänger wendete sein Pferd schnell und ritt im Galopp davon. Spear fluchte: „Verdammt, sie holen Verstärkung. Wir müssen sie jetzt besiegen oder wir fallen zweifellos." Poison nickte und schob den Kopf des Pferdes, welches sich anscheinend entschieden hatte neben ihr stehenzubleiben, zur Seite. Sie blickte noch Sekunden aus dem Tor heraus, dann fiel ihr etwas ein. Das Pferd! Ironhead hatte, im Gegensatz zu Frost, nur die Reiter erledigt, die Pferde standen nutzlos in der Gegend herum. Sie schwang sich schnell in den Sattel, wobei Frost und Spear sie argwöhnisch anblickten: „dies ist vielleicht unsere Rettung", sagte sie aufgeregt: „Sucht euch die reiterlosen Pferde und bekämpft die Kavallerie!" Sie zerrte an den Zügeln und das Tier drehte sich aus dem Tor heraus, auf den Kampf zu, der immer schlechter für Ironhead stand. Sie war wenige Male auf einer Echse geritten und nutzte einfach die Kenntnisse, die ihr davon geblieben waren. Die Red-Eye-Frau schnalzte mit der Zunge und das Pferd ritt los, zwar langsamer als sie sich erhofft hatte, doch wenigstens etwas. Sie rief laut „Vorwärts" in Redajerik, woraufhin nichts geschah, natürlich, dieses Pferd wurde in der Menschensprache dressiert. Sie versuchte es noch mehrmals in der Fremdsprache, bis das Pferd, wahrscheinlich genervt von der ärgerlichen Reiterin, begann, sich schneller zu bewegen. Die beiden Männer blieben noch einen Moment geplättet stehen, dann rannten sie aus der Festung heraus, sich nach herrenlosen Pferden umschauend.

Swarnon hatte einen der Reiter nach Verstärkung geschickt, denn die Säbelaugen wollten die kleine Festung nicht aufgeben und verteidigten sie wie die Teufel. Einer von ihnen, der Riese mit der eisernen Maske, von dem schon in der taktischen Besprechung die Rede war, kam aus der Festung herausgestürmt und hatte Swarnons Kavallerie vollkommen überrascht. Seine meterlange Axt schwang er, als ob sie nur ein Stück Holz wäre und schlug die

Reiter von den Pferden. Zu allem Überfluß hatten einige seiner Mitstreiter ihr Talent für das Reiten entdeckt und saßen auf die allein dastehenden Pferde auf. Swarnon ritt nach links, aus der Gefahrenzone, und schwang sein Schwert im Kreis, daß seine Männer sich um ihn sammelten. Als er genug von ihnen bei sich hatte, zeigte er brüllend auf die Red-Eye, die sich glücklicherweise nicht alle als begnadete Pferdeherren herausstellten. Er und seine Gefolgsleute ritten auf den Feind los, der Mühe hatte, sich im Sattel zu halten.

Sharp wurde schlecht, Regen drang in seine Rüstung ein und machte seinen ledernen Harnisch eng, das Atmen fiel ihm schwer. Sein Blick verschwamm wieder, doch dieses Mal in einem schwarzen Flimmer, nicht in Blut. Sein Waffenrock schien das Vierfache seines ursprünglichen Gewichtes zugelegt zu haben, jeder Stein im Weg kostete ihn so viel Kraft wie ein Gewaltmarsch durch bergiges Land. Er keuchte und strauchelte, Regen wusch das Blut aus seinem Gesicht. Plötzlich schien die Welt zu verstummen, er hörte nur noch seinen eigenen unruhigen Atem, keinen Kampflärm, kein Plätschern. Ein Schatten huschte über den Boden und verschwand genauso schnell wieder wie er gekommen war. Der Red-Eye fiel zur Seite und schlug mit der Schulter schlimm an eine Wand. Langsam manövrierte er sich in eine sitzende Position und blickte in den matschigen Grund.
Er wußte nicht, daß der Schatten, den er unter sich vorbeihuschen gesehen hatte, jener von Blackbat, dem Drachen des Generals, war. Er hatte die Situation des heldenhaften Kämpfers erkannt und sank langsam zur Erde, während er miterlebte, wie Sharp umfiel und sich vollkommen erschöpft an eine Wand lehnte. Sicherlich war er gerade auf dem Weg zurück gewesen und Opfer seines eigenen Willens geworden, alles allein durchzustehen. Blackbat erkannte den erschöpften Red-Eye als Freund und hob ihn mit einer Kralle vorsichtig auf. Der Drache saß auf einem

abgebrochenen Turm, die Flügel zusammengefaltet wie ein Rabe. Den obersten Heerführer Aschfelds, General Dark, im Sattel, die Sensen auf den Rücken geschnallt. Der Drache hob den ohnmächtigen Sharp Claw an, wandte den riesigen, schuppigen Kopf in Richtung seines Herren, welcher stumm nickte und die Zügel anzog. Sie erhoben sich in die Luft, das Trümmerfeld hinter sich lassend.

„Wird er es schaffen, Heiler?" fragte Hunter Sensener, der König Sturmlands ehrlich besorgt um Sharp Claw, welcher nach seiner Ankunft im Lazarett sofort ein eigenes Abteil erhalten hatte sowie einen eigenen Arzt: „Durchaus, ich mußte ihn nur aus diesem Harnisch befreien und aufwärmen. Allerdings braucht er jetzt eine gesunde Portion Schlaf, bevor es weitergeht." General Dark zeigte auf Sharps Gesicht: „Und die Wunde? Ist sie nicht tödlich oder entzündlich?" Der Heiler, den weißen Kittel blutbeschmutzt, mehr wie ein Schlachter wirkend, winkte sorglos ab: „Ich habe die Wunde gereinigt, es kann nichts mehr passieren. Aber eine Narbe über dem linken Auge wird ihm bleiben." General Dark gab sich damit zufrieden, er und Hunter verließen den für Sharp Claw abgetrennten Bereich und fanden sich in dem riesigen Lazarett wieder, welches sie auf dem Grabhügel errichtet hatten. Links und rechts stöhnten verwundete Kämpfer aller vier Stämme unter ihren Verletzungen, Heiler, Sanitäter und Ärzte, alle drei dem gleichen Beruf folgend, sich doch gegenseitig verachtend, liefen zwischen den Krankenlagern hindurch und verabreichten Medizin, wechselten vollgeblutete Verbände, schlossen den Verstorbenen die Augen. Es stank widerwärtig nach Eiter und Erbrochenem. General Dark blickte kurz auf den mit Blut vollgesogenen Boden, dann winkte er einen Krieger herbei, der gerade einen verletzten Mitstreiter herein getragen hatte: „Soldat, schicke Jarnes in mein Zelt, er weiß, wo es ist. Sage ihm nur, daß es um die Waffen der Garde Aschfelds geht."

Der Beauftragte spurtete davon, das Lazarett durch den großen Vorhang verlassend. Hunter blickte den General mit hochgezogenen Augenbrauen von unten an: „General, denkt Ihr etwa daran, Euren Volkshelden mit einer speziellen Waffe auszustatten, deren Gebrauch schon die mächtigsten Krieger zu irren und kranken Wesen gemacht hat?" Der General nickte, angespannt und besorgt: „Ich glaube, daß er stark genug ist, der Waffe zu widerstehen und wieder von ihr abzulassen, wenn es an der Zeit ist. Versteh mich, Hunter, er ist zu wichtig, als daß ich einen Kampf ohne ihn riskieren würde. In Wahrheit glaube ich, er verkörpert den Willen Aschfelds, seinen Zorn, seine Wut, seinen Glauben an die Freiheit und an eine Welt, in der ein Red-Eye keine menschliche Hand fürchten muß. Sharp Claw ist Aschfeld. Ich muß ihm die Bürde eines Morjatock auferlegen." Der König Sturmlands biß sich auf die Lippen: „Wenn du es für richtig hältst, Bruder, dann tue dies."

Sie verließen das große Zelt schweigend, den auf den Krankenlagern liegenden Kämpfern respektvoll in die Augen blickend.

Diese Nacht sollte in die Geschichte Aschfelds eingehen, als Schandfleck auf seinem weißen Pergament. Der General saß in seinem Zelt, lauschte dem Regen, den Schreien, dem Trampeln der Stiefel vor dem Eingang. Die Schlacht schien gut zu verlaufen, die Menschen gewannen nicht an Boden, verloren im Gegenzug aber auch keinen. Die Armee, unter der tapferen Führung Gorwolks, stürmte in Wellen in die Feinde hinein, die daraufhin ebenfalls in Wellen angriffen. Mittlerweile türmte sich ein riesiger Berg aus Gefallenen aller Rassen inmitten des Schlachtfeldes. Niemand gab nach, auch nicht seine vier verlorenen Gardisten, die sich, den Spähern König Fogs nach, in einer kleinen Festung befanden, die von der Kavallerie Nahwetterns belagert wurde. Sie hätten schon den ganzen Tag standgehalten, sogar einen Ausfall gewagt, doch die eingetroffene Verstärkung,

bestehend aus heimatlosen Altmenschländern, Bauern und noch mehr Kavallerie, hatte sie in die Festung zurückgedrängt. General Dark schwante Übles, sollte er seine Gardisten verlieren, dann wäre Sharp Claw kampfunfähig, denn Poison, Frost, Ironhead und natürlich sein Vetter Spear waren der Grundpfeiler seiner Stärke, wenn er es auch niemals zugeben würde; er brauchte sie alle. Jarnes trat in das Zelt und riß den General aus seinen Gedanken. Sein Blick war versteinert, der ernsten Situation angepaßt, doch die Leichenblässe wollte dem mutigen Kapitän der fliegenden Festung so gar nicht stehen. Nach ihm betraten zwei Elitekämpfer aus West-Kworl des Generals Unterkunft, eine schwere, hölzerne Truhe mit Eisenbeschlägen zwischen sich tragend. Sie stellten die Truhe ab und verschwanden schnell, denn sie wußten, welche schreckliche Macht sie barg.
Jarnes blickte dem General in die Augen: „Sword", sagte er, des Generals Vornamen benutzend, was nur ihm, dem Zauberer Raeken und den Ältesten der Alten gestattet war: „Die Truhe, sie wurde aufgebrochen." General Dark erhob sich blitzschnell, die blauen Augen voller Furcht weit geöffnet: „Sie wurde aufgebrochen?" Jarnes nickte: „Und ein Schwert fehlt", sagte er, des Generals nächste Frage gleich vorwegnehmend: „Ich weiß nicht, wie es geschah, die Truhe stand in meinem Zelt, unter Bewachung, nur ich oder einer der Kommandanten hatte zutritt. Oder du." General Dark erhob die Hand in einer schwörenden Geste: „Ich war es nicht, Jarnes, und das weißt du. Was hat deine Bewachung dazu gesagt?" Der Kapitän Aero-Kworls schüttelte den Kopf: „Der Wächter stammt aus Ost-Kworl und er hat gesagt, nur einige der Kommandanten seien im Zelt gewesen, zur Lagebesprechung, dies würde also auf mich, dich, deine gesamte Garde sowie die drei Stammesführer und ihre Adjutanten zutreffen." Der Stammesführer Aschfelds hob die Arme und fuhr sich frustriert durch die langen Stachelhaare: „Dies ist schrecklich, Jarnes, ein Morjatock, in der Hand eines Diebes, einem schwachen

Herzen zugänglich. Wir werden später Ermittlungen durchführen, doch nun ist es wichtig, daß Sharp seinen Morjatock erhält."
„Er ist für Sharp Claw?" fragte Jarnes verwundert. „Durchaus, er ist zu wichtig, als daß ich ihn für eine Woche im Lazarett liegen lasse." Jarnes atmete durch, dann blickte er in die Truhe. Zehn lange, gerade Schwerter lagen darin, wild durcheinander, als ob jemand darin gestöbert hätte. Die Schwerter waren vollkommen schwarz, als ob dies nur die Schatten von Schwertern wären, die von ihren echten Abbildern auf den Boden geworfen wurden. General Dark schickte die Wachen vor seinem Zelt ins Lazarett, daß sie das Bett mit Sharp Claw herbrachten.
Während sie die beiden Krieger weggehen hörten, kam Jarnes noch einmal auf den Dieb zurück: „So etwas hat es noch nie gegeben, Sword, niemand, der bei klarem Verstand ist, stiehlt einen Morjatock. Er muß doch wissen, daß er seinen Geist damit verpestet. Nur wer den Morjatock verliehen bekommt, kann ihn führen wie eine andere Klinge. Doch auch dessen Herz muß rein sein, voller Zorn, frei von Furcht, frei von Mitleid." Dark ließ sich in seinen großen, weichen, Stuhl fallen, den einzigen Luxus, den er sich gegenüber den anderen Soldaten gönnte, außer dem eigenen Zelt. Seine prächtige Rüstung klimperte, die Verzierungen spielten mit dem Licht der Fackeln, die an Pfählen innerhalb des Zeltes standen, einen großen Kreis bildend. „An was erinnert dich dies? Offensichtlich haben wir einen Verräter unter uns, der uns zwar nicht dem Feind verkauft, aber genügend Furcht oder Zorn empfindet, um uns zu schädigen." Jarnes blickte zu Boden: „Ich weiß, worauf du anspielst, doch so ist es nicht. So wie damals wird es nicht werden." General Dark lächelte traurig. „So wie in Hatik", er sprach das Wort aus, als wäre es scharf und er befürchtete, seine Zunge daran aufzuschneiden, „so wie in Hatik." Er wiederholte es leiser werdend immer wieder, bis seine Gedanken ihn an jenen Tag zurückführten.

Stadtschützer Dark befand sich in der großen Prärie oberhalb des Gebirges, welches Aschfelds Nordgrenze bildete. Ein Vogel flog hier nur wenige Minuten bis er Nord-Kworl, auf der gegenüberliegenden Seite des Bergmassivs, erreichte. Ein Wanderer mußte aber eine lange Strecke zurücklegen, genauer gesagt, er mußte von hier aus an die Grenze Altmenschlands reisen, von dort zum verbotenen Weg, hinein nach Aschfeld und weiter nach Nord-Kworl, der Stadt, die in einer halbmondförmigen Schlucht eingebettet lag. Es wehte ein kalter Wind, der etwas brackig roch, da er aus Nordwesten kam, wo er den Anaran See streifte, einen großen See, von dem Anaronun seinen Namen erhalten hatte. Was Dark sah, gefiel ihm überhaupt nicht. Vor ihm breitete sich eine Ebene aus, spärlich bewachsen, leblos, langweilig. Inmitten dieser Ebene stand Hatik, eine Red-Eye-Stadt, die an sich nicht besonders auffiel, bis auf die Tatsache, daß sie die einzige ihrer Art außerhalb Aschfelds war. Sie hatte einen großen Stadtturm, eine Kreisrunde Mauer und die für Red-Eye typischen keilförmigen Häuser, die zusammengeschlossen einen Innenhof bildeten, in dem sich das Leben der Bewohner abspielte. Die Häuser waren aus dem schwarzen Material gebaut, aus dem nur die Wohnstätten der Red-Eye gebaut waren, Asche. In einem geheimen Verfahren wurde sie unter den Mörtel gemischt und färbte diesen schwarz oder dunkelgrau.
Was die Szenerie trübte, war die Armee aus Menschen, welche die Stadt belagerte. Stadtschützer Dark erhob eine Flagge, welche das Symbol Aschfelds zeigte und signalisierte seinen Kumpanen damit, daß sie näher kommen konnten, ohne befürchten zu müssen, auf Menschen zu stoßen. Seine Mitstreiter näherten sich, es war eine Armee, rein aus Kavallerie bestehend, angeführt von Frost. Dark näherte sich ihm, auf die Stadt zeigend: „Sie sind schon bei der Belagerung, es wird nicht mehr lange dauern bis die Stadt fällt." Frost knurrte wütend und händigte Dark die Zügel einer eigens für ihn mitgebrachten Echse aus: „Glaubst du, wir

haben eine Chance?" Der Stadtschützer mit den blauen Augen saß auf: „Nein." Sie lächelten sich diebisch an, bis sie in Gelächter ausbrachen. Der Dritte im Bunde, ein junger Kommandant, der den beiden als gleichgestellt zugeteilt worden war, blieb stumm und bedachte die beiden Spaßvögel mit einem herablassenden Blick. Bis jetzt hatten sie nur seinen Namen in Erfahrung gebracht, obwohl sie sich redlich Mühe gegeben hatten, ihn als Freund zu gewinnen. Er hieß Nightfly Wing und hatte sich von einem unbedeutenden Außenposten nahe Nord-Kworl bis hierher gekämpft. Außer ihm waren noch Sharp Claw sowie dessen Vetter Spear Claw von dort gekommen, doch sie hatten sich gegen die Kavallerie entschieden, gegen die Bogenschützen, gegen die Speerwerfer und versuchten ihr Glück als freie Einzelkämpfer in der regulären Armee. Wahrscheinlich befanden sie sich gerade irgendwo in Wakharami und kundschafteten den Feind aus. Jedenfalls hatte sich Nightfly keine Mühe gegeben, sich in die Armee zu integrieren, so bekam er von den beiden gutgelaunten Kollegen, Frost und Dark, den Namen „Kommandant Steifarsch". Frost nickte dem Erwähnten höhnisch zu: „Na, mein unterkühlter Freund, ist Ihnen der Austragungsort der Schlacht genehm oder sollen wir die Menschen fragen, ob sie sich nicht lieber etwas weiter nach links stellen sollen, damit die Sonne Eure edlen Augen nicht blendet?" Dark prustete los, doch Nightflys Miene blieb versteinert: „Wir sollten uns weniger in dummen Späßen ergehen, sondern uns beeilen. Der Feind wartet nicht." Frost hob scheinbar anerkennend die Augenbrauen, doch Dark legte ihm die Hand auf die Schulter: „Recht hat er, Frost, nun müssen wir kämpfen und zusammenarbeiten. Schicke die ersten drei Abteilungen an ihre rechte Flanke, sorge dafür, daß ihre Belagerungsmaschinen zerstört werden. Nightfly, du kannst dich beweisen, in dem du mit der vierten und fünften Abteilung die ganze Stadt umrundest und sie dann von vorne, an der Mauer entlang, angreifst. Ich selbst falle ihnen direkt in den Rücken, nach Frosts, aber vor Nightflys Attacke. So können sie sich nicht ausschließlich auf einen von euch konzentrieren, sondern bleiben beschäftigt." Die beiden trollten sich, einverstanden mit der Taktik.

Frost und Nightfly ritten gleichzeitig los. Ihre Abteilungen entfernten sich zunächst von der Stadt, bis sie dieselbe Höhe mit ihr erreichten. In diesem Moment trennten sich Frost und Nightflys Reiter, die einen folgten Frost, direkt in die Richtung der Feinde preschend, die anderen ritten mit Nightfly weiter, einmal um die Stadt herum. Stadtschützer Dark hatte richtig geplant, genau in dem Moment, in dem Frost in die Armee aus Menschen krachte, verschwand Nightfly hinter dem Stadtturm. Der Zeitpunkt für Darks Angriff war gekommen. Er wedelte mit einer seiner Sensen, damals schon seine Lieblingswaffen, und gab seinen Leuten damit das Zeichen, sich bereitzumachen. Als sie aufgesessen hatten, die Waffen in der Hand, schwang er die Sense noch einmal, dieses Mal in Richtung der Stadt, einen ohrenbetäubenden Kriegsschrei auf den Lippen. Sie ritten los, brüllend, Säbel schwingend, ihrem Anführer mit den blauen Augen folgend.

Es bestand von Anfang an keine Hoffnung für die Kavallerie Aschfelds, die Menschen waren bei weitem zu zahlreich, also stach und schnitt sich Frost auf seiner Echse durch ihre Reihen, ohne auch nur einen Moment an das eigene Leben zu denken. Einen erschlug er von oben herab, ein anderer hielt seinen Schild hoch, weswegen Frost die Zügel seiner Echse fahren ließ, um sein zweites, gerades, langes Schwert zu ziehen, ebenso wie Dark hatte er eine Vorliebe für Zwillingswaffen und er wechselte sie niemals aus, es sei denn, sie mußten geschärft werden. Mit beiden Waffen in der Hand prügelte er von oben auf den passiven Menschen ein. Frosts Echse biß den Feinden ihre Köpfe oder Gliedmaßen ab, was das Kämpfen sehr erleichterte. Außerdem hielt sie von selbst auf die Katapulte zu, die wie Skelette von Schiffen aus dem Meer von Menschen herausragten. Leider hatten die Menschen aber mittlerweile kapiert, was die Red-Eye anrichten wollten, und riefen die stärkste Waffe in den Kampf, die man gegen Kavallerie einsetzen konnte: Lanzenträger und Pikeniere. Frost wandte den Blick von dem eben erschlagenen Schildträger ab und bemerkte mit leichtem Stolz die Kluft, die er in die Feinde geschlagen hatte. Wie ein Pfad durch einen Wald bildeten die erschlagenen Körper einen Weg durch die Feinde. Einer Armee aus Aschfeld wäre so etwas niemals passiert, denn sie fürchteten sich nicht davor, auf Leichen zu gehen und die Lücke ihrer gefallenen Brüder zu schließen. Ohne zu zögern riß er wieder an den Zügeln seines Reittieres und wandte sich wieder rückwärts. Die Menschen schlugen und stachen nach der vorbeipreschenden Echse, doch sie erwischten nur sich selbst oder ihre Brüder, ein heilloses Durcheinander entstand hinter Frost, und noch mehr Leichen fielen in die Kluft zwischen den Reihen. Er erreichte die Stelle, an der noch am meisten Red-Eye standen, einige bereits ohne Echse, aber erbittert weiterkämpfend. Sie wollten gerade einen Kreis bilden, um sich besser gegen den Feind wehren zu können, doch Frost kam gerade noch rechtzeitig dazwischen: „Nein! bildet keinen Kreis, bleibt in einer Linie, wir sollen vorstoßen und uns nicht umzingeln lassen!"

Er formierte sich in der entstehenden Linie, wo einer der niederen Soldaten auf ihn zukam. Er kannte ihn bereits von den vorherigen Manövern: „Was gibt es Strepz?"

„Es sind zu viele Menschen, wann kommen die Abteilungen von Stadtschützer Dark?" Strepz, ein Red-Eye von normaler Größe mit langen Stachelhaaren, hatte neun kleine, silberne Adler im Gürtel stecken, es waren abgetrennte Helmspitzen, die er den Menschen abnahm, nach denen er sie erschlagen hatte. Frost lächelte, nur junge, unerfahrene Kämpfer taten dies, um bei dem Trinkgelage nach der Schlacht damit anzugeben: „Keine Angst, Strepz", antwortete Frost, „Dark kommt genau zur rechten Zeit. Doch es liegt an uns, es ihm leichter zu machen. Versucht die

Katapulte zu erreichen." Strepz salutierte und reihte sich in die Kampflinie ein.

Darks Stachelhaare wehten ihm hinterher wie ein Umhang und der kalte, brackige Wind stieß ihm in die Nase, als er seine Lieblingswaffen aus den Rückenhalftern zog. Die beiden Sensen schimmerten im Licht der Sonne. Auf einer Echse waren sie noch einmal so mächtig wie zu Fuß, denn der Stadtschützer hatte sogar die Stiele mit dünnen Klingen versehen lassen, also schnitt die gesamte Waffe durch Fleisch, nicht nur die Blätter an der Spitze. Er war noch weit von den Menschen entfernt, seine Abteilungen konnten ihm kaum folgen und er mußte seine Geschwindigkeit drosseln, sonst kam er zu früh und ohne Verstärkung beim Feind an.

Sie lernten gemeinhin wenig hinzu. Sie dachten, eine einfache Blockade aus Speeren, Lanzen und Piken würde die Aschfelder Kavallerie aufhalten können. Leider verglichen sie damit ihre dummen und trägen Pferde mit den schneidigen, hinterhältigen Reitechsen der Red-Eye. Diese konnten den Wall aus langen Waffen ohne Probleme überspringen, selbst mit einem gepanzerten Kommandanten wie Nightfly auf dem Rücken. Er hatte seine Gruppen um die gesamte Stadt herumgeführt und griff nun frontal an, seine Echse überflog die Speere und Lanzen förmlich, hinter ihm auch die anderen. Als die blutrünstigen Tiere inmitten der überraschten Menschen einschlugen wie Steine in einen stillen Teich, rissen sie die Nahestehenden und Auf-Den-Boden-Geworfenen auf und verschlangen ganze Körperteile. Nightfly schlug um sich und wandte dann sein Tier, um die Lanzenträger, nun hinter ihm, zu töten, da sie mittlerweile dazu übergegangen waren, die Waffen in den Himmel zu recken, womit sie den überspringenden Echsen die Bäuche aufschlitzten. Jenem, direkt vor ihm, konnte er leicht den Kopf abschlagen, denn er hatte sich von ihm abgewandt, auf ihn folgte ein wahrer Gigant, er überragte Nightfly mitsamt seiner Echse. Die Lanze des Menschen, in seinen großen Händen nur wie ein mittelgroßer Spazierstock wirkend, bohrte sich tief in die Brust von Nightflys Echse. Das Tier schrie gurgelnd auf, Blut troff ihm aus dem Maul. Der Kommandant konnte gerade noch rechtzeitig abspringen, bevor sie umkippte und ihn unter sich begrub. Den Sprung abfedernd, saß er einen Moment auf dem Boden und sah die Stiefel des Menschen näher kommen. In einer einzigen Bewegung drehte er sich um die eigene Achse, wich einem Schwerthieb eines anderen Menschen aus, trennte mit seinem Säbel den Sattelriemen seiner am Boden liegenden Echse auf, hob den nun losen Sattel auf und warf ihn ins Gesicht des gefährlich nahegekommenen Riesen. Der Berg aus Menschenfleisch ließ seine Lanze fallen und fegte den störenden Sattel aus seinem Gesicht. Dabei brauchte er für den schnellen Nightfly eine Sekunde zu lange. Der Säbel des Red-Eye bohrte sich in seine Brust. Ein Schwertkämpfer, Jataro sei Dank, in normaler Körpergröße, nahm den Platz des gefällten Riesen ein. Nightfly versuchte ihn mit einem diagonalen Hieb zu überrumpeln, doch er parierte und konterte mit einem Stich, der Nightfly fast aufgespießt hätte, wäre er nicht ausgewichen. Nun versuchte der Aschfelder einen waagrechten Hieb, der den Gegner enthaupten sollte, doch der Kerl duckte sich und versuchte, wieder zuzustechen. Dabei kam er Nightfly zu nahe und verlor sein Leben durch einen zweiten Diagonalhieb, dieses Mal von der anderen Seite. Die Überzahl der Menschen machte sich nun stark bemerkbar, die Red-Eye schlugen zwar auf alles ein, was sich neben ihren Echsen bewegte, doch es war vergeblich. Ein neuer Gegner stellte sich Nightfly in den Weg, einer der wenigen menschlichen Elitekämpfer, ein vollständig in Eisen gehüllter Kämpfer, den sie in ihrer Sprache „Ritter" nannten. Schild und Schwert des Ritters waren perfekt gefertigt, schwer und dick. Der Helm des Ritters hatte nur sehr kleine Sehschlitze, was ihn zu einem unberechenbaren Gegner machte, denn durch sein beschränktes Sichtfeld verpaßte er zwar viele Gelegenheiten zuzuschlagen, nutzte aber alle Möglichkeiten, die sich ihm boten. Selbst gestellte Beine und Fausthiebe befanden sich im Repertoire dieser als so edel und kühn bezeichneten Herren. Leider, oder zum Glück, machte ihn die schlechte Sicht auch verwundbar, Nightfly holte aus und zielte auf den Schwertarm des Menschen, doch der Hieb wurde pariert und gekontert. Nightfly wich aus und sah den Menschen zum Angriff übergehen, doch anders als gedacht, denn der Ritter hob seinen Schild und traf den Red-Eye damit im Gesicht, was ihn umwarf. Die klappernde Gestalt lachte unter ihrem Helm hervor und erhob das Schwert, um den am Boden Liegenden zu erstechen, doch dieser rollte sich zur Seite. Die schwere Klinge des Ritters blieb im nassen, zertrampelten Boden stecken und ließ sich nicht mehr herausziehen. Wie ein König aus der Sage stand der Mensch über dem herausragenden Griff und zerrte daran. Erfolglos. Nightfly war mittlerweile wieder aufgestanden und lachte leise, während ihm sein Blut aus dem Mundwinkel lief. Der erste Schlag trennte den Schwertarm des Feindes ab, woraufhin er unter seinem Helm hervorbrüllte wie ein Tier, auf die Knie sank und seinen Schild verlor. Der Schwinger, der ihm den Kopf von den Schulterm trennte, war perfekt ausgeführt, jeder Fechtlehrer hätte Nightfly dafür Applaus gespendet.

Darks Truppe preschte in die Menschen, wobei ihre Geschwindigkeit kaum abnahm. Die Sensen entfalteten ihr gesamtes Potenzial, Dark ritt immer noch einige Meter vor den anderen und ließ die Waffen verheerend kreisen, Dutzende starben bei einem einzigen Schwung. Wie ein Vogel mit silbernen Schwingen flog er tiefer in die Menschen hinein, sie hatten die Gefahr, welche auf sie zukam, erkannt und wollten die Flucht ergreifen, die gesamte Armee in Darks Nähe kam in Bewegung, sie schrien in Panik auf, rannten sich gegenseitig nieder und warfen sich nach vorne, was dazu führte, daß die Menschen in den vordersten Reihen gegen die Mauer gedrückt wurden und einen schrecklichen Tod als zerquetschtes, unansehnliches Etwas fanden.

Die Kampflinie hatte sich beängstigend verkleinert, Soldat Strepz hatte keinen Platz mehr für weitere Trophäen in seinem Gürtel, Frost erreichte derweil den ersten Katapult. Die Handwerker, welche den Katapult bedienen sollten, waren schon längst geflohen. Der Red-Eye besah sich den Wurfarm des großen Gerätes und entdeckte keinen Felsblock darin, selbst zum Nachladen waren sie zu feige gewesen, also konnte er problemlos von der Echse abspringen, natürlich gedeckt von seinen Reitern, und den Katapult erklettern. Seine Krallen schlugen sich in das harte Holz, wobei sie kringelförmige Späne zogen. Als er den waagrechten Balken, welcher die Wucht des Wurfarmes mit seinem breiten Kissen abdämpfte, erkletterte, stand er breitbeinig darauf, erhob eines seiner Schwerter und brüllte triumphierend in die verstörten Feinde, die versuchten, zu ihm durchzudringen, aber nicht an Strepz und den anderen Reitern vorbeikamen. Frost legte beide Hände an den Griff seines Schwertes und ließ es mit aller Kraft auf den Balken, auf dem er selbst stand herabsausen. Es fügte dem Holz keinen einzigen Kratzer zu. Der Kommandant fluchte: „Scheiße, Elfenholz!" Er blickte nach unten zu seinen Männern, die ihm den Rücken zugewandt hatten: „Strepz", rief er, woraufhin der Soldat ihn voller Erwartung anblickte, „ich brauche eine Axt, eine große!" Strepz nickte und schlug einem der neben ihm Kämpfenden auf die Schulter. Er wies auf die Streitaxt, die sich auf dessen Rücken befand und zeigte dann auf Frost. Der Angesprochene zog die Axt aus der Schlaufe und warf sie Frost zu, ein glückliches Grinsen im blutbesudelten Gesicht. Frost wog die Waffe in der Hand, sie war die billige Waffe eines armen Kriegers, ohne hohen Rang, doch sie mußte reichen. Er holte wieder aus und bearbeitete den Balken wieder, dieses Mal mit mehr Erfolg, einige Splitter lösten sich. Als er zum zweiten Streich anhob, ertönte ein Horn, dann ein zweites, beide den hellen, hoffnungsvollen Klang Aschfelds verbreitend: „König Blood Axe ist gekommen!" riefen die Krieger wie aus einem Mund, nur Frost und Dark, zwar weit auseinander, doch beide mit den Signalen Aschfelds vertraut, wunderten sich. Zwei Hornstöße? Eilte Blood Axe, der Vater des späteren Königs Deep Axe, der ein bekanntes Ende finden wird, mit zwei Armeen herbei? Dem Stadtschützer dämmerte die Erklärung zuerst, das erste Signal war wirklich jenes von Blood Axe, der soeben mit einer Armee aus Fußsoldaten denselben Hügel herabgestürmt kam wie die Kavallerie zuvor. Das andere Signal kam aus der belagerten Stadt. Dark wandte sich erschrocken um, auf dem großen Torhaus stand der Stadtschützer Hatiks, dessen Name heute vergessen sein muß, und winkte mit den Armen, die Augen im Schrecken geweitet. Frost erblickte ihn nun auch, da mittlerweile nicht mehr gekämpft wurde, sondern beide Armeen gebannt auf die winkende Gestalt starrten. Der Stadtschützer Hatiks griff nach dem Hebel, welcher das Torhaus schnell und ohne Kraftaufwand öffnete, dies funktionierte mithilfe von vielen Gewichten und Seilzügen im Innern des Torhauses. Die Red-Eye brüllten auf, der wahnsinnig gewordene Stadtschützer wollte sich ergeben und die Menschen in die Stadt lassen! Frost begrub das Gesicht in den Händen, er wollte nicht sehen, was nun passierte. Dark blickte stoisch auf die Stadt, in die sich nun die Menschenarmee drängte. Schon bald schrien Red-Eye-Frauen auf, Kinder wurden auf die Straße geworfen und erschlagen, Flammen stießen aus den Heimen des roten Volkes. Der Stadtschützer dieser verfluchten Metropole befand sich immer noch auf dem Torhaus, doch nun kniend, vor den Menschen um Gnade flehend. Doch die Natur der Menschen kannte dies nicht, ebenso wenig wie ihr dunkler, haßerfüllter Gott. Gleich drei Schwerter bohrten sich durch den

feigen Leib, während andere Menschen die Stadttore schon wieder schlossen. Blood Axe war zu spät gekommen, Dark war nicht weit genug vorgedrungen, Frost und Nightfly waren zu stark in der Unterzahl, um mehr als ein Scharmützel anrichten zu können. Voller Trauer blickten sie in die Stadt, aus der Schreie unendlichen Leids drangen, die Menschen vergewaltigen Frauen, töteten Männer, spießten Kinder auf und ließen die kleinen Körper vor den Augen der Eltern hängen.
Zu allem Überfluß begannen die Angreifer nun auch noch, von der eroberten Mauer aus auf die Red-Eye zu feuern, welche sich nur langsam, ohne Verständnis, wie in Trance zurückzogen. Neben Dark ging eine Echse zu Boden, von einem Pfeil getroffen. Der Reiter wurde abgeworfen, doch er brach sich nichts, trotzdem blieb er liegen, die Augen in den blaßen Himmel gewandt, ins Leere starrend.
Als die Sonne unterging und die geschlagenen Befreier sich abseits der Stadt, aus der nun keine Schreie mehr drangen, versammelten, saßen die Kommandanten und ihr König zusammen. Allen steckte der Schrecken in den Knochen, ihre Augen traten aus den blaßen Gesichtern noch stärker hervor, ihre Wangen waren eingefallen. König Deep Axe, ein pragmatischer, rauher, doch intelligenter Red-Eye, heftete den Blick in das kleine Lagerfeuer: „Männer, ich weiß nicht, was ich tun soll. Sagt es mir." Die Runde schwieg, Dark schloß die Augen, seine Gedanken sammelnd, Frost seufzte, Nightfly bewegte sich überhaupt nicht. „Sprecht, Freunde", forderte der König sie weiter auf, woraufhin Dark die Stimme erhob: „Herr, diese Schlacht ist verloren und wir haben einen höheren Preis gezahlt, als jemals ein Volk zuvor. Dieser Krieg hat eine neue Stufe der Brutalität erreicht und die Red-Eye müssen zusehen, nicht von ihr mitgerissen zu werden. Wir sind das mächtigste Volk dieser Welt, wir sind besser." Blood Axe blickte den Stadtschützer Haschnad Tinwatuks an, dieser blauäugige Mann hatte etwas Mysteriöses an sich, etwas Ehrfurcht

Gebietendes. Der König Aschfelds nickte: „Du hast recht, wir sind besser und wir werden niemals auf derselben Stufe mit den Menschen stehen. Wir sind die Red-Eye." Frost sagte es nicht, doch er spürte, die Sinnlosigkeit dieses Gespräches, vier besiegte Soldaten, die sich nach der verlorenen Schlacht halbherzig Mut zusprachen. Plötzlich bewegte sich Nightfly: „Es kommt jemand aus Richtung Stadt." Die Krieger sprangen auf, die Waffen ziehend. Er hatte recht, es raschelte im Gebüsch, nahe ihres Lagerfeuers. Bevor einer der vier etwas tun konnte, entstiegen einige Red-Eye dem Unterholz, abgerissene Gestalten, schmutzig, dreckig, verletzt. Der erste von ihnen, anscheinend der am wenigsten ausgelaugte, erhob eine Hand, die rissigen Lippen seines Mundes formten kehlige, atemlose Wörter: „Wir sind Überlebende, sie haben die Stadt erobert." Dark sprang sofort herbei und gab dem Red-Eye zu trinken, die normalen Krieger, die den Tumult bemerkt hatten, waren ebenfalls gekommen und teilten ihre Wasservorräte mit den armen Kreaturen. Nach und nach kamen ein Dutzend Männer aus dem Dickicht, einer von ihnen war ein wahrer Riese von Red-Eye und er schien auch am schwersten verletzt zu sein. Es brauchte acht kräftige Hände, um ihn auf zwei aneinandergestellte Betten zu legen. König Blood Axe trat dem Anführer der Flüchtlinge gegenüber, welcher sich sofort verbeugte. Blood Axe legte eine Hand auf die verbundene Schulter des Mannes: „Bruder, heute hast du gelitten wie ein Red-Eye nur leiden kann. Doch ich werde dich heute nicht erlösen, denn die größte Niederlage Aschfelds soll unvergessen bleiben, bis wir die Menschen besiegt haben, bis wir diese Welt beherrschen. Erst dann werdet ihr erlöst werden, Bruder." Der Red-Eye blickte zu Boden, ergeben, seinem König vertrauend. Stadtschützer Dark wußte nicht, was der König vorhatte, ahnte aber einiges. Sein Verdacht bestätigte sich, als der Monarch seine nächste Anordnung gab: „Legt sie in Ketten. Möge Jataro uns vergeben."

Zwei Monate nach der Niederlage bei Hatik erreichten sie Haschnad Tinwatuk, die Hauptstadt Aschfelds, der sichere Mittelpunkt des schwarzen Landes. Die drei Kommandanten mußten einem Boten sogleich in die Kerker unter der Stadt, in der Nähe der Trollgrube, folgen. Durch den Kerker floß ein Fluß aus brennendem Öl, die ganze Höhle mit flackerndem Licht überschwemmend. Der Fluß durchquerte den Raum von der einen Wand zur andern, nur eine breite Brücke verband die beiden Hälften des Kerkers unter der Stadt. Auf dieser Brücke standen die besten Schmiede der Stadt, lange Zangen in die Flammen unter ihnen haltend. Was sie dort unten, über dem brennenden Öl schmolzen und bearbeiteten, konnten die drei Männer nicht sehen. Neben ihnen stand Blood Axe, der sich auf einen steinernen Thron gestellt hatte, einen Schmiedehammer neben sich an das Geländer gelehnt. „Brüder", hob er an, eine seiner bevorzugten Ausdrucksweisen benutzend, „ich habe euch hierher befohlen, tief unter die Stadt, wo ich hoffe, daß wir vor Jataros Blick sicher sind, denn wir werden nun ein Verbrechen begehen, wir werden unsere eigenen Brüder schädigen, sie für lange Zeit zeichnen. Wie ein Krieger sich einen Strich für jede gewonnene Schlacht in den Helm ritzt, so werden wir die Überlebenden der Niederlage in Hatik markieren. Führt sie herein." Auf diesen Befehl hin öffnete sich eine der schweren Kerkertüren und die Hatikianer, in Reih und Glied, die Hände gefesselt, traten daraus hervor, begleitet von zwei Kriegern. Sie stellten sich vor der Brücke auf, unter den gespannten Blicken der Kommandanten. Dark hoffte nur, der König würde sie einfach nur Brandmarken und dann gehen lassen, dieses Verhalten gegen ihre Mitstreiter wurde zur seelischen Qual. Blood Axe stieg vom Thron herab, griff sich den Schmiedehammer und blickte dem ersten der Gefangenen, jenem, der sie schon nach der Schlacht angeführt hatte, in die Augen: „Dies muß geschehen, denke immer daran, daß du dann jemand Besonderes bist, du hast Aschfelds tiefsten Punkt erlebt und wirst seinen höchsten erleben." Der Hatikianer nickte, stolz und tapfer. Die beiden Wachen nahmen ihn bei den Unterarmen und zogen ihn, beinahe sanft, auf den Thron. Als er saß, wurde er festgekettet, daß er sich nicht mehr bewegen konnte. Zu aller Überraschung kam Blood Axe noch einmal zu ihm: „Es wird nicht weh tun." Völlig verwirrt blickte der Mann seinen König an, anscheinend hatte er erwartet, wie auch die drei Kommandanten, daß er ein Brandmal empfing. Dem war nicht so, der vorderste der Schmiede auf der Brücke hob auf ein Zeichen Bloods hin, sein Werkzeug aus den Flammen, und mit einem Schaudern erkannten die Red-Eye im Raum, was da geschmiedet wurde: Eine häßliche, grauenerregende Maske, die eine Fratze zeigte, wie sie nur die Dämonenbilder in den Kirchen der Menschen hatten. Am Hinterkopf glühte die Maske noch, doch der Schmied stülpte sie schnell und gekonnt auf den Kopf des Gefesselten, welcher verzweifelt aufschrie. Die beiden Wächter waren sofort wieder da und klappten die Maske zu, ein großes Schloß an den abkühlenden Hinterkopf anbringend. Klickend rastete es ein und das Gesicht des Red-Eye aus Hatik sollte darunter verschwinden, bis sein Volk den Sieg davongetragen hatte. Nacheinander bekamen alle Hatikianer eine Maske, wobei jede anders aussah, die Schmiede überboten sich förmlich an grausigen Formen und Fratzen. Der Letzte Red-Eye, der Kerl mit der enormen Größe, setzte sich seelenruhig auf den steinernen Thron, bereit, die Maske zu empfangen. Blood Axe hielt den Schmied jedoch vorerst zurück, denn der Riese schrie, wand und wehrte sich nicht gegen seine Häscher, obwohl er sie mit Leichtigkeit hätte abwehren können. „Bruder, du bist der Letzte und du scheinst keine Furcht, keinen Zorn gegen mich zu hegen?" Der Red-Eye blickte dem König mutig in die Augen: „Herr, was sein muß, muß sein. Ich bin kein großer Denker, kein Held und nicht immer von Nutzen, doch ich habe Dutzende erschlagen, als sie in die Stadt eindrangen, und ich habe ein reines Gewissen. Außerdem habe ich vollstes Vertrauen in unsere Armee, wir werden die Welt bald erobern und dann darf ich diese Maske wieder abnehmen. Mein Name ist Steels Bucket, ich soll diese Maske für Aschfeld tragen, wenn ich damit ein lebendiges Mahnmal für meine Brüder sein kann, fühle ich mich geehrt." Blood Axe nickte: „Ich bewundere dich, mein Freund. Dein Mut und Stolz sollen belohnt sein, ich ernenne dich hiermit zum Kommandanten." Mit diesen Worten erhielt Steels Bucket einen höheren Rang, eine häßliche Maske und einen neuen Namen: Ironhead.

„Du denkst an den Verrat von Hatik, nicht wahr?" Jarnes riß den einstigen Stadtschützer, heutigen General Dark aus seinen trüben Gedanken: „Ja, doch dieser war ein Fall von Wahnsinn, kein wahrer Verräter, der sich dem Feind anschließt. Dieses Mal, so vermute ich, haben wir aber mit letzterem zu tun. Einer unserer Männer hat uns an den Feind verkauft und uns eine unserer schrecklichsten Waffen beraubt." Jarnes blickte durch die Öffnung in der Zeltwand, die eine Tür darstellen sollte, der Regen plätscherte draußen in den matschigen Boden. „Wen hast du in Verdacht?" General Dark schüttelte energisch den Kopf: „Niemand Besonderen, eher einen armen Soldaten, der in seiner Dummheit den Menschen vertraut hat, und glaubt, sie würden ihn bezahlen." Der Kapitän Aero-Kworls zuckte mit den Schultern. Kurz darauf betrat Sharp Claw, in dünner Kleidung, durchnäßt und mit tiefen Rändern unter den Augen das Zelt. Gleich hinter ihm kam ein Sanitäter hereingesprungen: „Meine Herren, ich muß aufs äußerste protestieren, der Verletzte braucht Ruhe, wenn sie ihn jetzt wieder in den Kampf schicken, wird er nicht mehr zurückkehren." Der General senkte den Kopf, damit ein Schatten auf sein Gesicht fiel und nur die blauen Augen herausleuchteten. Der Mediziner begann zu zittern und die Hand des Generals erhob sich still, auf die Truhe mit den Morjatocks

zeigend. Als der Red-Eye mit dem blutbefleckten Kittel darauf aufmerksam wurde, öffnete sich sein Mund vor Schreck und er hielt sich leise aufschreiend die Hand davor: „Bei Jataros Gnade! Dies wird ihn zwar nicht die Gesundheit, aber die Seele kosten." Ohne ein weiteres Wort verschwand er, seinen erledigten, matten Patienten, auf dessen Gesicht sich ein Grinsen abzeichnete, zurücklassend. „Ihr wollt mir einen Morjatock geben, General?" fragte er vergnügt, sich auf den Nervenkitzel, den der Kampf um sein eigenes Seelenheil versprach, freuend. „Exakt, denn ohne deine Anwesenheit, verlieren wir diese verdammte Schlacht. Außerdem mußt du einen Verräter eliminieren, der eine der Waffen gestohlen hat." Sharp Claws Lächeln erstarb sofort: „Es wurde einer gestohlen? Kennen wir den Dieb?" „Noch nicht", sagte Jarnes, den Kommandanten auffordernd anblickend.
General Dark griff in die Truhe und entnahm ihr ein Schwert, lang, gerade, pechschwarz, als ob es nur ein Schatten wäre. Wortlos händigte er es Sharp aus, der es eine Weile betrachtete: „Was soll nun geschehen?" Die beiden erhoben die Hände, in einer Geste, die ihm sagte, daß er abwarten solle: „Denk an einen Kampf, den du genossen hast", riet ihm Jarnes noch, dann begann es. Zuerst schien sich sein Schwertarm förmlich zu entzünden, Schmerzen überrollten seinen Verstand in Windeseile, er wollte aufschreien, bekam aber keinen Ton aus dem Mund. Der General und Jarnes beobachteten schweigsam, wie Sharp Claw sich krümmte und beinahe ohnmächtig wurde. Dark hoffte, ihm nicht zu viel zugemutet zu haben, als der Schmerz verebbte und zu einem seltsamen Ziepen im Unterarm wurde. Sharp öffnete seine wunden Augen und sah, wie Leben die schwarze Klinge entlang kroch. Sein Leben. Die Klinge, zunächst noch schwarz, färbte sich langsam von unten nach oben, wie echte Adern zogen sich feine rote Linien durch den seltsamen Stahl, welcher nach und nach eine für ein Schwert angebrachte graue Farbe annahm. Nur die roten Adern blieben zurück und unterschie-

den das Schwert von seinen normalen Verwandten. Sharps Hand schloß sich fest um den Griff, der plötzlich samtweich wurde, die gesamte Waffe schien leichter zu werden, oder besser gesagt, sie wurde perfekter: Gerade schwer genug, um zu bemerken, daß sie da war, und so leicht, daß man beim Anheben und Ziehen kaum Kraft verbrauchte. Der General und der Kapitän tauschten einen erleichterten Blick, ihr bester Mann hatte die erste Prüfung des Morjatock bestanden, die Annahme durch die Waffe. Sharp schaute die beiden Befehlshaber verwirrt an, und Dark klärte ihn auf: „Das Schwert hat dich akzeptiert und zwar sehr schnell. Es gibt Überlieferungen, da wird von mehreren Stunden Schmerz und Krämpfen geredet, doch du scheinst die Waffe beeindruckt zu haben." Sharp erhob ungläubig die Augenbrauen: „Ich habe eine Waffe beeindruckt?" Jarnes lachte kurz auf, General Dark sprach lächelnd weiter: „Exakt, denn beim Schmieden von Morjatocks wird ein dunkles Ritual angewandt, bei dem der Schmied sein Blut gibt, um dem flüssigen Stahl Leben einzuhauchen. Wenn ein Krieger die Waffe führen will, muß er dem Schmied also gefallen, oder ihn davon überzeugen, daß er würdig ist. Sieh dich an, vorher warst du ein ermatteter Schatten deiner Selbst, nun bist du taufrisch, das Blut des Schmiedes hat dich gestärkt." Der Träger des Morjatock blickte seinen Körper an, tatsächlich, er fühlte sich wie gerade eben erst nach langem Schlaf erwacht, vollkommen ausgeruht und munter. „Doch wisse, daß dies nur so lange anhält, wie du den Morjatock trägst, danach wirst du müder sein als vorher", informierte ihn Jarnes, „weswegen ich dir raten würde, es trotzdem nicht zu übertreiben. Es kann sein, daß du nach dem Kampf tot umfällst, weil dein Körper an seine Grenze stößt, dein Geist jedoch nicht. Du mußt es dir vorstellen wie ein Betäubungsmittel, der Schmerz verschwindet, doch dies ändert nichts daran, daß dir ein Bein fehlt." Sharp verstand und versprach, sich zurückzuhalten, sobald er den entflohenen Dieb gefunden hatte und die Schlacht zugunsten der Red-Eye stand.

General Dark sandte ihn in ein Zelt, welches als Waffenkammer diente, und er erhielt eine neue Kommandantenrüstung mitsamt Waffenrock, Arm und Beinschienen und Schild, welchen er aber dankend ablehnte, denn er kämpfte nie mit Schild.

Die Kavallerie hatte einige Verluste erlitten, teils durch die Verteidiger der Red-Eye, doch am meisten hatte Ironhead dafür gearbeitet. Sein Angriff hatte Swarnons Männer zurückgescheucht und ihnen Luft zum Atmen gebracht. Poisons Versuch, die Pferde der Gefallenen zu nutzen, war zwar schlau gewesen, doch nur wenige Red-Eye zeigten sich talentiert im Reiten. Nun saßen sie wieder hinter dem morschen Tor, auf einen neuen Angriff wartend, der sicherlich bald kommen würde, denn Swarnon hatte endlich die Verstärkung erhalten, nach der er rief. Die Kavallerie verzog sich, verärgert durch die hohen Verluste, die sie verschmerzen mußte, und überließ der großen Truppe aus dem besiegten Altmenschland das Feld. Die Altmenschländer stanken, waren unrasiert und brüllten wie Tiere, als sie sich um die Festung sammelten. Dazu hatten sie auch einen guten Grund, denn seit Aschfeld ihr Heimatland besiegt hatte, waren sie zu obdachlosen, wütenden Straßenräubern verkommen, die jede Gelegenheit nutzten, um zu zeigen, wie wütend sie waren. Poison hoffte, daß sie nicht am Leben blieb, falls die Menschen hier eindrangen, denn sie würden schreckliche Dinge mit den Gefangenen anrichten.
Vor der Festung stand der Anführer der Altmenschländer, der Bärtigste und Lauteste in dem ganzen Haufen. Einst war er nur ein Soldat gewesen, anderen untergeordnet, doch seit die Armee besiegt worden war, hatte er sich einen Namen als brutaler Mörder und Räuber gemacht. Ihm folgten ehemalige Gardisten und Kommandanten der alten Armee wie die Hunde ihrem Herren. Er bellte einen knappen Befehl, woraufhin die Männer einen großen Baumstamm, vorne mit Äxten angespitzt, herbei-

trugen, den er als Ramme benutzen wollte. Er hob einen Arm und die ehemaligen Soldaten hoben den Baumstamm an, unter seinem Gewicht ächzend und stöhnend. Er ließ den Arm sinken und sie rannten los, auf das Tor zu. Als sie es trafen, krachte es und Splitter flogen nach allen Seiten. Er hob den anderen Arm und sie schritten wieder zurück, zu einem erneuten Stoß ausholend, denn der erste war zu schwach gewesen. Das plötzliche Erschallen einer Stimme hinter ihm, ließ ihn erstarren: „Dies würde ich nicht tun, Freundchen." Er drehte sich um und sah einen Red-Eye hinter sich stehen, die Augen geweitet wie im Wahn, die Haltung gebückt, als trage er ein großes Gewicht auf dem Rücken. Der Mensch blickte ihn tapfer an: „Ein einzelnes Rotauge kommt um seine Artgenossen zu retten, wie?" Der Red-Eye nickte, die Augen zwar geöffnet, doch völlig geistesabwesend. „Hat es dir die Sprache verschlagen?!" brauste der Mensch auf, woraufhin der Einzelkämpfer den Kopf schüttelte: „Nein, mein Freund, hat es nicht. Ich bin nur nicht gut auf stinkende Bastarde wie dich zu sprechen." Der Anführer lachte grob, dann winkte er seine Männer herbei: „Seht euch diese Ausgeburt an, der will sich nicht mit uns unterhalten!" Die Kerle zogen die dreckigen Waffen und spielten beleidigt. „Warum denn? Was haben wir dir denn getan?" fragten sie hämisch, während sie auf ihn zuschritten. Als sie nahe genug bei ihm waren, holte er aus und der Morjatock tat seine Arbeit wie in den Legenden. Der erste Mensch zerfiel zu Staub, als die Klinge seinen ungeschützten Hals streifte, das wütend erhobene Schwert eines anderen wurde stumpf, als es den Schwinger des Red-Eye abwehrte, der Anführer blutete gleich aus mehreren Wunden, die vorhin nicht da waren, als der Morjatock ihn traf. So schlug sich der im Wahn kämpfende Red-Eye durch die Angreifer, wobei seine Waffe jeden Feind anders bezwang, der eine starb einfach, der andere schien plötzlich nicht mehr atmen zu können, wieder ein anderer verlor den Verstand und erstach sich selbst, nachdem der Morjatock sein

Schwert pariert hatte. Nach und nach schienen dem Geist des Schmiedes allerdings die Ideen auszugehen, denn nach dreißig erschlagenen Gegnern zerfielen sie einfach nur noch zu Staub. Als er beinahe fertig war, entdeckte er einen jungen, verängstigten Menschen neben dem Baumstamm kauern, den sie vorhin als Ramme benutzt hatten. Er kam langsam auf ihn zu, ein irres Grinsen im rotäugigen Gesicht. Der junge Mann schien allerdings mehr Mumm in den Knochen zu haben, als gedacht, denn er erhob sich, das Kinn stolz nach oben gereckt. „Ich bin Narnas aus Anaronun. Verschont mich, Herr, und ich werde fliehen und keinem Red-Eye im Wege stehen." Der verblüffte Red-Eye begann zu lachen, abgrundtief böse, hinterhältig und gemein: „Du willst gehen? Nein, mein Kleiner, ich werde dich schlachten wie ein Schwein." Der Mensch behielt tapfer seine Haltung: „Herr, ich bin gerade vierzehn Sommer alt, laßt mich am Leben, Ihr und Euresgleichen haben die Kinder immer verschont. Euer Stamm war immer gut zu den Gefangenen." „Mein Stamm", knurrte der Red-Eye näherkommend, immer noch gebückt: „Mein Stamm, sagst du? Ich gehöre nicht mehr zu meinem Stamm, ich wurde geächtet, vertrieben, ausgesetzt, *ich*", schrie er, die Stimme brechend, „ich, Nightfly Wing, der Stadtschützer Haschnad Tinwatuks. Ich gehöre nicht mehr zum Militärapparat Aschfelds, ich bin vogelfrei, ich erkenne keine Regeln und Gesetze mehr an. Du wirst diesen Tag nicht überleben, Jungchen." Der Morjatock sauste heran, wurde aber pariert. Der Mensch und der wahnsinnige Nightfly blickten sich entgeistert an. Es war nicht das Schwert des Jünglings, welches zwischen ihnen schwebte und ihm das Leben gerettet hatte.

„Geh, Kleiner, sieh zu, daß du weit wegkommst." Sharp Claw blickte ihn kühl, aber nicht herzlos, an, sich mutig und arrogant vom verdreckten Nightfly abwendend. Der Mensch, nicht weniger verdreckt als Nightfly, verlor keine Zeit und sprang davon wie ein Reh. Als er hinter den Ruinen verschwand, blickte Sharp seinem ehemaligen Kampfgenossen in die Augen: „Nightfly, laß das Schwert los, dann bist du wieder ein Soldat Aschfelds. Vielleicht ist dir dies nicht bewußt, doch du hast vier Kommandanten und zahllosen Kriegern in dieser Festung das Leben gerettet." Nightfly lachte laut und schrill auf: „Sharp Claw, edel und mutig bis zum Letzten. Und arrogant", fügte er mit bitterer Miene hinzu, als wäre er der Lehrer, der seinen Schüler tadelt. „Du glaubst, weil sie dir erzählen, du wärst ein Held, daß du automatisch zu einem wirst. An dich wird man sich nur erinnern, weil du eine große Klappe hattest." Sharp lächelte absichtlich, dem Vorwurf der Arroganz entsprechend: „Und an dich, weil du störrisch, dumm und dreckig bist. Ach ja und verrückt, deswegen am meisten." Der Stadtschützer des ehemaligen Haschnad Tinwatuks knurrte: „Überspanne den Bogen nicht, Sharp Claw, ich kann dich schlagen, ich trage einen Morjatock." „Ich ebenfalls", fuhr ihm Sharp dazwischen, „wie du siehst. Doch du hast deinen gestohlen, ich dagegen habe ihn erhalten. Das macht einen großen Unterschied." Nightfly schnaubte: „Oh nein, das macht es nicht."

Er sprang einen Schritt zurück, wobei er seine Waffe unter der von Sharp hervorzog, um sie freizubekommen. Sharp erhob den Morjatock, bereit, Nightflys Angriffe abzuwehren. Der Wahnsinnige stellte dies sogleich auf die Probe, ein wahrer Hagel aus Schlägen und Stichen prasselte auf ihn nieder, doch er wich ihnen allen aus, sehr zum Ärger des Angreifenden.

Während die beiden Kontrahenten sich einen seltsamen Kampf vor dem Tor lieferten, fanden sich die Insassen der Festung auf der Mauer ein. Sie hatten abgewartet, wer ihnen da zu Hilfe gekommen war und blieben auch geduckt, als sie Nightflys Stimme hörten. Als sie Sharp dann hörten, waren sie nach oben gegangen. Poison hielt sich die Hand vor den Mund: „Sie kämpfen mit Morjatocks!" Spear knurrte nervös: „Aber wo hat Nightfly seinen her? Die sind doch alle fest verschlossen und nur der General kann den Befehl geben, sie zu holen." Frost setzte sich auf eine Zinne, scheinbar völlig sorglos, ja sogar von dem Geschehen dort unten unterhalten: „Stimmt, also Nightfly muß sich einen gestohlen haben. Was für eine Seltenheit, zwei Red-Eye bekämpfen sich und dann auch noch mit Morjatocks!" Ironhead sagte nichts, er schien überwältigt zu sein. Die Krieger, die sich hinter ihnen drängten, murmelten und tuschelten: „Sharp Claw ist gekommen.", „Wer ist der andere Kerl?", „Warum kämpfen die beiden?" Spear brachte sie mit einer groben Handbewegung zum Schweigen: „Seid still, verdammt!"

Nightfly griff immer wütender an, er verlor die Kontrolle über sich und seinen Zorn und lief Sharp damit in die Arme. Der Kommandant hätte Nightfly niemals verletzt, geschweige denn getötet. Er versuchte viel mehr, ihn im richtigen Moment bewußtlos zu schlagen, obwohl er nicht wußte, ob dies mit einem Morjatock in des Stadtschützers Hand möglich war. Als ein Stoß des Wahnsinnigen knapp an Sharps Bauch vorbeiging, griff er nach seinem noch ausgestreckten Arm, drehte ihn auf den Rücken und machte Nightfly bewegungsunfähig: „Wer schlägt hier wen, Nightfly?" fragte er herausfordernd, während sein Gegner sich in seinem Griff wand und den Kopf hin und her warf: „Du feiger Hund, du kämpfst nicht einmal mit mir, du glaubst, es ist edler mich am Leben zu lassen, doch dies ist es nicht, Junge. Ich bin ein Verräter, hast du es vergessen?" Sharp drückte den Arm weiter nach oben, so daß Nightflys Kopf sich vor unterdrückten Schmerzen nach hinten warf, neben Sharps Mund, er flüsterte: „Du bist kein Verräter, du bist nur blind vor Wut. Dies ist kein Verbrechen, noch keines. Ich weiß, daß du schon einmal im Gefängnis über Nord-Kworl saßest, und ich glaube, ein erneuter Aufenthalt dort kann dich retten." Nightfly schüttelte panisch den Kopf: „Nein! Nicht wieder, eher sterbe ich hier im Dreck", eine Tirade aus Flüchen und Schimpfwörtern folgte, die Sharp nur zum Lachen brachte. Während er sich amüsierend nach seinen Freunden auf der Mauer der Festung umschaute, sah er ein Bein, hinterher gezogen von jemanden, der nicht gesehen werden wollte, hinter einer Wand verschwinden. Sofort stieß er Nightfly von sich und der Stadtschützer fiel in den Schlamm. „Kommt heraus", rief er den Red-Eye auf der Mauer zu. „Fesselt Nightfly, hier ist noch jemand, und ich weiß nicht genau, wer!" Bevor Poison und Spear aus dem Tor rannten, erhob sich Nightfly wieder und suchte nach seinem Morjatock. Sharp Claw grinste ihn an, denn er hatte ihn mit dem Fuß weit weg, in eine tiefe, durch den herrschenden Platzregen entstandene Pfütze, befördert. Während er seinen verstörten Artgenossen angrinste, sprang die unbekannte Gestalt näher herbei, sich immer von Trümmer zu Trümmer bewegend, nur als Schatten oder als verschwindendes Körperteil sichtbar. Sharp fluchte, er konnte nicht den wütenden Nightfly, der gerade die Krallen spreizte und den Fremden gleichzeitig im Auge behalten. Er fällte eine Entscheidung, Nightfly war um einiges näher und gefährlicher. Die Krallen des Stadtschützers schossen an seinem Gesicht vorbei, beinahe die Wunde über dem linken Auge wieder aufreißend. Sharp duckte sich, verpaßte ihm einen gewaltigen Faustschlag in den Bauch, welcher ihn zusammensinken ließ. Er hörte Holz knirschen, Poison und die anderen mußten endlich aus der Festung gedrungen sein, er drehte sich um, beinahe zu spät. Ein Schwert raste auf sein Gesicht zu, der Arm, der es hielt, war vollkommen in Eisen gehüllt, genau wie der Rest des Körpers des Angreifers. Diese silberne, glatte Totenmaske erkannte er sogleich wieder, Taaron hatte die Schlacht am Damm überlebt und hatte einen Weg hierher gefunden, auch wenn dies mit dem Teufel zugehen mußte. Die kalten, wütenden Augen hinter der Maske brannten vor Wut, als Sharp abermals auswich, doch dieses Mal nicht, um seinen Gegner wütend oder müde zu machen, sondern einzig und allein, um zu überleben. Taarons Schwert bohrte sich in den Boden, Sharps Morjatock bohrte sich in Taarons Bauch, blitz-

schnell und tödlich. Leider zerfiel er nicht zu Staub, noch verbrannte er, noch passierte sonst etwas. Sharp blickte ungläubig auf die Klinge seiner Waffe, sie war vollkommen in Ordnung, eigentlich hätte es funktionieren müssen. Der Mensch lachte mit seiner fern und hohl klingenden Stimme, zog sein Schwert aus dem Boden und beschaute sich das Loch in seiner Rüstung: „Wie schade, die Rüstung war teuer. Wie deine Waffe, was ist denn das für ein seltsames Schwert, lieber Feind?" Sharp knurrte wütend, den Morjatock erhebend: „Dies ist ein Morjatock, eine Waffe, die einen Geist enthält und die den Gegner bei bloßer Berührung vernichtet." Taaron blickte noch einmal spöttisch auf seinen Bauch: „Aha, ich muß sagen, ich fühle mich sehr vernichtet." Sharp brüllte wütend auf, der Mensch provozierte ihn auch noch. Während Poison und Spear an ihnen vorbeirannten, in einem großen Bogen natürlich, bildeten die restlichen Red-Eye einen Kreis um sie, Frost und Ironhead an den Seiten. Poison packte die Handgelenke des Stadtschützers und drehte sie auf den Rücken, Spear nahm ein Stück Seil und fesselte ihn. Unter lauten Flüchen, gegen Sharp, aber auch gegen die anderen, wurde er weggetragen und an eine Säule gelehnt, die wie ein Mahnmal aus dem schlammigen Boden ragte. Als er Poison als Dirne und leichtes Mädchen bezeichnete, erntete er eine schallende Ohrfeige, die ihn zum Schweigen brachte: „Ich habe deine Disziplin einmal bewundert, Nightfly, und deinen unverzagten Geist. Ich habe sogar noch viel von dir gehalten, als du wegen unserer Stadt die Kontrolle über dich verloren hattest, doch nun ...", sie wandte sich verstummend, doch vielsagend ab.
„Sieh einer an", Taarons ferne, kratzende Stimme drang wieder unter seiner Maske hervor und klang nicht gerade beeindruckt von der Überzahl der Feinde, „da muß anscheinend noch viel passiert sein, in Aero-Kworl, als du meinen Körper gestohlen hast." Sharp verstand die Aufforderung, ein Gespräch zu beginnen, welches ihn nur Zeit kosten würde. Zum Glück der vielen

Red-Eye an der Front, ging er nicht darauf ein: „Es ist einiges passiert, doch das hat dich nicht zu interessieren, Taaron." Er ging auf ihn los, den Morjatock schwingend wie eine Keule. Taaron wich aus, rang um sein Gleichgewicht und konnte schließlich kontern. Leider war seine Klinge in keinster Weise unzerstörbar wie sein Zeremonienkörper und zerbrach unter der Parade des verfluchten Schwertes Sharp Claws. Nur der Griff blieb in der Hand des verwirrten Menschen übrig. Die Augen hinter der ausdruckslosen Maske weiteten sich vor Staunen, und wurden noch größer, als sie Sharp wieder fixierten, welcher seinen Artgenossen ringsum zunickte: „Holt ihn euch, er ist unsterblich, also darf jeder einmal zustechen. Aber er muß ganz bleiben, ich will, das er nach Aschfeld kommt." Unter einem wütenden Aufschrei Taarons stürzten sich die Red-Eye auf ihn, völlig befreit von der Angst, die sie in der Festung erleiden mußten, und verprügelten ihn wie in einer Kneipenschlägerei.

Als beide Gefangenen, zusammengeschnürt in ansehnliche Bündel, dasaßen und ihre Peiniger wütend, aber stumm anstarrten, berieten sich Sharp und Poison. „Ich muß nach vorne, in die Schlacht, ihr kümmert euch um die Gefangenen, sie müssen sicher verwahrt werden. Taaron, weil er zu gefährlich ist, Nightfly, weil er ein Red-Eye auf dem falschen Weg ist." Poison nickte: „Ich stimme dir zu, aber keiner wird dich allein in die Schlacht gehen lassen, wir werden mitkommen." Sharp schüttelte den Kopf, seine Stachelhaare fielen ihm nach vorne und hingen über die Schulter auf die Brust: „Nein, nicht ihr alle, einige müssen die beiden in Sicherheit bringen." Die Frau blickte die Red-Eye in der Nähe an: „Ich glaube, ein paar der Krieger können wir entbehren."

Ratloser als vorher beschaute General Dark die Karte, die ihm durch bunte Flächen und Konturen das Schlachtfeld ersichtlich machen sollte. Fog war gekommen und hatte sich neben ihm eingefunden, sehr schlechter Laune, denn sein Neffe, Thunder

Fog, war verschwunden, als die Menschen sein Geschwader von unten beschossen hatten.

„Wir haben nur eine Möglichkeit", bemerkte der General, „vorwärts."

„Exakt." brummte Fog desinteressiert.

„Schau, wenn wir sie auf der ganzen Linie zurückdrängen, dann scheuchen wir sie an den Rand des Kessels, und wir haben dann noch genug Zeit zu entkommen, bevor der Damm bricht."

Fog blickte auf, übellaunig und sich nicht zu des Generals Vorschlag äußernd, tippte er auf einen roten Punkt, inmitten der Karte. Er lag fernab von der Schlacht, genauer gesagt, hinter ihr, in dem Gebiet, welches die Red-Eye bereits besaßen: „Welches Battaillon stellt dieser Punkt dar?"

„Rot symbolisiert unsere Armee, Blau die Feinde."

Die Karte bestand beinahe nur aus zwei riesigen, farbigen Flächen, die sich in minimalen Abstand gegenüberstanden, die beiden Armeen symbolisierend. Wie der General bereits wußte, bestand die Schlacht mittlerweile nur noch aus Gemetzel, die Armeen rannten ineinander, trennten sich wieder und niemand verlor oder gewann an Boden.

Er besah sich die Karte genauer, tatsächlich, hinter der großen roten Wand befand sich ein kleiner Fleck, ebenfalls rot. „Vielleicht Nachzügler, Steckengebliebene oder ein Battaillon Bogenschützen ohne Munition." Fog schien Hoffnung zu schöpfen: „Meine Späher erneuern diese Karten regelmäßig, jemand muß sich also dort befinden." Er schien zu hoffen, sein Neffe sei noch am Leben, der General war da vorsichtiger, niemand wußte, wo genau Thunder abgestürzt war. Da war es wahrscheinlicher, daß dies Sharp Claw war, der seinen Freunden in der kleinen Festung zu Hilfe eilte. Fog entfernte sich, die Flügel ausstreckend. Dark blickte ihm mitleidig hinterher, wenn Thunder gefallen war, dann hätten sie einen guten Schützen und Anführer in Schwingen verloren.

Die Gruppe hatte sich aufgeteilt, fünf Soldaten schafften die Gefangenen zurück in die Zeltstadt, wo sie dem General übergeben werden sollten, die restlichen dreißig marschierten in die Schlacht. Der Lärm war allgegenwärtig, Schreie drangen an ihre Ohren. Dann verstummte alles und der Boden bebte unter den Schritten der Hunderttausenden, die sich zurückzogen, nur um in wenigen Minuten wieder aufeinander losstürmen zu können. Sharp Claw und Frost bildeten die Spitze der Truppe und unterhielten sich während des Marsches: „Glaubst du, diese Schlacht geht gut für uns aus", wollte Frost gerade wissen. Sharp zuckte mit den Schultern: „Wenn nicht, dann geht keine Partei unbeschadet daraus hervor, dieser Krieg hat zu viele Opfer gekostet, als daß er in einem Remis enden kann. Wenn die Red-Eye besiegt werden sollten, dann steht die Menschheit vor Trümmern." Frost nickte und machte einen großen Schritt über einen Sockel, auf dem einst eine Statue gestanden haben mochte: „Dies ist das Leidige daran, während wir versuchen, den Menschen so viel entgegen zu werfen, wie gerade akzeptabel, kämpfen sie in jeder Schlacht so, als wäre es ihre letzte." Sharp lachte: „Frost, es ist ihre letzte, nach dieser Schlacht gibt es nichts mehr, was Bestand hat, und es wird am Sieger liegen, eine neue Welt zu bauen. Aschfeld wäre mächtig genug, dies zu bewerkstelligen, die Menschenländer nicht." Der kleine Red-Eye verstand. Plötzlich tauchte jemand vor ihnen auf und sie zogen blitzschnell ihre Waffen, bereit, den Feind abzuwehren, doch es stellte ich nicht als Gefahr heraus. Ein Red-Eye, in der Tracht der Schützen aus Nord-Kworl, kam ihnen entgegen. Als er Sharp Claw und Frost Icener erkannte, erhellte sich sein Gesicht: „Welch' ein Glück euch zu sehen, Kommandanten. Die Schlacht ist ein wahres Greuel, sie stürmen aufeinander los, ohne Sinn und Verstand, niemand gewinnt an Boden."
Frost steckte seine Schwerter weg: „Warum bist du allein unterwegs?" Der Bogenschütze ließ den Kopf hängen: „Meine Truppe

wurde ausgeschickt, die gegnerischen Bogenschützen zu überraschen, da sie unseren geflügelten Männer schwere Verluste zugefügt haben, bevor die Schlacht richtig entbrannte. Wir haben sie erwischt, dabei aber viele Freunde verloren. Außerdem haben wir den Neffen von König Fog gefunden, er wird von uns gepflegt, und ich wurde ausgeschickt, um davon zu berichten."
Sharp knurrte: „Dann müssen wir zu deiner Truppe stoßen und von dort aus weiter in die Schlacht."
Der Bogenschütze führte sie noch eine geschlagene Stunde durch die Ruinen, bis sie die restlichen Überlebenden aus der Einheit des Nord-Kworlers fanden. Zwischen den Trümmern eines alten Tempels hatten sie sich ein kleines Lager eingerichtet und den verletzten Thunder in einem Zelt gepflegt. Als sie die Verstärkung nahen sahen, jubelten sie, noch lauter, als sie erkannten, wer ihnen dort zu Hilfe eilte. Sharp Claw unterhielt sich mit dem Ranghöchsten der Gruppe, einem erfahrenen Schützen, der bereits viele Spalten in seinen Bogen geritzt hatte, zum Zeichen für erledigte Feinde. „Wie steht es in der Schlacht, Bruder", fragte Sharp gerade und der Soldat machte ein besorgtes Gesicht: „Bruder, wir können nur sagen, wie es vor einem halben Tag war, als wir auf die Schützen aus Nahwettern trafen: Gleichstand und kein Zeichen für Veränderung." Sharp nickte knurrend, er hatte genug von den entmutigten Red-Eye, die über die Schlacht fluchten, wie die alten Weiber über das Wetter: „Dann liegt es an uns, dies zu ändern, ihr erhaltet unsere Wegzehrung und all unser Verbandsmaterial, bringt Thunder weg, er muß besser gepflegt werden." Eine Stimme unterbrach den Schützen, der etwas antworten wollte: „Nein, Sharp Claw aus West-Kworl. Ich bin bereit, mitzukämpfen, wenn ihr mich fortbringen laßt, wie einen Wehrlosen, nehmt ihr mir meine Ehre," Thunder hatte gesprochen, sein Kopf erhob sich aus dem Krankenlager. „Und meinen Stolz, für unsere Sache gekämpft zu haben", fuhr die Stimme des Neffen Fogs fort. Sharp trat an das Bett heran, setzte sich,

damit er mit dem Verwundeten auf Augenhöhe war: „Dies liegt mir fern, ich sorge mich um dein Leben, kein Krieger Aschfelds würde es wagen, die tapferen Schwingener vom Kampf abzuhalten." Thunder nickte und reichte ihm die Hand zum Kriegergruß und er erwiderte ihn stolz. Der Geflügelte hatte einen kräftigen Arm und er schien alles andere als besiegt: „Mein Flügel ist eingeknickt, ich werde einige Tage nicht mehr fliegen können, aber meine Arme sind unverletzt. Der Pfeil des feigen Menschen hat mich am Oberschenkel getroffen, es war der Schmerz, der mich vom Himmel fegte, nicht der Tod." Sharp ließ den Arm des Kriegers los und erhob sich: „Dann folge uns, Thunder, wir können jede mutige Seele gebrauchen."

Mit einem Mann mehr setzten sie ihren Marsch in die Schlacht fort und waren froh, den heiteren Thunder bei sich zu haben, da er ihnen den Weg versüßte, in dem er vorfreudig alle möglichen schlimmen Kampftaktiken aufzählte, die er bei den Menschen anwenden wollte. Als er gerade sein Schwert gezogen hatte und einen komplizierten Hieb vorführte, knallte es. Ohrenbetäubend, der Himmel verfärbte sich rot, es rauschte in ihren Ohren. Ironhead war der erste, der schnell genug verstanden hatte: „Der Damm!" rief seine monotone, dumpfe Stimme unter der Maske hervor, woraufhin die Red-Eye sich umdrehten und Zeuge des Todesstoßes wurden, den ihr Volk den Menschen zufügte. Das Wasser hatte den Widerstand des Dammes endgültig gebrochen und in einem unglaublichen Schlag hatte sich die Naturgewalt des Wassers entladen. Dort, wo einst der Damm stand, toste eine Springflut herab, so groß wie die Hügel neben ihr, Trümmer des ehemaligen Damms, so schwer wie Berge, wurden umhergeschleudert als wären sie Kieselsteine in der Hand eines Kindes. Das Loch, welches sich nun über dem Damm auftat, ließ die Red-Eye einen roten Horizont erblicken, das Öl aus Tinwatuk hatte Nahwettern erreicht.

„Bald wird hier alles in Flammen stehen", bemerkte Poison scheinbar gelassen, obwohl sie genauso viel Furcht empfand wie die anderen. „Schnell, wir müssen Gorwolk und die Armee warnen oder wir haben keine mehr." Sharp Claw drehte sich um, die Truppe anblickend, als ob er ihre Gesundheit abschätzte: „Ich glaube, ich bin der einzige, der noch genügend Kraft hat, schnell genug bei ihnen zu sein. Ihr anderen versucht, hier herauszukommen, in diesem Talkessel wird sich das Wasser sammeln wie in einem Brunnen." Frost schüttelte energisch den Kopf: „Ich laufe schneller als du, außerdem ist dein Geist vernebelt." Sharp blickte ihn verwirrt an, wie konnte er dies behaupten? Die anderen nickten, dem kleinen Kommandanten beipflichtend: „Du siehst aus wie eine laufende Leiche", versetzte Spear sehr freundlich, woraufhin Poison ihn genervt anblickte: „Sharp, er will sagen, daß der Morjatock dir vortäuscht in gutem Zustand zu sein, doch mittlerweile kann man dir schon durch die Knochen sehen. Steck ihn weg, bevor er ich tötet, bevor du dich selbst damit tötest." Sharp blickte auf seine Linke, ein Schauer lief ihm über den Rücken, er hatte nicht bemerkt, daß er den Morjatock immer noch festhielt, seine Hand mußte schon unter Krämpfen leiden, doch er spürte nichts. Langsam bewegte er die Klinge nach oben, bereit sie in die enge Scheide einzufädeln. Als sie ihren höchsten Punkt erreicht hatte und die rätselhafte Klinge mit den Adern vor seinem Gesicht schimmerte, erblickte er sein Spiegelbild, kalt, ausgezehrt, mit tiefen Rändern unter den Augen. Für einen Moment wandelte sich seine Reflektion in das Angesicht des wahnsinnigen Nightfly, der beinahe ein Menschenkind erschlagen hatte, und er steckte die Waffe schnell, scheinbar ohne zu zögern, weg. Die Kommandanten spendeten ihm Applaus, doch sie täuschten sich, es war die schwerste Hürde gewesen, die er jemals genommen hatte. Alles in ihm hatte sich gesträubt, er schien die flehende Stimme des Schmiedes, der seinen Geist darin eingeschlossen hatte, zu hören, die ihm sagte, daß er ihn verriet, daß er einen Bruder ermordete.

Sharp setzte sich auf einen umgestürzten Torbogen, der in seiner abgebrochenen Form eine praktische Sitzbank kreierte und vergrub das Gesicht in den Händen.

General Dark war ohne Zögern aufgesprungen als er den Damm brechen hörte. Hunter war plötzlich in seinem Zelt aufgetaucht und wollte ihm berichten, doch als er das Gesicht des Generals erblickt hatte, schwieg er. Der Feldherr Aschfelds verließ sein Zelt, Befehle brüllend, alle an Offiziere gerichtet, die gerade in heller Aufregung vorbeikamen. „Sattelt die Echsen, brecht das Lager ab, verschwendet keine Zeit, ruft die Verstärkungstruppen zurück!" brüllte er die einen an. Als er um eine Ecke bog, gefolgt von Hunter, der seine Fühler weit ausgestreckt hatte, schrie er weiter: „Einer der Geflügelten soll Aero-Kworl informieren, daß sie bald einen Haufen Verletzte von unserem Lazarett übernehmen müssen, ein anderer von ihnen soll Gorwolk kontaktieren, wieder ein anderer Sharp Claw und meine restliche Garde, koste es was es wolle!" Er rief weiter, bis er schließlich an dem Gatter aus Baumstämmen ankam, welches zum Aufzäumen der Drachen diente. Sein Tier, der gewaltige Blackbat, erkannte ihn sofort und ließ ihn aufsteigen, den großen Kopf in Richtung des Dammes gewandt.

„Hunter", sagte der General noch, während die Flügel des Ungeheuers begannen zu schlagen: „Aschfeld wird Eure Hilfe hier niemals vergessen, ebenso wenig die der anderen Stämme. Ich weiß nicht, wann wir uns wiedersehen, doch dann werden wir ordentlich einen über den Durst trinken." Er feixte sein verrücktes Lachen und erhob eine Hand zum Gruß, dann stieg Blackbat mit seinem Reiter in die Luft. Hunter blieb noch am Boden stehen, dem General nachblickend. Er mochte den schrägen, aber unglaublich intelligenten Kerl mit den blauen Augen.

Immer, wenn er in der Nähe war, hatte er das Gefühl gehabt, den Zorn der frühen Red-Eye zu spüren, die sich ihrer Kultur beraubt sahen und nur noch Rache wollten. Etwas trieb diesen Mann um, sei es ein persönliches Gefühl, sei es vielleicht Wahnsinn, doch Hunter bewunderte ihn, von Staatsmann zu Staatsmann. Als er diesen Gedanken zu Ende gedacht hatte, wandte er sich um, schließlich mußte ein Lager evakuiert werden, obwohl die Fluten sicherlich daran vorbeischwappen würden.

Ebenso wie die weiseren unter den Soldaten, hatte auch Gorwolk die Gefahr erkannt, obwohl er sich mit seiner unglaublichen Armee in der Senke, der tiefsten Stelle des Schlachtfeldes, befand, wo sie nichts sehen konnten. Der geflügelte Bote, der nur Minuten später bei ihm war, bestätigte seinen schlimmen Verdacht, der Damm hatte dem Wasser nachgegeben. Die Männer drehten sich nervös zu ihm um, versuchten, über den hohen Rand des Kessels zu schauen. Mit einer königlichen, gebieterischen Geste lenkte er die Aufmerksamkeit auf sich: „Bewahrt die Ruhe, denkt daran, daß der Feind noch weniger weiß als wir, und dies müssen wir nutzen." Die Nachricht wurde mündlich durch die Reihen gegeben und schon nach fünf Minuten wußte auch der kleinste Krieger an der äußersten Flanke, wie Gorwolk gesprochen hatte. Einer von Gorwolks ständigen Begleitern tippte seinem Herren auf die Schulter: „Mein König, Kommandant Frost Icener ist eingetroffen und bringt Kunde von Sharp Claw." Der Anführer der Krieger Eisfelds winkte den kleinen Mann herbei, von dem er wußte, daß er der beste Freund Ironheads war: „Frost, Bruder, erzähle schnell", forderte er ihn auf. Frost keuchte, anscheinend war er gerannt: „Herr, der Damm ist gebrochen, und es ist vonnöten, sich sofort zurückzuziehen. Die Armee muß aus diesem Kessel heraus, sonst verbrennt ihr alle." Er stützte sich auf den Knien ab, um Atem ringend und trank dankbar aus einer Wasserflasche, die ihm gereicht wurde: „Danke! Sharp Claw ist bereits fort, ebenso wie die meisten der anderen Kommandanten Aschfelds."

Gorwolk nickte, war aber besorgt: „Wenn wir uns jetzt überstürzt zurückziehen, dann werden die Menschen schnell reagieren und ebenfalls fliehen oder sich auf uns stürzen wie die Dämonen. Wir müssen sie täuschen, ich danke dir Frost. Geh, ich werde dir die Aschfelder Kommandanten, die hier mit mir kämpfen zurückbringen." Frost blickte ihn an: „Wer ist von ihnen noch hier?" Der König Eisfelds erhob seine riesige Hand und zählte an den Fingern nach: „Blade Viper an der rechten Flanke und Jarnes an der linken. Natürlich noch zahlreiche Offiziere und andere von niedrigen Rängen." Frost nickte: „Ich danke euch und gehe, wenn ihr mich nicht braucht." Gorwolk winkte zwinkernd ab: „Geht nun, ich komme klar."

Was folgte, ging als große Heldentat in die Geschichte Eisfelds ein. König Gorwolk, „Vater des Nordens", Sohn von Gorwolk „Jenem der das Eis bändigt", griff den Feind an, in vollem Tempo, die Leichen in der Mitte des Schlachtfeldes einfach überspringend. Die Menschen waren zu überrascht, waren sie doch mittlerweile an die minutenlangen Ruhepausen zwischen den sinnlosen, blutigen Kämpfen gewöhnt. Der Vater des Nordens hatte seine Männer gut vorbereitet, waren sie nun aus Eisfeld, Sturmland oder Aschfeld, denn sie krachten in den Feind wie ein Rammbock in eine Holzhütte. Die Menschen wurden zurückgedrängt, bis ihre Anführer den Befehl gaben, sich zurückfallen zu lassen und die Red-Eye dann vom Kamm des Hügels aus, also bergab, anzugreifen. Als die Menschen die Flucht ergriffen und den Hang hinaufstürmten, erhob Gorwolk beide Arme in einer siegreichen Pose, seine Krieger reagierten sofort und wandten sich um, ungesehen von den Menschen, die ihnen auf der Flucht den Rücken zugedreht hatten. Die Red-Eye rannten wieder zurück, bis sie die Höhe des ursprünglichen Schlachtfeldes erreicht hatten. Als die

Kommandanten der Feinde, unter ihnen Anron aus dem großen Wald, den Rand des Kessels erreicht hatten, sahen sie die Red-Eye augenscheinlich fliehen, woraufhin sie natürlich sofort wieder den Angriff befahlen. Unter einem empörten Aufschrei der gehetzten Soldaten der Menschen wechselte die Armee wieder ihren Kurs und stürmte zurück in die Ruinen.
Gorwolk grinste, es war soweit, die Finte hatte perfekt funktioniert. Jetzt hing alles von Jataros Gnade ab. Als die Feinde sich umdrehten, teilte sich die Armee der Red-Eye in zwei Hälften, die eine rannte nach links, die andere nach rechts. Gorwolk befand sich in der rechten Abteilung, die Krieger mit harten Worten antreibend. Anron und seine Mitstreiter waren vollkommen verwirrt und brüllten durcheinander, so daß kein Befehl bei den Verantwortlichen ankam, nur die letzten drei oder vier großen Teile ihrer stolzen Armee blieben in weiser Vorahnung bei ihnen zurück, insgesamt etwa fünfzehntausend Mann. Der gewaltige Rest sprang durch die Ruinen, auf Leichen ausrutschend, vergeblich nach dem Feind suchend, der sich in zwei gleich große Armeen aufgeteilt hatte, die sich mit zunehmender Geschwindigkeit von den Ruinen entfernten, eine Hälfte nach links, die andere nach rechts. Anron fluchte, sein Zorn kannte keine Grenzen.
Als Gorwolk, als letzter der ganzen Armee, den Rand des Kessels erklomm, kamen die ersten Menschen gerade in der Mitte an und blickten in ihr Verderben, mit einem gewaltigen Donnergrollen schwappte eine Flutwelle in den Kessel, braun vor Dreck, vermischt mit Blut. Über ihr, wie ein geflügelter Dämon, flog Blackbat, den General Aschfelds auf dem Rücken. Sie riß Ruinen mit sich und machte sie zu tödlichen Geschossen, weiß sprudelte die Gischt über der braunen Brühe. Die Menschen warfen ihre Waffen fort, ergriffen die sinnlose Flucht, die letzte die sie jemals antraten. Die Oberfläche des giftigen Wassers schimmerte im gerade zurückgekehrten Sonnenlicht, als fließe dort ein Fluß aus

weißer Milch, nur durchbrochen von den rudernden Armen der Ertrinkenden und Fortgeschwemmten. Gorwolk blickte seinen Nebenmann an: „Ist es die tiefe Sonne, Dwerlez, oder schimmert das Wasser wie das Eis unserer Heimat?" Der Krieger Dwerlez, ebenfalls aus dem Norden, nahm Haltung an: „Herr, Euer Auge trügt Euch nicht, es schimmert tatsächlich. Doch nur, weil es glüht, soeben hat das Öl aus Aschfeld den Damm erreicht und breitet sich aus. Seht, wie die Luft über dem Schlachtfeld vor Hitze vibriert." Gorwolk sah und er bewunderte Aschfeld für so viel Einfallsreichtum, die Welt lag zwar in Trümmern, doch das reinigende Feuer deckte sie ab, wie ein Leichentuch. „Gehen wir, Männer, es gilt, sich mit den anderen zu vereinen."

Anron fiel auf die Knie, die regennassen Haare vor seinen Augen. Sein Schwert lag, dreckig und beschmutzt, neben ihm und spiegelte die wabernde Luft wieder. Schon nach Sekunden waren die Schreie der Menschen im Kessel verschallt, das Feuer brachte Hunderttausende zum Schweigen und Anron wurde Zeuge, wie eine Welt, gemeinsam mit ihm, dem stolzen Krieger, auf die Knie sank, sich dem Bösen ergab.

Swarnon schwieg, obwohl sein Pferd sich mehr und mehr gegen die aufkommende Hitze sträubte und heftig den Kopf und den edlen, langen Hals schüttelte. Er sah sein stolzes Volk verbrennen, Männer, die er schon seit ihrer Zeit als Rekruten kannte, waren vor dem todbringenden Wasser geflohen, hatten allen Mut verloren. Über dem ganzen Leid kreiste ein riesiger Drache, triumphierend auf der warmen Luft gleitend, ohne mit den Flügeln zu schlagen. Die Dunkelheit hatte gesiegt, die Red-Eye, jene, vor denen sich der Teufel fürchtete, beherrschten die Welt.

Er blickte nach rechts, dort standen die Reste seiner Armee, fünfzehntausend Feiglinge, Wilde, Landstreicher, unerfahrene Krieger, Söldner aus allen Teilen der Welt. Sie schwiegen, niedergeschlagen vom Anblick der brennenden Ruinen, dem feurigen

See, der sich gerade ausbreitete. Anron, dieser arrogante, rachsüchtige Elf, hatte sich getäuscht und ihn dafür bezahlen lassen. „Geh, Elf." Der Kniende blickte Swarnon durch seine nassen, fettigen Haare an. „Geh!" rief der König Nahwetterns noch einmal. „Ihr schickt mich fort?" fragte Anron, mit einer Mischung aus Überraschung und Empörung. „Das tue ich, Anron, deine Anwesenheit ist in Nahwettern nicht mehr von Wichtigkeit. Die Verhandlungen mit den Red-Eye werde ich übernehmen, so einen wütenden Berserker wie dich kann die Menschheit hier nicht gebrauchen." Der Elf erhob sich, gebückt, krankhaft, schwankend, nichts sagend. „Und nimm diesen dreckigen Haufen mit", fügte Swarnon hinzu und wies auf die kümmerliche Armee neben ihnen. Anron nickte wütend und ging, die beiden sollten sich nie wiedersehen.

Kapitel 9:
Nord-Kworl

Die Aschewüste, die sich während der Wanderung der Flüchtlinge von ihrer giftigsten und unbarmherzigsten Seite gezeigt hatte, wich langsam den ersten Ausläufern des staubigen Gebirgszugs, welcher schließlich eine Halbmondform bildete und sich wie ein Schmuckstück an die massive Wand des nördlichen Gebirges anschmiegte. Es gab keinen Weg darüber hinweg: um in die Steppe hinter dem Gebirge zu kommen, mußte man nach Westen wandern, den verbotenen Weg durchqueren und auf der gegenüberliegenden Seite der Berge schließlich wieder ostwärts gehen. Doch dort gab es nichts, was einen Red-Eye interessieren durfte, dort gab es nur Einöde. Und Hatik.

Es ging bergauf, auf felsigen Wegen, von den Klauen vieler Reitechsen zerfurcht, von vielen Stiefeln zertreten.

Slana trug den jüngsten ihrer Familie auf dem Rücken, den kleinen Knocks, gerade einmal drei Jahre alt. Er war eingeschlafen, sehr erschöpft von den Strapazen der Flucht aus Tinwatuk. Ihre beiden anderen Söhne, Sharp Junior, mit zwölf Jahren, und ihren ältesten, Creep, mit siebzehn, liefen vor ihr her, Steine tretend. Sie waren aus Tinwatuk geflohen, wie die ganze Bevölkerung, als bekannt wurde, daß eine Schlacht um die Stadt entbrennen würde. Der Stadtschützer, Nightfly, hatte die Bevölkerung in die vier übrigen Städte des Reiches eingeteilt und ihnen Nord-Kworl zugewiesen. Am vierten Tag der Wanderung, als der Himmel sich plötzlich erhellte, Donner durch die Luft ging und die Erde bebte, brachen einige der älteren Frauen kreischend zusammen, sie sprachen vom Untergang Aschfelds, von der Rückkehr der Red-Eye in die Hölle, wo Folter auf sie wartete, und vom Sieg der verhaßten Menschen. Slanas Glaube an die Armee Aschfelds war ungebrochen, auch ohne ihren Mann würde das rote Volk den Sieg davontragen. Vielleicht durch diesen Scharlatan von Mensch, der es wagte, sich bei ihr einzunisten, sich als Sharp Claw auszugeben. Sie hatte diese Nacht nicht vergessen und war unendlich glücklich, daß die Kinder schon geschlafen hatten, als der Kerl kam. Sie vermißte ihren Mann und würde nie mehr einen anderen lieben können. Jedes Lächeln in den Augen ihres Sohnes Creeps, der seinem Vater am ähnlichsten sah, erinnerte sie an ihn.

Creep ging einige Meter vor ihr, stolz, aufrecht, wie ein Krieger. In seiner Phantasie waren die entkräfteten Frauen und Kinder des Flüchtlingstrecks sicherlich tapfere Soldaten, die von ihm durch bergiges Land geführt wurden. Als sie den Blick von Creeps Rücken abwandte, entdeckte sie endlich das Ziel ihrer Reise, Nord-Kworl. Von außen sahen sie nur eine dicke Mauer, die keinen Blick ins Innere der Stadt gewährte. Nur der Stadtturm, wie in allen Red-Eye-Städten das höchste und markanteste Gebäude, ragte darüber und beherrschte das Halbmondtal mit seinem strengen, gebieterischen Aussehen. Auf seiner Spitze waren aus Stein gemeißelte Flammen angebracht, was ihn wie einen kleinen Bruder von Haschnad Tinwatuk aussehen ließ. Diese Ehrerbietung gegenüber der Hauptstadt war aber nur oberflächlich zu verstehen, die Einwohner Nord-Kworls waren den Hauptstädtern gegenüber oft mürrisch und unfreundlich entgegengekommen. Ein Grund dafür mochte die Asche sein, die von Tinwatuk aus mit den starken Nordwinden hierher transportiert wurde. Sie landete in Form von grauen Flocken überall, auf Dächern, Balkonen, Türmen und Häuptern. Im Gegensatz zu Tinwatuk, wo größtenteils Rot und Schwarz als Farben vorherrschten, hatte Nord-Kworl die Farbe eines alten Schachbrettes, Dreckweiß und Bleichschwarz. Slana konnte das Tor bereits sehen, es war aus eisenbeschlagenem Holz gefertigt und sehr hoch, dafür nicht gerade breit. Dies hatte den einfachen Zweck, es für die großen Red-Eye aus Eisfeld, deren Hauptstadt Triss zwei Wochen zu Fuß von hier entfernt lag, einfacher zu machen. Als die Stadt erbaut wurde, erhoffte man sich große Gewinne durch den Handel mit diesem Nachbarn, doch leider waren die einzigen Handelsgüter Eisfelds Felle, Bärenfleisch und große, für westliche Red-Eye viel zu schwere Waffen. Noch ein weiterer Grund für die üble Laune der Bewohner. Die Flüchtlinge nahmen die letzte Hürde bis zu ihrem Asyl: den steilen Anstieg hinauf nach Nord-Kworl, denn die Stadt wurde auf einem der niedrigeren Berge erbaut, die die Halbmondform bildeten. Es kostete viel Kraft, den steinigen Weg hinaufzumarschieren, kleine Steinchen kullerten ihnen entgegen, und so mancher rutschte den Berg auf seinem Hintern wieder zurück. Als Slana das Tor erreichte, war es bereits geöffnet. Der Stadtschützer Nord-Kworls begrüßte die Neuankömmlinge, ihm folgten ganz in weiß gekleidete Red-Eye-Frauen, die Holzschalen mit Wasser und Früchten trugen, ein für Red-Eye typischer Willkommensgruß: Der Stadtschützer versprach Sicherheit, die Frauen mit den Gaben, die Gastfreundschaft der Einheimischen. Ein Echsenreiter, der die Flüchtlinge den ganzen Weg über begleitet hatte, führte sein Tier zum Stadtschützer, der hocherfreut wirkte. Sie tauschten leise ein paar Worte, dann winkte der Stadtschützer die weißen Frauen zu den Flüchtlingen. Slana erhielt eine Schüssel getrockneter Früchte, die sie an ihre Kinder weitergab. Zu ihrer Verwunderung griff nur der kleine Knocks mit seinen Stummelfingerchen nach der Süßigkeit, die anderen beiden starrten den stolzen Stadtschützer an, der in seiner blankpolierten Rüstung und dem gewinnenden Lächeln sicherlich wie ein Held aus den Märchen wirken mußte. Dieser hatte soeben sein Gespräch mit dem Reiter abgeschlossen und ging an den Frauen und Kindern vorüber, wobei ihm die beiden Jungen auffielen. Er kam lächelnd auf sie zu und beugte sich über sie, obwohl Creep beinahe so groß war wie er: „Na, wer seid ihr denn?" Slanas Kinder brachten kein Wort heraus, also übernahm sie die Vorstellung: „Das sind Creep und Sharp, Herr. Und dieser hier

ist Knocks." Sie zeigte auf ihren Jüngsten, der vollkommen mit den Früchten beschäftigt war und keinen Moment damit verschwendete, den Stadtschützer anzusehen. Dieser aber, schien davon nicht gestört, sondern kam ihr näher: „Und wie heißt Ihr, wenn ich fragen darf?"
Sie hatte damit gerechnet und erhob stolz den Kopf, wobei ihre Stachelhaare anmutig durch die Luft glitten: „Ich heiße Slana Claw, Ehefrau des Sharp Claw." Das Lächeln des Stadtschützers erstarb sofort und wurde zu einer distanzierten, aber nicht unfreundlichen Maske des Bedauerns, Sharp Claw war bekannt, auch für Racheakte. Er kam ihr noch einmal sehr nahe und sagte in leisem Ton: „Nehmt Euch ein Quartier in der Oststadt, morgen früh lasse ich Euch jemanden zukommen." Er ging ohne ein weiteres Wort und ließ die restlichen Flüchtlinge zu deren Bedauern, links liegen, auch sie hätten sich über eine Begrüßung durch den Stadtschützer gefreut. Sharp Claws Frau blickte ihm wütend nach, es war eine bodenlose Frechheit einer verheirateten Frau, Leute zu schicken, oder sie sogar nach einer Abfuhr weiterhin zu belästigen. Sogar bei den barbarischen Menschen galt dies als unschicklich. Sharp Junior hatte das Gespräch aufmerksam mitverfolgt und fragte mit kindlicher Neugier: „Gehen wir morgen zum Stadtschützer?" Er zog ihr in neugieriger Erwartung an ihrem Rock, woraufhin sie nach seiner Hand griff: „Nein, sicherlich nicht."

Das Quartier war klein, aber überraschend gut gepflegt. Sicherlich war es eigens für die Familien der hochrangigen Offiziere Aschfelds eingerichtet worden. Es lag nordöstlich des Stadtturms, welcher der Tradition gemäß die Stadtmitte bildete, und war aus dem Felsen der Schlucht gebaut, also ein massives Steinhaus. Slana bezog mit ihren Kindern das erste Stockwerk, welches sie durch eine Außentreppe erreichten. Im Erdgeschoß verkaufte ein altes Ehepaar importierte Lederwaren aus Eisfeld, im obersten Stockwerk lebte eine einheimische Familie, deren Oberhaupt ebenfalls im Krieg war. Vor der Eingangstür der Wohnung der Familie war ein eisernes Wappen mit einem Pfeil aufgehängt, zum Zeichen, daß der im Krieg befindliche Vater einer der bekannten Bogenschützen Nord-Kworls war. Slanas Wohnung hatte nur drei Betten, also würde sie den Jüngsten zu sich nehmen müssen. Creep, ihr Ältester, ging mit auf dem Rücken verschränkten Armen umher, als rechnete er damit, dieses Haus wie eine Festung verteidigen zu müssen. Seine Mutter öffnete die Tür, um auf den Markt zu gehen, wobei ihr einer der Söhne der Familie über ihnen auf der Außentreppe begegnete, sie begrüßte ihn freundlich, doch er schnaubte nur unwirsch: „Flüchtlinge, wie? Will mal sehen, wie lange ihr es bei uns aushaltet." Er trollte sich, ohne sie weiter zu beachten. Knocks, den sie bei seinen Brüdern gelassen hatte, brabbelte: „Böser Mann." Creep lachte verhalten, Sharp blickte seine Mutter an, doch sie zuckte nur mit den Schultern: „Laßt euch nichts einreden, wir werden bald nach Tinwatuk zurückkönnen." Dann ging sie davon, den Marktplatz dieser tristen Stadt suchend. Nachdem sie die Treppe hinabgestiegen war, fand sie sich auf der belebten Hauptstraße wieder, auf der sie hierher gefunden hatten. In Tinwatuk befanden sich die Marktplätze in der Nähe des Hauptturmes, also ging sie auf die dunkle Säule mit den lächerlichen Steinflammen auf der Spitze zu. Auf ihrem Weg begann sie zu grinsen, Nord-Kworl war angenehmer zu durchqueren als die Hauptstadt, von deren Zerstörung sie nichts wußte, denn es ging bergab. Sie blickte in ein Bäckergeschäft, streckte die Hände in das kalte Wasser eines Springbrunnens, der die Form einer Schlange hatte, und umrundete staunend den Stadtturm. Beinahe gefiel es ihr, bis sie die Mauern erblickte. Die Mauern riefen ihr den Krieg in Erinnerung. Zwar gefielen die festen, steinernen Wälle jedem Red-Eye, versprachen sie doch Schutz, doch Slana erschrak aufgrund der wenigen Besatzung, kaum ein Soldat schien Wache zu stehen, nur ein einziger, einsamer Wächter stand auf dem Torhaus, gelangweilt in die Ferne blickend. Plötzlich berührte sie eine Hand am Unterarm und sie schrak auf, zu unrecht, denn die Hand gehörte einem freundlichen, alten Red-Eye mit gebücktem Gang und Spazierstock: „Gebt acht, junge Dame, ich sehe Euch an, daß Ihr hier fremd seid, und möchte Euch warnen, daß hier die Sperrstunden streng eingehalten werden. Bleibt nicht bis ins Abendrot draußen." Die Augen des alten Mannes blickten sie freundlich an, einst mochten sie rot gewesen sein, voller Kraft und Zorn, doch heute erinnerte nur ein blaßes Schimmern an die vergangene Jugend. Slana verbeugte sich respektvoll: „Ich danke Euch und nehme mir Euren Rat zu Herzen." Der Alte nickte und ging langsam weiter. Slana blickte ihm nach, bis er am Rand des Platzes mit dem Brunnen ankam, wo eine ebenso alte Red-Eye-Frau mit drohendem Zeigefinger auf ihn wartete, ihn zurechtweisend, daß er auch nie wieder andere Frauen ansprechen solle. Ihr hohes Gezeter drang bis an Slanas Ohren und sie senkte traurig den Kopf, sie würde niemals Gelegenheit haben, ihren Mann so auszuschimpfen, er war gefallen. Sie seufzte und holte sich selbst aus den trüben Gedanken. Sie hatte eine Familie zu versorgen, auch ohne den Vater ihrer Söhne, also ging sie in eine der Bäckereien, kaufte Brot ein und machte sich auf den Rückweg, sich den Rat des liebenswürdigen alten Mannes zu Herzen nehmend. Nun ging es bergauf und die triste, graue Straße mit den sich ähnelnden Häusern hob ihre Stimmung nicht gerade. Ebenso wenig wie die Felswand am Ende jener Straße, die wie ein drohender Monolith über der Stadt schwebte und einen zackigen Schatten bis vor die Tore warf. Als sie erschöpft zu Hause ankam, streckte ihr Knocks die Ärmchen entgegen und wollte getragen werden, Sharp Junior saß am Tisch und teilte ihr mit, daß Creep allein losgezogen war, um die Stadt zu erkunden. Slana schüttelte den Kopf: „Er hätte mich fragen sollen, ich habe gehört, die verstehen hier keinen Spaß mit der Nachtruhe." Dem

besorgten Blick ihres Zweitgeborenen begegnete sie mit dem frischen Laib Brot, welchen er sofort auf den Tisch legte. Er wollte ihn mit seinen noch kleinen Krallen anschneiden, doch sie hielt ihn mit einem ermahnenden Blick zurück: „Hol ein Messer, das gehört sich nicht." Er knurrte beleidigt und trollte sich, um zwischen ihren wenigen Habseligkeiten ein Messer zu suchen.
Als der Brotlaib um die Hälfte geschrumpft war und die Nacht hereingebrochen war, klopfte es an der Tür. Slana öffnete zuerst nur einen Spaltbreit, erkannte ihren Sohn Creep, mit niedergeschlagenem Blick und öffnete dann ganz. Nun erfuhr sie auch den Grund für den seltsamen Blick, eine Nachtwache hatte ihn aufgegriffen und hergebracht. Mit der Routine eines Esels am Mühlstein knurrte die Wache: „Nach Einbruch der Nacht darf kein Bürger, der nicht Mitglied der Wache oder der Verwaltung ist, auf der Straße sein. Dieser Mann gibt an, ihr Sohn zu sein, trifft dies zu?" Sie blickte Creep böse an: „Ja, dies trifft zu, danke, daß Ihr ihn mir gebracht habt." Die Wache murmelte etwas Unverständliches und machte sich davon. Creep betrat das Haus mit niedergeschlagenem Gesicht, seine Mutter baute sich vor ihm auf: „Was glaubst du, was du getan hast? Du kennst diese Stadt nicht, ebenso wenig wie ich. Wenn du denkst, ich hätte dich dort draußen gefunden, dann liegst du falsch." Creep blickte sie einfach nur an, in seinen Augen sah sie den Schmerz über den Verlust des Vaters, über die Angst, nun in seine Rolle schlüpfen zu müssen, und die Liebe zu ihr, seiner Mutter. Slana hielt ihm stand und schickte ihn ins Bett.
Der nächste Morgen brach an und die Sonne, die sie selten gesehen hatte, im dunklen Aschfeld, stach Slana in die müden Augen. Ächzend stand sie auf, über das Licht fluchend und betastete prüfend den Rest des Brots von gestern. Er war noch eßbar und sie spreizte die Krallen der rechten Hand, natürlich mit einem Seitenblick auf Sharp Junior, dem sie selbiges Vorgehen gestern großspurig verboten hatte, und schnitt ein paar Scheiben

für die Kinder zurecht. Sie legte die Scheiben sichtbar bereit und verließ das Haus wieder. An diesem erbärmlich hellen Morgen war die Straße noch leergefegt, noch ein weiterer Gegensatz zu Haschnad Tinwatuk, wo um diese Zeit der Marktbetrieb beinahe schon wieder eingestellt wurde. Wenn es dort noch einen Markt gab. Slana wußte nicht, was mit ihrer Heimatstadt passiert war und die Schreie und Prophezeiungen der alten Frauen, als sie den Himmel rot werden sahen, hallten ihr im Gedächtnis nach.

Sie erreichte den Hof vor dem Stadtturm, wo ebenfalls noch nichts los war, nur ein paar vereinzelte Händler bauten ihre Stände auf, langsam, träge, gelassen, als ob sie die Kundschaft gar nicht nötig hätten, als ob sie Slanas Geld nicht wollten. Resigniert blickte sie sich um, die einzigen, die einigermaßen wach zu sein schienen, waren die Wachen auf der Mauer, doch auch die unterhielten sich lieber, als den Horizont im Auge zu behalten. Ohne Einkäufe machte sie sich wieder auf den Heimweg und sie erkannte mehrere Frauen aus Haschnad Tinwatuk, die völlig aufgeregt aus ihren zugeteilten Behausungen rannten und ebenfalls wie Slana befürchteten, es gäbe keine Lebensmittel mehr auf dem Markt. Sharp Claws Frau beruhigte die Damen und sagte ihnen im Vorbeigehen, daß der Markt noch gar nicht angefangen hatte, woraufhin sie dumm schauten, als habe Slana ihnen gerade erzählt, sie könne fliegen wie ein Drache. Eine der verwirrten Frauen erkannte Slana und winkte ihr übertrieben freudig zu, wobei sie mit kleinen Schritten näher trippelte und mit den Armen wedelte, als ob sie eine Ertrinkende wäre, die nach Hilfe suchte. Slana stöhnte innerlich auf, sie kannte dieses Weibsbild aus Tinwatuk und war ihr dort schon aus dem Weg gegangen, denn sie war für ihre Vorliebe zum Klatsch bekannt. Als sie nahe genug herangekommen war, sprach sie mit gekünstelter und übertrieben hoher Stimme: „Ach, Frau Claw, wir sind so gespannt, was aus ihnen und dem Stadtschützer wird", sie erhob in gespieltem Tadel einen Finger, wobei mindestens ein

Dutzend Ringe an jenem zum Vorschein kamen. „Na, glauben Sie nicht, daß wir nicht gesehen haben, was für feurige Blicke Sie ausgetauscht haben, als wir gestern ankamen. War es Liebe auf den ersten Blick?" Slana glaubte ihren Ohren nicht, dieses arrogante Miststück wollte ihr doch tatsächlich anhängen, sie unterbräche die Trauerzeit, die ihrem Mann Sharp Claw zustand, um mit dem schleimigen Stadtschützer anzubandeln? „Ich habe ihn zurückgewiesen, Frau Kwerles, und dabei gesagt, daß ich noch in Trauer um meinen Mann bin."
Die Klatschtante kam noch einen Schritt näher und griff nach Slanas Arm, wobei ihr Schmuck am Handgelenk ein Kakophonie aus hellen Glockentönen anstimmte: „Aber, aber, Slana, das ist doch kein Hindernis, jeder wird verstehen, wenn sie wieder einmal ..." Slana riß ihren Arm zurück und fauchte dabei wie ein Berglöwin, woraufhin Frau Kwerles, deren Mann übrigens noch lebte, angewidert einen Schritt zurückging. Sie schaute Slana an, als ob sie sich gerade als Bauerntrampel herausgestellt hatte, rümpfte die Nase und ging mit stolzem Schritt davon, die Armreife klimpernd wie Tempelglocken. Slana blickte ihr noch einen Moment hinterher, stumm in sich hineinlachend, geht es mit einem Volk zu Ende, wenn solche Leute hinter den tapferen Kriegern stehen? Oder sind dumme, oberflächliche Leute heute die Regel, oder noch schlimmer, die Norm, an der sich jemand messen muß, um ein legitimer Bürger zu sein? Slana war sich sicher, auch wenn Aschfeld unter den Stiefeln der Feinde zertreten werden würde, Leute wie Frau Kwerles würden dasitzen, sich fragen, warum die Menschen nicht anklopften, bevor sie ihr Haus abbrannten und ihre Kinder ermordeten.

Im Haus herrschte bedrückte Stimmung. Slana wußte nicht, weswegen, registrierte die Veränderung in den Gesichtern ihrer älteren Kinder aber sofort. Nur Knocks, der Kleinste saß glücklich auf dem Tisch und versuchte, sein Brot zu essen und dabei die

Kruste, sofern möglich, übrig zu lassen. Neben ihm entdeckte sie den Grund für die betretenen Gesichter der beiden anderen, eine Rüstung lag auf dem Tisch, blank poliert, wie gerade erst aus der Schmiede gekommen. Es war die Uniform eines Lanzenträgers, einer Truppe, die sich vollkommen auf die Verteidigung spezialisiert hatte und mit ihren Lanzen Nadelwände formierte, durch die ein Feind nicht hindurch drang.
Sie blickte Creep an und fragte laut: „Wer war hier?"
Er blickte zu Boden und murmelte etwas Leises, was sie als „sozusagen" interpretierte. „Und wer war sozusagen hier?" Creep blickte auf: „Ein Krieger aus Nord-Kworl, er hat die Rüstung gebracht." Slana schlug sich an den Kopf: „Diese Idioten, sie verteilen Waffen und Rüstungen an die Flüchtlinge, damit die Oberhäupter sich bei der Verteidigung behilflich machen. Aber hier gibt es niemanden, der dies tun kann. Creep, bring die Sachen zum Stadtturm, die werden sie zurücknehmen." Er schüttelte ernst den Kopf und wurde seinem Vater dadurch sehr ähnlich: „Nein, diese Rüstung und die Lanze gehören mir, Mutter." Slana fiel aus allen Wolken, wie konnten diese ungehobelten Red-Eye hier im Norden nur ein halbes Kind rekrutieren, sie wünschte sich, es gäbe eine Möglichkeit, es rückgängig zu machen, doch einen Red-Eye aus der Armee auszugliedern war ungefähr so einfach, wie die Sterne am Himmel zu berühren. Einige dachten, sie hätten es geschafft, doch was sie berührten war die angemalte Decke ihrer Zelle im Irrenhaus.
Das einzige, was sie anstellen konnte, war eine sogenannte „Sofortbeurlaubung", welche ihn freistellte, wenn auch nur für eine gewisse Zeit. Sie wandte sich wieder an ihn: „Hat man dir gesagt, wieviel ..." Er unterbrach sie: „Dreihundert Orokesch." Ihr sank die Kinnlade herunter, dreihundert Orokesch. Orokesch war die hochwertigste Währung Aschfelds, da ihre Münzen aus reinem Gold bestanden. Ihr folgten die Lunarus, an zweiter Stelle, dann die Bratai als gewöhnliche Währung. Für dreihundert Orokesch

konnte man ein Herrenhaus mitsamt Bediensteten in Tinwatuk erwerben. Um eine Sofortbeurlaubung zu erhalten zahlte man gewöhnlich ein Orokesch. Dieser hohe Betrag war absichtlich eingeführt worden, damit sich niemand freikaufen konnte, ein böser Streich der Einwohner Nord-Kworls an ihren Brüdern und Schwestern aus der Hauptstadt. Creep nickte verstehend, auch ihm war dieser Gedanke gekommen. „Warum hassen sie uns hier oben in der Provinz, Mutter?" Slana lächelte kalt, in bitterem Sarkasmus: „Genau deswegen, Creep. Du sagst, dies wäre eine Provinz, doch einst war Nord-Kworl die Hauptstadt Aschfelds, bevor wir lernten, das Öl in der Ebene zu nutzen. Dies war sogar die erste Stadt der Red-Eye je her, und sie war es lange, sogar in der Zeit, in der die Menschen uns hier terrorisierten, befand sich dort oben in den Bergen eine Siedlung." Sie wies durch die graue Wand des Zimmers hindurch auf die Felswand, die über der Stadt thronte wie ein Mahnmal: „Diese Felswand ist nicht das Ende dieser Stadt, nein, einst war sie die Stadt, die Gebäude hier wurden erst später gebaut, als Aschfeld frei war und sich ein Red-Eye nicht mehr vor den gnadenlosen Missionaren der Menschen fürchten mußte. Heute ist die Bergwand eine Festung. Doch sie ist seit Jahrhunderten ungenutzt, denn Tinwatuk wurde erbaut und Nord-Kworl wurde eine Stadt von Fünfen, zweitrangig, war nicht mehr das Epizentrum des Krieges der Red-Eye. Die Bewohner haben es jenen, die fortgezogen sind, um Tinwatuk zu bauen, niemals verziehen." Sie setzte sich an den Tisch, verloren in ihren Gedanken. Hätten sie sich doch bloß dem Zug nach West-Kworl angeschlossen, dann wären sie jetzt in der Heimatstadt Sharp Claws und würden behandelt wie Könige. Sharp Junior ging in die Küche und reichte ihr, als er wieder zurückkam, ein Messer zum Zeichen, daß er sich ihre Worte zu Herzen genommen hatte. Sie lächelte ihn kurz an und strich durch seine Stachelhaare, ließ sie durch ihre Finger streifen. Creep setzte sich dazu, während sie das Brot noch ein letztes Mal anschnitt: „Werde ich in den

Krieg ziehen müssen?" Er fragte sie, als ob es ihm egal wäre, doch sie sah die Anspannung in seinen Augen: „Nein, keine Angst." „Habe ich nicht", versetzte er zu schnell und nervös. „Natürlich nicht," sie lächelte ihn gütig an. „Das war doch nicht so gemeint, nur so dahingesagt Creep. Jedenfalls mußt du wahrscheinlich nur irgendwelche Eingänge bewachen, auf der Mauer hin- und herlaufen und einfach da sein." Daß er im Ernstfall sehr wohl würde kämpfen müssen, sagte sie lieber nicht. Dieser Fall war sowieso unwahrscheinlich, wenn die Menschen nicht all ihre Soldaten aufbrachten, um die riesige Armee der vier Stämme zu bekämpfen, waren sie tollkühner als gedacht. Außerdem war Nord-Kworl von allen Städten Aschfelds am schwierigsten zu erreichen.

Jemand klopfte an die Tür und Slana erinnerte sich daran, daß der Stadtschützer ihr jemanden zukommen lassen wollte. Creep folgte ihr, neugierig, den Stadtschützer zu sehen, doch er wurde enttäuscht. Als sie die schwere Holztür aufzog, stand ein Mann in schwarzer Kleidung in der Pforte, die Kapuze seines langen Mantels bis in das Gesicht gezogen. Slana erinnerte sich an diese Art der Uniform, eine eigentlich nicht mehr existente paramilitärische Einheit, die schwarze Truppe. Sie wurde früher eingesetzt, um den Anführern der Red-Eye zu dienen, nur ihnen unterstellt, außerhalb der regulären Armee stehend. Den Erzählungen nach dienten sie als Meuchelmörder, Spione und gingen auch allem anderen nach, was im Dunklen oder Geheimen ablief.

Slana blickte den Fremden spöttisch an, in der Vermutung, einen Gesandten des Stadtschützers vor sich zu haben: „Warum dieser Aufzug, kann der Stadtschützer sich keine Dienstboten leisten?" Der Vermummte lachte leise, wobei seine langen Stachelhaare aus der Kapuze fielen: „Sicherlich kann er das, Frau Claw, doch er ist es nicht, der mich schickt." Wieder drang leises Lachen unter der Kapuze hervor und Slana bemerkte zu ihrer Erleichterung, daß sie das Brotmesser noch immer in der Hand hielt. Wenn dieser Kerl irgendetwas vorhatte, konnte er sich auf etwas gefaßt ma-

chen. „Wer seid Ihr?" fragte sie ihn direkt heraus, woraufhin der Kerl den Kopf hob, einen Teil seines Gesichtes zeigte und den unteren Rand seiner großen roten Augen: „Ich bringe euch Kunde, von Sharp Claw. Er lebt, er wird wieder zu Euch zurückkommen. Doch dies wird noch eine Zeit dauern, denn im Moment kämpft er am namenlosen See gegen Abertausende von Gegnern", bevor sie etwas erwidern konnte, sprach er weiter. „Der Kerl, der sich als Sharp Claw ausgab, ist gefaßt, ein Mensch, ein Lügner und Betrüger."
Creep erschien neben Slana: „Und was ist mit Tinwatuk?" Der Fremde stockte, beugte sich vor und fragte mit einer Mischung aus Erstaunen und Verwirrung: „Sharp Claw? Was tust du denn schon hier?" Slana stemmte die Arme in den Türrahmen, damit Creep außer Sicht des Kerls war: „Er ist nicht Sharp Claw, dies ist sein Sohn Creep Claw." Der Vermummte gluckste fröhlich: „Überwältigend, diese Ähnlichkeit. Jedenfalls gibt es noch etwas zu sagen: Nachdem der Damm brach, wurde der Großteil der Menschen vernichtet, aber ein kleines Heer aus wenigen tausend Mann hat sich abgesetzt und irrt durch das Land, wir vermuten, es ist in einem verzweifelten Racheakt nach Aschfeld unterwegs, deswegen müssen Vorkehrungen getroffen werden."
Seine Stimme klang plötzlich autoritär und ernst, als er eine Schriftrolle aus dem Mantel zog, sich räusperte und begann vorzulesen:

„Ich, General Dark, beauftrage hiermit alle Familien der hochrangigen Kommandanten, bei der Verteidigung ihrer jeweiligen Unterkünfte behilflich zu sein. Die Kommandanten wurden gerecht in die Städte Aschfelds verteilt und jeweils ein fähiger Mann meines Vertrauens unterstützt den dortigen Stadtschützer.

Dies ist die Liste der Familien in Nord-Kworl:

Claw
Greenbites
Wing
Dark."

Das Gesicht des Boten zierte ein breites Lächeln, nachdem er fertig war mit Vorlesen, doch Slana dachte schnell nach, vor sich hermurmelnd: „Familie Claw, das ist klar, mit Greenbites wird wohl Poisons Schwester Jala gemeint sein, Wing ist die Familie des Stadtschützers von Tinwatuk, aber Dark?"
Sie hob blitzschnell den Arm mit dem Messer und setzte es dem Boten an die Kehle, dessen Grinsen sich aber dadurch nicht wegwischen ließ: „Wer bist du, Lügner, du hast dich selbst verraten, es gibt keine Familie Dark, der General ist der einzige, der noch lebt!"
Erneutes Kichern: „Wirklich?" Mit dieser Frage zog er die Kapuze ab, lächelte, scheinbar in Erwartung eines großen Effektes, doch Slana kannte diesen Kerl mit dem manischen Gesichtsausdruck nicht. Im Gegensatz zu ihrem ältesten Sohn. Creep langte schnell nach dem Arm seiner Mutter und zog ihn fort vom Gesicht des Mannes, mit einem aufgeregten Ruf: „Steam Dark! Der Neffe des Generals!"
Steam schmeichelte es anscheinend, erkannt zu werden, obwohl er es selbst hervorgerufen hatte: „Ganz genau. Slana, ich möchte Euch bitten, jeder Familie bei einer eventuellen Notlage zu helfen, in die Bergfestung zu gelangen, dort ist es am sichersten."
Sie blickte ihn verwirrt an: „Wie soll ich das bewerkstelligen? Die Einwohner Nord-Kworls kennen sich hier besser aus als ich." Er nickte verständnisvoll: „Gewiß, doch die Frau Sharp Claws ist hier sehr nützlich, Euch werden sie folgen, wenn ihr gebietet, Ruhe zu bewahren oder schneller zu machen."
Er hatte zwar recht, doch Slana war vollkommen durcheinander, erst erzählt er ihr, daß Sharp Claw noch lebte, dann wollte er ihr

auch noch eine Aufgabe aufzwingen? „Was hat es mit meinem Mann auf sich, Steam", fragte sie drängend, „daß du sagst, er lebe wieder?" Steam nickte: „Wie ich durch meinen Onkel erfahren habe, ist ein Wunder geschehen. Als die vier Könige in Aero-Kworl zusammenkamen, fragten sie die Geister der Verstorbenen, wie es Brauch ist. Als wir an der Reihe waren, tauchte Sharp Claw auf und holte sich den Körper des verwandelten Schwindlers. Nun ist er zurück und kämpft wie ein Dämon." Slana verstand die Welt nicht mehr, gerade hatte sie begonnen, loszulassen, vor wenigen Wochen noch hätte sie diese Nachricht glücklich gestimmt, doch heute paßte nichts mehr zusammen. Ihr Mann war tot, unter der Erde, begraben in der tiefen Gruft Tinwatuks, bei den großen Helden der alten Zeit, in der die Red-Eye sich zum ersten Mal erhoben. Steam wandte den Blick von ihr ab, ihn auf Creep heftend: „Ich weiß von deiner Rekrutierung und möchte dir anbieten, mit mir zu kommen. Ich werde dafür sorgen, daß du es zumindest angenehmer hast als die anderen." Creep wollte den Kopf schütteln, er verstand es als Beleidigung, ihm anzubieten einen leichteren Weg zu gehen, doch die Tatsache, daß er einen Gardisten vor sich hatte, änderte seine Meinung und er gab ihm einen Kriegerhandschlag: „Vielen Dank, ich nehme an." Slana schüttelte den Kopf, doch sie wußte, daß sie ihren Sohn ziehen lassen mußte. General Darks Neffe faßte Creep an der Schulter, drückte sie kräftig und verabschiedete sich von Slana. Creep drehte sich noch einmal auf dem Treppenabsatz zu ihr um, mit einem entschuldigenden Blick in den Augen, dann gingen beide davon in Richtung Stadtturm.

Sharp Claw und seine Truppe hatten den Rand des Kessels schon Minuten vor der Flutwelle erreicht und waren nun wieder im Lager angekommen. Oder zumindest an der Stelle, die einst das Lager gewesen war. Sie sahen noch deutlich die Löcher der Nägel im Boden, die ausgetretenen Pfade zwischen den Zelten und den Abfall, der Überall herumlag. Von Essensresten bis zu vollgeblutetem Verbandsmaterial. Sharp blickte sich um, warum hatten sie dieses Lager abgebrochen? Die Flutwelle war weit daran vorbeigeflossen, der General mußte etwas anderes befürchtet haben. Was es war, sollten sie später herausfinden, doch im Moment stellte sich die Frage, was zu tun war. Er suchte Poison, die er für die Klügste im Trupp hielt. Ihre Gedanken standen oft im Gegensatz zu den Ideen der Männer, die generell die Meinung vertraten, ein Angriff wäre die beste Verteidigung. Er fand sie schließlich auf den Baumstämmen sitzend, die vor Abbruch des Lagers genutzt wurden, um die Drachen aufzuzäumen: „Poison", rief er ihr zu, eine Hand zum Trichter vor dem Mund faltend, „was sollen wir tun? Auf die Armee warten, bis sie uns einholt? Oder die Leute aus dem Lager suchen?" Poison kratzte sich am Kopf: „Wir sollten uns auf die Suche machen. Das Lager wurde sicherlich nicht ohne Grund abgebrochen, also halte ich es für riskant, hierzubleiben, wenn der General davor anders entschieden hat." Sharp nickte und führte seine Leute weiter, den Spuren folgend, die vom Lager wegführten. Er hoffte nur, daß Gorwolk ähnlich dachte und das Lager umging.

Er blieb abrupt stehen, etwas war gerade an ihm vorbei gehuscht, nah am Boden und so schnell, daß er es kaum erkennen konnte. Er heftete den Blick auf den Boden und fragte nach hinten: „Habt ihr das auch gesehen?" Frost, der direkt hinter ihm ging, blieb irritiert stehen: „Was denn? Den Schatten am Boden?" Sharp nickte, den grasigen Grund nach Bewegungen absuchend, doch außer Ameisen fand er nichts, woraufhin Frost lachte: „Der Schatten gehört höchstwahrscheinlich zu dem Drachen über uns, lieber Freund." Frost hatte recht, Sharp hatte den Schatten eines Drachen am Boden verfolgt. Er blickte auf, Blackbat kreiste über ihnen, weiter absinkend. Die Red-Eye verteilten sich, ließen den Drachen mit seinem Reiter in einem großen Kreis zwischen ihnen landen. Dark saß grinsend im Sattel, die Sensen auf dem Rücken: „Ah, meine inoffizielle Garde. Wir haben das Lager abgebrochen wie ihr gesehen habt, denn die Hitzewelle vom Schlachtfeld hätte uns die Zeltplanen beinahe versengt." Er stieg mit klimpernder Rüstung ab, kam auf Sharp zu. In der Hand hielt er einen Säbel, Sharps Säbel. „Du mußt mir den Morjatock zurückgeben, er ist nicht geschaffen, um ewig getragen zu werden, Sharp." Der Kommandant nahm mühelos den Gürtel mit der Scheide ab, sehr zum Erstaunen des Generals, der einen gewaltigen innerlichen Kampf erwartet hatte, und händigte ihn wortlos aus. Dark blickte die Waffe einen Moment perplex an, dann zuckte er mit den Schultern: „Erstaunlich, es soll kräftigeren Männern schon den Verstand gekostet haben, dieses Ding abzulegen, du bist in jeder Hinsicht einzigartig Sharp Claw." Dieses Mal war es an Sharp, mit den Schultern zu zukken: „Ich hatte ihn vorher schon aus der Hand gelegt, er hing nur noch zum Transport bei mir." General Dark nickte und wies nach Nordost: „Die Armee sammelt sich in Langenfelden, dem großen Ackerland zwischen Alt- und Neumenschland, dort kann sie nur schwer gefunden werden, denn es ist ein großes Areal, voller Hügel, Bäche und Täler. Gorwolk weiß Bescheid und ist auf dem Weg. Ihr aber werdet einen anderen Weg gehen, zurück nach Aschfeld." Die Red-Eye blickten sich verwundert um, Thunder Fog kratzte sich am Kopf. „Dies ist nötig, Freunde, denn ein Bruchteil der feindlichen Armee war schlau, oder faul genug, sich vom Kessel fernzuhalten, also sind sie nicht verbrannt. Fogs Kundschafter haben leider nicht herausfinden können, wer sie anführt, doch sie marschieren zielstrebig nach Aschfeld. Wahrscheinlich in einem verzweifelten Racheakt. Es handelt sich um wenige tausend, allerhöchstens zwanzig, aber wahrscheinlich weniger." Sharp blickte den General mit großen Augen an: „Und was sollen wir gegen so viele tun? Wir sind zweifellos gut, aber nicht allmächtig." Dark lachte und blickte kurz in den Himmel: „Jataro sei mir gnädig, so viel werde ich euch nicht zumuten, nein. Wir gehen davon aus, daß sie eine unserer Städte angreifen wollen, aber wissen nur nicht, welche. Sie werden den südlichen Weg nehmen, um die Ausläufer des Gebirges herum, dann nordwärts, so daß West-Kworl ein schnelles Ziel darstellt." Die Red-Eye blickten ihren General verwundert an, West-Kworl war vielleicht mit dem doppelten der entflohenen Armee einzunehmen, aber mit dieser Handvoll ermatteter, verzweifelter Faulenzer auf keinen Fall. „Daran habe ich mir ebenfalls den Kopf zerbrochen", erriet er ihre Gedanken, „also dachte ich an Süd-Kworl, doch diese Stadt liegt im unbarmherzigsten Teil der Aschewüste, selbst mit Vorräten, die sie nicht haben, ist eine Belagerung der Stadt beschwerlich: Unter der glühenden Sonne werden die Rüstungen heiß wie Herdplatten, die Waffen rutschig vom Schweiß und das Trinkwasser selten. Ost-Kworl ist zu weit, diesen Marsch werden sie nicht unternehmen, zumal sie dann Tinwatuk passieren, von dessen Zerstörung sie nur halbwegs überzeugt sind. Nord-Kworl ist ihr Ziel, wenn ihr unbekannter Anführer Ahnung von den Gegebenheiten Aschfelds hat." Sharp nickte, nicht wissend, daß seine Familie dort saß: „Wie viele Tage haben sie Vorsprung?" General Dark lächelte, Sharp Claw war wie immer Feuer und Flamme für Aschfeld zu kämpfen: „Drei Tage, mit dem heutigen. Doch dies tut nichts zur Sache, denn ihr habt den Vorteil, daß ihr den verbotenen Weg passieren könnt, welcher für die Menschen ein unüberwindbares Hindernis darstellt. Ihr werdet zeitgleich mit ihnen ankommen, selbst wenn ihr morgen erst losmarschiert." Poison räusperte sich: „Verzeiht, aber wenn wir morgen aufbrechen, sind wir eine ganze Woche vor ihnen da, denn sie müssen beinahe bis Sturmland gehen, bis sie das Gebirge am südlichsten Teil umlaufen können." „Ich weiß", versetzte der General fröhlich, „aber ich habe einen mehrtägigen Aufenthalt in Aaijang für euch geplant. Dort werdet ihr auf Blade und Jarnes warten, die sich euch anschließen. Thunder, Euer Onkel weiß mittlerweile von Eurem Überleben,

und es steht Euch frei, die Gruppe zu begleiten." Sie blickten den Geflügelten an, welcher kurz nachdachte und dann antwortete: „Ich begleite meine Aschfelder Brüder." Spear schlug ihm freundschaftlich auf die Schulter, Ironhead wollte es ihm nachmachen, doch sie hielten ihn zurück, mit seiner Bärenpranke machte er die Verletzung des blaublütigen Schwingeners womöglich noch schlimmer. Der Anführer Aschfelds lachte: „Hervorragend, ich habe bereits neue Ausrüstung und Proviant für euch dabei, rüstet euch damit aus, dann brecht auf."
Dark hatte nicht übertrieben, die Ausrüstung für die Kommandanten war vollkommen neu und hervorragend gearbeitet. Sharp trennte sich endlich von der alten Rüstung, in die Taaron seinerzeit geschlüpft war, um sich zu verwandeln, und nahm im Unterhemd seine neue Rüstung in Augenschein. Der Brustpanzer war speziell für ihn gefertigt worden, pechschwarz wie die Rüstung des Generals, mit eingeätzten Symbolen und Schriftzügen, die entweder Verse aus bekannten Gedichten oder Strophen von Kriegsliedern enthielten, einen Waffenrock in derselben Art, sogar mit den kleinen klimpernden Panzerplättchen. Alles in allem wirkte Sharps Ausrüstung wie der kleine Bruder jener des Generals und er freute sich an der hervorragenden Verarbeitung sowie den feinen Stoffen, die die Rüstung warm hielten. An heißen Tagen, führte ihm der General stolz an seinem eigenen Exemplar vor, konnte das Innenfutter herausgenommen werden, dann wurde es kühler. Die Rüstungen der anderen waren auch neu, doch nicht schwarz. Poisons Brustpanzer hatte sogar eine schlanke Taille, was sie durchaus anziehend formte und mit ihrem langen Säbel in der Hand wurde sie geradezu sinnlich. Spear schlug sich stolz auf den Bauch, daß es eisern nachhallte: „Perfekt und das Silber glänzt wie der Tau am Morgen." Frost freute sich am meisten über den neuen Gürtel, denn er war am Rand mit biegsamem Stahl verstärkt, damit er mit seinen zwei geraden Schwertern nicht befürchten mußte, das

Leder zu durchtrennen. „So macht es gleich noch mehr Freude, wenn wir in den Kampf ziehen", bemerkte Ironhead stolz, aufgrund seines Brustpanzers mit dem Kamm an der Vorderseite, welcher eine neue Erfindung der Schmiede war und an ihm getestet werden sollte. Der Kamm sollte Pfeile in eine andere Richtung lenken und ihn dadurch besser schützen. Sharp nickte anerkennend, Ironhead wurde sowieso immer das erste Ziel der feindlichen Schützen, da er am größten und am leichtesten zu treffen war, für die Erprobung dieser Rüstung also ein geeignetes Versuchsobjekt. General Dark wechselte noch ein paar Worte mit Thunder, der stetig nickte und dem General sagte, er könne seinem Onkel ausrichten, er würde in einiger Zeit nachkommen. In Schwingen war seine Anwesenheit nicht dringend vonnöten, also konnte er es sich leisten, fernzubleiben.

Nach der Aussprache wandte sich der General wieder an die Gruppe: „Auf dem Weg durch die unterworfenen Ländereien werdet ihr viele Red-Eye treffen, richtet ihnen meine Grüße aus und sagt ihnen, die Welt ist unterworfen, sobald eure Mission abgeschlossen ist, sobald diese sinnlose Schlacht geschlagen ist. Dann werdet ihr ein Wunder erblicken. Das Wunder unserer neuen Welt: Brüder werden sich euch anschließen, sie werden euch feiern, zieht ihr doch in die letzte Schlacht der Red-Eye auf eigenem Boden, auf diesem Kontinent. Ihr seid Heilsbringer, Botschafter des Friedens. Nachdem ihr eure Arbeit getan habt, werdet ihr gefeiert, wirst du gefeiert." Er wies auf Sharp, der sich nervös umblickte, ihm war es immer unangenehm gewesen, als der Über-Krieger dargestellt zu werden, selbst wenn es stimmen sollte. Er blickte Poison an, die lächelte, ihm diesen Moment gönnend, den er nicht herbeigesehnt hatte, Spear nickte stolz, Frost lächelte frech, sich Sharps Scham bewußt, Ironhead winkte ihm geistesabwesend, sich überhaupt nichts bewußt. Dann nahm er Thunders Lächeln war und ihm fiel ein, daß der Neffe König Fogs in seiner Heimat eine ähnliche Stellung einnahm wie Sharp selbst in Aschfeld und er zog fragend die Augenbrauen hoch. Thunder lachte leise auf, dann nickte er bestätigend: „Laß sie gewähren, sie brauchen einen Helden", wollte er ihm damit sagen. Dark grinste ihn an, dann breitete er die Arme aus wie ein Hohepriester: „Brecht auf und nehmt die Straße durch Wakharami, vergeßt nicht, dort zu halten und auf Blade und Jarnes zu warten." Er winkte ihnen zu und ließ seinen Drachen wieder fliegen, einen halben Orkan durch die Abwinde der Flügel auslösend.

Slana besuchte die Festung, die in die Felswand hinter Nord-Kworl geschlagen war, der ersten Siedlung der Red-Eye nach der Befreiung Aschfelds. Ein großes Halbkreistor ließ sie in das antike Dunkel eindringen. Ein Geruch von Alter lag in der Luft, wie ein verlassenes Zimmer, welches nach Jahrzehnten wieder geöffnet wurde. Doch die Höhlenstadt war niemals verlassen gewesen, jedenfalls nicht ganz. Sie wurde noch weitergenutzt, als Bollwerk gegen den Feind. Die Hallen, die einst als Wohnraum für Tausende dienten, waren nun Waffenkammern, Bankettsäle oder ganz banale Zellen für betrunkene Soldaten, die ihren Rausch ausschliefen. Die Festung war aufgebaut wie ein Ameisennest, oder zumindest so, wie die Red-Eye, sich eines vorstellten. Nach dem Eingang fand sich der Besucher, Slana in diesem Fall, in der größten aller Hallen wieder, von der nur eine große Wendeltreppe, aus dem Fels gehauen, nach oben führte in eine unmerklich kleinere Halle. In diesem Stockwerk begann das Labyrinth, welches eigentlich keines war, denn von hier gingen zwei Treppen in zwei kleinere Hallen aus, von denen wiederum drei Treppen in noch kleinere Hallen geleiteten, die wiederum in noch kleinere Hallen mit noch mehr Treppen nach oben führten. Auf der Spitze des Berges befand sich die kleinste Halle, mehr ein Ausguck als ein Zimmer. Erreichte der furchtlose Besucher sie, hatte er bereits siebzehn Etagen hinter sich gelassen, die wiederum in siebzehn weitere gemündet waren. Wie ein Fächer breitete

sich das Höhlensystem Nord-Kworls im Berg aus, nach oben hin breiter werdend, die Hallen jedoch kleiner. bis sie nur noch als Zimmer oder Räume zu bezeichnen waren. Es gab jedoch einige Ausnahmen, wie die bereits erwähnte oberste Etage, die nur durch eine einzige Treppe erreichbar war oder jene darunter. Diese war eine der wichtigsten Etagen. Obwohl sie aufgrund ihrer erhabenen Position weit oben klein sein sollte, war eine der Hallen sehr groß. Diese wurde als Hauptsammelraum für die Stadtbevölkerung genutzt, die im Ernstfall einer Belagerung hierher gebracht werden sollte. Zwar paßte nicht die ganze Stadt hinein, doch der wichtigste Teil, die anderen teilten sich die unteren Kammern. Von dieser wichtigen Halle aus, konnte man einen breiten, sich über die ganze Felswand ziehenden Felsvorsprung erreichen, von dem aus beinahe die gesamte nördliche Aschewüste zu sehen war, an klaren Tagen sogar Tinwatuk. Auf diesem Balkon stand das Herz der Verteidigung Nord-Kworls, Dutzende von Ballisten, den schrecklichen, riesigen Armbrüsten Aschfelds. Eigentlich als Belagerungswaffe konzipiert, wurden sie hier zur Verteidigung genutzt. Von diesem Balkon aus feuerten sie ihre meterlangen Bolzen in die Feinde vor den Mauern, die sich unzweifelhaft fragen mußten, ob die Götter persönlich mit Baumstämmen nach ihnen warfen. Slana glaubte dies nicht, doch der Wächter am Tor versicherte es ihr, denn die Geschosse kamen aus so großer Höhe, daß sie senkrecht einschlugen und wie Baumstämme aus der Erde ragten. Unmöglich dieses Bombardement vorauszuahnen. Sie ging nicht bis ganz nach oben, dazu war ihr der Tag zu schade und die Entlohnung der Mutter, die sich um ihre Söhne Sharp und Knocks kümmerte, zu hoch.
Slana verließ die Bergfeste wieder durch das große Portal und fand sich am Ende der langen Straße wieder, die Nord-Kworl durchtrennte wie ein Fluß einen Wald. In ihrer Mitte stand der Stadtturm, am Anfang das Haupttor und am Ende das Tor zur Bergfeste. Sie kicherte leise, sogar der dümmste Mensch mußte

auf den Gedanken kommen, daß diese breite Straße nicht nur gebraucht wurde, um die Waffenkammern im Berg zu füllen, so eine breite Straße verleitete sofort zu der Annahme, daß sich hinter dem Halbmondtor, übrigens ganz der Form der Schlucht nachempfunden, in der sich Nord-Kworl befand, noch etwas befinden mußte. Etwas von Wichtigkeit. Es ging wieder bergab und Slana erreichte das Haus der Frau, deren Dienste als erfahrene Hausfrau und Mutter sie in Anspruch genommen hatte. Nachdem sie geklopft hatte, hörte sie von innen lautes Rumpeln, einen halb verkniffenen Fluch, klapperndes Geschirr. Nach einer geschlagenen Minute öffnete die völlig verschwitzte Frau die Tür und schob Slanas Söhne durch den Türspalt: „Vielen Dank auch, für diesen Menschen in Red-Eye-Gestalt", knurrte sie beleidigend und schloß die Tür von innen zu, die verwirrte Slana zurücklassend. „Was habt ihr der armen Dame denn angetan?" fragte Slana mit in die Hüfte gestemmten Armen, woraufhin Knocks seinen Bruder anschaute, womit er den Übeltäter verriet. Sharp Junior blickte daraufhin beschämt zu Boden, drehte den Fuß auf dem Ballen hin und her und murmelte: „Ich hab' ihrer Hausechse Blechdosen an den Schwanz gebunden, da ist sie vor lauter Schreck weggerannt. Weil die Dosen hinter ihr aber weiter gescheppert haben, ist sie soweit gerannt, bis sie so erschöpft war, daß sie gestorben ist. Irgendwo da auf der Straße." Slana beugte sich zu ihrem Sohn herunter, bereit ihm die Standpauke seines Lebens zu geben, da fiel ihr ein, daß die Mutter völlig vergessen hatte, nach ihrem Lohn zu fragen, also schlug sie ihm auf die Schulter: „Wenn du mir versprichst, Frau Horaket nie wieder zu belästigen, vergesse ich diesen Vorfall und deine Bestrafung." Er nickte, Knocks klatschte in die kleinen pummeligen Händchen und quietschte vor Glück.

Die Reise verlief so träge und langweilig, wie eine Reise nur sein konnte. Sie hatten sehr lange gebraucht, um Nahwettern zu verlassen, das flache, hügellose Land trieb sie in den Wahnsinn, mit seinem gleichbleibenden Gesicht, die einzige Abwechslung bildeten die kleinen Wälder und Haine am Wegesrand und die Bächlein, die sich wie rote Flammenzungen über das Gebiet ausbreiteten und die Pflanzen am Wegesrand verbrannten. Sharp verzichtete, als Anführer vorauszugehen, zumal sie hier keine feindlichen Übergriffe zu befürchten hatten. Der Trupp, ausschließlich aus hochrangigen Kommandanten bestehend, trottete dahin, als hätten sie alle Zeit der Welt. Sie marschierten wie Krieger auf dem Heimweg von der Taverne, schlendernd, die Welt nur beiläufig betrachtend. Frost lief neben Sharp und knurrte verärgert: „Warum müssen wir diesen Umweg machen? Glaubt der General, wir werden einen Kreuzzug auslösen?" Sharp schüttelte den Kopf: „Nein, sicherlich nicht, ich glaube er hat Vorkehrungen treffen lassen, wir werden sicherlich bereits erwartet in Aaijang." Der kleine Kommandant zuckte die Schultern: „Mag sein, ich will nur, daß die Menschen endlich besiegt sind, jedes Mal wenn ich glaube, wir haben sie, bäumen sie sich noch ein letztes und allerletztes und allerallerletztes Mal auf. Ehrlich, ich habe genug von Menschen, sie sind dumm, naiv und denken, alles außer ihnen selbst sei unwürdig, ihnen auch nur die Hand zu schütteln." Sharp lachte: „Und was ist mit den Elfen, mit denen sind sie gut ausgekommen, wie es scheint?" Wieder ein gelangweiltes Schulterzucken: „Ausgekommen ja, aber ich glaube nicht an eine tiefe Freundschaft zwischen diesen Rassen. Wahrscheinlich war diese Allianz gegen Aschfeld mehr eine Gemeinschaft zum Zwecke unserer Vernichtung. Ohne uns hätten sie sich niemals näher kennengelernt." Frost sprach die Wahrheit aus, ohne dies zu wissen. Als Frost über die Elfen sprach, flammte in Sharps Kopf eine Erinnerung auf, die sein Verstand nicht aufgezeichnet hatte, er sah unbekannte Bilder, seltsame Bilder. Er sah einen riesigen Baum, um den goldene Blätter wehten und eine lange, unglaublich hohe Brücke, auf der eine Elfe stand. Wunderschön

anzusehen winkte sie ihm zu und lächelte dabei. Unter ihr rauschte ein tiefer Fluß um eine Insel, die beinahe ganz von den riesigen Bäumen bewachsen war, die den Hintergrund für dieses Bild zeichneten. Prozessionen von Elfen in langen Gewändern schritten leise und anmutig über die zahlreichen Brücken, die sich wie ein Spinnennetz von Baum zu Baum zogen, von rundem Haus zu rundem Haus. Ihre Silhouetten brachen das goldene Sonnenlicht auf und Sharp war beinahe gewillt, sich die Hand vor Augen zu halten.
Poison drehte sich zu ihm um, seinen abwesenden, verklärten Blick beobachtend. Sie verstand vor ihm, was gerade passierte, eine der Erinnerungen Taarons entfaltete sich und Sharp Claw sah einen Ort oder eine Person, den oder die er vielleicht nie besucht oder niemals kennengelernt hatte. Sie konnte natürlich keine Gedanken lesen, also erfuhr sie noch nicht, was Sharp dort sah. Was sie ebenfalls nicht wußte, war, daß diese Erinnerung sich nicht zufällig an die Oberfläche seines Bewußtseins wühlte. Sie wurde von außen nach oben gehalten, von jemand Fremdem, einem verwirrten Geist, der in der Not all seine Zauberkraft aufbot, um Hilfe suchend Kontakt zu jenen aufzunehmen, die er auf magischer Ebene kennengelernt hatte, also auch Taaron. Oder besser gesagt, seinen Körper.

Die Red-Eye vergaßen diesen Vorfall schnell, so wie ein Mann ein Déjà vu vergißt oder abschiebt. Doch sein Auftreten leitete etwas Schreckliches ein, den Fall des großen Waldes, den Untergang des letzten Elfenkönigs.
Brennende Elfen fielen von den Brücken, schreiend vor Schmerz und Furcht, Frauen kreischten in den Häusern, die das Feuer, welches über das Wasser gekommen war, noch nicht erreicht hatte, Männer gaben jeden Versuch des Löschens auf und flüchteten sich in die höheren Häuser. König Garis stand auf dem breiten Balkon des Thronsaals und blickte in die Tiefe seiner Stadt. In

ein Flammenmeer, rot glühend, flackernd jedes Leben und jedes Grün verschlingend wie ein gigantischer Dämon. Hitzewellen waberten ihm entgegen, daß er das Gesicht abwenden mußte. Sein Blick wanderte in das Innere des größten Baumhauses Acharons, das abgedunkelte Prachtgebäude, in dem einst sein Bruder weise geherrscht und er als dessen Nachfolger der schwarzen Magie nachgegangen war, aus Angst. Vielleicht sollte diese Welt den Red-Eye gehören und die Elfen waren nur eine Schachfigur im Krieg der Menschheit gegen dieses verhaßte rotäugige Volk gewesen, entbehrlich und furchtlos. Die perfekten Voraussetzungen für einen Soldaten. Wo war der Springer der weißen Figuren wohl hin, wo war Anron in Acharons schlimmster Stunde? Sicherlich weit weg, am Rande des Schachbrettes, eingekesselt von den schwarzen Figuren, die nur noch auf ihren Zug warteten. Während sich Könige geschlagen geben, Türme abbrennen und die Reiter fliehen, fehlt der zweite Springer, Taaron. Mit ihm hatte es begonnen, ohne ihn sollte es enden. Er wurde von der Lawine, die er selbst losgetreten hatte, verschluckt. Garis berührte den heißen Boden mit seinen glatten, sauberen Elfenfingern und erinnerte sich an den Tag, an dem die beiden Red-Eye unter einem auf dem Wasser treibenden Baumstamm im großen Wald ankamen. Er erinnerte sich an seine Worte, an jenem Tag am Flußufer. Er hatte dem jungen Menschen Taaron, der Hoffnung der westlichen Völker, von der Geschichte und ihren Strömen erzählt, von der Vergänglichkeit. Daß die Geschichte sie irgendwann aufsaugen würde, vielleicht ohne sie zu erwähnen, vielleicht als Randnotiz von minderer Wichtigkeit, oder aber als große Männer, die eine Veränderung bewirkt hatten. Dies würde eintreten, doch wie bekannt, wird die Geschichte von Siegern geschrieben, nicht von Besiegten. Falls die Red-Eye einen Gedanken daran verschwenden sollten, aufzuschreiben, was sich in dieser Welt zugetragen hatte, so mußte der Name Taaron fallen, vielleicht auch Garis. Doch daran glaubte er nicht, eher an eine Erwähnung Anrons, dem gefallenen Elfen, dem Sinnbild des sinnlosen Widerstandes. Ein Körper, unmöglich zu sagen, ob männlich oder weiblich, fiel brennend am Fenster vorbei, Flammen schlugen durch das Portal aus Eichenholz. Der König der Elfen setzte sich auf den Altar, gegen den er den Thron seines Bruders eingetauscht hatte. Eine Lästerung, ein Magier und Priester entweihte die Opferstätte für die Götter.

Garis schwitzte, die Hitze drückte erbarmungslos von allen Seiten gegen seinen Leib. Die weißen Haare, in Würde verblaßt, klebten an seinen Gesicht, der Stein des Altars schien ihn durchzubraten. Er streifte das lange Gewand ab und ein eng geschnittenes Hemd und eine Hose kamen darunter zum Vorschein sowie ein Waffengürtel ohne Schwert und Scheide. In einem Anflug von Größenwahnsinn hatte Garis die Sachen seines Bruders angelegt und sie anbehalten als er sein weites Magiergewand angezogen hatte. Er schritt durch den Saal, begleitet vom Rauschen des Feuers, tosender Applaus in seinen Ohren. Er wagte nicht, die Klinke der Tür zu berühren, also trat er mit dem Schuh dagegen und stieß sie auf. Acharon stand in Flammen, nur noch die höchsten Kronen der Bäume waren unversehrt und dort sammelten sich die letzten Überlebenden. Durch das Prasseln und die Schreie drang leiser Gesang an sein Ohr, eine helle Stimme, klar wie das Sprudeln eines jungen Baches. Sein Blick folgte dem Lied und entdeckte Salie, die junge, hoffnungsvolle Elfe, die Taaron gepflegt und ihn mit der Stadt vertraut gemacht hatte. Dort stand sie, im Eingang zum Hospital. Die Brücke, die das auf einem etwas abseits gelegenem Ast gebaute Krankenhaus mit dem Rest der Stadt verband, war verbrannt. Das Dach über ihr stand lichterloh in Flammen und sie sang. Ein altes Lied der Elfen, welches den Fluß lobpreiste in seiner Leben spendenden Pracht. Der besungene Fluß war natürlich der Kei-Ana, der den Elfen das Feuer aus Aschfeld gebracht hatte. Ein brennendes, zerstörendes Ungetüm war aus ihm geworden, doch sie sang ein Loblied für ihn, war es doch nicht seine Schuld.

Die Balken, die das Hospital auf dem Ast hielten, schmorten durch und konnten das Gewicht des Gebäudes nicht mehr tragen. In einem Funkenregen fiel es in die glühende Tiefe, Salie mit sich reißend, die weder schrie noch mit den Armen ruderte.

Garis blickte ihr nach, bis sein Gesicht Brandblasen warf und er hinterhersprang.

Aaijang, die Hauptstadt der Kolonie Wakharami, war zu großen Teilen wieder errichtet, sogar die eigentümliche Architektur hatten die Red-Eye berücksichtigt und die Pagoden nachgebaut. Die Menschen gingen hier ein und aus, Säcke voller Reis, oder andere Waren mit sich führend. Hier funktionierte die Koexistenz der Völker, was sicherlich auch in Altmenschland und Nahwettern der Fall sein würde. Die Menschen bestellten ihre Felder, züchteten ihr Vieh und gaben einen Teil davon an die Red-Eye ab. Die Besatzer lebten von den Abgaben der Bauern, denen wiederum nur gerade soviel abgenommen wurde, wie nötig. Eine Familie in einer Kolonie Aschfelds hungerte nicht, weder Red-Eye noch Mensch. Der Verantwortliche für dieses Paradebeispiel an Kolonialisierung hauste in Aaijang, bei dem Hauptteil der Besatzungsmacht. Von hier aus kontrollierte er die Abgaben, führte Inspektionen durch oder empfing Gäste. Damals, als Taaron auf seiner Flucht aus dem großen Wald hier vorbeigekommen war, empfing er Blade Viper in einer schwarzen Kutsche, gezogen von Reitechsen. Sie wollten einen Weg finden, eine Blockade um den großen Wald zu errichten, damit Taaron, der sich ihrer Meinung nach dort befand, nicht entkommen konnte. Bekanntermaßen war Taaron in diesem Moment zum Greifen nahe, im Gebüsch vor der Stadt, auf dem Weg nach Osten. Auf derselben Route wiederum wanderten Sharp Claw und seine Mitstreiter nun, doch sie hatten es selbstverständlich nicht nötig, durch das Gestrüpp zu streichen.

Das Tor Aaijangs stand weit offen und Menschen kamen ihnen unter vielen freundlichen Verbeugungen entgegen. Die Kommandanten wunderten sich etwas, reagierten aber nicht feindselig. Sharp blieb einige Meter nach dem Durchgang stehen, seine Leute zu sich winkend: „Ich und Frost gehen direkt zum Kommandanten dieser Stadt, ihr könnt euch hier umsehen, es scheint recht angenehm zu sein." Sie nickten und teilten sich in Gruppen auf, in denen sie die Stadt erkundeten.

Sharp und sein kleiner Kumpan folgten der Hauptsraße, oder zumindest der Straße, die sie dafür hielten, schließlich liefen die meisten, sich verbeugenden Menschen auf ihr. Es roch appetitlich nach gebratenem Fleisch aus den sonderbaren Hütten, deren Dächer sich an den Ecken nach oben bogen wie Säbel. Frost sog die Luft tief ein: „Ist dir bewußt wie minderwertig ich mir mit dem haltbar gemachten Trockenfleisch in meinem Beutel vorkomme?" Sharp lachte, wobei er versuchte, den Mund geschlossen zu halten, sonst wäre ihm der Sabber herausgeflossen wie einem unterernährten Hund vor der Metzgerei. Als sich auch noch scharfe Gewürze und gebratenes Gemüse unter den Potpourri aus Düften mischten, versagte ihre Selbstbeherrschung. Frost stellte sich an das große Fenster eines Wirtshauses, welches eigens auf die hungrigen Passanten eingestellt war, und bekam zwei Teller mit köstlichen Mahlen für lau. Sharp blickte den immer noch vollen Geldbeutel des Kommandanten an und dieser lachte: „Sehr gastfreundlich, ich mußte nicht einmal bezahlen." Er drückte Sharp seine Portion in die Krallen. Als sie beide mitten auf der Straße standen und wie verrückt auf die Teller stierten, begannen sie sich zu fragen, womit sie sich das Fleisch zum Mund führen sollten. Frost wandte sich wieder an den Wirt, der glücklich lächelnd hinter seinem Fenster stand und sich über den scheinbar großen Appetit der beiden Besatzer freute. Das

Grinsen schien ihm angeboren, denn selbst als Frost ruppig nach Besteck fragte, blieb es an Ort und Stelle. Er grinste sogar sein Kücheninventar an, als er nach etwas kramte und dem Red-Eye dann vier Stöckchen aushändigte. Auf die hochgezogenen Augenbrauen reagierte er mit einer Demonstration der Eßkultur dieses Landes, indem er mit den Stöckchen Fleisch aus seiner Pfanne hob und sich zwischen die Grinsebacken schob. Sharp lachte, als er Frosts verwirrten Blick sah und versuchte sich an den Stäbchen. Ohne Erfolg, denn das Fleisch berührte gerade seine hungrigen Lippen, da fiel es wieder zurück in die Soße, wobei es zahlreiche Spritzer auf seiner schwarzen Uniform hinterließ. Der Wirt kam sofort aus dem Haus gerannt, einen Lappen in der Hand und wischte Sharp auf offener Straße sauber. Dies war dem Gardisten etwas unangenehm, denn die Leute drehten sich nach ihm um und tuschelten in ihrer geschmeidigen Sprache. Frost kicherte verhalten, sein Essen mit den Fingern bearbeitend. Als der Wirt fertig war, begann er wieder zu lächeln: „Verzeihung, Herr, ich wußte nicht, daß Sie nicht hier stationiert sind, nehmen sie, nehmen sie", forderte er ihn auf und drückte ihm eine Holzgabel in die Hand. Nun kicherte Sharp, seine Hände blieben sauber, im Gegensatz zu Frosts.

Poison und Spear erlebten leider keine kulinarischen Genüsse, lernten dafür aber die Schmiedekunst Wakharamis kennen. Hier schienen die Menschen offene Räume und Türen zu lieben, denn jedes Haus war durch entweder eine großzügige Fensterfront oder offene Wände einsehbar. Sie standen gerade vor dem weit geöffneten Fenster eines alten Schmiedes, der sein Werkzeug kaum noch halten konnte und beobachteten seine Arbeit. Wie Poison und ihr Vater vor ihr, wendete er das Eisen nach jedem Schlag, faltete es übereinander und erhielt dadurch mehrere Schichten hartes, doch biegsames Metall, perfekt für Waffen. Als Poison ihrem ausnahmsweise interessierten Mitstreiter dies erläuterte, runzelte er die Stirn: „Waffen? Warum stellen die vor unseren Augen Waffen her?" Poison lächelte, Spears Sorge verstehend, doch sie ahnte, wofür diese Waffen waren. Sie fragte den Schmied laut danach, doch dieser verzog unglücklich das Gesicht und wies auf seinen Mund. Spear knurrte: „Kann er nicht sprechen, oder wie?" Die Frau an seiner Seite schüttelte den Kopf: „Er versteht uns sicherlich nicht." Während sie dies sagte, trat ein jüngerer Mann in den Raum und bemerkte die Red-Eye vor dem Fenster. Er kam sofort auf sie zu, verbeugte sich natürlich und lächelte dann: „Wie kann ich Euch dienen? Und verzeiht meinem Vater, er spricht nur unsere Sprache, er war schon alt, als wir in diesem Land ankamen." Poison nickte verständnisvoll: „Wir möchten fleißige Handwerker nicht stören, nur mein Freund hier", sie wies auf Spear, der sich vorkam wie der lästige Einfaltspinsel im Schulunterricht, „hatte sich gefragt, wozu ihr denn Waffen herstellt?" Der Mann verbeugte sich noch einmal tief, dann blickte er Spear an: „Oh, guter Herr, die Waffen sind für die große Armee der Red-Eye, unserer gerechten Oberhäupter." Spear nickte zufrieden, ihm gefiel es durchaus als das Oberhaupt irgendjemandes angesehen zu werden. Poison war weniger auf Schmeichelei aus und freute sich, daß der Mensch die richtigen Worte gefunden hatte, Spear wäre ihm bei einem falschen Zwinkern an die Kehle gesprungen.

Thunder versuchte vergeblich, sich gegen die anstürmenden Frauen mit den vielen Heilsalben, die sie auf seinen verletzten Flügel auftragen wollten, zu erwehren, sie schienen aus allen Häusern und sogar aus den Fenstern zu springen, alle darauf bedacht zu helfen, doch die vielen Menschen machten den Red-Eye durchaus nervös. Er und Ironhead waren in die entgegengesetzte Richtung von Spear und Poison marschiert und fanden sich in einem Wohnviertel wieder. Die Männer waren anscheinend alle bei der Arbeit oder im Haus geblieben, denn nur Frauen stürmten ihnen entgegen. Mit lauten, hohen, zeternden Stimmen gackerten sie sich gegenseitig an, wer denn nun die Erste sein dürfte, dem Besatzer zu helfen, wobei Thunder auffiel, daß der Umgangston untereinander durchaus härter war als jener zu Fremden oder zu ihren Herren. Als sie damit begannen, sich die Schüsseln mit Salbe, um die Ohren zu schlagen und sich gegenseitig mit Verbänden strangulierten, nahmen die beiden Red-Eye Reißaus. Hinter einer Ecke kamen sie zum Stehen, das laute Gebrüll des spontan entstandenen Kampfes hinter ihnen. „Wenn sie ihre Frauen in die Schlacht geschickt hätten, würden wir dieses Land heute noch nicht besitzen", mutmaßte Ironhead ernst, womit er den keuchenden Thunder zum Lachen brachte. Als sie sich keiner Verfolger bewußt waren, wagten sie sich wieder auf die Straße, den nichtssagenden Schildern mit den seltsamen von oben nach unten geschriebenen Zeichen folgend.

Als Frost seine Hände an einem Brunnen gewaschen hatte und sie den Gang wieder aufgenommen hatten, erreichten die beiden einen großen Platz, den Mittelpunkt der Stadt. Hier war Aschfeld so präsent wie sonst nirgendwo außerhalb des Landes, denn eine Statue stand in der Mitte, wo einst ein Altar stand. Sie zeigte den glorreichen Eroberer dieses Landes: Knocker Bloodfist, einen grobschlächtigen Kommandanten von der Größe Sharps, aber doppelter Breite. Er hatte herausgefunden, daß die dünnen Wälle der wakharamischen Städte anfällig für Rammbocke oder Katapultgeschosse waren, da sie, wie bekannt, innen hohl waren und somit drei anstatt nur einen Wehrgang boten. Mit dieser Erkenntnis wurde Teeijang in Schutt und Asche gelegt, woraufhin Aaijang sich ergab und seinen König fortschickte, ins Exil. Die Statue war überlebensgroß, mächtig und einschüchternd, wie alles was die Red-Eye erbauten. Die Menschen nannten es zwar überheblich und geschmacklos, doch ein Baumeister aus Aschfeld wußte, worauf die Eroberer Wert legten. Auf der gegenüberliegenden Seite des Platzes stand ein Gebäude, welches beide Bauarten in sich vereinte, den verschnörkelten, edlen Stil Wakharamis und den Bombast Aschfelds. Sharp vermutete, daß es eines der wenigen Häuser war, welches bei der Inbesitznahme Aaijangs zerstört wurde, dann unter den Red-Eye wieder erbaut. Die Grundfesten schienen erhalten geblieben, also hatte man ein für Aschfeld typisches flaches Dach, große Türen und Schießscharten eingebaut. Die Trapezform fehlte, ebenso wie die Türme, die bei einem Gebäude dieser Größe zum guten Ton gehörten. Als ein Soldat die beiden neuen Red-Eye erspähte, sprang er von seinem gemütlichen Sitz vor der Statue und rannte durch das offene Tor, in das Innere des Gebäudes. Sharp vermutete, die Kommandantur befand sich darin, ebenso wie der Kommandant und Statthalter, Knocker Bloodfist. Nach einer Weile traten mehrere Red-Eye aus dem Haus, angeführt von dem Wachmann von vorhin. Sie sahen aus, als hätten sie sich gerade erst die Rüstung angezogen und wirkten schläfrig. Das leichte Kolonialleben hatte Auswirkungen auf Disziplin und Gehorsam. Sie bauten sich vor Sharp und Frost auf und ein weiterer Red-Eye kam aus dem Haus getrottet, beinahe geschlendert, sich den müden Kopf kratzend. Sharp erkannte ihn sofort. Ein Bulle von Mann, nur aus Muskeln bestehend, die Oberarme so dick wie Sharps Oberschenkel. Die Stachelhaare hatte er sich immer kurz scheren lassen, sie ragten nur mit der Länge eines Zeigefingers aus seinem Kopf, um den sie sich aber glatt und geschmeidig legten, wie eine harte Kappe aus Horn. Sein auffälligstes Merkmal aber war ein Halstuch, rot wie seine Augen. Er trug es immer ins Gesicht gezogen, bis über die Nase, was ihn wie einen Furcht einflößenden Banditen aussehen ließ. Wie Sharp ihn in Erinnerung hatte, trug er keine Waffen, auch heute nicht, als er sich durch seine Männer drängte und mit breiter Brust vor ihm stand. „Sharp Claw", drang es unter dem Tuch hervor, „der Retter der Schlacht vor Tanadun, der Eroberer Aaijangs." Sharp grinste, der Kommandant über alle Red-Eye Wakharamis hatte seine eigenen Taten aufgezählt, nicht die von Sharp. „Knocker Bloodfist", versetzte Sharp Claw auf die gleiche Weise, „der Held aus West-Kworl, der Kerl, der wieder von den

Toten auferstanden ist, der den Feind am Aner-Damm zerrissen hat, der Taaron unterwarf." Knocker lächelte deutlich, Sharp sah es an den Umrissen unter dem Halstuch, dann umarmten sie sich lachend, unter den verwirrten Blicken ihrer jeweiligen Begleitung. „Ich freue mich, dich hier zu sehen, Sharp. Und auch dich, Frost." Er gab beiden noch einen Kriegerhandschlag dazu, bevor er seine Entourage vorstellte. Wie erwartet, handelte es sich um ranghohe Kommandanten und ein paar Gelehrte, die der Wissenschaft wegen hierher gekommen waren. Er führte sie in das Innere seiner Behausung mit dem Durcheinander an Baustilen, welches sich in den Räumlichkeiten fortsetzte. Sie setzten sich im Erdgeschoß an einen eckigen Tisch, an dem runde Stühle standen, deren Sitzpolster aus einem Geflecht bestand, welches an einen Korb erinnerte. An den Wänden hingen Säbel aus Aschfeld und große Schriftzeichen der einheimischen Menschen in Bilderrahmen. Knocker bemerkte Sharps verdutztes Gesicht und wies auf eines der Bilder: „Das hier bedeutet ‚Schwert'." Sharp nickte, auch wenn er sich unter diesem wirren Gekritzel aus Pinselstrichen nichts vorstellen konnte. „Das hier heißt ‚Krieger'", machte Knocker ungefragt weiter und wies auf ein weniger kompliziertes Zeichen, „und das hier ‚Red-Eye'." Selbst Frost erwachte aus seiner gelangweilten Haltung, das Zeichen für Red-Eye war völlig anders als jene für Schwert und Krieger. Es schien eine Figur abzubilden, einen rudimentären Menschen, mit einem großen Loch im Bauch, durch den etwas langes, dünnes ragte. Sharp konnte sich ein erstauntes „Hoho" nicht verkneifen und Knocker lächelte wieder unter dem Tuch: „Erstaunlich, nicht? Die Menschen hier haben kaum Namen für neuartige Dinge erfunden, also setzten sie zwei ältere Wörter zusammen und haben ein neues. Dies fungiert zwar eher als Beschreibung, wird aber benutzt wie eine Bezeichnung. Dieses Zeichen besteht aus dem langen, dünnen Wort für ‚schneiden'

oder ‚schlitzen' und aus dem Zeichen für ‚Mensch', welches sich von selbst erklärt, es ist ja beinahe ein Bild von einer Person."
Frost lehnte sich in seinem eigenartigen Stuhl zurück: „Du hast die Kultur dieser Rasse ja aufgesogen wie ein Schwamm das Blut im Hospital." Knocker senkte den Blick, sich der Kritik gewahr: „Nein, ich versuche, das Zusammenleben hier möglich zu machen. Ich danke Jataro jeden Tag dafür, daß die Menschen hier so friedlich sind und nicht wissen, daß sie meinen Männern zehn zu eins überlegen sind. Aber selbst, wenn sie es wüßten, würden sie nicht rebellieren. Es sei denn, ich bin unnötig grausam." Sharp zog anerkennend die Augenbrauen hoch und nickte: „Das ist die beste Entscheidung, in einer unterbesetzten Kolonie." Knocker erhob die Hände in einer wahllosen Geste, dann blickte er ihm in die Augen: „Ich weiß, warum ihr hier seid. Oder ich vermute zu wissen, warum ihr hier seid: Die Armee aus abgerissenen Gestalten, die zwanghaft unauffällig im Süden vorbeigekrochen ist und Kurs auf Aschfeld nimmt?" Frost lehnte sich wieder nach vorn: „Du hast sie gesehen?" Der Kommandant Aaijangs schüttelte den Kopf: „Nicht persönlich, aber Menschen, die dort in der Nähe arbeiten, haben es meinen Männern berichtet. Die Krieger wären sogar zu ihnen gekommen und hätten versucht, sie zu animieren mitzumarschieren. Natürlich ging kein einziger mit und sie haben ein kleines Massaker dort angerichtet. Ein paar Feldarbeiter getötet, Höfe angezündet und so weiter. Sie machen vor nichts halt und sind verzweifelt." Sharp ballte die Hand zur Faust, die Menschen taten so etwas nicht ihresgleichen an, nicht einmal den schlitzäugigen, schwarzhaarigen Einwohnern Wakharamis, die sie für Räuber und Diebe hielten. Es sei denn, jemand befahl es ihnen. Jemand zu dem sie aufsahen.
„Wie lange ist das her?" fragte Sharp, seinen Säbel streichelnd. Knocker zuckte mit den Schultern: „Gerade zwei Tage, heute nacht werden es drei." Frost und Sharp blickten sich an, sich fragend, wann denn das vom General prophezeite Wunder gesche-

hen sollte. „Wir warten hier mit unseren Freunden auf Jarnes und Blade, dann ziehen wir ebenfalls nach Aschfeld", versuchte Frost die Unterhaltung zu beenden, als Knocker aufsah: „Ihr seid nicht allein hier?" Sharp zählte ihm die Mitreisenden auf, da leuchteten die Augen des Berges aus Fleisch auf: „Hervorragend, ich werde ebenfalls mitkommen." Frost neigte den Kopf wie eine verwirrte Katze: „Wer übernimmt dann die Verwaltung dieser Kolonie?" Knocker lachte leise: „Die, die es schon seit der Kolonialisierung tun, meine Untergebenen."
Sharp hielt sich in amüsierter Verzweiflung die Hand vor das Gesicht. Knocker war genial, ging aber so gut wie jeder Arbeit aus dem Weg. Letzten Endes war dies der größte Beweis für seine Intelligenz, wer schuftete schon selbst, wenn es auch andere tun konnten, die es vielleicht sogar lieber machten. Er verstand den großen, muskulösen Mann sehr gut. Er war Krieger, wie Sharp Claw selbst, aber von ganz oben gezwungen worden, hier die Stellung zu halten. Eine der vielen Fehlentscheidungen des ehemaligen Königs Deep Axe. Knocker erhob sich. „Ich lade euch zum Essen ein, Blade und Jarnes werden sicher erst morgen oder in zwei Tagen zu uns stoßen, solange könnt ihr euch hier von mir bewirten lassen. Habt ihr schon die Küche probiert?" Frost nickte vielsagend: „Durchaus. Ein wahrer Gaumenschmaus, aber schwer zu essen ohne Messer und Gabel." Knocker winkte ab: „Ach, was das angeht, sind sie hier wahre Barbaren! Köstliches Essen, aber nichts um es ins Maul zu befördern. Ich habe schon zwei Tage nach meiner Amtsübernahme Besteck und Teller aus Aschfeld geordert, jetzt sind können wir hier speisen wie zivilisierte Red-Eye."
Er entließ sie mit dem Hinweis auf die hervorragenden Übernachtungsmöglichkeiten in der Nähe und der Bitte um Entschuldigung, da er keine Zimmer im Hauptgebäude frei habe.
Die Gardisten fanden sich am Abend nach und nach in ihrer Bleibe ein, einem edlen Gästehaus, eigens für Red-Eye eingerich-

tet. Alle waren in der Vermutung, Sharp und Frost zu finden, bei Knocker gewesen und wurden hierher geschickt, zwei Straßen weiter. Sie hatten zwei Stockwerke nur für sich und suchten sich ihre Zimmer aus. Spear quartierte sich neben Sharp im Erdgeschoß ein und warf seinen kleinen Beutel mit Habseligkeiten achtlos durch die Tür in das Zimmer: „Einzug abgeschlossen, Cousin. Uns gehört der größte Teil der gesamten Welt, da sollte man meinen, wir reisen zumindest wie die Herren, aber wir tragen nur das Nötigste in kratzenden, unbequemen Stoffsäcken mit uns herum auf Wanderschaft." Sharp lachte: „Nicht mehr lange, Spear, dann müssen wir nie wieder reisen und nie wieder von Schlacht zu Schlacht hetzen." Sein Verwandter blickte ihn verwundert an, die roten Augen weit geöffnet: „Was? Also ich für meinen Teil werde die Welt weiterhin bereisen, auch wenn es keine Gegner mehr gibt, die ich bekämpfe. Warst du schon einmal in Schwingen?" Er wartete keine Antwort ab: „Ich genauso wenig. Die Berge, die Schluchten und die fliegenden Städte will ich sehen und zur See fahren, an der Küste hinterm Bauernland." Sharp schlug ihm auf die Schulter: „Das wirst du, aber erwarte nicht, daß ich dir überallhin folge, wo man sich Blasen holen und in tiefe Abgründe stürzen kann." Spear lächelte verschmitzt: „Keine Angst, ich werde uns die schönsten und einfachsten Strecken aussuchen."

Als Spear die Wendeltreppe in das nächste Stockwerk emporschritt, drehte sich Sharp in sein eigenes Zimmer. Wie sein Cousin hatte auch er nur ein kleines Bündel bei sich gehabt, welches er aber auf dem niedrigen Tisch ausgebreitet hatte. Er wunderte sich, wie man hier wohl saß, der Tisch war so niedrig, daß man auf einem Stuhl mindestens einen Meter darüber schweben würde. Da er sich nach einem prüfenden Blick in den Raum sicher war, keinen Stuhl zu finden, setzte er sich neben den Tisch. Er fluchte, sein schwarzer Waffenrock störte ihn gewaltig und der Schneidersitz war vollkommen unmöglich. Als er nach mehreren Versuchen, die zum Glück niemand gesehen hatte, sich endlich niederließ, widmete er sich dem Inhalt seines Beutels. Trockenfleisch, welches völlig ungenießbar schien, in der Nähe solcher Delikatessen wie heute mittag, ein kleines Messer, zum Schneiden des eben genannten Trockenfleisches, Geld in einer passablen Menge und zum Glück die für Red-Eye wichtigen Lederriemen. Sharp waren seine Stachelhaare schon vor der Schlacht am Aner-Damm zu lang gewesen, also band er sie mithilfe der Lederstreifen hinter dem Rücken zusammen. Außer diesen Dingen führte er noch einen Schleifstein für seinen Säbel mit und eine kleine Truhe. Er wog sie in der Hand, naja, eher eine Schatulle. Die kleinen Scharniere öffneten sich quietschend und gaben den Blick auf den Inhalt frei. Feines, weiches Papier mit der geschwungenen Handschrift seiner Frau beschrieben. Er hob die Briefe ins Licht, las die sehnsüchtigen Worte, die aus der Zeit vor seinem Tod stammten. Sie mußte ihn für tot halten, war sicherlich bei seiner Beerdigung anwesend und trauerte. Ein schrecklicher Gedanke ließ ihn sich erheben, aus dem Zimmer stürmen und scheppernd gegen Ironheads Bauch rennen, der sich gerade durch den Gang bewegte. Sharp wurde umgeworfen und ein erschrockenes „Entschuldigung" drang zwischen den klappernden Einsenteilen hindurch. Auf den harten Bodendielen aufgeschlagen, blickte Sharp in Ironheads Fratze: „Mein Fehler, Großer." Er erhob sich schnell wieder und erklomm im Sturm die Wendeltreppe in den ersten Stock. Der Gang dort ähnelte dem Erdgeschoß, dieselben Papierwände und dünnen Holzstreben als deren Unterbrechung. Am Eingang zu einer der Zimmer lehnte Spear nach innen gewandt. Er drückte sich an ihm vorbei, in der Vermutung, Poisons Zimmer zu betreten. Er erblickte sie in einer ähnlichen Position wie er selbst eingenommen hatte, um sich an den kleinen Tisch in der Mitte zu setzen: „Poison", brach es aus ihm heraus, „wußte Slana von Taaron und seiner Maskerade?" Ein Seufzer erhob sich. Zeitgleich von Poison und Spear abgegeben. Er trat näher an die schweigende Frau, kniete sich neben sie: „Wußte Slana von ihm?" Poison blickte weg, durch das geöffnete Fenster, durch das man die vielen kunstvollen Dächer der Stadt sehen konnte. „Ja", antwortete sie abwesend, „er war sogar in Tinwatuk, bei ihr." Sie blickte ihm in die Augen: „In eurem Haus in der Weststadt, nahe des schwarzen Brunnens." Sharps Augen weiteten sich in einer schrecklichen Vermutung, doch Poison schüttelte schnell den Kopf: „Nein, Sharp, so war es nicht. Ich mußte ihn an einen sicheren Ort bringen, wo er keine Red-Eye treffen konnte, die ihn entlarven würden. Dein Haus war die beste Alternative, nach dem Stadtturm. Doch hätte ich ihn dorthin gebracht, wäre einigen etwas aufgefallen. Sei versichert, ich habe Slana vorher aufgeklärt und sie war voller Abscheu, doch verstand unsere Lage." Sharp sank auf den Boden, die Hände vor den Augen. „Dieser Bastard", knurrte er, während die von Sorios geschlagene Narbe über seinem Auge pochte wie wild. Hitze stieg in ihm auf und beinahe wäre er in die Rage verfallen, doch Spear packte ihn von hinten unter den Achseln und zog ihn nach oben: „Verdammt, Sharp, es ist nichts passiert, wir haben Taaron, und deine Familie ist sicher, weit weg von ihm." Der Gardist atmete mehrmals tief durch, während sein Sichtfeld sich langsam wieder klärte: „Ich werde ihn erledigen, eigenhändig. Unsterblichkeit hin oder her, ich werde ihn in seine Einzelteile zerlegen und seine häßliche Maske an meine Wand nageln wie eine Trophäe."

Nachdem Sharp sich beruhigt hatte, brachen sie gemeinsam zum Hauptgebäude auf, wo Knocker sie zum Essen eingeladen hatte. Die Nacht war hereingebrochen und kein einziger Mensch wandelte auf den Straßen Aaijangs. Spear schüttelte sich: „Zum Gruseln ist es hier. Eine eroberte Stadt, völlig still." Poison lachte: „Angst, großer Krieger?" Der Angesprochene knurrte: „Nur, wenn du und deine Visage in der Nähe sind." Sie wollte etwas darauf erwidern, doch Frost stellte sich geistesgegenwärtig zwi-

schen die beiden: „Wir sind eingeladen worden und sollten uns benehmen. Laßt die Kabbeleien." Sie verstummten und bogen in die Hauptstraße ein, wo Sharp und Frost heute mittag gespeist und sich blamiert hatten. „Ich freue mich auf das Essen, du wirst Augen machen, Ironhead", sagte Frost gerade, „die braten das Fleisch in riesigen, runden Pfannen und werfen das Gemüse gleich mit hinein. Egal, wo du hineinbeißt, alles schmeckt nach Fleisch." Die wortreiche Beschreibung entlockte dem Riesen nur ein monotones Brummen. Frost blickte ihn besorgt an: „Was ist los? Hast du keinen Hunger?" Ironhead nickte widersprechend: „Doch sehr, aber jeder Bissen, der in meinem Mund landet, streift die Maske und nimmt einen ekelhaften metallischen Geschmack an. Mir schmeckt selten etwas, und wenn dann nur Flüssiges, das kann ich in Trichtern hindurchführen." Die Gruppe nickte schweigend, den armen Ironhead bemitleidend. „Und du darfst sie erst abnehmen, wenn die Red-Eye gesiegt haben?" fragte Poison traurig, woraufhin Ironhead kleiner wurde, was bei seiner Größe bemerkenswert war: „Ja, aber dies ist die Entscheidung mehrerer weiser Männer, die bestimmen, wann wir gesiegt haben. Wenn sie entscheiden, daß die Red-Eye noch viele Jahre Krieg führen müssen, dann werde ich die Maske bis in meinen Tod tragen."
Von Sharp Claw angeführt erreichen sie das Hauptgebäude, vor dessen Tor ein Gang aus Fackeln aufgestellt wurde, durch den die Gäste marschierten. Die Flammen warfen tanzende Schatten auf den Boden und die Wand des Gebäudes und führten sie in das Innere, wo ein edel gekleideter Red-Eye sie empfing: „Seid gegrüßt und folgt mir in den Bankettsaal. Kommandant Knocker erwartet Euch."
Sharp und seine Getreuen taten wie geheißen und hängten sich an die Fersen des Mannes im roten Gewand, dessen Saum den Boden streifte. Er führte sie um mehrere Ecken und dann durch eine goldene Tür, die noch zum alten Teil des Gebäudes gehören mußte und den Brand überlebt hatte. Der Diener ließ sie

ein und die Gardisten fanden sich in einem Speisesaal wieder, der auch irgendwo in Tinwatuk hätte sein können. Die Wände waren schwarz, eine große, eckige Fensterfront zog sich über die Seite und gab den Blick auf die Straßen frei. In der Mitte des Saales stand ein langer Tisch, sicherlich für mehr als Sharps Entourage und den Gastgeber gedacht. Nur am oberen Ende war eingedeckt. Während die Red-Eye den Tisch umrundeten, besahen sie sich die Wand gegenüber der Fensterfront. Waffen aus Aschfeld hingen dort, über Kreuz angebracht oder einzeln, bereit, sie im Notfall aus der Verankerung zu reißen und damit zu kämpfen, Wandteppiche, die Szenen aus dem Krieg um dieses Land zeigten, der Fall Teeijangs, die Schlacht nahe des Waldes bei Teeijang, Bilder von Belagerungsmaschinen, die Kapitulation Aaijangs. Sharp blieb vor dem allerletzten der Wandteppiche verdutzt stehen, es zeigte einen Red-Eye, der in einem nächtlichen Wald einem Elfen gegenüberstand. Der Red-Eye zeigte mit dem Finger auf den Elfen und hatte den Mund offen, als ob er ihn warnen oder anklagen wollte. Frost erschien neben ihm: „Sie übertreiben, so war es nicht. Ich hab ihm das Messer in den Rücken geworfen, dann ist er verschwunden, einfach in den Boden versickert." Sharp riß erstaunt die Augen auf, dieser Wandteppich zeigte den Zeitpunkt kurz nach Sharps Tod, als Frost den feigen Anron durch den Wald gejagt und ihm eine verheerende Wunde zugefügt hatte. Er war fasziniert und etwas traurig darüber, daß er selbst nicht abgebildet war. Dann erinnerte er sich, daß er zu diesem Zeitpunkt ein Kadaver am Straßenrand gewesen war und nicht sehr glorreich dagestanden hatte.

Eine Tür am anderen Ende des Saals flog auf und Knocker trat ein, in einer sauberen Rüstung, die Arme ausgebreitet wie ein Vater, der seine verlorenen Söhne wieder zu Hause empfing: „Brüder und liebe Schwester! Ich freue mich, daß ihr meiner Einladung gefolgt seid. Nehmt Platz, ich habe Hunger und um hierher zu kommen, mußte ich an der Küche vorbeilaufen, mir läuft das Wasser im Munde zusammen." Die Garde bedankte sich höflich und setzte sich an den großen Tisch. Als alle still saßen, erschienen wie aus dem Nichts menschliche Diener aus allen Ecken und schenkten ihnen Wein ein oder fragten, ob sie spezielle Wünsche hegten. Als sie mit den Bestellungen wieder in ihren dunklen Ecken verschwanden, beugte sich Spear weit vor und flüsterte beinahe: „Bist du sicher, daß die nicht in den Wein hineinkotzen, Knocker? Du scheinst diesen Menschen viel Vertrauen zu schenken." Knocker reagierte auf diese Befürchtung mit Belustigung: „Nein, ich bin mir nicht sicher, aber glaub' mir, diese Menschen sind große Feinschmecker, sie würden ihren handgekelterten Wein eher eigenhändig in den Graben gießen als hineinzukotzen, wie du sagst." Spear schien zwar nicht völlig überzeugt, hielt aber den Mund. „Ich hörte, du willst uns auf der Weiterreise begleiten, Knocker?" Poisons Frage entschärfte die unangenehme Situation, die Spear taktlos hervorgerufen hatte, und die Gemüter entspannten sich wieder. Knocker nickte stolz: „Exakt, ich werde euch begleiten. Ich lasse mir die Chance nicht nehmen, in der letzten Schlacht auf diesem Kontinent mitzukämpfen. Eher würde ich in den Wein kotzen." Gelächter brandete auf und nicht nur ein nervöses Augenpaar heftete sich auf Spear, doch dieser amüsierte sich ebenfalls über Knockers Scherz.

Nach wenigen Minuten schon wurde das Essen aufgetischt und es war reichhaltiger als die Gardisten sich träumen ließen. Sharp und Frost kannten den Geschmack der scharfen Soßen und des zarten Fleisches bereits und sie freuten sich über das Leuchten in den Augen ihrer Freunde. Ironhead hantierte an seiner Maske herum und öffnete schließlich einen kleinen Schieber, der gerade groß genug war, um eine Gabel voll in den Mund des Riesen zu bugsieren. Obwohl er es schwerer hatte, genoß er den Geschmack und die exotischen, wunderlichen Aromen. Hier erlebten die Red-Eye zum ersten Mal den Geschmack von süßen Früchten im Zusammenspiel mit Fleisch, ein Genuß, der eine Melodie aus begeistertem Aufstöhnen durch den Raum sandte. „Verflucht, dieses Fleisch ist zart wie Seide und zerfließt zwischen meinen Zähnen", sagte Spear, eher zu sich selbst als zu den anderen, doch die nickten zustimmend: „Ich muß nicht einmal richtig kauen." Als die großen Schüsseln mit dem weichgekochten Getreide, das sie Reis nannten, gebracht wurde, verstummte die Runde ratlos. „Wie ißt man denn das?" fragte Poison aufgeregt, auf der Suche nach neuerlichen kulinarischen Genüssen. Knocker griff in die Schüssel vor sich und formte mit der Hand einen Ball aus dem klebrigen Nahrungsmittel, welchen er in den Rest seiner Soße tunkte und sich dann in den Mund schob: „So, ganz einfach." Als sie das Mahl beendet hatten, lehnten sie sich zurück in ihre Stühle und stöhnten gesättigt auf: „Ich wünschte, Schwingen hätte eine Kolonie mit solch' bewundernswerten Eigenschaften, was das Essen anbelangt", informierte sie Thunder mit müder Stimme. „Wenn die Welt friedlich ist und wir kein marodierendes Söldnerheer in unseren Ländern wissen, ist jedes Volk hier willkommen." Knocker blickte Thunder gütig an, das Gespräch auf das aktuelle Thema lenkend. Sharp nickte: „Sicherlich, und es wäre begrüßenswert, wenn wir diesen Zustand des Friedens so eilig wie möglich herbeiführen könnten. Mit deiner Hilfe Knocker." Der Kommandant Aaijangs lächelte: „Ich freue mich, wieder in die Schlacht zu ziehen, ihr glaubt nicht, wie langweilig der Frieden ist, wenn er nicht mit Waffengewalt durchgesetzt werden muß." Gelächter brandete auf und verebbte wieder. Frost richtete sich seufzend in seinem Stuhl auf: „Laßt uns etwas genauer über die Lage und unser weiteres Vorgehen sprechen", verkündete er. „Der General glaubt, die Menschen werden Nord-Kworl angreifen, ich bin mir da weniger sicher. Eine Armee, die so verzweifelt ist, daß sie die weite Reise nach Aschfeld auf sich nimmt, wird sich weder von den hohen Mauern West-Kworls, noch von der lebensfeindlichen Umgebung Süd-Kworls beeindrucken lassen. Nord-Kworl klingt mir etwas abenteuerlich spekuliert." Spear nickte zustimmend, wie einige andere im Raum. „Ich bin derselben Meinung, auch wenn der General ein Schlitzohr von Stratege ist, seine jetzige These klingt gewagt und riskant." Einige Blicke suchten Sharp Claw, in der Erwartung eines Kommentars, doch der Kommandant schwieg und hörte sich bereitwillig die Gedanken seiner Krieger an. Knocker, der bis vor wenigen Sekunden nichts von der Eingebung des Generals wußte, machte sich bemerkbar und hob seine markante, kräftige Stimme, die sehr gut zu seinem groben Körper paßte: „Diese Armee ist auch an meinen Ländereien hier vorbeigezogen und hat sogar vereinzelt die Einheimischen attackiert. Ich persönlich glaube, nur die Soldaten sind verrückt vor Wut, doch ihre Anführer scheinen besonnen zu sein, obwohl sie eine historische Niederlage am Aner-Damm hinnehmen mußten." Thunder blickte die Runde an: „Wissen wir überhaupt, wer die Anführer sind?" Alle schüttelten den Kopf. „Ich vermute Tojan, den ehemaligen König Wakharamis, hinter dieser Sache. Einem anderen Herren wären die Bauern, die Knocker verloren hat, egal gewesen, nur dieser eitle, arrogante Klotzkopf kann genug Haß auf Unschuldige empfinden, um sie niedermachen zu lassen." sagte Poison, mit der Andeutung eines Achselzuckens. „Kann gut sein", drang Ironheads Organ durch die Maske, „ich glaube nicht, daß er mutig genug war, bei seinen Männern zu sein als das Schlachtfeld überschwemmt wurde." Die Red-Eye nickten. Sharp meldete sich erstmals zu Wort: „Wenn wir davon ausgehen, es ist tatsächlich Tojan, welche Gefahr geht dann von ihm aus?" Die Frage war an Knocker gerichtet, der am meisten Erfahrung mit der Kriegskunst des ehemaligen Wakharamischen Königs gemacht hatte. Er kratzte sich unter dem Halstuch, atmete dann tief ein: „Schwer zu sagen, Sharp. Mit seinen eigenen Leuten, von denen er nicht viele haben kann, wäre er ein durchaus gefährlicher Gegner, denn die wakharamische Kriegskunst ist bestialisch

und ihre Krieger perfekt darin geschult. Ehe man sich versieht, ist man in zwei Hälften geteilt und merkt es erst, wenn die Beine plötzlich hinter einem stehen bleiben. Wenn er den von uns angenommenen Haufen von Wilden und Banditen anführt, dann müssen wir uns nur vor seinen feigen Taktiken fürchten. Egal, welche Stadt er belagert, er wird sie nicht im Sturm nehmen, sondern versuchen, einen Verräter zu kaufen, sie auszuhungern oder in nächtlichen Aktionen die Tore von seinen schleichenden Kriegern öffnen zu lassen. Die Streitmacht ist kein Problem, er ist kein Mann, der eine Armee klug führt, er läßt die Probleme von Spezialeinheiten beseitigen und schlägt dann mit seiner ganzen Macht blind zu."
Sharp verstand: ein listiger und feiger Gegner, der den offenen Kampf scheute wie eine Katze das Wasser. „Wir machen uns zu viele Sorgen", knurrte Thunder müde. „Er ist nur ein Mensch mit einer Bande stinkender Heimatloser, die gerade ins Herz des Feindeslandes marschieren. Stellt euch vor wie sich eine besiegte Armee fühlen muß, mitten unter Feinden, umzingelt. Er wird wie ein geschlagener Hund um sich beißen und seine Armee zerteilen, ehe wir uns versehen. Außerdem sollten wir, meiner Meinung nach, nicht so sehr an Tojan denken, es kann sich auch um eine Armee handeln, die von einer Gruppe Wahnsinniger, aber unwichtiger Kommandanten angeführt wird." Poison nickte zustimmend: „Es ist wichtiger, daß wir die Armee vor eine unserer Städte stellen, im Zweifelsfalle vertraue ich dem General und tippe auf Nord-Kworl. Wer die Armee anführt, ist mir egal. Dies werden wir noch früh genug erfahren, wenn wir ihnen gegenüberstehen." Sharp blickte jedem in der Runde einmal fest in die Augen, dann lächelte er diebisch: „Einigen wir uns auf Nord-Kworl?"
Sie nickten. „Hervorragend, dann können wir uns jetzt dem Reisschnaps widmen."

Es dauerte ganze drei Tage, bis Jarnes und Blade eintrafen. Die Gardisten kamen ihnen aufgeregt entgegen und fragten wo sie denn gewesen seien und sie winkten ab: „Aero-Kworl wurde für die Friedensverhandlungen gebraucht und ich konnte mich als Kapitän nicht einfach entfernen, ebenso wenig wie Blade, der sich als erfahrener Feldherr an den Tisch mit Swarnon und unserem General setzen mußte. Diese Bastarde haben noch Forderungen gestellt, Sharp! Rotzfreche Dinge wie die Unberührtheit Schildens von Aschfelder Truppen und solche Dinge. Wenn es nach denen ginge, hätte dieser Krieg überhaupt nichts gebracht und wir hätten uns wieder verziehen können." Jarnes war sichtlich aufgebracht und Blades genervter Blick teilte Sharp mit, daß er es schon seit ihrem Aufbruch vom Damm war. Jarnes trug die glänzende Rüstung Aero-Kworls, ein Unikat, speziell für ihn, den Kapitän, angefertigt. Während Blade eine schwarze Rüstung trug, ebenso wie Sharp, doch im Gegensatz zum Gardekommandanten war er ein hochdekorierter Feldherr, der seine Abzeichen und Orden gern zur Schau trug. Die beiden waren einverstanden, sofort weiterzumarschieren, denn sie konnten es sich nicht leisten, noch einen Tag zu verlieren, zumal sie nicht wußten, welche Stadt die Feinde attackierten.
Knocker kam aus dem Hauptgebäude gerannt, einen Beutel um die Hüfte schnallend, bereit sein Domizil, seine Kolonie zu verlassen: „Verdammt, Freunde, ich habe nicht genug Reitechsen für uns alle. Ich dachte zumindest wir könnten bis Teejang reiten, dann weiterlaufen." Sharp schüttelte den Kopf: „Das ändert nichts, die Route ist im Fußmarsch geplant." Sie verließen unter vielen Verbeugungen das schöne Aaijang und wurden verabschiedet, als hätten sie das Land Wakharami nicht erobert, sondern mit den eigenen Händen errichtet.

Schon nach wenigen Stunden hatte sie die Routine des Marschierens wieder eingeschläfert und nur große Auffälligkeiten

in der Landschaft ringsum weckten die Reisenden aus dem schläfrigen Zustand auf. „Dies sind die Gewässer der Reinheit", informierte sie Knocker und zeigte auf einen großen klaren See in der Ferne: „Er heißt so, weil die Mönche Wakharamis ein Kloster an seinen Ufern besitzen, welches an jedem zweiten Sonntag im Monat das halbe Land beherbergt." Poison blickte ihn mit fragendem Gesicht an: „Inwiefern?"
„Es ist das Zentrum ihres Glaubens, dort soll ihr Gott den Menschen Leben eingehaucht haben, die vorher nur von ihm geschaffene Lehmstatuen waren. Kein Red-Eye betritt dieses Kloster, aus Respekt vor ihrem Glauben. Selbst ich habe es nur von außen gesehen, als ich die Mönche einlud, mit mir nach Aaijang zu kommen." Frost drehte sich zu ihm um: „Und? Sind sie dir gefolgt?" Knocker nickte belanglos: „Ein paar kamen mit mir, um sich zu vergewissern, daß ich keine Bestie bin, die das Land ausbluten läßt. Aber sie waren mir gegenüber sehr unterkühlt, wahrscheinlich weil ich sie von den Steuergeldern abgeschnitten habe." Er lachte kehlig: „Vorher ging ein guter Teil der Einnahmen an sie und hat ihnen ein Leben in Reichtum ermöglicht, heute sammeln sie bei jeder Messe Spenden und predigen wahrscheinlich sogar gegen mich." Nun wandte sich auch Sharp zu ihm um: „Tatsächlich, und du fürchtest nicht, daß ihre Worte Gehör finden?" Wieder ein Schulterzucken: „Nein, dem Volk geht es gut. Die wenigsten sind radikal gläubig und folgen den Mönchen. Der Großteil besteht aus Pragmatikern, welche die Messe nur aus Pflichtbewußtsein besuchen und sich danach wieder zu den Feldern aufmachen."
Nach einer Biegung im Weg erreichten sie ein abgebranntes Haus, direkt am Straßenrand. Es hatte einen kleinen Garten, einen Zaun und zwei Stockwerke, durchsiebt von vielen Fenstern. Einst mußte es blendend weiß gewesen sein, doch Ruß und Asche hatten die Fassade geschwärzt. Das Gras im Garten war zertrampelt und der Zaun eingerissen. Poison blieb davor stehen: „Dies

ist noch nicht lange her. Glaubt ihr, die Menschen haben auf der Durchreise hier gewütet?" „Nein", antwortete Knocker sofort, „dies waren meine Leute." Die Gruppe blickte ihn verwundert an: „Deine Leute? Ich dachte, du regierst ohne Gewalt?" Sharps Frage brachte Knocker dazu, den Kopf zu senken und sich mit der Hand beschämt über den Nacken zu streichen: „Das tue ich auch, doch in diesem Land herrschen andere Sitten und hier gibt es völlig andere Probleme als anderswo." Nach dieser lahmen Entschuldigung blickten sie ihn noch seltsamer an, bis der Muskelberg schließlich einlenkte: „Laßt es mich euch erklären: In diesem Gebäude, oder besser gesagt, im Garten dahinter, pflanzte ein Mensch ein Kraut an, welches die Sinne vernebelt, wenn man es raucht wie eine Pfeife. Dies hat er dann an die Bauern verkauft, die davon abhängig wurden und nicht mehr arbeiteten. Dies trat häufiger auf als zu ertragen war, also schickte ich eine Abteilung Red-Eye hierher. Sie haben den Mann festgenommen, seinen Garten verbrannt und ihn abgeführt. Ich hatte nicht befohlen, das Haus mit abzufackeln, aber die Flammen haben übergegriffen. Verständlich, daß meine Leute unaufmerksam waren, weil das Kraut sie beinahe außer Gefecht gesetzt hat, als es verbrannte. Ihr hättet sie sehen sollen, vollkommen neben sich, breit grinsend und lallend wie Kleinkinder. Zum Glück haben sie noch genügend Verstand gehabt, den Gefangenen mitzuführen. Er sitzt bei mir im Kerker, wahrscheinlich noch ein Jahr, dann lasse ich ihn laufen."

Teeijang zeichnete sich im Abendrot als scharfkantiges Trümmerfeld voller Stacheln, herausstehender Holzbalken und Mauerresten ab. Damals, als Taaron diese Station seines Weges passierte, hatten noch einige Red-Eye darin herumgestanden, die Ruinen einer besiegten Stadt bewachend, doch heute war dort nichts mehr, außer einer Gedenktafel die an die gefallenen Red-Eye erinnerte und an den Geniestreich Knockers. Mit einem Augenzwinkern bemerkten sie dies und nahmen den groben Kerl mit dem feinen politischen Gespür etwas auf den Arm, bis er schallendes Gelächter hervorrief, als er zugab, den Text selbst entworfen zu haben.

Es begann. Kundschafter hatten von der Armee berichtet, die frech an West-Kworl vorbeimarschiert war und auf das Herz Aschfelds zuhielt, den direkten Weg nach Nord-Kworl. Slana folgte Steams Anweisung und half den Familien in ihrer Straße bei der Flucht in die Felsenstadt im Rücken Nord-Kworls. Sie stand gerade auf der Straße und hievte einen großen Koffer auf den Rücken einer Reitechse. Die Echse gehörte der Familie im Nachbarhaus und hatte schon seit einigen Stunden genug zu tun, da mit ihrer Hilfe das Gepäck und die Habseligkeiten der Alten und Schwachen in die sichere Festung transportiert wurde. Um die schuftende Slana hatte sich ein Kreis aus hilfsbereiter, tatkräftiger junger Frauen gebildet, die ihre Anweisungen befolgten. Eine von ihnen kam schnell herbei und half Sharps Ehefrau mit dem Koffer. Als das schwere Gepäckstück auf dem Rücken der Echse lastete, zischelte diese unzufrieden auf, doch Slana riß am Zügel und drückte ihn der Frau in die Hand: „Dies kommt in die vierte Halle von unten. Kannst du dir das merken?" Sie nickte: „Natürlich, ich werde es behalten, und dann so schnell wie möglich zurückkommen." „Nein", Slana schüttelte raschelnd den Kopf, „bleib dort, dies ist der letzte." Wieder ein Nicken und die Frau mischte sich unter die Hunderte, die auf das Halbmondtor am Ende der langen Hauptstraße zuströmten. Die Straße schwappte über vor Red-Eye, die mit langsamem, beinahe andächtigen Schritt ihre Häuser verließen und sich ihre Bündel auf die Rücken warfen. „Mutter!" hörte sie ihren zweiten Sohn Sharp Junior rufen und wandte sich in die Richtung, aus der die hohe Kinderstimme kam. Er drückte sich durch die fluchenden Red-Eye hindurch in den Freiraum aus Frauen hinein, seinen

kleinen Bruder Knocks Huckepack tragend: „Wann gehen wir in den Berg?" Sie nahm ihm den Kleinen ab: „Jetzt, hast du alles dabei?" Er nickte und hob seine kleine Stofftasche an. Slana lächelte, natürlich trug er nur ein paar Spielsachen bei sich, die wichtigen Dinge wie Kleidung und Geld hatte Slana als erstes von der Echse abtransportieren lassen. Um das Transportsystem zu erproben, hatte sie sich entschuldigt. Natürlich war der Aktion ein gewisser Eigennutz nicht abzusprechen. Sie blickte die lieben Frauen an, die ihr Geholfen hatten und umarmte sie sogleich: „Ich wünsche euch viel Glück, wenn die Lage sich beruhigt hat, werden wir uns wiedersehen."
Sie wurden zu einem Teil des Stromes aus Körpern, der sich die Straße aufwärts wälzte und hatten während der einschläfernden Wanderung genug Zeit, nachzudenken. Slana dachte an Creep. Er war Steam, dem Neffen des Generals, gefolgt und gehörte nun zum schwachen Militär Nord-Kworls. Seine Schwäche rührte aus der Tatsache, daß die meisten jungen, gesunden Krieger in Nahwettern kämpften, und nur die Reserve, die zu alten, die zu jungen und die unbegabten in der Heimat geblieben waren. Sie fragte sich, ob er wohl ein vergleichbarer Krieger zu Sharp Claw, seinem Vater taugte. Dann schüttelte sie leise den Kopf, nein, sicherlich nicht. Sharp Claw war ein kriegerisches Wunder, ein Ausnahmetalent, beinahe eine Abnormität. Er unterschied sich voll und ganz von seinem Erstgeborenen. Nicht was das Aussehen anbelangte, sondern die Person. Sharp war aggressiv, tollkühn und handelte oft überstürzt, sein Sohn dagegen war besonnen, berechnend und manchmal zu still. Er würde einen guten Taktiker abgeben, sicherlich auch einen geschickten Schwertkämpfer, aber niemals mehr als Sharp. Allein das Auftreten der beiden unterschied sich, Sharp Claws Präsenz in einem Raum war einnehmend, er war stets der Mittelpunkt, obwohl er dies, wie sie als seine Frau wußte, nicht absichtlich hervorrief. Er mochte es nicht einmal. Creep Claw fiel kaum auf, ging ruhigen Schrittes

seiner Wege und konnte plötzlich neben einem auftauchen und mit seiner freundlichen Art jedes Herz gewinnen.

Sie erreichten das Halbmondtor, dessen Türen sich weit geöffnet hatten, um die Bevölkerung einzulassen, in das sichere Dunkel der Felswand. Slanas Augen mußten sich beim Eintreten erst an diese Dunkelheit gewöhnen, doch die vielen Fackeln an den Wänden machten es ihr einfach. Im Gegensatz zu ihrem ersten Besuch hatten die Krieger dieses Mal den ganzen Raum erleuchtet und die Halle spiegelte sich in glattem Marmor an den Wänden hundertfach wieder. Sharp Junior war von diesem Anblick vollkommen hingerissen und warf den Kopf aufgeregt hin und her, bis er in wagerechter Position verharrte, den Blick im rechten Winkel an die Decke geheftet. Sein Mund formte lautlos Buchstaben, als ob er ein unsichtbares, direkt über ihm schwebendes Buch lesen würde. Dann fragte er plötzlich viel zu laut: „Was bedeutet Kajin?" Die Leute in ihrer Nähe blickten die alleinerziehende Mutter fassungslos an und diese wollte vor Scham im harten Steinboden versinken. „Woher kennst du dieses Wort, Sharp?" fragte sie ihn scharf flüsternd, woraufhin er an die Decke zeigte: „Da oben steht es doch." Ein kollektives, empörtes „Oh!" schwebte an die Decke, gefolgt von Slanas Blick. Tatsächlich, dort an der Hallendecke war in großen, deutlichen, goldenen Buchstaben das Wort „Kajin" eingelassen, ein ungemein beleidigender Rachefluch in Redajerik. Vor zweihundert Jahren noch, wurde einem Red-Eye das Fell gegerbt, wenn er es wagte, dieses Wort in der Öffentlichkeit zu sagen, da es sowohl ein lästerlicher Fluch, als auch ein geheimes Wort für eine geheime Bruderschaft in den Bergen hinter Nord-Kworl war. Sie nannten sich die Kajin-Mönche und ihnen unterstand das einzige Gefängnis Aschfelds. Wer dort hingebracht wurde, kehrte entweder gar nicht oder verstört zurück. Ein Ort des Grauens, dessen bloße Erwähnung einen gesetzestreuen Red-Eye erschaudern ließ. Ein weiterer Beweis für die Geschmack- und

Taktlosigkeit der Einwohner Nord-Kworls, die sich dieses Wort an die Decke eines Zufluchtsortes schrieben. Wächter erschienen zu beiden Seiten der Schlange aus Flüchtenden und schoben sie mehr oder weniger freundlich die Treppe in die höheren Hallen empor. Slana nahm ihren Sohn in den Arm und drückte ihn an sich. Wenn sie hier getrennt würden, dann fände sie ihn womöglich erst nach Stunden wieder. Die Wächter mit den Lanzen und den glänzenden Brustharnischen gehörten eindeutig zur Reserve, intakte Truppen, daheimgelassen, um diese Stadt zu sichern. Ein Soldat in der Reserve fühlte sich generell hintergangen vom Oberkommando und herabgestuft auf das Niveau eines Rekruten, den man zu seiner eigenen Sicherheit in die letzte Reihe stellt. Dementsprechend war ihre Stimmung negativ. „Bewegt euch, es kommen noch mehr Red-Eye die Straße rauf!" rief einer und schubste eine Frau in das Tor hinein. „Bis ihr alle da oben seid, fackeln die Menschen die Stadt ab", informierte sie einer in der etwas prunkvolleren Uniform des Kommandanten dieser Reserveeinheit sarkastisch. „Und wir kriegen ihre Ärsche auch nicht zu fassen, weil wir eure hier die Treppen hochschieben müssen, wie die Weinfässer aus dem Keller."
Slana warf ihm einen giftigen Blick zu und trat in den Durchgang zur Treppe. Sie ging mit ihren Söhnen bis zu der hohen Etage, auf der man die breite Klippe mit den Ballisten erreichen konnte. Dort saßen bereits einige Leute und blickten die Neuankömmlinge neugierig an. Slana setzte sich in eine Ecke des Raumes und breitete ihre wenigen Habseligkeiten vor sich und ihren Söhnen aus.
Holzteller, Holzbesteck, dreckige Kleider, ein Kanten Brot, ein Trinkschlauch mit abgestandenem Wasser. Wie erfreulich. Eine Stimme, die ihren Namen rief, ließ Slana von der Trostlosigkeit ihrer geringen Habe aufblicken. Eine junge, hübsche Frau kam auf sie zu, das farbenfrohe Kleid mit den in Mode gekommenen weiten Oberarmen und eng anliegenden Unterarmen raffend,

um sich schneller bewegen zu können. Sie hatte die Stachelhaare zu einem dicken Zopf flechten lassen, was schwer war und daher nur von Männern getan werden konnte. Was wiederum bedeuten würde, diese Frau hätte einen kräftigen Verehrer in Aussicht. Das Flechten eines Zopfes war natürlich nicht nur Männern und Verehrern vorbehalten, doch es konnte durchaus ein Zeichen für die bevorstehende Verlobung oder Heirat sein. Die Frau lächelte Slana glücklich an, das Kleid wieder bis auf den Boden sinken lassend. Es dauerte einen kurzen, aber peinlichen Moment bis sie ihr Gegenüber erkannte. „Jala! Wie ich mich freue, dich zu sehen!" Sie umarmte Poison Greenbites jüngere Schwester herzlich, in ehrlicher Freude, denn sie war das erste bekannte Gesicht aus Tinwatuk, das sie hier in dieser unsympathischen Stadt zu sehen bekam. „Wie geht es dir?" fragte Slana, den Arm um sie legend, wie ältere Frauen es gerne taten. Jala lächelte müde: „Ich bin zumindest hier angekommen." Sie nickte: „Setz dich zu uns, meine Kinder würden sich freuen."
Jala hielt den kleinen Knocks so selbstverständlich im Arm wie Slana es tun würde und erzählte ihr von der Einsamkeit in Tinwatuk. Verständlich, nach dem Tod ihres Vaters, des berühmten Schmiedes, und Poisons andauerndem Aufenthalt in Kampfgebieten, war sie die einzige Greenbites in Aschfeld. Die Mutter war nach ihrer Geburt im Kindbett gestorben. Die beiden Frauen kannten sich schon lange und hatten sich schon einige Male am Brunnen oder auf dem Markt unterhalten, doch zu einer wirklichen Freundschaft war es nie gekommen. Nun waren beide froh, sich zu sehen. Jala streichelte Knocks über die kleine Nase: „Er ist eingeschlafen", murmelte sie lächelnd. „Wo ist Creep? Ich würde gerne sehen, wie ähnlich er seinem Vater noch werden kann." Slana seufzte: „Dort unten ist er, bei den Speerträgern und bereitet sich darauf vor, diese fremde Stadt zu verteidigen." Jala riß die Augen auf: „Sie haben die Flüchtlinge eingezogen? Diese unverschämten…" Sie verstummte, als sie aus

dem Augenwinkel einen einheimischen Wächter erblickte, der soeben durch den schmalen Gang, der zu dem Vorsprung mit den Ballisten führte, kam. Er trug einen langen Bart, eine dreckige Rüstung und vom langen Wachestehen und Patrouillieren abgelaufene Stiefel. Sein Blick glitt über die anwesenden Frauen, Kinder und Alten hinweg: „Ist unter euch irgend jemand, der den Mut und die Kraft hat, eine Balliste zu bedienen? Es würde unseren tapferen Männern, die sich dort unten den Arsch aufreißen, um eure Haut zu retten, ungemein helfen." Der Spruch kam lakonisch und bissig in den Ohren der Anwesenden an, der alte Kerl mußte doch wissen, daß ein Viertel der Kämpfer mittlerweile aus zwangsrekrutierten Männern aus Tinwatuk bestand. Jala blickte Slana in die Augen, zwinkerte und erhob sich dann, den Wächter fixierend: „Ich würde mich freuen, wenn ich euren tapferen Männern den Arsch retten könnte, dann müssen sie ihn sich vielleicht nicht ganz so weit aufreißen." Die Frauen lachten auf, das Gesicht des Wächters nahm die Farbe einer reifen Tomate an: „Ein Weibsbild allein kann keine Balliste bedienen. Es erfordert Kraft und Ausdauer, beides Dinge, die ihr nicht habt, Fräulein." Slana erhob sich: „Und wenn zwei Weibsbilder", sie spuckte das Wort förmlich aus, „an der Balliste helfen?" Eine Tomate wäre beim Anblick des tiefen Rot im Gesicht des Wächters glatt wieder erblaßt, als er den Kopf schüttelte. Langsam, bebend vor Wut: „Nein, gute Frau, selbst zwei von eurer Sorte reichen nicht." Plötzlich erhoben sich mehr und mehr Frauen und fragten laut nach, ob es jetzt wohl ausreiche. Erst bei einundzwanzig, als die Menge aus Flüchtlingen zu pfeifen und zu johlen begann, lenkte er ein: „Ja, verdammt. Ihr seid genug. Folgt mir, wenn ihr nicht nur eine große Klappe hattet." Er wandte sich wieder in den Gang und die Frauen marschierten hinterher, aber erst, nachdem sie ihre Kinder bei den alten Witwen abgegeben hatten, die vor so vielen kleinen Red-Eye, die durcheinander plapperten und sich gegenseitig schubsten, die Hände über den

Köpfen zusammenschlugen und sich an alte Zeiten erinnerten, in denen ihre Männer noch lebten und sie nach der Heimkehr vom Feldzug ihre Kinder in die Arme schlossen. Als sie wieder in den Kampf ziehen mussten, waren die nächsten Kinder natürlich schon unterwegs. Wie man an der großen Zahl der Witwen sah, kamen stets nicht alle zurück und so manches Kind, darunter der Vetter Sharps, Spear Claw, wuchs auf, ohne seinen Vater jemals gesehen zu haben. Die kinderlose Jala war dem Wächter als erste in den Gang gefolgt, Slana kam als eine der letzten hindurch. Der Gang war eng, feucht und dunkel, doch gottlob nicht kurz und so erreichte sie den Vorsprung über Nord-Kworl. Die Stadt breitete sich weit unter ihnen aus und erinnerte mit seinen abwechselnden Hell- und Dunkelschattierungen einmal mehr an ein staubiges Schachbrett am Rande einer schwarzen Einöde, der Aschewüste, die diesem Land seinen Namen gegeben hatte. Wie ein nächtliches Meer erstreckte es sich bis an den Horizont. Slana drehte sich um und blickte nach oben, die grauen Bergspitzen des Nord-Gebirges stachen wie Dolche in den bewölkten Himmel.
Der Wachmann baute sich vor den nicht ganz zwei Dutzend Frauen auf, verschränkte die Arme und blickte sie mürrisch an. „Dies ist der Vorsprung in der Felswand Nord-Kworls, wir nennen ihn den Balkon. Wie ihr seht, zieht er sich über die ganze Wand, beginnt und endet mit der Stadtmauer. Über diese ganze Länge verteilt, die immerhin drei Kilometer beträgt, stehen unsere dreißig Ballisten." Mit einer pädagogischen Geste zeigte er auf eine der Ballisten, die in Slanas Augen schlicht und einfach überdimensionierte Armbrüste darstellten. „Dies ist eine Balliste wie sie auch bei Belagerungen eingesetzt wird, in der Funktion einer Armbrust nicht unähnlich." Er tippte auf die dicke Sehne der Waffe: „Die Sehne besteht aus verdrehtem Pferdehaar, einem sehr widerstandsfähigem Material, der Spannbogen aus Eisfelder Eiche, hart und biegsam. Mehr müßt ihr über die Beschaffenheit nicht wissen, also kläre ich euch noch über die Funktion auf", er

holte tief Luft, als habe er vor ihnen in sekundenschnelle eine Abhandlung über den Sinn des Lebens aufzusagen. „Wenn man an dieser Kurbel dreht, spannt sich die Sehne langsam und wird nach unten gezogen, bis sie hinter diesem Holzstück, das aussieht wie eine Fischflosse, einrastet, dann müßt ihr aufhören zu kurbeln. Sobald die Sehne gespannt ist, legt ihr einen der Bolzen ein, achtet dabei genau auf die richtige Lage, denn sonst fliegt euch das Ding um die Ohren. Ihr löst die Sehne mit Betätigen dieses Hebels, bevor dies geschehen kann, müssen alle Beteiligten aber mindestens zwei Schritt zurückgetreten sein. Die einzige Person, die sich in der Nähe der Balliste befinden darf, ist jene, die den Hebel auslöst, alle anderen halten Abstand und hoffen, daß sie alles richtig gemacht haben. Falls nicht, könnte eure Freundin die am Hebel zieht vom Rückstoß der Waffe eingeklemmt oder von der herbeischnellenden Sehne enthauptet werden. Noch Fragen?" Die Frauen blickten den Wächter böse an. „Wenn ihr glaubt, daß wir uns nun zurückziehen, irrt ihr euch, guter Mann. Wir nehmen die Gefahr auf uns", informierte ihn Jala und verschränkte ebenfalls die Arme vor der Brust, die Frauen mit einem entschlossenen Blick auffordernd, mitzuziehen. Slana lächelte in sich hinein, die quirlige Jala für ihre Begeisterung bewundernd.

Der Wächter entschied, daß vier Frauen genug seien, um ein Kriegsgerät zu bedienen, welches für zwei Männer kräftiger Statur vorgesehen war, also blieben Jala, Slana und zwei weitere stehen, während er die Verbliebenen zur nächsten Balliste brachte und seine Warnung, daß diese Apparatur einen Red-Eye ohne Probleme enthaupten könne, nochmals lautstark wiederholte. Er ließ wieder vier Frauen zurück und machte sich mit der kleiner werdenden Gruppe wiederum auf zur nächsten.
Jala wagte sich vor bis an den Abgrund, von dem aus man tief in die Stadt blicken konnte und beugte sich vornüber: „Sieh doch, Slana, ich kann bis nach Tinwatuk sehen, sobald diese

Wolke dort vorbeigezogen ist, erblicken wir die Flammen auf der Spitze." Slana seufzte und erinnerte sich daran, daß Steam, als er ihren Sohn abgeholt hatte, nicht auf ihre Frage, was mit Tinwatuk passiert war, eingegangen war. Sie ahnte, weshalb. Ihr Verdacht bestätigte sich auf traurige Weise, als Jala auch nach dem Vorbeiziehen der besagten Wolke noch immer nach dem Feuer über der Stadt suchte.

Wenige Wegstunden nach Teeijang ging die Straße in Waldland über und das Sonnenlicht verlor sich tanzend auf dem Boden, zwischen den Schatten des Blätterdaches. Sharp Claw faßte sich plötzlich an die Brust, wo sich ein leichtes Ziehen breitmachte und unangenehm über den gesamten Körper verströmte. Frost blieb stehen, blickte seinen Kommandanten an: „Damit habe ich gerechnet, verdammt." Sharp schüttelte sich: „Womit?" Der kleine Red-Eye zeigte auf die Straße. Sharp blickte ihn an, die Straße sah hier genauso aus wie die vielen Meilen zuvor. „Was soll da sein?" Bevor Frost sich frustriert an den Kopf fassen konnte, fiel es ihm ein. „Es war hier, nicht wahr?" Ironhead stöhnte hinter ihnen auf: „Natürlich, genau hier bist du gestorben, Sharp!" Die anderen blieben nun auch stehen. „Tatsächlich?" fragte Thunder Fog erstaunt. „Dies ist der Ort, wo der letzte große Elf unserer Zeit seinen Abstieg zum Mörder begann, indem er von hinten auf Sharp schoß?" Frost nickte: „Exakt. Und hier hat der schleichende und sich versteckende Taaron deine alte Rüstung gefunden, Sharp. Wahrscheinlich hat er sich auch hier verwandelt, aber dies weiß ich nicht sicher."

„Da fällt mir etwas ein", murmelte Knocker und kramte in einer der vielen Taschen seiner Hose: „Hier, ich wußte, daß ich es bei mir habe!" Er drückte Sharp etwas kleines, eisernes in die Hand. „Meine Soldaten haben es hier gefunden, leider ist ihnen die Rüstung in der Böschung nicht aufgefallen." „Leider?" fragte Poison entsetzt: „Zum Glück haben sie die Rüstung übersehen,

sonst wäre Sharp heute nicht zurück." Knocker sog scharf die Luft ein: „Jataro sei mir gnädig. Verzeih, das wollte ich nicht sagen. Aber dies ist trotzdem nicht unwichtig oder etwas Hinfälliges, Sharp Claw. Sieh es dir an." Sharp öffnete die Hand und erkannte eine verrostete Pfeilspitze in ihr liegen. *Die* Pfeilspitze.
„Mach eine Kette daraus und binde sie dir um den Hals, das machen einige Krieger in Schwingen auch so, wenn sie verletzt werden und es überleben. Ich hab' sogar schon einen gesehen, der den Griff eines Schwertes um den Hals hängen hatte", informierte ihn Thunder nickend, sich in einer Geste, die hohes Gewicht ausdrücken sollte, an den Hals fassend. Jarnes stand plötzlich neben ihm: „Darf ich?" fragte er, als er die Pfeilspitze bereits in der Hand hatte und Sharp lachte: „Gerne, bedien dich." Gelächter brandete auf, während Jarnes mit fachmännischem Blick an dem kleinen Eisenstück herumspielte: „Da wirst du nur schwer eine Kette daraus machen können, Elfenstahl kann durch ihre giftige Zauberei nur von Elfen bearbeitet werden. Sieh dir das an." Er hielt sie mit beiden Händen vor sich und versuchte, sie zu zerbrechen, doch es klappte nicht. Er gab sich redlich Mühe und dies will einiges heißen, Jarnes war der zweitgrößte Red-Eye im Trupp. Ihn überragte nur der abwesende General und der anwesende Ironhead. Es gelang ihm nicht und bevor es peinlich wurde, gab er es auf. „Bind' eine Kordel drum", empfahl er ihm lakonisch. „Aber bitte auf dem Weg, wir sollten uns sputen, die Menschen werden auch nicht wegen Antiquitäten anhalten", informierte Poison die Männerrunde drängend. Sie nahmen den Marsch wieder auf, bis Thunder nach einer Meile wieder stehenblieb: „Freunde, stellt euch vor, wir stehen vor Nord-Kworl. Wie könnten wir den Verteidigern helfen? Von außen sicherlich nicht, das wäre unser Ende." Frost nickte: „Du hast recht, aber ich weiß von einem geheimen Weg, der über die Berge nach Nord-Kworl führt, über die Halbmondschlucht. Wenn wir ihn nehmen, kom-

men wir an einer alten Pforte über der Felsenfestung an und betreten die Stadt von einer anderen Seite als jeder andere."

Vier Ballisten wurden mittlerweile von Frauen bedient, doch es gab nichts, worauf sie schießen konnten. Die angeblich nahende Armee zeigte sich nicht am Horizont und Slana hielt Ausschau. „Du siehst aus, als ob du beinahe hoffst, die Feinde hier zu sehen", sagte Jala leise und Sharp Claws Frau drehte sich mit einem Lächeln zu ihr um: „Im Gegenteil, ich hoffe, sie kommen niemals bei uns an. Mein Sohn ist irgendwo in dieser grauen Stadt und bereitet sich auf seinen ersten Kampf vor. Jataro soll ihm beistehen, da es gerade der letzte Kampf dieses Krieges sein muß, wo die einen bereits ermüdet und die anderen verzweifelt und lebensmüde geworden sind. Einen schrecklicheren Gegner kann man nicht haben, als den, der keine Hoffnung mehr in sich trägt." Jala hatte für große Sprüche wenig übrig: „Und was soll diese Armee dann in sich tragen?" Slana blickte ihr traurig in die Augen: „Haß, Jala, Haß. Verzweiflung, der Sieg ist für die Menschen nicht mehr möglich, ebenso wenig wie ein Überleben. Wer sich in so einer Situation befindet, hat keinen Ausweg außer dem allerletzten." Jala nickte, als wurde sie sich der Situation erst jetzt bewußt: „Menschen sind nicht wie Red-Eye, Jala, wenn die Festung fällt, und Jataro möge uns davor behüten, werden sie aus Nord-Kworl ein Massengrab machen und weder Frauen noch Kinder verschonen." Jala blickte auf die Balliste neben ihnen: „Dann sollten wir unser Bestes geben, es nicht soweit kommen zu lassen."

Die Frauen spitzten die Ohren als sie Geräusche von fern hörten, Gespräche, gebrüllte Befehle und das Klimpern von Rüstungen und Schwertscheiden auf Waffenröcken. Sie wagten sich bis an den tiefen Abgrund und blickten hinab. Vor dem großen Halbmondtor hatte sich die gesamte Stadtbesatzung versammelt, Hunderte Red-Eye unter Waffen. Sie bildeten einen Kreis in der Mitte, worin sie den Stadtschützer und den, wie schon vorher bei ihr zu Hause, in schwarz gekleideten Steam Dark erblickten. Ihr Blick suchte Creep, doch unter dem ganzen Haufen der Lanzenträger Nord-Kworls war er unmöglich auszumachen. Der Stadtschützer ging hin und her, die Arme in wilden Gesten hochwerfend oder von sich streckend, sie konnten zwar nichts verstehen, doch er mußte eine feurige Rede halten, während Steam mit verschränkten Armen dastand und einfach nur durch seine Präsenz auffiel. Sie konnten leider nichts verstehen, doch die Krieger jubelten und rasselten mit den Säbeln am Ende jedes Satzes.

Der alte Wächter mit dem Bart kam auf die Klippe und beugte sich ebenfalls hinab, die Frauen keines Blickes würdigend. Er begann vor sich hin zu murmeln und zu fluchen, während er sich den Bart kratzte, daß es knisterte: „Mmh, werden wohl schlechte Nachrichten erhalten haben, ..., verfluchtes Pack, sollten lieber auf der Mauer Spalier stehen, als hier herumzuhängen und sich eine Diskussion anhören." Plötzlich schreckte er auf, den Blick in den Horizont gerichtet. Slana blickte ihn ratlos an und folgte dann seiner Blickrichtung. Etwas kroch auf sie zu, am Horizont, wie ein Teppich aus Tausenden kleinen Insekten. Noch ehe sie schreien konnte, formte der Wachmann mit seinen Händen einen Trichter vor dem Mund und rief in die Stadt: „Sie kommen, am Horizont, wir sehen sie von hier!"

Der Stadtschützer unter ihnen erstarrte und blickte nach oben. Außer den Silhouetten dreier Red-Eye konnte er wahrscheinlich nichts erkennen, doch er reagierte auch ohne einen zweiten Beweis. Wieder fuchtelte er mit den Armen herum, woraufhin sich die Soldaten verstreuten und aus verschiedenen Richtungen auf die Mauer zuhielten, durch die Gassen spurtend und wild brüllend, voll Freude auf die Schlacht. Steam trottete eher hinterher, nicht ängstlich oder gelangweilt, aber wie ein Krieger, der um seine Fähigkeiten wußte und es nicht nötig hatte, die Speerspitze der Feinde zuerst erblicken zu müssen. Der Stadtschützer schlug eine völlig andere Richtung ein und begab sich zwei Straßen weiter, in ein quadratisches Gebäude mit einem großen Innenhof. „Sein Haus?" fragte Jala den Bärtigen, doch dieser winkte ab, als habe er es mit Dorftrotteln zu tun: „Nein, Fräulein, dies ist die Echserei. Dort holt ein Krieger sich ein Reittier seiner Wahl, wenn eines zur Verfügung steht." Slana blickte ihn böse an, so eine sarkastische Erklärung hätte es nicht gebraucht, sie wußten, was eine Echserei war, waren sich aber nur nicht bewußt gewesen, daß Nord-Kworl ebenfalls über so eine Einrichtung verfügte. Das quadratische Gebäude hielt ihn eine Weile fest, entließ ihn aber dann auf einem beeindruckenden Reittier. „Was ist das denn für ein Tier?" fragte Jala leicht angewidert, aufgrund des seltsamen Tieres, welches von der Größe eines Drachens war, aber keine Flügel hatte und langsam lief, wie ein träges Krokodil an Land. Wieder spottete der Wachmann über die beiden ahnungslosen Frauen: „Dies ist ein Bodendrache, Verehrteste. Ein Drache ohne Flügel, eine selten vorkommende Mißgeburt. Ein Fehler in der Natur. Die Schwingener Drachenzüchter sondern solche Wesen aus und töten sie normalerweise, doch mittlerweile haben sie erkannt, daß Aschfeld für solche Tiere Verwendung findet. Sie sind bis auf die Flügel identisch mit den normalen Drachen und können ebenso gut Feuer spucken. Hehe", lachte er boshaft, „stellt euch vor, was für ein Inferno der Stadtschützer mit dieser Bestie in den engen Straßen anrichten kann, die Menschen werden sich in Nord-Kworl ganz schön den Arsch versengen, liebe Fräulein." Die Frauen rollten mit den Augen und wollten sich abwenden, doch er sprach weiter: „Verzeiht, kann ja keiner wissen, daß ihr von solchen Dingen keine Ahnung habt. Wißt ihr, wann ihr die Ballliste abfeuert?" „Ich nehme an, sobald der Feind nahe genug an der Stadt dran ist?" fragte Jala mit hochgezogenen Augenbrauen, doch der Mann winkte ab: „Nein, bei

Jataros Willen, nicht. Erst wenn sie alle vor der Stadt stehen, sonst haben sie zu viel Zeit den Bolzen auszuweichen. Wenn sie aber in einer großen Menge dastehen, entsteht bei Anflug der Geschosse Panik und sie trampeln sich tot. Die Balliste tötet weniger Menschen durch ihre Bolzen, als durch die Furcht, die sie schürt. Allein der Gedanke von einem Holzstück von der dicke eines Oberschenkels durchbohrt zu werden, kann eine schlagkräftige Truppe zu einer Bande rennender Weib ..., ähm, ich meine Feiglinge machen."

„Er wird dich haben wollen, ich sage es dir, damit du nicht überrascht bist, Schüler." Raeken, der älteste lebende Red-Eye verschränkte die Arme. Er saß in einem breiten Sessel, hinter einem noch breiteren und längeren Schreibtisch. Sessel und Schreibtisch befanden sich in seinem Büro in Kajiniritai, dem Gefängnis Aschfelds, hoch über Nord-Kworl. Die Person, zu der er gesprochen hatte, schüttelte den Kopf, um eine ihm auf die Nerven gehende Strähne seiner langen Stachelhaare aus dem Blickfeld zu wehen: „Wen meint ihr, Meister Raeken?" Der Klostervorsteher lachte kurz und kehlig auf: „Verflucht, Brokes, ich rede vom General. Er wird dich ansprechen, dich umgarnen, dir ein Angebot machen. Ein verlockendes." Brokes legte den Kopf fragend schief. „Und was erhofft sich der General von mir?" fragte der junge Magier in der eigentümlichen Kutte, die zwar in Form und Schnitt der Mönchskluft entsprach, aber viel zu verziert und bunt war. Raeken schüttelte enttäuscht den Kopf: „Er will einen Magier in seiner Riege aus Mördern, Irren und Schlächtern, einen jungen, fähigen. Leider, mein Schüler, fällst du genau in dieses Muster." Brokes lächelte schief: „Und woher wißt ihr das, Meister?" Raeken erhob sich und schnippte mit dem Finger. Eine Pergamentrolle schwebte lautlos aus den hohen Regalen an der Wand und fand den Weg zu seiner ausgestreckten

Hand: „Weil er es mir geschrieben hat, Brokes. Er sagt, er möchte dich in seiner Garde haben."

Brokes Hopedie war schon als Kind bei den Mönchen gewesen, die ihn auf einer Reise nach Ost-Kworl als halb verhungertes Bündel vor dem Tor eines Tempels fanden. Die Mutter hatte ihn ausgesetzt, doch man sah dem Kleinkind die Schläge und Angriffe auf seinen kleinen Körper und die Seele an. Sein Blick war hell, freundlich. leuchtend, doch sein Herz war schwarz wie die Nacht. Die Mönche wußten davon, sie bemerkten es bei jeder Lektion, in jeder seiner auf bitterböse Art intelligenter Antworten, in jeder Handlung. Dennoch bildeten sie ihn aus. Ihr glaube an die Allmacht der Magie und den Gott Jataro machte sie glauben, sie könnten die Seele eines gebrannten Kindes heilen. Er ackerte sich bei den Mönchen in ihrem Klostergefängnis mit mehr oder weniger Begeisterung durch die trockenen Bücher, die Philosophielektionen, die körperliche Ertüchtigung. Bis zu dem Moment, in dem er die Angriffszauber lernte. Er hatte sein Element gefunden, er beherrschte alle magischen Attacken, Finten, Konterangriffe und Schutzzauber. Raeken erkannte das kriegerische Potenzial und beschloß, ihn rein auf diesem Pfad weiter zu bilden, die Grundlagen der alltäglichen Magie reichten Brokes als Fundament aus. Leider erschuf Raeken dabei eine Waffe, die er nicht abzuschätzen vermochte, Brokes erfand mittlerweile sogar eigene Zauber, die den Gegner noch schneller entwaffneten, niederwarfen oder töteten. Aus Pflichtbewußtsein setzte er ihn vom Angebot des Generals in Kenntnis, nicht ahnend, daß Brokes interessiert sein würde. Er hätte sich am liebsten geohrfeigt, jetzt, da sein Schüler lächelte. Er war dabei, den General mit einer Macht auszustatten, die er nicht kannte.

Zwar zeigte sich Brokes Hopedie als ausgeglichener, loyaler, verantwortungsbewußter Mann, doch der Wahnsinn während einer Schlacht hatte seine eigenen Gesetze, die eine Persönlichkeit verändern können. Wer weiß, was Brokes während eines Kampfes tun würde? Der junge Magier mit der Angewohnheit, den Kopf zu schütteln, um jene ärgerliche Strähne über den Augen loszuwerden, lachte: „Meister, ist es Aschfeld dienlich, wenn ich dem Angebot des Generals folge leiste? Wenn dem so wäre, dann muß ich es annehmen. Stellt euch vor, ich kann einen erneuten Gestaltwandler oder einen Elfenmagier von hohem Rang vernichten." Raeken rollte die großen, roten Augen: „Ja, aber du weißt nicht, wofür der General dich braucht. Lies dieses Pergament, den Brief des Generals, dann weißt du mehr." Er drückte seinem Schüler die Schriftrolle in die Hand und beobachtete wie seine Säbelaugen in hektischen Bewegungen über die gestochen scharfe Handschrift des Generals flogen. Als er an eine bestimmte Stelle kam, öffnete sich sein Mund zu einem tonlosen, erstaunten „Oh!". Er blickte Raeken an: „Meister, ich weiß, wovon der General schreibt, ich selbst habe es gesehen, vor den Mauern unseres Klosters, ich habe die Schreie gehört, die Geschichten der Wachmänner." Raeken lachte: „Wenn du glaubst, bereit für diesen Kampf zu sein, in den der General dich und seinen Haufen Irrer schicken will, dann antworte ihm. Er wird dich beizeiten abholen oder über mich bestellen." Brokes seufzte, den Blick noch einmal auf das schicksalsträchtige Pergament richtend. „Meister, ich habe eine Entscheidung gefällt." Raeken nickte: „Ich höre, Schüler."

Kapitel 10:
Belagerungszustand

Creep stand mit einigen anderen Lanzenträgern vor dem Tor des großen Stadtturmes, wo sie auf neue Befehle warteten. Der Turm lag in direkter Linie hinter dem Stadttor, auf halbem Wege zur Bergfestung, also konnte er von seiner Position aus das Treiben vor und hinter ihm beobachten. Er trug die Rüstung, die ihm ein Soldat Nord-Kworls gebracht hatte, bevor er von Steam abgeholt wurde. Der Neffe des Generals hatte ihn zunächst in das Innere des Stadtturmes geführt, wo er und einige andere zwangsweise rekrutierte junge Burschen grob in der Kunst der Lanzenträger eingeweiht wurden. Creep hatte oft mit Sharp Claw, seinem Vater, geübt und die Stiche, Paraden und Finten, die der übellaunige, strenge Lehrer ihnen beibrachte, waren zum größten Teil schon bekanntes Terrain für ihn gewesen. Einzig die Länge und das leichte Nachfedern der Waffe stellte eine Herausforderung dar. Er schaute nach vorn, auf das Torhaus. Die Red-Eye auf dessen Dach mußten die Feinde mittlerweile sehen können. Bei ihnen stand ein Katapult, festgenagelt in den dicken Stein, mit einem Haufen Felsbrocken als Munition daneben. Ein Lächeln spielte sich um Creeps Lippen, dieses Gerät würde den Feinden lehren, eine Red-Eye Stadt anzugreifen. Von der Genialität der Aschfelder Ingenieure beruhigt, lehnte er sich mit dem Rücken an das Tor des großen, grauen Turmes, seine Lanze begutachtend. Sie war länger als er selbst und besaß eine entzwei geteilte Spitze, ähnlich der Zunge einer Schlange. Mit dem leeren Raum zwischen den beiden Zungenteilen konnte er eine an die Mauer angelehnte Belagerungsleiter fortstemmen. Seinen Oberkörper zierte das in Schwerstarbeit in schwarzes Leder gestickte Wappen Aschfelds und darunter die Buchstaben R E in Gold. Unter dem Lederwams verbarg sich ein schweres Kettenhemd, welches ihn arg drückte. Ein Gürtel wand sich lose um seine Hüfte, an dem ein blanker Säbel hing, ein altes Stück seines Vaters. Jeder der Jungen hatte einen bekommen, nur Creep brachte seinen von zu Hause mit und hatte sogleich Neid und Mißgunst gesät. Doch dies war es ihm wert. Wenn die Menschen und Elfen und weiß der Teufel was für schreckliche barbarische Kreaturen kommen, ihn attackieren sollten, würden sie eine Klinge zu spüren bekommen, die sie bereits kannten. Der Säbel hing absichtlich blank am Gürtel. Sollte er gezogen werden, würde er ihn nicht wieder wegstecken können. Damit wurde verhindert, daß die Soldaten ihre primäre Waffe, also die Lanze, zu schnell wegwarfen und auf den Säbel umstiegen. Creep sah sich nicht gerne als Lanzenträger, die Kämpfe in Formation, die langsame Bewegung in der Truppe, die gesamte Austauschbarkeit eines Kriegers gegen den nächstbesten waren ihm ein Graus. Seine Hand strich langsam über den Knauf des alten Säbels, das wäre es gewesen, ein wilder Einzelkämpfer in der ersten Reihe, ein Sieger, der nach gewonnener Schlacht brüllend die Klinge erhebt und seinen Kameraden die frohe Botschaft des Sieges verkündet, blutbeschmutzt und abgerissen. So wie Sharp Claw. Er verehrte seinen Vater, sich den gigantischen Fußstapfen bewußt, die er hinterließ.

Einer der anderen Lanzenträger schlug ihm klatschend in den Nacken, woraufhin er sich köstlich amüsierte und zugleich nach hinten zeigte: „Stell dich gerade hin, Mann. Der Kommandant kommt." Creep seufzte innerlich auf, dieser bärbeißige unfreundliche Kerl, der ihnen mit wenig Begeisterung den Umgang mit der Lanze beigebracht hatte.

Er kam um die Wölbung des Turmes marschiert, als ob ihm seine eigene Lanze im Hintern steckte und baute sich mit durchgestreckter Brust vor der Handvoll Burschen auf: „Der Feind ist bald bei uns und außer, daß ihr uns die Luft wegatmet, ist noch nichts Sinnvolles aus euch herausgekommen." Er wies auf einen der älteren: „Du gehst in diesen Lampenladen dort drüben und holst uns Öl soviel du schleppen kannst. Ich hoffe für dich, daß es viel sein wird. Nimm diesen Faulenzer dort mit." Er winkte beide, den Ersten und den Faulenzer, der Creep in den Nacken geklatscht hatte, weg. Blieben noch drei, mit Creep.

„Ihr sucht nach großen Gefäßen, Kochtöpfe oder so etwas, worin wir das Öl heiß machen können. Bewegt euch, und wenn ihr mir die Schüsseln aus der Küche eurer Mutter bringen müßt!" Er schickte sie ebenfalls mit einem harschen Winken fort und begab sich die Straße hinunter, zum Torhaus.

Creep verfluchte diesen Kerl. Den anderen hatte er wenigstens mitgeteilt, wo man Öl finden konnte, ihm und seinen zwei Leidensgenossen nicht. Er blickte sie kurz an, der eine, ein dürrer junger Mann, der aufgrund der tiefen Augenringe und der Falten um seinen Mund, wenn er sprach, schon sehr alt aussah und aus Tinwatuk stammte, der andere, ein Einheimischer mit der typischen schlechten Laune und dem hängenden Kopf. Dieser blickte Creep auf seine Frage, wo man solche Gefäße bekam, dumm an. „In der Töpferei in der Weststadt natürlich", und schüttelte den Kopf, als hätte Creep gefragt ob der Himmel nun über oder unter ihnen sei. „Oder bei den Kesselflickern daneben", sagte er weiter und führte seine beiden Anhängsel in die engen Gassen Nord-Kworls.

Fluch über euch alle, dachte sich Swarnon im Pikenraum, dem rustikal eingerichteten, hölzernen Empfangs- und Besprechungszimmer seiner Festung in Schilden. Fluch über Tojan, Norkoff, diesen Idioten, und Anron. Wie die kleinen Kinder waren sie alle zu ihm gerannt, als Altmenschland einknickte, und waren ihm vorgekommen wie Memmen, die ihrem großen Bruder erzählten, die bösen Prügelknaben hätten sie vom Spielplatz verjagt. Er, als liebevoller großer Bruder, war natürlich auf die Prügelknaben losgegangen. Und hatte ordentlich kassiert.

Anron hatte zwar seine Elfen zur Unterstützung gebracht, dabei aber verschwiegen, daß ein Elf im Nahkampf allerhöchstens ein Köder war. Norkoffs Bauern erwiesen sich als aufgelesene Landstreicher, die nicht einmal auf einer beschrifteten Landkarte das Bauernland fanden, und Tojans letztes Aufgebot an Elitekämpfern war einfach zu wenig und zu arrogant. Nun lag es ganz allein an ihm und zwei Beratern, so viel zu retten, wie nur möglich. Die ersten Verhandlungen über einen Friedenspakt mit dem General hatte er falsch begonnen und zu viel gefordert. Dieser Kerl namens Jarnes wäre ihm beinahe an den Hals gesprungen, als er sagte Nahwettern müsse sein Hoheitsgebiet behalten dürfen. Nach diesem schwarzen Tag ließ der General ihn warten. Lange warten. In seiner Stadt, die hinter ihren Mauern saß wie die Maus unterm Reisigbesen. Aschfeld hatte ihnen den Fluß genommen, und die Nahrung ging allmählich zur Neige. Das nächste Angebot des Generals mußte er annehmen, um sein Volk vor dem Hungertod zu retten.
Swarnons Hand ballte sich zur Faust, eine widerliche Taktik. Er hatte mit langen, trockenen Verhandlungen gerechnet und nicht mit diesem hinterhältigen Schachzug des blauäugigen Generals. Er wollte aber auf jeden Fall sein Gesicht wahren und als Friedensstifter, nicht als Besiegter, in die Geschichte eingehen.
Eine kleine Tür neben dem Kamin öffnete sich leise und seine zwei Berater traten ein, beides Professoren mit langen blauen Kutten und spitzen Hüten. Unter den Armen trugen sie große Bündel mit verschnürten Pergamentrollen sowie Schreibfeder und Tintenfässer. Sie kamen im gebückten Gang näher, verbeugten sich und setzten sich an den runden Tisch, an dem vor einigen Tagen noch die Verteidigungsstrategie für den Damm entworfen wurde. Swarnon begrüßte die beiden mit einem Nicken und wandte sich zum Fenster. Es war Nacht, doch hinter den sanften, grünen Hügeln um Schilden schimmerte es rot. Das Feuer in der

alten Ruinenstadt, wo die Schlacht stattgefunden hatte, brannte noch immer und hielt die Umgebung in einem permanenten Dämmerzustand. Es war zum Heulen, die Kinder schliefen nicht ein, die Kühe kippten auf der Weide vor Erschöpfung um, da sie nur bei Nacht schliefen, welche nicht eintrat. Es war hell.
Plötzlich flog die schwere Eichentür gegenüber des kleinen Eingangs der Berater auf und knallte gegen die Wand in ihrem Rücken, daß der Putz zu Boden rieselte. Der General trat in einer beschwingten Geste ein, die Sensen auf dem Rücken verschränkt wie die verwesten Flügel eines toten Geiers. Seine blauen Augen funkelten Swarnon einmal ernst an, dann erhellte sich der Gesichtsausdruck des Generals und ein Lächeln, wie man es keinem Insassen im Narrenturm zugetraut hätte, spielte sich auf den glatten Bodendielen wieder. Swarnon hatte den Red-Eye freien Zutritt zur Stadt gewährt, sie gingen ein und aus wie es ihnen beliebte. Der General kam überpünktlich zu dem abgesprochenen Termin, an dem die gescheiterten Verhandlungen wieder aufgenommen werden sollten. Eigentlich ein Ding der Unmöglichkeit, denn ohne den klaren Unterschied von Tag und Nacht war die Berechnung der Uhrzeit schwer. Oder vielleicht war der General vollkommen unpünktlich und das ständige Licht hatte Swarnon in einen geistig unklaren Dämmerzustand versetzt. Hinter dem obersten Feldherren Aschfelds betraten zwei neue Red-Eye den Raum, anscheinend waren die zwei Kerle, die sich Blade und Jarnes genannt hatten, gerade unabkömmlich. Der eine war ein junger Mann mit edlen Gesichtszügen und langen, sehr dünnen Stachelhaaren. Eine Strähne davon fiel ihm ins Gesicht und machte ihn noch mysteriöser. Der andere war der Inbegriff des Wortes ‚alt'. Seine Stachelhaare waren schon nicht mehr grau, sondern silber. Die Augen, die einst blutrot gewesen sein mochten, waren verblaßt, sein Gang gebückt und der Blick gesenkt. Er trug die Kleidung eines Kriegers im Ruhestand, eine feine Jacke mit zahlreichen Abzeichen. Er stützte sich auf einen höl-

zernen Stock und blickte keinem der Anwesenden in die Augen. General Dark kam mit einer Gönnermiene näher, schüttelte Swarnons Hand und lächelte: „König Swarnon, verzeiht, daß wir zu spät sind, doch einer meiner Berater brauchte etwas mehr Zeit. Das Alter, ihr wißt." Swarnon nickte, nicht zu freundlichem Plausch aufgelegt. Dark setzte sich an den Tisch, gegenüber der beiden stillen Menschen und lächelte sie an: „Meine Herren, können wir beginnen?" Swarnon trat vom Fenster zurück und setzte sich zwischen die Akademiker, dem General gegenüber. Die Red-Eye setzten sich neben ihren Anführer, wobei Dark den Stuhl für den Alten zurückschob und sich sogar erhob, um ihn sich hinsetzen zu lassen. Swarnon hob fragend die Augenbrauen, dieser alte Kerl mußte immens wichtig sein. Als sie alle saßen, begann der General die Gespräche: „Ich habe bereits gesagt, daß meine üblichen Berater verhindert sind, deswegen habe ich mir zwei neue bringen lassen." Er grinste und wies auf den jungen Kerl, der sich oft den Kopf schüttelte, weil ihm seine Strähne ins Gesicht fiel und ihn an der Nase kitzelte: „Dies ist Brokes Hopedie, einer der jüngsten Schüler des Meisters Raeken, unserer magischen Mönche. Er versteht sich sehr gut auf die Psyche des Gegenübers einzugehen und hat bei Verhandlungen eine geschickte Zunge." Brokes Hopedie lehnte sich im Stuhl zurück, nickte dem General für die freundliche Beschreibung zu und fixierte Swarnon dann mit eiskaltem Blick. „Und dies", wandte sich der Feldherr Aschfelds dem alten Red-Eye zu, „ist einer unserer ältesten Krieger, der sich in vielen Schlachten mit den Euren heldenhaft geschlagen hat. Heute kämpft er immer noch für Aschfeld, natürlich anders. Er ist meine erste Wahl, wenn ich einen gescheiten Strategen suche. Abgesehen davon, ist er der Vater unseres bekanntesten Kriegers."

Den Akademikern rutschte die Kinnlade bis zum Fußboden herunter, Swarnon zeigte sein Erstaunen nur durch einen anerkennenden Blick. Er wußte, mit wem er es zu tun hatte, Silver Claw, dem Vater Sharp Claws. Er hatte seine Karriere als Krieger schon an den Nagel gehängt, als Swarnon geboren wurde. Sein Alter war astronomisch. Der König Nahwetterns wußte von seinen taktischen Fähigkeiten und von der Tatsache, daß er unter dem ehemaligen König Deep ausgebootet wurde, als augenscheinlich spinnender Greis nach West-Kworl geschickt. Dark mußte ihn wieder aus der Versenkung geholt und mit nach Schilden gebracht haben. Damit hatte er nicht gerechnet.

Nach minutenlangem Schweigen eröffnete wieder der General: „Das letzte Mal haben wir bei der Diskussion über den Verbleib Eurer Herrschaft geendet, Swarnon. Wenn Ihr so wollt, steigen wir dort wieder ein?" Swarnon schüttelte den Kopf: „Nein, nicht nötig, ich werde auf meinen Herrschaftsanspruch verzichten, wenn Ihr mir Sicherheit und Freiheit innerhalb des gesamten Reiches gewährt. Doch die Versammlungsfreiheit von Menschen muß gewahrt werden." Dark blickte Silver Claw an, welcher nickte. „Einverstanden, Swarnon, und nun sprechen wir über die zukünftige Herrschaft, nach Eurer Abdankung." Swarnon nickte einverstanden. „Es muß ein Mensch über Nahwettern regieren", platzte einer der Akademiker heraus. Die Red-Eye schüttelten lachend den Kopf. Swarnon hätte diesen Idioten am liebsten geohrfeigt. Oder gleich enthauptet. „Dies liegt außerhalb unserer Möglichkeiten", konterte Brokes Hopedie grinsend. „Wenn ein Mensch über Nahwettern regiert, dann hätten die Red-Eye diesen Krieg nicht führen müssen", erläuterte der Magierschüler weiter. „Bitte vergeßt nicht, daß wir aus Respekt vor Euren bisherigen Erfolgen und den guten Kämpfen Eurer Soldaten dazu bereit sind, hier mit Euch zu verhandeln. Wenn wir wollten, dann ...", der General unterbrach die weiteren Ausführungen mit einer herrischen Handbewegung. „Was Brokes sagen will, ist, daß dies keine Friedensverhandlungen sind, sondern Kapitulationsverhandlungen. Es kann kein einzelner Mensch auf dem Thron sitzen, den Aschfeld erobert hat. Ein Red-Eye meiner Wahl wird herrschen." Swarnon nickte einlenkend, was sein vorlauter Berater bestürzt zur Kenntnis nahm.

Als er gerade etwas sagen wollte, drehte der König sich zu ihm um und brüllte ihn an: „Du Vollidiot, ich versuche gerade die Haut unseres Volkes zu retten. Wir wissen aus Wakharami, daß die Red-Eye keine Sklaventreiber sind und erst recht keine Schlächter. Wenn du eine andere Meinung darüber vertrittst, dann sage es unseren Gästen ins Gesicht." Der Akademiker schwieg mit einem Blick, der einem Toten hätte gehören können.

Die große Eingangstür flog wieder auf und ein Red-Eye in schwarzer Rüstung trat ein, ein Blatt Papier in den ebenfalls schwarzen Handschuhen mit sich tragend. Er verbeugte sich einmal sporadisch vor den Anwesenden und sprach dann in Redajerik zum General: „General, ich bringe Euch Kunde von zweierlei Orten. Die erste stammt aus dem Bauernland. Sie haben sich der Abordnung Aschfelds ergeben und die vollständige Herrschaft über ihr Gebiet dem General übertragen." „Das bin sicherlich ich", scherzte der General und blickte seine Artgenossen glücklich an. „Die zweite Nachricht kommt aus West-Kworl. Sie haben eine Armee abgerissener Gestalten vorbeiziehen sehen. In Richtung des ehemaligen Tinwatuk marschierend. Sie werden sich endgültig für Nord-Kworl als Angriffsziel entschieden haben." Dark nickte wissend und entließ den Soldaten in der geheimnisvollen, schwarzen Uniform mit einem Wink.

Als die schwere Tür wieder ins Schloß flog, räusperte er sich: „Darüber wollte ich auch noch sprechen: Eine verzweifelte Armee, die aus irgendeinem Grund nicht in der Ruinenstadt zum Zeitpunkt des Brandes war, ist geradewegs nach Aschfeld marschiert. Wißt ihr davon, Swarnon?"

Der König rieb sich den Bart: „Ich weiß von einer Armee, die übrig blieb. Ich habe sie nach der Niederlage ziehen lassen, was sie danach tat, weiß ich nicht. Ich nahm aber an, sie hätte sich,

wie eine geschlagene Armee es üblicherweise tut, aufgelöst und nach Hause gefunden."
„Hat sie nicht", informierte ihn der General leicht säuerlich. „Sie ist schön, wie auf Befehl, beieinander geblieben und nach Aschfeld marschiert. Genauer gesagt, nach Nord-Kworl. Welche Absicht sie verfolgt ist unzweifelhaft." Swarnon erhob die Hände in einer machtlosen Geste: „General, ich habe sie nicht ausgesandt, darauf mein Wort. Ich habe genug Ehre im Leib, um mir eine Niederlage einzugestehen, also bin ich nicht für die Taten einiger Banditen und Heimatloser verantwortlich."
General Dark nickte, er glaubte dem König, er war ein ehrenvoller Mann. Als Red-Eye geboren, hätte er es weit gebracht, doch als Mensch war eine Niederlage gegen das rote Volk unausweichlich.
Plötzlich regte sich Silver Claw, der Vater Sharp Claws, in seinem Stuhl: „Guter König", sagte er respektvoll, „könnt Ihr mir sagen, welcher Eurer Kommandanten genügend Respekt bei den genannten Banditen und Heimatlosen genießt, um sie anführen zu können?" Swarnon überlegte kurz, gestand dann bitter ein: „Keiner, der noch lebt. Außer mir und meinen obersten Getreuen hatte niemand aus meinem Reich die Befehlsgewalt über die Truppen. Diese Obersten sind alle gefallen, bis auf einen, den ehrwürdigen alten Kavalleriekommandanten, der bei der letzten Verhandlung zugegen war. Er kann nicht für diese Schandtat verantwortlich sein, denn ich schwöre bei meinem Leben, wenn jemand genauso viel Ehre im Leib, vielleicht noch mehr, hat als ich, dann dieser Mann."
Brokes Hopedie schüttelte den Kopf, um die einzelne Strähne aus dem Gesicht zu wehen und knurrte das Wort „Heuchler" in Redajerik. Er fing sich dafür einen endgültigen Blick des Generals ein, welcher dem König auch dies glaubte. „Lassen wir dieses Thema, Swarnon. Besprechen wir, wie Nahwettern friedlich eingegliedert werden kann in unser Aschfelder Großreich.

Wie wir vorhin feststellten, muß ein Red-Eye auf dem Thron sitzen. Ein gerechter, tauglicher Mann, der schon nach kurzer Eingewöhnungszeit viel Ansehen bei der Bevölkerung haben wird. Natürlich ist dies auch nur eine Übergangslösung bis sie fertig ist." Swarnon blickte den General verwundert an: „Bis wer fertig ist?"
Der General lächelte manisch: „Ru Tinwatuk Orjukai, übersetzt also ‚der Verzweiflung Wiedergeburt'. Die neue Hauptstadt Aschfelds. Sie wird auf den verkohlten Ruinen des Schlachtfeldes entstehen und noch höher, größer und eindrucksvoller sein als Haschnad Tinwatuk." Ohne auf den bestürzten Blick Swarnons zu achten, erhob sich General Dark und zeigte mit einem Finger aus dem großen Fenster, von dem aus man die vielen roten Ziegeldächer Schildens sehen konnte, wie einen Herbstwald aus der Perspektive eines Vogels. „Fürchtet Euch nicht um Euer Schilden, es wird bestehen bleiben, doch nur ein kleines Viertel in unserer gigantischen neuen Hauptstadt sein. Swarnon, ich plane eine Machtzentrale von den Ausmaßen eines ganzen Landes, ein Bollwerk der Red-Eye, ein Bauwerk, vor dem die Sterne erblaßen, wenn sie auf es herabsehen. Stellt es Euch vor", er drehte sich mit einem wirren Blick zu Swarnon um, „alle Völker dieser Erde vereint in dieser einen Stadt. Menschen und Red-Eye, einige Elfen und Kobolde grüßen sich morgens auf den Tausenden Marktplätzen der Stadt. Alle dankbar, daß die Red-Eye dies möglich gemacht haben, alle dankbar, daß es weise Menschen gab wie Euch, die den Weg ebneten für den Frieden."

Es begann. Die Menschen hatten sich in der schwarzen Ebene vor Nord-Kworl versammelt, bereit die Anhöhe zur Stadt zu erklimmen. Vom Torhaus aus beobachtete Steam wie die dreckigen Gestalten Zelte aufschlugen, und sogar begannen, aus mitgebrachten Hölzern eine Belagerungsmaschine zu zimmern. Noch war es schwer zu sagen, was es werden sollte, da bis jetzt nur ein

hölzernes Viereck mit vier daneben liegenden Rädern entstanden war. Leider waren sie zu weit entfernt, um sie mit Pfeilen beschießen zu können, doch der auf das Dach des Torhauses montierte Katapult hatte eine dreimal größere Reichweite. Der Neffe des Generals knurrte den Soldaten hinter ihm über die Schulter zu: „Ladet einen Felsen in die Schleuder. Zielt einfach in ihre Mitte, sie sollen wissen, daß sie in Aschfeld nicht willkommen sind."
Die Red-Eye machten sich sofort an die Arbeit und luden einen Stein von der Größe eines Torsos in den gespannten Wurfarm. Steam hob die linke Hand, ein Soldat hinter ihm hob einen Holzhammer. Steam atmete tief durch und senkte die Hand blitzartig, woraufhin der Hammer auf einen Keil sauste, der den Katapult abfeuerte. Mit einem lauten, schnappenden Geräusch schoß der Wurfarm nach oben, prallte gegen das Kissen am Querbalken und ließ den Stein in die Luft los. Er glitt über Steam hinweg, der seine Flugbahn schweigend mitverfolgte, während den Red-Eye hinter ihm ein schadenfrohes Kichern entfuhr. Die Menschen bemerkten das Geschoß nicht einmal, sie wußten erst wie ihnen geschah als es mitten unter ihnen einschlug und ein Zelt einriß. Zu allem Überfluß brachen auch noch viele kleine Splitter davon ab und schlugen bei den ringsum stehenden Männern Schädel und Brustkörbe ein. Ein Aufschrei der Empörung ging durch die feindliche Armee in der Ebene und eindeutige Gesten und Schimpfwörter wurden zwischen Angreifern und Verteidigern ausgetauscht.
Steam grinste, Tausende erhobene Mittelfinger unter sich sehend. Es hatte begonnen.

Creep hatte den Stein ebenfalls fliegen sehen und jubelte laut mit seinen Kampfgenossen vor dem Stadtturm mit, bis der strenge Kommandant sie zur Ruhe rief: „Hört auf zu jubeln wie die Kinder! Ein einziger Stein beendet keine Schlacht. Habt ihr das Öl in die Kessel gegossen? Dann bringt sie zum Tor, in der Küche

des Wachhauses haben meine Leute ein Feuer gemacht, dort werden wir es erhitzen."
Steam bekam glücklicherweise keinen Kessel zum Tragen, mußte aber die Lanzen mitbringen, welche die bedauernswerten Träger nicht mehr führen konnten.

Steam rieb sich das Kinn, er ahnte was die Angreifer dort unten bauten. Einen Rammbock. Oder Sturmbock wie dieses Gerät auch genannt wurde. Sie würden ihn überdachen und die Anhöhe empor schieben. Dann hätten die Red-Eye in Nord-Kworl ein Problem. Er blickte sich um, für einen Ausfall hatte er zu wenig Männer parat, also blieb ihm nichts anderes übrig als die Menschen machen zu lassen. Er hatte seinen Zug getan.
Neben ihm erschien einer der besseren Kommandanten Nord-Kworls, der etwas ruppige Kerl mit der Neigung zum Brüllen. Er brachte zu Steams Freude Creep Claw und die jungen Lanzenträger mit, die Kessel voller Öl in die kleine Küche des Wachhauses unter dem Torhaus trugen. Der Kommandant, der noch nicht einmal seinen Namen preisgab, verneigte sich kurz vor Steam, dann sagte er in knappen Worten, daß sie das Öl erhitzen würden, um es bei einem Kampf von oben über die Menschen zu schütten. Steam nickte: „Vielen Dank, das wird uns helfen. Nehmt die anderen Burschen wieder mit, aber Creep Claw laßt bei mir. Er wird mir hier oben behilflich sein." Wenn der Kommandant sich darüber wunderte, ließ er es sich nicht anmerken, und verschwand zügig.
Wenige Minuten später erschien Creep neben Steam, glücklich lächelnd.
„Vielen Dank, aber warum hast du mich holen lassen?" Steam blickte nach unten auf die Straße, wo der bärbeißige Kommandant die anderen Lanzenträger zusammenstauchte. „Weil *er* hätte dich gnadenlos in die Messer der Feinde laufen lassen." Creep blickte nervös auf die Armee in der Ebene: „Und was machen wir hier?"

Der Neffe des Generals wurde seinem Onkel sehr ähnlich, als er etwas schräg lächelte: „Hier machen sie dasselbe mit dir, aber ich bin in der Nähe und schaue, daß dich nur stumpfe Messer erreichen."

Die Frauen standen alle auf dem langen Vorsprung der Ballisten. Alle blickten sie in die Ebene, wo die Menschen sich wie Ameisen tummelten. „Warum greifen die denn nicht gleich an?" fragte eine sehr junge Frau, beinahe noch ein Mädchen, nervös. Slana antwortete ihr langsam: „Weil sie müde sind, es würde ihnen nichts bringen, jetzt anzugreifen. Sie warten auf morgen oder auf die Nacht. Dann werden sie kommen und über uns hereinbrechen."
Der bärtige Wächter kam schnellen Schritts aus dem engen Gang hinter ihnen: „Aber wir sind doch hoffentlich nicht müde, meine Damen? Zeigen wir ihnen, wie weit die Ballisten Nord-Kworls feuern können." Jala drehte sich freudestrahlend zu ihm um: „Dürfen wir schon?" Er nickte, zum ersten Mal lächelnd: „Durchaus, ich habe die offizielle Befugnis zu feuern, wann ich es für angebracht halte. Und ein Willkommensgruß dieser Art ist allemal angebracht. Zeigt mir, daß ihr nicht vergessen habt, was ich euch über die Balliste gezeigt habe." Die Frauen machten sich sofort an die Arbeit. Drei zerrten mit aller Kraft an der Kurbel, welche die Sehne spannte, eine vierte holte einen der großen Bolzen aus einem Korb in der Nähe. Nach Minuten der Anstrengung rastete die Sehne endlich hinter dem kleinen Holzstück ein und die Frauen ließen sich fertig auf den Boden fallen. „Jataro sei uns gnädig, wenn das jedes Mal so anstrengend ist, können wir nur einen Bolzen pro Tag abfeuern." Jala schnaufte wie eine Kuh: „Verflucht, wir sollten vor dem Einspannen ein paar Runden laufen, dann werden die Muskeln warm." Die junge Frau legte den Bolzen in die Laufschiene und ging zwei Schritt zurück. Slana erhob sich stöhnend und legte Hand an den Hebel,

der die Waffe auslöste. Sie schaute sich nach dem Wächter um, der gerade die Frauen an den anderen Ballisten instruierte. Sie wagte nicht, die Waffe ohne seine Einwilligung abzufeuern, also wartete sie. „Geht alle ein paar Meter zurück", wies Jala die anderen an. „Niemand außer Slana darf in der Nähe der Balliste sein, wenn sie betätigt wird. Hei! Soldat, wir sind bereit!" Die Frauen kicherten aufgrund der Frechheit Jalas, einfach so einen verdienten Krieger herbeizurufen. Der Wachmann war ebenfalls nicht gerade erfreut und blickte nur kurz herüber. Als er sah, daß die Frauen bereit waren, nickte er überdeutlich und wandte sich wieder seinen anderen Schützlingen zu.

Nun ruhten alle Blicke auf Slana. Sie atmete tief ein, schloß die Augen. Ein leichter Zug an dem kleinen unscheinbaren Hebel reichte aus, um die Balliste abzufeuern, es krachte laut, als ob drei Kutscher gleichzeitig mit ihren Peitschen knallten und der Bolzen verschwand binnen eines Blinzelns in der dichten Wolkendecke. Die Frauen waren etwas schockiert und Jala entfuhr ein leises „Huch", doch sie hatten nichts falsch gemacht. Wenige Sekunden später fiel der Bolzen als dünner Strich in der Ferne herab, verschwand hinter der Mauer und schlug in die Feinde ein. Slana und ihre Freundinnen hörten es nicht, doch ihr Sohn Creep bekam sehr gut mit, wie die Menschen auf das Bombardement reagierten. Panisch.

Nach dem ersten, aus dem Himmel gefallenen Bolzen kamen noch ein Dutzend weitere. Und sie trafen ihre Ziele, der Feind sprang wild durcheinander, trampelte sich gegenseitig in die Asche des Bodens, durch die sich mittlerweile viele dreckige Flüsse aus Blut zogen. Creep beobachtete die Szenerie mit einer dunklen Faszination und sah, wie die Menschen ihr Lager abbrachen und es gute dreihundert Meter weiter in die Ebene verschoben. Steam grinste: „So soll es sein, wir werden viel mehr Zeit haben, uns bereitzumachen, wenn sie kommen. Und das werden sie." Der Sohn Sharp Claws reckte den Hals: „Was ist das für ein Gebäude auf Rädern, das sie da schieben?"

Einige Krieger lachten leise aufgrund der Unwissenheit des Jungen, doch Steam brachte sie mit einer Handbewegung zum Schweigen: „Das ist ein Rammbock. Damit werden sie versuchen, unser Tor einzurammen. Aber wir werden versuchen, dieses teuflische Ding gar nicht erst die Anhöhe heraufkommen zu lassen."

Ein lauter, langgezogener, heulender Ton unterbrach die freudigen Gespräche der Verteidiger Nord-Kworls. Ein Hornstoß. Der Rammbock begann sich mit einigen hundert der zehntausend Mann wieder in Richtung der Anhöhe zu bewegen. Sofort kam Bewegung in Steam, er zog seinen langen Säbel, der, wie an den Schriftzeichen auf der Klinge erkennbar, in der Schmiede von Poisons Vater gefertigt worden war, und rief die Krieger zu Wachsamkeit: „Sie kommen, begebt euch auf die Brustwehr! Ich will Bogenschützen hinter jeder Zinne und Lanzenträger dahinter! Schwertkämpfer auf die Straße hinter dem Tor!" Die Soldaten rannten durcheinander, sich die befohlenen Positionen suchend. Creep wollte sich gerade entfernen, schließlich war er ein Lanzenträger und Steam hatte soeben befohlen, daß er und Seinesgleichen hinter den Bogenschützen stehen sollten, doch der Gardist hielt ihn fest. „Bleib schön bei mir, ich habe noch keinen Plan für die Verteidigung."

Der Rammbock kroch langsam näher, während die Red-Eye ihre Positionen gefunden hatten und verharrten. Steam atmete hörbar tief ein, dann erhob er den Säbel noch einmal: „Vertraut ihr mir?" rief er fragend in die langen Reihen nervöser Verteidiger. Es dauerte einen Moment, dann kam ein tausendfaches Brüllen und Knurren als bestätigende Antwort. Steam wartete noch einen Moment, bis das Echo der Schreie von der Felswand weit hinter ihnen zurückgeworfen wurde, dann erläuterte er Creep und den Kommandanten auf dem Torhaus seinen Plan.

„Selbstmord! Ganz klar Selbstmord!" Der Red-Eye neben Creep zitterte am ganzen Leib und hielt die Lanze fest, als sei sie der Rockzipfel seiner Mutter. Sharp Claws Sohn klopfte ihm auf die Schulter: „Nur Mut, Steam weiß, was er tut, er wird uns nicht in das offene Messer laufen lassen." Der Kerl blickte ihn mit erschrockenen Augen an: „Nein, Junge, nicht in Messer. In Schwerter!"

Creep schüttelte verächtlich den Kopf. Er und einige der übrigen Lanzenträger wurden mit den Schwertkämpfern und Milizen vermischt und hinter das Tor auf die Hauptstraße gestellt. Steams Plan war ebenso einfach wie gefährlich und, falls er tatsächlich funktionieren sollte, würde er Militärgeschichte schreiben. Die Krieger verstummten auf ein Zeichen Steams vom Torhaus herab und lauschten. Sie hörten die hölzernen Räder des Rammbockes vor dem Torhaus knirschend über die Steine der Straße rollen. Die unheilvollen Geräusche kamen immer näher und der Feigling neben Creep begann zu wimmern. Das Knirschen verebbte. Kollektives Luftholen. Ketten rasselten, der Stamm des Rammbocks wurde zurückgezogen, bald würde der erste Schlag gegen das Tor hämmern. Steam erhob eine Hand in die Richtung der Red-Eye unter ihm. Der erste Schlag kam, ein dumpfes Pochen und leichtes Erzittern der beiden Torflügel. Wieder Kettenrasseln, angestrengtes Keuchen der Menschen, die den Stamm zurückzogen. Dann rief Steam: „Jetzt! Holt sie euch!" Ein Seilzug pfiff entfesselt durch die Mauerritzen des Torhauses und es öffnete sich, Creep und die Red-Eye erblickten den Rammbock davorstehend. Ein viereckiges Gerät mit einem schrägen Dach wie ein Bauernhaus. Die Menschen im Innern blickten völlig verwirrt in die Festung, dann nach hinten, wo ihre Verstärkung sein sollte. Doch sie war noch nicht da, die schwere Infanterie brauchte lange, um die Anhöhe zu erklimmen. Die Verteidiger rannten los, wild mit den Säbeln schwingend. Die

Menschen ließen den bereits nach hinten gezogenen Stamm los, er schoß vorwärts, auf das geöffnete Tor zurasend.

Die Red-Eye befolgten Steams Plan mit Perfektion, die Milizen, also bewaffnete Bürger und Freiwillige, griffen nach dem Stamm mit dem eisernen Widderkopf, zogen ihn ihrerseits weit zurück und ließen ihn in die entgegengesetzte Richtung fahren. Mit so viel Schwung sprang das Gerät aus seinen Bremskeilen und es rollte bergab, auf die erschrockenen Krieger zu, die ohnmächtig zusahen, wie die Red-Eye ihren Angriff vereitelten. Dabei überrollte es zunächst die eigene Besatzung, die ein schreckliches Ende unter den schweren Holzrädern fand, dann die in direkter Linie stehenden Soldaten. Es bahnte sich sogar einen Weg bis in die Ebene, wo es in der Grauzone zwischen Belagerern und Festung stehen blieb. Creep und die anderen jubelten gehässig und zeigten auf die sich krümmenden Menschen, doch Steam behielt die Fassung. „Eilt euch, zurück in die Festung!" rief er vom Torhaus herab, doch es kam für einige zu spät.

Unter den Truppen, die die Anhöhe erklommen, war auch eine starke Abteilung Bogenschützen, die sich nun hinter den gepanzerten Kriegern hervorwagte und die ungeschützten Red-Eye vor der Mauer beschossen. Ein Pfeil segelte an Creep vorbei und bohrte sich in die Brust eines Schwertkämpfers neben ihm. Er reagierte sofort und rettete sich hinter die Mauer, wo er mit erhobener Lanze wartete. Auch die anderen Red-Eye hatten die Gefahr erkannt und begaben sich schnell zurück, denn der Beschuß wurde immer stärker. Als alle Überlebenden hinter den Toren saßen, wurden sie schnell wieder geschlossen und die Menschen, die sich leichte Beute erhofft hatten und den Rest des Weges vollends hinaufgegangen waren, wurden ihrerseits Opfer der Pfeile. Steam ließ sie von der Mauer aus mit einem wahren Hagel davon eindecken, bis ihre Rüstungen nachgaben und sie alle vor den Toren Nord-Kworls niedersanken.

Der erste Angriff war überstanden und die Belagerer nahmen es mit Unwillen zur Kenntnis. Nur ein Red-Eye fluchte genauso laut wie sie: Steam. „Verdammt, bei Jataros Gnade." „Was ist denn los, Herr?" fragte einer der Bogenschützen verwirrt, hatte ihre Festung doch standgehalten. „Die Armee der Feinde ist kaum geschrumpft, sie werden schnell zurückschlagen. Gescheiter als vorher und geschickter." Der Bogenschütze nickte grimmig und blickte auf die Straße. Die Männer, die am Ausfall auf den Rammbock beteiligt gewesen waren, lagen sich gegenseitig in den Armen und freuten sich an ihrem Erfolg. „Der junge Claw hat sich gut geschlagen und mutig ist er voraus gerannt", bemerkte er anerkennend. Steam lächelte leicht: „Durchaus, ich erhoffe mir einiges von ihm. Sein Wert ist immens."

„Feuert! Wenn ihr Glück habt, trefft ihr sie auf dem Rückzug! Ha! Genau so!" Der alte, bärtige Wachmann jubelte bei jedem Bolzen, den die Ballisten in den Himmel schossen wie ein kleines Kind über ein Stück Kuchen: „Gut so, meine Damen, ich will, daß sie sich fürchten auch nur in die Nähe ihres verdammten Rammbocks zu kommen!" Slana fluchte leise, sie arbeiteten sich den Rücken krumm, um die Ballisten zu spannen, obwohl in ihrem Einschlagsgebiet gerade überhaupt niemand stand. Das einzige, was sie bewirkten, war, daß die Menschen sich nicht getrauten, ihrem Rammbock zu nahe zu kommen, der mitten in jenem Einschlagsgebiet zum Stehen gekommen war.
Den Frauen war beinahe das Herz stehengeblieben, als das Tor unten deutlich sichtbar aufgesprungen war, doch wie sich herausstellte gehörte dies zum Plan von Steam Dark. Sie konnten nicht anders als Bewunderung für diesen Mann zu hegen. Es brauchte viel Mut, so etwas durchzuführen, denn wie jeder Red-Eye wußte, war ein geisteskranker Stadtschützer und ein durch ihn geöffnetes Tor für den Fall Hatiks verantwortlich. Slana drehte gemeinsam mit den anderen Frauen und Jala gerade wie-

der an der Kurbel. „Dort unten sieht es schon aus wie in einem Waldgebiet, warum läßt er uns weiterfeuern, wir verschwenden nur die Bolzen", beschwerte sich diese gerade keuchend. Slana stöhnte: „Ich weiß nicht, aber wahrscheinlich zur Demonstration der Macht Nord-Kworls."

Die Macht Nord-Kworls, in der Person des Stadtschützers, saß gerade von ihrem Bodendrachen ab und erklomm die Treppe hinauf zu Steam Dark: „Was habt Ihr Euch dabei gedacht? Ihr könnt von Glück sagen, daß er gut gegangen ist, Euer schlauer Plan!" Steam erhob die Hände in einer beruhigenden Geste: „Verzeiht mir, Stadtschützer, das nächste Mal werde ich vorher Euren Rat einholen, auch wenn es dieses nächste Mal nicht gibt." „Genau, dieses nächste Mal gibt es nicht!" brüllte der Stadtschützer, wobei seine silberne Rüstung vibrierte, „denn die Feinde werden sich nicht noch einmal so einen Fehler leisten."

Langenfelden, dieses grüne, unerträglich langweilige Land zwischen Nahwettern und Altmenschland erwies sich als perfekter Ort zu kampieren. Die große Armee, die den Aner-Damm zu Fall gebracht hatte, war geschrumpft, nur die Aschfelder Truppen waren noch in dem gerade eroberten Gebiet geblieben. Eisfeld, Sturmland und Schwingen hatten sich nach Hause aufgemacht, verdientermaßen. Die Krieger sehnten sich ebenfalls nach ihrer Heimat Aschfeld, doch solange die Verhandlungen zwischen General Dark und König Swarnon noch nicht abgeschlossen waren, mußten sie bleiben. Nur für den Fall, daß sie Schilden schleifen mußten, sollte sich der König Nahwetterns uneinsichtig zeigen.
In dieser scheinbar endlosen Zeit des Abwartens war ihnen jede Abwechslung willkommen. Eine dieser Abwechslungen war das Eintreffen einer Abordnung aus dem Gefängnis der Red-Eye, aus den Bergen hinter Nord-Kworl. An der Spitze dieser schweigen-

den, in schwarzen Kutten gewandeten Prozession ging Raeken, der Vorsteher des Gefängnisses. Einer der Rachemönche der Red-Eye, die der Zauberei kundig waren. In Redajerik nannte man sie Kajintari und das Gefängnis, welches ihnen gleichzeitig auch als Kloster, Tempel und Labor diente, nannte man Kajiniritai. Ein Ort des Schreckens, den man verschwieg. Wenn ein Red-Eye ein Verbrechen beging, dann wurde er entweder im Kerker der Stadt eingesperrt oder einfach nur durch eine Geldbuße bestraft, beging er jedoch einen schweren Verrat, einen Mord oder war ein wichtiger Kriegsgefangener, dann brachte man ihn nach Kajiniritai. Kehrte er von dort zurück, war er nicht mehr derselbe.
Zwar fürchteten sich die unschuldigen Soldaten nicht vor den Kajintari, zollten ihnen aber mehr als gebührend Respekt. Die Rachemönche wurden durch ihre Zauberei um viele Jahre älter als ein gewöhnlicher Red-Eye, deren Alter dennoch beachtlich war, gegenüber den höchstens hundert Jahren der Menschen. Raeken, ihr Anführer, war bereits über die fünfhundert hinaus, seine Untergebenen mit Sicherheit bereits drei- bis vierhundert Jahre alt. Nur einer der Prozession war noch jung, Brokes Hopedie, einer aus Ost-Kworl. Ab und zu suchten sich die Kajintari Schüler aus, zumeist Arme Seelen, die es in ihrer Heimat schwer hatten. Welche Geschichte hinter Brokes Hopedie steckte, war unbekannt, doch sie mußte schrecklich sein, denn normalerweise waren die Schüler der Mönche noch Kinder.
Jedenfalls wurde Brokes direkt dem General unterstellt, der ihn mit nach Schilden nahm, um ihn gemeinsam mit Silver Claw, dem Vater Sharp Claws, zu unterstützen. Raeken, als der älteste und weiseste aller Red-Eye, wäre die bessere Wahl gewesen, doch der General war der Meinung, man dürfe nicht gleich sein bestes Pferd ins Feld schicken.
Während der General und seine zwei Berater in Schilden gastierten, zusammen mit einer Abordnung starker Krieger zu ihrem

Schutze, nahmen die im großen Lager gebliebenen Mönche die Gefangenen in Augenschein.

„Faszinierend", murmelte Raeken gerade unter seiner schwarzen Kapuze hervor und drehte die silberne Maske des gefesselten Taarons mit der Hand nach links und rechts als ob er die Gesundheit eines Stück Viehs begutachten würde. „Notiere", befahl er seinem Berater mit auf den Gefesselten gehefteten Blick, „kein Fleisch und Blut, sondern eine starke magische Aura als Körper, das Gesicht nicht vorhanden, sondern eine Totenmaske. Seltsamerweise nicht die seines Gesichtes, sondern eine fremde." Der untergeordnete Mönch schrieb hastig auf einem Blatt Papier mit, was der Meister feststellte. „Die Extremitäten wahrscheinlich mächtiger ausgebildet als beim vorherigen Körper", er fuhr schnell die Kralle seines Zeigefingers aus und stach sie ohne mit der Wimper zu zucken in Taarons Schenkel. Er durchtrennte mehrere Schichten aus Stoffen, einen leichten Lederschutz und dann etwas Seltsames, Unnatürliches. „Offensichtlich kein Schmerzempfinden", diktierte er erstaunt weiter, als Taaron sich nicht rührte, sondern die Untersuchung weiterhin beobachtete, als sei er überhaupt nicht davon betroffen. „Und anscheinend ein gleichgültiger Geist", schlußfolgerte Raeken deshalb. „Nein", machte sich Taaron mit seiner geisterhaften, fernen Stimme bemerkbar, „kein gleichgültiger Geist, sondern ein ziemlich genervter." Raeken lachte: „Du lebst also doch noch, Herr Taaron! Sehr schön, und sei mir nicht böse wegen des Schnittes gerade eben." Taaron schüttelte den Kopf: „Ach, woher denn? Es ist doch sowieso alles verloren für mich." Nun schüttelte Raeken den Kopf: „Nein, Taaron, es ist nicht vorbei. Wir werden dich nicht töten, aber du mußt mitkommen nach Kajiniritai, dort sind die Möglichkeiten um einiges besser, mehr aus dir und diesem Körper zu lernen." Taaron begann seltsam hohl zu lachen: „Es ist vorbei, guter Mann. Dieser Körper hat nur einen Monat bestand, dann zerfällt er in das, was er ist: Kleider, eine silberne Maske und Stroh als Füllmaterial." Raeken blickte ihn fassungslos an: „Und wieviel Zeit ist von diesem Monat noch übrig?" Taaron blickte kurz nach oben, an die Decke des grauen Zeltes: „Hm, noch ungefähr drei Wochen, aber legt diese Vermutung nicht auf die Goldwaage, in der Gefangenschaft verändert sich die Wahrnehmung der Zeit gewaltig." Er sagte dies mit einer Mischung aus Leid und beißendem Sarkasmus. Der alte Red-Eye zuckte mit den Schultern, „wir bringen dich einfach so schnell wie möglich nach Kajiniritai, dort werden wir einen Weg finden, dich noch eine Weile bei uns zu behalten." Er klatschte in die Hände: „Krieger, bewegt euch, verladet diesen Mann in einen guten Karren, sattelt Echsen und trefft alle Vorkehrungen zu unserer Abreise."

Der verantwortliche Kommandant erhob verwundert die Augenbrauen: „Ihr wollt schon wieder gehen, Herr? Ihr seid doch erst seit zwei Tagen hier!" Raeken erhob die Hände: „Na und? Wir gehen, wenn es uns beliebt, und es beliebt uns gerade. Nehmt diesen Gefangenen mit auf den Wagen, den ich gefordert habe."

Plötzlich drang eine gehässige Stimme aus dem hinteren Bereich des quadratischen Zeltes: „Und was ist mit mir? Bin ich nicht interessant genug für euch alte Scharlatane?" Raeken wandte sich dem Sprecher zu, ebenfalls ein Gefangener den die Soldaten an einen Pfahl gekettet hatten. Ein Red-Eye. Der Klostervorsteher trat vor den Mann, der mit gesenkten Kopf manisch zwischen seinen dreckigen Stachelhaaren hervorlugte. Er trug unter dem ganzen Schmutz und Dreck eine Rüstung von edler Herkunft. Eine Gardistenuniform. „Nightfly Wing?" fragte Raeken verwirrt. „Exakt", knurrte die stinkende Gestalt hämisch, „wir kennen uns noch, nicht wahr?" Raeken nickte streng: „Durchaus kennen wir uns, Nightfly. Du warst schon einmal in meinem Domizil in den Bergen gefangen. Wenn ich mich recht entsinne, dann wegen eines Mordes." „Es wurde nie bewiesen", zischte Nightfly hervor und zuckte mit den Armen, als ob er den alten Mann würgen

wolle, doch die Ketten waren viel zu kurz: „Sie haben lediglich einen toten Kerl gefunden, der in diesem Moment vor meinem Zelt im Feldlager stehen sollte. Es lag nahe, mich zu verdächtigen, und König Blood Axe hat mich einfach verurteilt und zu dir in dein Höllenloch bringen lassen."
„Blood Axe war daran Schuld, ich erinnere mich", sagte Raeken plötzlich. „Doch er hat seinen Fehler eingesehen und dich dort herausholen lassen, lange bevor deine Zeit vorbei war." „Ich habe es ihm nie verziehen." Raeken ließ seinen Blick demonstrativ über die bemitleidenswerte Gestalt schweifen: „Das sieht man. Hättest du ihm verziehen, wärst du heute nicht in dieser Situation. Was hast du denn getan, um so behandelt zu werden?" Nightfly lachte krächzend: „Ich habe versucht, die Zerstörung Tinwatuks zu verhindern und den Schuldigen daran zur Strecke zu bringen. Ich bin wohl der einzige in diesem Raum, der ein reines Gewissen hat." Raeken legte ihm seine Hand auf die Schulter: „Und dies ist, warum du der Schuldigste von allen Verbrechern bist."

Die Gefangenen wurden auf den Holzkarren verladen. Die Mönche beobachteten die Prozedur der Abreisevorbereitung schweigend von ihren gemütlichen, herbei gezauberten Stühlen aus. Einer der Erfahrenen Kajintari neigte sich zu Raeken vor: „Meister, wenn wir gehen, müssen wir Brokes zurücklassen. Dies ist, bei allem Respekt Eurer Entscheidung gegenüber, nicht im Sinne seiner Ausbildung." Der Meister wandte sich seinem Untergebenen zu: „Ich weiß, Bruder, doch ich habe beobachtet, daß der General sehr an ihm interessiert ist. Glaube mir, was Sword Dark einmal in den Krallen hält, gibt er eh nicht wieder her. Brokes ist ein tapferer Magier geworden, der sein Lernfeld selbst auf Angriffs- und Verteidigungszauber reduziert hat, ihn interessieren unsere Vorlesungen und Unterrichtsstunden in Telepathie, Beschwörung und Lebensverlängerung schon lange nicht mehr. Er ist ein Kampfzauberer, der dem General nützlich

ist." Der Mönch nickte: „Meint Ihr nicht, damit greift der weltliche Arm Aschfelds zu sehr in unsere Tradition ein? Vielleicht werden sie bald unsere Aufzeichnungen durchsehen wollen, unsere Künste der Allgemeinheit zugänglich machen, unsere ..."
– „Das werde ich dann schon unterbinden", unterbrach Raeken ihn knapp. „Der General erhält so viel Unterstützung von uns, wie er braucht, nicht mehr, nicht weniger. Brokes war so etwas wie ein Geschenk, den Rest muß er sich erbitten."

„Sie verhalten sich seit der Aktion mit dem Rammbock verdammt ruhig", sagte Creep nervös und blickte Steam Dark an, der neben ihm an einer der Zinnen des Torhauses lehnte: „Ob sie uns aushungern wollen?" Steam lachte: „Nein, Creep, sicherlich nicht. Denk nach, wenn sie uns aushungern wollten, bräuchten sie Felder oder Dörfer im Umland der Festung, die sie plündern könnten, um ihre Vorräte aufzustocken. Hier in Aschfeld gibt es so etwas nicht, nicht einmal fruchtbare Erde, auf der sie etwas anbauen könnten. Wenn jemand hungert, dann sind es sie." Creep nickte, etwas beruhigt, aber immer noch nervös. Wenn so viele Faktoren gegen die Menschen dort unten sprachen, warum zögerten sie dann mit dem Angriff? Ihnen lief die Zeit weg, während Nord-Kworl warten konnte. Spätestens in einem oder zwei Monaten würde die große Armee aus Nahwettern zurückkehren und ihnen den Garaus machen. Creep setzte seine Streife fort, welche ihn eher zufällig zu Creep auf das Torhaus geführt hatte. Er verließ das große Gebäude und betrat die lange Stadtmauer. Sie zog sich einmal um die Stadt, begann und endete in der großen Felswand, der letzten Festung. Ein heftiger Wind blies durch seine Stachelhaare und pfiff ihm direkt in die Ohren. Er kroch durch jedes Knopfloch und brachte ihn zum Zittern.
Das Ende von Creeps Lanze pochte bei jedem zweiten Schritt hölzern auf die Steine, das Gewicht des Säbels aus den Beständen seines Vaters lastete auf seinem Oberschenkel. Er blieb stehen

und schaute sich um, hinter ihm lag die graue Erscheinung des schmucklosen Torhauses, vor ihm die trostlose Mauer, hinter der mittlerweile die hölzernen Sitzbänke für die Bogenschützen standen. Er lächelte, in Nord-Kworl hatten die Soldaten einen Spitznamen für diese Bänke, die an Balken hinter der Mauer schwebten, damit die Schützen sie schnell erreichen konnten: Schützenteller. Eine Anspielung auf die Bogenschützen sowie ihre Faulheit, einfach nur dazusitzen, als befänden sie sich in einem Wirtshaus. Er zog eine kleine, schlecht gezeichnete Karte aus der Tasche, auf der ihm sein Laufweg eingezeichnet wurde. Im Moment befand er sich nicht weit entfernt vom Torhaus, würde also noch einiges zu gehen haben, denn sein Weg sollte ihn noch über die westliche Mauerhälfte, durch die Weststadt, dem engen und dreckigen Viertel Nord-Kworls, wieder in die Mitte zum Stadtturm führen, wo er erneut begann. Ein Seufzer entfuhr ihm. Der unsympathische Kommandant hatte diese Strecke sicherlich absichtlich für ihn ausgewählt, weil sie die unangenehmste von allen war. Verärgert setzte er den Weg fort, sich bewußt, daß er die nächste Stunde keinen einzigen Red-Eye zu Gesicht bekommen würde, denn je weiter er sich vom Torhaus entfernte, desto lebloser wurde es. Die Bevölkerung befand sich in der Bergfestung, die Soldaten in der Nähe des Tores. Er sollte recht behalten, je weiter er lief, desto leerer wurde die Mauer und desto dreckiger. Plattgetretene Asche färbte seine Stiefel, alte, rostige Helme lagen herum und jedes leere Fensterpaar in der verwaisten Stadt schien ihn wie durch ausdruckslose Augen zu beobachten. Um sich die Stimmung nicht vollkommen verderben zu lassen, ging er rückwärts, den Blick in die Ebene und den Stadtturm gewandt. Er versuchte sogar, das Haus, in dem er und seine Familie untergebracht worden waren, auszumachen und stolperte über etwas. Er landete saftig auf dem Hintern und fluchte lästerlich. Er verschwendete keinen Gedanken daran, über was er gestolpert war, sicherlich nur eines der vielen Abfallstücke hier hinten, wo schon seit Jahren keiner mehr gegangen war. Er wollte sich erheben, doch hielt inne, als er Stimmen hörte. Jemand flüsterte aufgeregt. Nun fiel ihm auch auf, über was er da gestolpert war, ein straff gespanntes Seil. Anscheinend waren Haken über die Mauer geworfen geworden. Da! Tatsächlich, mehrere Haken hingen an den Zinnen fest, nur der eine, über den Creep gestolpert war, wurde anscheinend ungeschickt geworfen und hatte sich nicht an der Innenseite der Zinnen verhakt, sondern an der Innenkante der Mauer, auf Kniehöhe. Ohne diese Stolperfalle wären sie ihm womöglich nicht einmal aufgefallen. Er riskierte einen Blick zwischen zwei Zinnen hindurch, nach draußen. Er entdeckte mehrere ganz in schwarz gekleidete Menschen, die an den Seilen der Wurfhaken an der Mauer empor kletterten. Sie hatten jedoch innegehalten und tuschelten miteinander, die Stimmen, die er gehört hatte. Natürlich, sie hatten eine Vibration im Seil verspürt, als er über es gefallen war. Mit einem kurzen Blick überzeugte er sich von der Gefahr, die von ihnen ausging und zählte sie schnell nach, es waren sechs Seile und an jedem hing eine Fünfergruppe verhüllter Menschen. Sie trugen keine oder nur leichte Bewaffnung, doch dafür Strohbündel auf dem Rücken und Feuersteine am Gürtel. Unzweifelhaft wollten sie die Stadt anzünden, um die Verteidiger zu beschäftigen. Es mußte etwas getan werden. Creep versuchte in seiner gebückten Haltung zurück zu schleichen, doch die Feinde waren bereits zu weit oben, bis er mit Verstärkung zurückkehrte, waren sie schon längst in den vielen Gassen und Winkeln der Weststadt verschwunden und schürten Feuer. Er mußte selbst in das Geschehen eingreifen.

Creep gab sich zu erkennen, indem er einfach aufstand und den Kletterern fröhlich zuwinkte. Diese versuchten daraufhin noch schneller zu klettern, während sie wild durcheinander riefen. Creep brachte sie jedoch zum Stillstand, indem er die Kralle seines linken Zeigefingers ausfuhr und genüßlich grinsend am ersten

Seil zu schneiden begann. Bereits nach wenigen Sekunden hörte er ein fetzendes Geräusch und die erste Gruppe, die ihren Haken so unangenehm als Stolperfalle mißbraucht hatte, fiel schreiend in die Tiefe. Die zweite Gruppe blickte ihren Kameraden noch schockiert hinterher, als auch sie den kurzen Weg hinunter nahm. Die dritte Abteilung befand sich bereits in heller Panik, stritten sich lauthals, riefen panisch oder waren einfach vollkommen ruhig. Der unterste von ihnen warf in seiner Verzweiflung einen Feuerstein nach Creep, der ihn aber fing und fröhlich in die Luft hielt. Ein Zweiter segelte heran und auch ihn fing Creep geschickt. Doch er warf diesen Zweiten auch zurück. Er traf den ersten am Kopf, er ließ los und riß die anderen mit sich. Um nicht noch mehr dieser Schmeißfliegen anzulocken nahm Creep das Seil von der Zinne und warf es hinterher. Als er sich der vierten Gruppe zuwandte sah er gerade noch, wie diese ihr eigenes Seil durchtrennte und sich dadurch selbst richtete. Die Mauer ragte an dieser Stelle besonders hoch über die Anhöhe. Über die Menschen verärgert, die ihm durch ihren Selbstmord das Spiel verdorben hatten, trennte er das fünfte schnell und gnadenlos durch und hatte dies ebenfalls mit den sechsten vor, doch er hielt inne. Die sechste Gruppe unterschied sich von den anderen, nur vier der Kerle waren schwarz gewandet. Der fünfte trug zwar dasselbe, doch in einem hellen, edlen braun. Offensichtlich war er der Anführer. Wie alle vorher trugen sie Masken aus Stoff, die nur die Augenpartie als dünnen Strich offen ließen. Der Anführer fixierte den Blick ruhig, dennoch sehr konzentriert auf Creep, die vier anderen blickten sich ängstlich um oder flüsterten untereinander. Der Red-Eye stützte die Ellenbogen auf der Zinne über ihnen auf und blickte scheinbar teilnahmslos in die Ferne. Dann tat er so, als ob er die Angreifer unter ihm erst jetzt entdeckte und bewies schauspielerisches Talent: „Ach, da sind ja noch welche! Leider seid ihr zu spät, eure Freunde sind schon wieder gegangen. Reichlich stille Leute, wenn ich sagen darf." Er

beugte sich über die Zinne und tat so, als ob er nach unten blickte, wo die Leichen der Hinuntergefallenen lagen: „Aber seht, sie warten geduldig, bis ihr zu ihnen stoßt."
Der Anführer ließ das Seil mit einer Hand los und erhob drohend den Finger: „Verhöhne uns nicht, Teufel, sondern tu, was dir dein diabolischer Herr gebietet!" Creep machte große Augen: „Ich? Was soll ich tun? Ich verstehe nicht." Der Mensch faßte sich stöhnend an den Kopf und murmelte etwas von wegen „kompletter Vollidiot", oder: „Von allen Rotaugen der Dümmste", den sie da erwischt hätten. „Hör mir zu, Säbelauge, sei doch bitte gnädig und trenn das Seil durch, du wirst es doch eh tun." Creep verzog nachdenklich den Mund, als ob er angestrengt nachdachte, dann sagte er entschlossen: „Nein."
Bevor der Mensch wieder den Finger erheben und noch mehr Flüche aussprechen konnte, warf Creep seine Lanze herab, durchstach alle Fünfe wie ein Fleischspieß und beobachtete, wie sie einträchtig nach unten fielen, schön in Reih und Glied bleibend.
Er blieb noch eine Weile stehen, um noch etwas heroisch Gleichgültiges zu sagen, doch ihm wollte kein heldenhafter Spruch einfallen, also beließ er es bei einem letzten Blick auf die Besiegten. Schließlich hatte er einen Weg zu gehen, um die Mittagszeit mußte er wieder am Turm sein, um sich zu melden. Der Kommandant würde ihn für verrückt halten, doch einige der Wurfhaken lagen noch an Ort und Stelle sowie die Leichen. Ihm würde keiner vorwerfen können, daß er lüge wie ein Elf.

Als er seinen Kameraden von dem Vorfall an der Mauer erzählte wollten sie ihm dennoch nicht glauben, die Alten lachten ihn sogar aus. Einer von ihnen rief ihm mit erhobenem Bierkrug zu: „Dein Vater hatte alle seine Taten beweisen können, sogar von den Toten ist er auferstanden, aber du, du erzählst uns die Mär vom blauen Drachen!"

Ein lautes „Ohh!" dehnte sich in der Schenke aus, die den Soldaten als Aufenthalts- und Ruheort diente, wenn sie gerade nicht auf Wache waren. Auch Creep und die jungen Lanzenträger trieb es in die Schenke, denn die Schwankwirte und Brauer waren die einzigen Zivilisten, denen es gestattet war, noch in der Unterstadt zu verweilen. Und sie machten die Geschäfte ihres Lebens, die Krieger tranken so manches Faß leer und zahlten gut, denn sie waren sich bewußt, daß der morgige Tag der letzte sein könnte, also warum mit Trinkgeldern für den braven, tüchtigen Wirt geizen?

Die Blicke der gesamten Kneipe ruhten gespannt auf Creep, was er wohl zu erwidern hatte. Sie erwarteten natürlich eine ebenso beleidigende Antwort und danach im Idealfall eine Prügelei. Doch Creep faßte sich in die Tasche und holte den Feuerstein heraus, den er gefangen hatte. Zwischen Daumen und Zeigefinger gehalten, erntete das unspektakuläre Stück nur Gelächter. Der betrunkene Axtkämpfer auf der anderen Seite des langen Tisches schüttelte den Kopf: „Willst du uns mitteilen, daß du Steine sammelst? Dieses Ding kannst du irgendwo zwischen Tinwatuk und Nord-Kworl aufgesammelt haben. Es beweist nur deine Dummheit." Die Kneipe johlte vor Freude, nun mußte Creep etwas erwidern. Der Axtmann quittierte seinen Erfolg mit einem hämischen Blick, der aber erstarb, als er sah, daß die Männer hinter Creep nicht mitgelacht hatten. Sie blickten erstaunt auf den Feuerstein in Creeps Hand. „Was lachst du so, du Frischling?" brauste er auf und erhob sich, wobei er den Tisch mit den Oberschenkeln anhob und so manchen Bierkrug umwarf. Während die Besitzer jener Bierkrüge fluchten und natürlich sofort neue bestellten, bewies Creep wieder sein Talent als Schauspieler: „Oh, verzeih mir, großer Freund, du kannst von dort drüben aus ja nur die Hinterseite sehen." Er warf dem stiernackigen Kerl mit der Axt am Gürtel den Feuerstein zu. Er fing ihn mit einer Hand lässig auf und drehte ihn darin herum. Als er

die Rückseite des kreisrunden Steines erblickte, verstummte er und setzte sich niedergeschlagen.
Creep tat das Gegenteil, er erhob sich grinsend und verließ die Schenke triumphierend. Als er schon ein paar Meter auf der Straße davor zurückgelegt hatte, hörte er, wie die Eingangstür noch einmal geöffnet wurde. Der dünne, irgendwie ausgezehrt wirkende junge Mann, der ebenfalls aus Tinwatuk stammte erschien fröhlich grinsend neben ihm: „Das war toll! Ich hätte gern gesehen, was auf dem Feuerstein war." Creep grinste: „Hast du es nicht gesehen?" „Nein, sag es mir!" Sharp Claws Sohn lächelte verschmitzt: „Das Siegel Altmenschlands, die Waage." Er riß die Augen auf: „Tatsächlich? Dann wissen wir ja nun, mit wem wir es zu tun haben." „Nein", erwiderte Creep entschieden, während sie in die Hauptstraße einbogen. „Die Menschen, die dieses Ding mit sich führten waren keine aus diesem Land, allerhöchstens der Anführer. Die hatten so ein komisches Gesicht und Schlitzaugen." Der junge Mann schnippte mit dem Finger: „Wakharami! Einwanderer, die wir zuerst besiegt haben." Creep zuckte mit den Schultern: „Mag sein, aber keine große Gruppe. Hast du die Armee vor den Toren schon einmal gesehen? Das ist kein geplantes, durchdachtes Unternehmen, das sind ein paar wütende Banditen, besiegte Soldaten, Heimatlose und Rebellen."

Wo Sharp Claw gerade sein mochte? Wo sein Vater wohl gerade gegen wilde Menschen und ihre Bestien kämpfte, um die Heimat zu beschützen? Unmöglich dies zu beantworten, also lohnte es sich nicht, darüber nachzudenken. Creep kaute auf einem Stück Rauchfleisch und lehnte sich mit dem Rücken an eine Zinne, so daß er die Stadt vor sich sah. Vielleicht war Sharp Claw gerade dort, wo noch nie ein Red-Eye war? Weit im Nordwesten, im Kleiffgebirge, und eroberte die unterirdischen Städte der Kobolde, schlug sich mit ihren kräftigen Kämpfern oder brachte ihre Berge mit den Belagerungswaffen Aschfelds zum Erbeben.

Creep wollte einmal hinaus aus Aschfeld, Anaronun sehen, wie es in der Pracht der Vergangenheit glänzte, die silbernen Flüsse in Wakharami und den großen Wald. Seine Gedanken kehrten wieder zurück zu den Kobolden in ihrem Gebirge. Sie waren das einzige Volk, welches nicht im erklärten Krieg mit Aschfeld lag, aber immer wieder durch ärgerliche Hilfestellungen für die Menschen und Elfen auffiel. Was würde wohl mit diesen Wesen geschehen, nachdem Aschfeld alles erobert hatte und an ihre Pforte klopfte? Schwer zu sagen, wahrscheinlich würden sie Tribut und Reparationen zahlen müssen. Falls nicht, dann würde ein langer Partisanenkrieg im kalten, lebensfeindlichen Kleiffgebirge bevorstehen.

Ein rhythmisches Stampfen riß Creep aus seinen Überlegungen. Er drehte sich um und blickte in die Ebene vor der Stadt. Die Menschen hatten ihren Rammbock wieder. Anscheinend waren sie in der Nacht, im Schutze der Dunkelheit, vor die Stadt gekommen und hatten ihn sich geholt. So weit Creep erkennen konnte, hatten sie ihn ausgebaut, wobei ihnen die vielen, großen Bolzen der Ballisten, die in seiner Umgebung aus dem Boden ragten wie ein Nadelwald nützlich waren. Der Rammbock war größer geworden und besser gepanzert. Durch viele an der Seite herausragende Balken und festgenagelte Schilde bot er sogar Schutz für mehrere Soldaten, die neben ihm herliefen. Sie schoben ihn gerade wieder auf die Anhöhe zu und die ersten Red-Eye versammelten sich auf der Mauer. Als sie die neue Idee der Menschen erkannten, begannen sie aufgeregt miteinander zu sprechen und zeigten auf das Gerät. Creep freute sich ungemein über die gute Idee der Menschen, so konnte er sich endlich unter Beweis stellen. Ein Red-Eye auf dem Torhaus stieß mehrmals in ein Horn, ein Zeichen dafür, daß die Krieger sich wieder auf der Hauptstraße sammeln und die Bogenschützen wieder auf die Mauer zurückkehren sollten. Creep setzte sich in Bewegung. Ob Steam wieder dieselbe verwegene Taktik einsetzen würde wie beim letzten Angriff? Eher nicht, denn Dank der Schutzschilde an den Seiten des Rammbocks waren die Menschen sofort hinter dem Tor und nicht noch Hunderte Meter dahinter.

Während Creep die Treppe hinter der Mauer hinabstieg, erklomm Steam eine andere um hinaufzukommen. Die Krieger jubelten ihm zu, als sie ihn erblickten, und er erhob bescheiden die Hände. Auf dem Torhaus angekommen, sprach er kurz mit dem übellaunigen Kommandanten der Creep und einige der anderen jungen Lanzenträger unterwiesen hatte. Der Kommandant nickte grimmig und entfernte sich nach dem Gespräch schnell. Steam dagegen blieb an Ort und Stelle, wandte sich aber nach innen, den hinter dem Tor wartenden Kriegern zu.
„Ihr müßt weiter nach hinten gehen!" brüllte er und führte mit den Händen eine schiebende Handbewegung aus, woraufhin die Krieger sich mit fragenden Gesichtern rückwärts bewegten, in Richtung des Stadtturmes. Nach hundert Metern hielten sie an und formierten sich neu. Steam nickte und signalisierte ihnen, daß es genug wäre. Ein junger Offizier erschien neben ihm auf dem Torhaus: „Herr, die Bogenschützen stehen bereit." Der Neffe des Generals grinste: „Hervorragend, sie sollen auf mein Kommando warten. Keiner schießt vorher." Der Offizier nickte und gab den Befehl weiter.
Er vergewisserte sich, daß alles zu seiner Zufriedenheit aufgestellt war, dann hob er den rechten Arm. Es raschelte, als Hunderte von Pfeilen aus ihren Köchern gezogen wurden. Er öffnete die Handfläche. Das Knarren von Bogensehnen erklang und zog sich über die gesamte Breite der Mauer hin. Noch ein kurzer Blick über die Schulter, um die Krieger alle bereit zu machen, dann ließ er den Arm fallen. Ein Schwarm aus Pfeilen flog auf den Rammbock zu, Menschen brüllten wütend auf und Schilde wurden erhoben. Nach diesem ersten Schlag formierten sich auch andere Menschen zum Kampf und folgten dem Rammbock in

einer eckigen Formation, in der sie vor Pfeilen gut geschützt waren und die Schilde nach oben und vorne hielten. Steam biß sich ärgerlich in die Hand: „Eine Schildkröte, nicht schlecht. Holt den Ölkessel, ich will ihn hier oben auf dem Torhaus haben."
Als der brodelnde Kessel seinen Weg auf das Torhaus endlich fand, waren die Feinde bis auf zwanzig Meter herangekommen und hatten drei weitere Pfeilhagel ohne größere Verluste überstanden. Der bärbeißige Kommandant trug ihn herbei, gemeinsam mit ein paar Schwertkämpfern. „Kippt ihn aus, aber achtet darauf, nicht das Tor zu treffen." Er blickte ihn fassungslos an: „Jetzt schon? Sollen wir nicht warten, bis sie direkt unter uns sind?" „Nein", lächelte Steam diabolisch, „schüttet das kochende Öl jetzt aus." Sie taten wie geheißen und kippten den Kessel aus, wobei es zischte und Dampf aufstieg. Die Soldaten blickten ihn verwirrt an: „Und nun, Herr?" Steam wandte sich zu ihnen um und verlangte nach einem Bogenschützen.
Als der Schütze eintraf stand der Rammbock über der Pfütze und außer, daß er sich mit Öl voll sog, passierte nichts. Die Menschen traten mit ihren schweren Stiefeln ohne Probleme in das heiße Öl und verbrannten sich nicht. Sie lachten sogar über die Dummheit der Red-Eye, so etwas zu tun. Steam lachte ebenfalls und gab dem Schützen einen Fetzen Leintuch: „Binde dir das um den Pfeil, dann entzünde ihn mit einer Fackel." Die Krieger knurrten bösartig auf, als sie Steams Plan verstanden und versammelten sich alle an der Brustwehr um das anstehende Spektakel nicht zu verpassen. Der Schütze legte den Brandpfeil an: „Worauf soll ich schießen, Herr?" Steam klopfte ihm brüderlich auf die Schulter: „Einfach auf den Boden." Er feuerte auf den Boden und traf mitten in die Ölpfütze, welche sich sofort entzündete. Das entstandene Feuer griff sofort nach dem Holz des Rammbockes, welches sich mit ihm vollgesogen hatte und begann lichterloh zu brennen. Die Menschen in seinem Inneren begannen panisch zu schreien. Die Krieger an den Seiten des Rammbockes wurden

wegen der Flammen und der Hitze aus ihren sicheren Nischen gezwungen und wurden sofort Opfer der Pfeile Nord-Kworls.
Plötzlich begann sich das Dach am hinteren Ende des Belagerungsgerätes anzuheben: „Was zur Hölle?" entfuhr es dem jungen Offizier, doch Steam reagierte schnell und rief seinen wenigen Mannen auf dem Torhaus zu: „Zurück, geht ein paar Schritte zurück!" Sie gehorchten ihm und zogen beim Zurückgehen die Säbel. Es waren ausnahmslos gute Kämpfer bei ihm, die meisten davon waren sogar Kommandanten, doch zu wenige. Außer Steam befanden sich nur der junge Offizier, der bärbeißige Kommandant, zwei Schwertkämpfer und der Bogenschütze von vorhin auf dem Torhaus. Der Schütze zog gerade mit ernster Miene einen Pfeil aus seinem Köcher und legte an, ohne ein klares Ziel zu sehen.
Die Menschen hatten beim Umbau des Rammbocks ganze Arbeit geleistet, das Dach ließ sich von hinten nach vorn aufklappen, womit man es an die Mauer lehnen konnte. Die Feinde konnten dann an einer eingebauten Treppe bequem auf das Torhaus steigen. Steam knurrte, dafür waren sie in der langsamen, aber sicheren Schildkrötenformation auf die Anhöhe gekommen, sie wollten nie durch das Tor, sondern darüber. Mittlerweile waren es fünf große Schildkröten aus Schilden, Speeren, Schwertern und Lanzen geworden, die sich öffneten und zur Überraschung der Red-Eye leichte Infanterie die Treppe emporschickten. Viele schafften es unter dem Beschuß der Schützen nicht, doch einige kamen bis zum sicheren Rammbock. Der Erste, der seine Fratze über die Zinnen wagte, fiel mit einem Pfeil im Kopf wieder zurück, der Zweite kam weiter und griff den jungen Kommandanten an, welcher seinem wütenden Hieb aber auswich und ihn ohne Mühe erstach. Der Dritte trug eine Axt bei sich und wollte auf Steam einschlagen, doch dieser fing den Hieb mit gespreizten Krallen auf, zerschnitt das Holz mit ihnen und blickte dem geschockten Menschen in die Augen: „Willkommen in Nord-Kworl."

Sein Säbel sauste herbei und beendete das Leben des Menschen. Nach und nach kamen mehr und mehr von ihnen und die Red-Eye mußten sich heftig wehren. Einer der Schwertkämpfer wurde von allen Seiten eingekreist und gnadenlos erstochen, der Bogenschütze hatte sich auf die Mauer gerettet. Steam und die Verbliebenen winkten nach Verstärkung. Doch sie kam nicht. Steam hatte einen ähnlichen Angriff wie am Tage zuvor erwartet, nur entschlossener. Daß diese Bastarde so einfallsreich waren, hätte er sich nicht träumen lassen. Hätte er es sich träumen lassen, wäre in diesem Traum niemals die Rede davon gewesen, die Schwertkämpfer hundert Meter stadtaufwärts zu postieren. Nun standen sie da; die wenigen Verteidiger und versuchten, die Menschen daran zu hindern, auf die Mauer zu gelangen, oder sie zu überwältigen. Steam erschlug einen Menschen in der verdreckten Uniform Altmenschlands durch einen Diagonalhieb, einen in zerrissenen Kleidern mit einem schnellen Stich in den Bauch und einen schweren Speerträger mit den Krallen, die er zu einer eisernen Faust ballte und sie ihm über den Schädel zog, doch dadurch rückten immer mehr nach, die Situation wurde brenzliger. Der engagierte, junge Offizier wehrte sich erbittert gegen einen großen Kerl mit einem Morgenstern, doch es war vergebens, zwei stinkende Bettler, mit nichts bewaffnet als mit kleinen Messern, stürzten aus der Menge der Angreifer hervor und griffen nach den Armen des Red-Eye. Bewegungsunfähig würde er Opfer der zermalmenden Kraft des Morgensterns und ging mit einem blutigen, eingedrückten Schädel zu Boden. Die Bettler lachten grimmig, der große Mann mit dem blutigen Morgenstern riß die Arme brüllend in die Luft. Ein Fehler, denn plötzlich flog ein Pfeil heran und durchbohrte seine Hand. Der Morgenstern entfuhr seinem Griff und schlug ihm knackend auf die Schulter. Die dreckige Gestalt brüllte vor Schmerz auf und warf die Arme hin und her, wobei er seine eigenen Mitstreiter traf. In dem entstehenden Durcheinander wendete sich das Blatt zugunsten Aschfelds. Wie ein Sturm brachen die Krieger aus der Hauptstraße über die Menschen auf dem Torhaus herein, sie hatten es endlich geschafft. Einige deckten die Bogenschützen links und rechts, die anderen stürmten an ihnen vorbei direkt ins Getümmel. Steam schrie ekstatisch auf, erhob den Säbel und hackte auf die Menschen vor ihm ein, zwei, drei, vier Menschen fielen seinem Säbel zu Opfer, dann sah er endlich wieder einen Red-Eye, mit dem er gemeinsam gegen den verstörten Feind vorgehen konnte.

Creep hatte das Torhaus erreicht, vor ihm begann das Gemetzel. Er atmete einmal tief durch, erhob den Säbel, die Lanze hatte er bekanntlich am Westwall verloren, als er die hinterhältigen Angreifer aufhielt, und rammte in die wogende Menge aus Leibern. Ein Mensch schlug von oben herab auf ihn ein, er parierte umständlich und sprang schnell zurück, was bei diesem Gedränge schwer zu bewerkstelligen war, und sammelte sich für einen neuen Versuch. Sein Säbel schoß vor, zwischen den Häuptern zweier Red-Eye hindurch und stach direkt in die Augen des Menschen. Er zog die Waffe wieder zu sich hin und versuchte, den Ursprung der Angriffe zu erreichen, den Rammbock, der sich seltsamerweise aufgefaltet hatte und nun eine fahrbare Treppe bildete. Diese Treppe brannte, die Menschen würden sie nicht mehr allzu lange nutzen können, also brachten sie so viele ihrer Männer nach oben wie möglich. Sharp Claws Sohn schlug wie wild um sich, die Menschen vor sich hertreibend wie Viehstücke, bis sie keinen Platz mehr zum Ausweichen fanden und durch seinen Säbel starben. Ein Red-Eye neben ihm lachte höhnisch auf: „Weiter so! Weg mit diesem Geschmeiß!" Gemeinsam schlugen sie sich weiter durch die Feinde und hatten das unverschämte Glück, nicht auf einen erfahrenen Kämpfer zu stoßen, der ihnen womöglich überlegen war. Als sie sich etwas Freiraum erkämpft hatten, hörten sie plötzlich Steams Stimme durch das ganze Gebrüll: „*Runter!*" rief er auf Redajerik und die Red-Eye gehorchten sofort. Die Menschen verstanden kein Redajerik und nahmen an, die Verteidiger unterwarfen sich ihnen. In einem Moment reiner Grausamkeit erhoben sie ihre Waffen und wollten auf die sich augenscheinlich Ergebenden einschlagen, doch es kam anders. Steam hörte nur das Surren, als ob ein wütender Schwarm riesiger Wespen über seinen Kopf hinwegflog. Dann kam das Gekreische, dann das dumpfe Geräusch von fallenden Körpern. Wieder erklang Steam: „Erhebt euch, laßt sie nicht mehr zu uns auf das Torhaus!" Creep erhob sich. Die Menschen lagen alle auf dem Boden, die Bogenschützen hatten von der Seite auf sie gefeuert und sie verheerend getroffen. Überall lagen, wanden sich Körper, Blut floß in alle Richtungen und die Menschen, die gerade auf der Treppe waren, blieben stehen. Völlig fassungslos starrten sie auf das Massaker. Leichte Beute, Steam war als erster bei ihnen und gab dem Vordersten einen kräftigen Tritt in den Bauch. Er fiel zurück und riß die Kämpfer hinter ihm mit sich. Die Treppe brach unter dem geballten Gewicht zusammen und die Feinde fielen in das Flammenmeer, in welches sich das Fahrgestell des hinterhältig eingesetzten Rammbockes verwandelt hatte.

Der zweite Angriff der Menschen brach in sich zusammen, die berühmten Bogenschützen Nord-Kworls hatten sie verjagt. Steam verzichtete darauf, die Flüchtenden auch noch abschießen zu lassen, ein Zeichen reiner Arroganz und Macht. Wer es nicht nötig hatte, so viele Feinde wie möglich zu erledigen, respektierte dieselben nicht. Eine Ohrfeige für die Ehre des Anführers der Menschen in der Ebene.

Sie schnauften schwer, Brustpanzer hoben und senkten sich im Rhythmus der Atemzüge. Steam erhob den blutigen Säbel, die Krieger brüllten die Freude über den Sieg hinaus, Creep ließ sich auf den Boden fallen, ganz egal ob er sich in eine Blutlache setzte. Erst jetzt registrierte er, daß der Soldat, neben dem er gekämpft hatte, der dürre Junge aus Tinwatuk war, der ihm nach der Auseinandersetzung in der Schenke gestern abend nachgelaufen war. Er setzte sich genauso erschöpft neben ihn: „Denen hast du es gegeben, Creep." Der Angesprochene lachte: „Du aber auch, ich hätte schwören können, ein Dämon und kein Red-Eye kämpft neben mir." Sie lachten beide, dann streckte der Krieger mit den eingefallenen Wangen seine Hand aus, um Creep einen Kriegergruß zu geben. „Fly Wing aus Tinwatuk." Creep faßte seinen Unterarm und drückte kräftig zu: „Creep Claw, ebenfalls aus Tinwatuk." Sie lachten wieder, dann nahmen sie dankbar das ihnen gereichte Bier entgegen, welches von den feiernden Bogenschützen gebracht wurde.

Steam gönnte sich nur einen Krug des bitteren Gerstensaftes, dann machte er sich auf, den Stadtschützer zu suchen. Er verließ das Torhaus über die geheime Falltür im Boden und betrat die Hauptstraße. Die Krieger jubelten ihm zu, doch er signalisierte ihnen freundlich, aber bestimmt, daß er keine Zeit hatte, fachmännisch über die Schlacht zu sprechen oder noch ein paar Bier mit ihnen zu trinken. Den Stadtschützer fand er im Stadtturm, wohin er sich zurückgezogen hatte, nachdem die Schlacht ihr Ende gefunden hatte. Steam erklomm die Treppen, bis in das Büro des höchsten Einwohners Nord-Kworls. Er klopfte an die eisenbeschlagene Pforte und erhielt ein leises „Herein" als Antwort. Das Zimmer des Stadtschützers war ein kreisrunder Raum mit einem Glasdach, durch welches man die steinernen Flammen auf der Spitze sehen konnte. Die Einrichtung war edel, seltene Hölzer dominierten das Gesamtbild, ein mächtiger Schreibtisch bildete den Mittelpunkt des Raumes. Der Stadtschützer saß hinter jenem Möbelstück und blickte Steam erwartungsvoll an. Anscheinend hatte er sich gerade um eher unwichtige, wirtschaftliche Dinge gekümmert: „Was kann ich für Euch tun, Gardist?" Steam blieb vor dem Schreibtisch stehen, sich leise wundernd warum denn keine Sitzgelegenheit für Gäste zur Verfügung stand: „Ich möch-

te mich mit Euch über die Schlacht unterhalten, Stadtschützer."
Er lehnte sich in seinem großen Stuhl zurück: „Ich habe die Kampfhandlungen mit Zufriedenheit beobachtet, ich glaube nicht, daß großer Erklärungsbedarf besteht, weder meiner noch Eurerseits." Die Frage, warum hier keine Stühle oder Sessel für Gäste standen, erklärte sich dem Gardisten plötzlich. Die Einwohner Nord-Kworls hatten nie Fremde zu Besuch. Kein Red-Eye wollte mit diesen mißmutigen, unfreundlichen Kerlen hier im Norden zu tun haben. „Ich meine nicht die Schlacht gerade eben, ich spreche von der kommenden. Der letzten Schlacht, bei der Nord-Kworl zweifellos fallen wird. Ich weiß nicht, ob Ihr es von Eurer Position ausreichend sehen konntet, doch heute ist Eure Schutzbefohlene beinahe gefallen. Ohne die mutigen Krieger aus Tinwatuk stünde nicht ich in diesem Moment hier, sondern ein Trupp Menschen. Und die wollen keinen Plausch mit Euch halten, Stadtschützer." Der Stadtschützer lehnte sich zurück, verschränkte die Arme hinter dem Kopf und lächelte diebisch: „Auf was wollt ihr hinaus, Steam? Mehr als diese Krieger habe ich nicht." Steam beugte sich vor, den Abstand zwischen ihnen verkürzend: „Ihr habt Euch und dieses Reittier."

Slana saß mit angewinkelten Knien auf dem Boden, das Gesicht zwischen ihnen vergraben, Jala hielt sie im Arm. „Sie haben es überstanden, Slana, die Menschen sind wieder weg."
Sie hatte Creep erblickt, nur einen Moment lang, als er und ein anderer Red-Eye sich einen Kreis Freiraum erkämpft hatten. Danach waren die blutrünstigen Menschen von allen Seiten wieder auf sie eingedrungen, und sie hatte ihn erst wiedergesehen, als er an der Mauer niedersank und in einer Blutlache sitzen blieb. „Sieh doch, es geht ihm gut, die Bogenschützen haben ihm einen Schluck zu trinken gegeben. Er ist zwar zwischen den Häusern verschwunden, doch es geht ihm gut. Slana schniefte, sie hatte schreckliche Minuten durchgemacht, erst waren die Menschen

über ihren Sohn hergefallen, dann flogen Pfeile von allen Seiten in seine Richtung, dann sank er erschöpft nieder. „Mein Sohn, er, er hat ..." „... sich tapfer geschlagen, und sogar die Schlacht entschieden." Ermutigte sie ihre Freundin.

Sharp Junior war der strengen Witwe entkommen, die auf ihn und einige andere Kinder aufpaßte. Sie war sehr nett gewesen als Slana ihn zu ihr brachte, danach hatte sie sich als ungemein böse erwiesen. Wer den Brei nicht aufaß, erntete eine Schelle. Da er sich für zu groß und stark für Brei hielt, glühten seine Backen vor Schmerz. Er hörte noch ihre krächzende Stimme durch den großen Saal hallen, der so faszinierend war. Die Decke war so hoch, daß sie im dunkeln lag und die wenigen Fackeln spendeten nur wenig Licht. Hier konnte er sich gut vor der alten Giftspritze verstecken. Er kicherte und setzte sich in einen großen Riß in der Wand, der durch einen Erdrutsch entstanden sein mußte, denn er war nicht von einem Arbeiter in die Wand geschlagen und Felsbrocken lagen darum verstreut. Er blickte tief in die gähnende Leere hinein. Es mußte ein langer, tiefer Riß sein, nicht nur ein Loch in der Wand. Plötzlich schreckte er zurück, er hatte eine Stimme gehört. Aus dem Gang. Er trat rückwärts hinaus und lauschte wieder hinein. Tatsächlich, aus dem Gang drangen Stimmen, mehrere. Sie murmelten undeutlich, doch sie kamen eindeutig aus diesem schwarzen, sehr gespenstischen Spalt. Dann rasselte es. Sharp Junior bekam es mit der Angst zu tun, war er auf Geister gestoßen, die sich unterhielten? Zu allem Überfluß kamen sie nun auch noch näher, das Rasseln wurde lauter.
Er nahm seinen ganzen Mut zusammen, dachte an seinen Bruder, der dort unten in der Stadt gewiß Schlimmeres erleben mußte und stellte sich vor den Riß, wie ein zu klein geratener Wachsoldat. Die Stimmen waren nun so nahe, daß er ihre Worte verstehen konnte. „Ich sagte doch, daß dort vorne der Ausgang ist", sagte eine mürrische Stimme in Redajerik.

Stampfen, Schreie, das schabende Geräusch von Klingen, die aus der Scheide gezogen wurden. Steam rannte aus dem Stadtturm heraus, spurtete die Hauptstraße hinab, gefolgt von aufgeregt schreienden Kriegern. Ein erneuter Angriff, gerade einmal eine Stunde nach dem vorherigen. Sie meinten es bitterernst, wahrscheinlich ging ihnen die Nahrung aus und sie mußten die Stadt erobern, um zu überleben. Er verfluchte sich und seine Dummheit. Daran hätte er denken können, die einfachste militärische Strategie: Wenn du in der Überzahl bist, dann laß die Flut aus Angriffen nicht abebben, bis der Feind gebrochen ist. Er flog förmlich auf das Torhaus und sah, wie sich die ganze Armee in Bewegung setzte. Viele Krieger fanden sich neben ihm auf dem Torhaus ein, darunter Creep.
„Dies ist der letzte Angriff, sie sind verzweifelt. Wenn wir ihn zurückschlagen, haben wir gesiegt", informierte der Gardist den Jüngling ohne Gemütsregung. Creep nickte entschlossen: „Dann schlagen wir ihn zurück." Steam lachte leise: „Ich hoffe." Der schlecht gelaunte Kommandant lehnte sich neben die beiden an die Zinnen, scheinbar unbeeindruckt von dem gewaltigen Aufmarsch: „Was jetzt?" Steam blickte ihm fest in die Augen: „Diesmal verteidigen wir die Festung regulär und benutzen nur den zweiten Teil meines Plans, den ich Euch gestern beschrieben habe, Bribes. Der erste Teil davon ging glorreich in die Hose, wie wir vorher erlebten." Endlich erfuhr Creep den Namen dieses Griesgrams, welcher verwundert die Augenbrauen hob: „Also, sobald die Mauer fällt, alle Schützen in die Seitenstraßen?" Steam nickte bestätigend und entließ den Mann.
Sharp Claws Sohn beugte sich über die Mauer und besah sich das hölzerne Tor: „Verflucht, sieh dir das an!" Steam beugte sich neben ihm vornüber: „Jataro sei uns gnädig, zum Glück hast du das entdeckt." Der brennende Rammbock, der übrigens als verglühendes Skelett immer noch vor dem Tor stand, hatte dasselbe

angekokelt. Es war schwarz wie die Nacht und hatte an einigen Stellen schon durchgeschmorte Löcher.

Die Red-Eye rechneten deswegen mit einem weiteren Präventivschlag gegen das Tor, doch es kam anders, in den ersten Reihen der Angreifer formierten sich Leiterträger, Werfer mit Strickleitern und ein paar vereinzelte dieser vermummten Kerle mit den Enterhaken, die Creep bereits kennengelernt hatte. Die Masse aus Leibern marschierte langsam und, soweit man das bei diesem Haufen behaupten konnte, geordnet auf die Anhöhe zu. Steam drehte sich nervös um, auf die Bergfestung blickend. Er hoffte, daß die Ballisten noch Munition hatten und die Verteidiger unterstützten.

Die Red-Eye fuhren zusammen, als ein Aufschrei aus zehntausend Kehlen die Luft zerriß und die Menschen ihre beinahe Ordnung aufgaben und unkoordiniert losrannten. Steam zog den Säbel und hob ihn in die Luft. Die Krieger taten es ihm nach und antworteten mit einem wütenden Knurren auf den Schrei der Menschen.

Mit einem dumpfen Krachen prallte die erste Leiter an die Zinnen des Torhauses und sofort waren die Lanzenträger herbei, um sie fortzustemmen. Doch als sie ihre langen Waffen in die Sprossen einhakten, flogen ihnen Pfeile von unten entgegen und sie mußten sich zurückziehen. Die Menschen deckten damit ihre hinaufsteigenden Krieger. Steam überließ Bribes das Kommando über das Torhaus und verließ selbiges gemeinsam mit Creep durch die Falltüre im Boden.

Bribes brüllte seine Männer in den Kampf: „Achtet auf die Pfeile, aber laßt euch nicht zu sehr von ihnen beeindrucken!"

Die Lanzenträger versuchten es erneut und siehe da, die Leiter flog. Leider mit einem der Verteidiger, der seine Waffe nicht rechtzeitig loslassen konnte. Als Antwort darauf knallten gleich drei neue an die Zinnen sowie Dutzende an die Mauer. Die Schützen konnten nichts dagegen tun, also mußten die Lanzenträger hin- und herrennen, um das ganze Areal abzudecken. Hoffnungslos. Bald standen die Menschen überall auf der Mauer und verwikkelten sie in Zweikämpfe.

Ein Krieger neben Bribes ging zu Boden, der Kommandant fand sich mitten im erneuten Getümmel auf dem Torhaus wieder. Er wich dem Hieb eines Mannes aus und setzte einen Schwinger an, der aber pariert wurde. Der Mensch versuchte Bribes zu erstechen, kam dabei aber zu weit nach vorne und verlor seinen Arm durch den Säbel des Red-Eye. Bevor der Schmerz über den Verlust der Extremität einsetzte, rammte er ihm noch seine Krallen in die Kehle. Der nächste Gegner trug einen Schild, mit dem er Bribes wütende Hiebe abwehrte. Der Kommandant aus Nord-Kworl warf seinen Säbel nach ihm, traf aber einen anderen derselben widerwärtigen Rasse. Der Kerl lachte hinter seinem dicken Schild, doch Bribes sprang ihn an wie ein Löwe, die Krallen an beiden Händen gespreizt. Er teilte aus wie eine Furie, der Schild wurde schwächer und schwächer und der Mensch immer kleiner und kleiner, da er mit jedem Hieb mehr und mehr in die Hocke ging. Plötzlich faßte er neuen Mut, warf den Schild nach vorn und hob einen Morgenstern in die Luft. Bribes fing den Schild ab und warf ihn zur Seite. Für einen Augenblick war er dabei blind, als wäre er der Schildträger und kassierte einen schweren Treffer auf den linken Arm. Er brüllte wütend auf, taumelte zurück und besah sich die Wunde. Zwar kein Blut, doch der Arm war gebrochen. Er blickte nach vorn. und sah den Menschen sich grinsend entspannen, den Morgenstern wegsteckend. Er fragte sich noch was mit ihm vorging, da spürte er kaltes Metall im Rücken.

Steam knurrte bedauerlich, Bribes war in seiner Wut nicht aufgefallen, daß er der letzte Red-Eye auf der Mauer war und wurde hinterrücks erstochen. Die Menschen hatten die erste Hürde genommen, nun kam die zweite, die schwierigere.

Steam koordinierte die Verteidigung neu. Die Krieger wollten so schnell wie möglich vorstürmen, doch er hielt sie zurück. Er lief vor der großen Gruppe auf der Hauptstraße hin und her, wobei er sie zur Besinnung rief.
„Keiner bricht mir aus, ich habe einen Plan, der uns das Leben retten kann. Dazu müßt ihr aber alle mitziehen, verstanden? Gut. Die Bogenschützen stehen in den Seitenstraßen und feuern, sobald die Menschen daran vorbeirennen. Also: Bleibt zurück und greift erst ein, wenn ich es euch befehle!"
Die Krieger knurrten etwas unzufrieden, waren aber einverstanden. Creep befand sich mitten unter ihnen. Er hatte versucht, solange wie möglich vorne zu bleiben, doch die von der Mauer herunterkommenden Krieger füllten die Straße nach und nach auf, so daß er nun irgendwo in der Mitte stand. Er hatte Steam zwar schlecht verstanden, aber konnte sich denken, daß er befohlen hatte, Ruhe zu wahren und nicht voreilig zu agieren. Außerdem wußte er von den, in den Gassen links und rechts der Hauptstraße lauernden Bogenschützen. Steam würde sie gut anführen und hier herausholen. Hoffte er, denn die Menschen hatten endlich den kleinen Hebel gefunden, der das Torhaus öffnete. Als die Torflügel aufschwangen, erkannten die Red-Eye das ausgebrannte Skelett des Rammbocks aus einem Meer aus Menschen herausragen wie eine Boje. Die Menschen brüllten freudig auf und stürmten die Stadt. Steam stand einen Meter vor der Mauer aus Red-Eye und griff nach seinem Säbel. Die Menschen strömten in die Stadt wie die Teufel, mittlerweile kamen sie sogar von der Mauer herab. Sie schwangen ihre Schwerter, Äxte und Keulen, als sie entschlossen auf die Red-Eye zurannten. Steam lächelte diebisch, wie er erwartet hatte, achteten sie nur auf ihn. Was in den Straßen links und rechts geschah übersahen sie. Obwohl es sie interessieren sollte. Dann passierten sie die erste Gasse. Ein Hagel aus Pfeilen prasselte von links auf sie nieder, die erste Reihe fiel geschlossen. Die zweite Reihe stolperte darüber und

wurde ebenfalls Opfer der Bogenschützen. Die nächsten sprangen über sie und verendeten dann an der zweiten Gasse. aus der von rechts geschossen wurde. Die Red-Eye knurrten erregt, zwar kamen die Menschen weiter, büßten jedoch bei jeder Gasse eine Welle aus Männern ein, die als Stolperfallen für die folgende zurückblieb. Steam stellte sich in Kampfpose: „Macht euch bereit, noch zwei Gassen!" Säbel klirrten, Krallen wurden ausgefahren. „Noch eine Gasse!" Creep schloß kurz die Augen, dann brüllte er tief, abgrundtief. Die Soldaten machten es ihm nach und Steams „Jetzt!" ging unter, im aufgebrandeten Lärm der Rotaugen. Alle sprangen sie vorwärts, überrannten die Menschen förmlich und warfen sie mehrere Meter zurück.

Der Kampf öffnete sich, die Reihen drangen ineinander ein und Creep war schnell mitten im Geschehen. Er bekam es gleich mit zwei Feinden zu tun, die ihn gleichzeitig als Opfer erwählt hatten. Einer trug die Rüstung Nahwetterns, mit dem Adler auf der Brust, der andere trug überhaupt keine. Sein Oberkörper war nackt, doch die Beine steckten in einer weiten Hose, die bei jeder Bewegung flatterte. Seine Schuhe hatten keine Riemen und kräuselten sich vorne nach oben. Die Haut des fremdartigen Menschen war dunkler als die der Creep bekannten Menschen und er trug einen großen, roten Verband auf dem Kopf. Scheinbar war er unverletzt und der Verband nur Schmuck. Der Dunkelhäutige schlug mit einem breiten Krummsäbel nach ihm, welcher sich duckte und mit seinem dünneren Aschfelder Säbel konterte. Der Exot parierte die Attacke zwar, zog sich dabei aber einen Schnitt im Unterarm zu. Er taumelte zurück und ließ Platz für den Neumenschländer. Er setzte zu einem schweren Schwinger mit seinem Schwert an, den zu parieren den Red-Eye beinahe umwarf. Creep schrie auf, erhob sich schnell und sprang auf den Feind zu. Der Mensch erwartete einen senkrechten Hieb aus dem Sprung heraus, doch er ging fehl. Creep flog regelrecht an ihm vorbei und bohrte seinen Säbel in die Brust des Dunkelhäutigen, der soeben wieder mitmischen wollte. Der Gepanzerte blickte den Red-Eye schockiert an, der Angriff war unglaublich schnell erfolgt, nicht einmal einen Lidschlag hatte es gebraucht, um den Turbanträger aufzuspießen. Creep, vollkommen neben sich, fletschte die Zähne. Er verlor Blut, das spürte er deutlich. Der Kerl mußte ihn erwischt haben, irgendwo in der Nähe der Rippen. Er verlor für einen Moment die Sehkraft, weil alles in Rot verschwamm, dann riß er sich zusammen und griff den Feind verzweifelt an. Er war der Mittelpunkt des Kampfes, das Stahl starrende Auge des Sturms in den Straßen Nord-Kworls.

Steam war als erster von den Menschen angegriffen worden und hatte einiges einstecken müssen, doch er kämpfte entschlossen weiter. Er befand sich in einer der Gassen, in der die Bogenschützen standen. Die Schlacht hatte sich mittlerweile auch bis dorthin ausgebreitet und die Fernkämpfer gezwungen, ihre kurzen Schwerter und Messer zu ziehen, im Straßenkampf. Steam wirbelte herum, enthauptete einen Menschen aus dem ehemaligen Altmenschland ohne auch nur hinzusehen, warf einen der schwach gepanzerten Exoten mit den Turbanen und Pluderhosen mit der Schulter zu Boden und erstach ihn schnell. Alles in einer einzigen Bewegung. Der nächste war einer der wenigen noch lebenden Elfen. Er mußte durch Zufall in dieser Armee sein, vielleicht ein glücklicher Nachzügler von der Schlacht am Damm. Jedenfalls sauste sein Schwert auf Steam zu. Er parierte, in dem er seinen Säbel vor sich herschwang und den Angriff somit zur Seite fegte. Der Elf verlor das Gleichgewicht und fiel in dieselbe Richtung. Der Gardist knurrte böse: „Einer der letzten seiner Art und so ein Dummkopf." Er stach zu. Hinter ihm brüllten die im Nahkampf ungeübten Bogenschützen unter den Angriffen der Feinde auf und er eilte ihnen zu Hilfe.

Er kam gerade rechtzeitig, denn einer der Bogenschützen hatte seine Waffe bereits weggeworfen und wehrte sich mit den blanken Krallen gegen die Feinde, die mittlerweile aus jeder Ecke und aus jedem Schlupfloch krochen. Steam erschlug einen der Angreifer in Pluderhosen und zog den Bogenschützen am Ärmel von der Wand des Hauses weg, an die er sich hatte drängen lassen, kurz bevor ein Axthieb einen klaffenden Spalt in diese schlug. Der Besitzer der Axt war ein in Felle und Leder gekleideter Mensch, dessen Bart bis an die Brust gewachsen war. Er brüllte wütend und schrill auf, wobei er einen Mund voller verfaulter, schwarzer Zähne zeigte. Steam stellte sich ihm entgegen und mußte sogleich einem schnellen Axthieb ausweichen. Die Attacke war weniger schlimm gewesen, doch der Luftzug, der dem entschlossenen Hieb ins Leere folgte, brachte den Red-Eye zum Würgen. Dieser Mensch stank erbärmlich nach Exkrementen und Schweiß. Der Stinkende erhob wieder seine Axt und wollte den hustenden Gegner erschlagen, doch die Krallen des Bogenschützen waren schneller. Er sprang über den sich duckenden Steam hinweg, brüllte etwas Kehliges in einer alten Menschensprache und grub die Krallen in die Brust des wilden Angreifers. Steam erhob sich erstaunt, als der Mensch mit einem empörten Gesichtsausdruck zu Boden ging: „Vielen Dank, Schütze." Der Mann nickte grimmig, er stammte aus Nord-Kworl, also war ein Lächeln schon zu viel verlangt: „Keine Ursache." Steam lachte und blickte nach vorne, sie hatten eine kurze Atempause errungen, doch auf der Hauptstraße tobte die Schlacht noch mit voller Stärke: „Was hast du gerufen, als du ihn angesprungen hast?" fragte der Neffe des Generals und stützte sich durchatmend auf seinen Säbel. Der Einheimische zuckte mit den Schultern: „Ein alter Fluch in der Menschensprache, ich glaube ich habe seine Mutter beleidigt." Steam kicherte: „Tatsächlich? Wo hast du das gelernt?" Der Schütze hob seinen Dolch auf, den er weggeworfen hatte, bevor Steam ihm den Hals rettete: „Ich hab' eine Begabung für Sprachen und ihre Anwendung." Ein unmerkliches Lächeln spielte sich um seine Lippen: „Ich könnte Euch ein Bier bestellen, in allen bekannten Zungen dieses Erdteiles." Steam nickte anerkennend:

„Wie heißt du, Schütze?" Der Nord-Kworler nahm Haltung an: „Dagger Stabs, Bogenschütze ersten Ranges, Einzelkämpfer." Steam richtete sich auf: „Einzelkämpfer? Du mußt talentiert sein." Dagger nickte entschlossen: „durchaus, Kommandant." Steam zog anerkennend die Augenbrauen nach oben: „Nimm diesen Brief, er ist an niemanden adressiert, aber bereits ausgefüllt, bis auf die Spalte in der ein Name eingetragen werden muß. Schreibe deinen hinein, sprachbegabter Bogenschütze und Einzelkämpfer."

Ein neuer Gegner baute sich vor Creep auf, ein riesiger Mensch, der ein Bärenfell als einziges Kleidungsstück trug. Es mußte von einem großen Bergbären stammen, dennoch reichte es gerade einmal, um das Nötigste zu schützen und zu bedecken. Der Kopf war geschoren, die Füße steckten in Lederfetzen, die er einfach mit Sehnen zusammengeschnürt hatte. Die anderen Menschen gingen ihm respektvoll aus dem Weg, auch wegen seiner beeindruckenden Waffen, einer großen Keule, durch die Nägel geschlagen wurden, um dem Gegner verheerende Verletzungen zuzufügen sowie ein langer Speer mit einer angebundenen Steinspitze. Um das Gesicht des Riesen sehen zu können, mußte Creep den Kopf in den Nacken legen. Er zeigte ein zahnloses Grinsen und ließ den Speer nach vorne zucken. Es sah bei seiner Größe so harmlos aus, als ob er eine ärgerliche Fliege zerquetschen wollte, doch Creep landete hart auf dem Pflaster. Seine Rüstung hatte ihn beschützt, doch die Spitze war ins Fleisch eingedrungen. Die Wut von vorhin stieg wieder in ihm hoch, er steckte auf dem Boden sitzend den Säbel weg und ließ zu, daß sein Blick sich unter einem roten Schleier trübte.
Die Passivität des kleinen Gegners verwirrte den Riesen offensichtlich, denn er gab ein irritiertes Grunzen von sich und erhob achselzuckend die Keule, um Creep zu zermalmen. Der Red-Eye spreizte indes seine Krallen an beiden Händen und blickte ihm

stumm, aber provokant in die Augen. Es wirkte, die Keule stieg beinahe in Zeitlupe empor, verharrte einen Moment in der Luft und fiel dann zerstörerisch wieder herab, auf Creeps Schädel zurasend. Doch dieser konnte sich mit einem großen Sprung aus seiner hockenden Position retten und landete neben der Keule, die sich unter einem Erdbeben mittlerer Stärke in die Straße Nord-Kworls grub. Durch die Erschütterung kamen einige der ringsum Kämpfenden aus dem Gleichgewicht, was entweder Mensch oder Red-Eye effektiver nutzten, denn eine Kakophonie aus Schreien erhob sich nach dem Einschlag. Creeps, halb in der Rage erstellte Rechnung, ging auf, die Nägel der Keule krallten sich in den Pflastersteinen fest. Der Riese zerrte wie verrückt daran, bekam sie aber nicht frei. Nun mußte er nur noch wenig genug Hirn beweisen, um Creeps Plan zu vervollständigen: Den Speer wegwerfen, um die Keule mit beiden Händen packen zu können. Er tat es nach einer halben Minute nutzlosen Brüllens und Schnaufens. Der Speer flog beiseite und beide Hände griffen an den Stiel der feststeckenden Keule. Creep sprang wieder zurück, bohrte seine Krallen tief in die fleischigen Arme des primitiven Menschen. Er brüllte wie ein Ochse und warf die Arme nach oben, den darin festgekrallten Creep gleich mit. Für einen Moment gab es weder oben noch unten, dann erreichte Creep den Zenit der Reichweite des Riesen. Allein durch die Schwerkraft rutschte er an den Armen wieder herab, wobei seine ausgefahrenen Krallen tiefe, blutende Kratzer in das Fleisch des Mannes rissen. Als er an der Schulter ankam, ließ er los und landete hinter ihm. Vor sich sah Creep die vielen Menschen, die gerade in die Schlacht gehen wollten, nun aber miterlebten wie ihr riesiger Kamerad auf die Knie sank und sich in schockierter Ruhe seine blutüberströmten Arme besah. Creep zog den Säbel seines Vaters, vollführte eine blitzschnelle Drehung um hundertachtzig Grad, wobei er den Riesen hinterrücks enthauptete.

Stille, nur in den Seitenstraßen, wo sie das grauenhafte Schauspiel nicht hatten mitansehen können, tobte noch der Kampf. Die Menschen blickten den sich in der Rage befindenden Creep ängstlich an. Während seines Kampfes mit dem Riesen hatte sich ein großer Kreis um ihn gebildet, der nun begann sich zu schließen, die nicht mehr ganz so entschlossenen Menschen kamen mit erhobenen Waffen näher. Creep rechnete nicht damit, so viele überwältigen zu können, also begann er innerlich, sich seinem Schicksal zu ergeben, doch noch war nicht alles vorbei.
Eine Feuersbrunst toste aus einer der nahen Seitenstraßen und Menschen kamen brennend und schreiend daraus hervorgerannt. Jene, die nicht von dem Feuer erwischt wurden, rannten in die entgegengesetzte Richtung, also in die gegenüberliegende Gasse. Als die ersten darin verschwunden waren, brandeten wieder Schreie auf, Schwerter klirrten, Stahl kratzte kreischend über Stahl, und Körperteile flogen wieder aus der Gasse heraus.
Nun drängten sie sich panisch zwischen den beiden dunklen Seitenstraßen, wobei sie die Nachfolgenden aufhielten, welche wiederum die Vordersten nicht ersetzten. Also wurden diese von den enthemmten Red-Eye niedergemacht und sie erkämpften sich somit eine Verschnaufpause.
Aus der ersten Gasse, jener, aus der die Feuersbrunst gekommen war, stapfte langsam und behäbig der Bodendrache des Stadtschützers, mit demselben auf seinem Rücken. Aus der anderen Gasse kam ein Red-Eye, der sicherlich nicht aus Aschfeld stammte. Wahrscheinlich eher aus Eisfeld, wo zweieinhalb Meter Körpergröße die Regel waren. Doch zweieinhalb Meter reichten bei diesem Ungetüm von Red-Eye nicht aus, sicherlich war er drei Meter groß. In Händen trug er eine lange Streitaxt, die er fröhlich hin- und herdrehte. Sein auffälligstes Merkmal aber war sein Gesicht. Es lag verborgen unter einer grotesken, schrecklichen Maske.

Nachdem Ironhead und der Stadtschützer aufgetaucht waren, wurde es still, nur die stöhnenden Verwundeten störten die perfekte Ruhe.

Die Menschen blickten die beiden neuen Gegner voller Furcht an und öffneten eine Gasse zwischen ihren Reihen, durch die ein Reiter heranpreschte. Er kam mit wehendem Gewand und langem, schwarzem Umhang durch das Torhaus und galoppierte die Straße hinauf. Er kam in gebührendem Abstand zu dem Bodendrachen und Ironhead zum Stehen. Seine langen, fettigen schwarzen Haare fielen ihm nach vorn übers Gesicht und verdeckten es völlig, nur die Neigung seines Kopfes verriet, daß er Ironhead anstarrte. Dann wanderte der Kopf und der Blick des Mannes zum Stadtschützer. Der Reiter trug lange, schwarze Gewänder, unter denen die eindeutigen Ecken und Kanten einer Rüstung zu sehen waren. Sein Pferd war ebenfalls schwarz und das Schwert am Gürtel des Mannes lang. Eine beeindruckende Gestalt, wenn auch morbide und finster, nicht der menschlichen Natur entsprechend. Er saß gebückt im Sattel, als hinge etwas unglaublich Schweres an seinen Schultern und zöge ihn herunter. Er öffnete die Arme weit, zum Zeichen, daß er noch keine Waffe in der Hand hielt. „Ich bin der Anführer der letzten Armee der Menschen", sagte er ohne Emotion, „und ihr habt tapfer gekämpft, Red-Eye. Doch es ist vergebens, wir sind euch zehn zu zwei überlegen und werden euch zertreten wie Ameisen." Er richtete sich zu seiner vollen Größe auf und legte eine theatralische Pause ein: „Es sei denn, ihr ergebt euch. Dann wird der Stadt sowie den Frauen und Kindern kein Schaden zugefügt."

Die Red-Eye knurrten aufgrund dieser offenen Beleidigung. Den Frauen und Kindern würde nichts geschehen, doch den Männern und Soldaten? Er hatte zwar recht, wenn er behauptete, es stünde schlecht um die Stadt, auch wenn er sagte, die Menschen wären bei weitem in der Überzahl, doch einem Red-Eye anzubieten,

aufzugeben, wäre wie einen Adler zu fragen, ob er denn nicht seine Federn verschenken wolle.
Ein Red-Eye erschien auf einem Dach neben dem Schwarzkittel und rief herunter: „Red-Eye haben noch nie eine Stadt aufgegeben, egal, wie feige die Menschen sich ihnen zeigten. Da kapitulieren wir erst recht nicht vor einem Bauern im Frauenkleid!" Die Verteidiger lachten hämisch auf, Finger zeigten auf den vor Wut bebenden Menschen auf seinem tänzelnden Pferd. Dieser warf seinen Mantel zurück und zeigte ein ganzes Arsenal an Waffen an seinem Gürtel. Dann schrie er den Stadtschützer, der lachend auf seinem Drachen saß, wütend an: „Stadtschützer, warum erlaubst du einfachen Kriegern das Wort für dich zu ergreifen? Du bist zu bedauern, denn deine Befehlsgewalt wird im Angesicht deiner Feinde untergraben!" Der Stadtschützer lächelte ruhig: „Das ist keiner meiner Krieger, das ist Sharp Claw."
Der Armeeführer sog erschrocken die Luft ein und drehte sich wieder dem Red-Eye auf dem Dach neben ihm zu, leider etwas zu spät. Sharp war bereits vom Dach des Hauses gesprungen und traf ihn mit beiden Stiefeln und vollem Gewicht auf die Brust. Die Wucht des Tritts riß ihn vom wiehernden Pferd und er landete scheppernd auf dem Boden, Sharp Claw einen Augenblick später direkt daneben. Was danach geschah, konnte Creep nicht sehen, denn die Armeen begannen wieder, aufeinander loszugehen, und der Rest der Szenerie verschwand unter der Masse hauender und stechender Individuen.

Kurz vor der Abreise der Kajin-Mönche aus dem großen Zeltlager in Langenfelden kam der General aus Schilden zurück. Er brachte die frohe Kunde vom friedlichen Anschluß Nahwetterns in das große Reich Aschfeld. Raeken lehnte an der Wand des Wagens, in dem sich die Gefangenen befanden. Sein mit dem General zurückgekehrter Schüler Brokes Hopedie daneben: „Seid mir nicht Gram, Meister, doch ich möchte bei der Armee bleiben, sie haben

keinen einzigen Magier unter sich. Ich wäre eine Bereicherung für sie. Der General hat bereits ein Angebot diesbezüglich ausgesprochen." Raeken lächelte freundlich: „Ich wäre ein schlechter Lehrer, wenn ich dich daran hindern wollte, Brokes. Du bist frei, deine Ausbildung war in dem Moment abgeschlossen, in dem du sie für beendet erklärtest. Darf ich dich fragen, worin das Angebot des Generals bestand?" Brokes nickte dankbar: „Ich soll in die Garde aufgenommen werden, zusammen mit Sharp Claw und ..." „Ja, ja, ja", unterbrach ihn Raeken unwirsch, „ich weiß, wer alles in der Garde ist: Volkshelden, Wichtigtuer und Psychopathen, die nicht an sich halten können. Erst auf etwas einschlagen, dann nachsehen, ob es etwas Interessantes gewesen sein könnte, was man da platt gemacht hat. Ich kenne die Garde." „Dann seid ihr nicht einverstanden?" „Doch, doch, sicherlich, aber ich will nicht, daß du dein Talent verschwendest für sinnlose Zerstörung und einen Krieg, den wir mit halb so viel Gewalt gewinnen könnten." Brokes lächelte ihn verschwörerisch an: „Versprochen, ich werde mich darum bemühen." Raeken nahm seinen Schüler in den Arm: „Dann sag dem General, daß du dabei bist, in seiner großen Garde. Aber richte ihm auch aus, daß ich persönlich vorbeikomme und ihm die Leviten lese, wenn ich das Gefühl habe, du wirst als Kampfmagier mißbraucht." Brokes schüttelte die Strähne aus dem Gesicht und nickte: „Ich werde versuchen, ihm dies so anständig wie möglich zu sagen, Meister."
„In der Garde reißen sie einem Milchbubi wie dir den Arsch auf", teilte eine Stimme aus dem Gefangenentransporter gehässig mit. Es war das hohle, geisterhaft klingende Organ Taarons gewesen. Brokes klopfte gegen das Holz des Wagens und sagte grimmig: „Menschlein, ich rate dir weniger große Reden zu halten, denn fünf Minuten nach dem du in Kajiniritai angekommen bist, wirst du dir wünschen, wir hätten dich im brennenden See versenkt oder irgendwo vergraben, bis der Monat deiner Lebenszeit vorbei ist."

Der Bodendrache des Stadtschützers und Ironheads Axt versperrten die Hauptstraße. Die Menschen mußten durch die engen Seitenstraßen gehen, was ihre zahlenmäßige Überlegenheit aufhob. Sollte es doch geschehen, daß einige auf die Straße zum Stadtturm zurückfanden, wurden sie gnadenlos niedergemetzelt. Inmitten des Häusermeeres, genauer gesagt in der Gasse der Münzerei kämpfte Poison mit einem Altmenschländer. Sie benutzte ihren langen, dünnen Säbel, um Schwinger und Stiche mit großer Reichweite auszuteilen. Diese schweren Schläge zu parieren kostete dem Menschen seine gesamte Konzentration und er ließ seine Deckung erbärmlich weit unten, während er von rechts nach links wechselte. Sie täuschte einen erneuten Schwinger an, der Mensch fiel darauf herein und zog sein Schwert nach links, um den Angriff abzuwehren, doch sie zog die Waffe in einem Sekundebruchteil zurück und stach zu. Daraufhin drehte sie sich schnell um und erschlug einen überraschten Speerkämpfer aus Nahwettern, dessen Schatten sie schon an der Wand neben ihr herbeieilen gesehen hatte.

Zwei Straßen weiter stand Frost mit zwei einheimischen Red-Eye auf einem umgestürzten Heuwagen und teilte Hiebe nach unten aus, wo die Menschen sich sammelten und gemeinsam versuchten, den Wagen zu stürmen. Sie schlugen immer wieder nach den Beinen der Red-Eye, welche wiederum mit verheerenden Schlägen auf die Häupter antworteten. Einer der beiden Nord-Kworl Soldaten wagte sich bei so einer Attacke zu weit nach vorne und wurde Opfer einer nach oben schnellenden Lanze. Frost brüllte dem anderen mit den Zwillingsschwertern in Händen zu: „Gib auf Lanzen und Speere acht, weich aus und durchtrenne sie dann!" Der Krieger ließ einen wütenden Kampfschrei als Antwort ertönen und schlug weiter auf die Schädel der Menschen ein. Vor Frost öffnete sich plötzlich eine Lücke und ein Speerwerfer rannte brüllend auf ihn zu. Den Speer bereits zum Wurf nach hinten gelegt, rannte er auf den Karren zu. Frost zögerte keine Sekunde, wenn er überleben wollte, mußte er eines seiner geliebten Schwerter opfern. Also flog ein Schwert aus Aschfeld in den freien Gang aus Menschen und rammte in den Bauch des Speerträgers, während er in vollem Lauf war.

In den etwas breiteren Straßenzügen der Ost-Stadt teilte Knocker Bloodfist eiserne Hiebe aus. Er benutzte selten Waffen, seine Krallen, die er immer zu eisernen Fäusten geballt hatte, reichten ihm vollkommen aus, im die Reihen der Gegner zu lichten. Das Banditentuch um den Hals war schweißnaß und klebte an seinem Gesicht und die Menschen wurden langsam aber stetig zahlreicher. Einer von ihnen, ein Dunkelhäutiger mit roten Hosen und Turban attackierte ihn gerade mit Säbel und Dolch. Knocker parierte den Säbel mit der linken Faust und schlug ihm die andere ins Gesicht, daß sein Jochbein brach. Der Fremde schrie grauenhaft auf und taumelte zurück. Ein anderer derselben Fraktion nahm seinen Platz ein und wollte den Red-Eye mit einem mächtigen Schwung kurzerhand enthaupten, dieser duckte sich aber und entging dem Hieb. Als er sich wieder erhob nutzte er den Schwung aus den Beinen und landete einen mit der Kraft des ganzen, sich erhebenden Körpers ausgeführten Kinnhaken, welcher die Sache beendete. Der vorherige Gegner, der unter dem deformierten Gesicht deutlich die Zähne zusammenbiß, stürzte sich wieder auf Knocker. Er wich zur Seite aus, ließ aber ein Bein stehen, über welches der Mensch stolperte und auf seinen eigenen Säbel fiel.

Am westlichen Ende der Stadt war vergleichsweise wenig los, nur die tapfersten oder verängstigten Menschen hatten in die engen Gassen und geheimnisvollen Winkel gefunden. Zwei der Tapferen schlichen sich gerade an einer Hauswand entlang. „Hast du das Öl?" fragte der eine und blickte nervös zurück, um sich vor Verfolgern abzusichern. „Ja, und die Fackel hab' ich auch", raunte der andere und spähte um die Ecke des heruntergekommenen

Hauses: „Hier ist es sicher. Wir machen ein Feuer." Er kniete sich auf den Boden, legte etwas von dem mitgebrachten Stroh auf den Boden und begann, zwei Feuersteine aneinanderzuschlagen, daß die Funken stoben. „Glaubst du, das Feuer wird hier gut brennen, Sutilles?" fragte der jüngere der beiden und schaute sich wieder nach Red-Eye um. „Natürlich, Dummkopf", antwortete der Mann namens Sutilles, genervt von seinem ängstlichen Freund, „hier wird es brennen wie Zunder. Sieh dich doch um, hier leben die Armen unter dem rotäugigen Pack. Ihre Häuser sind aus Holz, schlecht gebaut und stehen eng aufeinander. Wenn ich endlich dieses verdammte", weiter kam Sutilles nicht, ein Pfeil in den Kopf beendete seine Flüche über das Stroh. Der andere heulte vor Angst und griff halbherzig nach seinem Schwert. Der Pfeil war von einem der Dächer gekommen, das sah er am steilen Winkel, in dem er im Kopf seines Kumpanen steckte. Ihm lief der Angstschweiß über den Rücken, als er sich langsam bückte um das Stroh weiter zu entfachen. Plötzlich schreckte er auf, ein Schatten war über den dreckigen Boden geglitten. Er hob sein Schwert in die Luft: „Wo bist du, du Feigling?" brüllte er in den Himmel.

„Hier", antwortete ein kalte Stimme mit starkem Akzent. Er drehte sich um, dort mitten auf der Straße stand ein einzelner Red-Eye. „Wie bist du so schnell von diesem Dach herunter gekommen?" fragte der Mensch panisch, während sein ganzer Körper fliehen wollte und er den wenigen Mut, den er besaß zusammennehmen mußte, um in die roten Augen zu blicken. „So", antwortete der Red-Eye und öffnete zum grenzenlosen Schrecken des Mannes ein paar Flügel hinter seinem Rücken. Das war eindeutig zu viel, der Feigling ließ das Stroh fahren und rannte davon, egal wohin, am besten in die engsten der Gassen, wo der geflügelte Dämon ihn nicht erwischen konnte. Doch Thunder Fog war schnell, sein Flügel war zwar noch nicht vollends verheilt, doch kurze Gleitflüge konnte er allemal überstehen, also erhob er sich in die Luft, wartete bis der Schmerz zu stark wurde und ließ sich dann sinken, dem schnellen Lauf des Menschen folgend. Als er hinter eine Ecke bog, landete Thunder auf dem Dach darüber. Leise schlich er sich zu der Kante und sah nach unten. Dort stand der Kerl, an die Wand gedrückt und schielte zur Seite, er erwartete, daß er um die Ecke flog wie ein Vogel. Thunder kletterte mit dem Kopf voraus die Wand herunter, bis er knapp über dem Menschen war und seinen Schweiß riechen konnte. Zuerst raste seine Kralle nach unten und zerriß ihm den Nacken, dann folgte ein Schlag mit dem ganzen Körper von oben, indem er sich einfach auf den jaulenden Menschen warf und ihn auf den Boden nagelte.

„Dafür werde ich entschieden zu schlecht bezahlt", stellte Spear Claw verärgert fest. Er stand auf der Hauptstraße, in der Nähe des Stadtturmes, überall um ihn herum surrten Pfeile, klirrten Klingen aufeinander und gellten Schreie. Spear hatte in einem Moment völliger geistiger Abwesenheit befunden, es wäre eine gute Idee, den gigantischen Speer des riesigen Menschen an sich zu nehmen, der übel zugerichtet mitten auf der Straße, auf halbem Weg zum Tor lag. Leider war diese Waffe zu groß für ihn und federte aufgrund der primitiven Verarbeitung dauernd nach. Eine Gruppe von fünf oder sechs hatte ihn erblickt, wie er mit der großen Waffe rang und stürmte nun mit der Aussicht auf leichte Beute auf ihn zu. Von der anderen Seite kam schon wieder einer dieser Halbnackten, johlenden Kerle mit Turban und weiter Flatterhose. Während die Feinde näher kamen, wog Spear die Waffe in seiner Hand. Sie federte bei jeder Bewegung nach. Da kam ihm eine Idee. Er rannte dem einzelnen Angreifer entgegen und nutze die unkontrollierbare Waffe als überraschendes Werkzeug, sie wirbelte herum wie ein Kuhschwanz und spießte den Menschen schließlich auf, da er nicht mehr rechtzeitig bremsen konnte und direkt hineinlief. Nun drückte Spear das

Ende der Lanze mit dem Stiefel auf den Boden. Er aktivierte all seine Kraft und stemmte die Spitze, mitsamt dem schreienden Kerl nach oben. Es funktionierte, der Mensch beschrieb auf der Speerspitze steckend einen perfekten Halbbogen und prasselte als wahres Geschoß in die von der gegenüberliegenden Seite anrennenden Soldaten aus dem ehemaligen Altmenschland. Wie ein Kartenhaus krachten die Menschen zusammen, Rüstungsteile flogen, Schwerter gingen verloren und schrille Schreie des Entsetzens über diese unkonventionelle Attacke brandeten auf. Spear knurrte erfreut, daraus könnte man eine Sportart machen.

Der unbekannte Armeeführer hatte sich nach Sharp Claws Luftangriff erstaunlich schnell erhoben und ein Langschwert aus dem schweren Mantel gezogen. Er und der Red-Eye fochten miteinander und suchten eine Blöße in der Deckung des Gegners. Leider waren beide gute Kämpfer und sie schlugen sich die Klingen um die Ohren, ohne eine verwundbare Stelle zu treffen. Was dem Armeeführer an Technik und Können fehlte, machte er durch viele Finten und Stoßangriffe wieder wett. Sharp Claw hatte zuerst die elegante Variante versucht und viele direkte Schläge mit perfekten Kombinationen und Paraden angewandt, doch er kam nicht an der blitzschnellen Klinge des Feindes vorbei. Also schaltete er um auf rohe Gewalt, welche ihn früher oder später in die Rage stürzen würde, seinem persönlichen Allheilmittel gegen schwere Gegner.

Creep war von mehreren Menschen in ein offenstehendes Haus gedrängt worden, wo er sich auf eine enge Treppe gerettet hatte, welche die dreckigen Gesellen mit den Augenklappen und Räuberbärten nur einzeln betreten konnten. Sie versuchten verzweifelt, seine Hiebe, die von oben kamen, zu parieren, aber ihre Ausdauer ließ nach, keiner kann ein schweres Schwert lange in die Luft strecken. Ein erschöpfter Axtkämpfer ließ seine Waffe sinken und wurde Opfer von Creeps scharfem Säbel. Der

Körper rollte abwärts und riß zwei seiner Mitstreiter mit sich hinab. Plötzlich erschien ein Bogenschütze aus Nahwettern in der Tür, erkannte die Situation und legte auf Creep an. In seiner Angst warf dieser den Säbel nach ihm und durchbohrte den Menschen.

Als sie die Mauer nahmen, verschwanden die Ziele für die Ballisten auf dem Vorsprung, hoch über der vor Blut triefenden Stadt. Slana hatte schon lange aufgehört zu weinen, sie saß einfach nur da und starrte auf den zertretenen Boden. Jala saß bei ihr und hielt sie im Arm. Poisons Schwester wagte nicht, etwas zu sagen, und seufzte einfach nur unter den vielen Schreien, die von unten an ihre Ohren drangen. Dann hörten sie wieder Schritte aus dem dunklen Gang hallen. Gewiß der Wachmann, der ihnen befehlen wollte, den Vorsprung zu verlassen und ins Innere des Saales zu kommen, weil es dort sicherer wäre. Doch sie irrte sich, ein stattlicher Mann kam daraus hervor, der eine Rüstung trug, die sie noch nie so gesehen hatte. Und sie kannte die Symbolsprache des Aschfelder Militärs durch ihre Schwester. Doch das seltsame Symbol auf der Armschiene dieses Soldaten hatte sie noch nie gesehen, ein Turm, der in die Wolken ragte und Drachen, die um ihn kreisten. Der Krieger stellte sich vor den Abgrund, zog ein Signalhorn aus dem Gürtel, hob es an die Lippen und stieß mit aller Kraft hinein. Ein Ton von unbeschreiblicher Schönheit erhob sich über der lauten Schlacht und breitete sich über die Ebene aus, Slana blickte auf, es hörte sich an, als hätte ein großer Künstler dem Gefühl der Hoffnung einen Klang verliehen.

Der Ton hing mehrere Sekunden in der Luft, dann verhallte er nach und nach, einen bleibenden Eindruck in den Herzen der kämpfenden Aschfelder hinterlaßend. Der Soldat, der das Horn gespielt hatte, lächelte leise und steckte es wieder ein. „Ein schöner Nebeneffekt dieses Signals nicht wahr?" fragte er die Frauen, die verdreckt und verschwitzt an der Balliste saßen und ihn anstarrten wie einen Heilsbringer. „Ich habe dieses Horn von einem der Rachemönche geschenkt bekommen. Es ruft meine Festung zu Hilfe und spendet jedem Red-Eye, der es hört Hoffnung." Die Frauen saßen mit weit aufgerissenen Mündern da. „Wer seid Ihr?" brachte Jala schließlich heraus. Der charmante Soldat lächelte: „Oh verzeiht, mein Name lautet Jarnes Craver. Ich bin meines Zeichens Kapitän von Aero-Kworl." Jala erhob sich: „Und Ihr, ich meine, ähm, Eure Festung kommt hierher?" Er lächelte freundlich: „Genau und das in wenigen Stunden, denn sie ist uns nachgeflogen. Wir wären gerne gemeinsam in ihr hier hergekommen, doch es war unklar, wie lange wir noch brauchen würden, um die Verletzten von der Schlacht am Damm zu verarzten." Jala nickte: „Dann können wir gewinnen?" Jarnes lächelte freundlich weiter: „Natürlich, die Chancen stehen nicht schlecht, sobald die Festung ankommt."

„Was genau habe ich verpaßt, daß du nun hier bist? Ich dachte einen treueren als den Stadtschützer Tinwatuks gibt es nicht!" Taaron fragte den nervösen Nightfly aus, da ihre Zellen direkt nebeneinander lagen und er sich nichts Sinnvolleres auf dieser langen Reise vorstellen konnte, als zu reden. Nightfly antwortete ihm nicht, sondern ließ einfach nur den Kopf hängen. „Na komm, sprich mit mir, die Hälfte weiß ich doch schon, du wolltest nicht, daß Tinwatuk zerstört wird durch dieses Ding, was sie alle Großfalle nennen." Nightfly lachte spöttisch auf, sagte aber weiterhin nichts. Dieser Kerl mit der gruseligen Stimme und den brennenden Augen hinter der gefühllosen Maske konnte ihm gestohlen bleiben.
„Kannst du mir dann sagen, was dieses Kajiniritai wirklich ist? So wie es dieser geisteskranke Kapuzenträger mit dem Karpfenbart beschrieben hat, ist es sicherlich nicht." Diesmal lachte Nightfly

wieder und schaute Taaron zum ersten Mal an: „Nein, es ist viel schlimmer, als er beschrieben hat, Junge."
Dies wollte der Mensch ihm nicht glauben: „Treib keine Scherze mit mir, Nightfly. Ich dachte die Red-Eye verabscheuen Folter und unnötige Grausamkeit. Warum existiert dann dieser anscheinend so schreckliche Ort?" „Weil es ein Gefängnis ist und so schrecklich wahrgenommen wird. Eigentlich ist es nur für Straftäter aus Aschfeld gedacht und nicht für Kriegsgefangene wie dich. Für einen Red-Eye ist es das Schlimmste, wenn er sich ohnmächtig fühlt, was er als Gefangener in seiner Zelle zweifellos ist. Was der alte Raeken allerdings vergißt, ist, daß du ein Mensch bist und von Dingen wie Freiheit, Gerechtigkeit und Bestrafung für Ungerechtigkeit eine andere Auffassung hast. Für dich wird es ein restliches Leben auf dem Labortisch werden, für mich viele Jahre der Einsamkeit in schrecklicher Umgebung."
Taaron verstand. Kajiniritai war weniger ein Ort für die tatsächliche Bestrafung, sondern ein geflügeltes Wort, ein Fanal der Angst. „Und du mußt nun dorthin, weil du versucht hast, den General von der Zerstörung Tinwatuks abzubringen?" Der Red-Eye schüttelte den Kopf: „Nein, weil ich versucht habe, Sharp Claw umzubringen, der es zerstört hat." Taaron hätte am liebsten die Augenbrauen vor Verwunderung nach oben gezogen, doch die Maske verharrte in ihrem teilnahmslosen Ausdruck: „Er hat Tinwatuk zerstört? Wie ist das möglich?" Nightfly stöhnte genervt auf: „Durch eine Beschwörungsformel, du Idiot. Er hat sie ausgesprochen und die Stadt ist in sich zusammengebrochen. Daß sie dabei eine Armee aus Menschen vernichtet hat, ist nebensächlich." Taaron ging nicht auf die Stichelei ein: „Und was passierte dann?" Nightfly lachte gequält: „Verdammt, Junge, du bist ärgerlicher als eine Stechmücke in der Nacht. Ich wurde ausgesetzt, in den Kwan-Höhen. Von dort habe ich jedoch hinabgefunden in den Westen, wo ich die Armee am Aner-Damm einholte und

Sharp Claw stellte. Mit diesem Ergebnis", er breitete die Arme aus und wies vielsagend auf die kleine Zelle, in der er steckte. Plötzlich flog ein gewaltiger Drache über sie hinweg und Taaron blickte durch die Gitterstäbe nach oben. „Der General", informierte ihn Nightfly knapp. „Er wird nach Nord-Kworl fliegen. Es soll belagert werden." Mit einem hämischen Grinsen fügte er hinzu: „Das liegt übrigens nur einen Echsensprung von Kajiniritai." Taaron blickte ihn an: „Nord-Kworl wird belagert? Ist Sharp Claw auch dort?" Bevor Nightfly irgendeine gleichgültige Antwort geben konnte, lachte einer der Krieger, die den Wagen links und rechts bewachten auf: „Natürlich ist er dort! Wenn er hier wäre, dann hätte er euch zwei Galgenvögeln schon längst den Hals umgedreht!" Seine Kumpane lachten dreckig, als er sich mit dem Finger in einer eindeutigen Geste über die Kehle fuhr.

Krähen kreisten über Nord-Kworl. Sie kamen von der anderen Seite des Gebirges, in welches sich die Stadt mit ihrer Halbmondschlucht schmiegte. Angelockt vom Geruch des vergossenen Blutes mußten sie sich noch gedulden, denn die Schlacht tobte noch in den Straßen.
Steam war beinahe am Ende, er blutete stark und die Kraft wich aus seinem Körper. Sein Säbel wurde mit jedem abgewehrten Angriff schwerer und schwerer. Tief durchatmend stand er auf der Hauptstraße, gestattete sich eine kurze Ruhepause hinter der Deckung des Feuer speienden Bodendrachen des Stadtschützers. Das Tier spuckte, auch ohne von seinem Reiter angespornt zu werden, Feuer, wie Steam resignierend auffiel. Denn der Reiter hing von einem Pfeil durchbohrt leblos im Sattel.
Sharp Claw kämpfte immer noch gegen den Armeeführer, was ihn aber nicht davon abhielt, in der aufkommenden Rage Seitenhiebe auf vorbeirennende Menschen abzugeben. Als er zehn beiläufig erstochene Feinde zählte, drehte der Armeeführer durch und griff Sharp mit viel zu großer Wut von oben und von

der Seite mehrmals an. Die schweren Hiebe abzuwehren, brachte den Red-Eye näher und näher an den Zustand der Rage heran. Kurz bevor die Welt einen roten Schleier bekam, ging Sharp noch ein einziger Gedanke durch den Kopf: Der Armeeführer griff selten und wenn, dann nur schwach von links an. Vielleicht war dies eine Finte, eine Einladung für den Aschfelder, sich zu weit vorzuwagen, doch in der Rage war ihm dies egal. Das Blut begann in seinen Ohren zu rauschen, ein Impuls ging durch seinen Körper, der alle Gedanken verwischte, bis auf einen einzigen Urinstinkt: das Töten. Sharp, seines Zeichens Linkshänder, wechselte wie ein erschöpfter Anfänger die Waffenhand und griff mit der Rechten an. Der Armeeführer mußte von der anderen Seite parieren und wie erwartet schwächelte er hier. Er wehrte den Schlag zwar ab, doch dabei stöhnte er schmerzhaft auf und sein Körper zitterte kurz. Sharp lachte grimmig und ging einen Schritt zurück, um den Anschein zu erwecken, er wolle noch einmal, nur kraftvoller, von links angreifen. Der Schwarzträger fiel in der Angst, seine Schwäche preisgegeben zu haben darauf herein und sprang vorwärts. Sharps Krallen schnellten hervor und gaben ihm eine eiserne Ohrfeige. Die fettigen, schwarzen Haare flogen kurz beiseite und Sharp erblickte für einen Moment das Gesicht des Feindes, welcher scheppernd zu Boden ging. Sharp knurrte wütend auf, griff in die Tasche seines Waffenrockes und holte etwas Kleines, Eisernes daraus hervor. Der Armeeführer war schon wieder dabei, sich zu erheben, da rammte Sharp Claw ihm die Pfeilspitze, die ihn damals vor Teeijang das Leben gekostet hatte, in den Brustkorb. „*Du* wirst nicht wieder aufstehen, diese Pfeilspitze hat schon einmal getötet, doch damals war die Rollenverteilung anders, nicht wahr Anron?" Der vor Haß und Verzweiflung in die Dunkelheit gefallene Elf starrte das kleine, schicksalsträchtige Stück Eisen in seiner Brust an, dann Sharp Claw. Sein Blick war weder voll Haß noch voll Zorn, sondern vollkommen fassungslos.

Nun konnte Sharp Claw sich den feindlichen Soldaten widmen. Angestachelt von seiner frischen Rage, mischte er sich in das Gefecht ein. Der erste Gegner hatte kaum Chancen, sich zu wehren, Sharps Säbel zertrennte sein Schwert, seinen Schild und seinen Körper mit bahnbrechender Geschwindigkeit. Der Nächste sprang Sharp mit einem wilden Schrei an, er wich aus und schlitzte dem vorbeifliegenden Mann den Bauch auf. Der Dritte hatte etwas mehr Glück, konnte sogar ein oder zwei Hiebe des rasenden Red-Eye mit der flachen Seite seiner Axt abwehren, bevor er absichtlich auf den Stiel zielte und ihm die Waffe so aus der Hand schlug. Der nächste Schwinger fand die ungeschützte Brust des Menschen. Sharp sah einen dreckigen Kerl in der Uniform Altmenschlands auf ihn zurennen und er warf kurzerhand seinen Säbel nach ihm. Er flog, sich um die eigene Achse drehend, pfeifend durch die Luft und landete im Bauch des Angreifers. Er stand noch einen Moment mit ungläubigem Blick da und beobachtete Sharp Claw beim näherkommen, dann fiel er um. Der Säbel ragte aus seinem Bauch wie eine in den Boden gerammte Fahne, daß Sharp ihn im Vorbeigehen bequem herausziehen konnte.

Selbst der tapfere Bodendrache war nicht unbesiegbar, was Steam sehr eindrücklich vorgezeigt bekam. Das riesige Tier litt unter dem starken Blutverlust aus vielen kleinen Wunden, welche die Pfeile der Menschen ihm zugefügt hatten. Steam befand sich immer noch hinter ihm und leckte seine eigenen Wunden, er war beinahe am Ende. Auf dem Torhaus, hatten sich die Bogenschützen der Feinde eingefunden und schossen ihre Projektile aufwärts, hinein in das Getümmel der Schlacht. Auch auf Ironhead schossen sie mit großem Eifer, doch seine Maske schützte den Kopf und eine seltsame neuartige Rüstung mit einem Kamm auf der Brust seinen Körper. Steam biß die Zähne zusammen, er war von seinem Onkel mit der Verteidigung der Stadt beauftragt worden. Kein Weg führte an der Schlacht vorbei, er mußte weitermachen.

Mit einem verzweifelten Schrei sprang er aus seiner Deckung und rannte abwärts, auf das besetzte Torhaus zu. Ein Mensch versuchte gerade, sich an dem Drachen vorbeizudrücken und bekam Steams Klinge zu spüren. Einer der wenigen Bogenschützen Nord-Kworls, die die Kämpfe in den Seitenstraßen überlebt hatten, wehrte sich gerade mit seinem kurzen Messer gegen drei barbarisch aussehende Kerle mit langen Rauschebärten und mordlustigem Blick. Steam rannte an ihnen vorbei und ließ dabei seinen Säbel zur Seite herausstehen, die Menschen erlitten dadurch große Verletzungen im Kreuz und wurden von ihrem Opfer abgelenkt. Der Gardist stürmte weiter abwärts, vorbei an kämpfenden Soldaten, über Leichen springend und sich stets auf das Torhaus konzentrierend. Er erreichte es, kurz bevor eine erneute Welle aus Angreifern hindurch brechen konnte und öffnete die geheime Tür in der Wand des Gebäudes. Ein kurzer Gang führte ihn an eine Treppe. Er erklomm sie stöhnend und stieß die Falltür, in der sie mündete, wütend auf. Die Bogenschützen auf dem Dach brüllten erschrocken auf, als der blutende Red-Eye aus dem Boden sprang und wie ein Berserker austeilte. Er befand sich mitten unter ihnen und erschlug gleich die ersten Drei mit einem einzigen, weit ausholenden Schwinger. Die anderen brüllten panisch auf und schrien nach Hilfe, doch ihre Stimmen gingen im Lärm der Schlacht unter. Steam erschlug die wehrlosen Fernkämpfer nacheinander, ohne auf ihr Flehen und Bitten zu achten. Doch die Aktion hatte einen entscheidenden Haken: Je mehr er tötete, desto freier wurde es auf dem Dach. Die Schützen hatten immer mehr Platz, ihm aus dem Weg zu gehen und aus mehreren Metern Entfernung auf ihn anzulegen. Zum Glück machte die Nähe Steams sie nervös und oft trafen sie nicht ihn, sondern einen anderen Schützen, der gerade versuchte, sich vor dem brüllenden, verwundeten Red-Eye in Sicherheit zu bringen.

Sie wurden weiter und weiter dezimiert, bis es nur noch drei waren. Sie standen an verschiedenen Stellen, mit großen Abständen zwischen sich und dem Gardisten. Sie fassten Mut und zielten gleichzeitig auf ihn. Steam atmete tief durch und begann mit seinem Leben abzuschließen, da huschte ein Schatten über ihn hinweg und krachte in einen der Menschen. Thunder hatte den Kampf beobachtet und war nähergekommen, von Hausdach zu Hausdach gleitend. Als er dann nahe genug heran war, schwang er sich unter großer Anstrengung hoch in die Luft und krachte im Sturzflug in den jüngsten und ahnungslosesten der Feinde. Steam nutzte die Ablenkung aus und sprang auf die anderen beiden zu. Doch leider waren diese beiden erfahrener und feuerten auf ihn. Zwei Pfeile bohrten sich in seinen Körper, der eine in die Brust, der andere in den linken Schenkel. Er ging in die Knie und blickte den Schützen, der ihm in den Schenkel geschossen hatte, an: „Idioten, nicht einmal schießen könnt ihr ordentlich." Dann sank er zusammen und blieb auf dem Torhaus liegen. Thunders schockiertes Fluchen und seinen Schmerzensschrei über den Verlust des auch in Schwingen bekannten Neffen des Generals hörte er nicht mehr.

Der Wind strich ihm durch die Stachelhaare und hätte nach der Hitze über dem brennenden See wohltuend sein können, doch er erinnerte ihn an den Ritt in die Schlacht vor Hatik. Die Reitechse von damals hatte er gegen einen gewaltigen Drachen eingetauscht, die Sensen besaß er jedoch immer noch. General Dark flog nach Aschfeld, nach Hause. Dorthin, wo eine Schlacht stattfand, die ein Viertel der Aschfelder Bevölkerung auslöschen würde, sollte sie zugunsten der Menschen ausgehen. Er überflog den grünen Grenzgürtel zwischen Nahwettern und dem Gebirge, welches die Pforte zu Aschfeld darstellte. Über ihm glitzerten die Sterne und warfen einen Blick auf die neue Welt. Eine Welt, die unter der Herrschaft der Red-Eye eine bessere zu werden gedachte.

Leider gab es noch diese verfluchten Zweifler, die ihr Glück weder fassen noch verstehen konnten und gegen es zu Felde zogen. Sie warfen einen Schatten auf diese neue Welt, der sich schon bald verflüchtigen sollte, im Licht des anbrechenden neuen Tages. Der nächste Tag sollte die letzte Schlacht zwischen Menschen und Red-Eye beenden.

Der General faßte sich in die Tasche seines schwarzen Waffenrockes. Was er darin ertastete, war ein Schlüssel. Ein schwerer, großer, alter Schlüssel. Es wurde Zeit ihn anzuwenden, denn der Krieg der Red-Eye sollte enden. Wenn dieser Schlüssel sein Schloß fand, dann gehörte die bekannte Welt den Red-Eye. Er freute sich auf diesen Moment und trieb seinen Drachen zu noch höherer Geschwindigkeit an, denn das Bergmassiv am Horizont schien nicht näher zu rücken und er mußte in dieser Nacht in Nord-Kworl ankommen.

Poison war im Chaos des Gefechts auf Creep Claw gestoßen. Leider hatte sie keine Zeit, den Jungen in den Arm zu nehmen, da sie ihm unbedingt zu Hilfe eilen mußte, denn er wurde von einer Horde wütender Soldaten des ehemaligen Nahwetterns angegangen. Sie fuhr in das hauende und stechende Knäuel hinein wie die Sense in den Weizen und riß die Menschen von den Beinen, ihren langen Säbel wie eine Keule benutzend. Sie stoben auseinander und griffen erneut an, Creep warf der Frau einen kurzen, dankbaren Blick zu, dann stellte er sich, gemeinsam mit ihr, den Feinden. Creep bekam es mit einem Speerträger zu tun, dessen Ambitionen eindeutig darauf hinausliefen, ihn aufzuspießen, was er sich nicht gefallen ließ und dem heranschnellenden Speer geschickt auswich und ihn dann mit seinem Säbel zerschlug. Der Speerträger fluchte in einer fremden Sprache und zog ein Kurzschwert aus dem Gürtel. Er mußte näher an den

Red-Eye heran, um es effektiv nutzen zu können, und gab sich damit Creeps etwas längerem Säbel preis. Creep schwang den Säbel in der Luft und ließ ihn dann mit viel Schwung herabsausen. Der Mensch sprang jedoch rechtzeitig nach hinten und entging dem Hieb.

Während Creep und der entwaffnete Speerträger sich einen hin- und hergehenden Schlagabtausch lieferten, hatte Poison es mit zwei Feinden gleichzeitig zu tun. Einer führte ein traditionelles Langschwert, der andere eine seltsame, sicherlich selbstgebaute Waffe, die aussah als ob er eine Spitzhacke an den Stiel einer Lanze gebunden hätte. Der mit dem Langschwert ging zuerst auf die Frau los und schlug nach ihren Beinen, um sie zu Fall zu bringen, doch sie sprang in die Luft und stieß ihren Säbel vorwärts. Leider kam sie dabei etwas zu hoch und sie traf nicht den Kopf des Menschen, sondern fegte nur den silbernen Adler von dessen Spitze. Als sie wieder landete, mußte sie zur Seite springen, da die Spitzhacke an dem langen Stiel von oben auf sie zukam, wie das Messer des Metzgers auf das Fleisch. Die Spitzhacke verfehlte sie und blieb zwischen den Pflastersteinen hängen. Der Träger dieser eigentümlichen Waffe fing sich eine Ohrfeige mit gespreizten Krallen ein, welche sein Gesicht zerfetzte und nach hinten warf. Leider war die Wunde nicht tödlich, nur schmerzhaft, und er machte den Platz frei für seinen durchaus besser kämpfenden Freund mit dem Langschwert. Er kam wieder mit einem hinterhältigen Angriff auf sie zu, wobei er auf ihren Hals zielte. Poison wehrte den Stich ab, was sie selten und nur im Notfall tat, denn nichtsdestotrotz waren ihre Gegner für gewöhnlich Männer, und den kräftigen, entschlossenen Attacken auszuweichen, war für sie als Frau einfacher als sie zu parieren. In diesem Fall war der Angriff sehr mächtig und brachte sie aus dem Gleichgewicht. Der Mensch erkannte dies und lachte grimmig, während er wieder ausholte. Leider kam ihm dabei einer seiner Mitstreiter dazwischen, der Speerkämpfer, der sich mit Creep angelegte. Er

hatte einen hinterhältigen Tritt des jungen Red-Eye zwischen die Beine erhalten und stolperte mit schmerzverzerrtem Gesicht und den Händen im Schritt zurück und schubste den überraschten Schwertkämpfer vorwärts, direkt in Poisons nach oben gestreckte Klinge. Leider fiel er dabei in sie hinein und die Klinge trat auf der Rückseite wieder heraus, Poison wurde unter dem schweren, stinkenden Menschen begraben. Creep sah wie der andere Kerl mit den grauenhaft zerkratzten Gesicht auf sie zusprang und ihre Wehrlosigkeit ausnutzen wollte. Poison sah es ebenfalls und ihre Augen weiteten sich vor Angst. Creep sprang dem blutigen Kerl entgegen und warf ihn zu Boden, wo sie sich in einer wilden Prügelei wälzten. Creep erhielt einen Schlag gegen die Nase und fühlte sofort wie Blut daraus hervor tropfte. Er schlug ähnlich zurück, nur, daß er absichtlich in die tiefen Kratzer von Poisons Ohrfeige zielte. Der Kerl heulte vor Schmerz auf und Tränen stiegen ihm in die Augen. Creep spreizte die Kralle nun, wollte denselben Schlag noch einmal wiederholen, nur mit der Eisenfaust, da rollte der Mensch sich ab und war plötzlich oben. Creep brüllte wütend auf und der Kerl schrie genauso wütend mit brechender Stimme zurück. Er holte zu einem mächtigen Fausthieb aus und der Red-Eye schloß die Augen, in Erwartung mehrerer brechender Gesichtsknochen. Doch plötzlich wehte ein starker Luftzug über sein Gesicht, das Gewicht des Menschen verschwand augenblicklich. Creep öffnete die Lider und sah, wie er in hohem Bogen die Gasse in Richtung Westen hinab flog und in eine Hauswand krachte, wobei sein Rückgrat trotz der großen Distanz und des Lärmes deutlich hörbar knackte und brach.
Über Creep erschien die eiserne Maske des riesigen Red-Eye, der die Schlacht durch sein Auftreten pausiert hatte: „Geht es dir einigermaßen, Kleiner?" Er nickte ihm vom Boden aus zu: „Es geht, schaut lieber nach Poison, sie liegt dort drüben." Er wies auf die unter den Menschen begrabene Frau und die Maske verschwand aus seinem Blickfeld.

„Kannst du aufstehen, Poison?" fragte Ironhead besorgt und hielt ihr die Hand hin. „Kann ich", stöhnte Poison und massierte sich den Rücken, „nur blaue Flecke, hast du Creep geholfen?" Der Riese legte den Kopf unwissend schief: „Wem?" Sie zeigte auf ihn: „Creep Claw. Du hast ihn vor dem Menschen gerettet." Ironhead kam wieder zu Creep, kniete sich vor ihn, damit er ihn auf Augenhöhe betrachten konnte und schlug dann freudig die gewaltigen Hände zusammen: „Tatsächlich! Sharp Claws Sohn. Ich weiß noch wie traurig du auf seiner Beerdigung warst. Weißt du schon, daß er wieder lebt?" Creep nickte: „Das hat Steam Dark mir schon gesagt, Kommandant." Ironhead lachte: „Kommandant, wie sich das anhört! Nenn mich so wie alle anderen auch. Sharp Claw ist in der Nähe des Turmes", wandte er sich wieder Poison zu. „Mitten im Getümmel und es wird schlimmer, weil der Drache vom toten Stadtschützer tot ist", artikulierte er in seiner kindlichen Aufregung falsch, „und weil ich euch hier zu Hilfe gekommen bin. Jetzt ist niemand mehr da, der die Hauptstraße versperrt, sie kommen immer näher an das Tor im Berg." Poison nickte: „Machen wir uns auf, am besten gehen wir durch die Seitenstraßen bis zum Turm und unterstützen Sharp Claw dort."

„Wo ist Gardist Steam Dark?" fragte Blade Viper die Bogenschützen, die es in kleinen Gruppen bis zu ihm vor das Halbmondtor geschafft hatten. Sie zuckten ratlos mit den Schultern: „Ich habe ihn das letzte Mal gesehen, als er die Menschen in der Hauptstraße erwartet hat, als wir in den Gassen standen und von der Seite aus feuerten", sagte einer schüchtern. Blade fluchte innerlich, Steams Plan war intelligent ausgetüftelt, das hätte er ihm nicht zugetraut, doch leider nicht auf eine kurze, heftige Schlacht in der Stadt, sondern auf eine Belagerung ausgelegt, die Wochen dauern sollte. „Wir machen einen neuen Plan", sagte er zu dem knapp drei Dutzend ramponierter Schützen. „Legt euch auf

den Dächern der Stadt auf die Lauer, schlagt niemals gemeinsam zu, sondern feuert einzeln. Ich will keine rhythmischen Pfeilhagel, wenn der Feind bis hier vordringt, sondern einen stetigen Strom von Geschossen aus allen Richtungen, verstanden?"
Sie nahmen Haltung an und bestätigten mit einem lauten: „Ja, Kommandant!"
„Dann steigt auf die Dächer und bleibt wachsam. Feuert nur, wenn die Menschen allein hier ankommen, wird die Schlacht hierher verlagert, wartet ihr auf den Ausgang. Wenn alle Red-Eye fallen, ist es eure Aufgabe, es ihnen so schwer wie möglich zu machen in die Bergfestung zu gelangen. Jataro möge eure Pfeile leiten, ich verabschiede mich."

Sharp knurrte freudig, die Menschen gerieten bei seinem Anblick in Panik, rannten sich gegenseitig tot oder kämpften wie Anfänger. Die Rage tobte noch in seinem Körper, da kam einer in der Uniform der Kavallerie Nahwetterns auf ihn zu. Sein Pferd mußte er schon lange eingebüßt haben, denn die Innenseite der Schenkel war verrostet und zeigte keine Gebrauchsspuren aus der jüngsten Zeit. Diese Armee war wirklich das frechste, was jemals gegen Red-Eye ins Feld geworfen wurde. Fanatiker, die den Untergang ihrer alten Reiche nicht ertrugen, Banditen denen wahrscheinlich Reichtümer und Frauen versprochen wurden, wenn sie mitzogen, Bettler, die man gewaltsam rekrutierte, Wilde aus den Wäldern und Bergen, die noch mit Keulen und Spitzhacken kämpften und alles, was sich anscheinend zum falschen Zeitpunkt in der Nähe des verzweifelten Anrons befunden hatte. So auch die vermummten Kerle aus Wakharami, deren Profession im schnellen Töten, Spionieren und Schleichen lag. Der offene Kampf war ein Albtraum für sie. Ebenso wie es einer für den pferdelosen Kavalleristen wurde. Er fing sich Sharps Säbel unterhalb der Achseln ein und erbrach sich lautstark in seinen Helm, als er fiel. Der Nächste hatte einen Schild vor sich gestreckt und nutzte dessen scharfe Kanten wie eine Waffe. Sharp lächelte, endlich etwas Kreativität in dieser Banalität von Gemetzel. Der Schild schoß heran, Sharp duckte sich und wurde beinahe von einem Breitschwert erstochen, welches der Mensch bis jetzt geschickt versteckt hatte. Es flog aus der Deckung des Schildes, streifte Sharps Schulterpanzer und wollte sich wieder zurückziehen, doch die Krallen des Red-Eye bekamen es zu fassen und drückten es zusammen. Die unbrauchbar gewordene Waffe, hielt der Soldat kurz verdutzt in Händen, dann warf er sie weg. Sharp grinste dämonisch. Wieder schnellte der Schild vorwärts, Sharp sprang einen Meter aus dem Stand zurück und griff sofort wieder an, während der Kerl noch damit beschäftigt war, sich nach dem Angriff wieder auszubalancieren. Sein Säbel fand die Kehle des Kerls und beendete sein Leben.

Dann fiel ein Schatten über die Stadt. Es wurde dunkel. Zwar achtete kaum einer der Kämpfer darauf, egal welcher Fraktion, doch Sharp bemerkte es. Wie immer hing der Himmel über Aschfeld in Wolken, doch soeben war es noch dunkler als sonst geworden. Er blickte nach oben, der Himmel in der Ebene war noch heller und er sah vor diesem Hintergrund etwas Großes herabfallen, auf den von Menschen wimmelnden Teil der Hauptstraße, weiter unten in der Nähe des Torhauses. Die Erde bebte, es knallte ohrenbetäubend und Schreie gellten in die junge Nacht. Dann rauschte es. Sharp erriet, was da kam und rief seinen Brüdern auf Redajerik zu: „Haltet die Luft an! Eine Staubwolke!" Er hörte wie ringsum tief Luft geholt wurde. Dann fühlte er es. Staub wurde in sein Gesicht geweht und er mußte die Augen schließen, um sie zu schützen.

Als er sie wieder öffnete, zeigte sich ihm eine majestätische Szenerie: Aero-Kworl war gekommen. Es schwebte nur knapp über den Dächern der Stadt und mußte in den wenigen Sekunden, in denen er die Augen geschlossen hatte, aus den Wolken herabgesunken sein. Ihre Unterseite war von Hunderten Fackeln erhellt, welche die noch immer in der Stadt stehende Staubwolke in rotes Licht tauchte, durch welches die Silhouetten Hunderter Gestalten wandelten, mal völlig planlos und wankend, mal vor Furcht schreiend, mal kämpfend. Aus der Sicht der ahnungslosen Menschen mußte sich die Welt umgedreht haben, ein Berg hing mit der Spitze nach unten über ihnen und rauhe Stimmen aus Aschfelder Kehlen brüllten triumphierend davon herab. Sharp lachte, Jarnes verstand, sich und seine einzigartige Festung in Szene zu setzen. Aus Aero-Kworl war auch der riesige Felsblock gekommen, der die Staubwolke verursacht hatte. Gewiß hatten sie ihn irgendwo auf dem Weg aufgelesen und über der Stadt fallengelassen.

Weiter unten, dort, wo vorher noch Ironhead und der Bodenrache kämpften, war der Fels eingeschlagen und hatte verheerende Schäden angerichtet. Zu Dutzenden wurden die Menschen zerquetscht oder von den Bruchstücken, die wie Querschläger umher pfiffen, erschlagen. Die Straße war mehrere Meter in einen Einschlagskrater eingesunken, in dem sich leidende Menschen wanden und krümmten.

Unter den empörten Aufschreien ihrer Offiziere flohen die abergläubischen Söldner Hals über Kopf, wobei sie ihre Schnörkelschuhe und Turbane verloren, die Krummsäbel wegwarfen und in ihrer fremden Sprache um göttlichen Beistand riefen. Als die verwilderten Menschen und Heimatlosen die Söldner rennen sahen, nahmen auch sie die Beine in die Hand, nach ihnen die etwas mutigeren besiegten Altmenschländer. Nur noch die fanatischen Männer aus Nahwettern standen den Red-Eye gegenüber. Ihre Zahl war erbärmlich geschrumpft. Sharp rannte sofort zu dem entstehenden Kampf mit ihnen, er wußte um die Gefahr von bedrängten Menschen, die in solchen Situationen völlig unlogisch reagierten: Sie opferten sich. Egal, wieviel Erfahrung ein Krieger im Kampf hatte, egal, wie viele Schlachten er geschlagen hatte, er konnte im Kampf einem Anfänger unterliegen, wenn dieser alle Hoffnung verlor und nur noch kämpfte um zu kämpfen, wenn das Überleben keine Rolle mehr spielte und die Vorsicht zu einem Wort ohne Bedeutung wurde. Sharp rannte durch die Reihen gehässig lachender Red-Eye, die sich über die wenigen Dutzend Menschen, die sich vor dem Stadtturm noch wehrten, amüsierten. Er kam dabei an seinem Vetter vorbei, den er einfach mitzog: „Beeile dich! Sie sind verzweifelt und ich will ein Blutbad verhindern!" Spear folgte ihm bereitwillig, auch wenn ihm ein Blutbad gerade recht kam. Doch Sharp sollte sich irren, die Menschen wehrten sich zwar, doch sie schlugen nicht wild um sich. Nein, sie versuchten, sich einen Weg zurück zum Tor freizukämpfen. Offensichtlich dachten sie, es gäbe noch eine Chance zur Flucht. Sharp erreichte die Stelle, an der die Krieger sich verdichteten und näher und näher an die Menschen heranrückten. „Laßt sie durch, dann muß heute niemand mehr sterben!" brüllte er. „Sie werden in der Ebene eingehen, Aschfeld wird sie persönlich zur Strecke bringen, laßt sie ziehen!" Die Krieger blickten ihn an, dann lächelten sie und trugen den Ruf weiter: „Sharp Claw ist gnädig, laßt sie durch, sie werden in der Aschewüste eingehen!" Die Krieger gehorchten seinem Befehl und machten eine breite Gasse frei, um die Menschen hindurch zu lassen. Diese blickten sich verwundert um, nutzten die Gelegenheit jedoch, um zu verschwinden. Als sie das Tor passierten, jubelte Nord-Kworl. Sharp Claw wurde vielfach umarmt. „Sharp Claw ist gekommen und hat uns gerettet!" „Er zeigt dem Feind Gnade, er ist groß!" Sie schlugen ihm auf die Schulter und lächelten ihn überglücklich an, sogar die Einheimischen ließen sich zu einem ehrlichen Kriegerhandschlag herab.

Es folgte das kollektive Durchatmen. Die Red-Eye setzten sich auf die Straße und schwiegen, einige beteten mit gespreizten Krallen nach unten zeigend, zu Jataro, dem dunklen Gott der Red-Eye, der die Seelen der Gefallenen befragte, was sie zu Lebzeiten vollbracht hatten. Wenn sie ehrlich antworteten: „Nicht ich, sondern meine Brüder haben Großes vollbracht und ich bin stolz, ein Teil davon gewesen zu sein", nahm er sie bei der Hand und führte sie in seine Schmiede, wo er ihre Seele versilberte, also in flüssiges Silber tauchte und sie als Sterne ans Firmament hing. Von dieser erhabenen Position aus, wachten sie über die Lebenden und berichteten ihm von deren Taten. So wußte er im voraus, was ein Red-Eye getan und gelassen hatte, wenn auch dieser einmal vor ihm stand und behauptete, nicht er, sondern seine Brüder hätten Großes vollbracht.

Sharp betete nicht, er hatte die Gnade Jataros kennengelernt. Der Gott hatte darauf verzichtet, seine Seele zu versilbern und ihn in die weiße Leere des Nichts geschickt, an diesen schrecklichen Ort, an dem er wartete, bis er an den Schrein in Aero-Kworl gerufen wurde. Es war ihm zu Beginn wie eine Strafe vorgekommen, doch als der Moment kam, verstand er den Plan des Gottes der Red-Eye und war ihm unendlich dankbar für sein zweites Leben. Er winkelte die Knie an und vergrub den Kopf darin. Er war überglücklich und weinte vor Freude. Jemand setzte sich neben ihn und nahm ihn in den Arm. Er spürte keine kalte Rüstung auf seinem Rücken, hörte kein Klimpern des Waffenrockes. Die Person war kein Soldat, kein Mann. Es war seine Frau, Slana. Er blickte in ihre müden Augen und sah sein eigenes Spiegelbild darin, abgekämpft, dreckig und glücklich. Dann entdeckte er hinter ihr etwas. Mit tapsigen Schritten kam sein jüngster Sohn auf ihn zu, die kleinen Ärmchen nach ihm ausstreckend. Er stand auf und hob ihn hoch, Knocks. Dann zupfte sein zweiter Sohn an seinem Waffenrock, Sharp Junior. Er strich ihm durch die Stachelhaare: „Habt ihr eurer Mutter gehorcht? Habt ihr sie beschützt?" Sie nickten eifrig: „Ja, Papa, aber am meisten hat es Creep getan." Sharp blickte seine Frau an: „Wo ist er?" Sie seufzte: „Ich weiß es nicht, Sharp, ich weiß es nicht. Er hat in der Schlacht mitgekämpft." Sharp fiel aus allen Wolken: „Er hat in diesem Höllenloch mitgekämpft?" Slana nickte unter Tränen: „Verzeih, ich hätte es nicht zulassen sollen." Sharp trat an sie heran: „Du kannst nichts dagegen tun, Slana." Er strich ihr sanft über die Wange, sie blickte in aus scheuen Augen an. Er gab ihr einen sanften Kuß, als müsse er erst probieren, ob er noch dazu tauge, dann löste er sich von ihr. Das Klappern von Rüstungen hatte ihn aufgeschreckt. Er blickte in die sich nur langsam setzende Staubwolke und sah drei Gestalten auf sie zukommen. Die eine war unschwer zu erraten, Ironhead mit seiner riesigen Axt. Er konnte dank seiner enormen Größe über den Staub blicken und schubste die Gestalt neben ihm an, welche daraufhin schneller lief und sich schließlich als Creep herauskristallisierte. Er umarmte seinen Vater mit viel Kraft, Sharp flüsterte: „Wie viele?" Er hörte Creep leise lachen: „Vierzehn, einen aus Gnade erschlagenen Verwundeten mit eingeschlossen."

Kapitel 11:
Monatsende

Nach der Schlacht wurde die Nacht still, die Verwundeten wurden in die Felsstadt gebracht, wo eine Siegesfeier stattfand, für jene, die noch stehen konnten. Doch die perfekte Stille wurde von vielen Frauenstimmen gestört, die um ihre Männer weinten. Leise kam ihr Heulen von den Felsen herab und ließ den Red-Eye, der an den Zinnen des Torhauses lehnte, erschaudern. Viele Fenster würden dunkel bleiben, viele Betten leer. Das Leben würde lange brauchen, um in diese verwundete Stadt zurückzukehren. Die Leichen der Menschen wurden die Ebene hinabgerollt und sollten morgen verbrannt werden, nach dem feierlichen Begräbnis für die gefallenen Red-Eye. Nach Steams Begräbnis. Der Red-Eye seufzte und blickte in die gezeichnete Stadt. Der Turm ragte aus dem Häusermeer empor und beherrschte die Szene, doch er hatte seinen Herren verloren. Die Hauptstraße war von Fackeln erhellt, die in langen Stöcken in den Boden gerammt wurden und vom Torhaus bis hinauf an das Halbmondtor reichte. Er legte den Kopf in den Nacken. Auch ohne dabei die Augen zu öffnen, wußte er, daß starke Winde aus den Bergen die Wolken über Aschfeld beinahe vertrieben hatten und zum ersten Mal seit Jahrtausenden die Sterne über seinem Heimatland schienen.

Jemand öffnete die geheime Tür im Boden des Torhauses und kletterte durch sie an die Oberfläche. Ein weiterer Red-Eye, in auffälliger Montur. Er lehnte sich neben den ersten und blickte ebenfalls in den Himmel.

Nach einer Minute lachte der erste auf: „Warum zögerst du?" Der zweite zuckte nervös mit den Achseln: „Ich fühle mich wie ein Jüngling, der ein Mädchen ansprechen will und sich nicht traut." Der erste lachte wieder, diesmal schallend, aber nicht böswillig.

„Keine Angst, ich bin nicht arrogant oder eingebildet, mich darfst du ansprechen." Beide lachten und der Auffällige klatschte nach einer Weile in die Hände: „Ich bin bereit, laßt uns beginnen." Der andere nickte verständnisvoll und öffnete seine rechte Hand. Der Auffällige griff nach dem Gegenstand darin und führte ihn an seinen Hinterkopf. Er neigte sein Haupt nach vorne und begann sich mit dem Gegenstand daran zu schaffen zu machen. Nach ein paar Sekunden zeugte ein eisernes, einrastendes Klicken von seinem Erfolg. Dann flog etwas auf den Boden und es knallte laut.

Ironhead stöhnte auf, die Stachelhaare fielen ihm übers Gesicht und kratzten ihn. Die Maske lag auf dem Torhaus Nord-Kworls. Er fuhr sich über das Gesicht und ein Bart kratzte unter seinen Fingern: „Verdammt, General, Ihr wißt nicht, wie das gejuckt hat." General Dark grinste: „Was hast du nun mit der Maske vor?" Steels Bucket lachte: „Ich behalte sie. Ich will Ironhead nicht verlieren, nur zurückschrauben. Ein geschickter Schmied kann sicherlich einen Helm daraus machen oder so etwas. Sie ist ein Stück Vergangenheit." Dark nickte: „Genau wie unsere Feinde, Schilden lenkt ein, das Bauernland hat sich uns angeschlossen ohne Forderungen zu stellen und der große Wald ist verbrannt. Die Menschen sind unterworfen, die Elfen vernichtet." „Also ist euer Plan aufgegangen?"

„Ja, doch wir werden es schwer haben, die ersten Jahre. Kein Volk wird uns als Herrscher akzeptieren, Unruhen sind vorprogrammiert. Doch eine durch die Menschen selbst eingerichtete Sache könnte uns helfen: Der Adel." Ironhead grunzte abwertend: „Dieses blaublütige Pack aus in Inzucht produzierten Bastarden?" General Dark nickte: „Exakt. Nachdem Dooaron tot und Swarnon entmachtet ist, werden sie sich um die Herrschaft in ihren ehemaligen Ländern streiten und mit ihren kleinen Privatarmeen zu Felde ziehen. Gegeneinander, da jeder glaubt seine Söhne wären die rechtmäßigen Thronerben." Ironhead schüttelte unwissend den Kopf: „Das bringt uns doch nur noch mehr Scherereien." „Nein", widersprach der General fröhlich, „das tut es nur, wenn wir uns einmischen. Ich aber werde keinen Finger rühren, um dort für Ordnung zu sorgen, sie werden Anarchie und Chaos erleben, blutige Überfälle auf kleine Dörfer, Terror und sinnlosen Haß in einem besiegten Land ohne Regierung." Ironhead schnippte mit dem Finger: „Und dann kommen wir nach einer Weile und bereinigen alles." „Exakt, sie werden wieder Recht und Ordnung erleben und uns wie Erlöser feiern. Sie werden sogar von den niedrigen Abgaben und Steuern überrascht sein. Dann ist Aschfeld ein Reich mit der Zustimmung aller in ihm lebenden Rassen."

„Und was ist mit Kliffen? Die Kobolde werden nicht dabei zusehen, wie sich vor ihrer Haustür ein Imperium formiert." General Dark zog anerkennend die Augenbrauen hoch: „Exzellent, Ironhead. Die Kobolde rasseln schon mit dem Säbel und haben verlauten lassen, daß sie Maßnahmen ergreifen werden, wenn Aschfeld sich zu nahe an ihre Berge heranwagt." Ironhead knurrte: „Uns bleibt doch gar nichts anderes übrig, als uns an sie heranzuwagen, unser Land grenzt an ihres, seit uns Nahwettern gehört." General Dark nickte: „Ich glaube, daß sie nur so offen feindselig agieren, weil sie fliehen werden. So, wie sie vor vierhundert Jahren mit den Schiffen gekommen sind, werden sie mit den Schiffen wieder gehen. Sie werden uns mit ein paar kleinen Gemetzeln ablenken, bis sie fort sind, dann fühlen sie sich sicher." Der große Red-Eye faßte sich instinktiv an die Rückenschlaufe, wo seine Axt hing: „Wir sollten sie daran hindern, ihre Schiffe zu besteigen und aus den Fjorden des Kleiffgebirges zu verschwinden." General Dark schüttelte den Kopf: „Wir werden sie nicht daran hindern. Wir werden sie ziehen lassen. Wenn sie schon aufgeben, warum sollten wir dann noch Soldaten opfern, um sie zu vertreiben? Kliffen ist gefährlich, ein Krieg auf ihrem eigenen Terrain wird schrecklich."

Der Treck hatte den grünen Grenzgürtel zu Aschfeld erreicht. Zielsicher bewegte er sich auf den verbotenen Weg zu, angeführt von Raeken, dem alten Magier, auf einer Reitechse.
„Werden wir den verbotenen Weg nehmen?"
Nightfly reagierte nicht auf Taarons Frage, er schlief. Der Mensch beineidete ihn für die Gelassenheit, in so einer Situation Schlaf zu finden, zumal die Straße holprig und der Wagen ungemütlich war.
Taaron wiederholte die Frage noch einmal, nur lauter. Schließlich öffnete der Red-Eye die müden Augen zaghaft: „Was?" Taaron setzte ein drittes Mal an: „Ob wir den verbotenen Weg nehmen werden, will ich wissen." Er preßte mißgelaunt die Lippen aufeinander und funkelte ihn böse an: „Höchstwahrscheinlich, Idiot." Als er sich umblickte und das bedrohliche namenlose Gebirge neben ihm aufragen sah, knurrte er: „Wir sind schon an den Ufern des Sees vorbei? Oder zumindest dem, was einmal das Ufer des Sees war, jetzt wo er in Flammen aufgegangen ist?" Taaron nickte: „Ja. Zumindest glaube ich, dieses verkohlte Stück Land hinter dem Damm als den ehemaligen See ausgemacht zu haben." Nightfly lächelte boshaft: „Nicht mehr weit, dann sind wir in Aschfeld." Taaron seufzte, seiner ungewissen Zukunft ängstlich entgegenblickend. Nightfly wußte, was ihn erwartete: Eine Zelle und mehrere Jahre Haft. Er aber wußte nur, daß ihn etwas anderes erwartete. Was genau, war ihm unbekannt. Er blickte nach vorne an Nightflys Kopf vorbei, durch die Gitterstreben zu den Kapuzenträgern. Nicht einmal der Teufel wußte, was dies für üble Gesellen mit üblen Plänen waren. Aber sie hatten nicht mehr viel Zeit, ihre Pläne zu verwirklichen. In drei Wochen würde Taarons jetziger Körper zusammenfallen und als Haufen aus Kleidern, Eisen und Stroh liegen bleiben. Sein Geist würde in das ewige Nichts eingehen, dorthin wo Sharp Claw ihm seinen Körper gestohlen hatte. Dann kam die Ewigkeit. Taarons

Verstand konnte die Ewigkeit nicht begreifen, ebenso wenig wie jedes andere Lebewesen, doch sie würde schrecklich werden. Er mußte sich von der nächsten Welt ablenken und begann, an die jetzige zu denken.

„Was wird mit dem Bauernland passieren?" fragte er Nightfly gerade heraus. Der Red-Eye antwortete mit geschlossenen Augen und träger Stimme: „Nichts. Hinter ihnen beginnt das große Meer, vor ihnen das Reich Aschfeld. Sie werden sich still verhalten und versuchen, uns nicht zu provozieren. Oder sie gliedern sich freiwillig ein."

Die Gefallenen wurden ehrenvoll in einer großen Trauerfeier verbrannt und ihre Asche in die Winde verstreut und somit dem schwarzen Land zurückgegeben.

General Dark hatte als höchster Red-Eye kurzzeitig die Herrschaft über Nord-Kworl übernommen und hatte befohlen, die gesamte Stadt zu säubern, bevor die Verbrennungen vorüber waren. Nun glänzte die gesamte Metropole feucht, im Licht der Mittagssonne.

Slana und ihre Familie begaben sich wieder in ihre Unterkunft in der Stadt, die ohne große Schäden davongekommen war. Sie öffnete die Tür mit dem schweren Eisenschlüssel und trat zögerlich ein. Niemand war da, nur ein paar Pfeile, die von nervösen Schützen in die falsche Richtung abgefeuert wurden, steckten im Holzboden. Sie setzte sich an den Tisch und setzte Knocks vorsichtig darauf ab. Sharp Claw folgte ihr und riß die Pfeile aus dem Boden. Creep lehnte sich an eine Wand, Sharp Junior tat es seinem großen Bruder gleich und wirkte dabei wie eine Parodie auf ihn. Slana kramte in ihrer Tasche und murmelte: „Ich hoffe, bald bekommen wir wieder frische Lebensmittel. Das Brot ist hart und die Milch leer." Sharp nickte: „Bestimmt bald, Slana. Die anderen Städte eilen uns zu Hilfe." Er zerbrach die Pfeile abwesend und warf sie auf die Straße.

Frost lag in einem Bett und blickte an die Decke. Erheben konnte er sich nicht, denn sein Kopf schien Tonnen zu wiegen. Er hatte sich nach der Siegesfeier in einem Herrenhaus in der Oststadt einquartiert und lag nun hier, vollkommen verkatert. Es war in der Nacht noch jemand zu ihm gestoßen, wahrscheinlich einer der anderen Gardisten, denn wie selbstverständlich legte sich diese Person irgendwo auf den Boden und schlief tief und fest. Ebenso verkatert.
Die Tür zu dem großen Schlafzimmer öffnete sich ein drittes Mal und ein riesiger Red-Eye trat ein. Frost hob unter Schmerzen den Kopf und blickte den Kerl verwirrt an: „Was gibt es, Soldat?" Der Red-Eye blieb verdutzt im Türrahmen stehen, dann winkte er lächelnd ab: „Nichts, Frost, schlaf weiter, du hast es nötig." Der kleine Gardist wollte sich wutentbrannt erheben, doch es klappte nicht. „Wofür hältst du dich, Soldat?" brachte er krächzend hervor. Der Red-Eye lachte kurz auf, dann bemerkte er den Unbekannten, am Boden Liegenden. „Spear, du siehst genauso zermatscht aus wie Frost." Spear brachte nur ein besoffenes Gurgeln zustande und drehte sich um, mehrere geleerte Weinkrüge umwerfend. Frost knurrte erbost: „Verflucht, wenn du glaubst, damit durchzukommen, dann hast du dich geschnitten. Es ist eine Straftat Gardisten zu verärgern." Der Große kam herbei und legte etwas Schweres, Eisernes auf den Nachttisch neben Frost. Ironheads Maske. Frost blickte eine Sekunde verstört darauf, dann lächelte er: „Gottverdammt."

Creep kniff die Augen zusammen, der starke Wind während des Aufstiegs in die fliegende Stadt zwang ihn dazu. Zwei geflügelte Red-Eye aus Schwingen brachten ihn nach Aero-Kworl. Sie gehörten zu der Besatzung der Festung und sicherten eigentlich den Luftraum vor ihr ab, doch über Nord-Kworl war es sicher, also trieben sie sich wie alle anderen Krieger in den Kneipen oder Waffenschmieden herum. In einer der Schmieden hatte er sie dann auch gefunden, als sie ihre Speere schärfen ließen. Während der Schmied sich der Waffen der beiden annahm, taten sie dem Sohn Sharp Claws gerne den Gefallen und brachten ihn nach Aero-Kworl. Er wurde sanft auf der großen, freien Fläche vor dem Tor der Festung abgesetzt, die als Start- und Landeplattform diente. Die Geflügelten verabschiedeten sich freundlich von ihm und flogen wieder hinab in die Stadt. Creep ging schnurstracks auf das große, stachelbewehrte Tor zu. Auf halbem Wege spürte er einen Luftzug über sich und ein weiterer Geflügelter landete direkt vor ihm. Sein Blick war streng und sein Gebaren autoritär: „Soldat, es ist verboten einfach so auf die fliegende Festung zu kommen, erst recht, wenn dabei die Krieger Schwingens zweckentfremdet werden. Es sei denn", er hob fragend eine Augenbraue, „du hast eine wichtige Mitteilung des Generals zu überbringen." Creep verneigte sich kurz, dann schluckte er. Das hätte er sich auch denken können, natürlich war es normalen Red-Eye nicht erlaubt, hier aus- und einzugehen wie es ihnen beliebte: „Verzeiht, Herr, ich habe nur meiner Neugier nachgegeben. Wenn ihr es befehlt, werde ich sofort wieder verschwinden, da ich keine Botschaft des Generals bei mir habe, noch eine Erlaubnis." Der Geflügelte nickte: „Ich verzeihe dir, du wußtest es nicht besser. Das erste Jahr, hm?" Sein Blick wurde gütiger und er lächelte sogar. Creep schüttelte den Kopf: „Nein, Herr, ich bin noch nicht alt genug für die Armee. Ich wurde zwangsweise rekrutiert, um Nord-Kworl zu verteidigen." Thunder Fog verschränkte erstaunt die Arme vor der Brust: „Bei Jataros Hochofen, dafür hast du aber eine Menge Mumm. Wie ist es dir gelungen, meine Männer zu überreden, dich hierher zu bringen?" Creep lächelte leicht: „Ich sagte, mein Vater habe mir von der Pracht der fliegenden Festung erzählt, da haben sie sich dazu bereiterklärt." Thunder neigte verwirrt den Kopf: „Und wer ist dein Vater, daß er davon erzählen kann?" Creep nahm augenblicklich Haltung an: „Mein Name ist Creep Claw, Herr, Sohn des Sharp Claw." Er errötete schon, bevor er den Satz zu Ende gesprochen hatte, niemand hatte ihn nach seinem Namen gefragt, nur nach dem seines Vaters. Thunder begann zu lachen: „Sieh an, Creep Claw. Das ändert natürlich alles, sei uns willkommen." Creep wußte es nicht, doch er hatte sich soeben mit dem Prinz Schwingens unterhalten, dem Sohn König Fogs. Und ebendieser winkte ihn nun zu sich: „Komm, ich führe dich herum, mein Name ist Thunder. Wenn du einmal so ein großer Krieger wie dein Vater wirst, hast du die Ehre, mich öfter zu treffen." Der junge Red-Eye nickte und folgte dem Geflügelten in das Tor. Im Gegensatz zu den üblichen Städten Aschfelds begann hinter dem Tor nicht die Stadt, sondern der Stadtturm. Das Tor führte direkt in ihn hinein und mündete in einem langen Gang ohne Fenster. Fackeln beleuchteten ihn flackernd und Türen führten von ihm aus tiefer in das Gebäude. Creep sah einen großen Raum, in dem nur ein großer, runder Tisch stand, in dessen Mitte ein großer Rubin eingefaßt war. In einem anderen sah er wie Red-Eye in langen Reihen saßen und gemeinsam meditierten. Thunder führte ihn bis an das Ende des Ganges und ging durch eine Tür, hinter der sich ein großer Raum befand. Viele Tische und Stühle standen hier, bis an die gegenüberliegende Wand, und Dutzende Red-Eye speisten darauf. Dies mußte eine Art Aufenthaltsraum sein, denn Thunder blickte ihn freundlich an und wies in die Halle hinein: „Such dir einen freien Platz, ich stoße in wenigen Minuten zu dir." Creep nickte dankbar und sah sich in der Halle um. Etwas weiter hinten erkannte er Poison Greenbites an einem Tisch sitzen, mit einem Gardisten, der ein Halstuch bis über die Nase trug. Sie unterhielten sich gerade und warteten anscheinend auf ihr Mahl, welches von vielen Frauen durch die Reihen der Sitzenden getragen wurde. Creep ging auf sie zu und sie erkannte ihn. Poison lächelte und winkte ihm zu, doch jemand von der anderen Seite rief seinen Namen. Er blieb stehen und wandte sich in die Richtung aus der der Ruf kam: „Wer ruft nach mir?" antwortete Creep. „Ich, du Schwachkopf!" kam eine beleidigende Antwort aus einer der Ecken des Saals, es war der muskelbepackte Axtkämpfer, mit dem er sich schon in der Kneipe auseinandersetzen mußte. „Ich wundere mich, daß du noch lebst, bei deinem Kinderkampfstil, Jungchen!" rief der Kerl, woraufhin ihm seine Kumpel lachend zuprosteten, daß die Krüge überliefen. Anscheinend hatten diese Kerle seit der Siegesfeier nicht mehr aufgehört zu trinken. Creep grinste ihn schnippisch an: „Daß du dagegen überlebt hast, wundert mich nicht, so schnell wie du rennen kannst, hätte dich nicht einmal der General auf seinem Drachen einfangen können." Das Muskelpaket knallte seinen Bierkrug auf den Tisch, stieg über den Stuhl und rannte auf Creep zu. Seine Kameraden folgten ihm, die Fäuste ballend. Er erreichte den besonnen dastehenden Creep und schlug ihm seine Faust mitten ins Gesicht. Dieser wankte kurz, hielt sich aber auf den Beinen. Der Kerl war stehengeblieben und ließ nun zu, daß seine Begleiter um ihn herumströmten und auf Creep losgingen. Gerade als sie auf ihn einschlagen wollten, sprang ein Red-Eye mit wildem Gebrüll aus der schaulustigen Menge heraus, in sie hinein. Es war der Gardist mit dem Halstuch und er zerlegte die überraschten Betrunkenen in ihre Einzelteile. Der Erste bekam einen Kinnhaken,daß er in die Luft flog, der zweite einen Ellbogen in die Magengegend, der dritte einen Fußtritt zwischen die Beine. Die anderen drei blieben schockiert stehen. Der Gardist breitete die Arme aus und zeigte dabei, daß er mindestens noch zweimal so kräftig war wie der Axtkämpfer. Dieser schien vor unterdrückter Wut beinahe zu explodieren und zeigte auf den Gardisten: „Du solltest in Zukunft nur noch in Begleitung einer ganzen Armee herumspazieren, denn ich werde dich erledigen und dann den jungen Claw", er wollte noch weitersprechen, doch die Faust des Mannes mit dem Halstuch schoß heran und beendete seine Rede abrupt. „Bedrohung eines Gardisten", stell-

te dieser kalt fest: „Das wird noch ein Nachspiel haben, mein Freund." Er zog den schweren Axtkämpfer mit einer Hand am Kragen hoch und hielt ihn seinen besoffenen Kumpeln hin wie ein erlegtes Kaninchen: „Wie heißt er? Wenn ihr antwortet, dürft ihr wieder in die Stadt und es geschieht nichts."
Die Tür des Speisesaals knallte und ein großer Red-Eye in einer seltsamen Uniform trat strengen Schritts ein, gefolgt von drei Wachmännern in etwas schmuckloseren Ausgaben derselben Uniform: „Was hat dieser Aufruhr zu bedeuten?" Knocker Bloodfist wandte sich zu Jarnes um, den ohnmächtigen Prügelknaben noch immer festhaltend: „Kapitän, dieser Unruhestifter hat Creep Claw attackiert und mich bedroht. Ich bin gerade dabei, ihn zu verhaften." Jarnes Blick wurde zornig: „Das ehrt euch, Knocker, aber du hast kein Recht, hier Gericht zu halten, überlasse das mir." Knocker zuckte die Achseln, ließ den Kerl fallen und stellte sich neben die schockiert dreinblickende Poison. Jarnes blickte sich unter den Anwesenden um: „Nichts liegt mir ferner, als meine Brüder zu beleidigen, aber ich muß euch zu Zucht und Anstand rufen, alle. Jene, die unter meinem Kommando hier leben und arbeiten, ebenso wie die Einwohner Nord-Kworls und andere Truppenteile." Sein Blick ruhte einen Moment auf Creep, der sich die schmerzende Wange hielt, und glitt dann zu den Rabauken, die mittlerweile versuchten, ihren Anführer wieder auf die wackeligen Beine zu stellen: „Wie heißt dieses Wrack von Red-Eye?" Die Raufbolde schauten sich kurz abschätzend an, dann antwortete einer zaghaft: „Jord Neckbreaker, Kapitän Jarnes. Er stammt aus Nord-Kworl." Jarnes winkte einen seiner Begleiter zu sich, flüsterte ihm etwas zu und wandte sich dann wieder an die Menge. Der Begleiter verschwand aus dem Saal. „Ich bestrafe nicht gerne und nicht überhart, also hast du Glück. Es sei denn, mein Berater kehrt mit schlechten Neuigkeiten zurück, Jord Neckbreaker." Der Angesprochene schaffte es gerade so zu stehen, ob er Jarnes

überhaupt wahrnahm war dahingestellt. Nach ein paar Minuten kehrte der Begleiter zurück, eine dicke Schriftrolle unter dem Arm tragend. Jarnes griff nach ihr und räusperte sich: „Ich muß euch über die Tatsache belehren, daß Aero-Kworl für den Feind nicht existieren soll und in den Listen des Generals nicht als Stadt oder Stützpunkt, sondern als eine Truppe geführt wird. Folglich gilt bei Straftaten und Prozessen immer das Recht des Landes, über dem sich die Festung befindet. Befindet sie sich über Feindesland, so bin ich, der Kapitän, die einzige Gewalt, die alle in sich vereint, also die Exekutive, Judikative und die Legislative. Da wir uns im Moment über Nord-Kworl befinden, gilt das Recht der Stadt." Er öffnete knisternd die Schriftrolle und verzog ärgerlich den Mund: „Mein Berater hat genau die richtige Schriftrolle gebracht. Hier, im Stadtgesetz Nord-Kworls steht geschrieben, daß auf ein Gewaltverbrechen in Zusammenhang mit Bedrohung oder Nötigung ein halbes Jahr Kerker fällt oder, je nach schwere der Gewalt, auch länger." Jarnes wollte anscheinend gerade ein Urteil aussprechen, da hielt ihm der Berater noch ein Pergament hin, ein einzelnes Blatt. Jarnes blickte ihn verwirrt an, dann griff er danach. Was er dort las, schien ihm nicht zu gefallen, denn seine Miene wurde zusehends finsterer. „Jord Neckbreaker", hob er an, „du hast eine beträchtliche Anhäufung von Verbrechen hier stehen. Auch Kriegsverbrechen wie unnötige Grausamkeit oder Befehlsverweigerung." Jord nickte stumm, sein Blick hatte sich geklärt und er erkannte die Brisanz der Situation. Jarnes erwartete eine Antwort, doch der Kriminelle blieb stumm, also las er weiter, bis seine Kinnlade herunterfiel. „Verflucht, du hättest dich lieber zusammengerissen, Freundchen. Hier steht ein Aufenthalt in unserem Etablissement in den Bergen über dieser Stadt verzeichnet." Jord funkelte den Kapitän böse an: „Ja, ich war in Kajiniritai." Jarnes schüttelte traurig den Kopf: „Leider ordnet das Gesetz deiner Heimatstadt im Falle eines Rückfalls in gewohnte Verhaltensmuster einen erneuten Besuch dort an.

Für die doppelte Zeit deiner letzten Haft." Jord riß sich von seinen Kumpanen los und wollte Hals über Kopf fliehen, doch die Wächter der fliegenden Festung hatten längst einen Ring um ihn geschlossen. Er sprang über einen Tisch hinweg, trat einen der Soldaten beiseite und wurde dann vom ausgestreckten Stiel einer Lanze zu Fall gebracht. Sofort waren die Wächter auf ihm und fesselten seine Hände. Hier sah Creep zum ersten Mal wie die Krallenpanzer der Wachmänner eingesetzt wurden. Um zu verhindern, daß der Gefangene einfach seine Krallen benutzte, um die Ketten zu zertrennen, wurden ihm eiserne Handschuhe darübergestülpt, die ein Ausfahren der Krallen unmöglich machten. Jord fluchte wie ein Mensch und beleidigte den gesamten Stammbaum der Soldaten, die mit kleinen, hinterhältigen Hieben auf den Hinterkopf reagierten.
Poison griff nach Creeps Unterarm: „Zeit zu gehen, Creep. Überall wo du bist, scheint es zu knallen." Sie führte ihn wieder in den Gang und brachte ihn bis zu der Landefläche vor dem Tor. Der Red-Eye mit dem Banditentuch war ihnen gefolgt. „Wie willst du den Armen hier herunterbringen Poison?" fragte er mit lauter Stimme, da er gegen den brausenden Wind sprach. Poison zwinkerte ihm zu, dann zeigte sie auf ein seltsames Gebäude, welches einem Bienennest ähnelte und an der Seite des Stadtturmes, eigentlich Brücke genannt, herabhing. „Dort finden wir sicher ein paar tatkräftige Helfer."

„Als ob wir Rekruten wären", fluchte Frost und rieb sich den Brummschädel, aufgrund des seltsamen Befehls, welchen der General ihnen heute morgen gegeben hatte. Die Schlacht war nun drei Tage vergangen und die Bürger Nord-Kworls gaben sich redlich Mühe, die Illusion von Normalität aufrecht zu erhalten. Bäcker boten ihre Produkte in den Ständen vor ihren Backstuben an, sich bewußt, daß nur wenige Leute kaufen würden. Hätten

sie jedoch nichts angeboten, fühlten sie sich schlecht, da jeder versuchte, seine Tätigkeiten wieder aufzunehmen.
Der General hatte der gesamten Garde befohlen sich vor dem Stadtturm einzufinden, wie ein Kommandant, der die Neulinge in die Armee eingliedern will. Anscheinend war der Befehl noch an einige andere Red-Eye gegangen, die Sharp und den restlichen Gardisten noch unbekannt waren, wie einem jungen, schlaksigen Red-Eye mit verschlagenem Blick, der die Rüstung eines Bogenschützen trug und sich anscheinend sehr unwohl fühlte, zwischen den Gardisten und hochrangigen Kommandanten. Auch ein Mann in einer gut geschneiderten Robe war anwesend, der immer wieder den Kopf schüttelte, um eine ärgerliche Strähne aus seinem Gesicht zu wehen. Er trug keine Rüstung und keine Uniform, also mußte er ein Zivilist oder Beamter sein. Außerdem war Creep Claw eingeladen und fand sich lächelnd neben seinem stolzen Vater ein. Ihm folgte der dürre, ungesund aussehende Rekrut aus Tinwatuk, den er während der Belagerung kennengelernt hatte. Ironhead überraschte sie alle, als er mit seiner Maske an den Gürtel gehängt eintraf und glücklich darauf trommelte.
Frost knurrte sarkastisch: „Vielleicht wird jetzt endlich sein Gehirn belüftet." Spear lachte höhnisch auf und schlug ihm auf die Schulter. Poison rollte die Augen: „Idioten. Wie oft hat er euch aus der Patsche geholfen? Sicherlich Dutzende Male." Die beiden drehten sich zu ihr um: „Wir meinen es nicht böse, wir freuen uns für ihn, aber du mußt zugeben, daß er nicht die hellste Leuchte unter uns ist."
Plötzlich erschien der General auf einem Balkon des Stadtturmes. Die Red-Eye verstummten und blickten zu ihm empor, in gespannter Erwartung. Seine blauen Augen schweiften über sie hinweg und jagten den jüngeren Schauer über den Rücken, dann erhob er die Arme beschwörend: „Brüder, ich möchte euch den Sieg verkünden." Sharp blickte Poison fragend an, die auch nichts wußte. „Unser Krieg ist beendet, die Völker, die uns un-

terdrückten, sind vergangen. Aschfeld hat sich einen Platz in der Welt erkämpft, den es nicht wieder freimachen wird, solange Jataro uns gnädig ist." Er sagte dies, als ob er wirklich zu dem gesamten Volk der Red-Eye sprach: „Wir haben gesiegt, wir haben den uns bekannten Teil dieses Kontinents, der noch nicht einmal einen Namen hat, erobert. Jahrtausende lang, bekriegten sich die Völker dieser Länder und nur die wenigsten wissen, was weit im Süden liegt, über dem Meer im Westen, hoch im Norden oder tief im Osten, hinter einem anderen Meer. Geben wir diesem Kontinent einen Namen! Geben wir den weißen Stellen auf den Landkarten ein Gesicht! Der Krieg ist vorbei, lang lebe die Expansion Aschfelds über die gesamte Welt!" Die Garde jubelte, streckte ihre Waffen in die Luft und brüllte vor Freude. General Dark, die Hände faltend wie eine Lichtgestalt in den Fresken der menschlichen Kirchen, bat sie um Ruhe: „Um die Welt zu sehen, um die Welt zu erfahren, braucht Aschfeld nicht nur Augen und Hände, Aschfeld braucht ein Rückgrat und dies seid ihr. Alle Red-Eye, die hier auf diesem Platz stehen. Ich nannte einige von euch schon eine Weile lang meine Garde, nun mache ich es offiziell: Hiermit rufe ich die schwarze Garde Aschfelds ins Leben, sie soll meine Hand sein, um Frieden zu schenken und meine Faust um Krieg zu führen. Jeder von euch ist der Meister seines Faches, von mir beobachtet und ausgewählt. Einige der Red-Eye, die ich im Sinn habe, können leider nicht hier sein, doch sie werden noch zu euch stoßen. Zu allererst möchte ich jene, die den alten Gardisten noch unbekannt sind vorstellen." Er wies auf den schlaksigen Kerl mit dem verschlagenen Blick: „Dagger Stabs, ein geschickter Bogenschütze und Gelehrter in Sachen ‚fremde Kultur'. Er spricht sämtliche bekannte Sprachen und hat unter meiner Förderung eine diplomatische Ausbildung genossen." Dagger verneigte sich höflich und nickte den Gardisten zu, sein Blick war voller Vorfreude. „Ein weiteres neues Mitglied der schwarzen Garde ist Creep Claw, Sohn des Sharp Claw." Die Red-

Eye rissen die Augen auf, Sharp trat vor: „Verzeiht mir, General, aber mein Sohn ist zu jung für die Garde, er ist noch nicht einmal Kämpfer." General Dark nickte gütig: „Aber ich habe ein reines Herz und Mut in ihm gesehen. Außerdem stützen sich meine Aussagen nicht nur auf meine eigene Meinung, sondern auch auf die eines Red-Eye, der Creep kämpfen gesehen hat: Steam, meinen Neffen. Er sprach zu mir, als ich in meiner Ratlosigkeit den Ahnenschrein nutzte." Die Gardisten sogen scharf die Luft ein, die Benutzung des Ahnenschreins war verpönt, wenn nur ein einziges Volk daraus nutzen zog, doch der General hatte nichts zu befürchten: „Natürlich war dies nicht ganz gerecht, doch ich habe dem Kapitän Aero-Kworls bereits die Anweisung gegeben nach der Beendigung der Angelegenheiten hier, zu den Hauptstädten der drei anderen Rassen zu fliegen und ihnen eine Beschwörung am Schrein zu gewähren.
Jedenfalls hat mir mein verstorbener Neffe mitgeteilt, Creep Claw werde wichtig sein und ein großer Kämpfer werden."
Die Gardisten blickten sich gegenseitig an, ohne zu wissen, was sie nun tun sollten, als der General nach kurzen Atemholen weiter sprach: „Der nächste in der schwarzen Garde ist Brokes Hopedie." Der Kerl in der edlen Kleidung nickte: „Er ist Schüler des großen Raeken, dem Klostervorsteher Kajiniritais. Bei ihm hat er die Kunst der Magier gelernt und sich bereit erklärt, uns mit seinen Fähigkeiten beizustehen." Brokes lächelte und formte mit den Fingern eine komplizierte Geste, woraufhin seine Kleidung zu einer schwarzen Rüstung wurden, ähnlich der Sharp Claws. Die Red-Eye pfiffen anerkennend und wandten sich wieder dem General zu: „Es kommen noch einige dazu, Reptez Tile aus West-Kworl, der sich durch sein Talent zum Schauspielern hervorgetan hat sowie durch Lügen und Betrügereien. Dies klingt zwar weniger vorteilhaft, doch irgendwann könnt ihr so einen brauchen, Freunde. Dann Sterk Skyhater, den Anführer der Geflügelten Truppen aus Aero-Kworl, der uns von Jarnes

überlassen wird, mit Thunders Einverständnis." Jarnes nickte und wies nach oben, zum Zeichen, daß besagter Krieger sich in der fliegenden Stadt befand. Thunder breitet die Flügel aus und erhielt die Aufmerksamkeit des Generals, wie er sich erhofft hatte. „Thunder", sagte er, „Ihr werdet in Eurer Heimat gebraucht, doch ich nehme Euch gerne als Ehrenmitglied auf Lebenszeit in die Garde auf. Wenn Ihr wollt, erhaltet Ihr eines der neuen Abzeichen. Sie sehen hervorragend aus." Thunder lachte und strich sich über den Schulterpanzer, auf dem schon Dutzende Orden und Abzeichen prangten.

„Dann hätten wir noch ein neues Mitglied, über dessen Zusage ich mich besonders freue, denn er hätte allen Grund uns zu hassen." Er weiß auf den dünnen, ausgemergelten Red-Eye aus Tinwatuk: „Fly Wing, Sohn von Nightfly Wing, dessen Herz den Abschied von Tinwatuk nicht ertrug und sich gegen uns wandte. Ich bin stolz auf dich, Fly, daß du uns unterstützt. Ich weiß von deinen außerordentlichen Fähigkeiten zu überleben und deiner Zähigkeit im Kampf. Du machst deinem Vater alle Ehre und Dank dir wird eure Familie ehrvoll in die Geschichte der Welt eingehen." Die Gardisten kamen auf den jungen Mann zu, der sich sichtlich unwohl fühlte. Sharp trat am nächsten an ihn heran und gab ihm einen Kriegerhandschlag: „Solange ich lebe, soll keiner Nightfly in den Schmutz ziehen, denn ich habe Seite an Seite mit ihm gekämpft, ihm geholfen und mir von ihm helfen lassen. Es ist mir und allen anderen hier eine Freude, neben dir zu stehen." Fly wurde rot und die Red-Eye lachten. Ironhead schlug ihm freundschaftlich in den Rücken und er ging beinahe zu Boden.

„Schwarze Garde!" rief der General von seinem Balkon herab, „ihr werdet als eigenständige Truppe fungieren, ihr seid das Ergebnis der Verschmelzung der freien Riege aus Kommandanten, die ihr vorher wart und der berüchtigten schwarzen Truppe." Die Gardisten hoben amüsiert die Augenbrauen, die schwarze

Truppe war als ein Verein aus mordlustigen Attentätern und radikalen Ex-Soldaten verschrien und wenig beliebt. General Dark erkannte den Unmut seiner Untergebenen und blickte belustigt auf sie hinab: „Wie ich sehe, weiß keiner von euch über die wahre Bedeutung der schwarzen Truppe bescheid." Die Krieger waren interessiert. „Woraus bestand die wahre Bedeutung der schwarzen Truppe?" fragte Frost neugierig. Der General lächelte: „Wie ihr wißt, haben sich die Mitglieder der schwarzen Truppe nicht immer als ganz normal, oder besser gesagt geistig gesund, erwiesen, doch laßt euch gesagt sein, bevor sie dieser Truppe beitraten, waren sie es." Die Krieger schauten sich skeptisch an, der General wies auf Aero-Kworl: „Mein eigener Neffe, Steam Dark, war Mitglied dieser Einheit und hat einen guten Teil seines Verstandes dabei verloren. Ebenso wie viele andere, die heute als gezeichnete Männer unter uns leben und nur noch zu Hause sitzen, in ihrer eigenen Welt versunken. Die schwarze Truppe war nicht ausschließlich ein Kommando von Attentätern und Radikalen, denen das System über alles ging. Die schwarze Truppe bekämpfte einen Feind, den es nicht geben darf. Einen Feind, der hinter diesem Gebirge wohnt", er wies auf die große Felswand, „in einer weiten Prärie, in den Ruinen einer verfluchten Stadt. Die bloße Existenz dieses Feindes ist ein Verbrechen. Brüder, Schwester, ihr habt mich noch niemals das Recht eines Wesens auf sein Dasein, auf ein Leben verächten sehen, doch dieser Feind ist den Haß unseres Volkes, aller Völker wert. Ihr kennt sie, auch wenn ihr sie nicht wahrhaben wollt, weil schon eure Mütter euch von ihnen erzählt haben, wenn ihr unartige Kinder wart."
Ironhead schüttelte verängstigt den Kopf: „Nein, bitte sagt nicht ..." „Oh doch, Bruder", der General neigte traurig das Haupt, „sie sind wieder an unseren Grenzen aufgetaucht, die Wachen auf den Mauern Kajiniritais sehen sie jeden Tag vorbeischleichen und unsere Stärke abschätzen."

Sharp atmete tief durch, er wußte, wovon der General sprach. „Die schwarze Truppe hat diesen Feind in seine Schranken verwiesen und hat dafür mit dem Verstand bezahlt. Ich hasse es, euch diese Bürde aufzulasten, doch ich muß es tun. Die Vernichtung dieses Feindes soll eure erste Aufgabe sein, bevor wir aufbrechen, die Welt zu erkunden.

Das Maul des verbotenen Weges schloß sich hinter dem Treck und die runden Pflastersteine waren ein holpriger Grund für die Holzräder der Karren. Taaron wußte natürlich, daß es Totenschädel waren, wie damals, als er als maskierter Red-Eye nach Aschfeld kam und sich bei ihrem Anblick vor diesem schwarzen, bösartigen Land fürchtete. Doch es war weniger bösartig als bei seinem ersten Besuch, die schwarzen Wolken hatten sich verzogen und die Flamme im Himmel leuchtete nicht mehr wie die Flagge der Hölle durch die Nacht. „Das ist Aschfeld", informierte ihn Nightfly sarkastisch, „oder besser gesagt, das Aschfeld des Generals. Sieh dich um, bald wachsen hier die Stiefmütterchen." Taaron lachte auf und blickte in die weite Ebene, die dem Land seinen Namen gab. Unter den schweren Wolken war das gesamte Land dunkel gewesen und die Asche in der Ebene vollkommen schwarz, doch im Sonnenlicht war sie grau und trist. Er blickte weit in den Horizont. Ein heller Faden zog sich dort entlang, dünn wie ein Haar, aber sichtbar. Er wandte sich an Nightfly: „Was ist denn das Grüne da? Am Horizont?" Nightfly kicherte: „Der kleine Streifen Ackerland, der Aschfeld ernährt. Die leisen Felder des schwarzen Landes. Dort wird die Nahrung für die Armee produziert, dann liegt sie nicht der Bevölkerung auf der Tasche. Ein Grund, warum wir immer gewinnen werden, Menschlein", er erhob spöttisch belehrend den Finger. „Die Armee des roten Volkes wird rein aus den Erträgen der eroberten Ländereien finanziert und aus den Kornspeichern Aschfelds ernährt. Kein Zivilist hat jemals Steuern für die Armee gezahlt." Taaron zuckte mit den Schultern, er wollte nur wissen, was da am Horizont ist und nicht von einem Red-Eye über Steuergesetze aufgeklärt werden. Nightfly war kein schlechter Charakter, doch er neigte zu einem ekelhaften Galgenhumor, der dem Menschen entschieden gegen den Strich ging. „Wie kommen wir nach Kajiniritai?" fragte er ihn, das Gespräch absichtlich auf etwas Negatives lenkend. Nightfly knurrte enttäuscht: „Über einen Paß über Nord-Kworl. Wir werden durch die Berge fahren. Wahrscheinlich biegen wir gleich ab, ich habe noch nie einen der Rachemönche näher als einen Tagesritt an Tinwatuk herankommen sehen." Taaron schaute ihn an: „Was haben sie gegen eure alte Hauptstadt?" Nightfly lachte: „Tinwatuk ist das Heim des weltlichen Arms unseres Volkes, die Mönche repräsentieren den geistlichen. Man haßt sich nicht, aber kann sich auch nicht gegenseitig brauchen."

Entgegen Nightflys Vermutung bog der Treck nicht an der nächsten staubigen Kreuzung ab, sondern blieb auf der Straße in östlicher Richtung. Der ehemalige Stadtschützer schien sich darüber sehr zu wundern: „Verflucht, wo wollen wir hin? Wenn sie auf dieser Straße bleiben, erreichen wir das Halbmondtal." Taaron kratzte den Rest seines Wissens über die Beschaffenheit Aschfelds zusammen: „Nord-Kworl liegt doch in einer halbmondförmigen Schlucht, wenn ich mich nicht irre." Nightfly nickte abwesend, den Blick auf die Wachsoldaten und nebenher reitenden Mönche geheftet, als ob er durch bloßes Anstarren Wissen erlangen könnte: „Ja, stimmt, nur ist es keine Schlucht, sondern eher ein Ausläufer des Gebirges, der sich in einem monströsen Erdbeben, noch vor der Zeit der Red-Eye oder Menschen, als die Welt noch jung war, vom eigentlichen Massiv abgetrennt hat. Die Halbmondform kommt zufällig zustande." Er fluchte und biß sich auf die Faust: „Wenn sie uns aus irgendeinem Grund dorthin bringen, sind meine Pläne am Arsch", murmelte er und Taaron

rückte augenblicklich näher an die Gitterstäbe zwischen ihnen heran: „Was für Pläne, mein neuer Freund?" Er lächelte, was er sich unter der emotionslosen silbernen Maske sparen konnte. Nightfly grinste: „Taaron, ich halte dich für geschickt, aber auch für naiv, voreilig und einen instinktiv handelnden Affen. Mein Leben hängt von diesem Plan ab und du willst mitziehen? Schau dich an, du fällst einem Blinden bei Nacht auf, mit dieser Geisterstimme, der Maske und dem Röcheln beim Atmen."
Der Mensch lehnte sich enttäuscht zurück, wobei ihm etwas auffiel. „Aha, Herr Nightfly! Bei deinem Plan geht es also darum, nicht aufzufallen? Du weißt einen Weg, dich zu schleichen, nicht wahr?"
Nightfly schlug sich an den Kopf, er hatte dieser Kanaille bereits zu viel verraten: „Ja, es geht ums Schleichen", gestand er ihm patzig, „und wenn ich wegen dir erwischt werde, kannst du sicher sein, daß ich meine Fluchtgedanken aufgebe und dafür Mordgedanken für dich hege." Er blickte ihn böse an und Taaron schüttelte in gespielter Enttäuschung den Kopf: „Lieber Freund, was denkst du von mir? Ich werde mich natürlich still verhalten. Solange ich ein Teil deines Plans bin." Er neigte den Kopf fragend zur Seite und Nightfly stöhnte: „Verfluchter Mensch. Dann geh halt mit, aber erwarte keine Hilfsbereitschaft und keine Pausen, wenn es dir paßt."
Taaron seufzte erleichtert, vielleicht stand ihm doch keine Zukunft auf dem Labortisch bevor. „Wann werden wir in Nord-Kworl ankommen?" fragte er den Red-Eye. Nightfly hob unwissend die Augenbrauen: „Glaub es oder nicht, aber ohne eine geschlossene Wolkendecke ist es für mich unglaublich schwer, die Zeit abzulesen. Wahrscheinlich morgen nacht", folgerte er unverblümt und schloß die roten Augen.
Taaron blickte in die graue Ebene Aschfelds, die Sonne brannte herab und mußte die Red-Eye doch sehr zum schwitzen bringen, doch sie ritten tapfer neben den drei Wagen her.

Der ehemalige Stadtschützer Haschnad Tinwatuks sollte recht behalten, sie erreichten in der übernächsten Nacht die Stadt Nord-Kworl. Taaron blickte sich nervös um. Hier gefiel es ihm weniger als in Tinwatuk, alles ähnelte sich, grau lag auf grau und alles wurde beherrscht von dem mächtigen Stadtturm, der über den Kreisbauten thronte. Er sah dem Turm in Tinwatuk zum Verwechseln ähnlich, nur waren auf seiner Spitze Flammen aus behauenem Stein angebracht worden. Außerdem war er bedeutend kleiner. Die Wagen rollten durch das rußgeschwärzte Tor, vorbei an zertrampeltem Boden und Rüstungsteilen, die vor der Stadt lagen. Taaron erinnerte sich, Nightfly hatte ihm erzählt, Nord-Kworl wurde belagert. Die Feinde mußten erst vor wenigen Tagen verschwunden sein.
Eine breite Hauptstraße führte sie direkt auf den Stadtturm zu. Die Mönche schwiegen auf dem Weg durch die Stadt. Taaron versuchte einen Blick in die wenigen erleuchteten Fenster zu erhaschen, fiel aber jedes Mal resigniert zurück auf seinen Hintern. Vor dem Stadtturm standen ein paar Red-Eye, sie schienen auf den Treck gewartet zu haben. Taaron wollte unter allen Umständen Augenkontakt mit dem Empfangskomitee vermeiden, also blickte er in den Himmel, in dem Sterne funkelten. Bis auf eine einzige Stelle, nördlich der Stadt, über dem Bergmassiv. Dort war der Himmel pechschwarz, als ob die Sterne sich entschieden hätten, von dort aus nicht mehr zu scheinen. Er tippte dem nervösen Red-Eye auf die Schulter: „Sieh mal, da oben fehlen Sterne am Firmament." Nightfly ließ sich dankbar ablenken und blickte ebenfalls nach oben. Er schien tatsächlich ratlos: „Da muß irgendetwas davor sein und das Sternenlicht schlucken."
Eine bekannte, hinterhältige und Taaron mittlerweile verhaßte Stimme sprach plötzlich aus der kleinen Gruppe der wartenden: „Das ist Aero-Kworl, ihr Schwachköpfe. Und es fliegt, wohin es euch beide in naher Zukunft auch verschlagen wird. Nach

Kajiniritai." Spear Claw löste sich aus der Gruppe und zeigte seine neue, schwarze Rüstung. Die anderen Red-Eye lachten auf: „Aber keine Angst, zumindest Nightfly wird irgendwann freikommen. Für dich", er kletterte den an den Gitterstreben des Gefangenenwagens empor und grinste Taaron teuflisch an, „für dich sehe ich wenig Chancen. Hättest nicht so interessant sein dürfen." Nightfly knurrte: „Spear, du hast die Gefangenen vor den Freien begrüßt, dazu noch die Zeremonie der Freundschaft in einer fremden Stadt unterbrochen", er wies auf die weiß gekleideten Frauen mit Früchtekörben, die perplex neben dem Wagen standen: „Der Stadtschützer dürfte dich ohne Umwege in den Kerker werfen lassen." Er glaubte, dem hinterhältigen Gardisten eine verbale Ohrfeige verpaßt zu haben, doch Spear grinste weiter: „Es gibt keinen Stadtschützer in Nord-Kworl. Der General regiert, bis ein neuer gefunden ist. Also wird mich keiner in den Kerker werfen, was bei euch anders aussieht." Er sprang von dem Wagen ab und winkte den Kutscher vorwärts: „In die Echserei, im Hof ist viel Licht, da können wir sie überwachen!" Der Wagen rollte weiter, doch die Mönche auf ihren Echsen blieben beim Stadtturm. Taaron drehte sich wütend zu Spear um, der gerade Raeken begrüßte und breit lächelte. Sein Blick wanderte über die beiden hinweg und fand das Torhaus, wo gerade die Fahnen aufgehängt wurden, neue Fahnen wie es schien.

Die neue Flagge Aschfelds ähnelte in der Symbolsprache der alten, jedoch zog sich nun eine Narbe durch das Red-Eye Symbol, durch das rechte Auge. Um das gesamte Bild wand sich eine schwarze Schlange, die man auf dem ebenfalls schwarzen Grund nur an den Goldenen Schuppen erkennen konnte. Das von der Schlange umrundete Wappen wurde von zwei roten Drachen gehalten, aus deren Mäulern glühende Flüsse rannen, die sich vor dem Wappen zu einem brennenden See vereinten.

Auf makabre Weise paßte die Flagge zu Aschfeld. Taaron realisierte dies erst später, doch die Flagge sprach deutlich aus, was

die Red-Eye von sich hielten, was sie angestellt hatten und worauf sie stolz waren.
Flankiert von zwei Wachen bog der Wagen mit den frustrierten Gefangenen in die Echserei ein, ein riesiges, quadratisches Gebäude mit offenem Innenhof, durch den Sternenlicht fiel und die Säulengänge links und rechts in bleiches Licht tauchte. An den Säulen hing Zaumzeug für Reitechsen und leises, hungriges Knurren drang aus den mit Eisenplatten verstärkten Holztüren an den Wänden hinter den Säulen. Ohne weitere Worte wurden die zwei Zugechsen abgespannt und fortgebracht. Die Wachen pfiffen kurz durch die Finger, woraufhin sich auf dem weit über ihnen liegenden Dach mehrere Silhouetten abzeichneten, die salutierten. „Bogenschützen auf dem Dach", knurrte Nightfly ärgerlich und beobachtete wie die Wachen und der Kutscher durch das große Tor verschwanden.

Nightfly blickte durch die Gitterstreben nach oben und versuchte, die Bogenschützen nachzuzählen, leider bewegten sie sich stetig und verschwanden immer wieder aus dem Licht, was es ihm erschwerte. Gerade als er glaubte, alle zu haben, knallte eine Tür und einer von ihnen betrat den hellen Innenhof. Er grinste die beiden frech an und setzte sich auf ein umgedrehtes Faß in der Nähe. Taaron blickte Nightfly an und formte mit den Lippen tonlos die Frage: „Und was jetzt?" Nightfly lächelte leicht und lehnte sich an die Gitterstreben, als ob er versuche zu schlafen. Taaron bezweifelte, ob der Red-Eye damit etwas erreichen konnte, tat es ihm aber mit Gottvertrauen nach.
Es half nichts, der Schütze auf dem Faß langweilte sich zwar sichtlich, besaß aber genug Disziplin nicht einzudösen. Schließlich riß Nightflys Geduldsfaden und er wandte sich Taaron zu: „Siehst du die eisernen Handschuhe?" Er hielt ihm seine Hände hin. „Ja", antwortete Taaron verwirrt, woraufhin Nightfly das Gesicht ärgerlich verzog. „Leise verdammt!", zischte er und hob erneut an:

„Zieh an dem von dir aus linken ... Nein, weiter unten ... Genau hier. Perfekt." Eine Kralle schoß durch das dünne Blech des Panzerhandschuhs. Taaron staunte, die Kralle war nicht wie gewöhnlich geformt wie ein Messer, sondern abgehackt, Risse zogen sich hindurch und Abstände waren scheinbar daraus geschnitten worden. Nightfly grinste: „Es ist schmerzhaft, so etwas machen zu lassen, und dazu noch verboten." Er streckte die Kralle durch das Gitter und begann, an dem Vorhängeschloß zu werkeln. Da ging Taaron ein Licht auf und er bewunderte den Red-Eye. Er hatte in einer schmerzhaften Prozedur eine Selbstverstümmelung vorgenommen und aus der Kralle am kleinen rechten Finger eine Art Dietrich gemacht. Taaron beobachtete den Bogenschützen auf dem Faß, er hatte seinen kleinen Dolch gezogen und schärfte ihn mithilfe eines Schleifsteins.
Es dauerte einige Minuten, doch Nightfly öffnete das Schloß. In einer Schrecksekunde sahen die beiden es schon zu Boden fallen, doch Taaron beugte sich weit vornüber und fing es gerade noch. Nightfly öffnete die Käfigtür und stieg leise heraus. Er blickte Taaron kurz an, hielt den freien kleinen Finger an die Lippen und deutete ihm somit, ruhig zu sein. Der ehemalige Stadtschützer ließ sich von dem Menschen das Schloß des Käfigs geben und warf es auf den Schützen, kurz bevor er losrannte. Das Schloß knallte dem Mann an den Kopf und dieser knurrte erschrocken auf. Gerade wollte er sich halb benommen erheben, da war Nightfly schon bei ihm und erwürgte ihn mit seinen Handschellen. Taaron ahnte, daß Geräusche dabei entstehen würden und zog die offene Tür von Nightflys Käfig wieder zu. Der Entflohene schleifte sein Opfer unter den Säulengang und brachte es somit außer Sicht der Bogenschützen auf dem Dach. Danach schlich er im Schatten der Säulen wieder heran und blickte kurz unschlüssig zu Taaron herüber, als ob er sich überlegte, ob es sich lohnen würde, den Menschen zu befreien.

„Wenn du jetzt wegrennst", zischte dieser, „dann schreie ich den Hof zusammen."
Einsichtig kam der Red-Eye wieder zurück und öffnete auch Taarons Käfig. Gemeinsam schlichen sie unter den Säulengang. Die Schützen auf dem Dach waren in einem Notfall auf ihren Kollegen im Innenhof angewiesen, da sie den Wagen aus ihrer erhabenen Position nur schlecht einsehen konnten, also würden sie erst nach einiger Zeit mißtrauisch werden, wenn ihr Mitstreiter nicht wieder auftauchte. Ein kleines Zeitfenster für die beiden Fliehenden.
Nightfly öffnete eine Tür und trat in ein Treppenhaus. Er schlich aufwärts und erreichte einen Raum, in dem es nach Blut und schlecht gewordenem Fleisch stank. „Hier wird das Futter für die Echsen bereitet", flüsterte Nightfly als Taaron hinter ihm hörbar seinen Ekel zeigte. Zum Glück besaß der Raum großzügige Fenster, die angebracht worden waren, um schnell viel frische Luft einzulassen. Taaron blickte hindurch und sah die leere Hauptstraße. Er drehte sich nach oben, kein Bogenschütze zu sehen. Er gab dem Red-Eye ein Zeichen und rutschte durch das Fenster hinaus auf die Straße. Seine Stiefel berührten den Boden und er ließ sich herab. Nightfly kroch hinterher und Taaron half ihm hinaus. Sie schlichen abwärts, auf die Mauer zu. Mehrmals mußten sie sich in den Dreck hinter den Häusern oder hinter Mülltonnen werfen, als Patrouillen ihren Weg kreuzten, doch sie erreichten die Mauer, wenige Meter entfernt vom Torhaus. Wachen marschierten in Zweiergruppen darauf herum, eine davon mit einer Armbrust, die andere mit Schwert oder Lanze.
„Das Tor wird abgeschlossen sein", mutmaßte Taaron, woraufhin Nightfly nickte: „Wir müssen einen anderen Weg finden, im Notfall ein Seil. Gehen wir." Sie schlichen wieder aufwärts und suchten verzweifelt nach einer Seilerei oder einer herrenlosen Strickleiter. Vergebens. Als sie gerade um eine Ecke linsten, knurrte Nightfly freudig: „Sieh dir das an!" Taaron beugte sich

über ihn und blickte ebenfalls um die Ecke: „Eine Frau, was soll an ihr besonders sein?" Nightfly knurrte kehlig: „Das ist Slana Claw, die Ehefrau Sharp Claws. Siehst du, was sie am Leib trägt? Ein Wickelkleid, das ist mindestens zehn Meter lang und läßt sich auffalten wie ein Zelt. Daran klettern wir herab." Taaron verstand Nightflys Gedanken und kicherte bösartig: „Daß die arme Frau Claw dabei den Kopf verliert ist natürlich unausweichlich."

Slana bog um die Ecke der Münzergasse, drei Straßenzüge von ihrem Heim an der Hauptstraße entfernt. Sie war auf der Suche nach Creep und seinem Freund Fly gewesen, die ihr versprochen hatten, von der Besprechung vor dem Stadtturm mit Brot und Fleisch zurückzukehren.
Plötzlich flog etwas von der Seite heran und sie warf sich geistesgegenwärtig auf den Boden. Jemand fluchte in der Sprache Altmenschlands und sie wurde brutal am Rock gepackt. Sie spürte kalte Hände an ihrem Hals, die sogleich zudrücken würden, doch sie wehrte sich und schlug mit den Krallen nach dem Angreifer. Sie traf tatsächlich etwas und fühlte Blut an ihrem Arm herunter rennen. „Verfluchte Ziege, ich lehre dir Respekt vor dem Stadtschützer Tinwatuks!" Plötzlich tauchte das Gesicht Nightfly Wings vor ihr auf und sie sah, daß sie ihn an der Wange erwischt hatte. Mehrere Kratzer zogen sich über sie. Er knurrte tief und bösartig, als er die in einem Panzerhandschuh steckende Faust hob, um auf sie einzuschlagen, doch zu ihrem Glück begann sie zu schreien. Ihr hohes Kreischen zerriß die Nachtluft förmlich und sogleich hörten sie Stimmen aus den umliegenden Häusern. Nightfly fluchte lästerlich auf Redajerik und riß ihr den weiten Rock vom Leib. Der andere Angreifer brüllte ihm zu, er sollte sich beeilen. Seine Stimme klang fern und grauenerregend. Nightfly fluchte erneut und hielt den Rock der schluchzenden Slana in die Höhe, dann rannte er davon.

Wie der Wind rannten die beiden die Straße zur Mauer hinab, wobei sie sich einen Dreck um den Lärm scherten, die halbe Stadt war sicherlich schon erwacht. Der dürre, drahtige Nightfly war etwas schneller als Taaron und überholte ihn. Zu dessen Pech, denn hinter einer Ecke lauerte Jemand und dessen Faust schoß hervor, nachdem der Red-Eye daran vorbeigerannt war. Taaron wurde in vollem Lauf gebremst, wirbelte herum und schlug auf dem Boden auf. Nightfly rannte weiter, der Mensch hatte Pech gehabt.
Er sollte es schaffen, die Mauer erklomm er über eine der vielen Treppen und wickelte den langen Rock schnell um eine Zinne. Als er dies getan hatte, sprang er darüber hinweg und seilte sich ab. Zwar reichte der Rock nicht ganz aus, doch Nightfly brach sich bei dem Sprung aus zwei Meter Höhe nichts. Die Wächter auf dem Torhaus reagierten zu langsam und erkannten die Situation erst, als Nightfly schon in den Bergen verschwunden war.
Taaron dagegen hatte schlechte Karten, nicht nur irgend ein Red-Eye hatte ihn niedergeschlagen, sondern Sharp Claw, der auf der Suche nach seiner Frau, die wiederum auf der Suche nach ihrem Sohn war, aus dem Haus ging. „Zum Teufel, du bist eine Landplage", sagte er böse und griff dem Wehrlosen an die Kehle. Er drückte ihn zu Boden. Zu Taarons weiterem Pech kam auch noch Spear hinzu, der Slanas Schrei gefolgt war: „Vetter", schrie er, „er wollte deine Frau entehren, sie ist dort oben, halb nackt."
Es war noch kein Fall bekannt, in dem ein Red-Eye ohne in Lebensgefahr zu schweben, ohne verletzt zu sein, in die Rage kam. Bis heute Nacht, Sharp Claws Pupillen verschwanden in Sekundenbruchteilen im tiefen Rot der Augen, das Gesicht wurde zu einer Fratze des Zorns: „Ich nehme dich auseinander und nagle deine Einzelteile an das Torhaus." Seine Stimme war abgrundtief und kehlig, Speichel floß aus seinen Mundwinkeln.
Gerade als eine Klinge vor Taarons Augen blitzte, hörte er Slanas heisere Stimme: „Sharp, das war Nightfly, dieser Kerl war nur da-

bei!" Er blickte auf und sie erschrak vor seinem Anblick, ebenso wie Knocks, der gerade von Creep und Fly herbei getragen wurde. Sie waren zu Hause angekommen und hatten nur die zwei Kleinen vorgefunden, also brachten sie ihn mit. Spear lachte: „Was zur Hölle ist denn hier los? Die halbe Familie scheint ein Interesse daran zu haben, diesen Kerl an das Tor zu nageln!" Knocks konnte die Situation nicht begreifen und fing an, wild zu schreien, er wandte sich wie in einem Krampf hin und her, den kleinen Körper vor Schmerzen krümmend. Slana heulte auf und nahm ihn zu sich: „Bitte nicht. Nicht die Rage, in diesem Alter!" Sharp drückte Taaron immer noch zu Boden, doch seine Aufmerksamkeit lag auf seinem Jüngsten.

Das Kleinkind schloß die Augen und Tränen kullerten darunter hervor, er schrie und schlug mit den kleinen, pummeligen Händchen um sich wie im Wahn. Slana schluchzte und drückte ihn an sich. Nach einer Weile beruhigte er sich und eine alte Frau, die aus dem Fenster des Hauses über ihnen blickte, seufzte: „Die Rage, in diesem Alter. Gute Frau, ihr müßt jetzt stark sein, euer Kind hat sich verändert." Slana nickte weinend und verringerte die Kraft, mit der sie Knocks an ihre Brust drückte, sein Gesicht kam unter den Wickeltüchern zum Vorschein. Er hatte die Augen geschlossen. Sharp machte sich bemerkbar, die Rage war verflogen, ebenso wie jene seines Sohnes: „Spear, führ ihn ab, ich werde mich später um ihn kümmern." Sein Vetter packte Taaron und schlug mit der eisernen Faust in seinen Magen, daß er sich krümmte und widerstandslos folgte.

Sharp nahm seinen Sohn in den Arm und vielleicht war es der entschlossene, männliche Griff, vielleicht die Präsenz des Vaters, jedenfalls öffnete das Kind die Augen. Sie waren blau wie das Meer.

Sie fesselten ihn, schlugen auf ihn ein, brüllten ihm in die Ohren, zerschnitten seine Kleider. Taaron wand sich wie ein Wurm auf

dem Boden, doch immer wieder fanden ihn Tritte und Schläge. Er wurde in die Echserei geschleift, wo Spear auf ihn einprügelte, bis die Bogenschützen vom Dach auch noch dazukamen und ihn mit hinterhältigen Rufen und Sprüchen fesselten. Er sah nichts mehr, doch aus dem Gewirr garstiger Stimmen hörte er bald noch mehrere bekannte Organe heraus, Frosts Zischeln, Ironheads Brummen und Blades Säuseln. Alles begleitet von prügeln und Tritten. Plötzlich rief eine mächtige Stimme dazwischen: „Ihr Narren, ihr Tölpel, ihr rabiaten Wüstlinge, macht euch davon!" Die Tritte verebbten, die Stimmen verstummten und er hörte das Rauschen einer Kutte über dem Steinfußboden. „Ihr macht ihn zunichte, dabei will ich ihn in Kajiniritai haben!" Frost sprach Raeken dazwischen: „Verflucht, Raeken, er hat Sharp Claws Familie entehrt!" „Verfluche mich nicht!" brüllte der Magier böse, „Frost Icener, oder ich richte dich zugrunde, so schnell, daß du glaubst ein Ritt auf einer Echse dauert tausend Jahre!" Frost schwieg, Raeken triumphierte.
Plötzlich wurde Taaron angehoben, am ganzen Körper, mit gleichmäßiger Kraft. Der Magier ließ ihn schweben, zurück in den Wagen, wo er ihn wiederum mithilfe eines Zaubers betäubte.

Steine rutschten unter seinen Stiefeln davon, er fiel. Nightfly versuchte, den alten Schleichweg zum verbotenen Weg zu finden, doch es war lange her, daß er sich als kleiner Krieger hier bewegt hatte. Er mied die Straßen und fand sich auf irgendeinem Paß in den Bergen wieder. Felsen vor und hinter ihm, unbarmherziger Wind rüttelte an seiner Kleidung und er fror erbärmlich. Als er einen besonders großen Felsen umrundete, fand er einen ausgetretenen Pfad, von dem er vorher nichts wußte. Was ihn wunderte, denn der Stadtschützer Tinwatuks kannte sein Land. Zwar hatte er eine grobe Ahnung, wo er sich befand, doch dies half ihm nichts auf diesem Ziegenpfad. Er schien regelmäßig be-

nutzt zu werden, denn die Steine waren in die Erde getreten und Abdrücke von Stiefeln zeigten sich im Schlamm dazwischen. Er folgte dem Weg und fand sich plötzlich auf einer Straße wieder, die er nicht finden wollte, den Weg nach Kajiniritai. Zwar lag das Gefängnis noch weit weg von hier, doch die Präsenz des Schreckens schloß sich wie ein Schraubstock um seinen Hals. Der unbekannte Weg schien die Straße zu kreuzen, denn gegenüber führte er weiter. Nightfly blieb eine Sekunde hocken und versuchte ein altes Schild in der Nähe zu entziffern. Ein Wegweiser. Er bestand aus drei schlecht gezimmerten Brettern, auf dem ersten stand: „Kajiniritai 2 Tagesreisen", auf dem zweiten darunter: „Nord-Kworl 1 Tagesreise, dann 1/2 südlicher Richtung". Nightfly erschrak, das dritte Brett war wesentlich neuer, als es auf den ersten Blick wirkte und es besagte: „Hatik 6 Tagesreisen".
Er erstarrte, irgendjemand hatte es für nötig befunden, die Entfernung zur verlorenen Stadt, Hatik, zu beschreiben. Anscheinend gab es doch einen geheimen Weg in den Bergen aus Aschfeld heraus.
Nightfly erhob sich, entschlossen zum verbotenen Weg zu gelangen, und wollte sich zurückschleichen, doch plötzlich wurde ihm schwarz vor Augen, jemand hatte ihn niedergeschlagen.

Der Mensch erwachte in einem dunklen Raum ohne Fenster. Das einzige Licht fiel durch den Türspalt hinein. Die Fesseln waren gelöst und er lag auf dem Boden, alle Viere von sich gestreckt. Er atmete tief ein und erhob sich. Ein Vorteil des künstlichen Körpers mit der silbernen Maske, Schmerzen fühlte er keine.
Langsam tastete er sich vorwärts, die feuchten Wände zu Hilfe nehmend: „Wo bin ich verdammt?" fragte er in den dunklen Raum, woraufhin ein Schieber an der Tür geöffnet wurde und ein Paar rote Augen in den Raum blickten: „Keine Angst, Taaron, du bist in Kajiniritai. Solange du dich einigermaßen verhältst hast du vor uns nichts zu befürchten."

Taarons letztes Fünkchen Hoffnung erlosch in einem See aus Trauer: „Wie lange war ich nicht bei Sinnen?" Der Red-Eye überlegte kurz, zählte hörbar an den Fingern nach, dann antwortete er unverbindlich: „Drei Tage, vielleicht noch ein halber."
Der Mensch nickte: „Und Nightfly?" Der Blick des Wärters wurde skeptisch: „Der ist nicht hier. Dieser Verräter hat es tatsächlich aus Nord-Kworl heraus geschafft."
Der Schieber rutschte zurück und Taaron blieb im dunkeln stehen.

„Wir können nicht auf Reptez Tile warten, wir müssen Nightflys Spur folgen, solange sie noch frisch ist!" Frost verschränkte wütend die Arme vor dem Brustpanzer seiner neuen, schwarzen Rüstung. Brokes Hopedie schüttelte energisch den Kopf: „Wenn wir ihm jetzt hinterherrennen verlieren wir ihn erst recht. Vergeßt nicht, daß er ein hervorragender Kämpfer ist und es mit uns aufnehmen kann, sollten wir einzeln auf ihn treffen. Abgesehen davon kann er nicht weit kommen. Im Idealfall findet ihn Reptez Tile sogar noch tot am Wegesrand auf seiner Reise hierher." Poison nickte: „Es kommt der Winter, Nightfly ist allein, er ist ein Gesetzloser und er hat wahrscheinlich keine Vorräte dabei. Ehe er den verbotenen Weg erreicht ist er tot." Sharp Claw, der Gardekommandant, erhob sich: „Freunde, ich werde alle eure Einwände anhören, doch bedenkt bitte, daß ich Nightfly lebendig haben will." Die Garde blickte bedrückt zu Boden, Sharp Claws Wut auf den ehemaligen Stadtschützer und den feigen Menschen fand keine Grenzen. Verständlich, ein Mann konnte einen Angriff gegen sich abwehren oder hinnehmen, gegen seine Familie aber, dies änderte alles. Sharp hatte noch keinen Schwur gebrochen, sich an alle Regeln des Krieges gehalten, doch was Nightfly passieren würde, wenn der im Stolz verletzte Ehemann ihn erwischte, davor würde sogar Jataro die Augen verschließen.

Sharp kochte innerlich, und es würde lange dauern, bis er an diese Mission mit klarem Verstand herangehen konnte.

Die Tür zu Taarons Zelle flog unvermittelt auf, Licht blendete ihn und freudiges Knurren erfüllte den Raum: „Meister Raeken erwartet dich, Taaron. Bitte folge mir. Mein Name ist Mercer und ich werde dich zu ihm geleiten." Taaron trat unschlüssig aus der Zelle und wurde durch ein ironisch freundliches Handzeichen des Wachmannes Mercer gebeten, vorauszugehen. Taaron bog in einen dunklen Gang mit vielen Türen ein, die Schritte Mercers hinter sich. Als der Weg sich gabelte, knurrte der Red-Eye mit der bedrohlichen Peitsche am Gürtel: „Nach links und schneller, der Meister wartet." Taaron beschleunigte seinen Schritt und durchlief einen weiteren dunklen, trostlosen Gang voller Zellen: „ihr habt viele Gäste?" fragte er den Wächter etwas spöttisch. Dieser lachte: „Oh Jungchen, Hunderte. Aber nur die ganz schlimmen Finger wohnen hier unten. Die normalen Sträflinge haben größere Zellen mit Fenstern und ordentlichen Betten." Taaron beschränkte sich auf ein bestätigendes Murren und blieb vor einer Wendeltreppe stehen: „Aufwärts?"

Der Kerl schubste ihn nur leicht als Antwort. Taaron bestieg die Treppe, die sich weit nach oben schraubte, sicherlich fünfzig Meter. „Sind wir weit oben angelangt oder waren wir vorher einfach nur verflucht weit unten?" Der Wächter lachte: „Jungchen, wir waren tief im Berg drin. Jetzt sind wir an der Oberfläche und müssen noch drei Etagen höher. Tun dir die Schenkel schon weh?" Taaron schüttelte den Kopf und schritt energisch weiter die Treppe empor.

An ihrem Ende öffnete sich ein weiterer Gang, diesmal mit Holz vertäfelt und rustikal eingerichtet, mit kleinen Tischchen und Stühlen an der Seite, scheinbar planlos an die Wand gestellt, als hätten sich dort noch vor wenigen Minuten zwei Freunde getroffen und geplaudert. Dieser Gang hatte nur eine Seitentür, die an-

dere war der Ausgang in den Innenhof Kajiniritais. Der Wächter hielt Taarons Arm fest, damit dieser nicht an der Tür vorbei lief, in die das Wort Kajin eingebrannt war. Er klopfte mit dem Griff seiner Peitsche an die Tür und wartete auf ein Zeichen. Nach einer kurzen Zeit trat er selbständig ein und zog den Menschen mit sich: „Meister Raeken, ich bringe den Gefangenen, nach dem ihr geschickt habt."
Der bereits bekannte Magier und Mönch nickte freundlich, vielen Dank Mercer, du darfst zurück in den Wachraum." Mercer gehorchte und verschwand, den Gefangenen im Zimmer des Gefängnisvorstehers lassend.
Das Zimmer war rund und wurde von dem gewaltigen Eichenschreibtisch in seiner Mitte beherrscht. Taaron lächelte, Red-Eye hatten eine schwäche für Statussymbole wie riesige Schreibtische, schnelle Reitechsen, den teuersten Schmuck und anderen Firlefanz. Raeken war davon nicht verschont und ließ sich in einen beinahe thronähnlichen Sessel fallen, der vor einem Kamin neben dem Schreibtisch stand. Er wies auf einen Zwilling des Sessels gegenüber von sich und lächelte Taaron an: „Setz dich, du mußt Rückenschmerzen haben wie die Pest." Taaron schüttelte den Kopf: „Ich fühle kaum Schmerzen, meinem Rücken geht es ausgezeichnet." Es wirkte weniger tapfer, als er geplant hatte, und Raeken lachte: „Sehr interessant. Setze dich trotzdem." Der Mensch gehorchte und nahm vor dem Kamin Platz.
„Du bist der Gestaltwandler", stellte Raeken fest und Taaron schwieg dazu.
„Natürlich bist du es, das sieht man daran, wie viel Ärger der General und seine Schwachköpfe mit dir hatten." Er grinste: „Du hast in meinen Gemäuern für ziemlich viel Gelächter gesorgt." Er ließ die Hand herumschweifen, um zu zeigen, daß auch wirklich ganz Kajiniritai sich amüsiert hatte. „Deine Tarnung ist perfekt, leider bist du ein schlechter Schauspieler, Söhnchen." Taaron wußte nicht, worauf dieser alte Mann mit dem wirren

Blick hinaus wollte, also blickte er einfach zu Boden wie ein reuiger Sünder. „Du hältst mich für einen wirren alten Mann?" Taaron fuhr zusammen, der Magier las seine Gedanken und hatte nach jedem seiner Sätze eine beleidigende Antwort erhalten! Der Mönch lachte: „Fürchte dich nicht, es steht jedem Lebewesen frei zu denken, was es will. Zum Glück."
„Was willst du von mir?", fragte Taaron ängstlich. Raekens Blick wurde ernst: „Nur Wissen. Auch jenes, von welchem du selbst nichts weißt. Es gibt eine Methode, in die Vergangenheit zu blicken. Sehr tief in die Vergangenheit. Ich möchte sie nutzen, um zu erfahren, ob du tatsächlich der Nachfahre ..." „Bin ich", unterbrach Taaron. „Garis, der Elf, hat es bereits mit mir durchgeführt und wir sind in Aschfeld angekommen, vor zweitausend Jahren und haben meinen Urahnen dabei beobachtet, wie er die Red-Eye erschaffen hat." Raeken hob erstaunt die ergrauten Augenbrauen: „exzellent, Taaron, Exzellent. Es gibt so viel was ich erfahren will. Was weißt du von diesem Urahn?" Taaron seufzte: „Er war ein Verstoßener, wollte Rache." Er zählte es an den Fingern ab: „Hat die Red-Eye erschaffen, war durch einen Zauber unsterblich, konnte deshalb keinen natürlichen Tod finden, wurde von Eurer Rasse dann aber in der ersten Nacht ihres Lebens erledigt." Raeken lachte: „Habt ihr das gesehen? Auf der Reise in die Vergangenheit?" Taaron schüttelte den silbernen Kopf: „Nein, aber wir sahen die Red-Eye auf ihn einprügeln, da beendete Garis die Reise. Ich glaube er war zu feinfühlig, um das Blutbad ansehen zu können." Raeken machte eine verwerfende Handbewegung: „Laß Garis sein, er ist tot." Taaron blickte ihn verwundert an und der Mönch zuckte mit den Schultern: „Du weißt von den Lufterschütterungen, die kommen, wenn etwas Großes passiert, die magische Welt betreffend?" Er nickte: „Dann kann ich dir sagen, daß er ganz schön gescheppert hat, als dieser dekadente Elf verschied. Übrigens ebenso wie bei deinen zahlreichen, unüberlegten Taten. Ich schüttele den Kopf über dich,

Söhnchen. Dank dir hat Dark seinen Lieblingsrabauken wieder, dank dir traut das halbe Land nicht mehr seinem Nachbarn, weil es befürchtet, du, der Gestaltwandler, könntest nebenan eingezogen sein, Dank dir hat Aschfeld den Sieg davongetragen, mit einem Schlag, der sich gewaschen hat."
Taaron neigte das Haupt: „Ich habe die Welt vernichtet", murmelte er. „Nein, nein", winkte Raeken ab, „du hast nur die Red-Eye siegen lassen. Was kein schlechter Zug war!" Er lachte humorvoll auf und schnippte mit dem Finger. Ein kleiner Becher Wein erschien in seiner Hand und er trank zügig daraus.
„Hervorragend." Taaron fragte sich, ob er den Wein oder ihn meinte. „Beides, Söhnchen," lachte Raeken weiter: „Zurück zu deiner Magie: Zuerst kam der magische Ausbruch vor Anaronun, dann die Verwandlung in einen unwichtigen Elfen, dann in einen noch unwichtigeren derselben Rasse, dann Sharp Claw. Der Rest ist wohlbekannt." Taaron seufzte: „Ich hätte in Acharon bleiben sollen, dann stünde es jetzt anders." Raeken dachte kurz nach: „Womöglich. Aber ich kann dich beruhigen: Es passiert nichts ohne Grund. Das Schicksal war auf der Seite des roten Volkes. Die Menschen und Elfen haben für die Gräuel bezahlt, die sie uns angetan hatten." Taaron hatte die vielen Rechtfertigungen der Red-Eye für diese Kriege immer noch im Kopf, sie schienen ihr eigenes schlechtes Gewissen damit beruhigen zu wollen. Der Vorsteher Kajiniritais reckte sich: „Ich bin so gespannt, was du sagen wirst, wenn ich dir unseren ältesten Insassen, den Grund für dieses Gefängnis, vorstelle. Komm mit, ich halte es nicht mehr aus." Er erhob sich gelenkig wie ein Mann in den besten Jahren und schritt zur Tür: „Na komm, Söhnchen!" Taaron erhob sich weitaus langsamer als der alte Mönch und folgte ihm zur Tür. Raeken ging seltsamerweise vor ihm und Taaron hatte innerlich mit vielen bösen Gedanken zu kämpfen. Die meisten davon beinhalteten seine Faust und das Gesicht des Magiers. Wenn Raeken auch diese Gedanken las, dann ließ er es ihn nicht wissen.

Sie erreichten wieder die Wendeltreppe und Raeken blieb davor stehen. „Sicherheitsvorkehrungen", murmelte er und erhob die linke Hand. Er formte eine komplizierte Geste mit den Fingern und plötzlich öffnete sich die Wand der Wendeltreppe. Zu Taarons Erstaunen führte eine zweite, viel engere der gleichen Sorte darin weiter nach oben: „Geh nun du voraus", empfahl Raeken freundlich und stellte sich hinter den verdutzten Menschen. Taaron tippte zuerst mit den Zehenspitzen auf die unterste Stufe, um zu sehen, ob sie hielt, dann ging er weiter.
Die geheimnisvolle zweite Treppe führte zum Glück nur ein Stockwerk nach oben und mündete in einen Gang aus weißem, strahlend hellem Marmor. „Beeindruckend, nicht wahr?" freute sich Raeken hinter ihm und ging auf eine große Tür zu. „Das hat er sich selbst eingerichtet. Weiß, die Farbe der Unschuld." Er trat, ohne anzuklopfen, in das dahinter liegende Zimmer. Taaron folgte ihm auf dem Fuße.
Hier herrschte ebenfalls die Farbe weiß vor. An den Wänden, dem Boden und der Decke. Der Raum hatte ein vergittertes Glasfenster, dessen Gitterstäbe aus Gold gegossen waren. An der Decke hing ein riesiger, goldener Kronleuchter und ein Kamin mit goldenen Schürhaken brannte in der Wand. Taaron fiel die Ähnlichkeit zu Raekens Raum nicht auf, doch er befand sich direkt darüber, die Kamine hatten denselben Abzug, und wo Raekens Schreibtisch stand, befand sich in diesem Raum eine Sitzgruppe aus bequemen Sesseln. Natürlich in weißem Leder. Der Bewohner dieser luxuriösen Zelle stand mit dem Rücken zu ihnen am Fenster und blickte durch die goldenen Gitterstäbe in den Innenhof. Taaron dachte schon, er hätte Raeken und ihn noch nicht bemerkt, da begann der Red-Eye zu sprechen: „Mein Freund, wir haben hier einen neuen Gefangenen, der nicht weiß wer du bist. Er wird dich interessieren."
Der Gefangene, ein Mensch, verharrte in seiner ablehnenden Position: „Raeken, wir sind keine Freunde. Seit beinahe vier-

hundert Jahren versuche ich dir dies klarzumachen. Und hör auf deine Sonderlinge zu mir zu karren, das interessiert mich nicht." Taaron war erstaunt, ein vierhundert Jahre alter Mensch beleidigte den Vorsteher seines Gefängnisses? Er sah ein, daß er diese Situation nicht verstand, ehe sie ihm erklärt wurde und lauschte weiter: „Ich weiß, ich weiß", sagte Raeken gespielt traurig. „Du willst meine Freundschaft nicht haben. Genauso wenig wie die meines Vorgängers. Aber dieses Mal, das schwöre ich dir, wird dich mein Begleiter interessieren." Der Mensch schüttelte resigniert den Kopf: „Bring mir den Kerl, der die Luft so erschüttert hat, dann bin ich vielleicht geneigt, dir zuzuhören." Raeken lachte diebisch: „Genau den habe ich hier." Der Gefangene atmete tief ein, drehte sich langsam um und blickte in Taarons Richtung: „Verflucht, was ist denn das für eine Gestalt? Ein Totenkönig?" Raeken zuckte mit den Schultern: „Nein, wahrscheinlich wurde nur das schwarze Ritual der Wiederauferstehung an ihm benutzt. Ein König ist er nicht, nur ein kleiner Geselle." Der Mensch schüttelte den Kopf, seine Haare waren weiß wie sein Raum, doch das Gesicht war allerhöchstens einem Fünfzigjährigen zuzuordnen. Anscheinend war es nicht gealtert. Taaron fühlte sich etwas auf den Arm genommen und unterbrach die alten Männer: „Dieser Kerl soll über vierhundert Jahre alt sein? Der sieht aus wie Fünfzig und noch gut in Schuß!" Der Mensch lachte: „Und du bist schon tot. Sag mir, wer hat das Ritual der zeitweiligen Wiederauferstehung angewandt?" Taaron blickte ihm direkt in die Augen, sich seiner Ehrfurcht gebietenden Erscheinung bewußt: „Garis, der Elf. Ich wachte plötzlich im Thronsaal Acharons auf." Der Mensch lachte: „Ah, dieser Idiot. Du hast mir doch schon von ihm erzählt, Raeken. Er ist talentiert, aber nicht besonders fit im Kopf." „Er *war* talentiert, aber *war* nicht besonders fit im Kopf", unterbrach ihn Raeken. „Er ist tot?" Der Kerl kratzte sich am Kinn, seine blaue Tunika glänzte seidig während er den Arm bewegte: „Kein großer Verlust für die Magierschaft. Er

hat nämlich einen entscheidenden Fehler begangen: Der Wiederauferstehungszauber war für tote Könige gedacht, damit sie während der Festzeit gemeinsam mit den lebenden Feiern konnten. Ich betone: Könige. Da dieser Kerl hier ein Normalsterblicher ist, funktioniert der Zauber nicht korrekt." Raeken schaute ihn verwundert an: „Inwiefern?" Der Mann in der blauen Tunika kam näher: „Ganz einfach: Diese bedauernswerte Seele ist nun in diesem Körper gefangen. Ein König würde wieder ins Jenseits eingehen, der Körper zerfallen. Er hier", er klopfte sacht an die Silbermaske, „wird nicht ins Jenseits eingehen, der Körper bleibt bestehen. Dazu verdammt, niemals Ruhe zu finden."
Raeken lachte böse auf: „Das kommt mir bekannt vor." Der Mensch blickte ihn wütend an: „Durchaus, eine Parallele zu mir besteht." Raeken klopfte Taaron, der soeben erfahren hatte, daß er ewig leben solle auf die Schulter: „Keine Angst, in Kajiniritai bist du gut aufgenommen, Taaron. Wir kennen uns mit den Problemchen Unsterblicher aus." Er lachte und zeigte auf die Wand über den Kamin. Dort war absichtlich im Kontrast zum weißen Raum in schwarzer Schrift eingebrannt: „Kajiniritai, gebunden an das Leben."
Taaron schnaubte: „Und warum seid Ihr unsterblich?" Raeken schüttelte energisch den Kopf: „Bei Jataros Hochofen, ich bin sehr wohl sterblich. Ich bin nur durch Magie alt geworden, doch irgendwann werde ich so senil sein, daß ich die Formel und die Handzeichen vergesse, dann ist es aus mit mir." Beide blickten den Menschen in Blau an, bis dieser einlenkte: „Ich bin tatsächlich unsterblich. Das habe ich mir selbst durch einen Zauber eingebrockt. Der erste meiner zwei großen Fehler. Doch ohne den zweiten wäre er eindeutig leichter zu ertragen." Raeken lachte und breitete die Arme aus: „Kommt auf das Auge des Betrachters an, Freundchen. Ich bin dir unendlich dankbar."
Taaron stutzte, dies konnte unmöglich sein: „Wer seid Ihr?" Der Mann blickte ihn fassungslos an, dann wandte er sich mit schee-

lem Gesichtsausdruck an Raeken: „Du hast es ihm wirklich nicht erzählt?" Raeken schüttelte den Kopf: „Nein, und dir habe ich auch etwas vorenthalten." „Und was?" Der Red-Eye lächelte diebisch: „Taaron ist dein letzter noch lebender Verwandter."
Taaron und der alte Menschenmagier betrachteten sich kurz: „Du bist der Kerl, der die Red-Eye erschaffen hat?" fragte Taaron und zeigte mit einem Finger auf den Verdächtigen. Dieser breitete in einer sarkastischen Geste die Arme aus: „Guten Morgen! Natürlich bin ich es. Die Red-Eye haben einen seltsamen Sinn für Humor bewiesen und mich von Stunde Null an festgehalten. Als ich dann die erste Generation überlebt hatte, wurden sie stutzig und bauten dieses Gefängnis für mich. Dort sollte ich verschmachten bis sie sich irgendwann wieder für mich interessierten." Er blickte Raeken an: „Ich glaube immer noch, daß sie damit versuchten, mich in den Selbstmord zu treiben, wußten aber nicht, daß jede Waffe, die ich gegen mich selbst richte, Dank meines eigenen Zaubers zu einem Blumenstrauß wird. Als ich wochenlang nichts zu essen bekam, versuchten sie, mich verhungern zu lassen, was ebenfalls mißlang." Er schnippte mit dem Finger und plötzlich hielt er ein Stück Kuchen in der Hand und grinste Raeken an. „Schade, nicht wahr? Als die Red-Eye dann ein großes Interesse für meine magischen Fähigkeiten zu hegen begannen, wurde mir großes Glück zu Teil. Plötzlich wurde ich bedient wie ein König und mußte mich durch die Ausbildung in der Magie dafür revanchieren." „Eine Hand wäscht die andere", bemerkte Raeken trocken.
Taaron erhob die Hände: „Eine Sekunde, Gevatter. Warum hast du dich nicht einfach selbst weggezaubert oder die Red-Eye überwältigt?" Der Mann nickte anerkennend: „Er ist tatsächlich mit mir verwandt, sein Scharfsinn beweist es!" Raeken verdrehte die Augen. „Sieh her", fuhr der Mensch fort und zog die weite Tunika nach oben, bis Taaron seinen Oberschenkel sah, eine große Wunde klaffte darin, die zwar nicht blutete, aber scheinbar

nicht verheilt war. Da fiel es ihm wieder ein: „Du wurdest verletzt, als du die Red-Eye aus der Hölle gestohlen hast." Die Augen des Magiers leuchteten: „Phantastisch, du weißt Bescheid. Ich fürchtete schon, ich muß dir diese leidige Anekdote erzählen. Die Wunde fügte mir Farndil, ein Dämon der bösartigsten Sorte, zu. Sie schmerzt und blutet meinen Körper nicht aus, aber dafür meine Kraft, meine magische Kraft." Taaron verstand nicht: „Aber für Kuchen reicht es?" Die beiden Magier prusteten los. „Für Kuchen reicht es!" bog sich Raeken vor Lachen: „Dieser Anfänger hat dich kalt erwischt, mein Dicker." Der Mensch schüttelte sich vor Gelächter und setzte sich.

„Stell dir die Magie in uns vor wie einen See, der von unserer inneren Kraft gestaut wird", fuhr der Schöpfer der Red-Eye fort, als sie sich beruhigt hatten, „und dieser See läuft bei mir aus, durch eine magische Wunde. Farndil wollte mich töten, förmlich aussaugen, doch er verfehlte mich. Beinahe. Jetzt sitze ich hier und zähle die Jahrhunderte, bis meine magische Kraft erschöpft ist und ich vollkommen auf die Red-Eye angewiesen bin", er blickte Raeken traurig an, „doch bis dahin können noch etliche weitere vergehen. Außerdem saugt die Anwendung der Magie den See nicht aus, ich kann noch zaubern, doch nur im kleinen Maße."

Taaron empfand seine Frage als nicht beantwortet, warum hatte er sich nicht an einen weit entfernten Ort gewünscht, um vor dem Red-Eye zu entkommen? Oder sich anders gegen sie erwehrt? Natürlich beherrschte auch der Mensch das Gedankenlesen und er seufzte: „Taaron, ich bin durch meinen Willen an die Red-Eye gebunden, sieh dir das an." Er wedelte mit dem Arm in Raekens Richtung und plötzlich flog ein Messer aus seinem Ärmel. Taaron schrie auf, doch das Messer verwandelte sich in der Luft in ein Federkissen und prallte dem Red-Eye gegen das Gesicht. Raeken lachte und ließ es mit einem Fingerschnippen verschwinden: „Der arme Kerl ist machtlos gegen uns. Ein kleiner Haken an dem Entwurf des Teufels: Wer die Red-Eye erschafft, kann sie nicht wieder vernichten." Der Magier nickte: „Um auf deine andere Frage zu antworten: Teleportation, also die Kunst, sich von einem Ort an den anderen zu zaubern, ist schwierig. Ich beherrsche sie zwar, doch sie geht an meine Substanzen. Erstens braucht sie ein großes Reservoir an Magie, du erinnerst dich an den See, von dem wir sprachen, zweitens ist sie ungenau. Man kann sich nicht an einen beliebigen Ort zaubern, sondern einfach nur weg. Ich habe von genug Magiern gelesen, die zu Hause im Garten die Teleportation erprobt haben und in der Hölle herauskamen. Ein anderer Unglückseliger ist meilenweit draußen im Meer gelandet und ertrunken. Wieder einen anderen haben sie nach hundert Jahren als Fossil aus dem Kliffgebirge gegraben. Glaub mir, ich habe nicht vor, mich so zu verschwenden. Aber unser Freund Raeken hier", er lächelte sarkastisch, „beherrscht diese Kunst auf eine Entfernung von zweihundert Metern perfekt." Raeken grinste stolz und bleckte dabei die scharfen Reißzähne.

Taaron nickte: „Verständlich." Dann blickte er Raeken an: „Was erwartet Ihr Euch von dieser Zusammenkunft?" Der Mönch lehnte sich in seinem Sessel zurück: „Erleuchtung. Ich möchte wissen, warum Taaron ein Sekundärmagier ist, mein Freund. Meine eigene Vermutung ist der Verlust der Magie in den Generationen, die nicht von ihr Gebrauch machten oder wußten." Der Mensch wog unsicher den Kopf hin und her: „Mag sein, so etwas soll vorkommen. Was mich fasziniert ist vielmehr die Tatsache, daß es ausgerechnet die Sekundärmagie der Verwandlung, also Mimikry, ist. So ein Zufall aber auch, nicht wahr? Und gerade in meiner Blutlinie noch ein Mensch, der immens wichtig für die Red-Eye ist. Ich glaube, ein mächtiges, übernatürliches Wesen auf Seiten der Menschen oder Elfen hat am Rad des Schicksal gedreht und den großen Wurf gelandet. Meiner Meinung nach paßt dies alles viel zu gut zusammen, bis zu dem Moment, an dem Sharp Claw auftritt: Erstens, ich erschaffe die Red-Eye, welche die Menschen und Elfen an den Rand der Vernichtung drängen, zweitens, nach Tausenden von Jahren taucht mein Erbe auf und wird der Hoffnungsträger der genannten Völker, die Red-Eye zu vernichten." Raeken nickte verständnisvoll: „Und jetzt kommt der Knackpunkt in der Parabel: Der Hoffnungsträger macht einen Fehler, Sharp Claw, eine vergleichbare Gestalt auf der anderen Seite, taucht wieder auf und leitet die Vernichtung der Elfen und die Unterwerfung der Menschen ein." Er nickte: „Exakt." Taaron lauschte fasziniert dem Gespräch dieser beiden Männer, er war sich bewußt, daß es keine älteren oder weiseren Wesen auf der Erde gab und war vollkommen von der Logik und Intensität der Diskussion beeindruckt. Der Mensch blickte kurz gedankenverloren zu Boden: „Nun fragt sich, wer mächtig genug ist, das Schicksal zu beeinflussen und Taaron zu dem zu machen, was er heute ist." Raeken öffnete die Handflächen, als ob es darin klar und deutlich lesbar wäre: „Natürlich einer der Menschen- oder Elfengötter." „Nein, die Götter greifen nicht so einschneidend in die irdischen Geschehnisse ein. Sonst hätten wir einen Krieg zwischen Göttern und dies würde die Welt vernichten, nicht einfach nur erschüttern, wie es der Sieg Aschfelds getan hat. Ich bin ehrlich zu euch beiden: Mir fällt niemand ein, der so mächtig ist und kein Gott ist. Hier sind wir am Ende meines Wissens angelangt."

Eine Schar aus Kindern und Heranwachsenden hatte sich vor dem Stadtturm Nord-Kworls versammelt. Sie zeigten mit ihren kurzen Fingern nach oben und gaben mit ihrem Wissen voreinander an. „Das ist ein Nebeldrache, das sieht man an den großen Flügeln. Damit gleitet er leise durch die tiefen Schluchten in Schwingen", sagte einer und zeigte auf den Drachen der auf den steinernen Flammen der Turmspitze saß und gelangweilt in die Ferne blickte. „Niemals", konterte ein etwas älterer mit Pickeln im Gesicht, „Nebeldrachen sind viel kleiner, das ist ein Feuerdrache aus Aschfeld. Das sieht man an dem großen

Maul und den Nüstern, damit atmet er eine Feuersbrunst aus."
„Dann ist es bestimmt Blackbat", freute sich ein anderer mit Hasenzähnen. „Mein Vater hat gesagt, der Rudelführer hat immer dunklere Schuppen und ist größer als die anderen." Ein kleines Mädchen in einem grünen Kleidchen meldete sich schüchtern zu Wort: „Kann der auch Feuer spucken?" fragte sie und blickte mit ihren Katzenpupillen ängstlich nach oben. Die Jungs in der Gruppe stöhnten genervt auf, als ob sie gefragt hätte, ob der Himmel blau war: „Natürlich! Am meisten von allen", belehrte sie ein Junge, der nicht sehr viel älter sein konnte als sie und schüttelte tadelnd den Kopf. „Ich hab mal gesehen, wie so einer auf die Jagd ging", informierte der mit den Hasenzähnen die Gruppe. „Der hat ein Rudel Todesechsen verbrannt und ihre durchgebratenen Kadaver am Stück verschlungen!" Die Kinder ergingen sich in einem Chor aus begeistertem Gemurmel, während der Drache auf dem Turm, übrigens tatsächlich Blackbat, das Tier des Generals, den Kopf vor Langeweile mit dem langen Schweif abstützen mußte.

Blackbats Reiter befand sich in einer kleinen Wohnung nahe der Hauptstraße, dort saß er an einem kleinen Tisch und hielt ein Kind im Arm. Er war sofort gekommen, als er es vernommen hatte. Ein anderes Kind saß ihm an dem einfachen Holztisch gegenüber und starrte ihn ehrfürchtig an. Die Mutter der beiden stand schüchtern dahinter und klammerte sich nervös an der Lehne des Stuhls fest. Der General ist in deinem Heim und du hast noch nicht einmal genügend zu Essen da, um ihm etwas anzubieten.
Doch Dark schien dies nicht zu stören, er blickte sie gütig an: „Slana, Ihr braucht Euch nicht zu fürchten, ich bin weniger als Herrscher hier, denn als Helfer." Er lachte freundlich und hielt den kleinen Knocks mit seinen durch die frühe Rage verfärbten blauen Augen nach oben. Sie waren blau wie jene des Generals,

blau wie das Meer. Slana war von diesem Moment überfordert, das augenblicklich mächtigste Wesen dieser Welt, nämlich der General, dem die unbesiegbare Armee Aschfelds unterstand und das Kleinkind Knocks, wahrscheinlich das verletzlichste Wesen dieser Welt, sahen einander in die Augen und lächelten. Slana sah ihr Kind das erste Mal lachen, seit es passiert war, seit Nightfly und Taaron sie überfallen hatten, seit Sharp Claws wütendes Gebrüll, die Hektik und die Aufregung aus ihrem jüngsten Sohn dies gemacht hatten, lächelte er.

„Slana, habt Ihr ihm schon einmal einen Spiegel vorgehalten?" fragte der General und setzte den Kleinen auf den Tisch. Die Mutter schüttelte den Kopf: „Nein, ich glaubte, das würde ihn erschrecken, General." Sie blickte zu Boden und spielte nervös mit ihren Fingern herum. „Oh, im Gegenteil", lachte der General und tippte Knocks mit dem Finger gegen den Bauch, daß dieser kicherte und sich auf dem Tisch kugelte. „Was ihn erschreckt, ist die plötzliche Aufmerksamkeit der Red-Eye vor der Tür." Slana blickte ihn kurz verwundert an: „Tatsächlich?" „In der Tat." Slana schluckte, blickte den obersten Feldherren Aschfelds fest an: „Darf ich fragen, wie ..." Dark nickte freundlich: „Dürft Ihr, Slana. Ich war, als es passierte, zwar schon ein paar Lenze älter als Knocks, doch noch zu jung, um zu verstehen, was passierte, wer dort vor meinen Augen erschlagen wurde." Slana atmete erschrocken ein, sie sah die aufrichtige Trauer in den blauen Augen schimmern und trat näher heran. „Damals befuhren mein Eltern alle vier Länder der Red-Eye mit ihrem Planwagen und verkauften selbstgebautes Werkzeug an die Bauern oder auf Märkten. Bis sie von Hatik hörten. Die Stadt wurde damals als das wahre Paradies für tüchtige Red-Eye angepriesen und Hunderte folgten dem Ruf. So auch wir. Doch meine Familie und ich schafften es niemals dorthin. Ich möchte Euch nicht mit Details ekeln, Slana", er blickte sie kurz an, „doch ihr sollt wissen, daß ich der letzte meiner Familie bin, bis auf einen älteren Bruder, der sich schon vor meiner Geburt von der Familie getrennt hatte." Slana nickte: „Steams Vater." General Dark blickte zu Boden: „Exakt. Jedenfalls wollten wir nach Hatik reisen, doch auf dem Weg verstarben meine zwei anderen Brüder, ebenso wie meine Eltern." General Dark tippte mit dem Finger an eine der Sensen die er auf dem Rücken trug: „Die Klingen dieser beiden Sensen hat mein Vater gefertigt. Sie sind das einzige, was ich außer meinen Kleidern bei mir hatte, als ich allein irgendwo in der Kälte des alten Bergpasses umherwanderte." Slana seufzte und traute sich noch näher an die mächtige Erscheinung des Generals heran: „Ihr habt Schreckliches erlebt, nicht wahr?" Dark blickte sie einen Moment wehmütig an, dann wurde sein Blick wieder zu dem wirren Lächeln: „Dies ist alles lang vorbei, die Wunden sind verheilt, habe ich selbst geheilt." Er erhob sich und blickte auf Slana herab, die Klingen der Sensen berührten beinahe die Decke und die schwarze Rüstung schluckte einen Großteil des Lichtes im Raum. Eine wohlige, warme Dunkelheit ging von General Dark aus, die Slana einen sanften Schauer über den Rücken jagte: „Ich muß nun gehen und danke Euch für die Gastfreundschaft und die Gelegenheit, Euren Sohn sehen zu dürfen. Nehmt Euch meinen Rat zu Herzen, laßt ihn in einen Spiegel sehen und erzieht ihn wie die anderen beiden." Sein Grinsen wurde breiter: „Und falls einer dieser Wunderheiler und Scharlatane auftaucht, schickt ihn zu mir, ich habe Erfahrung im Umgang mit solchen." Die beiden lachten und Dark verließ das Haus. Sie hörten seine schwere Rüstung noch eine Weile klimpern, als er die Außentreppe hinabstieg und auf die Straße trat.

„Das war ein großer Mann", sagte Sharp Junior und nahm die Hand seiner Mutter, die immer noch nachdenklich neben dem Tisch stand. Er traf mit dieser Feststellung mitten ins Schwarze, egal, auf welche Weise sie gemeint war.

Die Worte des Generals hatten Sharp Claw erschüttert. Jene, die es nicht geben darf und sicherlich von den Teufeln gezeugt wurden, existierten. In dieser Welt. Nachdem seine Freunde ihn beruhigt hatten, Slana ihn wieder anlächelte und ihm mit viel Zuwendung und Liebe begegnete, wurde Nightfly und seine Festsetzung zweitrangig. Er würde ihn zur Strecke bringen, ihn jagen wie ein Falke den Hasen, doch der Kampf, den Steam und die schwarze Truppe begonnen hatten, ging vor. Er würde zuerst noch einen Teil der Welt zerstören müssen, bevor er sie entdecken konnte.

Sharp Claw stand auf dem Torhaus Nord-Kworls und blickte in die Ebene, wo die Soldaten endlich die Leichname der getöteten Menschen verbrannten. Der Wind pfiff ihm von hinten durch die Stachelhaare und warf sie nach vorn auf seinen schwarzen Brustpanzer. Die schwarze Garde würde einen Kampf aufnehmen, der härter zu werden drohte, als jener gegen die Menschen und Elfen. Dem General nach wurde der neue Feind des öfteren in der Nähe Kajiniritais gesichtet, dort sollte die schwarze Garde mit der Suche beginnen.